古典文學經典名著

# 紅樓夢

中冊（全三冊）

曹雪芹（著）
呂慶業（注釋）

# 第四十一回

## 賈寶玉品茶櫳翠庵　劉姥姥醉臥怡紅院

話說劉姥姥兩隻手比著，說道：「花兒落了結個大倭瓜。」眾人聽了，哄堂大笑起來。於是吃過門杯，因又鬥趣笑道：「實告你們說罷，我的手腳子粗，又喝了酒，仔細失手打了這瓷杯。有木頭的杯取個來，我便失了手，掉了地下也無礙。」眾人聽了，又笑起來。

鳳姐兒聽如此說，便忙笑道：「果真要木頭的，我就取了來。可有一句話先說下，這木頭的可比不得瓷的，他都是一套，定要吃遍一套，方使得。」劉姥姥聽了，心下战啜（也作掂掇，即估量、考慮）道：「我方才不過是趣話取笑兒的，誰知他果真竟有。我時常在鄉紳大家也赴過席，金杯銀杯倒都也見過，從來沒見有木頭杯之說。哦，是了，想必是小孩子們使的木碗兒，不過誆我多喝兩碗。別管他，橫豎這酒蜜水兒似的，多喝點子也無妨。」想畢，便說：「取來再商量。」

鳳姐兒乃命豐兒：「前面裡間，書架子上，有十個竹根套杯，取來。」豐兒聽了，才要去取，鴛鴦笑道：「我知道，你這十個杯還小。況且你才說木頭的，這會子又拿了竹根子的來，倒不好看。不如把我們那裡的黃楊根整刓的十個大套杯拿來，灌他十下子。」鳳姐兒笑道：「更好了。」鴛鴦果命人取來。

劉姥姥一看，又驚又喜。驚的是一連十個，挨次大小分下來，那大的足似個小盆子，第十個極小的還有手裡的杯子兩個大；喜的是雕鏤奇絕，一色山水、樹木、人物，並有草字以及圖印。因忙說道：「拿了那小的來就是了，怎麼多要？」鳳姐兒笑道：「這個杯沒有喝一個的理。我們家因沒有這大量的人，所以沒人敢使他。姥姥既要，好容易尋了出來，必定要挨次吃一遍，才使得。」劉姥姥唬的忙道：「這個不敢。好姑奶奶，饒了我罷。」

賈母、薛姨媽、王夫人知道他有年紀的人，經不起，忙笑道：「說是說，笑是笑，不可多吃了，只吃這頭一杯罷。」劉姥姥道：「阿彌陀佛！我還是小杯吃罷。把這大杯收著，我帶了家去，慢慢的吃罷。」說的眾人又笑起來。鴛鴦無法，只得命人滿斟了一大杯，劉姥姥兩手捧著喝。賈母、薛姨媽都說：「慢些，不要嗆了。」薛姨媽又命鳳姐兒布個菜。

鳳姐笑道：「姥姥要吃什麼，說出名兒來，我夾了餵你。」劉姥姥道：「我知什麼名兒？樣樣都是好的。」賈母笑道：「把茄鮝搛（用筷子夾）些餵他。」鳳姐兒聽說，依言搛些茄鮝，送入劉姥姥口中，因笑道：「你們天天吃茄子，也嘗嘗我們這茄子，弄得可口不可口。」劉姥姥笑道：「別哄我了，茄子跑出這個味兒來了？我們也不用種糧食，只種茄子了。」眾人笑道：「真是茄子，我們再不哄你。」劉姥姥詫異道：「真是茄子？我白吃了這半日。姑奶奶再餵我些，這一口細嚼嚼。」鳳姐兒果又搛了些，放入口內。劉姥姥細嚼了半日，笑道：「雖有一點茄子香，只是還不像是茄子。告訴我，是個什麼法子弄的？我也弄著吃去。」

鳳姐笑道：「這也不難。你可把才下來的茄子把皮刨了，只要淨肉，切成碎釘子，用雞油炸了，再用雞脯子肉，並香菌、新筍、蘑菇、五香豆腐干、各色乾果子，俱切成丁子，用雞湯煨乾，將香油一收，外加糟油一拌，盛在瓷罐子裡封嚴。要吃時，拿出來，用炒的雞瓜一拌就是。」劉姥姥聽了，搖頭吐舌，說：「我的佛祖！倒是十來隻雞來配他，怪道這個味兒！」一面說笑，一面慢慢的吃完了酒，還只管細玩那杯。鳳姐兒笑道：「還是不足興，再吃一杯罷。」劉姥姥忙道：「了不得，那就醉死了。我因為愛這樣法，虧他怎麼做來。」

鴛鴦笑道：「酒吃完了，到底這杯子是什麼木的？」劉姥姥笑道：「怨不得姑娘不認得，你們在這金門繡戶內，如何認得木頭！我們成日家和樹林子做街坊，困了枕著他睡，乏了靠著他坐，荒年間餓了還吃他。眼睛裡天天見他，耳朵裡天天聽他，口兒裡天天說他；所以，好歹真假，我是認得的。讓我認一認。」一面說，一面細細端詳了半日，道：「你們這樣人家，斷沒有那賤東西。那容易得的木頭，你們也不收著了。我掂著這杯體重，斷乎不是楊木，這一定是黃松的。」眾人聽了，哄堂大笑起來。

只見一個婆子走來請問賈母，說：「女孩們都到了藕香榭，請示下，就演罷，還是再等一回子？」賈母忙笑道：「可是倒忘了他們，就叫他們演罷。」那個婆子答應去了。

不一時，只聽得簫管悠揚，笙笛並發。正值風清氣爽之時，那樂聲穿林度水而來，自然使人神怡心曠。寶玉先經不住，拿起壺來，斟了一杯，一口飲盡。復又斟上，才要飲，只見王夫人也要飲，命人換暖酒，寶玉連忙將自己的杯捧了過來，送與王夫人口邊。王夫人便就他手內吃了兩口。一時，暖酒來了，寶玉仍歸舊座，王夫人提了暖壺，下席來，眾人都出了席，薛姨媽也立起來，賈母忙命李、鳳二人接過壺來：「讓你姑媽坐了，大家才便。」王夫人見如此說，方將壺遞與鳳姐兒，自己歸座。

賈母笑道：「大家吃上兩杯，今日著實有趣。」擎著杯讓薛姨媽，又向湘雲、寶釵道：「你們姊妹兩個也吃一杯。你林妹妹不大會吃，也別饒他。」說著，自己已乾了。湘雲、寶釵、黛玉也都吃了。

當下劉姥姥聽見這般好音樂，且又有了酒，越發喜的手舞足蹈起來。寶玉下席，過來向黛玉笑道：「你瞧劉姥姥的樣子。」黛玉笑道：「當日聖樂一奏，百獸率舞。如今，才一牛耳。」眾姐妹都笑了。

須臾，樂止。薛姨媽笑道：「大家的酒想也都有了，且出去散散再坐罷。」賈母也正要散散，於是大家出席，都隨著賈母游玩。

賈母因要帶著劉姥姥游玩散悶，遂同了劉姥姥至山前樹下，盤桓了半晌，又說與他：這是什麼樹，這是什麼石，這是什麼花。劉姥姥一一領會，又向賈母道：「誰知城裡不但人尊貴，連雀兒也是尊貴的。偏這雀兒到了你們這裡，它也變俊了，也會說話了。」眾人不解，因問什麼雀兒變俊了，會說話。劉姥姥道：「那廊上金架子上站的綠毛紅嘴是鸚哥兒，我是認得的。那籠子裡的黑老鴰子怎麼又長出鳳頭來，也會說話呢？」眾人聽了，又都笑將起來。

一時，只見丫頭們來請用點心。賈母道：「吃了兩杯酒，倒也不餓。也罷，就拿了這裡來，大家隨便吃些罷。」丫頭聽說，便去抬了兩張几來，又端了兩個小捧盒。揭開看時，每個盒內兩樣。這盒內是兩樣蒸食，一樣是藕粉桂花糖糕，一樣是松穰鵝油卷；那盒內是兩樣炸的，一樣是只有一寸來大的小餃兒。賈母因問什麼餡子，婆子們忙回是螃蟹的。賈母聽了，皺眉說道：「這會子油膩膩的，誰吃這個！」又看那一樣，是奶油炸的各色小麵果，也不喜歡。因讓薛姨媽吃，薛姨媽揀了一塊糕。賈母揀了一個卷子，只嘗了一嘗，剩了半個，遞與丫頭了。

劉姥姥因見那小麵果子都玲瓏剔透，各式各樣，便揀了一朵牡丹花樣的，笑道：「我們鄉裡最巧的姐兒們，剪子也不能鉸出這麼個紙的來。我又愛吃，又捨不得吃，包些家去，給他們做花樣子去倒好。」眾人都笑了。賈母笑道：「家去我送你一瓷罈子。你先趁熱吃這個罷。」別人不過揀各人愛吃的揀了一兩樣就罷。劉姥姥原不曾吃過這些東西，且都做的小巧，不顯盤堆的，他和板兒每樣吃了些，就去了半盤了。剩的，鳳姐又命攢了兩盤並一個攢盒，與文官等吃去。

忽見奶子抱了大姐兒來，大家哄他玩了一會。那大姐兒因抱著一個大柚子玩的，忽見板兒抱著一個佛手，大姐便要。丫鬟哄他取去，大姐兒等不得，便哭了。眾人忙把柚子與板兒，將板兒的佛手哄過來與他便罷。那板兒因玩了半日佛手，此刻又兩手抓著些果子吃，又忽見這個柚子又香又圓，更覺好玩，且當球踢著玩去，也就不要佛手了。

當下賈母等吃過茶，又帶了劉姥姥至櫳翠庵來。妙玉忙接了進去。眾人至院中，見花木繁盛。賈母笑道：「到底是他們修行人，沒事常常修理，比別處越發好看。」一面說，一面便往東禪堂來。妙玉笑往裡讓，賈母道：「我們才都吃了酒肉，你這裡頭有菩薩，沖了罪過。我們這裡坐坐，把你的好茶拿來，我們吃一杯就去了。你去烹茶來。」

寶玉留神看他是怎麼行事。只見妙玉親自捧了一個海棠花式雕漆填金雲龍獻壽的小茶盤，裡面放一個成窯五彩小蓋鍾，捧與賈母。賈母道：「我不吃六安茶。」妙玉笑道：「知道。這是老君眉。」賈母接了，又問是什麼水。妙玉笑回：「是舊年蠲的雨水。」賈母便吃了半盞，笑著遞與劉姥姥，說：「你嘗嘗這個茶。」劉姥姥便一口吃盡，笑道：「好是好，就是淡些，再熬濃些，便好了。」賈母眾人都笑起來。然後眾人都是一色的官窯脫胎填白蓋碗。

那妙玉便把寶釵、黛玉的衣襟一拉，二人隨他出去。寶玉悄悄的隨後跟了來。只見妙玉讓他二人在耳房內，寶釵便坐在榻上，黛玉便坐在妙玉的蒲團上。妙玉自向風爐上扇滾了水，另泡了一壺茶。寶玉便走了進來，笑道：「偏你們吃體己茶呢。」二人都笑道：「你又趕了來飡茶吃。這裡並沒你吃的。」

妙玉剛要去取杯，只見道婆收了上面的茶盞來。妙玉忙命：「將那成窯的茶杯別收了，擱在外頭去罷。」寶玉會意，知為劉姥姥吃了，他嫌髒，不要了。

又見妙玉另拿出兩隻杯來。一個旁邊有一耳，杯上鐫著「㼎瓟斝（古代酒杯）」三個隸字，後有小真字，是「晉王愷（晉代富翁）珍玩」，又有「宋元豐五年四月眉山蘇軾見於秘府」一行小字。妙玉便斟了一斝，遞與寶釵。那一隻形似鉢而小，也有三個垂珠篆字，鐫著「點犀䀉（一種碗類器皿）」。妙玉斟了一䀉與黛玉，仍將前番自己常日吃茶的那隻綠玉斗來斟與寶玉。

寶玉笑道：「常言『世法平等』，他兩個就用那樣古玩奇珍，我就是個俗器了。」妙玉道：「這是俗器？不是我說狂話，只怕你家裡未必找的出這麼一個俗器來呢。」寶玉笑道：「俗語說，『隨鄉入鄉』。到了你這裡，自然把這金珠玉寶一概貶為俗器了。」

妙玉聽如此說，十分歡喜，遂又尋出一隻九曲十環一百二十節蟠虬整雕竹根的一個大盞出來，笑道：「就剩了這一個，你可吃的了這一海？」寶玉喜的忙道：「吃的了。」妙玉笑道：「你雖吃的了，也沒這些茶你糟踏。豈不聞：一杯為品，二杯即是解渴的蠢物，三杯便是飲驢了。你吃這一海更成什麼？」說的寶釵、黛玉、寶玉都笑了。

妙玉執壺，只向海內斟了約有一杯。寶玉細細吃了，果覺清淳無比，賞贊不絕。妙玉正色道：「你這遭吃茶，是托他兩個的福。獨你來了，我是不給你吃的。」寶玉笑道：「我深知道的，我也不領你的情，只謝他二人便是了。」妙玉聽了，方說：「這話明白。」

黛玉因問：「這也是舊年的雨水？」妙玉冷笑道：「你這麼個人，竟是大俗人，連水也嘗不出來。這是五年前，我在玄墓蟠香寺住著，收的梅花上的雪，統共得了那一鬼臉青（深青色）的花甕一甕，總捨不得吃，埋在地下，今年夏天才開了。我只吃過一回，這是第二回了。你怎麼嘗不出來？隔年蠲的雨水，哪有這樣清淳，如何吃得？」寶釵知他天性怪僻，不好多話，亦不好多坐，吃過茶，便約著黛玉、寶玉走了出來。

寶玉和妙玉陪笑道：「那茶杯雖然髒了，白撂了豈不可惜？依我說，不如就給了那貧婆子罷。他賣了，也可以度日。你道可使得？」妙玉聽了，想一想，點頭說道：「這也罷了。幸而那杯子是我沒吃過的。若是我吃過的，我就砸碎了，也不能給他。你要給他，我也不管，我只交給你，快拿了去罷。」寶玉笑道：「自然如此，你那裡和他說話授受去，越發連你髒了。只交與我就是了。」妙玉便命人拿來，遞與寶玉。

寶玉接了，又道：「等我們出去了，我叫幾個小幺兒來，河裡打幾桶水來洗地，如何？」妙玉笑道：「這更好了，只是你囑咐他們，抬了水，只擱在山門外頭牆根下，別進門來。」寶玉道：「這是自然的。」說著，便袖著那杯，遞與賈母房中的小丫頭子拿著，說：「明日劉姥姥家去，給他帶去罷。」交代明白，賈母已經出來，要回去。妙玉亦不甚留，送出山門，回身便將門閉了。不在話下。

且說賈母因覺身上乏倦，便命王夫人和迎春姊妹陪了薛姨媽去吃酒，自己便往稻香村來歇息。鳳姐忙命人將小竹椅抬來，賈母坐上，兩個婆子抬起，鳳姐、李紈和眾丫頭、婆子圍隨去了，不在話下。

這裡，薛姨媽也就辭別，出園去了。王夫人又打發文官等出去，將攢盒散與眾丫頭們吃去，自己便也乘空歇著，隨便歪在方才賈母坐的榻上，命一小丫頭放下簾子來，又命捶著腿，吩咐他：「老太太那裡有信，你就叫我。」說著，也歪著睡著了。於是眾人方散出來。

寶玉、湘雲等看著丫頭們將攢盒擱在山石上，也有坐在山石上的，也有坐在草地下的，也有靠著樹的，也有傍著水的，倒也十分熱鬧。一時又見鴛鴦來了，要帶著劉姥姥逛，眾人也都跟著取笑。

一時來至「省親別墅」的牌坊底下，劉姥姥道：「噯呀！這裡還有大廟呢。」說著，便爬下磕頭。眾人笑彎了腰。劉姥姥道：「笑什麼？這牌樓上的字，我都認得。我們那裡，這樣的廟宇最多，都是這樣的牌坊，那字就是廟的名字。」眾人笑道：「你認得這是什麼廟？」劉姥姥便抬頭指那字道：「這不是『玉皇寶殿』四字？」眾人笑的拍手打掌。

還要拿他取笑，劉姥姥覺得腹內一陣亂響，忙的拉著一個丫頭，要了兩張紙就解衣。眾人又是笑，又忙喝他：「這裡使不得！」忙命一個婆子帶了東北角上去了。那婆子指與他地方，便樂得走開去歇息。

那劉姥姥因喝了些酒，他脾氣不與黃酒相宜，且又吃了許多油膩飲食，發渴，多喝了幾碗茶，不免通瀉起來，蹲了半日方完。及出廁來，酒被風吹，且年邁之人，蹲了半天，忽一起身，只覺得眼花頭眩，辨不出路徑。四顧一望，皆是樹木山石、樓台房舍，卻不知那一處是往哪一路去的了，只得順著一條石子路，慢慢的走來。

及至到了房舍跟前，又找不著門。再找了半日，忽見一帶竹籬，劉姥姥心中自忖道：「這裡也有扁豆架子。」一面想，一面順著花障走了來，得了一個月洞門進去。只見迎面一帶水池，只有七八尺寬，石頭砌岸，裡面碧波清水，流往那邊去了，上面有一塊白石橫架在上面。劉姥姥便踱石過去，順著石子甬路走去。

轉了兩個彎子，只見有一房門。於是進了房門，只見迎面一個女孩兒，滿面含笑，迎了出來。劉姥姥忙笑道：「姑娘們把我丟下了，要我碰頭碰到這裡來了。」說了，只覺那女孩兒不答。劉姥姥便趕來拉他的手，「咕咚」一聲，便撞到板壁上，把頭碰的生疼。細瞧了一瞧，原來是一幅畫兒。劉姥姥自忖道：「原來畫兒有這樣凸出來。」一面想，一面看，一面又用手摸去，卻是一色平的，點頭嘆了兩聲。

一轉身，方得了一個小門，門上掛著蔥綠撒花軟簾。劉姥姥掀簾進去，抬頭一看，只見四面牆壁玲瓏剔透，琴劍瓶爐皆貼在牆上，錦籠紗罩，金彩珠光，連地下踩的磚，皆是碧綠鑿花，竟越發把眼花了。找門出去，哪裡有門？左一架書，右一架屏。

剛從屏後得了一門轉去，只見他親家母也從外面迎了進來。劉姥姥詫異，忙問道：「你想是見我這幾日沒家去，虧你找我來。哪一位姑娘帶你進來的？」他親家只是笑，不還言。劉姥姥笑道：「你好沒見世面，見這園裡的花好，你就沒死活戴了一頭。」他親家也不答。便心中忽然想起：「常聽大富貴人家有一種穿衣鏡，這別是我在鏡子裡頭呢？」想畢，伸手一抹，再細一看，可不是，四面雕空紫檀板壁，將這鏡子嵌在中間。因說：「這已經攔住，如何走出去呢？」一面說，一面只管用手摸。這鏡子原是西洋機括（開關），可以開合。不意劉姥姥亂摸之間，其力巧合，便撞開了，掩過鏡子，露出門來。

劉姥姥又驚又喜，邁步出來。忽見有一副最精致的床帳，他此時又帶了七八分醉，又走乏了，便一屁股坐在床上。只說歇歇，不承望身不由己，便前仰後合的，朦朧著兩眼，一歪身就睡熟在床上。

且說眾人等他不見，板兒見沒了他姥姥，急的哭了。眾人都笑道：「別是掉在茅廁裡了？快叫人去瞧瞧。」因命兩個婆子去找，回來說：「沒有。」眾人各處搜尋不見。

襲人敁其道路：「定是他醉了，迷了路，順著這一條路，往我們後院子裡去了。若進了花障子（栽花做籬笆），到後房門進去，雖然碰頭，還有小丫頭們知道；若不進花障子去，再往西南上去，若繞出去還好，若繞不出去，可夠他繞回子好的。我且瞧瞧去。」一面想著，一面回來。進了怡紅院，便叫人。誰知那幾個在房裡的小丫頭已偷空玩去了。

襲人一直進了房門，轉過集錦槅子，就聽的鼾齁如雷。忙進來，只聞見酒屁臭氣。滿屋一瞧，只見劉姥姥扎手舞腳的仰臥在床上。襲人這一驚不小，慌的趕上來，將他沒死活的推醒。那劉姥姥驚醒，睜眼見了襲人，連忙爬起來，道：「姑娘，我該死了，我失錯了！並沒弄髒了床。」一面說，一面用手去撣。襲人恐驚動了人，被寶玉知道了，只向他搖手，不叫他說話。忙將當地大鼎內貯了三四把百合香，仍用罩子罩上些須。所喜不曾嘔吐，忙悄悄的笑道：「不相干，有我呢。你隨我出來。」

劉姥姥答應著，跟了襲人，出至小丫頭子們房中，命他坐了，向他道：「你說醉倒在山子石上，打了個盹兒。」劉姥姥答應：「是。」又與他兩碗茶吃，劉姥姥方覺酒醒了，因問道：「這是哪個小姐的繡房，這樣精致？我就像到了天宮裡的一樣。」襲人微微笑道：「這個麼，是寶二爺的臥室。」那劉姥姥嚇的不敢做聲。

襲人帶他從前面出去，見了眾人，只說他在草地下睡著了，帶了他來的。眾人都不理會，也就罷了。

一時賈母醒了，就在稻香村擺晚飯。賈母因覺懶懶的，也沒吃飯，便坐了竹椅小敞轎，回至房中歇息，命鳳姐兒等去吃飯。他姊妹方復進園來。

未知如何，且看下回分解。

# 第四十二回

## 蘅蕪君蘭言解疑癖　瀟湘子雅謔補餘音

話說他姊妹復進園來，吃過飯，大家散出，都無別話。

且說劉姥姥帶著板兒，先來見鳳姐兒，說：「明日一早定要家去了。雖然住了兩三天，日子卻不多，把古往今來沒見過的，沒吃過的，沒聽見的，都經驗了。難得老太太和姑奶奶，並那些小姐們，連各房裡的姑娘們，都這樣憐貧惜老，照看我。我這一回去，沒別的報答，惟有請些高香，天天給你們念佛，保佑你們長命百歲的，就算我的心了。」

鳳姐兒笑道：「你別喜歡。都是為你，老太太也被風吹病了，睡著，說不好過；我們大姐兒也著了涼，在那裡發熱呢。」劉姥姥聽了，忙嘆道：「老太太有年紀了，不慣十分勞乏的。」鳳姐兒道：「從來沒像昨兒高興。往常也進園子逛去，不過到一兩處坐坐就來了。昨兒因為你在這裡，要叫都逛逛，一個園子倒走了多半個。大姐兒因為找我去，太太遞了一塊糕給他，誰知風地裡吃了，就發熱起來。」劉姥姥道：「大姐兒只怕不大進園子，生地方兒，小人兒家原不該去。比不得我們的孩子，走慣了，哪個墳圈子裡不跑去？一則風撲了也是有的；二則只怕他身上乾淨，眼睛又淨，或是遇見什麼神了。依我說，給他瞧瞧祟書本子（記述避邪驅鬼的書），仔細撞客著。」

一語提醒了鳳姐兒，便叫平兒拿出《玉匣記》來，著彩明來念。彩明翻了一回，念道：「八月二十五日，病者在東南方得遇花神。用五色紙錢四十張，向東南方四十步送之，大吉。」鳳姐兒笑道：「果然不錯，園子裡頭，可不是花神！只怕老太太也是遇見了。」一面命人請兩份紙錢來，著兩個人來，一個與賈母送祟，一個與大姐兒送祟。果見大姐兒安穩睡了。

鳳姐兒笑道：「到底是你們有年紀的人經歷的多。我這大姐兒時常肯病，也不知是什麼原故。」劉姥姥道：「這也有的。富貴人家養的孩子，多太嬌嫩，自然經不得一些兒委屈；再他小人兒家，過於尊貴了，也經不起。以後，姑奶奶倒少疼他些，就好了。」

鳳姐兒道：「這也有道。我想起來，他還沒有個名字，你就給他起個名字。一則借借你的壽；二則你們是莊家人，不怕你惱，到底貧苦些，你貧苦人起個名字，只怕壓的住他。」劉姥姥聽說，便想了一想，笑道：「不知他幾時生的？」鳳姐兒道：「正是生日的日子不好呢，可巧是七月初七日。」劉姥姥忙笑道：「這個正好，就叫做巧哥兒好。這個叫做『以毒攻毒，以火攻火』的法子。姑奶奶定要依我這名字，他必長命百歲。日後大了，各人成家立業，或一時有不遂心的事，必然是遇難成祥，逢凶化吉，都從這『巧』字來。」

鳳姐兒聽了，自然歡喜，忙謝道：「只保佑他應了你的話就好了。」說著，叫平兒來，吩咐道：「明兒咱們有事，恐怕不得閒兒。你這兒閒著，把送姥姥的東西打點了，他明兒一早就好走得便宜了。」劉姥姥道：「不敢多破費了。已經遭擾了幾日，又拿著走，越發心裡不安起來。」鳳姐兒道：「也沒有什麼，不過隨常的東西。好也罷，歹也罷，帶了去，你們街坊鄰舍看著，也熱鬧些，也是上城一次。」說著，只見平兒走來說：「姥姥過這邊瞧瞧。」

劉姥姥忙跟了平兒到那邊屋裡，只見堆著半炕東西。平兒一一的拿與他瞧看，又說道：「這是昨日你要的青紗一匹，奶奶另外送你一個實地月白紗做裡子。這是兩個繭綢，做襖兒、裙子都好。這包袱裡是兩匹綢子，年下做件衣裳穿。這是一盒各樣內造點心，也有你吃過的，也有沒吃過的，拿去擺碟子請客，比你們買的強些。這兩條口袋，是你昨日裝瓜果子的。如今這一個裡頭，裝了兩斗御田粳米，熬粥是難得的。這一條裡頭，是園子裡的果子，和各樣乾果子。這一包是八兩銀子。這都是我們奶奶的。這兩包，每包五十兩，共是一百兩，是太太給的，叫你拿去，或者做個小本買賣，或者置幾畝地，以後再別求親靠友的。」說著，又悄悄笑道：「這兩件襖兒和兩條裙子，還有四塊包頭，一包絨線，可是我送姥姥的。那衣裳雖是舊的，我也沒大狠穿。你要棄嫌，我就不敢說了。」

平兒說一樣，劉姥姥就念一句佛，已經念了幾千聲佛了，又見平兒也送他這些東西，又如此謙遜，忙念佛道：「姑娘說哪裡話？這樣好東西，我還棄嫌！我便有銀子，沒處買這樣的去呢。只是我怪臊的，收了又不好，不收又辜負了姑娘的心。」平兒笑道：「休說外話，咱們都是自己，我才這樣。你放心收了罷，我還和你要東西呢。到年下，你只把你們曬的那個灰條菜乾子和豇豆、扁豆、茄子、葫蘆條兒各樣乾菜帶些來。我們這裡，上上下下都愛吃。這個就算了，別的一概不要，別罔費了心。」劉姥姥千恩萬謝的答應了。平兒道：「你只管睡你的去。我替你收拾妥當了，就放在這裡。明兒一早，打發小廝們雇輛車裝上，不用你費一點心的。」

劉姥姥越發感激不盡，過來又千恩萬謝的辭了鳳姐兒，過賈母這邊睡了一夜。次早梳洗了，就要告辭。

因賈母欠安，眾人都過來請安，出去傳請大夫。一時婆子回：「大夫來了。」老嬤嬤請賈母進幔子去坐。賈母道：「我也老了，那裡養不出那阿物兒來，還怕他不成！不要放幔子，就這樣瞧罷。」眾婆子聽了，便拿過一張小桌子來，放下一個小枕頭，便命人請。

一時只見賈珍、賈璉、賈蓉三個人將王太醫領來。王太醫不敢走甬路，只走旁階，跟著賈珍，到了台磯上。早有兩個婆子在兩邊打起簾子，兩個婆子在前引導進去，又見寶玉迎了出來。只見賈母穿著青皺綢一斗珠的羊皮褂子，端坐在榻上。兩邊四個未留頭的小丫鬟，都拿著蠅帚、漱盂等物。又有五六個老嬤嬤，雁翅擺在兩旁。碧紗櫥後隱隱約約有許多穿紅著綠、戴寶插金的人。王太醫便不敢抬頭，忙上來請了安。

賈母見他穿著六品服色，便知是御醫了，也含笑問：「供奉好？」因問賈珍：「這位供奉貴姓？」賈珍等忙回：「姓王。」賈母笑道：「當日太醫院正堂，有個王君效，好脈息。」王太醫忙躬身低頭含笑，因說：「那是晚生的家叔祖。」

賈母聽了，笑道：「原來這樣，也算是世交了。」一面說，一面慢慢的伸手放在小枕上。老嬤嬤端著一張小杌，連忙放在小桌前面，略偏些。王太醫便屈一膝坐下，歪著頭診了半日，又診了那售手，忙欠身低頭退出。賈母笑說：「勞動了。珍兒讓出去，好生看茶。」

賈珍、賈璉等忙答應了幾個「是」，復領王太醫出至外書房中。王太醫說：「太夫人並無別症，偶感一點風寒，究竟不用吃藥，不過略清淡些，常暖著一點兒，就好了。如今寫個方子在這裡。若老人家愛吃，便按方煎一劑吃。若懶怠吃，也就罷了。」說著，吃茶，寫了方子。

剛要告辭，只見奶子抱了大姐兒出來，笑說：「王老爺，也瞧瞧我們姐兒。」王太醫聽說，忙起身，就奶子懷中，左手托著大姐兒的手，右手診了一診，又摸了一摸頭，又叫伸出舌頭來瞧瞧，笑道：「我說著，姐兒又罵我了，只是要清清淨淨的餓兩頓就好了。不必吃煎藥，我送丸藥來，臨睡時用薑湯研開，吃下去就是了。」說畢，告辭而去。賈珍等拿了藥方，來回明賈母原故，將藥方放在案上出去。不在話下。

這裡，王夫人和李紈、鳳姐兒、寶釵姊妹等見大夫出去，方從櫥後出來。王夫人略坐一坐，也回房去了。

劉姥姥見無事，方上來和賈母告辭。賈母說：「閒了再來。」又命鴛鴦來：「好生打發劉姥姥出去。我身上不好，不能送你。」劉姥姥道了謝，又作辭，方同鴛鴦出來。

到了下房，鴛鴦指炕上一個包袱說道：「這是老太太的幾件衣裳，都是往年間生日、節下眾人孝敬的，老太太從不穿人家做的，收著也可惜，卻是一次也沒穿過的。昨日叫我拿出兩套兒送你，帶去或是送人，或是自己家裡穿罷，別見笑。這盒子裡是你要的麵果子。這包兒裡是你前兒說的藥，梅花點舌丹也有，紫金錠也有，活絡丹也有，催生保命丹也有，每一樣是一張方子包著，總包在裡頭了。這是兩個荷包，帶著玩罷。」說著，便抽開繫子，掏出兩個筆錠如意的錁子來與他瞧，又笑道：「荷包拿去，這個留下給我罷。」劉姥姥已喜出望外，早又念了幾千聲佛，聽鴛鴦如此說，便說道：「姑娘只管留下罷了。」鴛鴦見他信以為真，笑著仍與他裝上，說道：「哄你玩呢，我有好些呢。留著年下給小孩子們罷。」

說著，只見一個小丫頭拿了成窯鍾子來遞與劉姥姥：「這是寶二爺給你的。」劉姥姥道：「這是哪裡說起？我哪一世修來的，今兒這樣？」說著，便接了過來。鴛鴦道：「前兒我叫你洗澡，換的衣裳是我的，你不棄嫌，我還有幾件，也送你罷。」劉姥姥又忙道謝。鴛鴦果然又拿出幾件來，與他包好。

劉姥姥又要到園中辭謝寶玉和眾姊妹、王夫人等去，鴛鴦道：「不用去了。他們這會子也不見人，回來我替你說罷。閒了再來。」又命了一個老婆子，吩咐他：「二門上叫兩個小廝來，幫著姥姥拿了東西送去。」婆子答應了，又和劉姥姥到了鳳姐兒那邊，一並拿了東西，在角門上命小廝們搬了出去，直送劉姥姥上車去了。不在話下。

且說寶釵等吃過早飯，又往賈母處問過安回園。至分路之處，寶釵便叫黛玉道：「顰兒跟我來，有一句話問你。」黛玉便同了寶釵，來至蘅蕪苑中。

進了房，寶釵便坐了，笑道：「你跪下，我要審你。」黛玉不解何故，因笑道：「你瞧，寶丫頭瘋了！審問我什麼？」寶釵冷笑道：「好個千金小姐！好個不出閨門的女孩兒！滿嘴裡說的是什麼？你只實說便罷。」黛玉不解，只管發笑，心裡也不免疑惑起來，心裡只說：「我何曾說什麼來？你不過要捏我的錯兒罷了。你倒說出來，我聽聽。」寶釵笑道：「你還裝憨兒。昨兒行酒令，你說的是什麼？我竟不知是哪裡來的。」

黛玉一想，方想起來，昨兒失於檢點，那《牡丹亭》、《西廂記》說了兩句，不覺紅了臉，便上來摟著寶釵，笑道：「好姐姐，原是我不知道，隨口說的。你教給我，我再不說了。」寶釵笑道：「我也不知道，聽你說的怪生的，所以請教你。」黛玉道：「好姐姐，你別說與人，我以後再不說了。」

寶釵見他羞的滿臉飛紅，滿口央告，便不肯再往下追問，因拉他坐下吃茶，款款的告訴他道：「你當我是誰？我也是個淘氣的。從小七八歲上，也夠個人纏的。我們家也算是個讀書人家，祖父手裡也極愛藏書。先時人口多，姊妹弟兄也在一處，都怕看正經書。弟兄們也有喜詩的，也有愛詞的，諸如這些《西廂》、《琵琶（元代高明著《琵琶記》）》以及《元人百種》，無所不有。他們是偷背著我們，我們偷背著他們看。後來，大人知道了，打的打，罵的罵，燒的燒，才丟開了。所以咱們女孩兒家不認得字倒好。男人們讀書不明理，尚且不如不讀書的好，何況你我。就連做詩寫字等事，這不是你我分內之事，究竟也不是男人分內之事。男人們讀書明理，輔國治民，這更好了。只是如今並不聽見有這樣的人，讀了書倒更壞了。這是書誤了他，可惜他也把書糟踏了，所以竟不如耕種買賣，倒沒有什麼大害處。你我只該做些針線紡績的事才是，偏又認得了字，既認得了字，不過揀那正經書看也罷了，最怕見這些雜書，移了情性，就不可救了。」一席話，說的黛玉垂頭吃茶，心下暗服，只有答應「是」的一字。

忽見素雲進來說：「我們奶奶請二位姑娘商議要緊的事呢。二姑娘、三姑娘、四姑娘、史姑娘、寶二爺都等著呢。」寶釵道：「又是什麼事？」黛玉道：「咱們到了那裡就知道了。」說著，便和寶釵往稻香村來，果見眾人都在那裡。

李紈見了他兩個，笑道：「社還沒起，就有脫滑（耍滑躲懶）的了，四丫頭要告一年的假呢。」黛玉笑道：「都是老太太昨兒一句話，又叫他畫什麼園子圖兒，惹得他樂得告假了。」探春笑道：「也別怪老太太，都是劉姥姥一句話。」

黛玉忙笑接道：「可是呢，都是他的一句話。他是哪一門子的姥姥，直叫他是個『母蝗蟲』就是了。」說著，大家都笑起來。寶釵笑道：「世上的話，到了鳳丫頭嘴裡，也就盡了。幸而鳳丫頭不認得字，不大通，不過一概是市俗取笑。更有顰兒這促掐嘴，他用『春秋』的法子（孔子寫《春秋》的筆法），市俗的粗話，撮其要，刪其繁，再加潤色，比方出來，一句是一句。這『母蝗蟲』三字，把昨兒那些形景都現出來了。虧他想的倒也快！」眾人聽了，都笑道：「你這一注解，也就不在他兩個以下。」

李紈道：「我請你們大家商議，給他多少日子的假？我給了他一個月的假，他嫌少。你們怎麼說？」黛玉道：「論理，一年也不多。這園子，蓋才蓋了一年，如今要畫，自然得二年的工夫呢。又要研墨，又要蘸筆，又要鋪紙，又要著顏色，又要……」剛說到這裡，眾人知道他是取笑惜春，便都笑問他說：「還要怎樣？」黛玉自己也掌不住笑道：「又要照著這樣兒慢慢的畫，可不得二年的工夫！」眾人聽了，都拍手笑個不住。

寶釵笑道：「有趣，最妙落後一句是『又要照著這個慢慢的畫』。他可不畫去，怎麼就有了呢？所以昨兒那些笑話兒雖可笑，回想是沒味的。你們細想，顰兒這幾句話雖然是淡的，回想卻有滋味。我倒笑的動不得了。」惜春道：「都是寶姐姐贊的他越發逞強，這會子拿我又取笑兒。」

黛玉忙拉他笑道：「我且問你，還是單畫這園子呢，還是連我們眾人都畫在上頭呢？」惜春道：「原說只畫這園子的。昨兒老太太又說，單畫園子成個房樣子了，叫連人都畫上，就像行樂似的才好。我又不會這工細樓台，又不會畫人物，又不好駁回，正為這個為難呢。」

黛玉道：「人物還容易，你草蟲上不能。」李紈道：「你又說不通的話了。這個上頭，哪裡又用的著草蟲？或者翎毛，倒要點綴一兩樣。」黛玉笑道：「別的草蟲不畫罷了，昨兒『母蝗蟲』不畫上，豈不缺了典！」眾人聽了，又都笑起來。黛玉一面笑的兩手捧著胸口，一面說道：「你快畫罷，我連題跋都有了，起了個名字，就叫做《攜蝗大嚼圖》。」眾人聽了，越發哄然大笑的前仰後合。

只聽「咕咚」一聲響，不知什麼倒了，急忙看時，原來是史湘雲伏在椅子背兒上，那椅子原不曾放穩，被他全身伏著背子大笑，他又不防，兩下裡錯了筍，向東一歪，連人帶椅都歪倒了，幸有板壁擋住，不曾落地。眾人一見，越發笑個不住。寶玉忙趕上去，扶住了，起來方漸漸止了笑。

寶玉和黛玉使個眼色兒。黛玉會意，便走至裡間，將鏡袱揭起，照了照，只見兩鬢略鬆了些，忙開了李紈的妝奩，拿出抿子（刷頭髮的刷子）來，對鏡抿了兩抿，仍舊收拾好了，方出來，指著李紈道：「這是叫你帶著我們做針線、教道理呢，你反招了我們來大玩大笑的。」李紈笑道：「你們聽他這刁話。他領著頭兒鬧，引著人笑了，倒賴我的不是。真真恨的我只保佑你明兒得一個厲害婆婆，再得幾個千刁萬惡的大姑子、小姑子，試試你那會子還這麼刁不刁了。」

黛玉早紅了臉，拉著寶釵說：「咱們放他一年的假罷。」寶釵道：「我有一句公道話，你們聽聽。藕丫頭雖會畫，不過是幾筆寫意。如今畫這園子，非離了肚子裡頭有些丘壑的如何成畫。這園子卻是像畫兒一般，山石樹木，樓閣房屋，遠近疏密，也不多，也不少，恰恰的是這樣。你就照樣兒往紙上一畫，是必不能討好的。這要看紙的地步遠近，該多該少，分主分賓，該添的要添，該減的要減，該藏的要藏，該露的要露。這一起了稿子，再端詳斟酌，方成一幅圖樣。第二件，這些樓台房舍，是必要界畫的。一點不留心，欄桿也歪了，柱子也塌了，門窗也倒豎過來，階磯也離了縫，甚至桌子擠到牆裡頭去，花盆放在簾子上來，豈不倒成了一章笑話兒了。第三，要安插人物，也要有疏密，有高低。衣褶裙帶，手指足步，最是要緊。一筆不細，不是腫了手，就是跏了腳，染臉撕髮倒是小事。依我看來，竟難的很。如今一年的假也太多，一月的假也太少，竟給他半年的假，再派了寶兄弟幫著他。並不是為寶兄弟知道教著他畫，那就更誤了事；為的是有不知道的，或難安插的，寶兄弟好拿出去問問那會畫的相公，就容易了。」

寶玉聽了，先喜的說：「這話極是。詹子亮的工細樓台就極好，程日興的美人是絕技。如今就問他們去。」寶釵道：「我說你是無事忙，說了一聲，你就問他去！也等著商議定了再去。如今且說拿什麼畫？」寶玉道：「家裡有雪浪紙，又大又托墨。」

寶釵冷笑道：「我說你不中用！那雪浪紙寫字、畫寫意畫兒，或是會山水的畫南宗山水，托墨，經得皴染（國畫技法）。拿了畫這個，又不托色，又難滃漬，畫也不好，紙也可惜。我教你一個法子。原先蓋這園子，就有一張細致圖樣，雖是匠人描的，那地步、方向是不錯的。你和太太要了出來，也比著那紙大小，和鳳丫頭要一塊重絹，叫相公礬了，叫他照著這圖樣刪補著，立了稿子，添了人物就是了。就是配這些青綠顏色並泥金泥銀，也得他們配去。你們也得另籠上風爐子，預備化膠、出膠、洗筆。還得一張粉油大案，鋪上氈子。你們那些碟子也不全，筆也不全，都得從新再置一份兒才好。」惜春道：「我何曾有這些畫器？不過隨手的筆畫畫罷了。就是顏色，只有赭石、廣花、藤黃、胭脂這四樣。再有，不過是兩支著色的筆就完了。」

寶釵道：「你何不早說？這些東西，我卻還有。只是你也用不著，給你也白放著。如今我且替你收著，等你用著這個的時候，我送你些。也只可留著畫扇子，若畫這大幅的，也就可惜了的。今兒替你開個單子，照著單子和老太太要去。你們也未必知道的全，我說著，寶兄弟寫。」寶玉早已預備下筆硯了，原怕記不清白，要寫了記著，聽寶釵如此說，喜的提筆起來靜聽。

寶釵說道：「頭號排筆四支，二號排筆四支，三號排筆四支，大染四支，中染四支，小染四支，大南蟹爪十支，小蟹爪十支，鬚眉十支，大著色二十支，小著色二十支，開面十支，柳條二十支，箭頭朱四兩，南赭四兩，石黃四兩，石青四兩，石綠四兩，管黃四兩，廣花八兩，蛤粉四匣，胭脂十片，大赤飛金二百帖，青金二百帖，廣勻膠四兩，淨礬四兩。礬絹的膠礬在外，別管他們，只把絹交出來，叫他們礬去。這些顏色，咱們淘澄飛跌（指調治顏料的四種方法）著，又玩了，又使了，包你一輩子都夠使了。再要頂細絹籮四個，粗絹籮二個，擔筆四支，大小乳鉢四個，大粗碗二十個，五寸粗碟子十個，三寸粗白碟子二十個，風爐兩個，沙鍋大小四個，新瓷缸二口，新水桶四只，一尺長白布口袋四個，浮炭二十斤，柳木炭一斤，三屜木箱一個，實地紗一丈，生薑二兩，醬半斤。」

黛玉忙道：「鐵鍋一口，鐵鏟一個。」寶釵道：「這做什麼？」黛玉笑道：「你要生薑和醬這些作料，我替你要鐵鍋來，好炒顏色吃的。」眾人都笑起來。寶釵笑道：「你哪裡知道？那粗色碟子保不住不上火烤，不拿薑汁子和醬預先抹在底子上烤過，一經了火，是要炸的。」眾人聽說，都道：

「原來如此。」

黛玉又看了一回單子，笑著拉探春悄悄的道：「你瞧瞧，畫個畫兒，又要這些水缸、箱子來了。想必糊塗了，把他的嫁妝單子也寫上了。」探春「嗳」了一聲，笑個不住，說道：「寶姐姐，你還不擰他的嘴？你問問他編排你的話。」寶釵笑道：「不用問，狗嘴裡還有象牙不成！」一面說，一面走上來，把黛玉按在炕上，便要擰他的臉。黛玉笑著忙央告道：「好姐姐，饒了我罷！顰兒年紀小，只知說，不知道輕重，做姐姐的教導我。姐姐不饒我，我還求誰去？」眾人不知話內有因，都笑道：「說的好可憐見的，連我們也軟了，饒了他罷。」

寶釵原是和他玩的，忽聽他又拉扯上前番說他胡看雜書的話，便不好再和他廝鬧，放起他來。黛玉笑道：「到底是姐姐，要是我，再不饒人的。」寶釵笑指他道：「怪不得老太太疼你，眾人愛你伶俐，今兒我也怪疼你的了。過來，我替你把頭髮攏一攏。」黛玉果然轉過身來，寶釵伸手攏上去。寶玉在旁看著，只覺更好，不覺後悔不該令他抿上鬢去，也該留著，此時叫他替他抿上去。正自胡想，只見寶釵說道：「寫完了，明兒回老太太去。若家裡有的就罷，若沒有的，就拿些錢去買了來，我幫著你們配。」寶玉忙收了單子。

大家又說了一回閒話。至晚飯後，又往賈母處來請安。賈母原沒有大病，不過是勞乏了，兼著了些涼，溫存了一日，又吃了一劑藥疏散，至晚也就好了。

不知次日又有何話，且聽下回分解。

# 第四十三回

## 閒取樂偶攢金慶壽　不了情暫撮土為香

話說王夫人因見賈母那日在大觀園不過著了些風寒，不是什麼大病，請醫生，吃了兩劑藥，也就好了，命鳳姐來，吩咐他預備給賈政帶送東西。

正商議著，只見賈母打發人來請，王夫人忙引著鳳姐兒過來。王夫人又請問：「這會子可又覺大安些？」賈母道：「今日可大好了。方才你們送來野雞崽子湯，我嘗了一嘗，倒有味兒，又吃了兩塊肉，心裡很受用。」王夫人笑道：「這是鳳丫頭孝敬老太太的。算他的孝心虔，不枉了素日老太太疼他。」賈母點頭笑道：「難為他想著。若是還有生的，再炸上兩塊，鹹浸浸的，吃粥有味兒。那湯雖好，只不對稀飯。」鳳姐聽了，連忙答應，命人去廚房傳話。

這裡，賈母又向王夫人笑道：「我打發人請你來，不為別的。初二日是鳳丫頭的生日。上兩年，我原早想著替他做生日，偏到跟前又有大事，就混過去了。今年，人又齊全，料著又沒事，咱們大家好生樂一日。」王夫人笑道：「我也想著呢。既是老太太高興，何不就商議定了？」

賈母笑道：「我想，往年不拘誰做生日，都是各自送各自的禮。這個也俗了，也覺太生分似的。今兒我出個新法子，又不生分，又可取樂。」王夫人忙道：「老太太怎麼想著好，就是怎麼樣行。」

## 第四十三回

閒取樂偶攢金慶壽　不了情暫撮土為香

賈母笑道：「我想著，咱們也學那小家子，大家湊份子，多少盡著這錢去辦。你道好玩不好玩？」王夫人道：「這個很好，但不知怎麼湊法？」賈母聽說，一發高興起來，忙遣人去請薛姨媽、邢夫人等，又叫請姑娘們並寶玉；那府裡珍兒媳婦並賴大家的等有些頭臉、管事的媳婦，也都叫了來。

眾丫頭、婆子見賈母十分高興，也都高興，忙忙的各自分頭去請的請，傳的傳。沒頓飯的工夫，老的、少的，上的、下的，烏壓壓擠了一屋子。只薛姨媽和賈母對坐，邢夫人、王夫人只坐在房門前兩張椅子上，寶釵姊妹等五六個人坐在炕上，寶玉坐在賈母懷前，底下滿滿的站了一地。賈母忙命拿幾張小杌子來，給賴大母親等幾個高年、有體面的媽媽坐了。

賈府風俗，年高、伏侍過父母的家人，比年輕的主子還有體面，所以尤氏、鳳姐兒等只管地下站著，那賴大的母親等三四個老媽媽告了坐，都坐在小杌子上了。

賈母笑著把方才一席話說與眾人聽了。眾人誰不湊這趣兒？再也有和鳳姐兒好的，有情願這樣的，也有畏懼鳳姐兒、巴不得奉承的。況且都是拿得出來的，所以一聞此言，都欣然應諾。

賈母先道：「我出二十兩。」薛姨媽笑道：「我隨著老太太，也是二十兩了。」邢夫人、王夫人笑道：「我們不敢和老太太並肩，自然矮一等，每個十六兩罷了。」尤氏、李紈也笑道：「我們自然又矮一等，每人十二兩罷。」

賈母忙和李紈道：「你寡婦失業的，哪裡還拉你出這個錢，我替你出了罷。」鳳姐忙笑道：「老太太別高興，且算一算帳再攬事。老太太身上已有兩份呢，這會子又替大嫂子出十二兩，說著高興，一會子回想，又心疼了。過後兒又說，『都是為鳳丫頭花了錢』，使個巧法兒，哄著我拿出三四倍來暗裡補上，我還做夢呢。」說的眾人都笑了。

賈母笑道：「依你怎麼樣呢？」鳳姐笑道：「生日沒到，我這會子已經折受的不受用了。我一個錢也不出，驚動這些人，實在不安，不如大嫂子這份我替他出了罷。我到那一日，多吃些東西，就享了福了。」邢夫人等聽了，都說：「很是。」賈母方允了。

鳳姐兒又笑道：「我還有一句話呢。我想，老祖宗自己二十兩，又有林妹妹、寶兄弟的兩份子。姨媽自己二十兩，又有寶妹妹的一份子，這倒也公道。只是二位太太，每位十六兩，自己又少，又不替人出，這有些不公道。老祖宗吃了虧了！」賈母聽了，忙笑道：「到底是我的鳳丫頭向著我。這說的很是，要不是你，我叫他們又哄了去了。」鳳姐笑道：「老祖宗只把他姐兒兩個交給兩位太太，一位占一個，分派每位替出一份就是了。」賈母忙說：「這很公道，就是這樣。」

賴大的母親忙站起來，笑道：「這可反了！我替二位太太生氣。在那邊是兒子媳婦，在這邊是內侄女兒，倒不向著婆婆、姑姑，倒向著別人。這兒媳婦成了陌路人，內侄女兒竟成了個外侄女兒了。」說的賈母與眾人都大笑起來了。賴大之母因又問道：「少奶奶們十二兩，我們自然也該矮一等了。」賈母聽說，道：「這使不得。你們雖該矮一等，我知道，你們這幾個都是財主，位雖低，錢卻比他們多的。你們和他們一例，才使得。」眾媽媽聽了，連忙答應。

賈母又道：「姑娘們不過應個景兒，每人照一個月的月例就是了。」又回頭叫鴛鴦來：「你們也湊幾個人，商議湊了來。」鴛鴦答應著，去不多時，帶了平兒、襲人、彩霞等，還有幾個丫頭來，也有二兩的，也有一兩的。賈母因問平兒：「你難道不替你主子做生日，還入在這裡頭？」平兒笑道：「我那個私自另外有了，這是公中的，也該出一份。」賈母笑道：「這才是好孩子。」

鳳姐又笑道：「上下都全了。還有二位姨奶奶，他出不出，也問一聲兒，盡到他們是理，不然，他們只當小看了他們了。」賈母聽說，忙說：「可是呢，怎麼倒忘了他們！只怕他們不得閒兒，叫一個丫頭問問去。」說著，早有丫頭去了。半日，回來說道：「每位也出二兩。」賈母喜道：「拿筆硯來，算明共計多少。」

尤氏因悄罵鳳姐道：「我把你這沒足厭的小蹄子！這麼些婆婆、嬸子來湊銀子給你做生日，你還不足，又拉上兩個苦瓠子做什麼？」鳳姐也悄笑道：「你少胡說，一會子離了這裡，我才和你算帳。他們兩個為什麼苦？有了錢，也是白填送別人，不如拘了來，咱們樂。」

說著，早已合算了，共湊了一百五十兩有餘。賈母道：「一日戲酒用不了。」尤氏道：「既不請客，酒席又不多，兩三日用度都也夠了。頭等，戲不用錢，省在這上頭。」賈母道：「鳳丫頭說哪一班好，就傳哪一班。」鳳姐道：「咱們家的班子都聽熟了，倒是花幾個錢，叫一班來聽聽罷。」賈母道：「這件事，我交給珍哥媳婦了。越發叫鳳丫頭別操一點心，受用一日才算。」尤氏答應著。又說了一回話，都知賈母乏了，才漸漸的散出來。

尤氏等送出邢夫人、王夫人二人散去，便往鳳姐房裡來，商議怎麼辦生日的話。鳳姐兒道：「你不用問我，你只看老太太的眼色行事就完了。」尤氏笑道：「你這阿物兒（弄巧的人），也忒行了大運了。我當有什麼事叫我們來，原來單為這個。出了錢不算，還要我操心，你怎麼謝我？」鳳姐笑道：「你別扯臊，我又沒叫你來，謝你什麼？你怕操心，你這會子就回老太太去，再派一個就是了。」尤氏笑道：「你瞧他興的這樣兒！我勸你收著些兒好。太滿了，就潑出來了。」二人又說了一回話方散。

次日早晨，尤氏方才起來梳洗，有丫頭送上一包銀子，因問是誰送過來的，丫頭們回說：「林媽。」尤氏便命叫了他來。丫頭們走至下房，叫了林之孝家的過來。尤氏命他腳踏上坐了，一面忙著梳洗，一面問他：「這一包銀子共多少？」林之孝家的回說：「這是我們底下人的銀子，湊了先送過來。老太太和太太們的還沒有呢。」

正說著，丫頭們回說：「那府裡大太太和姨太太打發人送份子來了。」尤氏笑罵道：「小蹄子，專會記得這些沒要緊的話。昨兒不過老太太一時高興，故意的說要學那小家子湊份子，你們就得到了，到了你們嘴裡，當正經的說。還不快接了進來，好生待茶，再打發他們去。」丫頭應著，忙接銀子進來，一共兩封，連寶釵、黛玉的都有了。

尤氏問還少誰的，林之孝家的道：「還少老太太、二太太、姑娘們的，並底下女孩子們的。」尤氏道：「還有你們大奶奶的呢？」林之孝家的道：「奶奶過去，這銀子都從二奶奶手裡發，一共都有了。」

說著，尤氏梳洗了，命人伺候車輛。一時來至榮府，先來見鳳姐。只見鳳姐已將銀子封好，正要送去。尤氏問：「都齊了？」鳳姐笑道：「都有了，快拿去罷。丟了我不管。」尤氏笑道：「我有些信不及，倒要當面點一點。」說著，果然按數一點，只沒有李紈的一份。尤氏笑道：「我說你鬧鬼呢，怎麼你大嫂子的沒有？」鳳姐笑道：「那麼些還不夠？便短一份兒也罷了。等不夠了，我再找給你。」尤氏道：「昨兒你在人跟前做人，今兒又來和我賴，這個斷不依你。我只和老太太要去。」鳳姐笑道：「我看你厲害。明兒有了事，我也丁是丁，卯是卯的，你也別抱怨。」

尤氏笑道：「你一股兒不出，也罷，不看你素日孝敬我，我才是不依你呢。」說著，把平兒的一份子拿了出來，說道：「平兒，來！把你的收起去，等不夠了，我替你添上。」平兒會意，因說道：「奶奶先使著，若剩了下來再賞我一樣。」尤氏笑道：「只許你主子作弊，就不許我做情？」平兒只得收了。尤氏又道：「我看著你主子這麼細致，弄這些錢哪裡使去！使不了，明兒帶了棺材裡使去。」

一面說著，一面又往賈母處來。先請了安，大概說了兩句話，便走到鴛鴦房中，和鴛鴦商議，只聽鴛鴦的主意行事。何以討賈母喜歡，二人計議妥當。

尤氏臨走時，把鴛鴦的二兩銀子還他，說：「這還使不了呢。」說著，一徑出來，又至王夫人跟前說了一回話。因王夫人進了佛堂，把彩雲的一份也還了他。鳳姐不在跟前，一時把周、趙二人的也還了。他兩個還不敢收。尤氏道：「你們可憐見的，哪裡有這些閒錢？鳳丫頭便知道了，有我應著呢。」二人聽說，千恩萬謝的方收了。

轉眼已是九月初二日，園中人都打聽得尤氏辦得十分熱鬧，不但有戲，連耍百戲（雜技）並說書的女先生兒全有，因而都打點取樂玩耍。

李紈又向眾姊妹道：「今兒是正經社日（生日當天），可別忘了。寶玉也不來，想必他只圖熱鬧，把清雅就丟了。」說著，便命丫頭去瞧做什麼呢，快請了來。丫頭去了半日，回說：「花大姐姐說，今兒一早就出門去了。」眾人聽了，都詫異說：「再沒有出門之理。這丫頭糊塗，不知說話。」因又命素雲去。一時素雲回來說：「可不真出門了。說有個朋友死了，出去探喪去了。」探春道：「斷然沒有的事。憑他什麼事，再沒有今日出門之理。你叫襲人來，我問他。」

剛說著，只見襲人走來。李紈等都說道：「今兒憑他有什麼事，也不該出門。頭一件，你二奶奶的生日，老太太都這麼高興，兩府裡上下眾人來湊熱鬧，他倒走了。第二件，又是頭一社的正日子，他也不告假，就私自去了！」襲人嘆道：「昨兒晚上就說了，今兒一早起，有要緊的事，到北靜王府裡去，就趕回來的。勸他不要去，他必不依。今兒一早起來，又要素衣裳穿，想必是北靜王府裡的要緊姬妾沒了，也未可知。」李紈等道：「若果然如此，也該去走走。只是也該回來了。」說著，大家又商議：「咱們只管做詩，等他來罰他。」

剛說著，只見賈母已打發人來請，便都往前頭去了。襲人回明寶玉的事，賈母不樂，便命人接去。

原來寶玉心裡有件心事，於頭一日就吩咐茗煙：「明日一早出門，備兩匹馬，在後門口等著，不要別一個跟著。說給李貴，我往北府裡去了。倘或要有人找，叫他攔住，不用找，只說北府裡留下了，橫豎就來的。」茗煙也摸不著頭腦，只得依言說了。

次日一早，果然備了兩匹馬，在園後門等著。天亮了，只見寶玉遍體純素，從角門出發，一語不發，跨上馬，一彎腰，順著街就趲（連跳帶跑）下去了。茗煙也只得跨上馬，加鞭趕上，在後面忙問：「往哪裡去？」寶玉道：「這條路是往哪裡去的？」茗煙道：「這是出北門的大道。出去了，冷清清，沒有可玩的。」寶玉聽說，點頭道：「正要冷清清的地方好。」說著，越發加了兩鞭。那馬早已轉了兩個彎子，出了城門。茗煙越發不得主意，只得緊緊的跟著。

一氣跑了七八里路出來，人煙漸漸稀少。寶玉方勒住馬，回頭問茗煙道：「這裡可有賣香的？」茗煙道：「香倒有，不知是哪一樣？」寶玉想道：「別的香不好，須得檀、芸、降（三種香名）三樣。」茗煙笑道：「這三樣可難得。」寶玉為難。

茗煙見他為難，因問道：「要香做什麼使？我見二爺時常小荷包內有散香，何不找一找？」一句提醒了，寶玉便回首，衣襟上掛著個荷包內，摸了一摸，竟有兩星沉、速（香名），心內歡喜，只是不恭些。再想，自己親身帶的，倒比買的又好些。於是又問爐炭。茗煙道：「這可罷了。荒郊野外，哪裡有？既用這些東西，何不早說？帶了來，豈不便宜。」寶玉道：「糊塗東西，若可帶了來，又不這樣沒命的跑了。」

茗煙想了半日，笑道：「我得了個主意，不知二爺心下如何？我想來，二爺不止用這個呢，只怕還要用別的。這也不是事。如今，我們就往前再走二里地，就是水仙庵了。」寶玉聽了，忙問：「水仙庵就在這裡？更好了，我們就去。」說著，就加鞭前行，一面回頭向茗煙道：「這水仙庵的姑子長往咱們家去。咱們這一去到那裡，和他借香爐使使，他自然是肯的。」

茗煙道：「別說是咱們家的香火，就是平白不認識的廟裡，和他借，他也不敢駁回。只是一件，我常見二爺最厭這水仙庵的，如何今兒又這樣喜歡了？」寶玉道：「我素日因恨俗人不知原故，混供神，混蓋廟。這都是當日有錢的老公們，和那些有錢的愚婦們，聽見有個神，就蓋起廟來供著，也不知那神是何人，因聽些野史小說，便信真了。比如這水仙庵裡面，因供的是洛神，故名水仙庵。殊不知，古來並沒有個洛神。那原是曹子建（魏朝詩人曹植）的謊話，誰知這起愚人就塑了像供著。今兒卻合我的心事，故借他一用。」

說著，早已來至門前。那老姑子見寶玉來了，事出意外，竟像天上掉下個活龍來的一般，忙上來問好，命老道來接馬。寶玉進去，也不拜洛神之像，卻只管賞鑑。雖是泥塑的，卻真有「翩若驚鴻，婉若游龍」之態，「荷出綠波，日映朝霞」（連同上句均出自曹植的《洛神賦》）之姿。寶玉不覺滴下淚來。

老姑子獻了茶。寶玉因和他借香爐燒香。那姑子去了半日，連香供、紙馬都預備了來。寶玉說道：「一概不用。」命茗煙捧著爐，出至後園中，揀一塊平淨地方兒，竟揀不出。茗煙道：「那井台上如何？」寶玉點頭，一齊來至井台上，將爐放下。茗煙站過一旁。寶玉掏出香來焚上，含淚施了半禮，回身命收了去。

茗煙答應，且不收，忙爬下磕了幾個頭，口內祝道：「我茗煙跟二爺這幾年，二爺的心事，我沒有不知道的。只有今兒這一祭祀，沒有告訴我，我也不敢問。只是這受祭的陰魂，雖不知名姓，想來自然是那人間第一、天上無雙的極聰敏、極清雅的一位姐姐妹妹了。二爺心事不能出口，讓我代祝：

你若芳魂有感，香魄多情，雖然陰陽間隔，既是知己之間，時常來望候二爺，未嘗不可。你在陰間保佑二爺來生也變了個女孩兒，和你們一處相伴，再不可又托生這鬚眉濁物了。」說畢，又磕了幾個頭，才爬起來。寶玉聽他沒說完，便掌不住笑了，因踢他道：「休胡說，看人聽見笑話。」

茗煙起來，收過香爐，和寶玉走著，因說道：「我已經和姑子說了，二爺還沒用飯，叫他收拾了些東西，二爺勉強吃些。我知道今兒咱們裡頭大排筵宴，熱鬧非常，二爺為此才躲了出來的。橫豎在這裡清淨一天，也就盡到禮了。若不吃東西，斷使不得。」寶玉道：「戲酒既不吃，我隨便的吃些何妨？」

茗煙道：「這便才是。還有一說，咱們來了，必有人不放心。若沒有人不放心，便晚了進城何妨？若有人不放心，二爺須得進城回家去才是。第一，老太太、太太也放了心。第二，禮也盡了，不過如此。就是家去了，看戲吃酒，也並不是二爺有意，原不過陪著父母盡孝道。二爺若單為了這個，不顧老太太、太太懸心，就是方才那受祭的陰魂也不安生。二爺想，我這話如何？」寶玉笑道：「你的意思，我猜著了。你想著，只你一個跟了我出來，回來你怕擔不是，所以拿這大題目來勸我。我才來了，不過為盡個禮，再去吃酒看戲，並沒說一日不進城。這已完了心願，趕著進城，大家放心，豈不兩全其道？」茗煙道：「這更好。」

說著，二人來至禪堂，果然那姑子收拾了一桌素菜。寶玉胡亂吃了些，茗煙也吃了。

二人便上馬，仍回舊路。茗煙在後面只囑咐：「二爺好生騎著，這馬總沒大騎的，手裡提緊著。」一面說著，早已進了城，仍從後門進去，忙忙來至怡紅院中。襲人等都不在房裡，只有幾個老婆子看著屋子，見他來了，都喜的眉開眼笑，說：「阿彌陀佛，可來了！把花姑娘急瘋了！上頭正坐席呢，二爺快去罷。」寶玉聽說，忙將素服脫了，自去尋了華服換上，問在什麼地方坐席，老婆子回說：「在新蓋的大花廳上。」

寶玉聽說，一徑往花廳來，耳內早已隱隱聞得歌管之聲。剛至穿堂那邊，只見玉釧兒獨坐在廊簷下垂淚，一見他來，便收淚說道：「鳳凰來了，快進去罷。再一會子不來，都反了。」寶玉陪笑道：「你猜我往哪裡去了？」玉釧兒不答，只管擦淚。

寶玉忙進廳裡，見了賈母、王夫人等，眾人真如得了鳳凰一般。寶玉忙趕著與鳳姐兒行禮。賈母、王夫人都說他不知道好歹：「怎麼也不說聲，就私自跑了，這還了得！明兒再這樣，等老爺回家來，必告訴他打你。」說著，又罵跟的小廝們都偏聽他的話，說哪裡去就去，也不回一聲兒。一面又問他：「到底哪去了？可吃了什麼？可唬著了？」

寶玉只回說：「北靜王的一個愛妾昨日沒了，給他道惱去。他哭的那樣，不好撇下就回來，所以多等了一會子。」賈母道：「以後再私自出門，不先告訴我們，一定叫你老子打你。」寶玉答應著。因又要打跟的小子們，眾人又忙說情，勸道：「老太太也不必過慮了，他已經回來，到家該放心樂一回了。」

賈母先不放心，自然發狠，這回來了，喜且有餘，哪裡還恨，也就不提了；還怕他不受用，或者別處沒吃飽，路上著了驚怕，反百般的哄他。襲人早過來伏侍。大家仍舊看戲。當日演的是《荊釵記》（元末柯丹邱所作）。賈母、薛姨媽等都看的心酸落淚，也有笑的，也有罵的。

要知後事，且看下回分解。

# 第四十四回

## 變生不測鳳姐潑醋　喜出望外平兒理妝

話說眾人看演《荊釵記》，寶玉和姊妹一處坐著。林黛玉因看到《男祭》這出上，便和寶釵說道：「這王十朋也不通的很，不管在哪裡祭一祭罷了，必定跑到江邊子上來做什麼！俗語說，『睹物思人』。天下的水，總歸一源。不拘哪裡的水，舀一碗看著哭去，也就盡情了。」寶釵不答。寶玉回頭要熱酒敬鳳姐。

原來賈母說，今日不比往日，定要叫鳳姐痛樂一日。本自己懶怠坐席，只在裡間屋裡榻上歪著，和薛姨媽看戲，隨心愛吃的揀幾樣放在小几上，隨意吃著說話兒；將自己兩桌席面賞給那沒有席面的大小丫頭，並那應差、聽差的婦人等，命他們在窗外廊簷下也只管坐著隨意吃喝，不必拘禮。王夫人和邢夫人在地下高桌上坐著，外面幾席是他們姊妹們坐。

賈母不時吩咐尤氏等：「讓鳳丫頭坐在上面，你們好生替我待東，難為他一年到頭辛苦。」尤氏答應了，又笑回道：「說他坐不慣首席。坐在上頭，橫不是，豎不是的，酒也不肯吃。」賈母聽了，笑道：「你不會，等我親自讓他去。」鳳姐兒忙也進來，笑說：「老祖宗別信他們的話，我吃了好幾鍾了。」賈母笑著，命尤氏：「快拉他出去，按在椅子上，你們都輪流敬他。他再不吃，我當真的就親自去了。」

尤氏聽說，忙笑著又拉他出來坐下，命人拿了台盞，斟了酒，笑道：「一年到頭，難為你孝順老太太、太太和我。我今兒沒什麼疼你的，親自斟酒，乖乖兒的在我手裡喝一口。」鳳姐兒笑道：「你要安心孝敬我，跪下我就喝。」尤氏笑道：「說的你不知是誰！我告訴你說，好容易今兒這一遭，過了後兒，知道還得像今兒這樣得不得了？趁著盡力灌兩鍾罷。」鳳姐兒見推不過，只得喝了兩鍾。接著，眾姊妹也來，鳳姐也只得每人的喝一口。賴大媽媽見賈母尚且這等高興，也少不得來湊趣兒，領著些嬤嬤們也來敬酒。鳳姐兒也難推脫，只得喝了兩口。

鴛鴦等也都來敬，鳳姐兒真不能了，忙央告道：「好姐姐們，饒了我罷，我明兒再喝罷。」鴛鴦笑道：「真個的，我們是沒臉的了？就是我們在太太跟前，太太還賞個臉呢。往常倒有些體面，今兒當著這些人，倒做起主子的款兒來了。我原不該來。不喝，我們就走。」說著，真個回去了。鳳姐兒忙忙拉住，笑道：「好姐姐，我喝就是了。」說著，拿過酒來，滿滿的斟了一杯喝乾。鴛鴦方笑了散去，然後又入席。

鳳姐兒自覺酒沉了，心裡突突的往上撞，要往家去歇歇，只見那耍百戲的上來，便和尤氏說：「預備賞錢，我要洗洗臉去。」尤氏點頭。鳳姐兒瞅人不防，便出了席，往房門後簷下走來。平兒留心，也忙跟了來，鳳姐便扶著他。

才至穿廊下，只見他房裡的一個小丫頭子正在那裡站著，見他兩個來了，回身就跑。鳳姐兒便疑心，忙叫。那丫頭先只裝聽不見，無奈後面連聲兒叫，只得回來。

鳳姐兒越發起了疑心，忙和平兒進了穿廊，叫那小丫頭子也進來，把槅扇關了，鳳姐坐在小院子的台磯上，命那丫頭子跪了，喝命平兒：「叫兩個二門上的小廝來，拿繩子、鞭子，把那眼睛裡沒主子的小蹄子打爛了！」那小丫頭子已經唬的魂飛魄散，哭著只管碰頭求饒。鳳姐兒問道：「我又不是鬼，你見了我，不說規規矩矩的站住，怎麼倒往前跑？」小丫頭子哭道：「我原沒看見奶奶來。我又記掛著房裡沒人，所以跑了。」

鳳姐兒道：「房裡既沒人，誰叫你又來的？你便沒看見我，我和平兒在後頭扯著脖子叫了你十來聲，越叫越跑。離的又不遠，你聾了不成？你還和我強嘴！」說著，便揚手一掌打在臉上，打的那小丫頭子一栽；這邊臉上又一下，登時小丫頭子兩腮紫脹起來。平兒忙勸：「奶奶仔細手疼。」鳳姐便說：「你再打著問他跑什麼。他再不說，把嘴撕爛了他的！」

那小丫頭子先還強嘴，後來聽見鳳姐兒要燒了紅烙鐵來烙嘴，方哭道：「二爺在家裡，打發我來這裡瞧著奶奶的，若見奶奶散了，先叫我送信去的。不承望奶奶這會子就來。」鳳姐兒見話中有文章，便又問道：「叫你瞧著我做什麼？難道怕我家去不成？必有別的原故，快告訴我，我從此以後疼你。你若不細說，立刻拿刀子來割你的肉。」說著，回頭向頭上拔下一根簪子來，向那丫頭嘴上亂戳。

唬的那丫頭一行躲，一行哭求道：「我告訴奶奶，可別說我說的。」平兒一旁勸，一面催他，叫他快說。丫頭便說道：「二爺也是才來的，睡了一會醒了，打發人來瞧瞧奶奶，說才坐席，還得好一會才來呢。二爺就開了箱子，拿了兩塊銀子，還有兩支簪子，兩匹緞子，叫我悄悄的送與鮑二的老婆去，叫他進來。他收了東西，就往咱們屋裡來了。二爺叫我瞧著奶奶。底下的事，我就不知道了。」

鳳姐聽了，已氣的渾身發軟，快立起身來，一徑來家。剛至院門，只見有一個小丫頭在門前探頭兒，一見了鳳姐，也縮頭就跑。鳳姐兒提著名字喝住。那丫頭本來伶俐，見躲不過了，越發的跑了出來，笑道：「我正要告訴奶奶去呢，可巧奶奶來了。」鳳姐兒道：「告訴我什麼？」那丫頭便說二爺在家這般如此，將方才的話也說了一遍。

鳳姐啐道：「你早做什麼了？這會子我看見你了，你來推乾淨兒！」說著，也揚手一下，打的那丫頭一個趔趄，便躡手躡腳的走了。鳳姐來至窗前，往裡聽時，只聽裡頭說笑。那婦人笑道：「多早晚你那閻王老婆死了，就好了。」賈璉道：「他死了，再娶一個也是這樣，又怎麼樣呢？」那婦人道：「他死了，你倒是把平兒扶了正，只怕還好些。」賈璉道：「如今連平兒他也不叫我沾一沾了。平兒也是一肚子委屈，不敢說。我命裡怎麼就該犯了夜叉星（凶星，喻潑婦）。」

鳳姐聽了，氣的渾身亂戰，又聽他們都贊平兒，便疑平兒素日背地裡自然也有怨語了，那酒越發湧了上來，也並不忖奪，回身把平兒先打兩下，一腳踢開了門進去，也不容分說，抓著鮑二家的撕打一頓。又怕賈璉走出去，便堵著門，站著罵道：「好淫婦！你偷主子漢子，還要治死主子老婆！平兒過來！你們淫婦、忘八（王八）一條藤兒（勾結在一起），多嫌著我，外面兒你哄我！」說著，又把平兒打了幾下。打的平兒有冤無處訴，只氣得乾哭，罵道：「你們做這些沒臉的事，好好的又拉上我做什麼！」說著，也把鮑二家的撕打起來。

賈璉也因吃多了酒，進來高興，未曾做的機密，一見鳳姐來了，已沒了主意，又見平兒也鬧起來，把酒也氣上來了。鳳姐兒打鮑二家的，他已又氣又愧，只不好說的。今見平兒也打，便上來踢罵道：「好娼婦！你也動手打人！」平兒氣怯，忙住了手，哭道：「你們背地裡說話，為什麼拉我呢？」鳳姐見平兒怕賈璉，越發氣了，又趕上來打著平兒，偏叫打鮑二家的。平兒急了，便跑出來找刀子，要尋死。外面眾婆子、丫頭忙攔住解勸。

這裡，鳳姐見平兒尋死去，便一頭撞在賈璉懷裡，叫道：「你們一條藤兒害我，被我聽見了，倒都唬起我來。你也勒死我罷！」賈璉氣的牆上拔出劍來，說道：「不用尋死，我也急了，一齊殺了，我償了命，大家乾淨。」

正鬧的不開交，只見尤氏等一群人來了，說：「這是怎麼說，才好好的，就鬧起來？」賈璉見了人，越發倚酒三分醉，逞起威風來，故意要殺鳳姐兒。鳳姐兒見人來了，便不似先前那般潑了，丟下眾人，便哭著往賈母那邊跑。

此時，戲已散出。鳳姐跑到賈母跟前，爬在賈母懷裡，只說：「老祖宗救我！璉二爺要殺我呢！」賈母、邢夫人、王夫人等忙問：「怎麼了？」鳳姐兒哭道：「我才家去換衣裳，不防璉二爺在家和人說話，我只當是有客人來了，唬的我不敢進去。在窗戶外頭聽了一聽，原來是鮑二家媳婦，商議說我厲害，要拿毒藥給我吃了，治死我，把平兒扶了正。我原氣了，又不敢和他吵，原打了平兒兩下，問他為什麼要害我。他臊了，就要殺我。」賈母聽了，都信以為真，說：「這還了得！快拿了那下流種子來！」

一語未完，只見賈璉拿著劍趕來，後面許多人跟著。賈璉明仗著賈母素昔疼他，連母親、嬸母也無礙，故逞強鬧了來。邢夫人、王夫人見了，氣的忙攔住，罵道：「這下流種子！你越發反了，老太太在這裡呢！」賈璉乜斜著眼，道：「都是老太太慣的他，他才這樣，連我也罵起來了！」邢夫人氣的奪下劍來，只管喝他：「快出去！」那賈璉撒嬌撒痴，涎言涎語（厚著臉皮地胡言亂語）的，還只亂說。賈母氣的說道：「我知道，你不把我們放在眼裡，叫人把他老子叫來，看他去不去！」賈璉聽見這話，方趔趄著腳兒出去了，賭氣也不往家去，便往外書房來。

這裡，邢夫人、王夫人也說鳳姐兒。賈母道：「什麼要緊的事！小孩子們年輕，饞嘴貓兒似的，哪裡保的不這麼著。從小兒是人都打這麼過的。都是我的不是，叫你多吃了兩口酒，又吃起醋來。」說的眾人都笑了。

## 第四十四回

變生不測鳳姐潑醋　喜出望外平兒理妝

賈母又道：「你放心，等明兒我叫他來替你賠不是。你今兒別過去臊著他。」因又罵：「平兒那蹄子，素日我倒看他好，怎麼暗地裡這麼壞？」尤氏等笑道：「平兒沒有不是，是鳳姐拿著人家出氣。兩口子不好對打，都拿著平兒煞性子。平兒委屈的什麼似的，老太太還罵人家！」賈母道：「原來這樣，我說那孩子倒不像那狐媚魘道的。既這麼著，可憐見的，白受他的氣。」因叫琥珀來：「你去告訴平兒，就說我的話：我知道他受了委屈，明兒我叫鳳姐兒來替他賠不是。今兒是他主子的好日子，不許他胡惱。」

原來平兒早被李紈拉入大觀園去了。平兒哭的哽噎難鳴。寶釵勸道：「你是個明白人。素日鳳丫頭何等待你，今兒不過他多吃了一口酒，他可不拿你出氣，難道倒拿別人出氣不成？別人又笑話他吃醉了。你只管這會子委屈，素日你的好處，豈不都是假的了？」正說著，只見琥珀走來，說了賈母的話。平兒自覺面上有了光輝，方才漸漸的好了，也不往前頭來。寶釵等歇息了一回，方來看賈母、鳳姐。

寶玉便讓平兒到怡紅院中來。襲人忙接著，笑道：「我先原要讓你的，只因大奶奶和姑娘們都讓你，我就不好讓的了。」平兒也陪笑說：「多謝。」因又說道：「好好兒的，從哪裡說起？無緣無故，白受了一場氣。」襲人笑道：「二奶奶素日待你好，這不過是一時氣急了。」平兒道：「二奶奶倒沒說的。只是那淫婦治的我，他又偏拿我湊趣兒，還有我們那糊塗爺，倒打我。」說著，便又委屈，禁不住落淚。

寶玉忙勸道：「好姐姐，別傷心，我替他兩個賠個不是罷。」平兒笑道：「與你什麼相干？」寶玉笑道：「我們兄弟姊妹，都一樣。他們得罪了人，我替他賠個不是，也是應該的。」又道：「可惜這新衣裳也沾了。這裡有你花妹妹的衣裳，何不換了下來，拿些燒酒噴了，熨一熨。把頭也另梳一梳。」一面說，一面便吩咐了小丫頭子們舀洗臉水，燒熨斗來。

平兒素昔只聞人說，寶玉專能和女孩們接交。寶玉素日因平兒是賈璉的愛妾，又是鳳姐兒的心腹，故不肯和他廝近，因不能盡心，也常為恨事。平兒今見他這般，心中也暗暗的掂掇：果然話不虛傳，色色想的周到。又見襲人特特的開了箱子，拿出兩件不大穿的衣服來與他換，便趕忙的脫下自己的衣服，忙去洗了臉。

寶玉一旁笑勸道：「姐姐還該擦上些脂粉，不然倒像是和鳳姐姐賭氣了似的。況且又是他的好日子，而且老太太又打發了人來安慰你。」平兒聽了有理，便去找粉，只不見粉。寶玉忙走至妝台前，將一個宣窯（明代名窯）瓷盒揭開，裡面盛著一排十根玉簪花棒，拈了一根，遞與平兒。又笑向他道：「這不是鉛粉。這是紫茉莉花種，研碎了，兌上香料製的。」平兒倒在掌上看時，果見輕、白、紅、香，四樣俱美。撲在面上也容易勻淨，且能潤澤肌膚，不比別的粉青、重、澀、滯。然後看見胭脂也不是一張，卻是一個小小的白玉盒子，裡面盛著一盒，如玫瑰膏子一樣。寶玉笑道：「那市上賣的胭脂卻不乾淨，顏色也薄。這是上好的胭脂，擰出汁子來，淘澄淨了渣滓，配了花露蒸疊成的。只要細簪子挑一點兒，抹在手心裡，用一點水化開，抹在唇上，手心裡就夠打腮頰了。」平兒依言妝飾，果見鮮豔異常，且又甜香滿頰。寶玉又將盆內開的一枝並蒂秋蕙用竹剪刀擷了下來，與他簪在鬢上。忽見李紈打發丫頭來喚他，方忙忙的去了。

寶玉因自來從未在平兒前盡過心，且平兒又是個極聰明、極清俊的上等女孩兒，比不得那起俗拙蠢物，深為恨怨。今日是金釧兒生日，故一日不樂。不想落後鬧出這件事來，竟得在平兒前稍盡片心，亦今生意中不想之樂也。因歪在床上，心內怡然自得。忽又思及賈璉惟知以淫樂悅己，並不知作養脂粉。又思平兒並無父母、兄弟姊妹，獨自一人，供應賈璉夫婦二人。賈璉之俗，鳳姐之威，他竟能周全妥貼，今兒還遭荼毒，想來此人薄命，似黛玉尤甚。想到此間，便又傷感起來，不覺灑然淚下。因見襲人等不在房內，盡力落了幾點痛淚。復起身，又見方才的衣裳上噴的酒已半乾，便拿熨斗熨了疊好；見他的手帕子忘了去，上面猶有淚漬，又在面盆中洗了晾上。又喜又悲，悶了一回，也往稻香村來，說一回閒話，掌燈後方散。

平兒就在李紈處歇了一夜，鳳姐兒只跟著賈母睡。賈璉晚間歸房，冷清清的，又不好去叫，只得胡亂睡了一夜。次日醒了，想昨日之事，大沒意思，後悔不來。邢夫人記掛著昨日賈璉醉了，忙一早過來，叫了賈璉，過賈母這邊來。賈璉只得忍愧前來，在賈母面前跪下。

賈母問他怎麼了，賈璉忙陪笑說：「昨兒原是吃了酒，驚了老太太的駕了，今兒來領罪。」賈母啐道：「下流東西，灌了黃湯，不說安分守己的挺屍去，倒打起老婆來了！鳳丫頭成日家說嘴，霸王似的一個人，昨兒唬的可憐。要不是我，你要傷了他的命，這會子怎麼樣？」賈璉一肚子的委屈，不敢分辯，只認不是。

賈母又道：「鳳丫頭和平兒還不是個美人胎子？你還不足！成日家偷雞摸狗，髒的、臭的都拉了你屋裡去。為這起淫婦打老婆，又打屋裡的人，你還虧是大家子的公子出身，活打了嘴了。你若眼睛裡有我，你起來，我饒了你，你乖乖的替你媳婦賠個不是，拉了他家去，我就喜歡了。要不然，你只管出去，我也不敢受你的跪。」賈璉聽如此說，又見鳳姐兒站在那邊，也不盛妝，哭的眼睛腫著，也不施脂粉，黃黃臉兒，比往常更覺可憐可愛。想著：「不如賠了不是，彼此也好了，又討老太太的喜歡了。」一想畢，便笑道：「老太太的話，我不敢不依，只是越發縱了他了。」賈母笑道：「胡說！我知道他最有禮的，再不會衝撞人。他日後得罪了你，我自然也做主，叫你降伏就是了。」

賈璉聽說，爬起來，便與鳳姐兒作了一個揖，笑道：「原是我的不是，二奶奶饒了我罷。」滿屋裡的人都笑了。賈母笑道：「鳳丫頭，不許惱了。再惱，我就惱了。」說著，又命人去叫了平兒來，命鳳姐兒和賈璉安慰平兒。

賈璉見了平兒，越發顧不得了，所謂妻不如妾，妾不如偷。聽賈母一說，便趕上來，說道：「姑娘昨日受了屈了，都是我的不是。奶奶得罪了你，也是因我而起。我賠了不是不算外，還替你奶奶賠個不是。」說著，也作了一個揖，引的賈母笑了，鳳姐兒也笑了。

賈母又命鳳姐來安慰平兒。平兒忙走上來，給鳳姐兒磕頭，說：「奶奶的千秋（生日的敬詞），我惹了奶奶生氣，是我該死。」鳳姐兒正自愧悔，昨日酒吃多了，不念素日之情，浮躁起來，為聽了旁人話，沒臉。今反見他如此，又是慚愧，又是心酸，忙一把拉起來，落下淚來。平兒道：「我伏侍了奶奶這麼幾年，也沒彈我一指甲。就是昨兒打我，我也不怨奶奶，都是那淫婦治的，怨不得奶奶生氣。」說著，也滴下淚來了。

賈母便命人將他三人送回房去：「有一個再提此話，即刻來回我，我不管是誰，拿拐棍子給他一頓。」三個人從新給賈母、邢、王二位夫人磕了頭。老嬤嬤答應了，送他三人回去。

至房中，鳳姐兒見無人，方說道：「我怎麼像個閻王，又像夜叉？那淫婦咒我死，你也幫著咒我。千日不好，也有一日好。可憐我熬的連個淫婦也不如了，我還有什麼臉來過這日子？」說著，又哭了。賈璉道：「你還不足？你細想想，昨兒誰的不是多？今兒當著人，還是我跪了一跪，又賠不是，你也爭足了光了。這會子還叨叨，難道還叫我替你跪下才罷？太要足了強，也不是好事。」說的鳳姐兒無言可對，平兒嗤的一聲笑了。賈璉也笑道：「又好了！真真的我也沒法了。」

正說著，只見一個媳婦來回說：「鮑二媳婦吊死了。」賈璉、鳳姐兒都吃了一驚。鳳姐忙收了怯色，反喝道：「死了罷了，有什麼大驚小怪的！」一時，只見林之孝家的進來，悄回鳳姐道：「鮑二媳婦吊死了，他娘家的親戚要告呢。」鳳姐兒笑道：「這倒好了，我正想要打官司呢！」林之孝家的道：「我才和眾人勸了他們一陣，又威嚇了一陣，許了他幾個錢，也就依了。」鳳姐兒道：「我沒一個錢！有錢也不給，只管叫他告去。也不許勸他，也不用鎮嚇他，只管讓他告去。若告不成，倒問他個『以屍訛詐』！」

林之孝家的正在為難，見賈璉和他使眼色兒，心下明白，便出來等著。賈璉道：「我出去瞧瞧，看是怎麼樣。」鳳姐兒道：「不許給他錢。」賈璉一徑出來，和林之孝來商議，著人去做好做歹許了二百兩發送才罷。賈璉生恐有變，又命人去和王子騰說了，將番役仵作人等叫幾名來，幫著辦喪事。那些人見了如此，總要復翻亦不敢了，只得忍氣吞聲罷了。賈璉又命林之孝將那二百兩銀子入在流年帳上，分別添補開消過去。又體己給鮑二些銀兩，安慰他說：「另日再挑個好媳婦給你。」鮑二有了體面，又有銀子，有何不依？便仍然奉承賈璉，不在話下。

裡面鳳姐心中雖不安，面上只管佯不理論，因房中無人，便拉平兒笑道：「我昨兒灌喪酒了，你別埋怨。打了哪裡，讓我瞧瞧。」平兒道：「也沒打重。」只聽得說：「奶奶、姑娘都進來了。」

要知後來端的，且看下回分解。

# 第四十五回

## 金蘭契互剖金蘭語　風雨夕悶制風雨詞

話說鳳姐兒正撫恤平兒，忽見眾姐妹進來，忙讓坐了。平兒斟上茶來。鳳姐兒笑道：「今兒來的這麼齊全，倒像下帖子請來的。」

探春先笑道：「我們有兩件事。一件是我的，一件是四妹妹的，還夾著老太太的話。」鳳姐兒笑道：「有什麼事，這麼要緊？」探春笑道：「我們起了個詩社，頭一社就不齊全，眾人臉軟，所以就亂了。我想，必得你去做個監社御史，鐵面無私才好。再，四妹妹為畫園子用的東西，這般那般不全，回了老太太，老太太說：『只怕後頭樓底下還有當年剩下的，找一找。若有呢，拿出來；若沒有，叫人買去。』」鳳姐兒笑道：「我又不會做什麼濕的乾的，要我吃東西去不成？」探春道：「你雖不會做，也不要你做。你只監察著，我們裡頭有偷安怠惰的，該怎麼樣罰他就是了。」

鳳姐兒笑道：「你們別哄我，我猜著了。哪裡是請我做監察御史，分明是叫我做個進錢的銅商！你們弄什麼社，必是要輪流做東道的。你們的月錢不夠花，想出這個法子來，勾了我去，好和我要錢。可是這個主意？」一席話說的眾人都笑道：「猜著了。」

李紈笑道：「真真你是個水晶心肝玻璃人。」鳳姐兒笑道：「虧你是個大嫂子呢！原叫你帶著姑娘們念書學規矩針線，俱要教導他們的。這會子，起詩社能用幾個錢？你就不管了。老太太、太太罷了，原是老封君（受過皇封的官員夫人）。你一個月十兩銀子的月錢，比我們多兩倍銀子。老太太、太太還說你寡婦失業的，可憐，不夠用，又有個小子，足足的又添了十兩銀子，和老太太、太太平等。又給你園子地，各人取租子。年終分年例，你又是上上份兒。你娘兒們，主子、奴才共總沒有十個人，吃的、穿的仍舊是官衆的。通共算起來，也有四五百銀子。這會子你就每年拿出一二百兩來，陪他們玩玩，能有幾年呢？他們明兒出了閣，難道還要你賠不成？這會子你怕花錢，調唆他們來鬧我，我樂得去吃一個河涸海乾，我還總不知道呢！」

李紈笑道：「你們聽聽，我說了一句，他就瘋了，說了兩車無賴的泥腿市俗專會打細算盤、分斤撥兩的話出來。這東西，虧他托生在詩書大宦名門之家。做小姐，又是這麼，出了嫁，他還是這麼著。若是生在貧寒小門小戶之家，做了個小子、丫鬟，還不知怎麼下作、貧嘴惡舌的呢！天下人都被你算計了去！昨兒還打平兒，虧你伸的出手來！那黃湯難道灌喪了狗肚子裡去了？氣的我只要替平兒打抱不平。忖奪了半日，好容易狗長尾巴尖兒的好日子（指人的生日，開玩笑的話），又怕老太太心裡不受用，因此沒來，究竟氣還未平。你今兒又招我來了。給平兒拾鞋不要，你們兩個只該換一個過兒才是。」說的衆人都笑了。鳳姐忙笑道：「竟不是為詩為畫來找我的，這臉蛋子竟是為平兒來報仇的。我竟不知道平兒有你這一位仗腰子的人。可知就像有鬼拉著我的手打他，我也不打了。平姑娘，過來，我當著大奶奶、姑娘們，替你賠個不是，擔待我酒後無德罷。」說著，衆人又都笑了。

李紈笑問平兒道：「如何？我說必要給你爭爭氣才罷。」平兒笑道：「雖如此，奶奶們取笑，我經不起。」李紈道：「什麼經不起，有我呢。快拿了鑰匙，叫你主子開了門，找東西去。」

鳳姐兒笑道：「好嫂子，你且同他們回園子裡去，才要把這米帳和他們算一算，那邊大太太又打發人來叫，又不知有什麼話說，須得過去走一走。還有你們年下添補的衣服，打點給人做去呢。」李紈笑道：「這些事情，我都不管。你只把我的事完了，我好歇著去，省得這些姑娘小姐鬧我。」鳳姐忙笑道：「好嫂子，賞我一點空兒。你是最疼我的，怎麼今兒為平兒就不疼我了？往常你還勸我說，事情雖多，也該保全身子，撿點著偷空兒歇歇。你今兒倒反逼我的命了。況且誤了別人的年下衣裳無礙，他姐妹們的若誤了，卻是你的責任，老太太豈不怪你不管閒事，連一句現成的話也不說？我寧可自己落不是，豈敢有累你呢？」

李紈笑道：「你們聽聽，說的好不好？把他會說話的！我且問你，這詩社到底管不管？」鳳姐兒笑道：「這是什麼話？我不入社花幾個錢，我不成大觀園的反叛了，還想在這裡吃飯不成？明日一早就到任，下馬拜了印，先放下五十兩銀子，給你們慢慢的做會社東道。過後幾天，我又不做詩作文，只不過是個俗人罷了，監察也罷，不監察也罷，有了錢了，你們還攆我出來！」說的眾人又笑起來。

鳳姐兒道：「過會子我開了樓房，凡有的這些東西，叫人搬出來。你們看，若使得，留著使；若少什麼，照你們的單子，我叫人替你們買去就是了。畫絹，我就裁出來。那圖樣，沒有在太太跟前，還在那邊珍大爺那裡。說給你們，別碰釘子去。我去打發人取了來，一並叫人連絹交給相公們礬去，如何？」李紈點頭笑道：「這難為你。果然這樣，還罷了。既如此，咱們家去罷。等著他不送了去，再來鬧他。」說著，便帶了他姐妹就走。

鳳姐兒道：「這些事，再沒別人，都是寶玉生出來的。」李紈聽了，忙回身笑道：「正是為寶玉來，反忘了他。頭一社是他誤了。我們臉軟，你說該怎麼罰他？」鳳姐想了一想，說道：「沒有別的法子，只叫他把你各人屋子裡的地，罰他掃一遍才好。」眾人都笑道：「這話不差。」

說著，才要回去，只見一個小丫頭扶了賴嬤嬤進來。鳳姐兒等忙站起來，笑道：「大娘坐下。」

又都向他道喜。賴嬤嬤向炕沿上坐了，笑道：「我也喜，主子們也喜。若不是主子們的恩典，我這喜從何來？昨兒奶奶又打發彩哥賞東西，我孫子在門上朝上磕了頭了。」

李紈笑道：「多早晚上任去？」賴嬤嬤嘆道：「我哪裡管他們，由他們去罷。前兒在家裡給我磕頭，我沒好話，我說：『哥兒，別說你是官了，就橫行霸道的。你今年活了三十歲，雖然是人家的奴才，一落娘胎胞，主子恩典，放你出來。上托著主子的洪福，下托著你老子、娘，也是公子哥兒似的，讀書寫字，也是丫頭、老婆、奶子捧鳳凰似的，長了這麼大。你哪裡知道，那「奴才」兩字是怎麼寫！只知道享福，也不知你爺爺和你老子受的那苦惱，熬了兩三輩子，好容易掙出你這個東西。從小兒，三災八難，花的銀子照樣打出你這個銀人兒來了。到二十歲上，又蒙主子的恩典，許你捐了前程在身上。你看那正根正苗的，忍飢挨餓的要多少？你一個奴才秧子，仔細折了福！如今樂了十年，不知怎麼弄神弄鬼，求了主子，又選了出來。那縣官雖小，事情卻大。為哪一州官，就是哪一方的父母。你不安分守己，盡忠報國，孝敬主子，只怕天也不容你。』」

李紈、鳳姐兒都笑道：「你也多慮。我們看他也就好。先那幾年，還進來了兩次。這有好幾年沒來了，年下生日，只見他的名字就罷了。前兒給老太太、太太磕頭，來在老太太那院裡，見他又穿著新官的服色，倒發的威武了，比先時也胖了。他這一得了官，正該你樂呢，反倒愁起這些來！他不好，還有他的父母呢，你只受用你的就完了。閒時坐個轎子進來，和老太太鬥鬥牌，說說話兒，誰好意思的委屈了你。家去，一般也是樓房廈廳，誰不敬你？自然也是老封君似的了。」

平兒斟上茶來，賴嬤嬤忙站起來，道：「姑娘不管叫哪個孩子倒來罷了，又生受你。」說道，一面吃茶，一面又道：「奶奶不知道。這些小孩子們，全要管的嚴。饒這麼嚴，他們還偷空兒鬧個亂子來，叫大人操心。知道的，說小孩子們淘氣；不知道的，人家就說仗著財勢欺人，連主子名聲也不好。恨的我沒法兒，常把他老子叫了來，罵一頓，才好些。」因又指寶玉道：「不怕你嫌我，如今老爺不過這麼管你一管，老太太護在頭裡。當日老爺小時討你爺爺打，誰沒看見的？老爺小時，何曾像你這麼天不怕、地不怕的了。還有那邊大老爺，雖然淘氣，也沒像你這扎窩子（呆在家中胡混）的樣兒，也是天天打。還有東府裡你珍大哥哥的爺爺，那才是火上澆油的性子，說聲惱了，什麼兒子，竟是審賊！如今我眼裡看著，耳朵裡聽著，那珍大爺管兒子，倒也像當日老祖宗的規矩，只是著三不著兩的（做事不周全）。他自己也不管一管自己，這些兄弟侄兒怎麼怨的不怕他？你心裡明白，喜歡我說；不明白，嘴裡不好意思，心裡不知怎麼罵我呢。」

說著，只見賴大家的來了。接著，周瑞家的、張材家的都進來回事情。鳳姐兒笑道：「媳婦來接婆婆來了。」賴大家的笑道：「不是接他老人家來的，倒是打聽打聽，奶奶、姑娘們賞臉不賞臉？」賴嬤嬤聽了，笑道：「可是我糊塗了，正經說的話俱不說，且說陳穀子爛芝麻的混搗熟。因為我們小子選了出來，眾親友要給他賀喜，少不得家裡擺個酒。我想，擺一日酒，請這個，不請那個，也不是。又想了一想，托主子的洪恩，想不到的這麼榮耀光彩，就傾了家，我也願意的。因此吩咐了他老子連擺三日酒。頭一日，在我們破花園子裡擺幾席酒，一台戲，請老太太、太太們，奶奶、姑娘們去散一日悶；外頭大廳上一台戲，幾席酒，請老爺們、爺們賞個臉增增光。第二日，再請親友。第三日，再把我們兩府裡的伴兒請一請。熱鬧三天，也是托主子的洪福一場，光輝光輝。」

李紈、鳳姐兒都笑道：「多早晚的日子？我們必去，只怕老太太高興，要去，也定不得。」賴大家的忙道：「擇的十四的日子，只看我們奶奶的老臉罷了。」鳳姐兒笑道：「別人不知道，我是一定去的。先說下，我是沒有賀禮的，也不知道放賞，吃完了一走，可別笑話。」賴大家的笑道：「奶奶說哪裡話？奶奶要賞，我們三二萬銀子就有了。」

賴嬤嬤笑道：「我才去請老太太，老太太也說去，可算我這臉還好。」說畢，又叮嚀了一回，方起身要走。因看見周瑞家的，便想起一事來，因說道：「可是還有一句問奶奶，這周嫂子的兒子，犯了什麼不是，攆了他不用？」鳳姐兒聽了，笑道：「正是我要告訴你媳婦，事情多，也忘了。賴嫂子回去，說給你老頭子。兩府裡不許收留他兒子，叫他各人去罷。」賴大家的只得答應著。周瑞家的忙跪下央求。賴嬤嬤忙道：「什麼事？說給我評評。」鳳姐兒道：「前兒我的生日，裡頭還沒吃酒，他小子先醉了。老娘那邊送了禮來，他不在外頭張羅，倒坐著罵人，禮也不送進來。兩個女人進來了，他才帶領小么們往裡抬。小么兒們倒好好的，他拿的一盒子倒失了手，撒了一院子饅頭。人去了，打發彩明去說他，他倒罵了彩明一頓。這樣無法無天的忘八羔子，還不攆了做什麼！」

賴嬤嬤笑道：「我當什麼事情，原來為這個。奶奶聽我說，他有不是，打他、罵他，使他改過。攆了去，斷乎使不得。他又比不得是咱家的家生子兒，他現是太太的陪房。奶奶只顧攆了他，太太臉上不好看。依我說，奶奶教導他幾板子，以戒下次，仍舊留著才是。不看他娘，也看太太。」鳳姐兒聽了，向賴大家的說道：「既這樣，打他四十棍，以後不許他吃酒。」賴大家的答應了。周瑞家的磕頭起來，又要與賴嬤嬤磕頭，賴大家的拉著方罷。然後，他三人去了。李紈等也就回園中來。

至晚，果然鳳姐命人找了許多舊收的畫具出來，送至園中。寶釵等選了一回，各色東西可用的只有一半，將那一半開了單子，與鳳姐兒去照樣置買，不必細說。

一日，外面礬了絹，起了稿子，拿進來。寶玉每日便在惜春那邊幫忙。探春、李紈、迎春、寶釵等也多往那裡來閒坐，一則觀畫，二則便於會面。

寶釵因見天氣涼爽，夜復漸長，遂至母親房中，商議打點些針線來。日間至賈母處、王夫人處兩次省候，不免又承色陪坐。閒時，園中姐妹處也要不時閒話一回。故日間不大得閒，每夜燈下女工必至三更方寢。

黛玉每歲至春分、秋分之後，必犯嗽疾。今秋又遇賈母高興，多游玩了兩次，未免過勞了神，近日又復嗽起來，覺得比往常又重，所以總不出門，只在自己房中將養。有時悶了，又盼個姐妹來說些閒話排遣；及至寶釵等來望候他，說不得三五句話，又厭煩了。眾人都體諒他病中，且素日形體嬌弱，經不得一些委屈，所以他接待不周，禮數粗忽，也都不責他。

這日，寶釵來望他，因說起這病症來。寶釵道：「這裡走的幾個太醫，雖都還好，只是你吃他們的藥總不見效，不如再請一個高手的人來瞧一瞧，治好了豈不好？每年間鬧一春夏，又不老，又不小，成什麼？也不是常法兒。」黛玉道：「不中用。我知道，我的病是不能好的了。且別說病，只論好的時候我是怎麼個形景，就可知了。」

寶釵點頭道：「可正是這話。古人說，『食穀者生』。你素日吃的少，竟不能添養精神氣血，也不是好事。」黛玉嘆道：「『死生有命，富貴在天』，也不是人力可強求的。今年比往年反覺又重了些似的。」說話之間，已咳嗽了兩三次。寶釵道：「昨兒我看你那藥方上，人參、肉桂覺得太多了。雖說益氣補神，也不宜太熱。依我說，先以平肝展胃為要，肝火一平，不能克土，胃氣無病，飲食就可以養人了。每日早起，拿上等燕窩一兩，冰糖五錢，用銀吊子（燒開水熬東西器具）熬出粥來。若吃慣了，比藥還強，最是滋陰補氣的。」

黛玉嘆道：「你素日待人，固然是極好的，然我最是個多心的人，只當你有心藏奸。從前日你說看雜書不好，又勸我那些好話，竟大感激你。往日竟是我錯了，實在誤到如今。細細算來，我母親去世的早，又無姊妹兄弟，我長了今年十五歲，竟沒一個人像你前日的話教導我。怪不得雲丫頭說你好，我往日見他贊你，我還不受用，昨兒我親自經過，才知道了。比如你要說了那話，我再不輕放過你；你竟不介意，反勸我那些話，可知我竟自誤了。若不是前日看出來，今日這話再不對你說。你方才叫我吃燕窩粥的話，雖然燕窩易得，但只我因身子不好了，每年犯了這病，也沒什麼要緊的去處。請大夫，熬藥，人參、肉桂，已經鬧了個天翻地覆了，這會子我又興出新文（指提出新要求）來，熬什麼燕窩粥，老太太、太太、鳳姐姐這三個人便沒話說，那些底下的婆子、丫頭們，未免嫌我太多事了。你看這裡這些人，因見老太太多疼了寶玉和鳳丫頭兩個，他們尚虎視眈眈，背地裡言三語四的，何況於我？況我又不是正經主子，原是無依無靠，投奔了來的，他們已經多嫌著我呢。如今我還不知進退，何苦叫他們咒我？」

寶釵道：「這樣說，我也是和你一樣。」黛玉道：「你如何比我？你又有母親，又有哥哥，這裡又有買賣地土，家裡又仍舊有房有地。你不過親戚的情分，白住在這裡，一應大小事情，又不沾他們一文半個，要走就走了。我是一無所有，吃穿用度，一草一木，皆是和他們家的姑娘一樣，那起小人豈有不多嫌的？」寶釵笑道：「將來也不過多費得一副嫁妝罷了，如今也愁不到哪裡。」黛玉聽了，不覺紅了臉，笑道：「人家才拿你當個正經人，把心裡煩難告訴你聽，你反拿我取笑兒。」

寶釵笑道：「雖是取笑兒，卻也是真話。你放心，我在這裡一日，我與你消遣一日。你有什麼委屈煩難，只管告訴我，我能解的，自然替你解。我雖有個哥哥，你也是知道的。只有個母親比你略強些。咱們也算同病相憐。你也是個明白人，何必作司馬牛之嘆？你才說的也是，多一事不如省一事。我明日家去，和媽媽說了，只怕燕窩我們家裡還有，與你送幾兩，每日叫丫頭們就熬了，又便宜，又不驚師動眾的。」黛玉忙笑道：「東西是小，難得你多情如此。」寶釵道：「這有什麼放在口裡的！只愁我人人跟前失於應候罷了。只怕你煩了，我且去了。」黛玉道：「晚上再來和我說句話兒。」寶釵答應著，便去了。不在話下。這裡，黛玉喝了兩口稀粥，仍歪在床上，不想日未落時天就變了，淅淅瀝瀝下起雨來。秋霖脈脈，陰晴不定，那天漸漸的黃昏，且陰的沉黑，兼著那雨滴竹梢，更覺淒涼。知寶釵不能來，便在燈下隨便拿了一本書，卻是《樂府雜稿》，有《秋閨怨》、《別離怨》等詞。黛玉不覺心有所感，亦不禁發於章句，遂成《代別離》一首，擬《春江花月夜》（唐人張若虛詩名）之格，及名其詞《秋窗風雨夕》。其詞曰：

秋花慘淡秋草黃，耿耿秋燈秋夜長。
已覺秋窗秋不盡，哪堪風雨助淒涼！
助秋風雨來何速，驚破秋窗秋夢綠。
抱得秋情不忍眠，自向秋屏剔淚燭。
淚燭搖搖爇短檠，牽愁照恨動離情。
誰家秋院無風入？何處秋窗無雨聲？
羅衾不奈秋風力，殘漏聲催秋雨急。
連宵脈脈復颼颼，燈前似伴離人泣。
寒煙小院轉蕭條，疏竹虛窗時滴瀝。
不知風雨幾時休，已教淚灑窗紗濕。

吟罷擱筆，方欲安寢，丫鬟報說：「寶二爺來了。」一語未完，只見寶玉頭上戴著大箬笠，身上披著蓑衣。黛玉不覺笑道：「哪裡來的一漁翁？」寶玉忙問：「今兒好？吃藥了沒有？今兒一日吃了多少飯？」一面說，一面摘了笠，脫了蓑衣，忙一手舉起燈來，一手遮著燈兒，向黛玉臉照了一照，覷著瞧了一瞧，笑道：「今兒氣色好了些。」

黛玉看脫了蓑衣，裡面只穿半舊紅綾短襖，繫著綠汗巾子，膝上露出綠綢撒花褲子，底下是掐金滿繡的綿紗襪子，靸著蝴蝶落花鞋。黛玉問道：「上頭怕雨，底下這鞋、襪子是不怕雨的？也倒乾淨。」寶玉笑道：「我這一套是全的。有一雙棠木屐，才穿了來，脫在廊簷下了。」

黛玉又看那蓑衣、斗笠不是尋常市買的，十分細致輕巧，因說道：「是什麼草編的？怪道穿上不像那刺蝟似的。」寶玉道：「這三樣都是北靜王送的。他閒常下雨時，在家裡，也是這樣。你喜歡這個，我也弄一套來送你。別的都罷了，惟有這斗笠有趣，竟是活的。上頭這頂兒是活的，冬天下雪，戴上帽子，就把竹信子（指帽頂中心的簽子）抽了，去下頂子來，只剩了這個圈子。下雪時，男女都戴得。我送你一頂，冬天下雪戴。」

黛玉笑道：「我不要他。戴上那個，成個畫兒上畫的和戲上扮的漁婆了。」及說了出來，方想起話未忖奪，與方才說寶玉的話相連，後悔不迭，羞的臉飛紅，伏在桌上嗽個不住。

寶玉卻不留心，因見案上有詩，遂拿起來，看了一遍，又不覺叫好。黛玉聽了，忙起來奪在手內，燈上燒了。寶玉笑道：「我已記熟了，燒了也無礙。」

黛玉說：「我也好了許多，謝你一天來幾次瞧我，下雨還來。這會子夜深，我要歇了，你請去，明日再來。」寶玉聽了，回手向懷內掏出一個核桃大的金表來，瞧了一瞧，那針已指到戌末亥初之間，忙又揣了，說道：「原該歇了，又攪的你勞了半日神。」說著，披蓑戴笠出去了，又翻身進來，問道：「你想什麼吃，你告訴我，我明兒一早回老太太，豈不比老婆子們說的明白？」

黛玉笑道：「等我夜裡想著了，明日一早告訴你。你聽，雨越發緊了，快去罷。可有人跟沒有？」兩個婆子答應：「有人，外面拿著傘、點著燈籠。」黛玉笑道：「這個天點燈籠？」寶玉道：

「不相干，是明瓦的，不怕雨。」黛玉聽說，回手向書架上把個玻璃繡球燈拿了下來，命點一支小蠟來，遞與寶玉，道：「這個又比那個亮，正是雨裡點的。」寶玉道：「我也有這麼一個，怕他們失腳滑倒了、打破了，所以沒點來。」黛玉道：「跌了燈值錢呢，是跌了人值錢？你又穿不慣木屐子。那燈籠，命他們前頭點著。這個又輕巧又亮，原是雨裡自己拿著的。你自己手裡拿著這個，豈不好？明兒再送來。就失了手，也有限的。怎麼忽然又變出這剖腹藏珠（輕重顛倒）的脾氣來！」寶玉聽了，遂過來接了。前頭兩個婆子打著傘，拿著明瓦燈，後頭還有兩個小丫鬟打著傘。寶玉便將這個燈遞與一個小丫頭捧著，寶玉扶著他的肩，一徑去了。

就有蘅蕪苑一個婆子，也打著傘，提著燈，送了一大包燕窩來，還有一包子潔粉梅片雪花洋糖，說：「這比買的強。姑娘說：姑娘先吃著，完了再送來。」黛玉回說：「費心。」命他外頭坐了吃茶。婆子笑道：「不吃茶了，我還有事呢。」黛玉笑道：「我也知道你們忙。如今天又涼，夜又長，越發該會個夜局，痛賭兩場了。」

婆子笑道：「不瞞姑娘說，今年我大沾光兒了。橫豎每夜有幾個上夜的人，誤了更也不好，不如會個夜局，又坐了更，又解了悶。今兒又是我的頭家。如今園門關了，就該上場了。」黛玉聽了，笑道：「難為你。誤了你的發財，冒雨送來。」命人給他幾百錢，打些酒吃，避雨氣。那婆子笑道：「破費姑娘賞酒吃。」說著，磕了一個頭，外面接了錢，打傘去了。

紫鵑收起燕窩，然後移燈下簾，伏侍黛玉睡下。黛玉自在枕上感念寶釵，一時又羨他有母有兄；一回又想寶玉，雖素昔和睦，終有嫌疑。又聽見窗外竹梢、蕉葉之上，雨聲淅瀝，清寒透幕，不覺又滴下淚來。直到四更，方漸漸的睡熟了。暫且無話。

要知端的，且看下回分解。

# 第四十六回
## 尷尬人難免尷尬事　鴛鴦女誓絕鴛鴦偶

話說林黛玉直到四更將闌，方漸漸的睡去，暫且無話。

如今且說鳳姐兒，因見邢夫人叫他，不知何事，忙另穿戴了一番，坐車過來。邢夫人將房內人遣出，悄向鳳姐兒道：「叫你來，不為別的。有一件為難的事，老爺托我，我不得主意，先和你商議。老爺因看上了老太太的鴛鴦，要他在房裡，叫我和老太太討去。我想，這倒是平常有的事。只是怕老太太不給，你可有法子？」

鳳姐兒聽了，忙道：「依我說，竟別碰這個釘子去。老太太離了鴛鴦，飯也吃不下去的，哪裡就捨得了？況且平日說起閒話來，老太太常說老爺，如今上了年紀，做什麼左一個小老婆、右一個小老婆放在屋裡？耽誤了人家。放著身子不保養，官兒也不好生做去，成日家和小老婆喝酒。太太聽聽，很喜歡咱老爺呢！這會子回避還恐回避不及，反倒拿草棍戳老虎的鼻子眼兒去了！太太別惱，我是不敢去的。明放著不中用，而且反招出沒意思來。老爺如今上了年紀，行事不妥，太太勸勸才是。比不得年輕，做這些事無礙。如今兄弟、侄兒、兒子、孫子一大群，還這麼鬧起來，怎麼見人呢？」

邢夫人冷笑道：「大家子三房四妾的也多，偏咱們就使不得？我勸了，也未必依。就是老太太心愛的丫頭，這麼鬍子蒼白了、又做了官的一個大兒子，要了做房裡人（指妾），也未必好駁回的。我叫了你來，不過商議商議，你先派上一篇不是。也有叫你去的理？自然是我說去。你倒說我不勸，你還是不知道那性子的，勸不成，先和我惱了。」

鳳姐兒知道邢夫人稟性愚弱，只知承順賈赦以自保，次則婪取財貨為自得，家下一應大小事務，俱由賈赦擺布。凡出入銀錢事，一經他手，便克扣異常，以賈赦浪費為名，「須得我就中儉省，方可償補」，兒女奴僕，一人不靠，一言不聽的。如今又聽邢夫人如此的話，便知他又弄左性子（堅持固執脾氣），勸了不中用，連忙陪笑說道：「太太這話，說的極是。我能活了多大，知道什麼輕重？想來父母跟前，別說一個丫頭，就是那麼大的一個活寶貝，不給老爺，給誰？背地裡話，哪裡信的？我竟是個呆子。璉二爺或有日得了不是，老爺、太太恨的那樣，恨不得立刻拿來，一下子打死。及至見了面，也罷了，依舊拿著老爺、太太心愛的東西賞他。如今老太太待老爺，自然也是那樣了。依我說，老太太今兒喜歡，要討，今兒就討去。我先過去，哄著老太太發笑。等太太過去了，我搭訕著走開，把屋子裡的人我也帶開，太太好和老太太說。給了，更好；不給，也沒妨礙，眾人也不得知道。」

邢夫人見他這般說，便又喜歡起來，又告訴他道：「我的主意，先不和老太太說。老太太說不給，這事便死了。我心裡想著，先悄悄的和鴛鴦說。他雖害臊，我細細的告訴了他，他自然不言語，就妥了。那時，再和老太太說，老太太雖不依，擱不住他願意。常說『人去不中留』，自然這就妥了。」鳳姐兒笑道：「到底是太太有智謀，這是千妥萬妥。別說是鴛鴦，憑他是誰，哪一個不想巴高望上、不想出頭的？這半個主子不做，倒願意做個丫頭，將來配個小子就完了呢。」邢夫人笑道：「正是這個話了。別說鴛鴦，就是那些執事的大丫頭，誰不願意這樣呢？你先過去，別露一點風聲，我吃了晚飯就過來。」

鳳姐兒暗想：「鴛鴦素昔是個惹不得的人，雖如此說，包不嚴他就願意。我先過去了，太太後過去。若他依了，便沒的話說。倘或不依，太太是多疑的人，只怕疑我走了風聲，使他拿腔作勢的。那時，太太又見應了我的話，羞惱變成怒，拿我出起氣來，倒沒意思。不如同著一齊過去了，他依也罷，不依也罷，就疑不到我身上了。」

想畢，因笑道：「才我臨來，舅母那邊送了兩籠子鵪鶉，我吩咐他們炸了，原要趕太太晚飯上送過來的。我才進大門時，見小子們抬車，說太太的車拔了縫，拿去收拾去了，不便。這會子坐了我的車，一齊過去倒好。」邢夫人聽了，便命人來換衣服。鳳姐忙著伏侍了一回，娘兒兩個坐車過來。鳳姐兒又說道：「太太過老太太那裡去，我若跟了去，老太太若問起我過來做什麼的，倒不好。不如太太先去，我脫了衣裳再來。」

邢夫人聽了有理，便自往賈母處來，和賈母說了一回閒話，便出來，假托往王夫人房裡去，從後房門出去，打鴛鴦的臥房門前過。只見鴛鴦正坐在那裡做針線，見了邢夫人，站起來。

邢夫人笑道：「做什麼呢？我看看，你紮的花兒越發好了。」一面說，一面便進來，接他手內的針線，看了一看，只管贊好。放下針線，又渾身打量，只見他穿著半新的藕色綾襖，青緞掐牙背心，下面水綠裙子。蜂腰削背，鴨蛋臉，烏油頭髮，高高的鼻子，兩邊腮上微微的幾點雀斑。鴛鴦見這般看他，自己倒不好意思起來，心裡便覺詫異，因笑問道：「太太，這會子不早不晚的，過來做什麼？」

邢夫人使個眼色兒，跟的人退出。邢夫人便坐下，拉著鴛鴦的手，笑道：「我特來給你道喜來的。」鴛鴦聽了，心中已猜著三分，不覺紅了臉，低了頭，不發一言。聽邢夫人道：「你知道，老爺跟前竟沒有個可靠的人。心裡再要買一個，又怕那些牙子（買賣人口的「經紀人」）家出來的，不乾不淨，也不知道毛病兒，買了來家，三日兩日，又弄鬼吊猴（耍弄怪招）的。因滿府裡要挑一個家生女兒收了，又沒個好的。不是模樣兒不好，就是性子不好。有了這個好處，沒了那個好處。因此常冷眼選了半年，這些女孩子裡頭，就只你是個尖兒，模樣兒，行事做人，溫柔可靠，一概是齊全的。意思要和老太太討了你去，收在屋裡。你不比外頭新買新討的，你這一進去了，就開了臉，就封你姨娘，又體面，又尊貴。你又是個要強的人，俗語說的，『金子還是金子換』，誰知竟被老爺看重了你。如今這一來，可遂了素日心高志大的願了，又堵一堵那些嫌你的人的嘴。跟了我回老太太去！」說著，拉了他的手就要走。鴛鴦紅了臉，奪手不行。

邢夫人知他害臊，便又說道：「這有什麼臊處？你又不用說話，只跟著我就是了。」鴛鴦只低頭不動身。邢夫人見他這般，便又說道：「難道你還不願意不成？若果然不願意，可真是個傻丫頭了。放著主子奶奶不做，倒願意做丫頭！三年兩年，不過配上個小子，還是奴才。你跟我們去，你知道，我的性子又好，又不是那不容人的人。老爺待你們又好。過一年半載，生個一男半女，你就和我並肩了。家裡的人，你要使喚誰，誰還不動？現成主子不做去，錯過了機會，後悔就遲了。」鴛鴦只管低頭，仍是不語。邢夫人又道：「你這麼個爽快人，怎麼又這樣積黏起來？有什麼不稱心之處，只管說與我，我管保你遂心如意就是了。」鴛鴦仍不語。邢夫人又笑道：「想必你有老子、娘，你自己不肯說話，怕臊。你等他們問你，這也是理。讓我問他們去，叫他們來問你，有話只管告訴他們。」說畢，便往鳳姐兒房中來。

鳳姐兒早換了衣服，因房內無人，便將此話告訴了平兒。平兒也搖頭笑道：「據我看，此事未必妥。平常我們背著人說起話來，聽他那主意，未必是肯的。也只說著看罷了。」鳳姐兒道：「太太必來這屋裡商議。依了還可，若是不依，白討個臊，當著你們，豈不臉上不好看？你說給他們，炸些鵪鶉，再有什麼配幾樣，預備吃飯。你且別處逛逛去，估量著去了再來。」平兒聽說，照樣傳與婆子們，便逍遙自在的往園子裡來。

這裡，鴛鴦見邢夫人去了，必到鳳姐房裡商議去了，必定有人來問他的，不如躲了這裡，因找了琥珀道：「老太太要問我，只說我病了，沒吃早飯，往園子裡逛逛就來。」琥珀答應了。

鴛鴦也往園子裡來，各處游玩，不想正遇見平兒。平兒見無人，便笑道：「新姨娘來了！」鴛鴦聽了，便紅了臉，說道：「怪道你們串通一氣來算計我！等著我和你主子鬧去就是了。」平兒聽了，自悔失言，便拉他到楓樹底下，坐在一塊石上，越發把方才鳳姐過去、回來，所有的形景、言詞始末、原由告訴於他。

鴛鴦紅了臉，向平兒冷笑道：「只是咱們好，比如襲人、琥珀、素雲、紫鵑、彩霞、玉釧兒、麝月、翠墨，跟了史姑娘去的翠縷，死了的可人和金釧，去了的茜雪，連上你我，這十來個人，從小兒什麼話兒不說？什麼事兒不做？這如今因都大了，各自幹各自去了，然我心裡仍是照舊，有話、有事並不瞞你們。這話，我先放在你心裡，且別和二奶奶說：別說大老爺要我做小老婆，就是太太這會子死了，他三媒六聘的娶我去做大老婆，我也不能去。」

平兒方欲笑答，只聽山石背後哈哈的笑道：「好個沒臉的丫頭，虧你不怕牙磣（食物中夾雜著砂子，吃起來牙不舒服，此指羞恥）。」二人聽了，不覺吃了一驚，忙起身向山後找尋，不是別人，卻是襲人笑著走了出來，問：「什麼事情？告訴我。」說著，三人坐在石上。

平兒又把方才的話說與襲人。襲人聽了，說道：「這話論理不該我們說，這個大老爺真真太好色了，略平頭整臉（指容貌端正）的，他就不能放手了。」平兒道：「你既不願意，我教你個法子。」鴛鴦道：「什麼法子？你說來我聽聽。」平兒笑道：「你只和老太太說，就說已經給了璉二爺了，大老爺就不好要了。」鴛鴦啐道：「什麼東西！你還說呢！前兒你主子不是這麼混說的？誰知應到今兒了！」

襲人笑道：「他們兩個，都不願意。我說，就和老太太說，叫老太太就說，把你已經許了寶玉了，大老爺也就死了心。」鴛鴦又是氣，又是臊，又是急，罵道：「兩個蹄子，不得好死的！人家有為難的事，拿著你們當做正經人，告訴你們，與我排解排解，你們倒替換取笑兒。你們自為都有了結果，將來都是做姨娘的。據我看，天下的事未必都遂心如意。你們且收著些兒，別特樂過了頭兒！」

二人見他急了，忙陪笑道：「姐姐，別多心。咱們從小兒都是親姊妹一般，不過無人處偶然取個笑兒。你的主意，告訴我們知道，也好放心。」鴛鴦道：「什麼主意！我只不去就完了。」平兒搖頭道：「你不去，未必得干休。大老爺的性子，你是知道的。雖然你是老太太房裡的人，此刻不敢把你怎麼樣，難道你跟老太太一輩子不成？也要出去的。那時，落了他的手，倒不好了。」鴛鴦冷笑道：「老太太在一日，我一日不離這裡。若是老太太歸西去了，他橫豎還有三年的孝呢。沒個娘才死了他先納小老婆的！等過了三年，知道又是怎麼個光景，那時再說。總到了至急為難，我剪了頭髮，做姑子去。不然，還有一死。一輩子不嫁男人，又怎麼樣？樂得乾淨呢！」平兒、襲人笑道：「真個這蹄子沒了臉，越發信口兒都說出來了。」

鴛鴦道：「事到如此，臊一回子怎麼樣！你們不信，慢慢的看著就是了。太太才說了，找我老子、娘去，我看他南京找去！」平兒道：「你的父母都在南京看房子，沒上來，終久也尋的著。現在還有你哥哥、嫂子在這裡。可惜你是這裡的家生女兒，不如我們兩個，只單在這裡的好。」鴛鴦道：「家生女兒怎麼樣？牛不吃水強按頭？我不願意，難道殺我的老子、娘不成？」

正說著，只見他嫂子從那邊走來。襲人道：「當時找不著你的爹娘，一定和你嫂子說了。」鴛鴦道：「這個娼婦專管是個六國販駱駝（到處找有利的事）的，聽了這話，他有個不奉承去的！」

說話之間，已來到跟前。他嫂子笑道：「哪裡沒有找到，姑娘跑了這裡來！你跟了我來，我和你說話。」平兒、襲人都忙讓坐。他嫂子只說：「姑娘們請坐，找我們姑娘說句話。」襲人、平兒都裝不知道，笑說：「什麼這麼忙？我們這裡猜謎兒贏手批子打呢，等猜了這個再去。」鴛鴦道：「什麼話？你說罷。」他嫂子笑道：「你跟我來，到那裡告訴你，橫豎有好話兒。」

鴛鴦道：「可是太太和你說的那話？」他嫂子笑道：「姑娘既知道，還奈何我！快來，我細細的告訴你，可是天大的喜事。」鴛鴦聽說，立起身來，照他嫂子臉上，下死勁啐了一口，指著他罵道：「你快著夾那屄嘴，離了這裡，好多著呢！什麼『好話』！宋徽宗的鷹，趙子昂的馬，都是好畫兒。什麼『喜事』！狀元痘兒灌的漿兒又滿，是喜事。怪道成日家羨慕人家的女兒做了小老婆，一家子都仗著他橫行霸道的，一家子都成了小老婆了！看的眼熱了，也把我送在火坑裡去。我若得臉呢，你們外頭橫行霸道，自己就封了自己是舅爺。我若不得臉敗了時，你們把忘八脖子一縮，生死由我去。」一面說，一面哭，平兒、襲人攔著勸。

他嫂子臉上下不來，因說道：「願意不願意，你也好說，不犯著牽三掛四的。俗語說，『當著矮人，別說矮話』。姑奶奶罵我，我不敢還言。這二位姑娘並沒惹著你，小老婆長、小老婆短，人家臉上怎麼過的去？」襲人、平兒忙道：「你倒別說這話，他也並不是說我們，你倒別牽三掛四的。你聽見哪位太太、太爺們封了我們做小老婆？況且我們兩個也沒有爹娘、哥哥、兄弟在這門子裡仗著我們橫行霸道的。他罵人自由他罵去，我們犯不著多心。」

鴛鴦道：「他見我罵了他，他臊了，沒的蓋臉，又拿話調唆你們兩個，幸虧你們兩個明白。原是我急了，也沒分別出來，他就挑出這個腔兒來。」他嫂子自覺沒趣，賭氣去了。鴛鴦氣的還罵，平兒、襲人勸他一回，方罷了。

平兒因問襲人道：「你在那裡藏著做什麼？我們竟沒有看見你。」襲人道：「我因為往四姑娘房裡看我們寶二爺去的，誰知遲了一步，說是來家裡了。我疑惑怎麼不遇見呢，想要往林姑娘家找去，又遇見他的人說也沒去，我這裡正疑惑是出園子去了，可巧你從那裡來了。我一閃，你也沒看見。後來他又來了。我從這樹後頭走到山子石後，我卻見你兩個說話來了，誰知你們四個眼睛沒看見我。」

一語未了，又聽身後笑道：「四個眼睛沒見你？你們六個眼睛竟沒見我！」三人嚇了一跳，回身一看，不是別個，正是寶玉走來。襲人先笑道：「要我好找，你哪裡來？」寶玉笑道：「我從四妹妹那裡出來，迎頭看見你走來了，我就知道是找我去的，我就藏了起來哄你。看你揚著頭過去了，進了院子，又出來了，逢人就問。我在那裡好笑，只等你到了跟前嚇你一跳的。後來，見你也藏藏躲躲的，我就知道，也是要哄人了。我探頭往前看了一看，卻是他兩個。所以，我就繞到你身後。你出去，我就躲在你躲的那裡了。」

平兒笑道：「咱們再往後找找去，只怕還找出兩個人，也未可知。」寶玉笑道：「這可再沒有了。」

鴛鴦已知這話俱被寶玉聽了，只伏在石頭上裝睡。寶玉推他，笑道：「這石頭上冷，咱們回房裡去睡，豈不好？」說著，拉起鴛鴦來，又忙讓平兒來家吃茶。平兒和襲人都勸鴛鴦走，鴛鴦方立起身來，四人竟往怡紅院來。

寶玉將方才的話俱已聽見，曉得此時心中自然不快，只默默的歪在床上，任他三人在外間說笑。

外邊，邢夫人因問鳳姐兒鴛鴦的父親，鳳姐因說：「他爹的名字叫金彩，兩口子都在南京看房子，從不大上京。他哥哥金文翔，現在是老太太的買辦。他嫂子也是老太太那邊漿洗上的頭兒。」邢夫人便命人叫了他嫂子金文翔媳婦來，細細說與他。

金家媳婦自是喜歡，興興頭頭去找鴛鴦，指望一說必妥，不想被鴛鴦搶白了一頓，又被襲人、平兒說了幾句，羞惱回來，便對邢夫人說：「不中用，他倒罵了我一場。」因鳳姐兒在旁，不敢提平兒，說：「襲人也幫著搶白我，說了我許多不知好歹的話，回不得主子的。太太和老爺商議再買罷。諒那小蹄子也沒有這麼大福，我們也沒有這麼造化。」

邢夫人聽了，說道：「又與襲人什麼相干？他們如何知道的？」金家的道：「還有平姑娘。」鳳姐兒忙道：「你不該拿嘴巴子打他？回來我一出了門子，他就逛去了。我回家來，連一個影兒也摸不著他！他必定也幫說什麼呢！」金家的道：「平姑娘沒在跟前，遠遠的看著倒像是他，可也不真切，不過是我白忖度。」

鳳姐便命人去：「快找了他來。告訴他，我來家了，太太也在這裡，請他來幫個忙兒。」豐兒忙上來回道：「林姑娘打發了人下請字，請了三四次，他才去了。奶奶一進門，我就叫他去的。林姑娘說：『告訴奶奶，我煩他有事呢。』」鳳姐兒聽了方罷，故意的還說：「天天煩他，有些什麼事情！」

邢夫人無計，吃了飯回家，晚間告訴了賈赦。賈赦聽了一想，即刻叫賈璉來，說：「南京的房子還有人看著，不止一家，即刻叫上金彩來。」賈璉回道：「上次南京信來，金彩已經得了痰迷心竅，那邊連棺材銀子都賞了，不知如今是死是活？即便活著，人事不知，叫來無用。他老婆又是個聾子。」賈赦聽了，喝了一聲，又罵：「下流囚攮（該關押該斬殺）的，偏你這麼知道！還不離了我這裡！」唬的賈璉退出。

一時又叫傳金文翔。賈璉在外書房伺候著，又不敢家去，又不敢見他父親，只得聽著。一時金文翔來了，小幺兒們直帶入二門裡去，隔了五六頓飯的工夫，才出來去了。賈璉暫且不敢打聽。隔了一會，打聽賈赦睡了，方才過來。至晚間，鳳姐兒告訴他，方才明白。

鴛鴦一夜沒睡。至次日，他哥哥回賈母，接他家去逛逛。賈母允了，命他出去。鴛鴦意欲不去，又怕賈母疑心，只得勉強出來。他哥哥只得將賈赦的話說與他，又許他怎麼體面，又怎麼當家做姨娘。鴛鴦只咬定牙不願意。

他哥哥無法，少不得回去回覆了賈赦。賈赦怒起來，因說道：「我說與你，叫你女人向他說去，就說我的話：自古嫦娥愛少年，他必定嫌我老了，大約他戀著少爺們，多半是看上了寶玉，只怕也有賈璉。若有此心，叫他早早歇了，我要不來，以後誰敢收他？此是一件。第二件，想著老太太疼他，將來外邊聘個正頭夫妻去。叫他細想，憑他嫁到了誰家，也難出我的手心。除非他死了，或是終身不嫁男人，我就伏了他！若不然時，叫他趁早回心轉意，有多少好處！」

賈赦說一句，金文翔應一聲「是」。賈赦道：「你別哄我，明兒我還打發你太太過去問鴛鴦。你們說了，他不依，便沒你們的不是。若問他，他再依了，仔細你的腦袋！」

金文翔忙應了又應，退出回家，也等不得告訴他女人轉說，竟自己對面說了這話。把個鴛鴦氣的無話可回，想了一想，便說道：「我便願意去，也須得你們帶了我回聲老太太去。」他哥嫂只當回想過來，都喜之不盡。他嫂子即刻帶了他上來見賈母。

可巧王夫人、薛姨媽、李紈、鳳姐兒、寶釵等姐妹，並外頭的幾個執事有臉的媳婦，都在賈母跟前湊趣兒呢。鴛鴦喜之不盡，拉了他嫂子，到賈母跟前跪下，一面哭，一面說，把邢夫人怎麼來說，園子裡他嫂子又如何說，今兒他哥哥又如何說，「因為不依，方才大老爺越發說我戀著寶玉，不然要等著往外聘，憑我到天上，這一輩子也跳不出他的手心去，終久要報仇。我是橫了心的，當著眾人在這裡，我這一輩子，別說是『寶玉』，便是『寶金』、『寶銀』、『寶天王』、『寶皇帝』，橫豎不嫁人就完了！就是老太太逼著我，我一刀子抹死了，也不能從命！若有造化，我死在老太太之先。若沒造化，該討吃的命，伏侍老太太歸了西，我也不跟著老子、娘、哥哥去，或是尋死，或是剪了頭髮，當尼姑去！若說我不是真心，暫且拿話支吾，日後再圖，天地鬼神，日頭月亮照著，嗓子裡頭長疔，爛了出來，爛化成醬在這裡！」

原來一進來時，便袖內帶了一把剪子，一面說著，一面回手打開頭髮，右手就鉸。眾婆娘、丫鬟忙來拉住，已剪下半綹來了。眾人看時，幸而他的頭髮極多，鉸的不透，連忙替他挽上。

賈母聽了，氣的渾身打戰，口內只說：「我通共剩了這麼一個可靠的人，他們還要來算計！」因見王夫人在旁，便向王夫人道：「你們原來都是哄我的！外頭孝順，暗地裡盤算我。有好東西也來要，有好人也來要，剩了這個毛丫頭，見我待他好了，你們自然氣不過，弄開了他，好擺弄我！」王夫人忙站起來，不敢還一言。薛姨媽見連王夫人怪上，反不好勸的了。李紈一聽見鴛鴦這話，早帶了姊妹們出去。

探春是有心的人，想王夫人雖有委屈，如何敢辯；薛姨媽現是親姊妹，自然不好辯；又，寶釵也不便為姨母辯；李紈、鳳姐、寶玉一概不敢辯。這正用著女孩子之時，迎春老實，惜春小，因此在窗外聽了一聽，便走進來，陪笑向賈母道：「這事與太太什麼相干？老太太想一想，也有大伯子要收屋裡人，小嬸子如何知道？」

話未說完，賈母笑道：「可是我老糊塗了！姨太太別笑話我。你這個姐姐，他極孝順我，不像我那大媳婦一味怕男人，婆婆跟前不過應景兒。可是我委屈他了。」薛姨媽只答應「是」，又說：「老太太偏心，多疼小兒子媳婦，也是有的。」

賈母道：「不偏心！」因又說：「寶玉，我錯怪了你娘，你怎麼也不提我，看著你娘委屈？」寶玉笑道：「我偏著娘說大爺、大娘不成？通共一個不是，我娘在這裡不認，卻推誰去？我倒要認是我的不是，老太太又不信。」賈母笑道：「這也有理。你快給你娘跪下。你說，太太別委屈了，老太太有年紀了，看著寶玉罷。」寶玉聽了，忙走過來，便跪下要說。王夫人忙笑著拉他起來，說：「快起來，斷乎使不得。終不成替老太太給我賠不是不成？」寶玉聽說，忙站起來。

賈母又笑道：「鳳姐兒也不提我。」鳳姐笑道：「我倒不派老太太的不是，老太太倒尋上我了？」賈母聽了，與眾人都笑道：「這可奇了！倒要聽聽這不是。」鳳姐兒道：「誰叫老太太會調理人，調理的水蔥兒似的，怎麼怨得人要？我幸虧是孫子媳婦。我若是孫子，我早要了，還等到這會子呢？」賈母笑道：「這倒是我的不是了？」鳳姐笑道：「自然是老太太的不是了。」

賈母笑道：「這樣，我也不要了，你帶了去罷！」鳳姐兒道：「等著修了這輩子，來生托生男人，我再要罷。」賈母笑道：「你帶了去，給璉兒放在屋裡，看你那沒臉的公公還要不要了？」鳳姐兒道：「璉兒不配，就只配我和平兒這一對燒糊了的卷子和他混罷。」說的眾人都笑起來了。

丫頭回說：「大太太來了。」王夫人忙迎了出去。

要知端的，再聽下回分解。

# 第四十七回
## 呆霸王調情遭苦打　冷郎君懼禍走他鄉

話說王夫人聽見邢夫人來了，連忙迎了出去。邢夫人猶不知賈母已知鴛鴦之事，正還又來打聽消息，進了院門，早有幾個婆子悄悄的回了他，他才知道。待要回去，裡面已知，又見王夫人接了出來，少不得進來，先與賈母請安，賈母一聲兒不言語，自己也覺得愧悔。鳳姐兒早指一事回避了。鴛鴦也自回房去生氣。薛姨媽、王夫人等恐礙著邢夫人的臉面，也都漸漸退了。邢夫人且不敢出去。

賈母見無人，方說道：「我聽見你替你老爺說媒來了。你倒也三從四德的，只是這賢惠也太過了！你們如今也是孫子、兒子滿眼了，你還怕他使性子，我聞得你還由著你老爺的那性兒鬧。」邢夫人滿面通紅，回道：「我勸過幾次，不依。老太太還有什麼不知道的呢，我也是不得已兒。」

賈母道：「他逼著你殺人，你也殺去！如今你也想想，你兄弟媳婦本來老實，又生的多病多痛，上上下下，哪不是他操心？你一個媳婦雖然幫著，也是天天丟下笆兒弄掃帚（指擱下這事又做那事）。凡百事情，我如今自己減了。他們兩個就有些不到的去處，有鴛鴦那孩子還心細些，我的事情他還想著一點子。該要去的，他就要了來。該添什麼，他就趁空兒告訴他們添了。鴛鴦再不這樣，他娘兒兩個，裡頭外頭，大的小的，哪裡不忽略一件半件，我如今反倒自己操心去不成？還是天天盤算和他們要東要西去？我這屋裡，有的沒的，剩了他一個，年紀也大些。我凡做事的脾氣性格兒，他還知道些。二則他也還投主子緣法，他也並不指著我和這位太太要衣裳去，又和那位奶奶要銀子去。所以這幾年，一應事情，他說什麼，從你小嬸和你媳婦起，至家下大大小小，沒有不信的。所以不單我得靠，連你小嬸、媳婦也都省心。我有了這麼個人，便是媳婦、孫子媳婦想不到的，我也不得缺了，也沒氣可生了。這會子他去了，你們弄了什麼人來我使？你們弄他那麼一個真珠的人來，不會說話，也無用。我正要打發人和你老爺說去，他要什麼人，我這裡有錢，叫他只管一萬八千的買去，就是這個丫頭不能。留下他伏侍我幾年，就比他日夜伏侍我盡了孝的一般。你來的也巧，就去說，更妥當了。」

說畢，命人來：「請了姨太太、你姑娘們就來。才高興說個話兒，怎麼又都散了？」丫頭忙答應找去了。眾人忙趕的又來。只有薛姨媽向那丫鬟道：「我才來了，又做什麼去？你就說我睡了。」那丫頭道：「好親親的姨太太，姨祖宗！我們老太太生氣呢，你老人家不去，沒個開交了，只當疼我們罷。你老人家嫌遠，我背了你老人家去。」薛姨媽笑道：「小鬼頭兒，你怕些什麼？不過罵幾句完了。」說著，只得和這小丫頭子走來。

賈母忙讓坐，又笑道：「咱們鬥牌。姨太太的牌也生，咱們一處坐著，別叫鳳姐兒混了我們去。」薛姨媽笑道：「正是呢，老太太替我看著些兒。就是咱們娘兒四個鬥呢，還是再添個呢？」王夫人笑道：「可不只四個人。」鳳姐兒道：「再添一個人，熱鬧些。」賈母道：「叫鴛鴦來，叫他在這個下手兒坐著。姨太太的眼睛花了，咱們兩個的牌都叫他看著些兒。」鳳姐兒笑了一聲，問探春道：「你們知書識字的人，倒不學算命！」探春道：「這又奇了。這會子你倒不打點精神贏老太太幾個錢，又想算命。」鳳姐兒道：「我正要算算，今兒該輸多少呢？我還想贏呢！你瞧瞧，場子上，左右都埋伏下了。」說得賈母、薛姨媽都笑起來。

一時鴛鴦來了，便坐在賈母下首，鴛鴦之下便是鳳姐兒。鋪下紅氈，洗牌告幺，五人起牌。鬥了一回，鴛鴦見賈母的牌已十成，只等一張二餅，便遞了暗號兒與鳳姐兒。

鳳姐兒正該發牌，便故意躊躇了半晌，笑道：「我這一張牌，定在姨媽手裡扣著呢。我若不發這一張牌，再頂不下來的。」薛姨媽道：「我手裡並沒有你的牌。」鳳姐兒道：「我回來是要查的。」薛姨媽道：「你只管查。你且發下來，我瞧瞧是張什麼。」鳳姐兒便送在薛姨媽跟前。薛姨媽一看，是個二餅，便笑道：「我倒不稀罕他，只怕老太太滿了。」鳳姐兒聽了，忙笑道：「我發錯了。」

賈母笑的已撂下牌來，說：「你敢拿回去！誰叫你錯的不成？」鳳姐兒道：「可是要算一算命呢，這是自己發的，也怨人！」賈母道：「可是，你自己打著你那嘴，問著你自己才是。」又向薛姨媽笑說：「我不是小氣愛贏錢，原是彩頭兒。」薛姨媽笑道：「我們可不這樣，哪裡有像那樣糊塗人說老太太愛錢呢？」鳳姐兒正數著錢，聽了這話，忙又把錢穿上了，向眾人說道：「夠了我的了。竟不為贏錢，單為贏彩頭兒。我到底小氣，輸了就數錢，快收起來罷。」

賈母規矩是鴛鴦代洗牌，因和薛姨媽說笑，不見鴛鴦動手，賈母道：「你怎麼惱了，連牌也不替我洗？」鴛鴦拿起牌來，笑道：「二奶奶不給錢。」賈母道：「他不給錢，那是他交運了。」便命小丫頭子：「把他那一吊錢都拿過來。」小丫頭子真就拿了，擱在賈母旁邊。鳳姐忙笑道：「賞我罷，照數兒給就是了。」薛姨媽笑道：「果然鳳姐兒小氣，玩兒罷了。」

鳳姐聽說，便站起來，拉住薛姨媽，回頭指著賈母素日放錢的一個木箱子，笑道：「姨媽，你瞧瞧，那個裡頭不知玩了我多少去了。這一吊錢玩不了半個時辰，那裡頭的錢就招手兒叫他了。只等把這一吊也叫進去了，牌也不用鬥了，老祖宗氣也平了，又有正經事差我辦去了。」話未說完，引的賈母眾人笑個不住。

偏有平兒怕錢不夠，又送了一吊來。鳳姐兒道：「不用放在我跟前，也放在老太太的那一處罷。一齊叫進去，倒省事，不用做兩次，叫箱子裡的錢費事。」賈母笑的手裡的牌撒了一桌子，推著鴛鴦，叫：「快撕他的嘴！」

平兒依言，放下錢，也笑了一回，方回來。至院門前，遇見賈璉問他：「太太在哪裡呢？老爺叫我請過去呢。」平兒忙笑道：「在老太太跟前，站了這半日，還沒動呢。趁早兒丟開手罷。老太太生了半日氣，這會子虧二奶奶湊了半日趣兒，才略好了些。」賈璉道：「我過去只說討老太太的示下，十四往賴大家去不去？好預備轎子的。又請了太太，又湊了趣兒，豈不好？」平兒笑道：「依我說，你竟不過去罷。合家子，連太太、寶玉都有了不是，這會子你又填限（填空子，白做犧牲品）去了。」賈璉道：「已經完了，難道還找補不成？況且與我又無干。二則老爺親自吩咐我請太太的，這會子我打發了人去，倘若知道了，正沒好氣呢，指著這個拿我出氣罷。」說著就去。平兒見他說的有理，也便跟了過來。

賈璉到了堂屋裡，便把腳步放輕了，往裡間探頭，只見邢夫人站在那裡。鳳姐兒眼尖，先瞧見了，便使眼色兒不命他進來，又使眼色與邢夫人。邢夫人不便就走，只得倒了一碗茶來，放在賈母跟前。賈母一回身，賈璉不防，便沒躲過。賈母便問：「外頭是誰？倒像個小子一伸頭。」鳳姐兒忙起身說：「我也恍惚看見有個人影兒，讓我瞧瞧去。」一面說，一面立起身來。

賈璉忙進去，陪笑道：「打聽老太太十四日可出門？好預備轎子。」賈母道：「既這麼樣，怎麼不進來，又做鬼做神的？」賈璉陪笑道：「老太太玩牌，不敢驚動。不過叫我媳婦出來問問。」賈母道：「就忙到這一時？等他家去，你問他多少問不得？哪一遭兒你這麼小心來著！又不知是來做耳報神（喻貼耳報告的人）的，也不知是來做探子的？鬼鬼祟祟，倒嚇我一跳。什麼好下流種子！你媳婦和我玩牌呢，還有半日的空兒，你家去再和那趙二家的商量治你媳婦去罷。」說著，眾人都笑了。

鴛鴦笑道：「鮑二家的，老祖宗又拉上趙二家的去。」賈母也笑道：「可是，我哪裡記得什麼抱著背著的！提起這些事來，不由我不生氣。我進了這門子做重孫子媳婦起，到如今我也有重孫子媳婦了，連頭帶尾，五十四年，憑著大驚大險、千奇百怪的事，也經了些，從沒經過這些事。還不離了我這裡呢！」

賈璉一聲兒不敢說，忙退了出來。平兒在窗外站著，悄悄笑道：「我說你不聽，到底碰在網裡了。」正說著，只見邢夫人也出來。賈璉道：「都是老爺鬧的，如今搬在我和太太身上。」邢夫人道：「我把你這沒孝心的、雷打的下流種子！人家還替老子死呢，白說了幾句，你就抱怨了。你還不好好的呢，這幾日生氣，仔細他捶你。」賈璉道：「太太快過去罷，叫我來請了好半日了。」說著，送他母親出來，過那邊去。

邢夫人將方才的話只略說了幾句，賈赦無法，又且含愧，自此便告病，且不敢見賈母，只打發邢夫人及賈璉每日過去請安。只得又各處遣人購求尋覓，終久費了八百兩銀子，買了一個十七歲女孩子來，名喚嫣紅，收在屋裡。不在話下。

這裡，鬥了半日牌，吃晚飯才罷。此一二日間無話。

展眼到了十四日黑早，賴大的媳婦又進來請。賈母高興，便帶了王夫人、薛姨媽及寶玉姊妹等，至賴大花園中坐了半日。那花園雖不及大觀園，卻也十分齊整寬闊，泉石林木，樓閣亭軒，也好幾處驚人駭目的。外面廳上，薛蟠、賈珍、賈璉、賈蓉並幾個近族的，很遠的也沒來。那賴大家內，也請了幾個現任的官長，並幾個舊家子弟作陪。

因其中有柳湘蓮，薛蟠自上次會了一次，已念念不忘；又打聽他最喜串戲，且都串的是生旦風月戲文，不免錯會了意，誤認他做了風月子弟們，正要與他相交，恨沒有個引進，這日可巧遇見，無可不可。且賈珍也慕他的名，酒蓋住了臉，就求他串了兩齣戲。下來，移席和他一處坐著，問長問短，說東說西。

那柳湘蓮原係世家子弟，讀書不成，父母早喪，素性爽俠，不拘細事，酷好耍槍舞劍，賭博吃酒，以至眠花臥柳，吹笛彈箏，無所不為。因他年紀又輕，生得又美，不知他身分的人，都誤認作優伶一類，安那壞心。那賴大之子賴尚榮與他素昔交好，故今日請來作陪。不想酒後別人猶可，獨薛蟠又犯了舊病。他心中早已不快，得便意欲走開完事，無奈賴尚榮死也不放。賴尚榮又說：「方才寶二爺囑咐我說，才一進門雖見了你，只是人多不好說話，叫我囑咐你，散的時候別走，他還有話說呢。你既一定要去，等我請出他來，你兩個見了再走，與我無干。」說著，便命小廝們到裡頭找一個老婆子，悄悄告訴：「請出寶二爺來。」那小廝去了。沒一杯茶時，果見寶玉出來了。賴尚榮向寶玉笑道：「好叔叔，把他交給你，我張羅人去了。」說著，一徑去了。

寶玉便拉了柳湘蓮到廳側書房中坐下，問他這幾日可到秦鐘的墳上去了。湘蓮道：「怎麼不去？前日我們幾個放鷹去，離他墳上只有二里多路。我想，今年夏天雨水勤，恐怕他的墳站不住。我背著眾人，走到那裡去瞧了一瞧，果然又動了一點子。回家來便就弄了幾百錢，第三日一早出去，雇了兩個人收拾好了。」

寶玉說：「怪道呢，上月我們大觀園的池子裡頭結了蓮蓬，我摘了十個，叫茗煙出去到墳上供他去，回來我也問他，可被雨沖壞沒有？他說，不但不沖，且比上年又新了些。我想著，不過是這幾個朋友新築了。我只恨我天天圈在家裡，一點兒做不得主，行動就有人知道，不是這個攔，就是那個勸的，能說不能行。雖然有錢，又不由我使。」湘蓮道：「這個事，也用不著你操心，外頭有我，你只心裡有了就是。眼前十月初一日，我已經打點下上墳的花消。你知道，我一貧如洗，家裡是沒的積聚的，總有幾個錢來，到手就光的，不如趁空兒留下這一份，省得到了跟前扎手。」

寶玉道：「我也正為這個，要打發茗煙找你，你又不大在家，知道你天天萍蹤浪跡，沒個一定的去處。」湘蓮道：「你也不用找我。這個事，也不過各盡其道。眼前我還要出門去走走，外頭逛個三年五載，再回來。」寶玉忙問：「這是為何？」柳湘蓮冷笑道：「我的心事，你等到跟前，自然知道了。我如今要別過了。」

寶玉說道：「好容易會著，晚上同散，豈不好？」湘蓮道：「你那令姨表兄還是那樣，再坐著未免有事，不如我回避了倒好。」寶玉想一想，說道：「既是這麼樣，倒是回避他為是。只是你要果真遠行，必須先告訴我一聲，千萬別悄悄的去了。」說著，便滴下淚來。柳湘蓮說道：「自然要辭的。你只別和別人說就是。」說著，就站起來要走，又道：「你就進去罷，不必送我。」一面說，一面出了書房。

剛至大門前，早遇見薛蟠在那裡亂叫：「誰放了小柳兒走了！」柳湘蓮聽了，火星亂出，恨不得一拳打死，復思酒後揮拳，又礙著賴尚榮的臉面，只得忍了又忍。

薛蟠忽見他走出來，如得了珍寶，忙趔趄著走上，一把拉住，笑道：「你往哪裡去了？」湘蓮道：「走走就來。」薛蟠笑道：「你一去都沒興了，好歹坐一坐，就疼我了。憑你有什麼要緊的事，交給你哥，只別忙，你有這個哥，你要做官發財都容易。」

湘蓮見他如此不堪，心中又恨又愧，早生一計，拉他到僻靜處，笑道：「你真心和我好，還是假心和我好呢？」薛蟠聽見這話，喜得心癢難撓，乜斜著眼，忙笑道：「好兄弟，怎麼你問起我這樣話來？我要假心，立刻死在眼前！」柳湘蓮道：「既如此，這裡不便。等坐一坐，我先走，你隨後出來，跟到我下處，咱們替另喝一夜酒。我那裡還有兩個絕好的小孩子，從沒出門的。你連一個跟的人也不用帶去，到了那裡，伏侍人都是現成的。」

薛蟠聽如此說，喜的酒醒了一半，說：「果然如此？」湘蓮笑道：「如何人拿真心待你，你倒不信了？」薛蟠忙笑道：「我又不是呆子，怎麼有個不信的呢！既如此，我又不認得，你先去了，我在哪裡找你？」湘蓮道：「我這下處，在北門外頭。你可捨得家，城外住一夜去？」薛蟠道：「有了你，我還要家做什麼！」湘蓮道：「既如此，我在北門外頭橋上等你。咱們席上且吃酒去。你看我走了之後，你再走，他們就不留心了。」薛蟠聽了，連忙答應。

於是二人復又入席，飲了一回。那薛蟠難熬，只拿眼看湘蓮，心內越想越樂，左一壺，右一壺，並不用讓，自己就便吃了又吃，不覺酒有八九分了。

湘蓮便起身出來，瞅人不防，出到門外，命小廝杏奴：「先家去罷，我到城外就來。」說畢，已跨馬直出北門，橋上等候薛蟠。

頓飯時的工夫，只見薛蟠騎著一匹大馬，遠遠的趕了來，張著嘴，瞪著眼，頭似撥浪鼓一般不住左右亂瞧。及至從湘蓮馬前走過去，只顧往遠處瞧，不曾留心近處，又踩過去了。湘蓮又笑又恨，便也撒馬隨後跟來。

薛蟠往前看時，漸漸人煙稀少，便又圈馬回來，再不想一回頭見了湘蓮，如獲奇珍，忙笑道：「我說你是個再不失信的。」湘蓮笑道：「快往前走，仔細人看見跟了來，就不便了。」說著，先就撒馬前去，薛蟠也就緊緊跟來。

湘蓮見前面人跡已稀，且有一帶葦塘，便下馬，將馬拴在樹上，向薛蟠笑道：「你且下來，咱們

## 第四十七回

### 呆霸王調情遭苦打　冷郎君懼禍走他鄉

先設個誓，日後要變了心，說與人去的，便應了誓。」薛蟠笑道：「這話有理。」連忙下了馬，也拴在樹上，便跪下說道：「我要日久變心，告訴人去的，天誅地滅！」

一言未了，只聽「當」一聲，頸後好似鐵錘砸下來，只覺得一陣黑，滿眼金星亂迸，身不由己，便倒下了。湘蓮走上來瞧瞧，知道他是個笨家，不慣挨打，只使三分氣力，向他的臉上拍了幾下，登時便開了果子鋪（形容臉上青紅紫黃）。

薛蟠先還要掙挫起來，又被湘蓮用腳尖點了兩點，仍舊跌倒，口內說道：「原來是兩家情願，你不依，只管好說，為什麼哄出我來打我？」一面說，一面亂罵。湘蓮道：「我把你這瞎了眼的，你認認柳大爺是誰！你不說哀求，你還傷我！我打死你也無益，只給你個厲害吧。」說道，便取了馬鞭過來，從背至脛（小腿），打了三四十下，薛蟠的酒早已醒了大半，覺得疼痛難禁，不禁有「哎喲」之聲。

湘蓮冷笑道：「也只如此！我只當你是不怕打的。」一面說，一面又把薛蟠的左腿拉起來，向葦中濘泥處拉了幾步，滾的滿身泥水，又問道：「你可認得我了？」薛蟠不應，只伏著哼哼。湘蓮又擲下鞭子，用拳頭向他身上擂了幾下。薛蟠便亂滾亂叫，說：「肋條折了。我知道你是正經人，因為我錯聽了旁人的話了。」湘蓮道：「不用拉旁人，你只說現在的。」薛蟠道：「現在也沒什麼說的。不過你是個正經人，我錯了。」湘蓮道：「還要說軟些，才饒你。」薛蟠哼哼著道：「好兄弟。」湘蓮便又一拳。薛蟠「哎喲」一聲，道：「好哥哥。」湘蓮又連兩拳。薛蟠忙「哎喲」叫道：「好老爺，饒了我這沒眼睛的瞎子罷！從今以後，我敬你、怕你了。」

湘蓮道：「你把那水喝兩口。」薛蟠一面聽了，一面皺眉道：「水髒得很，怎麼喝的下去！」湘蓮舉拳就打。薛蟠忙道：「我喝，我喝。」說著，只得向葦根子底下喝了一口，猶未咽下去，只聽

「哇」的一聲，把方才吃的東西都吐了出來。湘蓮道：「好髒東西，你快吃盡了饒你。」薛蟠聽了，叩頭不迭說：「好歹積陰功，饒我罷！這至死不能吃的。」湘蓮道：「這樣氣息，倒熏壞了我。」說道，丟下薛蟠，便牽馬認鐙去了。

這裡，薛蟠見他已去，方放下心來，後悔自己不該誤認了人（以為他也是男風男色之流）。待要掙挫起來，無奈遍體疼痛難禁。

誰知賈珍等席上忽不見了他兩個，各處尋找不見。有人說道：「恍惚出北門去了。」薛蟠的小廝素日是懼他的，他吩咐了不許跟去，誰還敢找去？後來還是賈珍不放心，命賈蓉帶著小廝們尋蹤問跡的直找出北門。下橋二里多路，忽見葦坑旁邊，薛蟠的馬拴在那裡。眾人都道：「好了！有馬，必有人。」一齊來至馬前，只聽葦中有人呻吟。大家忙走來，四下一看，只見薛蟠的衣衫零碎，面目腫破，沒頭沒臉，遍身內外滾的似個泥母豬一般。

賈蓉心內已猜著八九分了，忙下馬命人攙了起來，笑道：「薛大叔天天調情，今日調到葦子坑裡來了。必定是龍王爺也愛上你風流，要你招駙馬去，你就碰到龍犄角上了。」薛蟠羞的沒地縫兒鑽不進去，哪裡爬的上馬去？賈蓉命人趕到關廂裡，雇了一乘小轎子，薛蟠坐了，一齊進城。賈蓉還要抬往賴家去赴席，薛蟠百般苦告，又命他不用告訴人，賈蓉方依允了，讓他各自回家。

賈蓉仍往賴家回覆賈珍，並方才的形景。賈珍也知湘蓮所打，笑道：「他須得吃個虧才好。」至晚散了，便來問候。薛蟠自在臥房將養，推病不見。

賈母等回來，各自歸家時，薛姨媽與寶釵見香菱哭的眼睛腫了。問起原故，忙來瞧薛蟠時，臉上身上雖有傷痕，並未傷筋動骨。薛姨媽又是心疼，又是發恨，罵一回薛蟠，又罵一回柳湘蓮，意欲告訴王夫人，遣人尋拿柳湘蓮。

## 第四十七回

呆霸王調情遭苦打　冷郎君懼禍走他鄉

寶釵忙勸道：「這不是什麼大事，不過他們一處吃酒，酒後反臉常情。誰醉了，多挨幾下子打，也是有的。況且咱們家的無法無天的，人所共知。媽不過是心疼的原故。要出氣也容易，等三五天哥哥養好了，出的去時，那邊珍大爺、璉二爺這干人也未必白丟開了，自然備個東道，叫了那個人來，當著眾人，替哥哥賠不是認罪就是了。如今媽先當件大事告訴眾人，倒顯的媽偏心溺愛，縱容他生事招人，今兒偶然吃了一次虧，媽就這樣興師動眾，倚著親戚之勢，欺壓常人。」

薛姨媽聽了，道：「我的兒，到底是你想的到，我一時氣糊塗了。」寶釵笑道：「這才好。」又道：「他又不怕媽，又不聽人勸，一天縱似一天，吃過兩三個虧，他倒罷了。」

薛蟠睡在炕上，痛罵湘蓮，又命小廝去拆他的房子，打死他，和他打官司。薛姨媽禁住小廝們，只說柳湘蓮一時酒後放肆，如今酒醒，後悔不及，懼罪逃走了。薛蟠聽見如此說了，氣方漸平。

要知端的，且看下回分解。

# 第四十八回

## 濫雅人情誤思游藝　慕雅女雅集苦吟詩

話說薛蟠聽見如此說了，氣方平。三五日後，疼痛雖癒，傷痕未平，只裝病在家，愧見親友。

展眼已到十月，因有各鋪面伙計內有算年帳要回家的，少不得家內治酒餞行。內有一個張德輝，自幼在薛家當鋪內攬總，家內也有了二三千金的過活，今歲也要回家，明春方來。因說起：「今年紙札、香料短少，明年必是貴的。明年先打發大小兒上來當鋪裡照管照管，趕端陽前，我順路就販些紙札、香扇來賣。除去關稅花消，稍可以剩得幾倍利息。」

薛蟠聽了，心下忖度：「如今我捱了打，正難見人，想著要躲避一年半載，又沒處去躲。天天裝病，也不是事。況且我長了這麼大，文不文，武不武。雖說做買賣，究竟戥子（稱量物品的小秤）、算盤從沒拿過。地方風俗、遠近道路，又不知道。不如打點幾個本錢，和張德輝逛一年來。賺錢也罷了，不賺錢也罷，且躲躲羞去。二則逛逛山水，也是好的。」心內主意已定，至酒席散後，便和氣平心，與張德輝說知，命他等一二日，一同前往。

晚間，薛蟠告訴他母親。薛姨媽聽了，雖是歡喜，但又恐他在外生事，花了本錢倒是個末事，因此不命他去。只說：「好歹你守著我，我還能放心些。況且也不用這買賣，也不等著這幾百銀子使。」

薛蟠主意已定，哪裡肯依？只說：「天天又說我不知世事，這個也不知，那個也不學。如今我發狠，把那些沒要緊的都斷了。如今要成人立事，學習買賣，又不准我了。叫我怎麼樣呢？我又不是個丫頭，把我關在家裡，何日是個了日？況且張德輝又是個有年紀的，咱們和他是世交呢，我要同他去，怎麼得有錯處？我就有一時半刻不到的去處，他自然說我、勸我。就是東西貴賤行情，他是知道的，自然色色問他，何等順利，好，倒不叫我去。我竟不告訴家裡，私自打點了起身，明年發了財回來，才知道我呢。」說畢了，賭氣睡覺去。

薛姨媽聽他如此說，因和寶釵商議。寶釵笑道：「哥哥果然要經歷正事，是好的了。只是他在家裡，說著好聽，到了外頭，舊病復發，也難拘束他了。但也愁不得許多。他若是真改了，是他一生的福。若不能改，媽也不能又生別的法子了。一半盡人力，一半聽天罷了。這麼大人了，若只管怕他不知世路，出不得門，幹不得事，今年關在家裡，明年還是這個樣兒。他既說的名正言順，媽就打量著丟了一千八百銀子，竟交與他試一試。橫豎有伙計們幫著，也未必好意思哄騙他的。二則他出去了，左右沒了助興的人，又沒有倚仗的人，到了外頭，誰還怕誰？有了的吃，沒了的餓，舉眼無靠的。他見了這樣，只怕比在家裡省了事，也未可知。」薛姨媽聽了，思忖半晌，說道：「倒是你說的是。花兩個錢，叫他學些乖來，也值了。」商議已定，一宿無話。

至次日，薛姨媽命人請了張德輝來在書房中，命薛蟠款待酒飯，自己在後廊下，隔著窗子，千言萬語囑托張德輝照管照管。張德輝滿口應承，吃過飯告辭，又說：「今十四日是上好出行日期，大世兄即刻打點行李，雇下騾子，十四日一早就長行了。」薛蟠喜之不盡，將此話告知薛姨媽。

薛姨媽便和寶釵、香菱，並兩個老年的嬤嬤，連日打點行裝，派下薛蟠之乳父老蒼頭（年老的男僕）一名，當年諳事舊僕二名，外有薛蟠隨身常使小廝二名。主僕一共六人，雇了三輛大車，單拉行李使物，又雇了四個長行騾子。薛蟠自騎一匹家內養的鐵青大走騾，外備一匹坐馬。諸事完畢，薛姨媽、寶釵等連天勸戒之言，自不必備說。

至十三日，薛蟠先去辭了他母舅，然後過來辭了賈宅諸人。賈珍等未免又有餞行之說，也不必細述。至十四日一早，薛姨媽、寶釵等直同薛蟠出了儀門。母女兩個四隻眼，看他去了，方回來。

且說香薛姨媽上京帶來的家人，不過四五房，並兩個年老嬤嬤、小丫頭，今跟了薛蟠一去，外面只剩了一兩個男子。因此，薛姨媽即日到書房，將一應陳設玩器，並簾幔等項物，盡行搬了進來收貯，命兩個跟去男子之妻一並也進來睡覺。又命香菱將他屋裡也收拾嚴緊：「將門鎖了，晚間和我去睡。」

寶釵道：「媽既有這些人作伴，不如叫菱姐姐和我做伴去。我們園裡又空，夜長了，我每夜做活，多一個人豈不越好？」薛姨媽笑道：「正是我忘了，原該叫他同去才是。我前日還和你哥哥說，文杏又小，倒三不著兩的，鶯兒一個人不夠伏侍的，還要買一個丫頭來你使。」寶釵道：「買的不知底裡，倘或走了眼，花了錢事小，沒的淘氣。倒是慢慢打聽著，有知道來歷的，買個還罷了。」一面說，一面命香菱收拾了衾褥、妝奩，命一個老嬤嬤並臻兒送至蘅蕪苑去。然後寶釵和香菱才同回園中來。

香菱向寶釵道：「我原要和奶奶說的，等大爺去了，我和姑娘做伴去。我又恐怕奶奶多心，說我貪著園裡來玩。誰知你竟說了。」寶釵笑道：「我知道你心裡羨慕這園子，不是一日兩日的了，只是沒個空兒。就每日來一趟，慌慌張張的，也沒趣兒。所以趁著機會，越發住上一年，我也多個做伴的，你也遂心。」香菱笑道：「好姑娘，趁著這個工夫，你教給我做詩罷。」

寶釵笑道：「我說你得隴望蜀呢。我勸你今兒頭一日進來，先出園東角門，從老太太起，各處各人，你都瞧瞧，問候一聲兒，也不必特意告訴他們搬進園來。若有提起因由，你只帶口說我帶了你進來做伴兒就完了。回來進了園，再到各姑娘房裡走走。」

香菱應著，才要走時，只見平兒忙忙的走來，香菱忙問了好。平兒只得陪笑相問。寶釵因向平兒陪笑道：「我今兒把他帶了來做伴兒，正要去回你奶奶一聲。」平兒笑道：「姑娘說的是哪裡話？我竟沒話答應了。」寶釵道：「這才是正理。店房有個主人，廟裡有個住持。雖不是大事，到底告訴一聲。便是園裡坐更上夜的人，知道添了他兩個，也好關門候戶的了。你回去就告訴一聲罷，我不打發人說去了。」

平兒答應著，因又向香菱道：「你既來了，也不拜一拜街坊鄰舍去？」寶釵笑道：「我正叫他去呢。」平兒道：「你且不必往我們家去，二爺病了在家裡呢。」香菱答應著去了，先從賈母處來，不在話下。

且說平兒來見香菱去了，便拉寶釵悄說道：「姑娘可聽見我們的新文了？」寶釵道：「我沒聽見新文。因連日打發我哥哥出門，所以你們這裡的事，一概不知道，連姊妹們這兩日也沒見。」平兒笑道：「老爺把二爺打了個了不得，難道姑娘就該沒聽見？」寶釵道：「早起恍惚聽見了一句，也不信真。我也正要瞧你奶奶去呢，不想你來了。又是為了什麼打他？」

平兒咬牙罵道：「都是那賈雨村什麼風村，半途中哪裡來的餓不死的野雜種！認了不到十年，生了多少事出來？今年春天，老爺不知在哪個地方看見幾把舊扇子，回家裡，看家裡所有收著的這些好扇子都不中用了，立刻叫人各處搜求。誰知就有個不知死的冤家，混號兒世人都叫他做石呆子，窮的連飯也沒的吃，偏他家裡就還有二十把舊扇子，死也不肯拿出大門來。二爺好容易煩了多少情，見了這個人，說之再三，他把二爺請了到家裡來坐著，拿出這扇子來，略瞧了一瞧。據二爺說，原是不能再有的，全是湘妃、棕竹、麋鹿、玉竹的，皆是古人寫畫真跡。回來告訴了老爺，便叫買他的，要多少銀子給他多少。偏那石呆子說：『我凍死、餓死，一千銀子一把，我也不賣！』老爺沒法子，天天罵二爺沒能為。已經許他五百銀子，先兌銀子，後拿扇子。他只是不賣，只說：『要扇子，先要我的命！』姑娘想想，這有什麼法子？誰知那雨村沒天理的聽見了，便設了法子，訛他拖欠官銀，拿了他到衙門裡去，說所欠官銀，變賣家產賠補，把這扇子抄了來，做了官價，送了來。那石呆子如今不知是死是活。老爺問著二爺說：『人家怎麼弄了來了？』二爺只說了一句：『為這點子小事，弄的人破家敗業，也不算什麼能為！』老爺聽了，就生了氣，說二爺拿話堵老爺。因此這是第一件大的。這幾日，還有幾件小的，我也記不清。所以都湊在一起，就打起來了。也沒拉倒用板子、棍子，就站著，不知他拿了什麼混打一頓，臉上打破了兩處。我們聽見姨太太這裡有一種丸藥，上棒瘡的，姑娘快尋一丸子給我。」

寶釵聽了，忙命鶯兒去要了一丸來與平兒。寶釵道：「既這樣，你去替我問候罷，我就不去了。」平兒向寶釵答應著去了，不在話下。

且說香菱見過眾人之後，吃過晚飯，寶釵等都到賈母處去了，自己便往瀟湘館中來。此時，黛玉已好了大半了，見香菱也進園來住，自是歡喜。

香菱因笑道：「我這一進來了，也得空兒，好歹教給我做詩，就是我的造化了！」黛玉笑道：「既要學做詩，你就拜我為師。我雖不通，大略也還教的起你。」香菱笑道：「果然這樣，我就拜你為師。你可不許膩煩了。」說著，就要跪下拜師。

黛玉忙拉起他來，命他坐下，笑著說道：「你既要學，自好。先看律詩。這律詩不拘七言、五言，總只八句。先兩句為起，後兩句為結、為合。這個或對或不對，都可。當中承轉是兩副對子，平聲的對仄聲，虛的對實的，實的對虛的，若是果有了奇句，連平仄、虛實不對，都使得的。」香菱笑道：「我常弄本舊詩，偷空兒看一兩首，怪道有對的極工的，又有不對的，又聽見說『一三五不論，二四六分明』。看人家的詩上，亦有順的，亦有二四六上錯了的，所以天天疑惑。如今聽你一說，原來這些格調並規矩竟是末事，只要詞句新奇為上。」黛玉道：「正是這個道理。詞句究竟還是末事，第一是立意要緊。若意趣真了，連詞句不用修飾，自是好的，這叫做『不以詞害意』。」

香菱笑道：「我只愛陸放翁的詩，『重簾不捲留香久，古硯微凹積墨多』，說的真切有趣！」

黛玉道：「斷不可看這樣的詩。你們因不知詩，所以見了這淺近的就愛。一入了這個格局，再也學不出來的。你只聽我說，你若真心要學，我這裡有《王摩詰全集》，你且把他的五言律讀一百首，細心揣摩透熟了，然後再讀一二百首老杜的七言律，次之，再李青蓮的七言絕句讀一二百首。肚子裡先有了這三個人做了底子，然後再把陶淵明、應、劉、謝、阮、庾、鮑等各家的看看。你又是這樣一個極聰明伶俐的人，不用一年工夫，不愁不是詩翁了！」

香菱聽了，笑道：「既這樣，好姑娘，你就把這個書給我拿出來，我帶回去，夜裡念幾首，也是好的。」黛玉聽說，便命紫鵑將王右丞（王維）的五言律拿來，遞與香菱，又道：「你只看有紅圈的，都是我選的，有一首念一首的。不明白的，問你姑娘，或者遇見我，我講與你就是了。」

香菱拿了詩，回至蘅蕪苑中，諸事不管，只向燈下一首一首的讀起來。寶釵連催他數次睡覺，他也不睡。寶釵見他這般苦心，只得隨他去了。

一日，黛玉方梳洗完了，只見香菱笑吟吟的送了書來，又要換杜律。黛玉笑道：「共記得多少首？」香菱笑道：「凡紅圈選的我盡讀了。」黛玉道：「可領略了些滋味沒有？」香菱笑道：「我領略些滋味，不知可是不是，說與你聽聽。」黛玉笑道：「正要講究討論，方能長進。你且說來我聽聽。」

香菱笑道：「據我看來，詩的好處，有口裡說不出來的，想他意思去，卻是逼真的。有似乎無理的，想了去，竟是有理有情的。」

黛玉笑道：「這話有了些意思，但不知你從何處見得？」

香菱笑道：「我看他《塞上》一首內一聯云：『大漠孤煙直，長河落日圓。』想來，煙如何直？日自然是圓的。這『直』字似無理，『圓』字似太俗。合上書一想，倒像是見了這景的。若說再找兩個字換這兩個，竟再找不出兩個字來。再還有『日落江湖白，潮來天地青』。這『白』、『青』兩個字，也似無理。想來，必得這兩個字才形容的盡。念在嘴裡，倒像有幾千斤重的一個橄欖。還有『渡頭餘落日，墟裡上孤煙』。這『餘』字和『上』字，難為他怎麼想起來！我們那年上京來，那日下晚便挽住船，岸上又沒有人，只有幾棵樹，遠遠的幾家人家做晚飯，那個煙竟是碧青，連雲直上。誰知我昨晚上看了這兩句，倒像我又到了那個地方去了。」

正在說著，寶玉和探春來了，都入座，聽他講詩。寶玉笑道：「既是這樣，也不用看詩，會心處不遠。聽你說了這兩句，可知三昧你已得了。」黛玉笑道：「你說他這『上孤煙』好，你還不知，他這一句還是套了前人的來。我給你這一句瞧瞧，更比這個淡而現成。」說著，便把陶淵明的「曖曖遠人村，依依墟裡煙」翻了出來，遞與香菱。

香菱瞧了，點頭嘆賞，笑道：「原來『上』字是從『依依』兩個字上化出來的。」寶玉大笑道：「你已得了，再不用再講，越發是老學了。你就做起來，必是好的。」探春笑道：「明兒我補一個柬來，請你入社。」香菱笑道：「姑娘何苦打趣我，我不過是心裡羨慕，才學這個玩罷了。」探春、黛玉都笑道：「誰不是玩！難道我們是認真做詩呢！若說我們真做詩，說出來把人的牙還笑掉了呢。」寶玉道：「這也算自暴自棄了。前日我在外頭，和相公們商議畫兒，他們聽見咱們起詩社，求我把稿子給他們瞧瞧。我就寫了幾首給他們看，誰不傾心嘆服。他們都抄了刻去。」探春、黛玉忙問道：「這是真話麼？」寶玉笑道：「說謊的是那架上的鸚哥。」黛玉、探春聽說，都說：「你真真是胡鬧！且別說那不成詩，便成詩，我們的筆墨也不該傳到外頭去。」寶玉道：「這怕什麼！古來閨閣中筆墨不要傳出去，如今也沒人知道了。」說著，只見惜春打發了入畫來請寶玉，寶玉方去了。

香菱又逼著黛玉換出杜律，又央黛玉、探春二人：「出個題目，讓我謅去。謅來，替我改正。」黛玉道：「昨夜的月最好，我正要謅一首，未謅成，你就做一首來。十四寒（韻書第十四個以寒為代表的韻目）的韻，由你愛用幾個字去。」

香菱聽了，喜歡的拿著詩回來，又苦思一回，做兩句詩，又捨不得杜詩，又讀兩首。如此茶飯無心，坐臥不定。寶釵道：「何苦自尋煩惱。都是顰兒引的你，我和他算帳去。你本來呆頭呆腦的，再添上這個，越發弄成個呆子了。」香菱笑道：「好姑娘，別混我。」一面說，一面做了一首，先與寶釵看。寶釵看了笑道：「這個不好，不是這個做法。你別怕臊，只管拿了給他瞧去，看他是怎麼說。」香菱聽了，便拿了詩找黛玉。

黛玉看時，只見寫道是：

月桂中天夜色寒，清光皎皎影團團。
詩人助興常思玩，野客添愁不忍觀。
翡翠樓邊懸玉鏡，珍珠簾外掛冰盤。

良宵何用燒銀燭，晴彩輝煌映畫欄。

黛玉笑道：「意思卻有，只是措詞不雅。皆因你看的詩少，被他縛住了。把這首丟開，再做一首，只管放開膽子去做。」

香菱聽了，默默的回來，越發連屋子也不走入，只在池邊樹下，或坐在山石上出神，或蹲在地下摳地。來往的人都詫異。

李紈、寶釵、探春、寶玉等聽得此信，都遠遠的站在山坡上瞧著他笑。只見他皺一回眉，又自含笑笑一回。

寶釵笑道：「這個人定是瘋了！昨夜嘟嘟噥噥，直鬧到五更天才睡下。沒一頓飯的工夫，天就亮了。我就聽見他起來了，忙忙碌碌，梳了頭，就找顰兒去。一回來了，呆了一日。做了一首，又不好。自然這會子另做呢。」

寶玉笑道：「這正是地靈人傑。老天生人，再不虛賦情性的。我們成日嘆說，可惜他這麼個人竟俗了。誰知到底有今日，可見天地至公。」

寶釵聽了，笑道：「你能夠像他這苦心就好了，學什麼有個不成的？」寶玉不答。

只見香菱興匆匆的，又往黛玉那邊去了。探春笑道：「咱們跟了去，看他有些意思沒有。」說著，一齊都往瀟湘館來。只見黛玉正拿著詩和他講究。眾人因問黛玉：「做的如何？」黛玉道：「自然算難為他了，只是還不好。這一首過於穿鑿了，還得另做。」眾人因要詩看時，只見做道是：

非銀非水映窗寒，試看晴空護玉盤。

淡淡梅花香欲染，絲絲柳帶露初乾。
只疑殘粉塗金砌，恍若輕霜抹玉欄。
夢醒西樓人跡絕，餘容猶可隔簾看。

寶釵笑道：「不像吟月了。『月』字底下，添一個『色』字，倒還使得。你看，句句倒是月色。這也罷了，原是詩從胡說來，再遲幾天就好了。」

香菱自為這首詩妙絕，聽如此說，自己又掃了興，不肯丟開手，便要思索起來。因見他姊妹們說笑，便自己走至階下竹前，挖心搜膽，耳不旁聽，目不別視。

一時，探春隔窗笑著說道：「菱姑娘，你閒閒罷了。」香菱怔怔答道：「『閒』字是十五刪的，錯了韻了。」眾人聽了，不覺的大笑起來。寶釵道：「可真成詩魔了。都是顰兒引的他！」黛玉大笑道：「聖人說，『誨人不倦』。他又來問我，我豈有不說的道理？」李紈笑道：「咱們拉了他，往四姑娘房裡去，引他瞧瞧畫兒，叫他醒一醒才好。」

說著，真個大家出來拉了他，過藕香榭，至暖香塢中。惜春正乏倦，在床上歪著睡午覺，畫繒立在壁間，用紗罩著。眾人喚醒了惜春，揭紗看時，十停方有了三停。香菱見畫上有幾個美女，因指著笑道：「這一個是我們姑娘，那一個是林姑娘。」探春笑道：「凡會做詩的，都畫在上頭。你快學罷。」說著，玩笑一回。

各自散後，香菱滿心中只是想詩，至晚間，對燈出了一回神。至三更以後，上床臥了，兩眼睜睜。直到五更，方才矇朧睡去了。

一時天亮，寶釵醒了，聽了聽，他安穩睡了，心下想著：「他翻騰了一夜，不知可做成了否？這會子乏了，且別叫他。」正想著，只聽香菱從夢中笑說：「可是有了，難道這一首還不好？」寶釵聽了，又是嘆，又是可笑，連忙喚醒了，也問他：「得了什麼？你這麼樂，學不成詩，反弄出病來呢。」一面說，一面梳洗了，會同姊妹往賈母處來。

原來香菱苦志學詩，精血誠聚，在夢中做得八句了。梳洗已畢，便忙彔出來，自己並不知好歹，便拿來又找黛玉。剛到沁芳亭，只見李紈與眾姊妹方從王夫人處回來，寶釵正告訴他們，說他夢中做詩、說夢話。眾人正笑，抬頭見他來了，便都爭著要詩看。

要知端的，且看下回分解。

# 第四十九回
## 琉璃世界白雪紅梅　脂粉香娃割腥啖羶

話說香菱見眾人正說笑，他便迎上去笑道：「你們看這首詩。若使得，我便還學。若還不好，我就死了這做詩的心了。」說著，把詩遞與黛玉及眾人看時，只見寫道：

精華欲掩料應難，影自娟娟魄自寒。
一片砧敲千里白，半輪雞唱五更殘。
綠蓑江上秋聞笛，紅袖樓頭夜倚欄。
博得嫦娥應借問，何緣不使永團圓？

眾人看了，笑道：「這首不但好，而且新巧，有意趣。可知俗話說，『天下無難事，只怕有心人』。社裡一定請你了。」香菱聽了，心下不信，料著是他們哄自己的話，還只管問黛玉、寶釵等。正說之間，只見幾個小丫頭並老婆子忙忙的走來，都笑道：「來了好些姑娘、奶奶們，我們都不認得。奶奶、姑娘們快認親去。」李紈笑道：「這是哪裡的話？你到底說明白了，是誰的親戚？」那婆子、丫頭都笑道：「大太太的侄女兒，奶奶的兩位妹子，都來了。還有一位姑娘，說是薛大姑娘的妹妹。還有一位爺，說是薛大爺的兄弟。我這會子請姨太太去呢，奶奶和姑娘們先上去罷。」說著，一徑去了。

寶釵笑道：「我們薛蝌和他妹子來了不成？」李紈笑道：「我們嬸嬸又上京來了不成？他們也不能湊在一處，這可是奇事。」大家來至王夫人上房，只見烏壓壓的一地。

原來邢夫人之兄嫂，帶了女兒岫煙，進京來投邢夫人的。可巧鳳姐之兄王仁也正進京，兩親家一處打幫來了。走至半路，泊船時，正遇見李紈之寡嬸，帶著兩個女兒，大名李紋，次名李綺，也上京。大家敘起來，又是親戚，因此三家一路同行。後有薛蟠之從弟（堂弟）薛蝌，因當年父親在京時，已將胞妹薛寶琴許配都中梅翰林之子為婚，正欲進京聘嫁，聞得王仁進京，他也隨後帶了妹子趕來。所以今日會齊了，來訪投各人親戚。

於是大家見禮敘過，賈母、王夫人都歡喜非常。賈母因笑道：「怪道昨日晚上燈花爆了又爆，結了又結，原來應到今日。」一面敘些家常，收看帶來的禮物，一面命留酒飯。鳳姐兒自不必說，忙上加忙。李紈、寶釵自然和嬸母、姊妹敘離別之情。黛玉見了，先是歡喜，後想起眾人皆有親眷，獨自己孤單無戚，不免又去垂淚。寶玉深知其情，十分勸慰了一番方罷。

然後寶玉忙忙來至怡紅院中，向襲人、麝月、晴雯笑道：「你們還不快著看看去！誰知寶姐姐的親哥哥是那個樣子，他這叔伯兄弟，形容舉止另是一樣子，倒像是寶姐姐的同胞的兄弟似的。更奇在你們成日家只說寶姐姐是絕色的人物，你們如今瞧瞧他這妹子，還有大嫂子的兩個妹子，我竟形容不出來了。老天，老天，你有多少精華靈秀，生出這些人上之人來！可知我井底之蛙，成日家自說現在的這幾個人是有一無二的，誰知不必遠尋，就是本地風光，一個賽似一個。如今我又長了一層學問了。除了這幾個，難道還有幾個不成？」一面說，一面自笑。

襲人見他又有些魔意，便不肯去瞧。晴雯等早去瞧了一遍回來，笑向襲人說道：「你快瞧瞧去！大太太一個侄女兒，寶姑娘一個妹妹，大奶奶兩個妹妹，倒像一把子四根水蔥兒。」

一語未了，只見探春也笑著進來找寶玉，因說：「咱們詩社可興旺了。」寶玉笑道：「正是呢。這是一高興起詩社，可興旺。所以鬼使神差，來了這些人。但只一件，不知他們可學過做詩不曾？」探春道：「我才都問了問他們，雖是他們自謙，看其光景，沒有不會的。便是不會，也沒難處，你看香菱就知道了。」

襲人笑道：「他們說，薛大姑娘的妹妹更好看。三姑娘看著怎麼樣？」探春道：「果然的好。我看，連他姐姐並這些人，不及他。」襲人聽了，又是詫異，又笑道：「這也奇了，還從哪裡再好去呢？倒要瞧瞧去。」探春道：「老太太一見，喜歡的無可不可的，已經逼著咱們太太認了乾女兒了。老太太要養活，才剛已經定了。」寶玉喜的忙問：「這果然的？」探春道：「我幾時說過謊！」又笑道：「有這個好孫女兒，就忘了你這孫子了。」

寶玉笑道：「這倒不妨。原該多疼女兒些，是正理。明兒十六，咱們可該起社了。」探春道：「林丫頭剛起來了，二姐姐又病了，終是七上八下的。」寶玉道：「二姐姐又不大做詩，沒有他又何妨。」探春道：「越發等他幾天，等他們新來的混熟了，咱們邀上他們，豈不好？這會子，大嫂子、寶姐姐心裡，自然沒有詩興的，況且湘雲沒來，顰兒才好了，人人不合式。不如等著雲丫頭來了，這幾個新的也熟了，顰兒也大好了，大嫂子和寶姐姐心也閒了，香菱詩也長進了，如此邀一滿社，豈不好？咱們兩個，如今且往老太太那裡去聽聽。除寶姐姐的妹妹不算外，他一定是在咱們家住定了的。倘或那三個要不在咱們這裡住，咱們央告著老太太，留下他們，也同在園子裡住了，咱們豈不多添幾個人，越發有趣了。」寶玉聽了，喜的眉開眼笑，忙說道：「倒是你明白。我終久是個糊塗心腸，空喜歡了一會子，卻想不到這上頭。」

說著，兄妹兩個一齊往賈母處來。果然王夫人已認了薛寶琴做乾女兒，賈母喜歡非常，連園中也不命他住，晚上跟著賈母一處安寢。薛蝌自向薛蟠書房中住下。

賈母和邢夫人說：「你侄女兒也不必家去了，園裡住幾天，逛逛再去。」邢夫人兄嫂家中原艱難，這一上京，原仗的是邢夫人與他們治房舍，幫盤纏，聽如此說，豈不願意？邢夫人便將邢岫煙交與鳳姐兒。鳳姐籌算得園中姊妹多，性情不一，且又不便另設一處，莫若送到迎春一處去，倘日後邢岫煙有些不遂意的事，總然邢夫人知道了，與自己無干。從此後，若邢岫煙家去住的日期不算，若在大觀園住到一個月上，鳳姐兒亦照迎春分例，送一份與岫煙。鳳姐兒冷眼掂掇岫煙心性行為，竟不像邢夫人及他的父母一樣，卻是個極溫厚可疼的人。因此鳳姐兒反憐他家貧命苦，比別的姊妹多疼他些，邢夫人倒不大理論。

賈母、王夫人等因素喜李紈賢惠，且年輕守節，令人敬服，今見他寡嬸來了，便不肯叫他外頭去住。那李嬸雖十分不肯，無奈賈母執意不從，只得帶著李紋、李綺，在稻香村住下了。

當下安插既定。誰知保齡侯史鼐又遷委（升遷委任）了外省大員，不日要帶了家眷去上任。賈母因捨不得湘雲，便留下他了，接到家中。原要命鳳姐兒另外設一處與他住，史湘雲執意不肯，只要和寶釵一處住，因此也就罷了。

此時，大觀園中比先又熱鬧了多少。李紈為首，餘者迎春、探春、惜春、寶釵、黛玉、湘雲、李紋、李綺、寶琴，還有邢岫煙，再添上鳳姐兒和寶玉，一共十三人。敘起年庚，除李紈年紀最長，他十二人皆不過十五六七歲。或有這三個同年，或有那五個共歲，或有這兩個同月同日，或有那兩個同刻同時。所差者，大半是時刻月份而已。連他們自己也不能記清誰長誰幼，並賈母、王夫人及家中婆子、丫頭子也不能細細分清，不過是「姐」、「妹」、「兄」、「弟」四個字隨便亂叫。

如今香菱正滿心滿意，只想做詩之心，又不敢十分羅唣（吵鬧打擾）寶釵，可巧來了個史湘雲。那史湘雲又愛說話的，哪裡經得起香菱又請教他談詩，越發高了興，沒晝沒夜高談闊論起來。

寶釵因笑道：「我實在聒噪的受不得了。一個女孩兒家，只管拿著詩做正經事講起來，叫有學問的人聽了，反笑話說不守本分。一個香菱沒鬧清，偏又添了你這個話口袋子，滿嘴裡說的是什麼？怎麼是杜工部之沉鬱，韋蘇州（唐代詩人韋應物）之淡雅？又怎麼是溫八叉（唐代詩人溫庭筠）之綺靡，李義山（李商隱）之隱僻？放著現成兩個詩家不知道，提那些死人做什麼！」湘雲聽了，忙笑問道：「現在是哪兩個？好姐姐，你告訴我。」寶釵笑道：「呆香菱之心苦，瘋湘雲之話多。」香菱、湘雲二人聽了，都笑起來。

正說著，只見寶琴來了，披著一領斗篷，金翠輝煌，不知何物。寶釵忙問：「這是哪裡的？」寶琴笑道：「因下雪珠兒，老太太找了這一件給我的。」香菱上來瞧道：「怪道這麼好看，原來是孔雀毛織的。」湘雲笑道：「哪裡是孔雀毛？就是野鴨子頭上的毛做的。可見老太太疼你了，這麼樣疼寶玉，也沒給他穿。」寶釵道：「真俗語說『各人有緣法』。我也再想不到他這會子來，既來了，又有老太太這麼疼他。」

湘雲道：「你除了在老太太跟前，就在園裡來，這兩處只管玩笑吃喝。到了太太屋裡，若太太在屋裡，只管和太太說笑，多坐一回無妨。若太太不在屋裡，你別進去。那屋裡人多心壞，都是要咱們的。」說的寶琴、香菱、寶釵、鶯兒等都笑了。寶釵笑道：「說你沒心，卻有心。雖然有心，到底嘴太直了。我們這琴兒，就有些像你。你天天說要我作親姐姐，我今兒竟叫你認他做親妹妹罷。」湘雲又瞅了寶琴，笑道：「這一件衣裳，也只配他穿。別人穿上，實在不配。」

正說著，只見琥珀走來，笑道：「老太太說了，叫寶姑娘別管緊了琴姑娘。他還小呢，讓他愛怎麼樣就由他怎麼樣。他要什麼東西，只管要去，別多心。」寶釵忙起身答應了，又推寶琴笑道：「你也不知是哪裡來的這段福氣！你倒去罷，仔細我們委屈了你。我就不信，我哪些兒不如你？」

說話之間，寶玉、黛玉進來了，寶釵猶自嘲笑。湘雲因笑道：「寶姐姐，你這話雖是玩話，卻有人真心是這樣想呢。」琥珀笑道：「真心惱的，再沒別人，就只是他。」口裡說，手指著寶玉。寶釵、湘雲都笑道：「他倒不是這樣人。」琥珀又笑道：「不是他，就是他。」說著，又指黛玉。湘雲便不則聲。寶釵忙笑道：「更不是了。我的妹妹，和他的妹妹一樣。他喜歡的比我還甚呢，哪裡還惱？你信雲兒混說。他的那嘴，有什麼實處！」

寶玉素昔深知黛玉有些小性兒，且尚不知近日黛玉和寶釵之事，正恐賈母疼寶琴，他心中不自在，今見湘雲如此說了，寶釵又如此答，再審度黛玉聲色，亦不似往日，果然與寶釵之說相符，心中甚是不解。因想：「他兩個素日不是這樣的。如今看來，竟更比他人好了十倍。」

一時又見林黛玉趕著寶琴叫妹妹，並不提名道姓，直似親姊妹一般。那寶琴年輕心熱，且本性聰敏，自幼讀書識字，今在賈府住了兩日，大概人物已知。又見諸姊妹都不是那輕薄脂粉，且又和姐姐皆和氣，故也不肯怠慢，其中又見林黛玉是個出類拔萃的，便更與黛玉親近異常。寶玉看著，只是暗暗的納罕。

一時寶釵姊妹往薛姨媽房內去後，湘雲往賈母處來，林黛玉回房歇著。

寶玉便找了黛玉來，笑道：「我雖看了《西廂記》，也曾有明白的幾句，從前說了取笑，你還曾惱過。如今又想來，竟有一句不解，我念出來，你講講我聽。」黛玉聽了，便知有文章，因笑道：

「你念出來，我聽聽。」寶玉笑道：「那《鬧簡》上難為他『是幾時』三個虛字問的有趣。是幾時接了？你說說，我聽聽。」黛玉聽了，禁不住也笑起來，因笑道：「這原問的好。他也問的好，你也問的好。」

寶玉道：「先時你只疑我，如今你也沒的說，我反落了單。」黛玉笑道：「誰知他竟真是個好人，我素日只當他藏奸。」因把說錯了酒令起，連送燕窩、病中所談之事，細細的告訴了寶玉。寶玉方知原故，因笑道：「我說呢，正納悶『是幾時孟光接了梁鴻案』，原來是從『小孩兒家口沒遮攔』上就接了案了。」

黛玉因又說起寶琴來，想起自己沒有姊妹，不免又哭了。寶玉忙勸道：「這又自尋煩惱了。你瞧瞧，今年比舊年越發瘦了，你還不保養。每天好好的，你必是自尋煩惱，哭一會子，才算完了這一天的事。」黛玉拭淚道：「近來我只覺心酸，眼淚卻像比舊年少了些的。心裡只管酸痛，眼淚卻不多。」寶玉道：「這是你哭慣了心裡疑的，豈有眼淚會少的！」

正說著，只見他屋裡的小丫頭子送了猩氈斗篷來，又說：「大奶奶才打發人來說，下了雪，要商議明日請人做詩呢。」一語未了，只見李紈的丫頭走來請黛玉。寶玉便邀著黛玉同往稻香村來。黛玉換上掐金挖雲紅香羊皮小靴，罩了一件大紅羽紗縐面白狐皮裡的鶴氅，束一條青金閃綠雙環四合如意絛，頭上罩了雪帽。二人一齊踏雪行來。只見眾姊妹都在那裡，都是一色大紅猩氈與羽毛緞斗篷，獨李紈穿一件多羅呢對襟褂子，薛寶釵穿一件蓮青斗紋錦上添花洋線番羓絲的鶴氅。邢岫煙仍是家常舊衣，並沒避雨之衣。

一時史湘雲來了，穿著賈母與他的一件貂鼠腦袋面子、大毛黑灰鼠裡子、裡外發燒（皮衣裡外都有毛）大褂子，頭上帶著一頂挖雲鵝黃片金裡大紅猩氈昭君套，又圍著大貂鼠風領。黛玉先嘆道：「你們瞧瞧，孫行者來了。他一般的也拿著雪褂子，故意裝出個小騷達子來。」湘雲笑道：「你們瞧我裡頭打扮的。」一面說，一面脫了褂子。只見他裡頭穿著一件半新的靠色三鑲領袖、秋香色盤金五色繡龍、窄褃小袖掩衿銀鼠短襖，裡面短短的一件水紅妝緞狐　褶子，腰裡緊緊束著一條蝴蝶結子長穗五色宮縧，腳下也穿著鹿皮小靴，越顯得蜂腰猿臂，鶴勢螂形。眾人都笑道：「偏他只愛打扮成個小子的樣兒，原比他打扮女兒更俏麗了些。」

湘雲道：「快商議做詩！我聽聽，是誰的東家？」李紈道：「我的主意。想來昨日的正日已自過了，再等正日又太遠，可巧又下雪，不如咱們大家湊個社，又給他們接風，又可以做詩。你們意思怎麼樣？」寶玉先道：「這話很是。只是今日晚了。若到明日，晴了又無趣。」眾人都道：「這雪未必晴。總晴了，這一夜下的也夠賞了。」

李紈道：「我這裡雖然好，又不如蘆雪庭好。我已經打發人籠地炕去了，咱們大家擁爐做詩。老太太想來未必高興，況且咱們小玩意兒，單給鳳丫頭個信兒就是了。你們每人一兩銀子就夠了，送到我這裡來。」指著香菱、寶琴、李紋、李綺、岫煙：「五個不算外，咱們裡頭，二丫頭病了不算，四丫頭告了假也不算，你們四份子送了來，我包管五六兩銀子，也盡夠了。」寶釵等一齊應諾。因又擬題限韻，李紈笑道：「我心裡自己定了，等到了明日臨期，橫豎知道。」

說畢，大家又閒話了一回，方往賈母處來。本日無話。

到了次日一早，寶玉因心裡記掛著這事，一夜沒好生得睡，天亮了就爬起來。掀起帳子一看，雖然門窗尚掩，只見窗上光輝奪目，心內早躊躇起來，埋怨定是晴了，日光已出。一面忙起來揭起窗屜，從玻璃窗內往外一看，原來不是日光，竟是一夜雪下的將有一尺多厚，天上仍是搓綿扯絮一般。

寶玉此時歡喜非常，忙喚起人來，盥漱已畢，只穿一件茄色哆羅呢狐皮襖子，罩一件海龍皮小小鷹膀褂，束了腰，披了玉針蓑，戴了金藤笠，登上沙棠屐，忙忙的往蘆雪庭來。出了院門，四顧一望，並無二色，遠遠的是青松翠竹，自己卻似裝在玻璃盆內一般。於是走至山坡之下，順著山腳剛轉過去，已聞得一股寒香撲鼻。回頭一看，卻是妙玉那邊櫳翠庵中有十數枝紅梅，如胭脂一般，映著雪色，分外顯得精神，好不有趣！寶玉便立住，細細的賞玩了一回方走。只見蜂腰板橋上一個人打著傘走來，是李紈打發了請鳳姐兒去的人。

寶玉來至蘆雪庭，只見丫頭、婆子正在那裡掃雪開徑。原來這蘆雪庭蓋在一個傍山臨水河灘之上，一帶幾間，茅簷土壁，槿籬竹牖，推窗便可垂釣，四面皆是蘆葦掩覆。一條去徑，逶迤穿蘆度葦過去，便是藕香榭的竹橋了。眾丫頭、婆子見他披蓑戴笠而來，卻笑道：「我們才說正少一個漁翁，如今果然全了。姑娘們吃了飯才來呢，你也太性急了。」

寶玉聽了，只得回來。剛至沁芳亭，見探春正從秋爽齋出來，圍著大紅猩氈斗篷，戴著觀音兜（風帽），扶著個小丫頭，後面一個婦人打著一把青綢油傘。寶玉知道他往賈母處去，遂立在亭邊，等他來到，二人一同出園前去。寶琴正在裡間房內梳洗更衣。

一時眾姊妹來齊，寶玉只嚷餓了，連連催飯。好容易等擺上飯時，頭一樣菜是牛乳蒸羊羔。賈母便說：「這是我們有年紀人的藥，沒見天日的東西，可惜你們小孩子吃不得。今兒另外有新鮮鹿肉，你們等著吃。」眾人答應了。

寶玉卻等不得，只拿茶泡了一碗飯，就著野雞瓜忙忙的咽完了。賈母道：「我知道你們今兒又有事情，連飯也不顧吃。」便叫：「留著鹿肉，與他晚上吃。」鳳姐兒忙說：「還有呢，吃殘罷了。」史湘雲便和寶玉計較道：「有新鹿肉，不如咱們要一塊，自己拿了園裡弄著，又吃又玩。」寶玉聽了，真和鳳姐要了一塊，命婆子送入園去。

一時大家散後，進園齊往蘆雪庭來，聽李紈出題限韻，獨不見湘雲、寶玉二人。黛玉道：「他兩個再到不得一處。若到了一處，生出多少故事來。這會子一定算計那塊鹿肉去了。」

正說著，只見李嬸也走來看熱鬧，因問李紈道：「怎麼那一個帶玉的哥兒和那一個掛金麒麟的姐兒，那樣乾淨清秀，又不少吃的，他兩個在那裡商議著要吃生肉呢，說的有來有去的。我只不信肉也生吃得的。」眾人聽了，都笑道：「了不得，快拿了他兩個來。」黛玉笑道：「這可是雲丫頭鬧的，我的卦再不錯。」

李紈即忙出來，找著他兩個，說道：「你們兩個要吃生的，我送你們到老太太那裡吃去。哪怕一隻生鹿，撐病了不與我相干。這麼大雪，怪冷的，快跟我來做詩罷。」寶玉忙笑道：「沒有的事，我們燒著吃呢。」李紈道：「這還罷了。」只見老婆子們拿了鐵爐、鐵叉、鐵絲蒙來，李紈道：「仔細看割了手，不許哭！」說著，同探春進去了。

鳳姐打發了平兒回復不能來，為發放年例正忙。湘雲見了平兒，哪裡肯放？平兒也是個好玩的，素日跟著鳳姐兒，實不能有空，今見如此有趣，樂得玩笑，因而褪去手上的鐲子，三個人圍著火，平兒便要先燒三塊吃。那邊，寶釵、黛玉平素看慣了，不以為異，寶琴等及李嬸深為罕事。

探春與李紈等已議定了題韻。探春笑道：「你們聞聞香氣，這裡都聞見了。我也吃去。」說著，也找了他們來。李紈也隨來說：「客已齊了，你們還吃不夠？」湘雲一面吃，又一面說道：「我吃這個，方愛吃酒。吃了酒，才有詩。若不是這鹿肉，今兒斷不能做詩。」說著，只見寶琴披著鳧靨裘（野鴨毛織的長衣），站在那裡笑。湘雲笑道：「傻子，你來嘗嘗。」寶琴笑說：「怪髒的。」寶釵笑道：「你嘗嘗去，好吃的。你林姐姐弱，吃了不消化，不然他也愛吃。」寶琴聽了，便過去吃了一塊，果然好吃，便也吃起來。

## 第四十九回

琉璃世界白雪紅梅　脂粉香娃割腥啖羶

一時鳳姐兒打發小丫頭來叫平兒。平兒說：「史姑娘拉著我呢，你先去罷。」小丫頭去了。不一時，只見鳳姐也披了斗篷走來，笑道：「吃這樣好東西，也不告訴我！」說著，也湊在一處吃起來。

黛玉笑道：「哪裡找這一群花子去！罷了，罷了，今日蘆雪庭遭劫，生生被雲丫頭作踐了。我為蘆雪庭一大哭！」湘雲冷笑道：「你知道什麼！『是真名士自風流』，你們都是假清高，最可厭的。我們這會子腥羶大吃大嚼，回來卻是錦心繡口。」寶釵笑道：「你回來若做的不好了，把那肉掏出來，就把這雪壓的蘆葦子塞上些，以完此劫。」

說著，吃畢，洗了一回子手。平兒帶鐲子時，卻少了一個。左右前後亂找了一番，蹤跡全無。眾人都詫異，鳳姐兒笑道：「我知道這鐲子的去向。你們只管做詩去，也不用找，只管前頭去。不出三日，包管就有了。」說著，又問：「你們今兒做什麼詩？老太太說了，離年又近了，正月裡還該做些燈謎兒，大家玩笑。」

眾人聽了，都笑道：「可是倒忘了。如今趕著做幾個好的，預備著正月裡玩。」說著，一齊來至地炕屋內，只見杯盤果菜俱已擺齊了，牆上已貼出詩題、韻腳、格式來了。寶玉、湘雲二人忙看時，只見題目是「即景聯句」，五言排律（律詩的一種，不限句數，除首尾各兩名外，其餘均要求對仗）一首，限二蕭韻。後面尚未列次序。李紈道：「我不大會做詩，我只起三句罷，然後誰先得了，誰先聯。」寶釵道：「到底分個次序。」

要知端的，且看下回分解。

# 第五十回 蘆雪亭爭聯即景詩　暖香塢雅制春燈謎

話說薛寶釵道：「到底分個次序，讓我寫出來。」說著，便令眾人拈鬮為序。起首恰是李氏，然後按次各各開出。

鳳姐兒道：「即這樣說，我也說一句在上頭。」眾人都笑說：「更妙了！」寶釵便將稻香老農之上補了一個「鳳」字，李紈又將題目講與他聽。鳳姐兒想了半日，笑道：「你們別笑話我。我只有一句粗話，下剩的我就不知道了。」眾人都笑道：「越是粗話越好。你說了，就只管幹正事去罷。」鳳姐兒笑道：「我想，下雪必刮北風。昨夜只聽一夜的北風，我有一句是一句，就是『一夜北風緊』，可使得？」眾人聽說，都相視笑道：「這句雖粗，不見底下的，這正是會做詩的起法。不但好，而且留了寫不盡多少地步與後人。就是這句為首，稻香老農快寫上，續下去。」鳳姐和李嬸、平兒又吃了兩杯酒，自去了。

這裡，李紈便寫了：

一夜北風緊，

自己聯道：

開門雪尚飄。入泥憐潔白，

香菱道：

匝地惜瓊瑤。有意榮枯草，

探春道：

無心飾萎苕。價高村釀熟，

李綺道：

年稔府粱饒。葭動灰飛管，

李紋道：

陽回斗轉杓。寒山已失翠，

岫煙道：
凍浦不聞潮。易掛疏枝柳，
湘雲道：
難堆破葉蕉。麝煤融寶鼎，
寶琴道：
綺袖籠金貂。光奪窗前鏡，
黛玉道：
香粘壁上椒。斜風仍屢屢，
寶玉道：
清夢轉聊聊。何處梅花笛？

寶釵道：

誰家碧玉簫？鰲愁坤軸陷，

李紈笑道：「我替你們看熱酒去罷。」寶釵命寶琴續聯。只見湘雲站起來，道：

龍鬥陣雲銷。野岸回孤棹，

寶琴也站起道：

吟鞭指灞橋。賜裘憐撫戍，

湘雲哪裡肯讓人，且別人也不如他敏捷，都看他揚眉挺身的說道：

加絮念征徭。坳垤審夷險，

寶釵連聲贊好，也便聯道：

枝柯怕動搖。皚皚輕趁步，

黛玉忙聯道：

剪剪舞隨腰。煮芋成新賞，

一面說，一面推寶玉，命他聯。寶玉正看寶釵、寶琴、黛玉三個共戰湘雲，十分有趣，哪裡還顧得聯詩？今見黛玉推他，方聯道：

孤松訂久邀，泥鴻從印跡，

湘雲笑道：「你快下去，你不中用，倒耽擱了我。」一面只聽寶琴聯道：

林斧不聞樵。伏象千峰凸，

湘雲忙聯道：

盤蛇一徑遙。花緣經冷結，

寶釵與眾人又忙贊好。探春聯道：

色豈畏霜凋？深院驚寒雀，

湘雲也渴了，忙忙的吃茶，已被岫煙聯道：

空山泣老鴉。階墀隨上下，

湘雲丟了茶杯，忙聯道：

池水任浮漂。照耀臨清曉，

黛玉忙聯道：

繽紛入永宵。誠忘三尺冷，

湘雲忙笑聯道：

瑞釋九重焦。僵臥誰相問？

寶琴也忙笑聯道：

狂游客喜招。天機斷縞帶，

湘雲又忙道：

海市失鮫綃。

林黛玉不容他道出，接著便道：

寂寞封台榭，

湘雲忙聯道：

清貧懷簞瓢。

寶琴也不容情，也忙道：

烹茶冰漸沸，

湘雲見這般，自為得趣，又是笑，又忙聯道：

煮酒葉難燒。

黛玉也笑道：

沒帚山僧掃，

寶琴也笑道：

埋琴稚子挑。

湘雲笑彎了腰，忙念了一句。眾人道：「到底說的是什麼話？」湘雲喊道：

石樓閒睡鶴，

黛玉笑得握著胸，只高聲嚷道：

錦罽暖親貓。

寶琴也忙笑道：

月窟翻銀浪，

湘雲忙聯道：

霞城隱赤標。

黛玉忙笑道：

沁梅香可嚼，

寶釵笑稱：「好句。」也忙聯道：

淋竹醉堪調。

寶琴也忙道：

或濕鴛鴦帶，

湘雲忙聯道：

時凝翡翠翹。

黛玉又忙道：

無風仍脈脈，

寶琴又忙聯道是：

不雨亦瀟瀟。

湘雲伏著已笑軟了。眾人看他三人對搶，也不顧做詩，看著也只是笑。黛玉還推他往下再聯，又道：「你也有才盡力窮之時！我聽聽，還有什麼舌頭嚼了！」湘雲只伏在寶釵懷裡，笑個不住。寶釵推他起來，道：「你有本事，把『二蕭』的韻全用完了，我才服你。」湘雲即起身笑道：「我也不是做詩，竟是搶命呢。」眾人笑道：「倒是你說罷。」

探春早已料定沒有自己聯的了，便早寫出來，因說：「還沒收住呢。」李紈聽了，接過來，便聯一句說道：

欲志今朝樂，

李綺收了一句道：

憑詩祝舜堯。

李紈說道：「夠了，夠了。雖沒做完了韻，騰挪的字若生扭（生搬硬套）了，倒不好了。」說著，大家來細細評論一回，獨湘雲的多，都笑道：「這都是那塊鹿肉的功勞。」

李紈笑道：「逐句評去，都還一氣，只是寶玉又落了第了。」寶玉笑道：「我原不會聯句，只好擔待我罷。」李紈笑道：「也沒有社社擔待的。又說韻險了，又整誤了，又不會聯句了，今日必罰你。我才看見櫳翠庵的紅梅有趣，我要折一枝來插瓶。可厭妙玉為人，我不理他。如今罰你取一枝來插瓶玩兒。」眾人都道：「這罰的又雅，又有趣。」寶玉也樂為，答應著就要走。湘雲、黛玉一齊說道：「外頭冷得很，你且吃杯熱酒再去。」於是湘雲早執起壺來，黛玉遞了一個大杯，滿斟了一杯。湘雲笑道：「你吃了我們這酒，取不來，加倍罰你。」寶玉忙忙的吃了一杯，冒雪而去。

李紈命人好好跟著。黛玉忙攔說：「不必，有了人，反不得了。」李紈點頭道：「是。」一面命丫鬟將一個美人聳肩瓶拿來，貯了水，準備插梅，因又笑道：「回來該吟紅梅了。」湘雲忙道：「我先做一首。」寶釵忙道：「今日斷不容你再做了。你都搶了去，別人都閒著，也沒趣。回來罰寶玉，他說不會聯句，如今叫他自己做去罷。」

黛玉笑道：「這話很是。我還有主意。方才聯句不夠，莫若揀著聯得少的人做紅梅詩。」寶釵笑道：「這話是極。方才邢、李這三位屈才，且又是客。琴兒和顰兒也搶了許多去了，我們一概都別做，只讓他三人做才是。」李紈因說：「綺兒也不會做的，還是讓琴妹罷。」寶釵只得依允，又道：「就用『紅梅花』三個字做韻，每人一首七言律。邢大妹妹做『紅』字，你們李大妹妹做『梅』字，琴兒做『花』字。」李紈道：「饒過寶玉去，我不服。」湘雲忙道：「有個好題目命他做。」眾人問：「何題？」湘雲道：「命他就做『訪妙玉乞紅梅』，豈不有趣？」眾人聽了，都說：「有趣。」一語未了，只見寶玉笑欣欣擎了一枝紅梅進來，眾丫鬟忙已接過，插入瓶內。眾人都笑稱謝。寶玉笑道：「你們如今賞罷，也不知費了多少精神呢。」說著，探春即忙又遞過一鍾暖酒來。眾丫鬟上來，接了蓑笠撣雪。各人房中丫鬟都添送衣服來，襲人也遣人送了半舊的狐腋褂來。李紈命人將那蒸的大芋頭盛了一盤，又將朱橘、黃橙、橄欖等物盛了兩盤，命人帶與襲人去。湘雲且告訴寶玉方才的詩題，又催寶玉快做。寶玉道：「好姐姐好妹妹們，讓我自己用韻罷，別限韻了。」眾人都說：「隨你做去罷。」

一面說，一面大家看梅花。原來這一枝梅花只有二尺來高，旁有一枝縱橫而出，約有二三尺長，其間小枝分歧，或如蟠螭，或如僵蚓，或孤削如筆，或密聚如林，花吐胭脂，香欺蘭蕙，各各稱賞。

誰知邢岫煙、李紋、寶琴三人都已吟成，各自寫了出來。眾人便依「紅梅花」三字之序看去，寫道：

**詠紅梅花**　邢岫煙

桃未芳菲杏未紅，衝寒先喜笑東風。
魂飛庾嶺春難辨，霞隔羅浮夢未通。

綠萼添妝融寶炬，縞仙扶醉跨殘虹。
看來豈是尋常色，濃淡由他冰雪中。

**又** 李紋

白梅懶賦賦紅梅，逞豔先迎醉眼開。
凍臉有痕皆是血，酸心無恨亦成灰。
誤吞丹藥移真骨，偷下瑤池脫舊胎。
江北江南春燦爛，寄言蜂蝶漫疑猜。

**又** 寶琴

疏是枝條豔是花，春妝兒女競奢華。
閒庭曲檻無餘雪，流水空山有落霞。
幽夢冷隨紅袖笛，游仙香泛絳河槎。
前身定是瑤台種，無復相疑色相差。

眾人看了，都笑稱賞了一番，又指末一首說：「更好。」寶玉見寶琴年紀最小，才又敏捷，深為奇異。黛玉、湘雲二人斟了一小杯酒，齊賀寶琴。寶釵笑道：「三首各有各好。你們兩個天天捉弄厭了我，如今又捉弄他來了。」

李紈又問寶玉：「你可有了？」寶玉忙道：「我倒有了。才一看見那三首，又唬忘了，等我再想。」湘雲聽說，便拿了一支銅火箸，擊著手爐，笑道：「我擊鼓了，若鼓絕不成，又要罰的。」寶玉笑道：「我已有了。」黛玉提起筆來，笑道：「你念，我寫。」

湘雲便擊了一下，笑道：「一鼓絕。」寶玉笑道：「有了，你寫罷了。」眾人聽他念道：

酒未開樽句未裁，

黛玉寫了，搖頭笑道：「起得平平。」湘雲又道：「快著！」寶玉笑道：

尋春問臘到蓬萊。

黛玉、湘雲都笑點頭道：「有些意思了。」寶玉又道：

不求大士瓶中露，為乞孀娥檻外梅。

黛玉寫了，又搖頭說：「湊巧而已。」湘雲忙催二鼓，寶玉又笑道：

入世冷挑紅雪去，離塵香割紫雲來。
槎枒誰惜詩肩瘦，衣上猶沾佛院苔。

黛玉寫畢，湘雲、大家才評論時，只見幾個丫鬟跑進來道：「老太太來了。」

眾人忙迎出來。大家又笑道：「怎麼這等高興！」說著，遠遠見賈母圍了大斗篷，帶著灰鼠暖兜，坐著小竹轎，打著青綢油傘，鴛鴦、琥珀等五六個丫鬟，每人都是打著傘，擁轎而來。李紈等忙往上迎，賈母命人止住，說：「只站在那裡就是了。」來至跟前，賈母笑道：「我瞞著你太太和鳳丫頭來了。大雪地下，我坐著，這個無妨，沒的叫他娘兒們踩雪。」眾人忙一面上前接斗篷，攙扶著，一面答應著。

賈母來至室中，先笑道：「好俊梅花！你們也會樂，我來看。」說著，李紈早命拿了一個大狼皮褥子來，鋪在當中。賈母坐了，因笑道：「你們只管照舊玩笑吃喝。我因為天短了，不敢睡中覺，抹了一會兒牌，想起你們來了，我也來湊個趣兒。」李紈早又捧過手爐來，探春另拿一副杯箸來，親自斟了暖酒，奉與賈母。賈母便飲了一口，問：「那個盤子是什麼東西？」眾人忙捧了過來，回說是糟鵪鶉。賈母道：「這倒也罷了，撕一點子腿來。」李紈忙答應了，要水洗手，親自來撕。

賈母又道：「你們仍舊坐下說笑，我聽。」又命李紈：「你也只管坐下，就如同我沒來的一樣才好。不然，我就去了。」眾人聽了，方才依次坐下，只李紈便挪到盡下邊。賈母因問作何事呢，眾人便說：「做詩。」賈母道：「有做詩的，不如做些燈謎，大家正月裡好玩的。」眾人答應。說笑了一回，賈母便說：「這裡潮濕，你們別久坐，仔細受了潮濕。」因說：「你四妹妹那裡暖和，我們到那裡瞧瞧他的畫兒，趕年可有了？」眾人笑道：「哪裡能年下就有了？只怕明年端陽才有呢。」賈母道：「這還了得！他竟比蓋這園子還費工夫了。」

說著，仍坐了竹椅轎，大家圍隨，過了藕香榭，穿入一條夾道，東西兩邊皆是過街門，門樓上裡外都嵌著石頭匾。如今進的是西門，向外的匾上鑿著「穿雲」二字，向裡的鑿著「度月」兩字。來至堂中，進了向南的正門，賈母下了轎，惜春已接了出來。從游廊過去，便是惜春臥房，門斗上有「暖香塢」三字。早有幾個人打起猩紅氈簾，已覺溫香拂臉。大家進入房中，賈母並不歸座，只問惜春畫在哪裡。惜春因笑回：「天氣寒冷了，膠性皆凝澀不潤，畫了恐不好看，故此收起來。」賈母笑道：「我年下就要的。你別托懶兒，快拿出來，給我快畫。」

一語未了，忽見鳳姐兒披著紫絨羯褂，笑嘻嘻的來了，口內說道：「老祖宗今兒也不告訴人，私自就來了，要我好找。」賈母見他來了，心中喜歡，道：「我怕你們冷著，所以不許人告訴你們去。你真是個鬼靈精兒，到底找了我來。以禮，孝敬也不在這上頭。」

鳳姐兒笑道：「我哪裡是孝敬的心找了來？我因為到了老祖宗那裡，鴉沒雀靜的，問小丫頭子們，他又不肯說，叫我找到園裡來。我正疑惑，忽然又來了兩三個姑子，我心裡才明白了：那姑子必是來送年疏，或要年例香例銀子；老祖宗年下的事也多，一定是躲債來了。我趕忙問了那姑子，果然不錯。我連忙把年例給了他們去了。如今來回老祖宗，債主已去，不用躲著了。已預備下希嫩的野雞，請用晚飯去，再遲一回，就冷了。」他一行說，眾人一行笑。

鳳姐兒也不等賈母說話，便命人抬過轎來。賈母笑著，挽了鳳姐兒手，仍上轎，帶著眾人，說說笑笑，出了夾道東門。一看四面，粉妝銀砌，忽見寶琴披著鳧靨裘，站在山坡上遙等，身後一個丫鬟，抱著一瓶紅梅。眾人都笑道：「怪道少了兩個人，他卻在這裡等著，也弄梅花去了。」賈母喜的忙笑道：「你們瞧這山坡上，配上他的這個人品，又是這件衣裳，後頭又是這個梅花，像個什麼？」眾人都道：「就像老太太屋裡掛的仇十洲畫的《豔雪圖》。」賈母搖頭，笑道：「那畫的哪裡有這件衣裳？人也不能這樣好！」

一語未了，只見寶琴身後轉出個披大紅猩猩氈的人來了。賈母道：「那人是哪一個女孩兒？」眾人笑道：「我們都在這裡，那是寶玉。」賈母笑道：「我的眼越發花了。」說話之間，來至跟前，可不是寶玉和寶琴兩個？寶玉笑向寶釵、黛玉等道：「我才又到了櫳翠庵。妙玉每人送你們一枝梅花，我已經打發人送去了。」眾人都笑道：「多謝你費心。」

說話之間，已出了園門，來至賈母房中。吃畢飯，大家又說笑了一回。忽見薛姨媽也來了，說：「好大雪，一日也沒過來望候老太太。今日老太太倒不高興？正該賞雪才是。」賈母笑道：「何曾不高興了？我找了他們姊妹們去玩了一會子。」薛姨媽笑道：「昨日晚上，我原想著今日要和我們姨太太借一日園子，擺兩桌粗酒，請老太太賞雪的，又見老太太安息的早。我聞得女兒說的，老太太心上不大爽，因此今日也不敢驚動。早知如此，我竟該請。」賈母笑道：「這才是十月，是頭場雪，往後下雪的日子多呢，再破費不遲。」薛姨媽笑道：「果然如此，算我的孝心虔了。」

鳳姐兒笑道：「姨媽仔細忘了，如今先秤五十兩銀子來，交給我收著。一下雪，我就預備下酒了，姨媽也不用操心，也不得忘了。」賈母笑道：「既這麼說，姨太太給他五十兩銀子收著，我和他每人分二十五兩，到下雪的日子，我裝心裡不快，混過去了，姨太太便不用操心。我和鳳姐倒得實惠。」鳳姐將手一拍，笑道：「妙極了，這和我的主意一樣。」眾人都笑了。賈母笑道：「呸！沒臉的，就順著竿子爬上來了！你不說姨太太是客，在咱們家受屈，我們請姨太太才是，哪裡有破費姨太太的理！不這樣說呢，還有臉先要五十兩銀子，真不害臊！」

鳳姐笑道：「我們老祖宗是有眼色的，試一試，姨媽若鬆呢，拿出五十兩來，就和我分。這會子估著不中用了，翻過來拿我做法子（洩私憤），說出這些大方話來。如今我也不和姨媽要銀子，我竟替姨媽出銀子，治了酒，請老祖宗吃了，另外再封五十兩銀子，孝敬老祖宗，算是罰我個包攬閒事。這可好不好？」話未說完，眾人已笑倒在炕上。

賈母又說及寶琴在雪下折梅，比畫兒上還好，又細問他年庚八字，並問家內景況。薛姨媽度其意思，大約是要與求配。薛姨媽心中因也遂意，只是已許過梅家了，因賈母尚未明說，自己也不好擬定，遂半吐半露，告賈母道：「可惜了，這孩子沒福，前年他父親就沒了。他從小兒見的世面倒多，跟他父親四山五岳都走遍了。他父親好樂的，各處因有買賣，帶了家眷，這一省逛一年，明年又到那省逛半年，所以天下十停走了有五六停了。那年在這裡，把他許了梅翰林的兒了，偏第二年他父親就辭世了，如今他母親又是痰症。」

鳳姐兒也不等說完，便嗐聲跺腳的說：「偏不巧，我正要做個媒呢，又已經許了人家。」賈母笑道：「你的意思，要給誰說媒？」鳳姐兒笑道：「老祖宗別管，看準了他們兩個卻是一對。如今已許了人，說也無益，不如不說罷了。」賈母也知鳳姐兒意思，聽見已有人家，也就不提了。大家又閒話了一會方散。一宿無語。

次日雪晴。飯後，賈母又親囑惜春：「不管冷暖，你只畫去，趕到年下，十分不能便罷了。第一要緊，把昨日琴兒和丫頭、梅花，照模照樣，一筆別錯，快快添上。」惜春聽了，雖是為難的事，只得應了。一時眾人都來看他如何畫，惜春只是出神。

李紈因笑向眾人道：「讓他自已想去，咱們且說話兒。昨兒老太太只叫做燈謎兒，回到家和綺兒、紋兒睡不著，我就編了兩個《四書》的。他兩個每人也編了兩個。」眾人聽了，都笑道：「這倒該做的。先說了，我們猜猜。」

李紈笑道：「『觀音未有世家傳』，《四書》一句。」湘雲接著了就說：「是『在止於至善』。」寶釵笑道：「你也想一想『世家傳』三個字的意思再猜。」李紈道：「再想。」黛玉笑道：「我猜著了。是『雖善無征』。」眾人都笑道：「這句是了。」

李紈又道：「一池青草草何名？」湘雲又忙道：「這一定是『蒲蘆也』。再不是不成？」李紈笑道：「這難為你猜。紋兒的是『水向石邊流出冷』，打一古人名。」探春笑著問道：「可是山濤？」

李紋道：「是。」李紈又道：「綺兒是個『螢』字，打一個字。」眾人猜了半日，寶琴道：「這個意思卻深，不知可是花草的『花』字？」李綺笑道：「恰是了。」眾人道：「螢與花何干？」黛玉笑道：「妙的很！螢可不是草化的？」眾人會意，都笑了說：「好！」

寶釵道：「這些雖好，不合老太太的意，不如做些淺近物兒，大家雅俗共賞才好。」眾人都道：「也要做些兒淺近的俗物才是。」

湘雲想了一想，道：「我編了一支《點絳唇》（曲牌名），卻真是個俗物，你們猜猜。」說著，便念道：「溪壑分離，紅塵游戲，真何趣？名利猶虛，後事終難繼。」眾人都不解，想了半日，也有猜是和尚的，也有猜是道士的，也有猜是偶戲人的。寶玉笑了半日，道：「都不是，我猜著了。必定是耍的猴兒。」湘雲笑道：「正是這個了。」眾人道：「前頭都好，末後一句怎麼樣解？」湘雲道：「哪一個耍的猴兒不是剁了尾巴去的？」眾人聽了，都笑起來，說：「偏他編個謎兒也是刁鑽古怪的。」

李紈道：「昨日姨媽說，琴妹妹見得世面多，走的道路也多，你正該編謎兒，正用著了。你的詩且又好，何不編幾個，我們猜一猜？」寶琴聽了，點頭含笑，自去尋思。

寶釵也有一個，念道：

鏤檀鍥梓一層層，豈係良工堆砌成？
雖是半天風雨過，何曾聞得梵鈴聲。——打一物。

眾人猜時，寶玉也有一個，念道：

天上人間兩渺茫，琅玕節過謹提防。
鸞音鶴信須凝睇，好把唏噓答上蒼。

黛玉也有一個，念道：

騄駬何勞縛紫繩？馳城逐塹勢猙獰。
主人指示風雷動，鰲背三山獨立名。

探春也有一個，方欲念時，寶琴走來，笑道：「從小兒所過的地方的古跡不少。我如今揀了十個地方的古跡，做了十首懷古詩。詩雖粗鄙，卻懷往事，又暗隱俗物十件。姐姐們請猜一猜。」眾人聽了，都說：「這倒巧。何不寫出來大家一看？」

要知端的，且看下回分解。

# 第五十一回
## 薛小妹新編懷古詩　胡庸醫亂用虎狼藥

話說眾人聞得寶琴將素昔所經過各省內古跡為題，做了十首懷古絕句，內隱十物，皆說這自然新巧。都爭著看時，只見寫道是：

**赤壁懷古**

赤壁沉埋水不流，徒留名姓載空舟。
喧闐一炬悲風冷，無限英魂在內游。

（有人猜謎底為鬼節所焚「法船」）

**交趾懷古**

銅鑄金鏞振紀綱，聲傳海外播戎羌。
馬援自是功勞大，鐵笛無煩說子房。

**鍾山懷古**

名利何曾伴汝身，無端被詔出凡塵。

牽連大抵難休絕，莫怨他人嘲笑頻。

（有人猜謎底是「傀儡」）

**淮陰懷古**

壯士須防惡犬欺，三齊位定蓋棺時。
寄言世俗休輕鄙，一飯之恩死也知。

（有人猜謎底是兔子）

**廣陵懷古**

蟬噪鴉棲轉眼過，隋堤風景近如何。
只緣占得風流號，惹得紛紛口舌多。

**桃葉渡懷古**

衰草閒花映淺池，桃枝桃葉總分離。
六朝梁棟多如許，小照空懸壁上題。

（有人猜謎底為「團扇」）

**青冢懷古**

黑水茫茫咽不流，冰弦撥盡曲中愁。
漢家制度誠堪笑，樗櫟應慚萬古羞。

**馬嵬懷古**

寂寞脂痕積汗光，溫柔一旦付東洋。
只因遺得風流跡，此日衣裳尚有香。

（有人猜謎底為「白芍藥花」）

**蒲東寺懷古**

小紅骨賤衣身輕，私掖偷攜強撮成。
雖被夫人時吊起，已經勾引彼同行。

（有人猜謎底為「骰子」）

**梅花觀懷古**

不在梅邊在柳邊，個中誰拾畫嬋娟。
團圓莫憶春香到，一別西風又一年。

（有人猜謎底為「紈扇」）

眾人看了，都稱奇妙。寶釵先說道：「前八首都是史鑑上有據的。後二首卻無考，我們也不大懂得，不如另做兩首為是。」黛玉忙攔道：「這寶姐姐也忒膠柱鼓瑟（粘住調音的柱而彈奏瑟，比喻不會變通），矯揉造作了。兩首雖於史鑑上無考，咱們雖不曾看這些外傳，不知底裡，難道咱們連兩本戲也沒見過不成？那三歲的孩子也知道，何況咱們？」探春便道：「這話正是了。」

李紈又道：「況且他原走到這個地方的。這兩件事雖無考，古往今來，以訛傳訛，好事者竟故意的弄出這古跡來，以愚人。比如那年上京的時節，單是關夫子的墳，倒見了三四處。關夫子（指關羽）一生事業，皆是有據的，如何又有許多的墳？自然是後來人敬愛他生前為人，只從這敬愛上穿鑿出來，也是有的。及至看《廣輿記》上，不止關夫子的墳多，自古來有些名望的人，墳就不少，無考的古跡更多。如今這兩首詩雖無考，凡說書唱戲，甚至於求的簽上皆有注批，老少男女，俗語口頭，人人皆知皆說的。況且又並不是看了《西廂記》、《牡丹亭》的詞曲，怕看了邪書。這竟無妨，只管留著。」寶釵聽說，方罷了。

大家猜了一回，皆不是的。冬日天短，不覺又是前頭吃飯之時，一齊前來吃飯。因有人回王夫人說：「襲人的哥哥花自芳進來回說，他母親病重了，想他女兒。他來求恩典，接襲人家去走走。」王夫人聽了，便說：「人家母女一場，豈有不許他去的？」一面就叫了鳳姐兒來，告訴了，命他酌量辦理。

鳳姐兒答應了，回至房中，便命周瑞家的去告訴襲人原故。又吩咐周瑞家的：「再將跟著出門的媳婦傳一個。你們兩個人，再帶兩個小丫頭子，跟了襲人去。外頭派四個有年紀跟車的。要一輛大車，你們帶著坐。一輛小車，給丫頭們坐。」周瑞家的答應了，才要去，鳳姐又道：「那襲人是個省事的，你告訴他，說我的話，叫他穿幾件顏色好衣裳，大大的包一包袱衣裳拿著，包袱也要好好的，手爐也拿好的。臨走時，叫他先來我瞧瞧。」周瑞家的答應去了。

半日，果見襲人穿戴了，兩個丫頭與周瑞家的拿著手爐與衣包。鳳姐看襲人頭上戴著幾枝金釵珠釧，倒華麗；又看身上穿著桃紅百花刻絲銀鼠襖子，蔥綠盤金彩繡綿裙，外面穿著青緞灰鼠褂。鳳姐笑道：「這三件衣裳都是老太太賞的了，你倒是好的。但這褂子太素了些，如今穿著也冷，你該穿一件大毛的。」襲人笑道：「太太就給了這灰鼠的，還有一件銀鼠的。說趕年下再給大毛的呢。」

鳳姐笑道：「我倒有一件大毛的，我嫌風毛兒（毛邊）出不好了，正要改去。也罷，先給你穿去罷。等年下太太給你做的時節，我再改罷，只當你還我的一樣。」眾人都笑道：「奶奶慣會說這話。成年家大手大腳的，替太太不知背地裡賠墊了多少東西，真真賠的是說不出來的，哪裡又和太太算去？偏這會子又說這小氣話取笑兒來了。」

鳳姐兒笑道：「太太哪裡想的到這些。究竟這又不是正經事，再不照管，也是大家的體面。說不得我自己吃些虧，把眾人打扮體統了，寧可我得個好名兒也罷了。一個一個燒糊了的卷子似的，人先笑話我，說我當家倒把人弄出個花子來了。」眾人聽了，都嘆說：「誰似奶奶這樣聖明！在上體貼太太，在下又疼顧下人。」

一面說，一面只見鳳姐命平兒將昨日那件石青刻絲八團天馬皮褂子拿出來，與了襲人。又看包袱，只得一個彈墨花綾水紅綢裡的夾包袱，裡面只見包著兩件半舊棉襖與皮褂子。鳳姐又命平兒把一個玉色綢裡的哆羅呢包袱拿出來，又命包上一件雪褂子。

平兒走去拿了出來，一件是半舊大紅猩氈的，一件是半舊大紅羽紗的。襲人道：「一件就當不起了。」平兒笑道：「你拿這猩猩氈的。把這件順手帶出來，叫人給邢大姑娘送去。昨兒那麼大雪，人人都穿著不是猩猩氈，就是羽緞羽紗的，十來件大紅衣裳，映著大雪，好不齊整；只有他穿著那件舊氈斗篷，越發顯的拱肩縮背，好不可憐見的。如今把這件給他罷。」

鳳姐笑道：「我的東西，他私自就要給人。我一個還花不夠，再添上你提著，更好了！」眾人笑道：「這都是奶奶素日孝敬太太，疼愛下人。若是奶奶素日是小氣的，只以東西為事，不顧下人的，姑娘哪裡敢這樣。」

鳳姐笑道：「所以知道我的心的，也就是他還知三分罷了。」說著，又囑咐襲人道：「你媽要好了就罷；要不中用了，只管住下，打發人來回我，我再另打發人給你送鋪蓋去。可別使他們的鋪蓋和梳頭的家伙。」又吩咐周瑞家的道：「你們自然知道這裡的規矩的，也不用我吩咐了。」周瑞家的答應：「都知道。我們這去到那裡，總叫他們的人回避。若住下，必是另要一兩間內房的。」說著，跟了襲人出去，又吩咐小廝預備燈籠，遂坐車往花自芳家來，不在話下。

這裡，鳳姐又將怡紅院的嬤嬤喚了兩個來，吩咐道：「襲人只怕不來家了，你們素日知道哪個大丫頭知好歹，派出來在寶玉屋裡上夜。你們也好生照管著，別由著寶玉胡鬧。」兩個嬤嬤答應著去了，一時來回說：「派了晴雯和麝月在屋裡，我們四個人原是輪流著帶管上夜的。」鳳姐兒聽了點頭，又說道：「晚上催他早睡，早上催他早起。」老嬤嬤們答應了，自回園去。

一時果有周瑞家的帶了信回鳳姐說：「襲人之母業已停床（屍體停放在靈床，準備入殮），不能回來。」鳳姐回明了王夫人，一面著人往大觀園去取他的鋪蓋、妝奩。

寶玉看著晴雯、麝月二人打點妥當，送去之後，晴雯、麝月皆卸罷殘妝，脫換過裙襖。晴雯只在熏籠上圍坐。麝月笑道：「你今兒別裝小姐了，我勸你也動一動兒。」晴雯道：「等你們都去盡了，我再動不遲。有你們一日，我且受用一日。」麝月笑道：「好姐姐，我鋪床，你把那穿衣鏡的套子放下來，上頭的划子划上，你的身量比我高些。」說道，便去與寶玉鋪床。晴雯嗐了一聲，笑道：「人家才坐暖和了，你就來鬧。」

此時，寶玉正坐著納悶，想襲人之母不知是死是活，忽聽見晴雯如此說，便自己起身出去，放下鏡套，划上消息，進來笑道：「你們暖和罷，我都完了。」晴雯笑道：「終久暖和不成的，我又想起來，湯婆子（銅製暖水器，用來溫暖被窩）還沒拿來呢。」麝月道：「我難為你想著！他素日又不要湯壺，咱們那熏籠上又暖和，比不得那屋裡炕冷，今兒可以不用。」寶玉笑道：「這個話，你們兩個都在那上頭睡了，我這裡邊沒個人，我怪怕的，一夜也睡不著。」晴雯道：「我是在這裡睡的。麝月，你叫他進裡間睡去。」說話之間，天已一更，麝月早已放下簾幔，移燈炷香，伏侍寶玉臥下，二人方睡。晴雯自在熏籠上，麝月便在暖閣外邊。

至三更以後，寶玉睡夢之中，便叫襲人。叫了兩聲，無人答應，自己醒了，方想起襲人不在家，自己也好笑起來。

晴雯已醒，因叫喚麝月：「連我都醒了，他守在旁邊還不知道，真是挺死屍的。」麝月翻身，打個哈氣，笑道：「他叫襲人，與我什麼相干！」因問做什麼。寶玉說要吃茶，麝月忙起來，單穿著紅綢小棉襖兒。寶玉道：「披了我的襖兒再去，仔細冷著。」麝月聽說，回手便把寶玉披著起來的一件貂頦滿襟暖襖披上，下去向盆內洗洗手，先倒了一鍾溫水，拿了大漱盂，寶玉漱了口；然後才向茶桶上取了茶碗，先用溫水過了，向暖壺中倒了半碗茶，遞與寶玉吃了；自己也漱了一漱，吃了半碗。

晴雯笑道：「好妹妹，也賞我一口兒呢。」麝月笑道：「越發上臉兒了！」晴雯道：「好妹妹，明兒晚上你別動，我伏侍你一夜，如何？」麝月聽說，只得也伏侍他漱了口，倒了半碗茶與他吃了。

麝月笑道：「你們兩個別睡，說著話兒，我出去走走回來。」晴雯笑道：「外頭有個鬼等著呢。」寶玉道：「外頭自然有大月亮的，我們說著話，你只管去。」一面說，一面便嗽了兩聲。

麝月便開了後房門，揭起氈簾一看，果然是好月色。晴雯等他出去，便欲唬他玩耍。仗著素日比別人氣壯，不畏寒冷，也不披衣，只穿著小襖，便躡手躡腳的下了熏籠，隨後出來。寶玉勸道：「罷呀，凍著不是玩的。」晴雯只擺手，隨後出了房門。只見月光如水，忽然一陣微風，只覺侵肌透骨，不禁毛骨悚然。心下自思道：「怪道人說熱身子不可被風吹，這一冷果然厲害。」一面正要唬他，只聽寶玉在內高聲說道：「晴雯出來了！」

晴雯忙回身進來，笑道：「哪裡就唬死了他了？偏你慣會這麼蠍蠍螫螫（扎扎呼呼，用於口語），老婆樣的！」寶玉笑道：「倒不為唬壞了他，頭一件你凍著也不好；二則他不防，不免一喊，倘或唬醒了別人，不說咱們是玩意兒，倒反說襲人才去了一夜，你們就見神見鬼的。你來，把我這邊的被掖一掖。」

晴雯聽說，便上來掖了一掖，伸手進去就渥一渥（今作「焐」，接觸熱物使變暖）。寶玉笑道：「好冷手！我說看凍著。」一面又見晴雯兩腮如胭脂一般，用手摸了一摸，也覺冰冷。寶玉道：「快進被來渥渥罷。」

一語未了，只聽「咯噔」的一聲門響，麝月慌慌張張的笑著進來，說著笑道：「唬我一跳好的。黑影子裡，小石後頭，只見一個人蹲著。我才要叫喊，原來是那個大錦雞，見了人一飛，飛到亮處來，我才見了。若冒冒失失一嚷，倒鬧起人來。」一面說，一面洗手，又笑說道：「晴雯出去了，我怎麼沒見？一定是要唬我去了。」寶玉笑道：「這不是他，在這裡渥呢！我若不嚷得快，可是倒唬一跳。」

晴雯笑道：「也不用我唬去，這小蹄子已經自驚自怪的了。」一面說，一面仍回自己被中去。麝月道：「你就這麼跑解馬似的打扮得伶伶俐俐的出去了不成？」寶玉笑道：「可不就是這麼出去了。」麝月道：「你死不揀好日子！你出去白站一站兒，把皮不凍破了你的。」說著，又將火盆上的銅罩揭起，拿灰鍬重將熟炭埋了一埋，拈了兩塊速香放上，仍舊罩了，至屏後重剔亮了燈，方才睡下。

晴雯因方才一冷，如今又一暖，不覺打了兩個噴嚏。寶玉嘆道：「如何？到底傷了風了。」麝月笑道：「他早起就嚷不受用，一日也沒吃碗正經飯。他這會子不說保養著些，還要捉弄人。明兒病了，叫他自作自受的。」寶玉問道：「頭上可熱？」晴雯嗽了兩聲，說道：「不相干，哪裡這麼嬌嫩起來了？」

說著，只聽外間房內隔上的自鳴鐘「當當」的兩聲。外間值宿的老嬤嬤嗽了兩聲，因說道：「姑娘們睡罷，明兒再說笑罷。」寶玉方悄悄的笑道：「咱們別說話了，看又惹他們說話。」說著，方大家睡了。

至次日起來，晴雯果覺有些鼻塞聲重，懶怠動彈。寶玉道：「快不要聲張！太太得知了，又叫你搬了家去養息。家裡縱好，到底冷些，不如在這裡。你就在裡間屋裡躺著，我叫人請了大夫，悄悄的從後門進來瞧瞧就是了。」晴雯道：「雖如此說，你到底要告訴大奶奶一聲兒。不然，一時大夫來了，人問起來，怎麼說呢？」

寶玉聽了有理，便喚一個老嬤嬤來，吩咐道：「你回大奶奶去，就說晴雯白冷著了些，不是什麼大病。襲人又不在家，他若家去養病，這裡更沒有人了。傳一個大夫，悄悄的從後門進來瞧瞧，別回太太罷了。」一老嬤嬤去了半日，來回說：「大奶奶知道了，說吃兩劑藥好了便罷，若不好時，還是出去的為是。如今時氣不好，沾染了別人事小，姑娘們的身子要緊。」

晴雯睡在暖閣裡，只管咳嗽，聽了這話，氣的喊道：「我哪裡就害瘟病了，生怕過（傳染）了人！我離了這裡，看他們這一輩子都別頭疼腦熱的！」說著，便真要起來。

寶玉忙按他，笑道：「別生氣，這原是他責任，生恐太太知道了說他，不過白說一句。你素昔又愛生氣，如今肝火自然又盛了。」

正說時，人回大夫來了。寶玉便走過來，避在書架後面。只見兩三個後門口的老婆子帶了一個太醫進來。這裡的丫頭都回避了，有三四個老嬤嬤放下暖閣上的大紅繡幔，晴雯從幔中單伸手出去。那太醫見這隻手上有兩根指甲，足有二三寸長，尚有金鳳仙花染的通紅的痕跡，便回過頭來。有一個老嬤嬤忙拿了一塊手帕掩了。

那太醫方診了一回脈，起身到外間，向嬤嬤們說道：「小姐的病症是外感內滯，近日時氣不好，竟算是個小傷寒。幸虧是小姐素日飲食有限，風寒也不大，不過是氣血原弱，偶然沾染了些，吃兩劑藥疏散疏散就好了。」說著，便又隨婆子們出去。

彼時，李紈已遣人知會過後門上的人及各處丫鬟回避。太醫只見了園中景致，並不曾見一女子。一時出了園門，就在守園門的小廝們的班房內坐了，開了藥方。老嬤嬤道：「老爺且別去，我們小爺羅唆，恐怕還有話問。」那太醫忙道：「方才不是小姐，是位爺不成？那屋子竟是繡房，又是放下幔子來瞧的，如何是位爺呢？」老嬤嬤笑道：「我的老爺，怪道小子才說，今兒請了一位新太醫來了，真不知我們家的事。那屋子是我們小哥兒的，那人是屋裡的丫頭，倒是個大姐，哪裡的小姐的繡房？小姐病了，你那麼容易就進去了？」說著，拿了藥方進去。

寶玉看時，上面有紫蘇、橘梗、防風、荊芥等藥，後面又有枳實、麻黃。寶玉道：「該死，該死！他拿著女孩兒也像我們一樣的治，如何使得！憑他們有什麼內滯，這枳實、麻黃如何禁得？誰請了來的？快打發他去罷！再請一個熟的來。」

老嬤嬤道：「用藥好不好，我們不知道。如今再叫小廝去請王太醫去，倒容易。只是這個大夫，又不是告訴總管房請的。這馬錢是要給他的。」寶玉道：「給他多少？」婆子道：「少了不好看，也得一兩銀子，才是我們這樣門戶的禮。」寶玉道：「王太醫來了，給他多少？」婆子笑道：「王太醫和張太醫每常來了，也並沒個給銀錢的，不過每年四節一躉（共總積累到一起）送禮，那是一定的年例。這個人新來了一次，須得給他一兩銀子。」

寶玉聽說，便命麝月去取銀子。麝月道：「花大姐姐還不知擱在哪裡呢？」寶玉道：「我常見他在那小螺甸櫃子裡拿錢，我和你找去。」說著，二人來至襲人堆東西的房內，開了螺甸（鑲嵌著貝殼）櫃子，上一隔都是些筆墨、扇子、香餅，各色荷包、汗巾等類的東西，下一隔卻有幾串錢。於是開了抽屜，才看見一個小笸籮內放著幾塊銀子，倒也有一把戥子。

麝月便拿了一塊銀子，提起戥子來，問寶玉：「哪是一兩的星兒？」寶玉笑道：「你問我？有趣，你倒成了是才來的了。」麝月也笑了，又要去問人。寶玉道：「揀那大的，給他一塊就是了。又不做買賣，算這些做什麼！」麝月聽了，便放下戥子，揀了一塊，掂了一掂，笑道：「這一塊只怕是一兩了。寧可多些好，別少了，叫那窮小子笑話，不說咱們不認得戥子，倒說咱們有心小氣似的。」那婆子跟在門口，笑道：「那是五兩的錠子夾了半個，這一塊至少還有二兩呢！這會子又沒夾剪，姑娘收了這塊，揀一塊小些的。」麝月早關了櫃子出來，笑道：「誰又找去！多些，你拿去了罷。」寶玉道：「你只快叫茗煙再請王大夫去就是了。」婆子接了銀子，自去料理。

一時茗煙果請了王太醫來，先診了脈，後說病症，與前相仿，只是方子上果沒有枳實、麻黃等藥，倒有當歸、陳皮、白芍等藥，那分量較先也減了些。

寶玉喜道：「這才是女孩兒們的藥。雖疏散，也不可太過。舊年我病了，卻是傷寒，內裡飲食停滯。他瞧了，還說我經不起麻黃、石膏、枳實等狼虎藥。我知你們就如秋天芸兒進我的那才開的白海棠。連我經不起的藥，你們如何經得起？」麝月等笑道：「野墳裡只有楊樹不成？難道就沒有松柏？我嫌楊樹那麼大笨樹，葉子只一點子，沒一點風，他也是亂響。你偏比他，也太下流了。」寶玉笑道：「松柏不敢比。連孔夫子都說：『歲寒然後知松柏之後凋也。』可知只兩件東西雅，不怕是臊的才拿他混比呢。」

說著，只見老婆子取了藥來。寶玉命把煎藥的銀吊子找了出來，就命在火盆上煎。晴雯因說：「正經給他們茶房裡煎去，弄的這屋裡藥氣，如何使得？」寶玉道：「藥氣比一切的花香果香都雅。神仙採藥、燒藥，再者高人逸士採藥、治藥，最妙的一件東西。這屋裡，我正想，各色都齊了，就只少藥香，如今恰全了。」一面說，一面早命人煨上。又囑咐麝月打點些東西，遣老嬤嬤去看襲人，勸

## 第五十一回
薛小妹新編懷古詩　胡庸醫亂用虎狼藥

他少哭。一一妥當，方過前邊來賈母、王夫人處問安、吃飯。

正值鳳姐和賈母、王夫人商議了說：「天又短又冷，不如以後大嫂子帶著姑娘們在園子裡吃飯。等天暖和了，再來回的跑也不妨。」王夫人笑道：「這也是好主意。刮風下雪倒便宜。吃東西，受了冷氣，也不好。空心走來，一肚子冷氣，壓上些東西，也不好。不知園子後門裡頭的五間大房子，橫豎有女人們上夜的，挑兩個廚子女人在那裡，單給他姊妹弄飯。新鮮菜蔬是有分例的，在總管房裡支了去，或要錢、要東西；那些野雞、獐、狍，各樣野味，分些給他們就是了。」

賈母道：「我也正想著呢，就怕又添廚房，多事些。」鳳姐道：「並不多事。一樣的分例，這裡添了，那裡減了。就便多費些事，小姑娘們受了冷氣，別人還可，第一林妹妹如何經得住？就連寶玉兄弟也經不住，何況眾位姑娘？」

鳳姐說畢，未知賈母何言，且聽下回分解。

# 第五十二回

## 俏平兒情掩蝦鬚鐲　勇晴雯病補雀毛裘

話說賈母道：「正是這個了。我上次要說這話，我見你們大事多，如今又添出些事來，你們固然不敢抱怨，未免想著我只顧疼小孫子、孫女兒們，就不體貼你們這些當家人了。你既這麼說出來，便好了。」

因此時薛姨媽、李嬸都在座，邢夫人及尤氏婆娘也都過來請安，還未過去，賈母向王夫人等說道：「今日我才說這話，素日我不說，一則怕逞了鳳丫頭的臉，二則眾人不服。今日你們都在這裡，都是經過妯娌、姑嫂的，還有他這樣想得到的沒有？」薛姨媽、李嬸、尤氏等齊笑說：「真個少有。別人不過是禮上面子情兒，實在他是真疼小姑子、小叔子。就是老太太跟前，也是真孝順。」

賈母點頭嘆道：「我雖疼他，我又怕他太伶俐了也不是好事。」鳳姐兒忙笑道：「這話，老祖宗說差了。世人都說，太伶俐聰明，怕活不長。世人都說，世人都信，老祖宗不當說，不當信。老祖宗只有伶俐聰明過我十倍的，怎麼如今這麼福壽雙全的？只怕我明兒還勝老祖宗一倍呢！我活一千歲後，等老祖宗歸了西，我才死呢。」賈母笑道：「眾人都死了，單剩咱們兩個老妖精，有什麼意思？」說的眾人都笑了。

## 第五十二回

俏平兒情掩蝦鬚鐲　勇晴雯病補雀毛裘

寶玉因掛著晴雯等事，便先回園裡來。到了房中，藥香滿室，一人不見。只見晴雯獨臥於炕上，臉面燒的飛紅，又摸了一摸，只覺燙手，忙又向爐上將手烘暖，伸進被去，摸了一摸，身上也是火燒。因說道：「別人去了也罷，麝月、秋紋也這樣無情，各自去了？」晴雯道：「秋紋是我攆了他去吃飯的。麝月是平兒來找他出去了，他兩人鬼鬼祟祟的，不知說些什麼？必是說我病了不出去。」寶玉道：「平兒不是那樣人。況且他本不知你病，特來瞧你。想來一定是找麝月來說話，偶然見你病了，隨口說特瞧你的病。這也是人情乖覺取和的常事。便不出去，有不是，又與他何干？你們素日又好，斷不肯為這無干的事傷和氣。」晴雯道：「這話也是。只是疑他為什麼忽然又瞞我起來。」寶玉笑道：「讓我從後門出去，到那窗根下聽說些什麼，來告訴你。」說著，果然後門出去，至窗下潛聽。

麝月悄問道：「你怎麼就得了？」平兒道：「那日彼時，洗手時不見了，二奶奶就不許吵嚷，出了園子，即刻傳給園裡各處的媽媽們，小心訪查。我們只疑惑邢姑娘的丫頭，本來又窮，只怕小孩子家沒見過，拿了起來，也是有的。再不料定是你們這裡的。幸而二奶奶沒有在屋裡，你們這裡的宋媽去了，拿著這支鐲子，說是小丫頭墜兒偷起來的，被他看見，來回二奶奶的。我趕忙接了鐲子，想了一想，寶玉是偏在你們身上留心用意，爭勝要強的。那一年有一個良兒偷玉，剛冷了這一二年，閒時還有人提起來趁願（利用機會重說），這會子又跑出一個偷金子的來了，而且更偷到街坊家去了。偏是他這樣，偏是他的人打嘴。所以我倒忙叮嚀宋媽，千萬別告訴寶玉，只當沒有這事，總別和一個人提起。第二件，老太太、太太聽了生氣。三則襲人和你們也不好看。所以我回二奶奶，只說：『我往大奶奶那裡去的。誰知鐲子褪了口，丟在草底下，雪深了，沒的看見。今兒雪化盡了，黃澄澄的，映著日頭，還在那裡呢。我就揀了起來。』二奶奶也就信了，所以我來告訴你們。你們以後防著他些，別使喚他到別處去。等襲人回來，你們商議著，變個法子，打發出去就完了。」

麝月道：「這小娼婦也見過些東西，怎麼這麼眼淺？」平兒道：「究竟這鐲子能多重，原是二奶奶的，說這叫做『蝦鬚鐲子』，倒是這顆珠子重了。晴雯那蹄子是塊爆炭（比喻性格剛烈），要告訴了他，他是忍不住的。一時氣了，或打或罵，依舊嚷出來不好，所以單告訴你留心就是了。」說著，便作辭而去。

寶玉聽了，又喜又氣又嘆。喜的平兒竟能體貼自心；氣的墜兒小竊；嘆的是墜兒那樣一個伶俐人，做出這醜事來。因而回至房中，把平兒之話，一長一短，告訴了晴雯。又說：「他說你是個要強的，如今病了，聽了這話，越發要添病的，等你好了再告訴你。」

晴雯聽了，果然氣的蛾眉倒蹙，鳳眼圓睜，即時就叫墜兒。寶玉忙勸道：「這一喊出來，豈不辜負了平兒待你我之心了？不如領他這情，過後打發他就完了。」晴雯道：「雖如此說，只是這氣如何忍得？」寶玉道：「這有什麼氣的？你只養病就是了。」

晴雯服了藥，至晚間又服了二和（第二次煎的藥）。夜間雖有些汗，還未見效，仍是發燒頭疼，鼻塞聲重。次日，王太醫又來診視，另加減湯劑。雖然稍減了燒，仍是頭疼。寶玉便命麝月：「取鼻煙來，給他嗅些，痛打幾個嚏噴，就通快了關竅。」麝月果真去取了一個金鑲雙扣金星玻璃一個扁盒來，遞與寶玉。寶玉便揭翻盒扇，裡面有西洋琺琅的黃髮赤身女子，兩肋又有肉翅，裡面盛著些真正汪恰洋煙。

晴雯只顧看畫兒，寶玉道：「嗅些，走了氣就不好了。」晴雯聽說，忙用指甲挑了些，嗅入鼻中，不見怎麼；便又多多挑了嗅入，忽覺鼻中一股酸辣，透入囟門，接連打了五六個嚏噴，眼淚、鼻涕登時齊流。

晴雯忙收了盒子，笑道：「了不得，辣！快拿紙來。」早有小丫頭子遞過一搭子細紙，晴雯便一張一張的拿來醒鼻子。寶玉笑問：「如何？」晴雯笑道：「果覺通快些，只是太陽（指太陽穴）還疼。」

寶玉笑道：「越發盡用西洋藥治一治，只怕就好了。」說著，便命麝月：「往二奶奶要去，就說我說了：姐姐那裡常有那西洋貼頭疼的膏子藥，叫做『依弗哪』，找尋一點兒。」麝月答應，去了半日，果然拿了半節來。便去找了一塊紅緞子角兒，鉸了兩塊指頂大的圓式，將那藥烤和了，用簪挺攤上。晴雯自拿著一面靶鏡，貼在兩太陽上。

麝月笑道：「病的蓬頭鬼一樣，如今貼了這個，倒俏皮了。二奶奶貼慣了，倒不大顯。」說畢，又向寶玉道：「二奶奶說了：明日是舅老爺的生日，太太說了，叫你去呢。明兒穿什麼衣裳？說定了，就好今兒晚上打點齊備了，省的明兒個早起費手。」寶玉道：「什麼順手，就是什麼罷了。一年鬧生日，也鬧不清。」說著，便起身出房，往惜春房中去看畫。

剛到院門外，忽看見寶琴小丫頭，名小螺者，從那邊過去，寶玉忙趕上問：「哪去？」小螺笑道：「我們二位姑娘都在林姑娘房裡呢，我如今也往那裡去。」寶玉聽了，也轉步便同他往瀟湘館來。

不但寶釵姊妹在此，且連那岫煙也在那裡，四人圍坐在熏籠上敘家常。紫鵑倒坐在暖閣裡，臨窗做針錢。一見他來，都笑說：「又來了一個！沒了你的坐處了。」寶玉笑道：「好一幅冬閨集豔圖！可惜我遲來了一步。橫豎這屋子比各屋子暖，這椅子坐著並不冷。」說著，便坐在黛玉常坐的搭著灰鼠椅搭的一張椅上。

因見暖閣之中有一玉石條盆，裡面攢三聚五栽著一盆單瓣水仙，寶玉便極口贊道：「好花！這屋子越暖，這花香的越濃。怎昨兒未見？」黛玉因說道：「這是你家的大總管賴大嬸子送薛二姑娘的，兩盆臘梅，兩盆水仙。他送了我一盆水仙，送了雲丫頭一盆臘梅。我原不要的，又恐辜負了他的心。你若要，我轉送你，如何？」寶玉道：「我屋裡卻有兩盆，只是不及這個。琴妹妹送你的，如何又轉送人？這個斷斷使不得。」

黛玉道：「我一日藥吊子不離火，我竟是藥培著呢，哪裡還擱得住花香來熏？越發弱了。況且這屋子裡一股藥香，反把這花香攪壞了。不如你抬了去，這花也倒清淨了，沒拿雜味來攪他。」寶玉笑道：「我屋裡今兒也有個病人煎藥呢，你怎麼知道的？」黛玉笑道：「這話奇了。我原是無心話，誰知你屋裡的事？你不早來聽說古記，這會子來了，自驚自怪的。」

寶玉笑道：「咱們明兒下一社又有了題目了，就詠水仙、臘梅。」黛玉聽了，笑道：「罷，罷！再不敢做詩了，做一回罰一回，沒的怪羞的。」說著，便兩手握起臉來。寶玉笑道：「何苦來！又奚落我做什麼。我還不怕臊呢，你倒握起臉來了。」

寶釵因笑道：「下次我邀一社，四個詩題，四個詞題。每人四首詩，四個詞。頭一個詩題，詠太極圖，限一先的韻，五言排律，要把一先的韻都用盡了，一個不許剩。」寶琴笑道：「這一說，可知是姐姐不是真心起社了，分明是難人了。若論起來，也強扭的出來，不過顛來倒去弄些《易經》上的話生填，究竟有何趣味？我八歲的時節，跟我父親到西海沿上買洋貨。誰知有個真真國的女孩子，才十五歲，那臉面就和那西洋畫上的美人一樣，也披著黃頭髮，打著聯垂，滿頭戴著都是珊瑚、瑪瑙、貓兒眼、祖母綠這些寶石；身上穿著金絲織的鎖子甲，洋錦襖袖；帶著倭刀，也是鑲金嵌寶的。實在畫兒上也沒他好看。有人說他通中國的詩書，會講五經，能做詩填詞。因此，我父親央煩一位通事官，煩他寫了一張字，就寫他做的詩。」眾人都稱奇道異。

寶玉忙笑道：「好妹妹，你拿出來我瞧瞧。」寶琴笑道：「還在南京收著呢，此時哪裡去取來？」寶玉聽了，大失所望，便說：「沒福得見這世面。」黛玉笑拉寶琴道：「你別哄我。我知道，你這一來，你的這些東西未必放在家裡，自然都是要帶上來的，這會子又扯謊說沒帶來。他們雖信，我是不信的。」寶琴便紅了臉，低頭微笑不答。

寶釵笑道：「偏這個顰兒慣說這些白話，把你就伶俐的。」黛玉笑道：「帶了來，就給我們見識見識也罷了。」寶釵笑道：「箱子籠子一大堆，還沒理清，知道在哪個裡頭呢！等過日收拾清了，找出來大家再看就是了。」又向寶琴道：「你若記得，何不念念我們聽聽。」

寶琴答道：「記得五言律。外國的女子，也就難為他了。」寶釵道：「你且別念，等把雲兒叫了來，也叫他聽聽。」說著，便叫小螺來，吩咐道：「你到我那裡去，就說我們這裡有一個外國的美人來了，做的好詩，請你這詩瘋子瞧去，再把我們那詩呆子也帶來。」小螺笑著去了。半日，只聽湘雲笑問：「哪一個外國的美人來了？」一頭說，一頭果和香菱來了。眾人笑道：「人未見形，先已聞聲。」寶琴等忙讓座，遂把方才的話重訴了一遍。湘雲笑道：「快念來聽聽。」寶琴因念道：

昨夜朱樓夢，今宵水國吟。
島雲蒸大海，嵐氣接叢林。
月本無今古，情緣自淺深。
漢南春歷歷，焉得不關心。

眾人聽了，都道：「難為他！竟比我們中國人還強。」

一語未了，只見麝月走來，說：「太太打發了人來告訴二爺，明兒一早往舅舅那裡去，就說太太身上不大好，不得親身來。」寶玉忙起來，答應道：「是。」因問寶釵、寶琴可去。寶釵道：「我們不去，昨兒單送了禮去了。」大家說了一回話方散。

寶玉因讓諸姊妹先行，自己落後。黛玉便又叫住他，問他道：「襲人到底多早晚回來？」寶玉道：「自然等送了殯回來呢。」黛玉還有話說，又不曾出口，出了一回神，便說道：「你去罷。」寶玉也覺心裡有許多話，只是口裡不知要說什麼，想了一想，也笑道：「明兒再說罷。」一面下階磯，低頭正欲邁步，復又忙回身問道：「如今越發夜長了，你一夜咳嗽幾次？醒幾遍？」黛玉道：「昨兒夜裡好了，只嗽兩遍，卻只睡了四更一個更次，就再不能睡了。」寶玉又笑道：「正是有句要緊的話，這會子才想起來。」一面說話，一面便挨近身來，悄悄道：「我想，寶姐姐送你的燕窩……」一語未了，只見趙姨娘走進瞧黛玉來，問：「姑娘這兩天好？」黛玉便知他從探春處來，從門前過，順路的人情。黛玉忙陪笑讓座，說：「難得姨娘想著，怪冷的，親走來看。」又忙命倒茶，一面又使眼色與寶玉，寶玉會意，便走了出來。正值吃飯完時，見了王夫人，又囑咐他早去。寶玉回來，看晴雯吃了藥。此夕，寶玉便不命晴雯挪出暖閣來，自己便在晴雯外邊。又命將熏籠抬至暖閣前，麝月便在熏籠上睡。一宿無語。

至次日，天未明，晴雯便叫醒麝月道：「你也該醒了，只是睡不夠！你出去叫人，給他預備茶水，我叫醒他就是了。」麝月忙披衣起來道：「咱們叫起他來，穿好衣裳，抬過這火箱去，再叫他們進來。老媽媽們已經說過，不叫他在這屋裡，怕過了病氣。如今叫他們見咱們擠在一處，又該嘮叨了。」晴雯道：「我也是這麼想呢。」二人才叫時，寶玉已醒了，忙起身披衣。麝月先叫進小丫頭子來，收拾妥了，才命秋紋、檀雲等進來，一同伏侍寶玉梳洗畢。麝月道：「天又陰陰的，只怕有雪，穿一套氈的罷。」寶玉點頭，即時換了衣服。小丫頭便用小茶盤捧了一蓋碗建蓮紅棗湯來，寶玉喝了兩口，麝月又捧過一小碟法製紫薑來，寶玉噙了一塊。又囑咐了晴雯一回，便往賈母處來。

賈母猶未起來，知道寶玉出門，便開了房門，命寶玉進去。寶玉見賈母身後，寶琴面向裡，也睡未醒。賈母見寶玉身上穿著荔色哆羅呢的尖袖，大紅猩氈盤金彩繡石青妝緞沿邊排穗褂。賈母問道：「下雪呢？」寶玉道：「天陰著，還未下呢。」賈母便命鴛鴦來：「把昨兒那一件烏雲豹的氅衣給他罷。」鴛鴦答應走去，果取了一件來。

寶玉看時，金翠輝煌，碧彩閃灼，又不似寶琴所披之鳧靨裘。只聽賈母笑道：「這叫做『孔雀金呢』，這是俄羅斯國拿孔雀毛拈了線織的。前兒那件野鴨子的給了你小妹妹。這件給你罷。」寶玉磕了一個頭，便披在身上。賈母笑道：「你先給你娘瞧瞧再去。」寶玉答應了，便出來。

只見鴛鴦站在地下揉眼睛。因自那日鴛鴦發誓絕婚之後，他總不和寶玉說話。寶玉正自日夜不安，此時見他又要回避，寶玉便上來笑道：「好姐姐，你瞧瞧，我穿著這個，好不好？」鴛鴦一摔手，便進賈母房中來了。

寶玉只得到了王夫人房中，與王夫人看了，然後又回至園中，與晴雯、麝月看過，復回至賈母房中，回說：「太太看了，只說可惜了的，叫我仔細穿，別糟踏了他。」賈母道：「就剩了這一件，你糟踏了也再沒了。這會子特給你做這個，也是沒有的事。」說著，又囑咐：「不許多吃酒，早些回來。」寶玉應了幾個「是」。

老嬤嬤跟至廳上，只見寶玉的奶兄李貴和王榮、張若錦、趙亦華、錢啟、周瑞六個人，帶著茗煙、伴鶴、鋤藥、掃紅四個小廝，背著衣包，拿著坐褥，籠著一匹雕鞍彩轡的白馬，早已伺候多時了。老嬤嬤又吩咐他六個人些話，六個人忙應了幾個「是」，忙捧鞭墜鐙。寶玉慢慢的上了馬，李貴和王榮籠著嚼環，錢啟、周瑞二人在前引導，張若錦、趙亦華在兩邊緊貼寶玉身後。

寶玉在馬上笑道：「周哥，錢哥，咱們打這角門走罷，省了到老爺的書房門口又下來。」周瑞側身笑道：「老爺不在家，書房裡天天鎖著，爺可以不用下來罷了。」寶玉笑道：「雖鎖著，也要下來的。」錢啟、李貴等都笑道：「爺說的是，便托懶不下來，倘或遇見賴大爺、林二爺，雖然不好說爺，也勸兩句。有的不是，都派在我們身上，又說我們不教爺禮了。」周瑞、錢啟便一直出角門來。正說話時，頂頭見賴大進來。寶玉忙籠住馬，意欲下來。賴大忙上來抱住腿。寶玉便在鐙上站將起來，笑攜手，說了幾句話。接著，又見一個小廝，帶著二三十個手拿掃帚、簸箕的人進來，見了寶玉，都順牆垂手立住。獨為首的小廝打千兒，請了個安。寶玉不知名姓，只微笑點點頭兒。馬已過去，那人方帶人去了。於是出了角門外，有李貴等六人的小廝，並幾個馬夫，早預備下十來匹馬專候。一出角門，李貴等都各上馬前引，一陣煙去了。不在話下。

這裡，晴雯吃了藥，仍不見病退，急的亂罵大夫，說：「只會騙人的錢，一劑好藥也不給人吃。」麝月笑勸他道：「你太性急了。俗語說：『病來如山倒，病去如抽絲。』又不是老君的仙丹，哪有這樣靈藥！你只靜養幾天，自然好了。你越急越著手。」

晴雯又罵小丫頭子們：「哪裡鑽沙（指偷懶躲藏）去了！瞅我病了，都大膽子走了。明兒我好了，一個一個的才揭你們的皮呢！」唬的小丫頭子篆兒忙進來問：「姑娘做什麼？」晴雯道：「別人都死了，就剩了你不成？」說著，只見墜兒也蹭了進來。晴雯道：「你瞧瞧這小蹄子，不問，他還不來！這裡又放月錢了，又散果子了，你該跑在頭裡了。你往前些，我是虎，吃了你？」墜兒只得前湊。晴雯便冷不防欠身一把將他的手抓住，向枕邊取了一丈青（俗稱「耳挖子」），向他手上亂戳，口內罵道：「要這爪子做什麼？拈不得針，拿不動線，只會偷嘴吃。眼皮子又淺，爪子又輕，打嘴現世的，不如戳爛了！」墜兒疼的亂喊。麝月忙拉開，按晴雯睡下，道：「你才出了汗，又作死（找死）！等你好了，要打多少打不得？這會鬧什麼！」

晴雯便命人叫宋嬤嬤進來，說：「寶二爺才告訴了我，叫我告訴你們，墜兒很懶，寶二爺當面使喚他，他撥嘴兒不動。連襲人使他，他背地罵他。今兒務必打發他出去，明兒寶二爺親自回太太就是了。」宋嬤嬤聽了，心下便知鐲子事發，因笑道：「雖如此說，也等花姑娘回來知道了，再打發他。」晴雯道：「寶二爺今兒千叮嚀萬囑咐的，什麼花姑娘、草姑娘的，我們自然有道理。你只依我的話，快叫他家的人來領他出去。」麝月道：「這也罷了，早也去，晚也去，帶了去早清淨一日。」

宋嬤嬤聽了，只得出去喚了他母親來，打點了他的東西。他母親又見了晴雯等，說道：「姑娘們怎麼了？你侄女兒不好，你們教導他，怎麼攆他去？也到底給我們留個臉兒。」晴雯道：「這話只等寶玉來問他，與我們無干。」

那媳婦帶笑道：「我有膽子問他去？他哪一件事不是聽姑娘們的調停？他總依了，姑娘們不依，也未必中用。比如方才說話，雖是背地裡，姑娘就直叫他的名字。在姑娘們就使得，在我們就成了野人了。」晴雯聽說，越發急紅了臉，說道：「我叫了他的名字，你在老太太、太太跟前告我去，說我撒野，也攆出我去。」

麝月忙道：「嫂子，你只管帶了人出去，有話再說，這個地方豈有你叫喊講禮的？你見誰和我們講過禮？別說嫂子你，就是賴大奶奶、林大娘，也得擔待我們三分。便是叫名字，從小兒，直到如今，都是老太太吩咐過的，你們也知道的，恐怕難養活，巴巴的寫了他的小名兒，各處貼著，叫萬人叫去，為的是好養活。連挑水、挑糞花子都叫得，何況我們！連昨兒林大娘叫了一聲『爺』，老太太還說呢，此是一件。二則，我們這些人，常回老太太的話去，可不叫著名回話，難道也稱『爺』？哪一日不把『寶玉』兩字叫二百遍，偏嫂子又來挑這個了！過一日，嫂子閒了，在老太太、太太跟前，聽聽我們當著他面兒叫他，就知道了。嫂子原也不得在老太太、太太跟前當些體統（具有規格的）差使，成年家只在三門外頭混，怪不得不知道我們裡頭的規矩。這裡不是嫂子久站的。再一會，不用我們來說，就有人來問你了。有什麼分證的話，且帶了他去，你回了林大娘，叫他來找二爺說話。家裡上千的人，你也跑來，我也跑來，我們認人問姓，還認不清呢！」說著，便叫小丫頭子：「拿了擦地的布來擦地！」

那媳婦聽了，無言可對，亦不敢久站，賭氣帶了墜兒就走。宋嬤嬤忙道：「怪道你這嫂子不知規矩，你女兒在屋裡一場，臨去時，也給姑娘們磕個頭。沒有別的謝禮，他們也不希罕，不過磕個頭盡心。怎麼說走就走？」墜兒聽了，只得翻身進來，給他兩個磕頭，又找秋紋等。他們也並不睬他。那媳婦嗐聲嘆氣，口不敢言，抱恨而去。

晴雯方才又閃了風，著了氣，反覺更不好了，翻騰至掌燈，剛安靜了些。只見寶玉回來，進門就嗐聲頓足。麝月忙問原故，寶玉道：「今兒老太太歡歡喜喜的給了這件褂子，誰知不防後襟子上燒了一塊。幸而天晚了，老太太、太太都不理論。」一面說，一面脫下來。

麝月瞧時，果然見有指頂大的燒眼，說：「這必定是手爐裡的火迸上了。這不值什麼，趕著叫人悄悄的拿出去，叫個能幹織補匠人織上就是了。」說著，便用包袱包了，交與一個嬤嬤送出去，說：「趕天亮就有才好。千萬別給老太太、太太知道。」

婆子去了半日，仍舊拿回來說：「不但織補匠、能幹裁縫、繡匠，並做女工的都問了，都不認的這是什麼，都不敢攬。」麝月道：「這怎麼樣呢！明兒不穿也罷了。」寶玉道：「明兒是正日子，老太太、太太說了，還叫穿過這個去呢。偏頭一日就燒了，豈不掃興！」晴雯聽了半日，忍不住翻身說

## 第五十二回

### 俏平兒情掩蝦鬚鐲　勇晴雯病補雀毛裘

道：「拿來，我瞧瞧罷。沒那福氣穿就罷了，這會子又著急。」寶玉笑道：「這話倒說的是。」說著，便遞與晴雯，又移過燈來，細瞧了一瞧，晴雯道：「這是孔雀金線織的，如今咱們也拿孔雀金線就像界線似的界密了，只怕還可混的過去。」麝月笑道：「孔雀線現成的，但這裡除你，還有誰會界線？」晴雯道：「說不的我掙命罷了。」

寶玉忙道：「這如何使得！才好了些，如何做得活？」晴雯道：「不用你蠍蠍螫螫的，我自知道。」一面說，一面坐起來，挽了一挽頭髮，披了衣裳，只覺頭重身輕，滿眼金星亂迸，實實掌不住。待不做，又怕寶玉著急，少不得恨命咬牙挨著。便命麝月只幫著拈線。晴雯先拿了一根比一比，笑道：「這雖不很像，若補上，也不很顯。」寶玉道：「這就很好，哪裡又找俄羅斯國的裁縫去？」

晴雯先將裡子拆開，用茶杯口大小一個竹弓釘綳在背面，再將破口四邊用金刀刮的散鬆鬆的，然後用針縫了兩條，分出經緯，亦如界線之法，先做出地子來，然後依本紋來回織補。織補兩針，又看看，織補兩針，又端詳端詳。無奈頭暈眼黑，氣喘神虛，補不上三五針，便伏在枕上，歇一會。

寶玉在旁，一時又問：「吃些滾水不吃？」一時又命：「歇一歇。」一時又拿一件灰鼠斗篷，替他披在背上。一時又命拿個枕，與他靠著。急的晴雯央道：「小祖宗，你只管睡罷。再熬上半夜，明兒把眼睛摳摟（眼睛深陷）了，怎麼處！」寶玉見他著急，只得胡亂睡下，仍睡不著。

一時只聽自鳴鐘已敲了四下，剛剛補完；又用小牙刷慢慢的剔出茸毛來。麝月道：「這就很好。若不留心，再看不出的。」寶玉忙要了瞧瞧，笑說：「真真一樣了。」

晴雯已嗽了幾陣，好容易補完了，說了一聲：「補雖補了，到底不像。我也再不能了！」噯喲了一聲，便身不由主倒下了。

要知端的，且看下回分解。

# 第五十三回
## 寧國府除夕祭宗祠　榮國府元宵開夜宴

說話寶玉見晴雯將雀裘補完，已使得力盡神危，忙命小丫頭子來替他捶著，彼此捶打了一會，歇下。沒一頓飯的工夫，天已大亮，寶玉且不出門，只叫快請大夫。

一時王太醫來了，診了脈，疑惑說道：「昨日已好了些，今日如何反虛浮微縮起來，敢是吃多了飲食？不然，就是勞了神思。外感卻倒清了，這汗後失了調養，非同小可。」一面說，一面出去開了藥方進來。

寶玉看時，已將疏散驅邪諸藥減去了，倒添了茯苓、地黃、當歸等益神養血之劑。寶玉一面忙命人煎去，一面嘆說：「這怎麼處！倘或有個好歹，都是我的罪孽。」晴雯睡在枕上，嗐道：「好二爺！你幹你的去罷，哪裡就得癆病了？」寶玉無奈，只得去了。至下半天，說身上不好，就回來了。晴雯此症雖重，幸虧他素昔是個使力不使心的。再者，素昔飲食清淡，飢飽無傷。這是賈宅中的秘法，無論上下，只一略有些傷風咳嗽，總以淨餓為主，次則服藥調養。故於前一日病時，就餓了兩三日，又謹慎服藥調養，如今雖勞碌了些，又加倍培養了幾日，便漸漸的好了。近日園中姐妹皆各在房中吃飯，炊爨飲食亦便。寶玉自能要湯要羹調停，不必細說。

## 第五十三回
寧國府除夕祭宗祠　榮國府元宵開夜宴

襲人送母殯後，業已回來。麝月便將平兒所說墜兒一事，並晴雯攆逐墜兒出去等語，一一的也曾回過寶玉，襲人也沒別說，只說太性急了些。

只因李紈亦因時氣感冒；邢夫人正害火眼，迎春、岫煙皆過去朝夕侍藥；李嬸之弟又接了李嬸和李紋、李綺家去住幾日；寶玉又見襲人常常思母含悲，晴雯又未大癒。因此，詩社之日，皆未有人作興，便空了幾社。

當下已是臘月，離年日近，王夫人與鳳姐兒治辦年事。王子騰升了九省都檢點，賈雨村補授了大司馬，協理軍機，參贊朝政，不提。

且說賈珍那邊，開了宗祠，著人打掃，收拾供器，請神主，又打掃上房，以備懸供遺真影像。此時，榮、寧二府內外上下，皆是忙忙碌碌。這日，寧國府中尤氏正起來，同賈蓉之妻打點送賈母這邊的針線禮物，正值丫頭捧了一茶盤押歲錁子（除夕時，長輩給孩子的小金銀錠）進來，回說：「興兒回奶奶，前兒那一包碎金子，共是一百五十三兩六錢七分，裡頭成色不等，總傾（指重新熔鑄）了二百二十個錁子。」說著，遞上去。尤氏看了一看，只見也有梅花式的，也有海棠式的，也有筆錠如意的，有也八寶聯春的。尤氏命：「收拾起來，叫興兒將銀錁子快快交了進來。」丫鬟答應去了。

一時賈珍進來吃飯，賈蓉之妻回避了。賈珍因問尤氏：「咱們春祭的恩賞可領了不曾？」尤氏道：「今兒我打發蓉兒關去了。」賈珍道：「咱們家雖不等這幾兩銀子使，多少是皇上天恩。早關了來，給那邊老太太見過，辦了祖宗的供，上領皇上的恩，下則是托祖宗的福。咱們哪怕用一萬銀子供祖宗，到底不如這個有體面，又是沾恩錫福。除咱們這樣一二家之外，那些世襲窮官兒家，若不仗著這銀子，拿什麼上供過年？真正皇恩浩大，想得周到。」尤氏道：「正是這話。」

二人正說著，只見人回：「哥兒來了。」賈珍便命叫他進來。只見賈蓉捧了一個小黃布口袋進來。賈珍道：「怎麼去了這一日？」賈蓉陪笑回說：「今兒不在禮部關領了，又分在光祿寺庫上。因又到了光祿寺，才領了下來。光祿寺官兒們都說，問父親好，多日不見，都著實想念。」

賈珍笑道：「他們哪裡是想我？這又到了年下了，不是想我的東西，就是想我的戲酒了。」一面說，一面瞧那黃布口袋，上有封條，就是「皇恩永錫」四個大字，那一邊又有禮部祠祭司的印記，一行小字，道是「寧國公賈演、榮國公賈法，恩賜永遠春祭賞，共二分，淨折銀若干兩，某年月日，龍禁尉候補侍衛賈蓉當堂領訖，值年寺丞某人」，下面一個朱筆花押。

賈珍看了，吃過飯，盥漱畢，換了靴、帽，命賈蓉捧著銀子跟了，來回過賈母、王夫人，又至這邊回過賈赦、邢夫人，方回家去，取出銀子，命將口袋向宗祠火爐內焚了。又命賈蓉道：「你去問問你璉二嬸子，正月裡請吃年酒的日子擬了沒有？若擬定了，叫書房裡明白開了單子來，咱們再請時，就不能重犯了。舊年不留神，重了幾家。人家不說咱們不留心，倒像兩宅商議定了，送虛情、怕費事的一樣。」賈蓉忙答應了過去。一時，拿了請人吃年酒的日期單子來了。賈珍看了，命交與賴升去看了，請人別重這上頭日子。因在廳上看著小廝們抬圍屏，擦抹幾案、金銀供器。

只見小廝手裡拿著一個稟帖，並一篇帳目，回說：「黑山村烏莊頭來了。」賈珍道：「這個老砍頭的，今兒才來。」說著，賈蓉接過稟帖和帳目，忙展開捧著，賈珍倒背著手，向賈蓉手內看去。那紅稟帖上寫著：「門下莊頭烏進孝叩請爺、奶奶萬福金安，並公子、小姐金安。新春大喜大福，榮貴平安，加官進祿，萬事如意。」賈珍笑道：「莊家人有些意思。」賈蓉也忙笑道：「別看文法，只取個吉利罷了。」

一面忙展開單子看時，只見上面寫著：

大鹿三十隻，獐子五十隻，狍子五十隻，暹豬二十個，湯豬二十個，龍豬二十個，野豬二十個，家臘豬二十個，野羊二十個，青羊二十個，家湯羊二十個，家風羊二十個，鱘鰉魚二百個，各色雜魚二百斤，活雞、鴨、鵝各二百隻，風雞、鴨、鵝各二百隻，野雞、野貓各二百對，熊掌二十對，鹿筋二十斤，海參五十斤，鹿舌五十條，牛舌五十條，蟶乾二十斤，榛、松、桃、杏穰各二口袋，大對蝦五十對，乾蝦二百斤，銀霜炭上等選用一千斤、中等二千斤，柴炭三萬斤，御田胭脂米二石，碧糯五十斛（十斗為一斛），白糯五十斛，粉粳五十斛，雜色粱穀各五十斛，下用常米一千石，各色乾菜一車，外賣粱穀、牲口各項之銀，折銀二千五百兩。外門下孝敬哥兒玩意：活鹿兩對，活白兔四對，黑兔四對，活錦雞兩對，西洋鴨兩對。

賈珍說：「帶進他來。」一時，只見烏進孝進來，只在院內磕頭請安。賈珍命人拉起他來，笑說：「你還硬朗？」烏進孝笑回：「托爺的福，還走得動。」賈珍道：「你兒子也大了，該叫他走走也罷了。」烏進孝笑道：「不瞞爺說，小的們走慣了，不來也悶的慌。他們可不是都願意來見見天子腳下世面？他們到底年輕，怕路上有閃失，再過幾年就可放心了。」

賈珍道：「你走了幾日？」烏進孝道：「回爺的話，今年雪大，外頭都是四五尺深的雪，前日忽然一暖一化，路上竟難走得很，耽擱了幾日。雖走了一個月零兩日，為日子有限，怕爺心焦，可不趕著來了。」賈珍道：「我說呢，怎麼今兒才來？我才看那單子上，今年你這老貨又來打擂台來了。」

烏進孝忙前進兩步，回道：「回爺說，今年年成實不好。從三月下雨，接接連連，竟沒有一連晴過五六日。直到八月，才放晴。九月一場碗大的雹子，方近二三百里地方，連人帶房，並牲口、糧食，打傷了上千上萬的，所以才這樣。小的並不敢說謊。」賈珍皺眉道：「我算定你至少也有五千銀子來，這夠做什麼的！如今你們一共只剩了八九個莊子，今年倒有兩處報了旱潦（雨水太大），你們又打擂台，真真是叫別過年了。」

烏進孝道：「爺的這地方還算好呢！我兄弟離我那裡只一百多地，誰竟知又大差了。他現管著那府裡八處莊地，比爺這邊多著幾倍，今年也是這些東西，不過二三千兩銀子，也是有飢荒打呢。」賈珍道：「正是呢。我這邊都可以，沒有什麼外項大事，不過是一年，費些，我受用些。我受些委屈，就省些。再者，年例送人請人，我把臉皮厚些，可省些兒也就完了。比不得那府裡，這幾年添了許多花錢的事，一定不可免是要花的，卻又不添些微銀子產業。這一二年裡賠了許多，不和你們要，找誰去！」

烏進孝笑道：「那府裡如今雖添了事，有去有來，娘娘和萬歲爺豈不賞呢！」賈珍聽了，笑向賈蓉等道：「你們聽聽，他說可笑麼？」賈蓉等忙笑道：「你們山坳海沿子上的人，哪裡知道這道理？娘娘難道把皇上的庫給了我們不成！他心裡總有這心，他不能作主。豈有不賞之理，按時按節不過是些彩緞、古董、玩意兒。賞銀子，不過一百兩金子，才值了一千兩銀子，夠什麼？這二年，哪一年不賠出幾千兩銀子來！頭一年省親，連蓋花園子，你算算，那一注花了多少，就知道了。再二年，再省一回親，只怕就精窮了。」賈珍笑道：「所以他們莊客老實人，外明不知裡暗的事。黃柏木作了磬槌子，外頭體面裡頭苦。」

賈蓉又說又笑，向賈珍道：「果然那府裡窮了。前兒我聽見鳳姑娘和鴛鴦悄悄商議，要偷老太太的東西，去當銀子呢。」賈珍笑道：「那又是你鳳姑娘的鬼，哪裡就窮到如此？他必定是見去路大了，實在賠得狠了，不知又要省哪一項錢，先設出這個法子來，使人知道，說窮到如此了，我心裡卻有個算盤，還不至此田地。」說著，便命人帶了烏進孝出去，好生待他，不在話下。

這裡，賈珍吩咐將方才各物，留出供祖宗的來，將各樣取了些，命賈蓉送過榮府裡去。然後自己留了家中所用的，餘者派出等第，一份一份的堆在月台（正房中間台階上的方台）底下，命人將族中子侄喚來，分與他們。接著，榮國府也送了許多供祖之物及與賈珍之物。賈珍看著收拾完備供器，靸著鞋，披件猞猁猻大裘，命人在廳柱下石磯上太陽中鋪了一個大狼皮褥子，負暄閒看各子弟們來領取年物。因見賈芹亦來領物，賈珍叫他過來，說道：「你做什麼也來了？誰叫你來的？」賈芹垂手回說：「聽見大爺這裡叫我們領東西，我沒等人去就來了。」賈珍著：「我這東西，原是給你那些閒著無事、沒進益的叔叔、兄弟們的。那二年你閒著，我也曾給過你的。你如今在那府裡管事，家廟裡管和尚、道士們，一月又有你的分例外，這些和尚的分例銀錢都從你手裡過，你還來取這個來？太也貪了！你自己瞧瞧，你穿的可像個手裡使錢辦事的？先前你說沒進益，如今又怎麼了？比先倒不像了。」

賈芹道：「我家裡原人口多，費用大。」賈珍冷笑道：「你又支吾我。你在家廟裡幹的事，打量我不知道呢。你到了那裡，自然是爺了，沒人敢抗違你。你手裡又有了錢，離著我們又遠，你就為王稱霸起來，夜夜招聚匪類賭錢，養老婆、小子。這會子花得這個形象，你還敢領東西來？領不成東西，領一頓馱水棍去才罷。等過了年，我必和你璉二叔說，換回你來。」賈芹紅了臉，不敢答言。

人回：「北府水王爺送了字聯、荷包來了。」賈珍聽說，忙命賈蓉出去款待：「只說我不在家。」賈蓉去了。這裡，賈珍攆走賈芹，看著領完東西，回房與尤氏吃畢晚飯，一宿無話。次日更忙，不必細說。

已到了臘月二十九日了，各色齊備，兩府中都換了門神、聯對、掛牌，新油了桃符，煥然一新。

寧國府從大門、儀門、大廳、暖閣、內廳、內三門、內儀門並內塞門，直到正堂，一路正門大開，兩邊階下一色朱紅大高照（指蠟燭），點的兩條金龍一般。

次日，由賈母有封誥者，皆按品級著朝服，先坐八人大轎，帶領眾人進宮朝賀行禮，領宴畢回來，便到寧府暖閣下轎。諸子弟有未隨入朝者，皆在寧府門前排班伺候，然後引入宗祠。

且說寶琴是初次進賈祠，一面細細留神打量。這宗祠，原來寧府西邊另一個院宇，黑油柵欄內五間大門，上面懸一匾，寫著是「賈氏宗祠」四個字，旁書「衍聖公（孔子直系後裔的封爵）孔繼宗書」。兩邊有一副長聯，寫道：

肝腦塗地，兆姓賴保育之恩；
功名貫天，百代仰蒸嘗之盛。

亦衍聖公所書。進入院中，白石甬路，兩邊皆是蒼松翠柏，月台上設著青綠古銅鼎彝等器。抱廈前面，懸一九龍金匾，寫道「星輝輔弼」，乃先皇御筆。兩邊一副對聯，寫道是：

勳業有光昭日月；功名無間及兒孫。

亦是御筆。五間正殿前，懸一鬧龍填青匾，寫道是「慎終追遠」。旁邊一副對聯，寫道是：

已後兒孫承福德；至今黎庶念榮寧。

俱是御筆。裡邊燈燭輝煌，錦幛繡幕，雖列著些神主，卻看不真切。

只見賈府人分昭穆（按輩分左右排列），排班立定。賈敬主祭，賈赦陪祭，賈珍獻爵，賈璉、賈琮獻帛，寶玉捧香，賈菖、賈菱展拜毯，守焚池。青衣樂奏，三獻爵，興拜畢，焚帛奠酒。禮畢，樂止，退出。眾人圍隨賈母至正堂，影（畫像）前錦幔高掛，彩屏張護，香燭輝煌。上面正房中懸著寧、榮二祖遺像，皆是披蟒腰玉；兩邊還有幾軸列祖遺像。賈荇、賈芷等從內儀門挨次列站，直到正堂廊下。檻外方是賈敬、賈赦，檻內是各女眷。眾家人、小廝皆在儀門之外。每一道菜至，傳至儀門，賈荇、賈芷等便接了，按次傳至階下賈敬手中。賈蓉系長房長孫，獨他隨女眷在檻裡。每賈敬捧菜至，傳於賈蓉，賈蓉便傳於他妻子，他妻子又傳於鳳姐、尤氏諸人，直傳至供桌前，方傳與王夫人。王夫人傳與賈母，賈母方捧放在桌上。邢夫人在供桌之西，東向立，同賈母供放。直至將菜飯、湯點、酒茶傳完，賈蓉方退出去，歸入賈芹階位之首。

當時，凡從文字旁之名者，賈敬為首；下則從玉者，賈珍為首；再下，從草頭者，賈蓉為首；左昭右穆，男東女西；俟賈母拈香下拜，眾人方一齊跪下，將五間大廳，三間抱廈，內外廊簷，階上階下，兩丹墀內，花團錦簇，塞的無隙空地。鴉雀無聞，只聽鏗鏘叮當，金鈴玉佩微微搖曳之聲，並起跪靴履颯沓（擬聲詞）之響。一時禮畢，賈敬、賈赦等便忙退出，至榮府專候與賈母行禮。

尤氏上房早已襲地鋪滿紅氈，當地放著象鼻三足鰍沿鎏金琺琅大火盆，正面炕上鋪新猩紅氈，設著大紅彩繡雲龍捧壽的靠背、引枕、坐褥，外另有黑狐皮的袱子搭在上面，大白狐皮坐褥，請賈母上去坐了。兩邊又鋪皮褥，讓賈母一輩的兩三個妯娌坐了。這邊橫頭排插（指室內的板壁「隔斷」）之後小炕上，也鋪了皮褥，讓邢夫人等坐了。地下兩面相對十二張雕漆椅子上，都是一色灰鼠椅搭小褥，每一張椅下一個大銅腳爐，讓寶琴等姐妹坐。

尤氏用茶盤親捧茶與賈母，蓉妻捧與眾老祖母，然後尤氏又捧與邢夫人等，蓉妻又捧與眾姐妹。鳳姐、李紈等只在地下伺候。茶畢，邢夫人等便先起身來侍賈母吃茶。賈母與老妯娌閒話了兩三句，便命看轎。鳳姐兒忙上去攙起來。尤氏笑回說：「已經預備下老太太的晚飯。每年都不肯賞些體面用過晚飯再去，果然我們就不濟鳳丫頭不成？」鳳姐兒攙著賈母，笑道：「老祖宗走罷，咱們家去吃去，別理他。」賈母笑道：「你這裡供著祖宗，忙得什麼似的，哪裡還擱得住我鬧。況且我每年不吃，你們也要送去的。不如還送了來，我吃不了，留著明兒再吃，豈不多吃些？」說的眾人都笑了。賈母又吩咐他：「好生派妥當人夜裡看香火，不是大意得的。」尤氏答應了。一面走出來，至暖閣前，尤氏等閃過屏風，小廝們才領轎夫請了轎，出大門。尤氏亦隨邢夫人等同至榮府。

這裡，轎出大門。這一條街上，東一邊合面設立著寧國公的儀仗執事樂器，西一邊合面設立著榮國公的儀仗執事樂器。來往行人皆屏退，不從此過。一時來至榮府，也是大門正門一直開到裡頭。如今便不在暖閣下轎了。過了大廳，便彎向西，至賈母這邊正廳上下轎。眾人圍隨，同至賈母正室之中，亦是錦茵（墊子）繡屏，煥然一新。當地火盆內焚著松柏香、百合草。

賈母歸了座，老嬤嬤來回：「老太太們來行禮。」賈母忙又起身要迎，只見兩三個老妯娌已進來了。大家挽手，笑了一回，讓了一回。吃茶去後，賈母只送至內儀門，便回來，歸正座。賈敬、賈赦等領了諸子弟進來。賈母笑道：「一年家難為你們，不行禮罷。」一面說著，一面男一起，女一起，一起一起俱行過了禮。左右設下交椅，然後又按長幼挨次歸座受禮。兩府男女小廝、丫鬟亦按差役上中下行禮畢，散押歲錢、荷包、金銀錁，擺上合歡宴來。男東女西歸座，獻屠蘇酒、合歡湯、吉祥果、如意糕畢，賈母起身，進內間更衣，眾人方各散出。

那晚，各處佛堂、灶王前，焚香上供。王夫人正房院內，設著天地紙馬、香供。大觀園正門上，也挑著角燈，兩旁高照，各處皆有路燈。上下人等，皆打扮的花團錦簇。一夜人聲嘈雜，語笑喧闐，爆竹起火，絡繹不絕。

至次日五鼓，賈母等人按品大妝，擺全副執事，進宮朝賀，兼祝元春千秋。領宴回來，又至寧府祭過列祖，方回來。受禮畢，便換衣歇息。所有賀節來的親友一概不會，只和薛姨媽、李嬸二人說話，取便或同寶玉、寶釵等姊妹趕圍棋、抹牌作戲。王夫人與鳳姐天天忙著請人吃年酒。那邊廳上院內，皆是戲酒。親友絡繹不絕。一連忙了七八日，才完了。

早又元宵將近，寧、榮二府皆張燈結彩。十一日是賈赦請賈母等，次日賈珍又請，賈母皆去，隨便領了半日。王夫人和鳳姐兒也連日被人請去吃年酒，不能勝記。

至十五日之夕，賈母命在花廳上擺幾席酒，定一班小戲，滿掛各色佳燈，帶領榮、寧二府各子侄、孫男、孫媳等家宴。賈敬素不茹（吃）酒，不去請他，十七日祀祖已完，他便出城修養。便這幾日在家，也靜室默處，一概無聞，不在話下。賈赦領了賈母之賞，告辭而去。賈母知他在此不便，也隨他去了。賈赦到家，與眾門客賞燈吃酒，笙歌聒耳，錦繡盈眸，其取樂與這不同。

這裡，賈母花廳之上擺了十來席。每席旁邊設一几，几上設爐瓶三事，焚著御賜百合宮香。又有八寸來長、四五寸寬、二三寸高點綴著山石的小盆景，俱是新鮮花卉。又有小洋漆茶盤，放著舊窯十錦小茶杯，又有紫檀透雕，嵌著大紅紗透繡花草詩字的瓔珞。又有各色舊窯小瓶中都點綴著「歲寒三友」、「玉堂富貴」等鮮花。

上面兩席是李嬸、薛姨媽。賈母於東邊設一席，乃是透雕夔龍（傳說中一種似龍的動物）護屏，矮足短榻，靠背、引枕、皮褥俱全。榻上，設一個輕巧洋漆描金小几，几上放著茶碗、漱盂、洋巾之類，又有一個眼鏡匣子。賈母歪在榻上，與眾人說笑一回，又取眼鏡，向戲台上照一回。又說：「恕我老了，骨頭疼，放肆，容我歪著相陪罷。」又命琥珀坐在榻上，拿著美人拳（捶身子的小木錘）捶腿。榻下並不擺席面，只一張高几，設著高架瓔珞、花瓶、香爐等物。外另設一小高桌，擺著杯箸，旁邊一席，命寶琴、湘雲、黛玉、寶玉四人坐著。

每饌果菜來，先捧與賈母看，喜則留在小桌上，嘗一嘗仍撤了，放在席上，只算他四人跟著賈母坐的。下面方是邢夫人、王夫人之位，下邊便是尤氏、李紈、鳳姐、賈蓉之妻。西邊便是寶釵、李紋、李綺、岫煙、迎春姊妹等。

兩邊大梁上，掛著聯三聚五玻璃彩穗燈。每席前豎倒垂荷葉一柄，柄上有彩燭插著。這荷葉乃是鏨珐琅活信，可以扭轉向外，將燈影逼住，全向外照，看戲分外真切。窗隔門戶一齊摘下，全掛彩穗各種宮燈。廊簷內外兩邊游廊罩棚，將羊角、玻璃、戳紗、料絲，或繡或畫、或絹或紙，諸燈掛滿。

廊上幾席，便是賈珍、賈璉、賈環、賈琮、賈蓉、賈芹、賈芸、賈菖、賈菱等。

賈母也曾差人去請眾族中男女，奈他們有年老的，懶於熱鬧；有家內沒有人，又有疾病淹纏，欲來竟不能來；有一等妒富愧貧不肯來的；甚至於有一等憎畏鳳姐之為人，而賭氣不來的；更有羞手羞腳，不慣見人，不敢來的。因此，族中雖多女眷，來者不過賈藍之母婁氏帶了賈藍來，男人只有賈芹、賈芸、賈菖、賈菱四個現在鳳姐麾下辦事的來了。當下人雖不全，在家庭小宴，也算熱鬧的了。

當時又有林之孝之妻帶了六個媳婦，抬了三張炕桌。每一張上搭著一條紅氈，放著選淨一般大、新出局的銅錢，用大紅繩串著。每二人搭一張，共三張。林之孝家將那兩張擺至薛姨媽、李嬸的席下，將一張送至賈母榻下。賈母便說：「放在當地罷。」這媳婦素知規矩，放下桌子，一並將錢都打開，將紅繩抽去，堆在桌上。

正唱《西樓・樓會》這齣將終，于叔夜賭氣去了，那文豹便發科諢道：「你賭氣去了，恰好今日正月十五，榮國府中老祖宗家宴，待我騎了這馬，趕進去討些果子吃，是要緊的。」說畢，引得賈母等都笑了。

薛姨媽等都說：「好個鬼頭孩子，可憐見的。」鳳姐便說：「這孩子才九歲了。」賈母笑說：「難為他說得巧。」說了一個「賞」字。早有三個媳婦已經手下預備下小笸籮，聽見一個「賞」字，走上去，將桌上散堆錢，每人撮了一笸籮，走出來向戲台說：「老祖宗、姨太太、親家太太賞文豹買果子吃的！」說畢，向台一撒，只聽「豁啷啷」的滿台錢響。

賈珍、賈璉已命人抬大笸籮的錢預備。

未知怎生賞去，且聽下回分解。

# 第五十四回

## 史太君破陳腐舊套　王熙鳳效戲彩斑衣

卻說賈珍、賈璉暗暗預備下大笸籮的錢，聽見賈母說「賞」，忙命小廝們快撒錢。只聽滿台錢響，賈母大悅。

二人遂起身，小廝們忙將一把新暖銀壺捧來，遞與賈璉手內，隨了賈珍，趨至裡面。賈珍先到李嬸席上，躬身取下杯來，回身，賈璉忙斟了一盞。然後便至薛姨媽席上，也斟了。二人忙起身，笑說：「二位爺請坐著罷了，何必多禮。」於是除邢、王二夫人，滿席都離了席，也俱垂手旁侍。

賈珍等至賈母榻前，因榻矮，二人便屈膝跪了。賈珍在先捧杯，賈璉在後捧壺。雖只二人捧酒，那賈琮弟兄等，卻也是排班按序，一溜隨著他二人進來，見他二人跪下，都一溜跪下。

寶玉也忙跪下了。史湘雲悄推他，笑道：「你這會又幫著跪下做什麼？有這樣，你也去斟一巡酒，豈不好？」寶玉悄笑道：「再等一會再斟去。」說著，等他二人斟完起來，方起來。

又與邢、王夫人斟過了。賈珍笑道：「妹妹們怎麼樣呢？」賈母等都說：「你們去罷，他們倒便宜些。」說了，賈珍等方退出。

當下天未二鼓，戲演的是《八義・觀燈》八出。正在熱鬧之際，寶玉因下席往外走。賈母問：

# 第五十四回

## 史太君破陳腐舊套　王熙鳳效戲彩斑衣

「往哪裡去？外頭爆竹厲害，仔細天上掉下火紙來燒了。」寶玉笑回說：「不往遠去，只出去就來。」賈母命婆子們好生跟著。於是寶玉出來，只有麝月、秋紋幾個小丫頭隨著。

賈母因說：「襲人怎麼不見？他如今也有些拿大（做出大派頭）了，單支使小女孩兒出來。」王夫人忙起身笑回道：「他媽前日歿了，因有熱孝，不便前頭來。」賈母點頭，又笑道：「跟主子卻講不起這孝與不孝。若是他還跟我，難道這會子也不在這裡？這些竟成了例了。」

鳳姐兒忙過來，笑回道：「今晚便沒孝，那園子裡也須得看看，燈燭花炮最是擔險的。這裡一唱戲，園子裡的誰不來偷瞧瞧？他還細心，各處照看。況且這一散後，寶兄弟回去睡覺，各色都是齊全的。若他再來了，眾人又不經心，散了回去，鋪蓋也是冷的，茶水也不齊全，便各色都不便宜，所以我叫他不用來。老祖宗要叫他來，我就叫他就是了。」

賈母聽了這話，忙說：「你這話很是，比我想得周到。快別叫他了。但只他媽幾時沒了，我怎麼不知道？」鳳姐兒笑道：「前兒襲人去親自回老太太的，怎麼倒忘了？」賈母想了想，笑道：「想起來了。我的記性竟平常了。」眾人都笑說：「老太太哪裡記得這些事？」

賈母因又嘆道：「我想著，他從幼伏侍我一場，又伏侍了雲兒，末後給了一個魔王寶玉，虧他魔（今作「磨」）了他這幾年。他又不是咱們家根生土長的奴才，沒受過咱們什麼大恩典。他娘沒了，我想著要給他幾兩銀子發送他娘，也就忘了。」鳳姐兒道：「前兒太太賞了他四十兩銀子，就是了。」

賈母聽說，點頭道：「這還罷了。正好前兒鴛鴦的娘也死了，我想他老子、娘都在南邊，我也沒叫他家去守孝，如今他兩處全禮，何不叫他二人一處做伴去。」又命婆子拿些果子、菜饌、點心之類，與他二人吃去。琥珀笑道：「還等這會子，他早就去了。」說著，大家又吃酒看戲。

且說寶玉一徑來至園中，眾婆子見他回房，便不跟去，只坐在園門裡茶房內烤火，和管茶的女人偷空飲酒鬥牌。寶玉至院中，雖是燈光燦爛，卻無人聲。麝月道：「他們都睡了不成？咱悄悄進去，嚇他們一跳。」於是躡足潛蹤的進了鏡壁一看，只見襲人和一個人，對歪在地炕上，那一頭有兩三個老嬤嬤打盹。

寶玉只當他兩個睡著了，才要進去，忽聽鴛鴦嘆了一聲，說道：「天下事可知難定。論理，你單身在這裡，父母在外頭。每年他們東去西來，沒個定準。想來，你是再不能送終的了，偏生今年就死在這裡，你倒出去送了終。」襲人道：「正是。我也想不到能夠看父母殯殮。回了太太又賞了四十兩銀子，這倒也算養我一場，我也不敢妄想了。」

寶玉聽了，忙轉身悄向麝月等道：「誰知他也來了。我這一進去，他又賭氣走了，不如咱們回去罷，讓他兩個清清淨淨的說一回。襲人正一個悶著，幸他來得好。」說著，仍悄悄出來。

寶玉便走過山石之後去，站著撩衣。麝月、秋紋皆站住，背過臉去，笑說：「蹲下再解小衣，仔細風吹了肚子。」後面兩個小丫頭知是小解，忙先出去茶房內預備水去了。

這裡，寶玉剛過來，只見兩個媳婦迎面來了，又問是誰。秋紋道：「寶玉在這裡，大呼小叫，仔細嚇著罷。」那媳婦們忙笑道：「我們不知，大節下來惹禍了。姑娘們可連日辛苦了。」說著，已至跟前。麝月等問：「手裡拿著什麼？」媳婦道：「是老太太賞金、花二位姑娘吃的。」秋紋笑道：「外頭唱的是《八義》，又沒唱《混元盒》，哪裡跑出『金花娘』來了。」

寶玉命：「揭起來，我瞧瞧。」秋紋、麝月忙上去，將兩個盒子揭開。兩個媳婦忙蹲下身子。寶玉看了，兩個盒內都是席上所有的上等果品、茶點，點了一點頭就走。麝月等忙胡亂擲了盒蓋，跟上來。

寶玉笑道：「這兩個女人倒和氣，會說話。他們天天乏了，倒說你們連日辛苦，倒不是那矜功自伐的。」麝月道：「這好得很，那不知理的是太不知理。」寶玉道：「你們是明白人，擔待他們是粗夯可憐的人就完了。」一面說，一面走出了園門。那幾個婆子雖吃酒鬥牌，卻不住出來打探，見寶玉出來，也都跟上。

到了花廳後廊上，只見那兩個小丫頭，一個捧著小盆，一個搭著手巾，又拿著漚子小壺，在那裡久等。秋紋先忙伸手向盆內試一試，說：「你越大越粗心了，哪裡弄得這冷水？」小丫頭笑道：「姑娘瞧瞧這個天，我怕水冷，倒的是滾水，這還冷了。」

正說著，可巧見一個老婆子提著一壺滾水走來。小丫頭便說：「好奶奶過來，給我倒上些。」那婆子道：「姐姐，這是老太太泡茶的，勸你走去舀了罷，哪裡走大了腳？」秋紋道：「憑你是誰的，你不給？我管把老太太的茶吊子倒了洗手。」那婆子回頭見是秋紋，忙提起壺來倒了些。秋紋道：「夠了。你這麼大年紀，也沒見識。誰不知是老太太的水？要不著的就敢要了！」婆子笑道：「我眼花了，沒認出這位姑娘來。」

寶玉洗了手，那小丫頭子拿小壺倒了漚子在他手內，寶玉洗了手。秋紋、麝月也趁熱水洗了一回，跟進寶玉來。

寶玉便要了一壺暖酒，也從李嬸、薛姨媽斟起，他二人也笑讓座。賈母便說：「他小人兒，讓他斟去。大家倒要乾過這杯。」說著，便自己乾了。邢、王二夫人也忙乾了，讓他斟。薛、李二人也只得乾了。

賈母又命寶玉道：「你連姐姐、妹妹一齊斟上，不許亂斟，都要叫他乾了。」寶玉聽說，答應著，一一斟上了。至黛玉前，偏他不飲，拿起杯來，放在寶玉唇邊，寶玉一氣飲乾。黛玉笑道：「多謝。」寶玉替他斟上一杯。

鳳姐兒便笑道：「寶玉，別喝冷酒，仔細手顫，明兒寫不得字，拉不得弓。」寶玉道：「沒有吃冷酒。」鳳姐兒笑道：「我知道沒有，不過白囑咐你。」然後，寶玉將裡面斟完，只除賈蓉之妻是命丫鬟們斟的。復出至廊下，又與賈珍等斟了。坐了一回，方進來，仍歸舊座。

一時上湯後，又接獻元宵。賈母便命將戲暫歇，又說：「小孩子們可憐見的，也給他們些滾湯滾菜的吃了再唱。」又命將各樣果子、元宵等物拿些與他們吃。

一時歇了戲，便有婆子帶了兩個門下常走的女先兒（說書藝人）進來，放兩張杌子在那一邊，命他坐了，將弦子、琵琶遞過去。賈母便問李、薛二人聽什麼書，他二人都回說：「不拘什麼都好。」賈母便問：「近來可又添些什麼新書？」兩個女先兒回說：「倒有一段新書，是殘唐五代的故事。」賈母問是何名，女先兒回說：「這叫做《鳳求鸞》。」賈母道：「這個名字倒好，不知因什麼起的？你先說大概，若好再說。」

女先兒道：「這書上乃是說，殘唐之時，有一位鄉紳，本是金陵人氏，名喚王忠，曾做兩朝宰輔，如今告老還家。膝下只有一位公子，名喚王熙鳳。」

眾人聽了，笑將起來。賈母笑道：「這不重了我們鳳丫頭了？」媳婦忙上去推他說：「這是二奶奶的名字，少混說。」賈母道：「你說，你說。」女先兒忙笑著站起來，說：「我們該死了，不知是奶奶的諱。」鳳姐兒笑道：「怕什麼，你只管說罷，重名重姓的多呢。」

女先兒又說道：「那年，王老爺打發了王公子上京趕考，那日遇見了大雨，進到了一個莊上避雨。誰知這莊上也有個鄉紳，姓李，與王老爺是世交，便留下這公子，住在書房裡。這李鄉紳膝下無兒，只有一位千金小姐。這小姐芳名叫做雛鸞，琴棋書畫，無所不通。」

賈母忙道：「怪道叫做《鳳求鸞》。不用說，我已猜著了。自然是王熙鳳要求這雛鸞小姐為妻了。」女先兒笑道：「老祖宗原來聽過這回書。」眾人都道：「老太太什麼沒聽見過？便沒聽見，也猜著了。」

賈母笑道：「這些書都是一套子，左不過是些佳人才子，最沒趣兒。把人家女兒說得這樣壞，還說是佳人，編得連影兒也沒有了。開口都是鄉紳門第，不是尚書，就是宰相。一個小姐，必是愛如珍寶。這小姐必是通文知禮，無所不曉，竟是絕代的佳人。只見了一個清俊男子，不顧是親是友，便想起終身大事來了，父母也忘了，書禮也忘了，鬼不成鬼，賊不成賊，哪一點兒是佳人？便是滿腹文章，做出這樣事來，也算不得是佳人了。如此男人，滿腹的文章去做賊，難道那王法就看是才子，不入賊情一案了不成？可知那編書的是自己塞自己的嘴。再者，既說是世宦書香大家小姐，都知禮讀書，連夫人都知書識禮，便是告老還家，自然這樣大家人口不必說，奶媽、丫鬟伏侍小姐的人也不少了。怎麼這些書上，凡有這樣的事，就只小姐和緊跟的一個丫鬟？你們白想想，那些人都是管什麼的，可是前言不答後語？」眾人聽了，都笑說：「老太太這一說，是謊都批出來了。」

賈母笑道：「有個原故。編這樣書的人，有一等妒人家富貴，或有求不遂心，所以編出來污蔑人家；再一等人，他自己看了這些書，看魔了，他也想一個佳人，所以編出來取樂。何嘗他知道那世宦讀書家的道理！別說他那書上，那些書禮大家，如今眼下真的，拿我們這中等人家說起，也沒這樣的事，別要謅掉了下巴子。所以，我們從不許說這些書，連丫頭也不懂這些話。這幾年，我老了，他們姊妹們住得遠，我偶然悶了，說幾句聽聽。他們一來，就忙歇了。」李、薛二人都笑說：「這正是大家的規矩，連我們家也沒有這些雜話給孩子們聽見。」

鳳姐兒走上來斟酒，笑道：「罷，罷，酒冷了，老祖宗喝一口潤潤嗓子再辯謊。這一回就叫做

《辯謊記》，就出在本朝本地本年本月本時。老祖宗一張口難說兩家的話，花開兩朵，各表一枝。是真是謊，且不表，再整觀燈看戲的人。老祖宗且讓這二位親戚吃杯酒、看兩齣戲之後，再從昨朝話言辯起，如何？」他一面斟酒，一面笑。未說完，眾人俱已笑倒了。兩個女先兒也笑個不住，都說：「奶奶好剛口（口齒伶俐）。奶奶要說書，連我們吃飯的地方都沒了。」薛姨媽笑道：「你少興頭些，外頭有人，比不得往常。」鳳姐兒笑道：「外頭只有一位珍大爺。我們還是論哥哥、妹妹，從小兒一處淘氣，淘了這麼大。這幾年因做了親，我如今立了多少規矩了。便不是從小兒兄妹，便是大伯小嬸，論那二十四孝上『斑衣戲彩』，他們不能來『戲彩』引老祖宗笑一笑，我這裡好容易引得老祖宗笑一笑，多吃了一點東西，大家都該謝我才是，難道反笑話我不成？」

賈母笑道：「可是這兩日我竟沒有痛痛的笑一場，倒是虧他，才一路笑的我這裡痛快了些，我再吃鍾酒。」吃著酒，又命寶玉：「來，敬你姐姐一杯。」鳳姐兒笑道：「不用他敬，我討老祖宗的壽罷。」說著，便將賈母的杯拿起來，將半盞剩酒吃了，將杯遞與丫鬟，另將溫水浸的杯換一個上來。於是各席上的都撤去，另將溫水浸著的代換，斟了新酒上來。

女先兒回說：「老祖宗不聽這書，或者彈一套曲子聽聽罷。」賈母道：「你們兩個對一套《將軍令》罷。」二人聽說，忙合弦按調撥弄起來。

賈母因問：「天有幾更了？」眾婆子忙回：「三更了。」賈母道：「怪道寒浸浸起來。」早有眾人、丫鬟拿了添換的衣裳送來。王夫人起身，陪笑說道：「老太太不如挪進暖閣裡地炕上，倒也罷了。這二位親戚也不是外人，我們陪著就是了。」賈母聽說，笑道：「既這樣說，不如大家都挪進去，豈不暖和？」王夫人道：「恐裡頭坐不下。」賈母道：「我有道理。如今也不用這些桌子，只用兩三張並起來，大家坐在一處擠著，又親熱，又暖和。」眾人都道：「這才有趣。」說著，便起了席。眾媳婦忙撤去殘席，裡面直順並了三張大桌，另又添換了果饌擺好。

賈母便說：「這都不要拘禮，只聽我分派你們就座才好。」說著，便讓薛、李正面上坐，自己西向坐了，叫寶琴、黛玉、湘雲三人皆緊依左右坐下，向寶玉說：「你挨著你太太。」於是邢夫人、王夫人之中夾著寶玉。寶釵等姐妹在西邊。挨次下去，便是婁氏帶著賈菌，尤氏、李紈夾著賈蘭。下面橫頭，便是賈蓉之妻。賈母便說：「珍哥兒，帶著你兄弟們去罷，我也就睡了。」

賈珍等忙答應，又都進來。賈母道：「快去罷！不用進來，才坐好了，又都起來。你快歇著，明兒還有大事呢。」賈珍忙答應，又笑道：「留下蓉兒斟酒才是。」賈母笑道：「正是忘了他。」賈珍答應了一個「是」，便轉身帶領賈璉等出來。二人自是歡喜，便命人將賈琮、賈璜各自送回家去，便約了賈璉去追歡買笑，不在話下。

這裡，賈母笑道：「我正想著，雖然這些人取樂，必得重孫一對雙全的，蓉兒這可全了。蓉兒，和你媳婦坐在一處，倒也團圓了。」

因有家人媳婦回說開戲，賈母笑道：「我們娘兒們正說得興頭，又要吵起來。況且那孩子們熬夜，怪冷的。也罷，且叫他們歇歇，把咱們的女孩子們叫他來，就在這台上唱兩出，給他們瞧瞧。」媳婦聽了，答應出來，忙的一面著人往大觀園去傳人，一面二門口去傳小廝們伺候。小廝忙至戲房，將班中所有大人一概帶出，只留小孩子們。

一時，梨香院的教習帶了文官等十二人，從游廊角門出來。婆子們抱著幾個軟包，因不及抬箱，料著賈母愛聽的三五齣戲的彩衣包了來。婆子們帶了文官等進去見過，只垂手站著。

賈母笑道：「大正月裡，你師父也不放你們出來逛逛。你們如今唱什麼好呢？才剛八齣《八義》，鬧的我頭疼，咱們清淡些好。你瞧瞧，薛姨太太、這李親家太太都是有戲的人家，不知聽過了多少好戲的。這些姑娘都比咱們家的姑娘見過好戲，聽過好曲子。如今這小戲子又是那有名玩戲家的班子，雖是小孩子們，卻比大班子還強。咱們好歹別落了褒貶，少不得弄個新樣兒的。叫芳官唱一齣《尋夢》，只簫和笙、笛，餘者一概不用。」文官笑道：「這也是的。我們的戲，自然不能入姨太太和親家太太、姑娘們的眼，不過聽我們一個發脫口齒（指歌唱的發音、吐字），再聽一個喉嚨罷了。」賈母笑道：「正是這話了。」李嬸、薛姨媽喜的笑道：「好個伶透孩子，你也跟著老太太打趣我們。」

賈母笑道：「我們這原是隨便的玩意兒，又不出去做買賣，所以竟不大合時。」說著，又道：「叫葵官唱一齣《惠明下書》，也不用抹臉。只用這兩齣，叫他們聽個疏意罷了。若省了一點力，我可不依。」文官等聽了出來，忙去扮演上台，先是《尋夢》，次是《下書》。眾人鴉雀無聞。

薛姨媽笑道：「實在戲也看過幾百班，從沒見過用簫管的。」賈母道：「也有。只是像方才《西樓・楚江晴》一支，多有小生吹簫合的。這合大套的實在少，這也在主人講究不講究罷了。這算什麼出奇？」指湘雲道：「我像他這麼大的時節，他爺爺有一班小戲，偏有一個彈琴的湊了來，唱《西廂記》的《聽琴》，《玉簪記》的《琴挑》，《續琵琶》的《胡笳十八拍》，竟成了真的了，比這個更如何？」眾人都道：「這更難得了。」賈母命家人媳婦來吩咐文官等，叫他們吹彈一套《燈月圓》。媳婦領命而去。

當下賈蓉夫妻二人捧酒一巡，鳳姐兒因見賈母十分高興，便笑道：「趁著女先兒們在這裡，不如叫他們擊鼓，咱們傳梅，行一套『春喜上眉梢』的令，如何？」賈母笑道：「這是個好令，正對時景。」忙命人取了一面黑漆銅釘花腔令鼓來，與女先兒們擊著，席上取了一枝紅梅。賈母笑道：「若到了誰手裡住了鼓，吃一杯。也要說些什麼才好。」

鳳姐兒笑道：「依我說，誰像老祖宗，要什麼有什麼呢。我們這不會的，豈不沒意思？依我說，也要雅俗同賞，不如誰住了誰說個笑話兒罷。」眾人聽了，都知道他素日善說笑話，最是肚內有無限新鮮趣令。今兒如此說，不但在席的諸人喜歡，連地下伏侍的老小人等無不歡喜。那小丫頭們都忙去找姐喚妹的，告訴他們：「快來聽，二奶奶又說笑話了。」眾丫頭子們便擠了一屋子。

於是戲完樂罷，賈母命將些熱湯細果，賞與文官等吃去，便命響鼓。女先兒們皆慣熟的，或緊或慢，或如殘漏之滴，或如迸豆之急，或如驚馬之亂馳，或如疾電之光而忽暗。其鼓聲慢，傳梅亦慢；鼓聲疾，傳梅亦疾。遞至賈母手中，鼓聲恰住。大家哈哈一笑。賈蓉忙上來，斟了一杯。眾人都笑道：「自然老太太先喜了，我們才托賴些喜。」賈母笑道：「這個酒也罷了，只是這笑話兒倒有些難說。」眾人都說：「老太太的比鳳姐兒說得還好，賞一個，我們也笑一笑。」

賈母笑道：「並沒有新鮮發笑的，少不得老臉皮厚的說一個罷。」因說道：「一家子養了十個兒子，娶了十房媳婦。惟有第十房媳婦聰明伶俐，心巧嘴乖，公婆最疼，成日家說那九個不孝順。這九個媳婦委屈，便商議說：『咱們九個心裡孝順，只是不像小蹄子嘴巧，所以公公、婆婆只說他好，這委屈向誰訴去？』有主意的說：『咱們明兒到閻王廟去燒香，和閻王爺說去，問他一問，叫我們托生為人，怎麼單單給那小蹄子一張乖嘴，我們都入了夯嘴裡頭？』那八個聽了都喜歡，說這主意不錯。第二日，便都往閻王廟裡來燒香，九個都在供桌底下睡著了。九個魂專等閻王駕到，左等不來，右等不來。正在那裡著急，只見孫行者駕著筋斗雲來了，看見九個魂，便要拿金箍棒打來，嚇得九個魂忙跪下央求。孫行者問原故，九個人忙細細的告訴了他。孫行者聽了，把腳一跺，嘆一口氣，道：『這原故幸虧遇見我，等著閻王來了，他也不得知道。』九個人聽了，就求說：『大聖發個慈悲，我們就好了。』孫行者笑道：『卻也不難。那日，你們妯娌十個托生時，可巧我到閻王那裡去的，為因撒了一泡尿在地下，你那小嬸子便吃了。你們如今要伶俐嘴乖，有的是尿，再撒泡你們吃就是了。』」說畢，大家都笑起來。

鳳姐兒笑道：「好的，幸而我們都是個夯嘴夯腮的，不然也就吃了猴兒尿了。」尤氏、婁氏都笑向李紈道：「咱們這裡，誰是吃過猴兒尿的？別裝沒事人兒。」薛姨媽笑道：「笑話兒不在好歹，只要對景，就發笑。」

說著，又擊起鼓來。小丫頭子們只要聽鳳姐兒的笑話，便悄悄的和女先兒說明，以咳嗽為記。須臾，傳至兩遍，剛到了鳳姐兒手裡，小丫頭子們故意咳嗽，女先兒便住了。眾人齊笑道：「這可拿住他了。快吃了酒，便說一個好的，別太逗人笑得腸子疼。」

鳳姐兒想一想，笑道：「一家子，也是過正月半，合家賞燈吃酒。真真的熱鬧非常，祖婆婆、太婆婆、婆婆，媳婦、孫子媳婦、重孫子媳婦，親孫子媳婦、侄孫子媳婦，重孫子、灰孫子、滴滴搭搭的孫子，孫女兒、外孫女兒、姨表孫女兒、姑表孫女兒。嗳喲喲，真好熱鬧！」眾人聽他說著，已經笑了，都說：「聽數貧嘴（說話絮煩），又不知編派哪一個呢？」尤氏笑道：「你要招我，我可撕你的嘴。」鳳姐兒起身，拍手笑道：「人家費力得緊，你們混我，就不說了。」賈母笑道：「你說，底下怎麼樣？」

鳳姐兒想了一想，笑道：「底下就團團的坐了一屋子，吃了一夜酒，就散了。」眾人見他正言厲色的說了，便再無別話，都怔怔的還等往下說，只覺冰冷無味。

史湘雲看了他半日。鳳姐兒笑道：「再說一個過正月半的。幾個人拿著房子大的炮仗，往城上放去，引了上萬的人跟著瞧去。有一個性急的人等不得，便偷著拿香點著。只聽見『噗哧』一聲，眾人哄然一笑，都散了。這抬炮仗的人抱怨賣炮仗的捍的不結實，沒等放就散了。」湘雲道：「難道本人沒聽見？」鳳姐兒道：「這本人原是個聾子。」

## 第五十四回

史太君破陳腐舊套　王熙鳳效戲彩斑衣

眾人聽說，想一回，不覺失聲都大笑起來。又想著先前那一個沒完的，問他道：「那一個，怎麼也該說完。」鳳姐兒將桌子一拍，道：「好羅唆，到了第二日，是十六日，年也完，節也完，我看人忙著收東西還鬧不清，哪裡還知道底下事了？」眾人聽說，復又笑起來。

鳳姐兒笑道：「外頭已經四更。依我說，老祖宗也乏了，咱們也該『聾子放炮仗，散了』罷。」尤氏等用手帕握著嘴，笑得前仰後合，指他說道：「這個東西真會數貧嘴。」賈母笑道：「真真這鳳丫頭，越發貧嘴了。」一面說，一面吩咐道：「他提起炮仗來，咱們也把煙火放了，解解酒。」

賈蓉聽了，忙出去，帶著小廝們，就在院子內安下屏架，將煙火設吊齊備。這煙火俱是各處進貢之物，雖不大，卻甚精致，各色故事俱全，夾著各色花炮。

林黛玉稟氣虛弱，不禁「劈拍」之聲，賈母便摟他在懷內。薛姨媽便摟湘雲。湘雲笑道：「我不怕。」寶釵笑道：「他專愛自己放大炮仗，還怕這個呢？」王夫人便將寶玉摟入懷內。鳳姐笑道：「我們是沒人疼的。」尤氏笑道：「有我呢，我摟著你。你這會子又撒嬌兒了，聽見放炮仗，就像吃了蜜蜂兒屎的，今兒又輕狂了。」鳳姐兒笑道：「等散了，咱們園子裡放去。我比小廝還放得好呢！」

說話之間，外面一色色的放了又放，又有許多滿天星、九龍入雲、平地一聲雷、飛天十響之類的零碎小爆竹。放罷，然後又命小戲子打了一回蓮花落，撒得滿台的錢，那些孩子們滿台搶錢取樂。

上湯時，賈母說：「夜長，覺得有些餓了。」鳳姐忙回說：「有預備的鴨子肉粥。」賈母說：「我吃些清淡的罷。」鳳姐兒忙道：「也有棗兒熬的粳米粥，預備太太們吃齋的。」賈母道：「不是油膩膩的，就是甜的。」鳳姐兒又忙道：「還有杏仁茶，只怕也甜。」賈母道：「倒是這個還罷了。」說著，已命撤去殘席，外另設各種精致小菜，大家隨便吃了些，用過漱茶，方散。

十七日一早，又過寧府行禮，伺候掩了祠門，收過影像，方回來。此日，便是薛姨媽家請吃年酒。十八日，便是賴大家。十九日，便是寧府賴升家。二十日，便是林之孝家。二十一日，便是單大良家。二十二日，便是吳新登家。這幾家，賈母也有去的，也有不去的，有高興坐等眾人散方回的，有興盡半日就回的。諸親友來請，或來赴席的，賈母一概不會（接見或參與），有王夫人、邢夫人、鳳姐三人料理。連寶玉只除王子騰家去了，餘者亦皆不去，只說是賈母留下解悶。所以倒是家下人來請，賈母可以自隨便之處，方高興去。

閒言不提。當下元宵已過，要知端的，下回分解。

# 第五十五回

## 辱親女愚妾爭閒氣　欺幼主刁奴蓄險心

且說剛將年事忙過，鳳姐兒便小月（小產）了，不能理事，天天兩三個太醫用藥。鳳姐兒自恃強壯，雖不出門，然籌畫計算，想起什麼事來，便命平兒去回王夫人。任人諫勸，他只不聽。

王夫人便覺失了膀臂，一人能有許多的精神？凡有了大事，自己主張；將家中瑣碎之事，一應都暫令李紈協理。李紈是個尚德不尚才的，未免逞縱了下人。王夫人便命探春合同李紈裁處，只說過了一月，鳳姐將息好了，仍交與他。

誰知鳳姐稟賦氣血不足，兼年幼不知保養，平生爭強鬥智，心力更虧，故雖係小月，竟著實虧虛下來。一月之後，復添了下紅之症。他雖不肯說出來，眾人看他面目黃瘦，便知失於調養。王夫人只令他好生服藥調養，不令他操心。他自己也怕成了大症，遺笑於人，便想偷空調養，恨不得一時復舊如常。誰知一直服藥到三月間，才漸漸起復過來，下紅也漸漸止了。此是後話。

如今且說目今王夫人見他如此，探春與李紈暫難謝事，園中人多，又恐失於照管，因又特請了寶釵來，托他各處小心：「老婆子們不中用，得空兒吃酒鬥牌，白日裡睡覺，夜裡鬥牌，我都知道的。鳳丫頭在外頭，他們還有個怕懼，如今他們又該取便了。好孩子，你還是個妥當的人，你兄弟、妹妹們又小，我又沒工夫，你替我辛苦兩天，照看照看。凡有想不到的事，你來告訴我，別等老太太問出來，我沒話回。哪些人不好了，你只管說。他們不聽，你來回我，別弄出大事來才好。」寶釵聽說，只得答應了。

時屆季春，黛玉又犯了咳嗽。湘雲亦因時氣所感，亦臥病於蘅蕪苑，一天醫藥不斷。探春同李紈相住間隔，二人近日同事，不比往年，來往回話人等亦甚不便，故二人議定：每日早晨，皆到園門口南邊的三間小花廳上去會齊辦事；吃過早飯，於午錯方回。這三間廳，原是預備省親之時眾執事太監起坐之處，故省親之後也用不著了，每日只有婆子們上夜。如今天已和暖，不用十分修飾，只不過略略陳設了，便可他二人起坐。這廳上也有一匾，題著「補仁諭德」四字。家下俗呼，皆只叫議事廳兒。如今他二人每日卯正至此，午正方散。凡一應執事媳婦等來往回話者，絡繹不絕。

眾人先聽見李紈獨辦，各各心中暗喜，以為李紈素日是個厚道多恩無罰的，自然比鳳姐兒好搪塞，便添了一個探春，也都想著不過是個未出閨閣的年輕小姐，且素日也最平和恬淡，因此都不在意，比鳳姐兒前便懈怠了許多。只三四日後，幾件事過手，漸覺探春精細處不讓鳳姐，只不過是言語安靜，性情和順而已。

可巧連日有王公侯伯、世襲官員十幾處，皆係榮、寧非親即世交之家，或有升遷，或有黜降，或有婚喪紅白等事，王夫人賀吊迎送，應酬不暇，前邊更無人照管，他二人一日便皆在廳上起坐，寶釵便一日在房中監察，至王夫人回方散。每於夜間針線暇時，臨寢之先，坐了轎，帶領園中上夜人等，各處巡察一次。

他三人如此一整理，更覺比鳳姐兒當權時倒更謹慎了些。因而裡外下人都暗中抱怨說：「剛剛的倒了一個巡海夜叉，又添了三個鎮山太歲，越發連夜裡偷著吃酒玩的工夫都沒了。」

## 第五十五回

### 辱親女愚妾爭閒氣　欺幼主刁奴蓄險心

這日，王夫人正是往錦鄉侯府去赴席，李紈與探春早已梳洗，伺候出門去後，回至廳上坐了。剛吃茶時，只見吳新登的媳婦進來回說：「趙姨娘的兄弟趙國基昨兒出了事，已回過太太，太太說知道了，叫回姑娘來。」說畢，便垂手旁侍，再不言語。

彼時來回話者不少，都打聽他辦事如何。若辦得好，大家則安個懼畏之心。若少有嫌隙不當之處，不但不畏服，一出二門，還說出許多笑話來取笑。吳新登的媳婦心中已有主意，若是鳳姐前，他便早已獻勤，說出許多主意，又查出許多舊例來，任鳳姐揀擇施行。如今他藐視李紈老實，探春是年輕的姑娘，所以只說出這一句話來，試他二人有何主見。

探春便問李紈。李紈想了一想，便道：「前日襲人的媽死了，聽見說賞銀四十兩，這也賞他四十兩罷了。」吳新登家的聽了，忙答應了「是」，接了對牌就走。

探春道：「你且回來。」吳新登家的只得回來。探春道：「你且別支銀子。我且問你：那幾年，老太太屋裡的幾位老姨奶奶，也有家裡的，也有外頭的，有兩個分別。家裡的，若死了人，是賞多少？外頭的，死了人，是賞多少？你且說兩個，我們聽聽。」一問，吳新登家的便都忘了，忙陪笑回說：「這也不是什麼大事。賞多賞少，誰還敢爭不成？」探春笑道：「這話胡鬧。依我說，賞一百倒好呢。若不按理，別說你們笑話，明兒也難見你二奶奶。」吳新登家的笑道：「既這麼說，我查舊帳去。此時卻記不得。」

探春笑道：「你辦事辦老了的，還記不得，倒來難我。你們素日回你二奶奶，也現查去？若有這道理，鳳姐姐還不算厲害，也就算是寬厚了！還不快找了來我瞧。再遲一日，不說你們粗心，倒像我們沒主意了。」吳新登家的滿面通紅，忙轉身出來。眾媳婦們都伸舌頭。這裡又回別的事。

一時，吳新登家的取了舊帳來。探春看時，兩個家裡的賞過，皆是二十四兩；兩個外頭的，皆賞過四十兩。外還有兩個外頭的，一個賞過一百兩，一個賞過六十兩。這兩筆底下，皆注有原故：一個是隔省遷父母之柩，外賞六十兩；一個是現買葬地，外賞二十兩。探春便遞與李紈看了。探春便說：「給他二十兩銀子。把這帳留下，我們細看。」吳新登家的去了。

忽見趙姨娘進來，李紈、探春忙讓座。趙姨娘開口便說道：「這屋裡的人都踹下我的頭去，還罷了。姑娘，你也想一想，該替我出氣才是。」一面說，一面便眼淚、鼻涕哭起來。探春忙道：「姨娘這話說誰？我竟不解。誰踹姨娘的頭？說出來，我替姨娘出氣。」趙姨娘道：「姑娘現踹我，我告訴誰！」探春聽說，忙站起來，說道：「我並不敢。」李紈也忙站起來勸。

趙姨娘道：「你們請坐下，聽我說。我這屋裡熬油似的熬了這麼大年紀，又有你兄弟，這會子連襲人都不如了，我還有什麼臉？連你也沒有臉面，別說是我了！」

探春笑道：「原來為這個。我說，我並不敢犯法違禮。」一面便坐了，拿帳翻與趙姨娘瞧，又念與他聽，又說道：「這是祖宗手裡舊規矩，人人都依著，偏我改了不成？這也不但襲人，將來環兒收了外頭的，自然也是同襲人一樣。這原不是什麼爭大爭小的事，講不到有臉沒臉的話上。他是太太的奴才，我是按著舊規矩辦。說辦的好，領祖宗的恩典，太太的恩典。若說辦的不勻，那是他糊塗，不知福，也只好憑他抱怨去。太太連房子賞了人，有我什麼有臉之處？一文不賞，我也沒什麼沒臉之處。依我說，太太不在家，姨娘安靜些養神罷了，何苦只要操心。太太滿心疼我，因姨娘每每生事，幾次寒心。我但凡是個男人，可以出得去，我必早走了，立一番事業，那時自有我一番道理。偏我是女孩兒家，一句多話也沒我亂說的。太太滿心裡都知道，如今因看重我，才叫照管家務。還沒有做一件好事，姨娘倒先來作賤我。倘或太太知道了，怕我為難，不叫我管，那才正經沒臉，連姨娘真也沒臉！」一面說，一面不禁滾下淚來。

趙姨娘沒了別話答對，便說道：「太太疼你，你越發拉扯拉扯我們。你只顧討太太的疼，就把我們忘了。」探春道：「我怎麼忘了？叫我怎麼拉扯？這也問他們各人，哪一個主子不疼出力得用的人？哪一個好人用人拉扯的？」李紈在旁，只管勸說：「姨娘別生氣。也怨不得姑娘，他滿心裡要拉扯，口裡怎麼說的出來？」

探春忙道：「這大嫂子也糊塗了。我拉扯誰？誰家姑娘們拉扯奴才了？他們的好歹，你們該知道，與我什麼相干？」趙姨娘氣得問道：「誰叫你拉扯別人去了？你不當家，我也不來問你，你如今現在說一是一，說二是二，如今你舅舅死了，你多給了二三十兩銀子，難道太太就不依你？分明太太是好太太，都是你們尖酸刻薄。可惜太太有恩無處使。姑娘放心，這也使不著你的銀子。明日等出了閣，我還想你額外照看趙家呢！如今沒有長羽毛，就忘了根本，只揀高枝兒飛去了！」

探春沒聽完，已氣得臉白氣噎，抽抽咽咽的，一面哭，一面問道：「誰是我舅舅？我舅舅年下才升了九省都檢點，哪裡又跑出一個舅舅來？我倒素日按禮尊敬，越發敬出這些親戚來了。既這麼說，每日環兒出去，為什麼趙國基又站起來，又跟他上學？為什麼不拿出舅舅的款來？何苦來，誰不知道我是姨娘養的，必要過兩三月尋出由頭來，徹底來翻騰一陣，怕人不知道，故意表白表白。也不知道是誰給誰沒臉？幸虧我還明白，但凡糊塗不知禮的，早急了。」李紈急的只管勸，趙姨娘只管還嘮叨。

忽聽有人說：「二奶奶打發平姑娘說話來了。」趙娘娘聽說，方把嘴止住。只見平兒走來，趙姨娘忙陪笑讓座，又忙問：「你奶奶好些？我正要瞧去，就只沒得空兒。」

李紈見平兒進來，因問他來做什麼。平兒笑道：「奶奶說，趙姨奶奶的兄弟沒了，恐怕奶奶和姑娘不知舊例。若照常例，只得二十兩。如今請姑娘裁處著，再添些，也使得。」

探春早已拭去淚痕，忙說道：「又好好的添什麼？誰又是二十四個月養的？不然，也是出兵放馬，背著主人逃出命來過的不成？你主子真個巧，叫我開了例，他做好人，拿著太太不心疼的錢，樂得做人情。你告訴他，我不敢添減，混出主意。他添，他施恩，等他好了出來，愛怎麼添，怎麼添去。」

平兒一來時已明白了對半，今聽這一番話，越發會意，見探春有怒色，便不敢以往日喜樂之時相待，只一邊垂手默侍。

時值寶釵也從上房中來，探春等忙起身讓座。未及開言，又有一個媳婦進來回事。因探春才哭了，便有三四個小丫頭捧了臉盆、巾帕、靶鏡等物來。此時探春因盤膝坐在矮板榻上，那捧盆丫鬟走至跟前，便雙膝跪下，高捧臉盆；那兩個丫鬟，也都在旁屈膝捧著巾帕並靶鏡、脂粉之飾。平兒見侍書不在這裡，便忙上來與探春挽袖卸鐲，又接過一條大手巾來，將探春面前衣襟掩了。探春方伸手向臉盆中盥沐。

媳婦便回道：「回奶奶、姑娘，家學裡支環爺和蘭哥兒的一年公費。」平兒先道：「你忙什麼？你睜著眼，看見姑娘洗臉，你不出去伺候著，倒先說話！二奶奶跟前，你也這沒眼色來著？姑娘雖是恩寬，我去回了二奶奶，只說你們眼裡都沒姑娘，你們都吃了虧，可別怨我。」唬得那個媳婦忙陪笑說道：「我粗心了。」一面說，一面忙退出去。

探春一面勻臉，一面向平兒冷笑道：「你來遲了一步，沒見還有可笑的：連吳姐姐這麼個辦老了事的，也不查清楚了，就來混我們。幸虧我們問他，他竟有臉說忘了。我說他，回你主子事，也忘了再找去？我料著你主子未必有耐性兒等他去找。」

平兒笑道：「他有這一次，管包腿上的筋早折了兩根。姑娘別信他們。那裡他們瞅著大奶奶是個

## 第五十五回

### 辱親女愚妾爭閒氣　欺幼主刁奴蓄險心

菩薩，姑娘又是靦腆小姐，固然是托懶來混。」說著，又向門外說道：「你們只管撒野，等奶奶大安了，咱們再說。」門外的眾媳婦都笑道：「姑娘，你是個最明白的人。俗語說，『一人作罪一人當』。我們並不敢欺弊小姐。如今小姐是嬌客，若認真惹惱了，死無葬身之地。」

平兒冷笑道：「你們明白就好了。」又陪笑向探春道：「姑娘知道，二奶奶本來事多，哪裡照看得這些？保不住不忽略。俗語說，『旁觀者清』。這幾年，姑娘冷眼看著，或有該添該減的去處，二奶奶沒行到，姑娘竟一添減，頭一件，於太太有益，第二件，也不枉姑娘待我們奶奶的情義了。」

話未說完，寶釵、李紈皆笑道：「好，好丫頭，真怨不得鳳丫頭偏疼他。本來無可添減之事，如今聽你一說，倒要找出兩件來斟酌斟酌，不辜負你這話。」探春笑道：「我一肚子氣，沒人煞性子，正要拿他奶奶出氣去，偏他碰了來，說了這些話，叫我也沒了主意了。」

一面說，一面叫進方才那媳婦來問：「環爺和蘭哥家學裡這一年的銀子，是做哪一項用的？」那媳婦便回說：「一年學裡吃點心，或者買紙筆，每位有八兩銀子的使用。」探春道：「凡爺們的使用，都是各屋裡支月錢的。環哥的是姨娘領二兩，寶玉的是老太太屋裡襲人領二兩，蘭哥兒的是大奶奶領。怎麼學裡每人又多這八兩？原來上學去的是為這八兩銀子！從今日起，把這一項蠲了。平兒，回去告訴你奶奶，說我的話，把這一條務必免了。」平兒笑道：「早就該免。舊年奶奶原說要免的，因年下忙，就忘了。」那個媳婦只得答應著去了。就有大觀園中媳婦捧了飯盒來。

侍書、素雲早已抬過一張小飯桌來，平兒也忙著上菜。探春笑道：「你說完了話，幹你的去罷，在這裡又做什麼？」平兒笑道：「我原沒事的。二奶奶打發了我來，一則說話，二則恐這裡人不方便，原是叫我幫著妹妹伏侍奶奶、姑娘的。」探春因問：「寶姑娘的怎麼不端來一處吃？」丫鬟聽說，忙出至簷外命媳婦去說：「寶姑娘如今在廳上一處吃，叫他們把飯送了這裡來。」探春聽說，便高聲說道：「你別混支使人！那都是辦大事的管家娘子們，你們支使他要飯要茶的，連個高低都不知道！平兒這裡站著，你叫叫去。」

平兒忙答應了一聲出來。那些媳婦們都悄悄的拉住，笑道：「哪裡用姑娘去叫？我們已有人叫去了。」一面說，一面用手帕撣石磯上，說：「姑娘站了半天，乏了，這太陽影裡且歇歇。」平兒便坐下。又有茶房裡的兩個婆子拿了個坐褥鋪下，說：「石頭冷，這是極乾淨的，姑娘將就坐一坐兒罷。」平兒忙陪笑道：「多謝。」一個又捧了一碗精致新茶出來，也悄悄笑說：「這不是我們常用的茶，原是伺候姑娘們的，姑娘且潤一潤罷。」

平兒忙欠身接了，因指眾媳婦悄悄說道：「你們太鬧的不像了。他是個姑娘家，不肯發威動怒，這是他尊重，你們就藐視欺負他。果然招他動了大氣，不過說他一個粗糙就完了，你們就現吃不了的虧。他撒個嬌，太太也得讓他一二分，二奶奶也不敢怎樣。你們就這麼大膽子小看他，可是雞蛋往石頭上碰。」眾人都忙道：「我們何嘗敢大膽了？都是趙姨娘鬧的。」

平兒也悄悄的道：「罷了，好奶奶們。『牆倒眾人推』。那趙姨奶奶原有些顛倒，著三不著兩，有了事就都賴他。你們素日那眼裡沒人，心術厲害，我這幾年難道還不知道？二奶奶若是略差一點兒的，早被你們這些奶奶治倒了。饒這麼著，得一點空兒，還要難他一難，好幾次沒落了你們的口聲。」眾人都道：「如何敢？」

平兒道：「他厲害，你們都怕他。惟我知道，他心裡也就不算不怕你們呢。前日我們還議論到這裡，再不能依頭順尾，必有兩場氣生。那三姑娘雖是個姑娘，你們都橫看了他。二奶奶在這些大姑子、小姑子裡頭，也就只單畏他五分。你們這會子倒不把他放在眼裡了！」

正說著，只見秋紋走來。眾媳婦忙趕著問好，又說：「姑娘也且歇一歇，裡頭擺飯呢。等撤下飯桌子來，再回話去。」秋紋笑道：「我比不得你們，我哪裡等得？」說著，便直要上廳去。平兒忙叫：「快回來。」秋紋回頭見了平兒，笑道：「你又在這裡充什麼外圍的防護？」一面回身便坐在平兒褥上。

平兒悄問：「回什麼？」秋紋道：「問一問寶玉的月錢，我們的月錢，多早晚才領？」平兒道：「這什麼大事？你快回去，告訴襲人，說我的話，憑有什麼事，今日都別回。若回一件，管駁一件。回一百件，管駁一百件。」秋紋聽了，忙問：「這是為什麼了？」

平兒與眾媳婦等都忙告訴他原故，又說：「正要找幾處厲害事，與有體面的人，來開例（做個例子）作法子，鎮壓與眾人作榜樣呢。何苦你們先來碰在這釘子上。你這一去說了，他們若拿你們也做一二件榜樣，又礙著老太太、太太；若不拿著你們做一二件榜樣，人家又說，偏一個向一個，仗著老太太、太太威勢的就怕，不敢動，只拿著軟的做鼻子頭（找借口）。你聽聽罷，二奶奶的事，他還要駁兩件，才壓得住眾人口聲呢。」秋紋聽了，伸舌笑道：「幸而平姐姐在這裡，沒的臊一鼻子灰。趁早知會他們去。」說著，便起身走了。

接著，寶釵的飯至，平兒忙進來伏侍。那時，趙姨娘已去，三人在板床上吃飯。寶釵面南，探春面西，李紈面東。眾媳婦皆在廊下靜候，裡頭只有他們緊跟常侍的丫鬟伺候，別人一概不敢擅入。

這些媳婦們都悄悄的議論說：「大家省事罷，別安著沒良心的主意。連吳大娘才都討了沒意思，咱們又是什麼有臉的？」他們一邊悄議，等飯完回事。只覺裡面鴉雀無聞，並不聞碗箸之響。

一時，只見一個丫頭將簾櫳高揭，又有兩個將桌子抬出。茶房內有三個丫鬟捧著三沐盆水，見飯桌已出，三人便進去了。一回又捧出沐盆並漱盂來，方有侍書、素雲、鶯兒三人，每人用茶盤捧了三蓋碗茶進去。一時等他三人出來，侍書命小丫頭子：「好生伺候著，我們吃了飯來換你們，可又別偷坐著去。」眾媳婦們方慢慢的安分回事，不敢如先前輕慢疏忽了。

探春氣方漸平，因向平兒道：「我有一件大事，早要和你奶奶商議，如今可巧想起來。你吃了飯快來。寶姑娘也在這裡，咱們四個人商議了，再細細的問你奶奶可行可止。」平兒答應回去。

鳳姐因問：「為何去了這一日？」平兒便笑著將方才的原故細細的說與他聽了。鳳姐笑道：「好，好，好個三姑娘！我說不錯。只可惜他命薄，沒托生在太太肚裡。」平兒笑道：「奶奶也說糊塗話了。他便不是太太養的，難道誰敢小看他，不與別的一樣看了？」

鳳姐兒嘆道：「你哪裡知道，雖然庶出（妾所生）一樣，女兒卻比不得男人。將來攀親時，如今有一種輕狂人，先要打聽姑娘是正出，是庶出，多有為庶出不要的。殊不知，別說庶出，便是我們的丫頭，比人家的小姐還強呢。將來不知哪個沒造化的為挑庶正誤了事呢？也不知哪個有造化的不挑庶正的得了去。」說著又向平兒笑道：「你知道，我這幾年生了多少省儉的法子，一家子大約也沒個背地裡不恨我的。我如今也是騎上老虎了。雖然看破些，無奈一時也難寬放；二則家裡出去的多，進來的少。凡有大小事，仍是照著老祖宗手裡的規矩，卻一年進的產業又不及先時。多省儉了，外人又笑話，老太太、太太也受委屈，家下也抱怨刻克；若不趁早兒料理省儉之計，再幾年就都賠盡了。」

平兒道：「可不是這話！將來還有三四位姑娘，還有兩三個小爺，一位老太太，這幾件大事未完呢。」鳳姐兒笑道：「我也慮到這裡，倒也夠了。寶玉和林妹妹，他二人一娶一嫁，可以使不著官中的錢，老太太自有體己拿出來。二姑娘是大老爺那邊的，也不算。剩了三、四兩個，滿破著每人花上一萬銀子。環哥娶親，有限，花上三千兩銀子，若不夠，哪裡省一抿子（一樁，一件）也就夠了。老太太的事出來，一應都是全了的，不過零星雜項，再費些，滿破三五千兩。如今再儉省些，陸續就夠了。只怕如今平空再生出一兩件事來，可就了不得了。咱們且別慮後事。你且吃了飯，快聽他商議什麼。這正碰了我的機會，我正愁沒個膀臂。雖有個寶玉，他又不是這裡頭的貨。總收伏了他，也不中用。大奶奶是個佛爺，也不中用。二姑娘更不中用，亦且不是這屋裡的人。四姑娘小呢。蘭小子更小。環兒更是個燎毛的小凍貓子，只等有熱灶火炕讓他鑽去罷。真真一個娘肚子裡跑出這樣天懸地隔的兩個人來，我想到那裡，就不服。再者，林丫頭和寶姑娘，他兩個倒好，偏又都是親戚，又不好管咱們家務事。況且一個是美人燈兒，風吹吹就壞了；一個是拿定了主意，不干己事不張口，一問搖頭三不知，也難十分去問他。倒只剩了三姑娘一個，心裡嘴裡都也來得，又是咱家的正人，太太又疼他，雖然面上淡淡的，皆因是趙姨娘那老東西鬧的，心裡卻是和寶玉一樣的。比不得環兒，實在令人難疼，要依我的性子，早攆出去了。如今他既有這主意，正該和他協同，大家做個膀臂，我也不孤不獨了。按正禮，天理、良心上論，咱們有他這一個人幫著，咱們也省些心，於太太的事也有些益。若按私心藏奸上論，我也太行毒了，也該抽頭（縮回頭）退步。回頭看了，再要窮追苦克，人恨極了，他們笑裡藏刀，咱們兩個才四個眼睛，兩個心，一時不防，倒弄壞了。趁著緊溜之中，他出頭一料理，眾人就把往日恨咱們的心暫可解了。還有一件，我雖知你極明白，恐怕你心裡挽不過來，如今囑咐你：他雖是姑娘家，心裡卻事事明白，不過是言語謹慎；他又比我知書識字，更厲害一層了。如今俗語說，『擒賊必先擒王』，他如今要作法開端，一定是先拿我開端。倘若他要駁我的事，你可別分辯。你只越恭敬，越說『駁的是』才好。千萬別想著怕我沒臉，和他一強（堅持己見），就不好了。」

平兒不等說完，便笑道：「你太把人看糊塗了。我才已經行在先，這會子又反囑咐我。」鳳姐兒笑道：「我是恐怕你心裡眼裡只有了我，一概沒有他人之故，不得不囑咐。既已行在先，更比我明白了。你又急了，滿口裡『你』、『我』起來。」平兒道：「偏說『你』！你不依，這不是嘴巴子，再打一頓。難道這臉上還沒嘗過的不成！」鳳姐兒笑道：「你這小蹄子，要掂多少過兒才罷。看我病的這樣，還來慪我。過來坐下，橫豎沒人來，咱們一處吃飯是正經。」

說著，豐兒等三四個小丫頭子進來放小炕桌。鳳姐只吃燕窩粥，兩碟子精致小菜，每日分例菜已暫減去。豐兒便將平兒的四樣分例菜端至桌上，與平兒盛了飯來。平兒屈一膝於炕沿之上，半身猶立於炕下，陪著鳳姐兒吃了飯，伏侍漱口畢，吩咐了豐兒一些話，方往探春處來。只見院中寂靜，人已散出。

要知端的，且聽下回分解。

# 第五十六回
## 敏探春興利除宿弊　賢寶釵小惠全大體

話說平兒陪著鳳姐兒吃了飯，伏侍盥漱畢，方往探春處來。只見院中寂靜，只有丫鬟、婆子諸內壼（指內宅）近人在窗外聽候。

平兒進入廳中，見他姐妹、姑嫂三個正議論些家務，說的便是年內賴大家請吃酒、他家花園中事故。見他來了，探春便命他腳踏上坐了，因說道：「我想的事不為別的，只想著我們一月所用的頭油脂粉又是二兩的事。我想，我們一月已有了二兩月銀，丫頭們又另有月銀。可不是又同剛才學裡的八兩一樣，重重疊疊，這事雖小，錢有限，看起來也不妥當。你奶奶怎麼說就沒想到這個？」

平兒笑道：「這有個原故。姑娘們所用的這些東西，自然是該有分例。每月每處買辦買了，令女人們交送我們收管，不過預備姑娘們使用就罷了，沒有個天天各人拿著錢找人買這些去。所以外頭買辦總領了去，按月使女人按房交與各人的。姑娘們的每月這二兩，原不是為買這些的，原為的是一時當家的奶奶、太太或不在家，或不得閒，姑娘們偶然要個錢使，省得找人去。這是恐怕姑娘們受委屈，可知這個錢並不是買這些才有的。如今我冷眼看著，各房裡的我們的姐妹都是現拿錢買這些東西的，竟有了一半。我就疑惑，不是買辦脫了空，就是買的不是正經貨。」

探春、李紈都笑道：「你也留神看出來了。脫空是沒有的，只是遲些日子；催急了，不知哪裡弄些來，不過是個名兒，其實使不得，依然還得現買。就用二兩銀子，另叫別人的奶媽子的弟兄、兒子買來，方才使得。若使官中的家人，依然是那一樣的。不知他們是什麼法子？必定是煩那鋪子裡揀壞了不要的，他們都弄了來，單預備給我們。」平兒便笑道：「買辦買的是那樣，別人買了好的來，買辦豈肯和他善開交？又說他使壞心要奪他這買辦了。所以他們寧可得罪了裡頭，不肯得罪了外頭辦事的人。姑娘們使了奶媽子們，他們也就不敢說閒話了。」

探春道：「因此我心裡不自在。錢費兩起，東西又白丟一半。不如竟把買辦的每月蠲（免除）了這項為是。此是第一件事。第二件，年裡往賴大家去，你也去的，你看他那小園子，比咱們這個如何？」平兒笑道：「還沒有咱們這一半大，樹木花草也少多呢。」

探春道：「我因和他們家的女兒說閒話，誰知說這園子，除他們戴的花、吃的筍菜魚蝦之外，一年還有人包了去，年終足有二百兩銀子剩。從那日我才知道，一個破荷葉，一根枯草根子，都是值錢的。」

寶釵笑道：「真真膏粱紈絝（指寶貴人家的子弟。絝，同「褲」）之談。你們雖是千金，原不知這事，但你們都念過書識字的，竟沒有看見朱夫子有一篇《不自棄》文不成？」探春笑道：「雖也看過，不過是勉人自勵，虛比浮詞，哪裡都真有的？」

寶釵道：「朱子都有虛比浮詞？那句句都是有的。你才辦了兩天時事，就利欲熏心，把朱子都看虛浮了。你再出去見了那些利弊大事，越發把孔子也看虛了！」探春笑道：「你這樣一個通人，竟沒看見《姬子》書？當日姬子有云：『登利祿之場，處運籌之界者，竊堯舜之詞，背孔孟之道。』」寶釵笑道：「底下一句呢？」探春笑道：「如今斷章取義。念出底下一句，我自己罵我自己不成？」

寶釵道：「天下沒有不可用的東西。既可用，便值錢。難為你是個聰明人，這大節目正事竟沒經歷，也可惜遲了。」李紈笑道：「叫了人家來了，又不說正事。且你們對講學問。」寶釵道：「學問中便是正事。此刻於小事上用學問一提，那小事越發作高一層了。不拿學問提著，便都流入市俗去了。」三人自是取笑了一回，便仍談正事。

探春又接說道：「咱們這園子，只算比他們多一半，加一倍算，一年就有四百銀子的利息。若此時派出兩個一定的人來，也出脫生發銀子，自然小氣，不是咱們這樣人家的事。但既有許多值錢之物，一味任人作踐，也似乎暴殄天物。不如在園子裡所有的老媽媽中，揀出幾個本分老成、能知園圃的，準派他們收拾料理，也不必要他們交租納稅，只問他們一年可以孝敬些什麼。一則園子有專定之人修理，花木自然一年好似一年的，也不用臨時忙亂。二則也不至作踐，白辜負了東西。三則老媽媽們也可借此小補，不枉年日在園中辛苦。四則亦可以省了這些花兒匠、山子匠並打掃人等的工費。將此有餘，以補不足，未為不可。」

寶釵正在地下看壁上的字畫，聽如此說，一面聽，一面點頭，聽說完便笑道：「善哉，三年之內，無飢饉矣！」李紈道：「好主意。果這麼行，太太必喜歡。省錢事小，園子有人打掃，專司其職，又許他去賣錢。使之以權，動之以利，再無不盡職的了。」平兒道：「這件事須得姑娘說出來。我們奶奶雖有此心，未必好出口。此刻，姑娘們在園子裡住著，不能多弄些玩意兒去陪襯，反叫人去監管修理，圖省錢，這話斷不好出口。」

寶釵忙走過來，摸著他的臉，笑道：「你張開口，我瞧瞧你的牙齒、舌頭是什麼做的。從早起來到這會子，你說了這些話，一套一個樣子，也不奉承三姑娘，也沒見說他奶奶才短想不到，也並沒相強。三姑娘說一套話出來，你就有一套話進去。總是三姑娘想得到的，你奶奶也想到了，只是必有個不可辦的原故。這會子又是因姑娘住的園子，不好因省錢令人去監管。你們想想這話，若果真交與人弄錢去的，那人自然是一枝花也不許掐，一個果子也不許動了，姑娘們中自然不敢，天天與小姑娘們就吵不清。他這遠愁近慮，不亢不卑。他奶奶便不是和咱們好，聽他這一番話，也必要自愧的變好了。」

探春笑道：「我早起一肚子氣。聽他來了，忽然想起他主子來，素日當家使出來的好撒野的人，我見了他更生氣了。誰知他來了，避貓鼠兒似的站了半日，怪可憐的。接著又說了那些話，不說他主子待我好，倒說『不枉姑娘待我們奶奶素日的情意了』。這一句話，不但沒了氣，我倒愧了，又傷起心來。我細想，我一個女孩兒家，自己還鬧得沒人疼、沒人顧的，我哪裡還有好處去待人？」口內說到這裡，不免又流下淚來。李紈等見他說得懇切，又想他素日趙姨娘每生誹謗，在王夫人跟前亦為趙姨娘所累，亦都不免流下淚來，都忙勸他：「趁今日清淨，大家商議兩件興利剔弊的事，也不枉太太委托一場，又提這沒要緊的事做什麼？」

平兒忙道：「我已明白了。姑娘竟說誰好，竟一派人就是了。」探春道：「雖如此說，也須得回你奶奶一聲。我們這裡搜剔小遺，已經不當。皆因你奶奶是個明白人，我才這樣行。若是糊塗多歪多妒的，我也不肯，倒像抓他乖（出賣別人搶先行動）一般。豈可不商議了行的？」平兒笑道：「既這樣，我去告訴一聲。」說著去了，半日方回來，笑說：「我說是白走一趟，這樣好事，奶奶豈有不依的。」

探春聽了，便和李紈命人將園中所有婆子的名單要來，大家參度（參謀考慮），大概定了幾個人。又將他們一齊傳來，李紈大概告訴與他們。眾人聽了，無不願意。也有說：「那片竹子，單交給我一年工夫，明年又是一片。除了家裡吃的筍，一年還可交些錢糧。」這一個說：「那一片稻地，交給我一年，這些玩的大小雀鳥的糧食，不必動官中錢糧，我還可以交錢糧。」

探春才要說話，人回：「大夫來了，進園瞧姑娘。」眾婆子只得去領大夫。平兒忙說：「單你們，有一百也不成個體統，難道沒有兩個管事的頭腦帶進大夫來？」回事的那人說：「有吳大娘和單大娘他兩個在西南角上聚錦門等著呢。」平兒聽說，方罷了。

眾婆子去後，探春問寶釵如何。寶釵笑答道：「幸於始者怠於終，繕其辭者嗜其利。」探春聽了，點頭稱贊，便向冊上指出幾個來，與他三人看。平兒忙去取筆硯來。他三人說道：「這一個老祝媽，是個妥當的。況他老頭子和他兒子，代代都是管打掃竹子。如今竟把這所有的竹子交與他。這一個老田媽，本是種莊稼的。稻香村一帶，凡有菜蔬稻稗之類，雖是玩意兒，不必認真大治大耕，也須得他去，再細按時加些植養，豈不更好？」

探春又笑道：「可惜蘅蕪苑和怡紅院這兩處大地方，竟沒有出息之物。」李紈忙笑道：「蘅蕪苑裡更厲害。如今香料鋪裡，並大市大廟賣的各色香料香草兒，都不是這些東西？算起來，比別的利息更大。怡紅院，別說別的，單只春、夏二季玫瑰花，共下多少花朵？還有一帶籬笆上薔薇、寶相、金銀花、藤花，這幾色的草花曬乾了，賣到茶葉鋪、藥鋪裡去，也值好些錢。」探春笑道：「原來如此。只是弄這香草的，沒有在行的人。」

平兒忙笑道：「跟寶姑娘的鶯兒，他媽就是會弄這個的，上回他還採了些，曬乾了，編成花籃、葫蘆給我玩的，姑娘倒忘了不成？」寶釵笑道：「我才贊你，你倒來捉弄我了。」

三人都詫異，問道：「這是為何？」寶釵道：「斷斷使不得！你們這裡多少得用的人，一個一個閒著沒事辦，這會子我又弄個人來，叫那起人連我也看小了。我倒替你們想出一個人來。怡紅院有個老葉媽，他就是茗煙的娘。那是個誠實老人家，他又和我們鶯兒的媽極好。不如把這事交與葉媽。他有不知的，不必咱們說，他就找鶯兒的娘去商議了。哪怕葉媽全不管，竟交與哪一個，這是他們私情兒，有人說閒話，也就怨不到咱們身上。如此一行，你們辦得又至公，於事又甚妥。」

李紈、平兒都道：「是極。」探春笑道：「雖如此，只怕他們見利忘義呢。」平兒笑道：「不相干，前日鶯兒還認了葉媽做乾娘，請吃飯吃酒，兩家和厚的很呢。」探春聽了，方罷了。又共斟酌出幾人來，俱是他四人素昔冷眼取中的，用筆圈出。

一時婆子們來回大夫已去，將藥方送上去。三人看了，一面遣人送出外去取藥，監派調服，一面探春與李紈明示諸人：某人管某處，按四季除家中定例用多少外，餘者任憑你們采取了去取利，年終算帳。

探春笑道：「我又想起一件事。若年終算帳歸錢時，自然歸到帳房，仍是上頭又添一層管主，還在他們手心裡，又剝一層皮。這如今，我們興出這事來，派了你們，已是跨過他們的頭去了，心裡有氣，只說不出來；你們年終去歸帳，他們還不捉弄你們等什麼？再者，這一年間管什麼的，主子有一全份，他們就得半份。這是每常的舊規，人所共知的，別的收著在外。如今這園子是我的新創，竟別入他們手，每年歸帳，竟歸到裡頭來才好。」

寶釵笑道：「依我說，裡頭也不用歸帳。這個多了，那個少了，倒多事。不如問他們，誰領這一份的，他就攬一宗事去。不過是園裡的人動用。我替你們算出來了，有限的幾宗事，不過是頭油、脂粉、香紙。每一位姑娘幾個丫頭，都是有定例的。再者，各處笤帚、撮簸、撣子，並大小禽鳥、鹿、兔吃的糧食，不過這幾樣，都是他們包了去，不用帳房去領錢。你算算，就省下多少來？」平兒笑道：「這幾宗雖小，一年通共算了，也省得下四百兩銀子。」

寶釵笑道：「卻又來。一年四百，二年八百兩，取租的房錢也能得著了幾間，薄地也可添幾畝。

雖然還有富餘，但他們既辛苦鬧一年，也要叫他們剩些，粘補自家。雖是興利節用為綱，然亦不可太嗇。總再省上二三百兩銀子，失了大體統也不像。所以如此一行，外頭帳房裡少出四五百銀子，也不覺得很艱嗇了，他們裡頭卻也得些小補。這些沒營生的媽媽們也寬裕了，園子裡花木也可以每年滋長繁盛。如此，你們也得了可使之物。這庶幾不失大體，若一味要省時，哪裡不搜尋出幾個錢來。凡有些餘利的，一概入了官中，那時裡外怨聲載道，豈不失了你們這樣人家的大體？如今這園裡幾十個老媽媽們，若只給了這幾個，那剩的也必抱怨不公。我才說的，他們只供給這個幾樣，也未免太寬裕了。一年竟除這個之外，他每人不論有餘無餘，只叫他拿出若干貫錢來，大家湊齊，單散與那些園中的媽媽們。他們雖不料理這些，卻日夜也在園中照看當差之人，關門閉戶，起早睡晚，大雨大雪，姑娘們出入，抬轎子，撐船，拉冰床（爬犁），一應粗重活計，都是他們的差使。一年在園裡辛苦到頭，這園內既有出息（用出產賣了錢），也有分內該沾帶些兒的。還有一句至小的話，越發說破了。你們只管自己寬裕，不分與他們些兒，他們雖不敢明怨，心裡卻都不服，只用假公濟私的多摘你們幾個果子，多掐幾枝花兒，你們有冤還沒處訴。他們也沾帶了些利息，你們有照顧不到的，他們就替你照顧了。」

眾婆子聽了這個議論，又去了帳房受轄制，又不與鳳姐兒去算帳，一年不過多拿出若干貫錢來，各各歡喜異常，都齊聲說：「願意。強如出去被他們揉搓著，還得拿出錢來呢。」那不得管地的聽了，每年終無故得錢，也都歡喜起來，口內說：「他們辛苦收拾，是該剩錢粘補的。我們怎麼好『穩坐吃三注』（賭錢的一種方法，喻白得好處）的？」

寶釵笑道：「媽媽們也別推辭了，這原是分內應當的。你們只要日夜辛苦些，別躲懶縱放人吃酒賭錢就是了。不然，我也不該管這事；你們只要知道，我姨娘親口囑托我三五回，說大奶奶如今又不得閒，別的姑娘又小，托我照看照看。我若不依，分明是叫姨娘操心。你們奶奶又多病，家務也忙。我原是閒人，便是個街坊鄰居，也要著力幫些，何況是親姨娘托我。我免不得去小就大，講不起眾人嫌我。倘或我只顧小分，沽名釣譽，那時酒醉賭輸，生出事來，我怎麼見姨娘？你們那時後悔也遲了，就連你們素昔的老臉也都丟了。這些姑娘、小姐們，這麼一所大花園，都是你們照管，皆因看得你們是三四代的老媽媽，最是循規蹈矩，原該大家齊心，顧些體統。你們反縱放別人任意吃酒賭博，姨娘聽見了，教訓一場猶可，倘若被那幾個管家娘子聽見了，他們也不用回姨娘，竟教導你們一場。你們這年老的反受了年小的教訓，雖是他們是管家，管得著你們，何如自己存些體統，他們如何得來作踐？所以我如今替你們想出這個額外的進益來，也為大家齊心把這園裡周全得謹謹慎慎的，使那些有權執事的看見這般嚴肅謹慎，且不用他們操心，他們心裡豈不敬服？也不枉替你們籌畫進益，既能奪他們之權，生你們之利，豈不能行無為之治，分他們之憂。你們去細細想想這話。」

眾人都歡喜說：「姑娘說得很是。從此姑娘、奶奶只管放心，姑娘、奶奶這樣疼顧我們，我們再要不體上情，天地也不容了。」

剛說著，只見林之孝家的進來說：「江南甄府裡家眷昨日到京，今日進宮朝賀。此刻先遣人來送禮請安。」說著，便將禮單送上去。探春接了，看道是：「上用的妝緞、蟒緞十二匹，上用雜色緞十二匹，上用各色紗十二匹，上用宮綢十二匹，官用各色緞紗綢綾二十四匹。」李紈、探春二人看過，說：「用上等封兒（盛賞錢的小口袋）賞他。」因又命人去回了賈母。

賈母命人叫李紈、探春、寶釵等也都過來，將禮物看了。李紈收過一邊，吩咐內庫上人說：「等太太回來看了再收。」賈母因說：「這甄家又不與別人家相同，上等賞封兒賞男人，只怕展眼又打發女人來請安。預備下尺頭。」一語未了，果然人回：「甄府四個女人來請安。」賈母聽了，忙命人帶進來。

那四個人都是四十往上年紀，穿戴之物皆比主子不大差別。請安問好畢，賈母便命拿了四個腳踏來，他四人謝了座，待寶釵等坐了，方都坐下。賈母便問：「多早晚進京的？」四人忙起身回說：「昨日進的京。今日太太帶了姑娘進宮請安去了，故令女人們來請安，問候姑娘們。」賈母笑問道：「這些年沒進京，也不想到就來。」四人也都笑回道：「正是，今年是奉旨喚進京的。」

賈母問道：「家眷都來了？」四人回說：「老太太和哥兒、兩位小姐並別位太太都沒來，就只太太帶了三姑娘來了。」賈母道：「有人家沒有？」四人道：「尚沒有。」賈母笑道：「你們大姑娘和二姑娘這兩家，都和我們家甚好。」四人笑道：「正是。每年姑娘們有信回去說，全虧府上照看。」賈母笑道：「什麼照看？原是世交，又是老親，原應當的。你們二姑娘更好，不自尊自大，所以我們才走的親密。」四人笑道：「這是老太太過謙了。」

賈母又問：「你們這哥兒也跟著你們老太太？」四人回說：「也跟著老太太呢。」賈母道：「幾歲了？」又問：「上學不曾？」四人笑說：「今年十三歲。因長得齊整，老太太很疼。自幼淘氣異常，天天逃學，老爺、太太也不便十分管教。」賈母笑道：「也不成了我們家的了！你這哥兒叫什麼名字？」四人道：「因老太太當做寶貝一樣，他又生得白，老太太便叫做寶玉。」

賈母笑向李紈等道：「偏他也叫個寶玉。」李紈等忙欠身笑道：「從古至今，同時隔代，重名的很多。」四人也笑道：「起了這小名兒之後，我們上下都疑惑，不知哪位親友家也倒是曾有一個的。只是這十來年沒進京來，都記不得真了。」賈母笑道：「豈敢，這是我的孫子。人來。」眾媳婦、丫頭答應了一聲，走近幾步。賈母笑道：「園裡把咱們的寶玉叫了來，給這四位管家娘子瞧瞧，比他們的寶玉如何？」

眾媳婦聽了，忙去了，半刻圍了寶玉進來。四人一見，忙起身笑道：「唬了我們一跳。若是我們不進府來，倘若別處遇見，還只當我們的寶玉後趕著也進了京呢。」一面說，一面都上來拉他的手，問長問短的。寶玉也笑問個好。

賈母笑道：「比你們的長得如何？」李紈等笑道：「四位媽媽才一說，可知是模樣相仿了。」賈母笑道：「哪有這樣巧事？大家子孩子們，再養得嬌嫩，除了臉上有殘疾、十分醜的，大概看去，都是一樣齊整。這也沒有什麼怪處。」四人笑道：「如今看來，模樣是一樣。據老太太說，淘氣也一樣。我們看來，這位哥兒性情，卻比我們的好些。」賈母忙問：「怎見得？」四人笑道：「方才我們拉哥兒的手說話便知。我們那一個，只說我們糊塗，慢說拉手，他的東西，我們略動一動，也不依。所使喚的人，那都是女孩子們。」四人未說完，李紈等姊妹禁不住都失聲笑出來。賈母也笑道：「我們這會子也打發人去見了你們寶玉，若拉他的手，他也自然勉強忍耐一時。不知你我這樣人家的孩子們，憑他們有什麼刁鑽古怪的毛病，見了外人，必是要還出正經禮數來的。若他不還正經禮數，也斷不容他刁鑽去了。這是大人溺愛的，也是他一則生的得人意，二則見人禮數竟比大人行出來的更不錯，使人見了可愛可憐，背地裡所以才縱得一點子。若一味他只管沒裡沒外，不與大人爭光，憑他生得怎樣，也是該打死的。」

四人聽了，都笑說：「老太太這話正是。雖然我們寶玉淘氣古怪，有時見了客人，規矩禮數更比大人有趣。所以無人見了不愛，只說為什麼還打他。殊不知，他在家裡無法無天。大人想不到的話，偏會說，想不到的事，偏會行，所以老爺、太太恨的無法。就是任性，也是小孩子的常情，胡亂花費，這也是公子哥兒的常情，怕上學，也是小孩子的常情，都還治得過來。第一，天生下來這一種刁鑽古怪的脾氣，如何使得？」

一語未了，人回：「太太回來了。」王夫人進來，問過安。他四人請了安，大概說了兩句。賈母便命歇歇去。王夫人親捧過茶，方退出。四人告辭了賈母，便往王夫人處來，說了一會子家務，打發他們回去，不必細說。

這裡，賈母喜得逢人便告訴，也有一個寶玉，也都一般行景。眾人都為天下之大，世宦大家，同名者甚多，祖母溺愛孫兒者古今所有常事，不是什麼罕事，皆不介意。獨寶玉是個迂闊呆公子的心性，自為是那四人承悅賈母之詞。後至蘅蕪苑去看湘雲病去，史湘雲說他：「你放心鬧罷，先是『單絲不成線，獨樹不成林』，如今有了個對子，鬧急了，再打狠了，你逃走到南京，找那一個去。」寶玉道：「哪裡的謊話，你也信了，偏又有個寶玉了？」

湘雲道：「怎麼列國有個藺相如，漢朝又有個司馬相如呢？」寶玉笑道：「這也罷了。偏又模樣兒也一樣，這是沒有的事。」湘雲道：「怎麼匡人看見孔子，只當是陽貨呢？」寶玉笑道：「孔子、陽貨雖同貌，卻不同名；藺與司馬雖同名，而不同貌；偏我和他就兩樣俱同不成？」湘雲沒了話答對，因笑道：「你只會胡攪，我也不和你分證。有也罷，沒也罷，與我無干。」說著，便睡下了。

寶玉心中便又疑惑起來：若說必無，然亦似必有；若說必有，又並無目睹。心中悶悶，回至房中榻上，默默盤算，就昏昏睡去，不覺竟到了一座花園之內。寶玉詫異道：「除了我們大觀園，竟又有這一個園子？」

正疑惑間，忽從那邊來了幾個女兒，都是丫鬟。寶玉又詫異道：「除了鴛鴦、襲人、平兒之外，也竟還有這一干人？」只見那些丫鬟笑道：「寶玉怎麼跑到這裡來？」寶玉只當是說他，忙來陪笑，說道：「因我偶步到此，不知是哪位世交的花園？姐姐們，帶我逛逛。」眾丫鬟都笑道：「原來不是咱們家的寶玉。他生得也還乾淨，嘴兒也倒乖覺（機靈）。」

寶玉聽了，忙道：「姐姐們，這裡也竟還有個寶玉？」丫鬟們忙道：「『寶玉』二字，我們家是奉老太太、太太之命，為保佑他延年消災。我們叫他，他聽見喜歡。你是哪裡遠方來的小廝，也亂叫起來？仔細你的臭肉，不打爛你的。」又一個丫鬟笑道：「咱們快走罷，別叫寶玉看見，又說同這臭小廝說了話，把咱們熏臭了。」說著，一徑去了。

寶玉納悶道：「從來沒有人如此涂毒我，他們如何竟這樣？真亦有我這樣一個人不成？」一面想，一面順步早到了一所院內。寶玉詫異道：「除了怡紅院，也竟還有這麼一個院落。」忽上了台磯，進了屋內，只見榻上有一個人臥著，那邊有幾個女兒做針錢，或有嘻笑玩耍的。只見榻上那個少年嘆了一聲。一個丫鬟笑問道：「寶玉，你不睡，又嘆什麼？想必因你妹妹病了，你又胡愁亂恨呢。」寶玉聽說，心下也便吃驚。只見榻上少年說道：「我聽見老太太說，長安都中也有個寶玉，和我一樣的性情，我只不信。我才做了一個夢兒，竟夢中到了都中一個花園子裡頭，遇見幾個姐姐，都叫我臭小子，不理我。好容易找到他房裡，偏他睡覺，空有皮囊，真性不知往哪裡去了。」

寶玉聽說，忙道：「我因找寶玉，來到這裡。原來你就是寶玉。」榻上的忙下來拉住，笑道：「原來你就是寶玉？這可不是夢裡了。」寶玉道：「這如何是夢？真切又真切了。」一語未了，只見人來說：「老爺叫寶玉。」嚇得二人都慌了。一個寶玉就走，一個寶玉便忙叫：「快回來，寶玉，快回來！」

襲人在旁，聽他夢中自喚，忙推醒他，笑問道：「寶玉在哪裡？」此時寶玉雖醒，神意尚恍惚，因向門外指說：「才去了不遠。」襲人笑道：「那是你夢迷了。你揉揉眼，細瞧瞧，是鏡子裡照的你影兒。」寶玉向前瞧了一瞧，原是那嵌的大鏡對面相照，自己也笑了。早有丫鬟捧過漱盂、茶鹵來，漱了口。

麝月道：「怪道老太太常囑咐說，小人屋裡不可多有鏡子。人小魂不全，有鏡子照多了，睡覺驚恐做胡夢。如今倒在大鏡子那裡安了一張床。有時放下鏡套還好；往前去，天熱困倦，不定哪裡想得到放他，比如方才就忘了。自然先躺下照著影兒玩的，一時合上眼，自然是胡夢顛倒的。不然，如何得叫著自己的名字？不如明日挪進床來是正經。」一語未了，只見王夫人遣人來叫寶玉。

不知有何話說，且聽下回分解。

# 第五十七回

## 慧紫鵑情辭試莽玉　慈姨媽愛語慰痴顰

說話寶玉聽王夫人喚他，忙至前邊來。原來是王夫人要帶他拜甄夫人去。寶玉自是歡喜，忙去換衣服，跟了王夫人到那裡。見其家形景，自與榮、寧不甚差別，或有一二稍盛者。細問，果有一寶玉。甄夫人留席，竟一日方回。寶玉方信。因晚間回家來，王夫人吩咐預備上等的席面，定名班的大戲，請過甄夫人母女。後二日，他母女便不作辭，回任去了，無話。

這日，寶玉因見湘雲漸癒，然後去看黛玉。正值黛玉才歇午覺，寶玉不敢驚動，因紫鵑正在回廊下，手裡做針線，便上來問他：「昨日夜裡咳嗽的可好了？」紫鵑道：「好些了。」寶玉笑道：「阿彌陀佛！寧可好了罷。」紫鵑笑道：「你也念起佛來，真是新聞！」

寶玉笑道：「所謂『病急亂投醫』了。」一面說，一面見他穿著彈墨綾薄棉襖，外面只穿著青緞夾背心，寶玉便伸手向他身上摸了一摸，說道：「穿這樣單薄，還在風口裡坐著，時氣又不好，你再病了，越發難了。」紫鵑便說道：「從此咱們只可說話，別動手動腳的。一年大、二年小的，叫人看著不尊重。打緊的那起混帳行子們背地裡說你，你總不留心，還只管和小時一般行為，如何使得？姑娘常常吩咐我們，不叫和你說笑。你近來瞧他遠著你還恐遠不及呢。」說著，便起身，攜了針錢，進別房去了。

寶玉見了這般景況，心中像澆了一盆冷水一般，只瞅著竹子，發了一回呆。因祝媽正那裡刨土修竹，掃竹葉子，頓覺一時魂魄失守，心無所知，隨便坐在一塊山石上出神，不覺滴下淚來。直呆了五六頓飯工夫，千思萬想，總不知如何是可。

偶值雪雁從王夫人房中取了人參來，從此經過，忽扭項看見桃花樹下石上一人手托著腮頰正出神，不是別人，卻是寶玉。雪雁疑惑道：「怪冷的，他一個人在這裡做什麼？春天，凡有殘疾的人肯犯病，敢是他也犯了呆病了？」一邊想，一邊便走過來，蹲下笑道：「你在這裡做什麼呢？」寶玉忽見了雪雁，便說道：「你又做什麼來找我？你難道不是女兒？他既防嫌，不許你們理我，你又來尋我，倘被人看見，豈不又生口舌？你快家去罷了。」

雪雁聽了，只當他又受了黛玉的委屈，只得回至房中，黛玉尚未醒，將人參交與紫鵑。紫鵑因問他：「太太做什麼呢？」雪雁道：「也歇中覺，所以等了這半日。姐姐，你聽笑話兒。我因等太太的工夫，和玉釧兒姐姐坐在下房裡說話兒，誰知道趙姨奶奶招手兒叫我。我只當有什麼話說，原來他和太太告了假出去，給他兄弟伴宿坐夜，明日送殯去，跟他的小丫頭子小吉祥兒沒衣裳，要借我的月白緞子襖兒。我想，他們一般也有兩件子的，往這地方兒去，恐怕弄壞了自己的，捨不得穿，故此借別人的。借我的，弄髒了，也是小事。只是我想，他素日有什麼好處到咱們跟前？所以我說了：『我的衣裳、簪環，都是姑娘叫紫鵑姐姐收著呢。如今先得去告訴他，還得回姑娘。費多少事，別誤了你老出門，不如再轉借罷。』」

紫鵑笑道：「你這個小東西子，倒也巧。你不借給他，你往我和姑娘身上推，叫人怨不著你。他這會子就下去了，還是等明日一早才去？」雪雁道：「這會子就去的，只怕此時已經去了。」紫鵑點頭。雪雁道：「姑娘還沒醒呢，是誰給了寶玉氣受，坐在那裡哭呢？」紫鵑聽了，忙問在哪裡。雪雁道：「在沁芳亭後桃花底下呢。」

紫鵑聽說，忙放下針線，又囑咐雪雁好生聽叫：「若問我，答應我就來。」說著，便出了瀟湘館，一徑來尋寶玉。走至寶玉跟前，含笑說道：「我不過說了那兩句話，為的是大家好，你就一氣跑了這風地裡來哭，做出病來唬我。」寶玉忙笑道：「誰賭氣了！我因為聽你說得有理，我想，你們既這樣說，自然別人也是這樣說，將來漸漸的都不理我了。我所以想著自己傷心。」紫鵑也便挨他坐著。寶玉笑道：「方才對面說話，你尚走開。這會子，如何又來挨我坐著？」

紫鵑道：「你都忘了？幾日前，你們姊妹兩個正說話，趙姨娘一頭走了進來。我才聽見他不在家，所以我來問你。正是前日，你和他才說了一句『燕窩』，就歇住了，總沒提起。我正想著問你。」寶玉道：「也沒什麼要緊。不過，我想寶姐姐也是客中，既吃燕窩，又不可間斷，若只管和他要，也太托實（不客氣）。雖不便和太太要，我已經在老太太跟前略露了一個風聲，只怕老太太和鳳姐姐說了。我告訴他的，竟沒告訴完。如今我聽見，一日給你們一兩燕窩。這也就完了。」紫鵑道：「原來是你說了，這又多謝你費心。我們正疑惑，老太太怎麼忽然想起來，叫人每一日送一兩燕窩來呢？這就是了。」寶玉笑道：「這要天天吃慣了，吃上三二年就好了。」

紫鵑道：「在這裡吃慣了，明年家去，哪裡有這閒錢吃這個？」寶玉聽了，吃了一驚，忙問：「誰？往哪個家去？」紫鵑道：「妹妹回蘇州家去。」寶玉笑道：「你又說白話。蘇州雖是原籍，因沒了姑母，無人照看，才就了來的。明年回去找誰？可見是扯謊。」

紫鵑冷笑道：「你太看小了人。獨是你們賈家大族人口多的，除了你們家，別人只得一父一母，房族中真個再無人了不成？我們姑娘來時，原是老太太心疼他年小，雖有叔伯，不如親父母，故此接來住幾年。大了，該出閣時，自然要送還林家的。終不成林家女兒在賈家一世不成？林家雖貧到沒飯吃，也是世代書宦之家，斷不肯將他家的人丟與親戚，落人的恥笑。所以早則明年春天，遲則秋天。這裡縱不送去，林家亦必有人來接的。前日夜裡，姑娘和我說了，叫我告訴你：將從前小時玩的東西，有他送你的，叫你都打點出來還他。他也將你送他的打點在那裡呢。」寶玉聽了，便如頭頂上響了一個焦雷一般。紫鵑看他怎麼回答，只不做聲。

忽見晴雯找來，說：「老太太叫你呢，誰知在這裡。」紫鵑笑道：「他這裡問姑娘的病症。我告訴了他半天，他只不信，你倒拉他去罷。」說著，自己便走回房去了。

晴雯見他呆呆的，一頭熱汗，滿臉紫脹，忙拉他的手，一直到怡紅院中。襲人見了這般，慌張起來，只說時氣所感，熱汗被風撲了。無奈寶玉發熱事猶小可，更覺兩個眼珠兒直直的起來，口角邊津液（口水）流出，皆不知覺。給他個枕頭，他便睡下。扶他起來，他便坐著。倒了茶來，他便吃茶。眾人見了這樣，一時忙亂起來，又不敢造次去回賈母，先便差人去請李嬤嬤來。

一時李嬤嬤來了，看了半日，問他幾句話，也無回答，用手向他脈上摸了摸，嘴唇人中上邊著力掐了兩下，掐得指印如許來深，竟也不覺疼。李嬤嬤只說了一聲「可了不得了」，「呀」的一聲，便摟頭放聲大哭起來。急得襲人忙拉他說：「你老人家瞧瞧，可怕不怕？且告訴我們去回老太太、太太去。你老人家怎麼先哭起來？」李嬤嬤捶床搗枕說：「這可不中用了！我白操了一世的心了！」襲人因他年老多知，所以請他來看，如今見他這般一說，都信以為實，也哭起來。

晴雯便告訴襲人，方才如此這般。襲人聽了，便忙到瀟湘館來，見紫鵑正伏侍黛玉吃藥，也顧不得什麼，便走上來問紫鵑道：「你才和我們寶玉說些什麼話來？你瞧瞧他去。你回老太太去，我也不管了！」說著，便坐在椅上。

黛玉忽見襲人滿面急怒，又有淚痕，舉止大變，更也不免著了忙，問怎麼了。襲人定了一回，哭道：「不知紫鵑姑奶奶說了些什麼話，那個呆子眼也直了，手腳也冷了，話也不說了，李媽媽掐著也不疼了，已死去大半個了！連媽媽都說不中用了，那裡放聲大哭。只怕這會子都死了！」

黛玉一聽此言，李媽媽乃久經老嫗，說不中用了，可知必不中用。「哇」的一聲，將所服之藥一口嘔出，抖腸搜肺、炙胃扇肝的啞聲大嗽了幾陣，一時面紅發亂，目腫筋浮，喘的抬不起頭來。紫鵑忙上來捶背，黛玉伏枕喘息了半晌，推紫鵑道：「你不用捶，你竟拿繩子來勒死我是正經！」紫鵑哭道：「我並沒說什麼，不過是說了幾句玩話，他就認真了。」襲人道：「你還不知道他那傻子？每每玩話認了真。」黛玉道：「你說了什麼話？趁早兒去解說，他只怕就醒過來了。」紫鵑聽說，忙下床，同襲人到了怡紅院。

誰知賈母、王夫人等已都在那裡了。賈母一見了紫鵑，便眼內出火，罵道：「你這小蹄子，和他說了什麼？」紫鵑忙道：「並沒敢說什麼，不過說幾句玩話。」誰知寶玉見了紫鵑，方「噯呀」一聲，哭出來了。眾人一見，都放下心來。賈母便拉住紫鵑，只當他得罪了寶玉，所以拉紫鵑來命他賠罪。誰知寶玉一把拉住紫鵑，死也不放，說：「要去，連我帶了去。」

眾人不解，細問起來，方知紫鵑說「要回蘇州去」，一句玩話引出來的。賈母流淚道：「我當有什麼要緊大事，原來是這句玩話。」又向紫鵑道：「你這孩子素日是個伶俐聰敏的，你又知道他有個呆根子，平白的哄他做什麼？」薛姨媽勸道：「寶玉本來心實，可巧林姑娘又是從小兒來的，他姊妹兩個一處長得這麼大，比別的姊妹更不同。這會子熱刺刺的說一個去，別說他是個實心的傻孩子，便是冷心腸的大人，也要傷心。這並不是什麼大病，老太太和姨太太只管萬安，吃一兩劑藥就好了。」

正說道，人回林之孝家的、單大良家的都來瞧哥兒來了。賈母道：「難為他們想著，叫他們來瞧瞧。」寶玉聽了一個「林」字，便滿床鬧起來，說：「了不得了，林家的人接他們來了，快打出去罷！」賈母聽說，也忙說：「打出去罷。」又忙安慰說：「那不是林家的人。林家的人都死絕了，沒人來接他的，你只放心罷。」寶玉哭道：「憑他是誰，除了林妹妹，都不許姓林的！」賈母道：「沒姓林的來。凡姓林的，都打出去了。」一面吩咐眾人：「以後別叫林之孝家的進園來，你們也別說『林』字。孩子們，你們便聽了我這一句罷！」眾人忙答應，又不敢笑。

一時寶玉又一眼看見十錦隔子上陳設的一隻金西洋自行船，便指著亂說：「那不是接他們來的船來了，灣在那裡呢。」賈母忙命拿下來。襲人慌忙拿下來，寶玉伸手要，襲人遞過去，寶玉便掖在被中，笑道：「這可去不成了！」一面說，一面死拉著紫鵑不放。

一時人回大夫來了，賈母忙命快進來。王夫人、薛姨媽、寶釵等暫避入裡間，賈母便端坐在寶玉身旁。王太醫進來，見許多的人，忙上去請了賈母的安，拿了寶玉的手診了一回，那紫鵑少不得低了頭。王大夫也不解何意，起身說道：「世兄這症，乃是急痛迷心。古人曾云：『痰迷有別。有氣血虧柔，飲食不能熔化（消化）痰迷者；有怒惱中痰急而迷者；有急痛壅塞者。』此亦痰迷之症，係急痛所致，不過一時壅蔽，較諸痰迷似輕。」

賈母道：「你只說怕不怕，誰同你背藥書呢？」王太醫忙躬身笑道：「不妨，不妨。」賈母道：「果真不妨？」王太醫道：「實在不妨，都在晚生身上。」賈母道：「既如此，請到外面坐，開藥方。若吃好了，我另外預備好謝禮，叫他親自捧了送去磕頭。若耽誤了，我打發人去拆了太醫院的大堂。」王太醫只躬身陪笑說：「不敢，不敢。」他原聽了「另具上等謝禮，命寶玉去磕頭」，故滿口說「不敢」，竟未聽見賈母後來說「拆太醫院」之戲語，猶說「不敢」，賈母與眾人反倒笑了。一時，按方煎藥。藥來，服下，果覺比先安靜。

無奈寶玉只不肯放紫鵑，只說：「他去了，便是要回蘇州去了。」賈母、王夫人無法，只得命紫鵑守著他，另將琥珀去伏侍黛玉。

黛玉不時遣雪雁來探消息，這邊事務盡知，自己心中暗嘆。幸喜眾人都知寶玉原有些呆氣，自幼是他二人親密，如今紫鵑之戲語亦是常情，寶玉之病亦非罕事，因不疑到別事去。

晚間寶玉稍安，賈母、王夫人等方回去了。一夜還遣人來問信幾次。李奶媽帶領宋奶媽等幾個老年人用心看守，紫鵑、襲人、晴雯等日夜相伴。有時寶玉睡去，必然夢中驚醒，不是哭了說黛玉已去，便是說有人來接。每一驚時，必得紫鵑安慰一番方罷。彼時，賈母又命將祛邪守靈丹及開竅通神散各樣上方秘製諸藥，按方飲服。次日，又服了王太醫藥，漸次好了起來。

寶玉心下明白，因恐紫鵑回去，故又或作佯狂之態。紫鵑自那日也著實後悔，雖日夜辛苦，並沒有怨意。襲人等皆心安神定，因向紫鵑笑道：「都是你鬧的，還得你來治。也沒見我們這呆子聽了風就是雨，往後怎麼好？」暫且按下。

且說此時湘雲之症已癒，天天過來瞧看，見寶玉明白了，便將他病中狂態形容與他瞧，引得寶玉自己伏枕而笑。原來他起先那樣，竟是不知的。如今聽人說，還不信。無人時，紫鵑在側，寶玉又拉他的手，問道：「你為什麼唬我呢？」紫鵑道：「不過是哄你玩的，你就認真。」寶玉道：「你說得那樣有情有理，如何是玩話呢？」紫鵑笑道：「那些玩話都是我編的。林家實沒了人口。總有，也是極遠的。族中也都不在蘇州住，各省流寓不定。縱有人來接，老太太也必不放去的。」寶玉道：「便老太太放去，我也不依。」

紫鵑笑道：「果真的不依？只怕是口裡的話。你如今也大了，連親也定下了，過二三年再娶了親，你眼睛裡還有誰了？」寶玉聽了，又驚問：「誰定了親？定了誰？」紫鵑笑道：「年裡頭我就聽見老太太說，要定了琴姑娘呢。不然，那麼疼他？」寶玉笑道：「人人只說我傻，你比我更傻。不過是句玩話，他已經許給梅翰林家了。果然定下了他，我還是這個形景了？先是我發誓賭咒，砸這勞什骨子，你都沒勸過我嗎？我疼的剛剛這幾日才好了，你又來慪我。」一面說，一面咬牙切齒的，又說道：「我只願這會子立刻我死了，把心迸出來，你們瞧見了，然後連皮帶骨，一概都化成一股灰。灰還有形跡，不如再化一股煙。煙還可凝聚，人還看見，須得一陣大亂風，吹的四面八方都登時散了，這才好！」一面說，一面又滾下淚來。

紫鵑忙上來握他的嘴，替他擦眼淚，又忙笑著解釋道：「你不用著急。這原是我心裡著急，故來試你。」寶玉聽了，更又詫異，問道：「你又著什麼急？」紫鵑笑道：「我知道，我不是林家的人。我也和襲人、鴛鴦是一伙的，偏把我給了林姑娘使。偏生他又和我極好，比他蘇州帶來的還好十倍。一時一刻，我們兩個離不開。我如今卻愁他，倘或他要去了，我必要跟了去的。我是合家都在這裡，我若不去，辜負了我們素日的情長；若去，又棄了本家。所以我疑惑，故說出這謊話來問你，誰知你就傻鬧起來。」

寶玉笑道：「原來是你愁這個，所以你是傻子。從此後再別愁了。我只告訴你一句躉（完整，徹底）話：活著，咱們一處活著；不活著，咱們一處化灰化煙。如何？」紫鵑聽了，心下暗暗籌畫。

忽有人來回說：「環爺、蘭哥兒問候。」寶玉道：「就說，難為他們，我才睡了，不必進來。」婆子答應去了。

紫鵑笑道：「你也好了，該放我回去瞧瞧我們那一個去了。」寶玉道：「正是這話。我昨夜就要叫你去的，偏又忘了。我已經大好了，你就去罷。」紫鵑聽了，方打疊鋪蓋、妝奩之類。寶玉笑道：「我看見你文具裡頭有兩三面鏡子，你把那面小菱花的給我留下罷。我擱在枕頭邊，睡著好照。明日出門，帶著也輕巧。」紫鵑聽說，只得與他留下，先命人將東西送過去，然後別了眾人，自回瀟湘館來。

林黛玉近日聞得寶玉如此形景，未免又添些病症，多哭幾場。今見紫鵑來了，問其原故，已知大癒，仍遣琥珀回去伏侍賈母。夜間人靜後，紫鵑已寬衣臥下之時，悄向黛玉笑道：「寶玉的心倒實，聽見咱們去，就那樣起來。」黛玉不答。紫鵑停了半晌，自言自語的說道：「是一動不如一靜。我們這裡就算好人家。別的都容易，最難得的是從小兒一處長大，脾氣情性都彼此知道的了。」黛玉啐道：「你這幾天還不乏，趁這會子不歇一歇，還嚼什麼蛆？」

紫鵑笑道：「倒不是白嚼蛆，我倒是一片真心為姑娘。替你愁了這幾年了，無父母，無兄弟，誰是知冷著熱的人？趁早兒老太太還明白、硬朗的時節，作定了大事要緊。俗語說，『老健春寒秋後熱』。倘或老太太一時有個好歹，那時雖也完事，只怕耽誤了時光，還不得趁心如意呢。公子王孫雖多，哪一個不是三房五妾，今兒朝東，明兒朝西？娶一個天仙來，不過三天五夕，也丟在脖子後頭了，甚至於為妾、為丫頭反目成仇的。若娘家有人有勢的還好些。若是姑娘這樣的人，有老太太一日還好一日，若沒了老太太，也只是憑人去欺負了。所以說，拿主意要緊。姑娘是個明白人，豈不聞俗語說的：『萬兩黃金容易得，知心一個也難求。』」

黛玉聽了，說道：「這丫頭今日可瘋了。怎麼去了幾日，忽然變了一個人？我明日必回了老太太，退回你去，我不敢要你了。」紫鵑笑道：「我說的是好話，不過叫你心裡留神，並沒叫你去為非作歹，何苦回老太太，叫我吃了虧，又有什麼好處？」說著，竟自己睡了。

黛玉聽了這話，口內雖如此說，心內未嘗不傷感，待他睡了，便直泣了一夜，至天明方打了一個盹兒。次日，勉強盥漱了，吃了些燕窩粥，便有賈母等親來看視了，又囑咐了許多話。

## 第五十七回

### 慧紫鵑情辭試莽玉　慈姨媽愛語慰痴顰

目今是薛姨媽的生日，自賈母起，諸人皆有祝賀之禮。黛玉亦早備了兩色針線送去。是日，也定了一班小戲，請賈母與王夫人等，獨有寶玉與黛玉二人不曾去得。至晚散時，賈母等順路又瞧了他二人一遍，方回房去。次日，薛姨媽家又命薛蝌陪諸伙計吃了一天酒，忙了三四天方完備。

因薛姨媽看見邢岫煙生得端雅穩重，且家道貧寒，是個釵荊裙布的女兒，便欲說與薛蟠為妻。因薛蟠素昔行止浮奢，又恐糟踏了人家女兒。正在躊躇之際，忽想起薛蝌未娶，看他二人恰是一對天生地設的夫妻，因謀之於鳳姐兒。鳳姐兒笑道：「姑媽素知我們太太有些左性的，這事等我慢謀。」

因賈母去瞧鳳姐兒時，鳳姐兒便和賈母說：「薛姨媽有一件事求老祖宗，只是不好啟齒的。」賈母忙問何事，鳳姐便將求親一事說了。賈母笑道：「這有什麼不好啟齒？這是極好的好事。等我和你婆婆說了，怕他不依？」因回房來，即刻就命人來請了邢夫人過來，硬作保山（指媒妁）。邢夫人想了一想：薛家根基不錯，且現今大富，薛蝌生得又好，且賈母又作保山，將計就計，便應了。

賈母十分喜歡，忙命人請了薛姨媽來。二人見了，自然有許多謙辭。邢夫人即刻命人去告訴邢忠夫婦。他夫婦原是此來投靠邢夫人的，如何不依？早極口的說：「妙極。」賈母說道：「我最愛管閒事。今日又管成了一件事，不知得多少謝媒錢？」薛姨媽笑道：「這是自然的。總抬了整萬的銀子來，只怕不希罕。但只是老太太既然主親，還得一位才好。」賈母笑道：「別的沒有，我們家折腿爛手的人還有兩個。」說著，便命人去叫過賈珍婆媳二人來。賈母告訴他原故，彼此忙都道喜。

賈母吩咐道：「咱們家的規矩，你是盡知的，從沒有兩親家爭禮爭面的。如今你算替我在當中料理，也不可太嗇，也不可太費，把他兩家的事周全了回我。」尤氏忙答應了。薛姨媽喜之不盡，回家來，命寫了請帖，補送過寧府。尤氏深知邢夫人情性，本不欲管，無奈賈母親自囑咐，只得應了，惟有忖度邢夫人之意行事。薛姨媽是個無可無不可的人，倒還易說。這且不在話下。

如今薛姨媽既定了邢岫煙為媳，合宅皆知。邢夫人本欲接出邢岫煙去住，賈母因說：「這又何妨，兩個孩子又不能見面，就是姨太太和他一個大姑，一個小姑，又何妨？況且都是女兒，正好親近些呢。」邢夫人方罷。

蝌、岫二人前次途中皆曾有一面之遇，大約二人心中也皆如意。只是邢岫煙未免比先時拘泥了些，不好與寶釵姐妹共處閒話；又兼湘雲是個愛取戲的，更覺不好意思。幸他是個知書達禮的女兒，還不是那一種佯羞詐愧、一味輕薄造作之輩。

寶釵自見他時起，時日相伴不離，如今又做了親，十分歡喜。每見岫煙鬱鬱不樂，因想他家業貧寒，二則別人之父母皆是年高有德之人，獨他父母偏是酒糟透的人，於女兒分中平常；邢夫人也不過是臉面之情，亦非真心疼愛；且岫煙為人雅重，迎春是個有氣的死人，連他自己尚未照管齊全，如何能管到他身上，凡閨閣中家常一應需用之物，或有虧乏，無人照管，他又不與人張口，寶釵倒暗中每相體貼、接濟，也不敢與邢夫人知道，亦恐多心閒話之故。如今卻是意料之外奇緣，作成這門親事。岫煙心中先取中寶釵，然後方取薛蝌。有時，岫煙仍與寶釵閒話，寶釵仍與岫煙姊妹相呼。

這日，寶釵因來瞧黛玉，恰值岫煙也來瞧黛玉，二人在半路相遇。寶釵含笑喚他到跟前，二人同走至一塊石壁後，寶釵笑問他：「這天還冷的很，你怎麼倒全換了夾的了？」岫煙見問，低頭不語，寶釵便知道又有了原故，因又笑問道：「必定是這個月的月錢又沒得。鳳丫頭這如今也這樣沒心沒計了。」岫煙道：「他倒想著，不錯日子給的，因姑媽打發人和我說道，一個月用不了二兩銀子，叫我省一兩給爹媽送出去，要使什麼，橫豎有二姐姐的東西，能著（幫助著）些兒，搭著就使了。姐姐想，二姐姐是個老實人，也不大留心。我使他的東西，他雖不說什麼，那些媽媽、丫頭，哪一個是省事的？哪一個是嘴裡不尖的？我雖在那屋裡，卻不敢狠使喚他們，過三天五天，我倒得拿些錢出來，給他們打酒買點心吃才好。因此一月二兩銀子還不夠使，如今又去了一兩。前日我悄悄的把棉衣服叫人當了幾吊錢盤纏。」

寶釵聽了，愁嘆道：「偏梅家又合家在任上，後年才進來。若是在這裡，琴兒過去了，好再商議你這事。離了這裡就完了。如今不完了他妹妹的事，他也斷不敢先娶親。如今倒是一件難事。再遲兩年，我又怕你熬煎壞了。等我和媽媽再商議，有人欺負你，你只管耐些煩兒，千萬別自己熬煎出病來。不如把那一兩銀子明兒也越性給了他們，倒都歇了心。你以後也不用白給那些人東西吃。他尖刺，讓他們去尖刺。很聽不過了，各人走開。倘或短了什麼，你別存那小家兒女氣，只管找我去。並不是作親後方如此，你一來時咱們就好的。便怕人閒話，你打發小丫頭，悄悄的和我說去就是了。」

岫煙低頭答應了。

寶釵又指他裙上一個碧玉佩問道：「這是誰給你的？」岫煙道：「這是三姐姐給的。」寶釵點頭笑道：「他見人人皆有，獨你一個沒有，怕人笑話，故此送你一個。這是他聰明細致之處。但還有一句，你也要知道，這些妝飾原出於大官富貴之家的小姐。你看我，從頭至腳，可有這些富麗閒妝？然七八年之先，我也是這樣來的。如今一時比不得一時了，所以我都自己該省的就省了。將來你這一到了我們家，這些沒有用的東西，只怕還有一箱子。咱們如今比不得他們了，總要一色從實守分為主，不比他們才是。」岫煙笑道：「姐姐既這樣說，我回去摘了就是了。」寶釵忙笑道：「你也太聽說了。這是他好意送你，你不佩著，他豈不疑心？我不過是偶然提到這裡，以後知道就是了。」

岫煙忙又答應，又問：「姐姐此時哪裡去？」寶釵道：「我到瀟湘館去。你且回去，把那當票叫丫頭送來，我那裡悄悄的取出來，晚上再悄悄的送給你去，早晚好穿，不然風扇了事大。但不知當在哪裡了？」岫煙道：「叫做『恆舒典』，是鼓樓西大街的。」寶釵笑道：「這鬧在一家去了。伙計們倘或知道了，好說『人沒過來，衣裳先倒來了』。」岫煙聽說，便知是他家的本錢，也不覺紅了臉，一笑。二人走開。

寶釵就往瀟湘館來。恰正值他母親也來瞧黛玉，正說閒話。寶釵笑道：「媽多早晚來的？我竟不知道。」薛姨媽道：「我這幾日連日忙，總沒來瞧瞧寶玉和他。所以今日瞧他兩人，都也好了。」黛玉忙讓寶釵坐了，因向寶釵道：「天下的事，真是人想不到的。怎麼想得到姨媽和大舅母又作一門親家？」薛姨媽道：「我的兒，你們女孩兒家哪裡知道？自古道：『千裡姻緣一線牽。』管姻緣的有一位月下老人，預先注定，暗裡只用一根紅絲把這兩個人的腳絆住，憑你兩家隔著海隅，隔著國，有姻緣的，也終久有機會做了夫婦。這一件事，都是出人意料之外。憑父母、本人都願意了，或是年年在一處的，以為是定了的親事，若是月下老人不用紅線拴的，再不能到一處。比如你姐妹兩個的姻緣，此刻也不知在眼前，也不知在山南海北呢。」

寶釵道：「惟獨媽說動話就拉上我們。」一面說，一面伏在母親懷裡，笑說：「咱們走罷。」黛玉笑道：「你瞧，這麼大了，離了姨媽，他就是個最老到的；見了姨媽，他就撒嬌兒。」薛姨媽摩弄著寶釵，嘆向黛玉道：「你這姐姐就和鳳哥兒在老太太跟前一樣，著了正經事，就有話和他商量，沒有了事，幸虧他開我的心。我見了他這樣，有多少愁不散開的。」黛玉聽說，流淚嘆道：「他偏在這裡這樣，分明是氣我沒娘的人，故意來刺我的眼。」寶釵笑道：「媽瞧他自己輕狂，倒說我撒嬌兒。」

薛姨媽道：「也怨不得他傷心，可憐沒父母，到底沒個親人。」又摩挲黛玉，笑道：「好孩子，別哭。你見我疼你姐姐，你傷心。你不知我心裡更疼你呢。你姐姐雖沒父親，到底有我，有親哥哥，這就比你強了。我常和你姐姐說，心裡很疼你，只是外頭不好帶出來的。你這裡人多口雜，說好話的人少，說歹話的人多，不說你無依無靠，為人做人可配人疼，只說我們看老太太疼你，我們也赴上水（向上游游去，此指趨炎附勢。）去了。」黛玉笑道：「姨媽既這麼說，我明日就認姨媽做娘。姨媽若是棄嫌，便是假意疼我。」薛姨媽道：「你不厭我，就認了。」

寶釵忙道：「認不得的。」黛玉道：「怎麼認不得？」寶釵笑道：「我且問你，我哥哥還沒定親事，為什麼反將邢妹妹先說與我兄弟了，是什麼道理？」黛玉道：「他不在家，或是屬相、生日不對，所以先說與兄弟了。」寶釵笑道：「非也。我哥哥已經相準了，只等來家就下定了。也不必提出人來，我方才說你認不得娘，你細想去。」說著，便和他母親擠眼兒發笑。黛玉聽了，便一頭伏在薛姨媽身上，說道：「姨媽不打他，我不依。」薛姨媽摟他笑道：「你別要信你姐姐的話，他是玩你的。」寶釵道：「真個媽明日和老太太求了，聘作媳婦，豈不比外頭尋的好？」黛玉便攏上來要抓他，口內笑說：「你越發瘋了。」

薛姨媽忙笑勸，用手分開方罷，又向寶釵道：「連邢女兒我還怕你哥哥糟踏了他，所以給你兄弟說了。別說這孩子，我斷不肯給他。前日老太太要把你妹妹說給寶玉，偏生又有了人家。不然，倒是一門好親事。前日我說定了邢女兒，老太太還取笑說：『我原要說他家的人，誰知他的人沒到手，倒被他說了我們一個去了。』雖是玩話，細想來，倒也有些意思。我想，寶琴已有了人家，我雖無人可給，難道一句話也不說？我想著，你寶兄弟，老太太那樣疼他，他又生得那樣，若要外頭說去，老太太斷不中意。不如把你林妹妹定與他，豈不四角俱全？」

林黛玉先還怔怔的聽，後來見說到自己身上，便啐了寶釵一口，紅了臉，拉著寶釵笑道：「我只打你！為什麼招出姨媽這些老沒正經的話來？」寶釵笑道：「這可奇了！媽說你，為什麼打我？」

紫鵑忙跑來，笑道：「姨太太既有這主意，為什麼不和太太說去？」薛姨媽哈哈笑道：「這孩子，急什麼？想必催著姑娘出了閣，你也要早尋一個小女婿去了。」紫鵑也紅了臉，笑道：「姨太太真個倚老賣老的。」說著，便轉身去了。

黛玉先罵：「又與你這蹄子什麼相干？」後來聽見這樣，也笑道：「阿彌陀佛！該，該，該！也臊了一鼻子灰去了！」薛姨媽母女及婆子、丫鬟都笑起來。婆子們因也笑道：「姨太太雖是玩話，卻倒也不差呢。到閒了時，和老太太一商議，姨太太竟做媒保成這門親事，是千妥萬妥的。」薛姨媽道：「我一出這個主意，老太太必喜歡的。」

一語未了，忽見湘雲走來，手裡拿著一張當票，口內笑道：「這是什麼帳篇子？」黛玉瞧了，不認得。地下婆子都笑道：「這可是一件奇貨，這個乖可不是白教的。」寶釵忙一把接了看時，正是岫煙才說的當票，忙折了起來。薛姨媽忙說：「那必是哪個媽媽的當票失落了，回來急得他們找。哪裡得的？」

湘雲道：「什麼是當票子？」眾人都笑道：「真個是呆子，連個當票子也不知道。」薛姨媽嘆道：「怨不得他，真真是侯門千金，而且又小，哪裡知道這個？哪裡去看這個？便是家下人有這個，他如何得見？且別笑他是呆子，若給你們家的小姐看了，也都成了呆子。」眾婆子笑道：「林姑娘方才也不認得。別說姑娘們，就如寶玉，倒是外頭常走出去的，只怕也還沒見過呢。」薛姨媽忙將原故講明。

湘雲、黛玉二人聽了，方笑道：「原來為此。人也太會想錢了，姨媽家當鋪裡也有這個嗎？」眾人笑道：「這又呆了。『天下老鴰（烏鴉）一般黑』，豈有兩樣的？」薛姨媽因又問：「是哪裡拾的？」湘雲方欲說時，寶釵忙說：「是一張死了沒用的，不知是哪年勾了帳的，香菱拿著哄他們玩的。」薛姨媽聽了此話是真，也就不問了。一時人來回：「那府裡大奶奶過來，請薛太太說話呢。」

薛姨媽起身去了。

這裡，屋內無人時，寶釵方問湘雲何處拾的。湘雲笑道：「我見你令弟媳的丫頭篆兒悄悄的遞與鶯兒，鶯兒便隨手夾在書裡，只當我沒看見。我等他們出去了，我偷著看，不認得。知道你們都在這裡，所以拿來，大家認認。」黛玉忙問：「怎麼，他也當衣裳不成？既當了，怎麼又給你？」寶釵見問，不好隱瞞他兩個，遂將方才之事都告訴了他二人。

黛玉便說：「兔死狐悲，物傷其類。」也不免感嘆起來。史湘雲聽了，便動了氣，說：「等我問著二姐姐去！我罵他那起老婆子、丫頭一頓，給你們出氣，何如？」說著，便要走出去。寶釵忙一把拉住，笑道：「你又發瘋了，還不給我坐下呢。」黛玉笑道：「你要是個男人，出去打一個抱不平兒。你又充什麼荊軻、聶政（古代以俠義著稱的兩個刺客）！真真好笑。」湘雲道：「既不叫問他去，明日也可把他接到咱們院裡一處住去，豈不是好？」寶釵笑道：「明日再商量。」說著，人報：「三姑娘、四姑娘來了。」三人聽說，忙掩了口，不提此事。

要知端詳，且聽下回分解。

# 第五十八回

## 杏子陰假鳳泣虛凰　茜紗窗真情揆痴理

說話他三人因見探春等進來，忙將此話掩住不提。探春等問候過，大家說笑了一回，方散。

誰知上回所表的那位老太妃已薨，凡誥命等皆入朝隨班按爵守制（按制度守靈）。敕諭天下：凡有爵之家，一年內不得筵宴音樂，庶民皆三月不得婚姻。賈母、邢、王、尤、許婆媳祖孫等，俱每日入朝隨祭，至未正以後方回。在大內偏宮二十一日後，方請靈入先陵，地名曰孝慈縣。這陵離都來往得十來日工夫，如今請靈至此，還要停放數日，方入地宮，故得一月光景。

寧府賈珍夫妻也少不得要去的。兩府無人，因此大家計議，家中無主，便報了尤氏產育，將他騰挪出來，協理榮、寧兩府事件。因托了薛姨媽在園內照管他姊妹、丫鬟。

薛姨媽只得也挪進園中來。因寶釵處有湘雲、香菱；李紈處，目今李嬸母女雖去，然有日亦來住三五日不定，賈母又將寶琴送與他去照管；迎春處有岫煙；探春因家務冗雜，且不時有趙姨娘與賈環來嘈聒，甚不方便；惜春處，房屋狹小；況賈母又千叮嚀萬囑咐，托他照管林黛玉，薛姨媽素性也最憐愛他的，今既巧遇這事，便挪至瀟湘館來，和黛玉同房，一應藥餌、飲食，十分經心。黛玉感戴不盡，以後便亦如寶釵之呼，連寶釵前直以姐姐呼之，寶琴前亦直以妹妹呼之，儼似同胞共出，較諸人

## 第五十八回

杏子陰假鳳泣虛凰　茜紗窗真情揆痴理

更似親切。賈母見如此，也十分喜悅放心。薛姨媽也只不過照管他姐妹，禁約的丫鬟輩，一應家中大小事務也不肯多管。

尤氏雖天天過來，也不過應名點卯，亦不肯亂作威福。且他家內上下，也只剩他一人料理。再者，每日還要照管賈母、王夫人的下處（臨時住處）一應所需飲食、鋪設之物，所以也甚操勞。

當下榮、寧兩處主人既如此不暇，並兩處執事人等，或有人跟隨入朝的，或有朝外照理下處事務的，又有先踩踏下處的，也都各各忙亂。因此，兩處下人無了正經頭緒，也都偷安，或乘隙結黨，與暫權執事者竊弄威福。榮府只留得賴大並幾個管事，照管外務。這賴大手下常用的幾個人已去，雖有另委的人，都是些生的，只覺不順手。且他們無知，或賺騙無節，或呈告無據，或舉薦無因，種種不善，在在生事，也難備述。

又見各官宦家，凡養優伶男女者，一概蠲免遣發，尤氏等便議定，待王夫人回家回明，也要遣發十二個女孩子，又說：「這些人原是買的，如今雖不學唱，盡可留著使喚，只令其教習們自去也罷了。」王夫人因說：「這學戲的倒比不得使喚的，他們也是好人家的兒女，因無能賣了做這事，裝丑弄鬼的幾年。如今有這機會，不如給他們幾兩銀子盤費，各自去罷。當日祖宗手裡都是有這例的。咱們如今損陰壞德，而且還小氣。如今雖有幾個老的還在，那是他們各有原故。不肯回去的，所以才留下使喚，大了配了我們家裡小廝們了。」尤氏道：「如今我們也去問他十二個，有願意回去的，就帶了信兒，去叫他父母來親自領回去，給他們幾兩銀子盤纏方妥。倘若不叫上他親人來，只怕有混帳人冒名領出去，又轉賣了，豈不辜負了這恩典？若有不願意回去的，就留下。」王夫人笑道：「這話妥當。」尤氏等遣人告訴了鳳姐兒。一面說與總理房中，每教習給銀八兩，令其自便。凡梨香院一應物件，查清記冊收明，派人上夜。

將十二個女孩子叫來，當面細問，倒有一多半不願意回家去的。也有說父母雖有，他只以賣我們姊妹為事，這一去還被他賣了；也有父母已亡，或被叔伯、兄弟所賣的；也有說無人可投的；也有說戀恩不捨的。所願去者，止四五人。王夫人聽了，只得留下。將去者四五人，皆令其乾娘領回家去，單等他親父母來領；將不願去者，分散在園中使喚。賈母便留下文官自使，將正旦芳官指與寶玉，將小旦蕊官送了寶釵，將小生藕官指與了黛玉，將大花面葵官送了湘雲，將小花面豆官送了寶琴，將老外（扮演老年男子的演員）艾官與了探春，尤氏便討了老旦茄官去。

當下各得其所，就如倦鳥出籠，每日園中游戲。眾人皆知他們不能針黹，不慣使用，皆不大責備。其中或有一二個知事的，愁著將來無應時之技，亦將本技丟開，便學起針黹紡績女工諸務。

一日，正是朝中大祭，賈母等五更便去了，先到下處用些點心小食，然後入朝。早膳已畢，方退至下處歇息。用過早飯，略略歇片刻。復入朝，侍中、晚二祭方出，至下處歇息。用過晚飯，方回家。可巧這下處乃是一個大官的家廟，乃比丘尼焚修，房舍極多極淨。東、西二院，榮府便賃了東院，北靜王府便賃了西院。太妃、少妃每日宴息，見賈母等在東院，彼此同出同入，都有照應。外面諸事不消細述。

且說大觀園內，因賈母、王夫人天天不在家內，又送靈去一月方回，各丫鬟、婆子皆有閒空，多在園內游玩。更又將梨香院內伏侍的眾婆子一概撤回，並散在園內聽使，更覺園內人多了幾十個。因文官等一干人，或心性高傲，或倚勢凌下，或揀衣挑食，或口角鋒芒，大概不安本分者甚多。因此，眾婆子含怨，只是口中不敢與他們分爭。如今散了學，大家趁了願，也有丟開手的，也有心地狹窄、猶懷舊怨的，因將眾人皆分在各房名下，不敢來廝侵。

可巧這日乃是清明之日。賈璉已備下年例祭祀，帶領賈環、賈琮、賈蘭三人往鐵檻寺去祭柩燒紙。寧府賈蓉也同族中幾人各辦祭祀前往。

因寶玉病未大愈，故不曾去，飯後發倦，襲人因說：「天氣甚好，你且出去逛逛，省得丟下粥碗就睡，存在心裡。」寶玉聽說，只得拄了支杖，靸著鞋，步出院來。因近日將園中分與眾婆子料理，各司各業皆在忙時，也有修竹的，也有剔樹（修剪樹枝）的，也有栽花的，也有種豆的，池中間又有駕娘們行著船夾泥的，種藕的。湘雲、香菱、寶琴與些丫頭們，都在山石上，瞧他們取樂。

寶玉也慢慢行來。湘雲見了他來，忙取笑說：「快把這船打出去，他們是接林妹妹的。」眾人都笑起來。寶玉紅了面，也笑道：「人家的病，誰是好意的？你也形容著取笑兒。」湘雲笑道：「你病也比人家另一樣，原招笑兒，反說起人來。」說著，寶玉便也坐下，看著眾人忙亂了一回。湘雲因說：「這裡有風，石頭上又冷，坐坐去罷。」

寶玉也正要去瞧黛玉，起身拄拐，辭了他們，從沁芳橋一帶堤上走來，只見柳垂金線，桃吐丹霞。山石之後，一株大杏樹，花已全落，葉稠陰翠，上面已結了豆子大小的許多小杏。寶玉因想道：「能病了幾日，竟把杏花辜負了！不覺到『綠葉成陰子滿枝』了！」因此仰望杏子不捨。又想起邢岫煙已擇了夫婿一事，雖說男女大事不可不行，但未免又少了一個好女兒。不過二年，便也「綠葉成陰子滿枝」了。再過幾日，這杏樹子落枝空，再幾年，岫煙也未免烏髮如銀，紅顏似縞了，因此不免傷心，只管對杏流淚嘆息。正想嘆時，忽有一個雀兒飛來，落於枝上亂啼。寶玉又發了呆性，心下想道：「這雀兒必定是杏花正開時他曾來過，今見無花空有了葉，故也亂啼。這聲韻必是啼哭之聲，可恨公冶長（孔子弟子，傳說能通語鳥語）不在眼前，不能問他。但不知明年再發時，這個雀兒可還記得，飛到這裡來與杏花一會？」

正胡思間，忽見一股火光從山石那邊發出，將雀兒驚飛。寶玉吃了一大驚，又聽外邊有人喊道：

「藕官，你要死，怎麼弄些紙錢進來燒？我回奶奶們去，仔細你的肉！」寶玉聽了，益發疑惑起來，忙轉過山石看時，只見藕官滿面淚痕，蹲在那裡，手裡還拿著火，守著些紙錢灰作悲。寶玉忙問道：「你與誰燒紙錢？快不要在這裡燒。你或是為父母兄弟，你告訴我名姓，外頭去叫小廝們打了包袱、寫上名姓去燒。」藕官見了寶玉，只不做聲。

寶玉數問不答，忽見一婆子惡狠狠的走來拉藕官，口內說道：「我已經回了奶奶們，奶奶們氣得了不得。」藕官聽了，終是孩子氣，怕辱沒了沒臉，便不肯去。婆子道：「我說，你們別太興頭過餘了，如今還比你們在外頭隨心亂鬧呢。這是尺寸地方兒。」指寶玉道：「連我們的爺還守規矩呢，你是什麼阿物兒，跑來胡鬧！怕也不中用，跟我快走罷！」寶玉忙道：「他並沒有燒紙錢，原是林妹妹叫他來燒那爛字紙的。你沒看真，反錯告了他。」藕官正沒了主意，見了寶玉，也正添了畏懼，忽聽他反遮掩，心內轉憂成喜，也便硬著口說道：「很看真是紙錢了麼？我燒的是林姑娘寫壞的字紙！」那婆子便彎腰向紙灰中揀出不曾化盡的遺紙在手內，說道：「你還嘴硬，有證又有據。只和你廳上講去！」說著，拉了袖子，拽著要走。

寶玉忙拉藕官，又用拄杖隔開那婆子的手，說道：「你只管拿了回去。實告訴你：我昨夜做了一夢，夢見杏花神和我要一掛白錢（紙錢），不可叫本房人燒，另叫生人替燒，我的病就好得快。所以我請了白錢，巴巴煩他來替我燒了，所以我今日才能起來。偏你看見了。這會子又不好了，都是你沖了他，還要告他去！藕官，只管去。見了他們，就依這話說。」藕官聽了，越得主意，反拉著婆子要走。那婆子忙丟下紙錢，陪笑央告寶玉說道：「我原不知道。若回老太太，我這人豈不完了？」寶玉道：「你也不許再回，我便不說。」婆子道：「我已經回了，原叫我帶他，只好說他被林姑娘叫去了。」寶玉點頭應允。那婆子自去。

這裡，寶玉細問藕官：「為誰燒紙？必非父母兄弟，定有私自的情理。」藕官因方才護庇之情感激於衷，知他是自己一流的人物，況再難隱瞞，便含淚說道：「我這事，除了你屋裡的芳官並寶姑娘的蕊官，並沒第三個人知道。今日忽然被他遇見，這段意思少不得也告訴了你，只不許再對一人言講。」又哭道：「我也不便和你面說，你只回去背人悄悄問芳官，就知道了。」說畢，佯長而去。

寶玉聽了，心下納悶，只得踱到瀟湘館。瞧黛玉越發瘦得可憐，問起來，比往日大好了。黛玉見他也比先大瘦了，想起往日之事，不免流下淚來，些微談了一談，便催寶玉去歇息調養。

寶玉只得回來。因記掛著要問芳官原委，偏有湘雲、香菱來了，正和襲人、芳官說笑，不好叫他，恐人又盤詰，只得耐著。

一時，芳官又跟了他乾娘去洗頭。他乾娘偏又叫他親女兒洗過後，才叫芳官洗。芳官見了這般，便說他偏心：「把你女兒的剩水給我洗。我一個月的月錢都是你拿著，沾我的光不算，反倒給我剩東剩西的。」他乾娘羞惱變成怒，便罵他：「不識抬舉的東西！怪不得人人都說，戲子沒一個好纏的。憑你什麼好人，一入這行，都學壞了。這一點子小崽子，也挑幺挑六，咸嘴淡舌，咬群的騾子似的！」娘兒兩個吵起來。襲人忙打發人去說：「少亂嚷，瞅著老太太不在家，一個個連句安靜話兒都不說了。」晴雯因說：「這是芳官不省事，不知狂的什麼。也不過是會兩齣戲，倒像殺了賊王，擒過反叛來的。」襲人道：「一個巴掌拍不響。老的也太不公些，小的也太可惡些。」

寶玉道：「怨不得芳官！自古說：『物不平則鳴。』他失親少眷的，在這裡沒人照看，賺了他的錢，反作踐他，如何怪得？」又向襲人道：「他到底一月多少錢？以後不如你收了過來照管他，豈不省事？」襲人道：「我要照看他，哪裡不照看了？又要他那幾個錢才照看他，沒的討人罵去。」說著，便起身，至那屋裡，取了一瓶花露油、雞蛋、香皂、頭繩之類，叫一婆子送給芳官去，叫他另要水自洗，不要吵鬧了。他乾娘越發羞愧，便說芳官：「沒良心，只說我克扣你的錢。」便向他身上拍了幾下，芳官便哭起來。

寶玉便走出，襲人忙勸：「做什麼？我去說他。」晴雯忙先過來，指他乾娘說道：「你老人家太不省事。你不給他好好的洗，我們才給他東西，你不自臊，還有臉打他。要是還在學裡學藝，你也敢打他不成！」那婆子便說：「一日叫娘，終身是母。他排揚我，我就打得！」襲人喚麝月道：「我不會和人拌嘴，晴雯性太急，你快過去震嚇他兩句。」麝月聽了，忙過來說道：「你且別嚷。我且問你，別說我們這一處，你看滿園子裡，誰在主子屋裡教導過女兒？便是你的親女兒，既經分了房，有了主子，自有主子打罵。再者，大些的姑娘、姐姐們可以打得罵得，誰許你老子娘又半中間管起閒事來了？都這樣管，又要叫他們跟著我們學什麼？越老越沒了規矩！你見前日墜兒的媽來吵，你如今也來跟他學？你們放心，因連日這個病、那個病，再老太太又不得閒，所以我也沒有去回。等兩日，咱們去痛回一回，大家把這威風煞一煞兒才好呢。況且寶玉才好了些，連我們也不敢說話，你反打得人狼號鬼哭的。上頭出了幾日門，你們就無法無天的，眼珠子裡就沒了我們。再兩天，你們就該打我們了。他也不要你這乾娘，怕糞草埋了他不成？」

寶玉恨得拿拄杖打著門檻子，說道：「這些老婆子都是些鐵石心腸子，也是第一件大奇事。不能照管，反倒折挫，地久天長，如何是好！」晴雯道：「什麼『如何是好』，都攆了出去，不要這些中看不中用的！」那婆子羞愧難當，一言不發。

那芳官只穿著海棠紅的小棉襖，底下綠綢灑花夾褲，敞著褲腿，一頭烏油似的頭髮披在腦後，哭的淚人一般。麝月笑道：「把個鶯鶯（《西廂記》中女主人公）小姐反弄成才拷打完的紅娘了！這會子又不妝扮了，還是這麼著。」寶玉道：「他本來面目極好。」晴雯過去拉了他，替他洗淨了髮，用手巾擰

## 第五十八回

### 杏子陰假鳳泣虛凰　茜紗窗真情揆痴理

乾，鬆鬆的挽了一個慵妝髻，命他穿了衣服，過這邊來。

接著，司內廚的婆子來問：「晚飯有了，可送不送？」小丫頭聽了，進來問襲人。襲人笑道：「方才胡吵了一陣，也沒留心聽得幾下鐘了？」晴雯道：「這勞什子又不知怎麼了，又得去收拾。」說著，拿過表來，瞧了一瞧，說：「再略等半鐘茶的工夫就是了。」小丫頭去了。麝月笑道：「提起淘氣，芳官也該打兩下兒。昨日是他擺弄了那墜子半日，就壞了。」

說話之間，便將食具打點現成。一時小丫頭子捧了盒子進來站住。晴雯、麝月揭開看時，還是這四樣小菜。晴雯笑道：「已經好了，還不給兩樣清淡菜吃。這稀飯鹹菜鬧到多早晚？」一面擺好，一面又看那盒中，卻有一碗火腿鮮筍湯，忙端了放在寶玉跟前。

寶玉便就桌上喝了一口，說道：「好湯！」襲人笑道：「菩薩，能幾日沒見葷腥，饞得這樣起來。」一面說，一面端起來，輕輕用口吹著。因見芳官在側，便遞與芳官，說道：「你也學些伏侍，別一味呆憨呆睡。口兒輕著些，別吹上唾沫星兒。」芳官依言，果吹了幾口，甚妥。

他乾娘也忙端飯在門外伺候，向裡忙跑進來，笑道：「他不老成，仔細打了碗，讓我吹罷。」一面說，一面就接。晴雯忙喊道：「快出去！你等他砸了碗，也輪不到你吹。你什麼空兒跑到裡槅子來了？」一面又罵小丫頭們：「瞎了眼的，他不知道，你們也該說給他！」小丫頭們都說：「我們攆他，不出去。說他，又不信。如今帶累我們受氣，你可信了？我們到的地方兒，有你到的只一半，一半是你到不去的呢。何況又跑到我們到不去的地方，還不算，又去伸手動嘴的。」一面說，一面推他出去。階下幾個等空家伙的婆子見他出來，都笑道：「嫂子也沒用鏡子照一照，就進去了。」羞得那婆子又恨又氣，只得忍耐下去了。

芳官吹了幾口，寶玉笑道：「你嘗一口，可好了？」芳官當是玩話，只是看著襲人等。襲人道：

「你就嘗一口何妨。」晴雯笑道：「你瞧我嘗。」說著，便喝一口。芳官見如此，他便嘗了一口，說：「好了。」遞與寶玉。寶玉喝了半碗，吃了幾片筍，又吃了半碗粥就罷了。眾人便收出去。

小丫頭捧沐盆，盥漱畢，襲人等去吃飯。寶玉使個眼色與芳官。芳官本來伶俐，又學了幾年戲，何事不知？便裝說：「頭疼，不吃飯了。」襲人道：「既不吃飯，在屋裡做伴兒，把粥留下，你餓了再吃。」說著，去了。

寶玉將方才見藕官，如何謊言護庇，如何藕官叫我問你，細細的告訴一遍。又問他祭的果係何人。芳官聽了，滿面含笑，又嘆一口氣，說道：「這事說來可笑可嘆。」寶玉忙問如何。芳官笑道：「他祭的是死的藥官。」寶玉道：「這是友誼，也應當的。」

芳官笑道：「哪裡是友誼？竟是瘋傻的想頭，說他是小生，藥官是小旦，常做夫妻。雖是假的，每日那些曲文排場，皆是真正溫存體貼，故此二人就魔瘋了，雖不做戲，尋常飲食起居，兩個竟是你恩我愛。藥官一死，他哭的死去活來，至今不忘，所以每節燒紙。後來補了蕊官，我們見他一般溫存，也問他得新棄舊。他說：『有個大道理。譬如男子喪了妻，或有必當續弦者，也要續弦。只是不把死的丟過不提，便是情深意重了。』你說可是好笑？」

寶玉聽了這呆話，獨合了他的呆性，不覺又是喜又是悲，又稱奇道絕，說：「天既生這樣人，何用我這鬚眉濁物玷污世界。」又忙拉芳官囑道：「既如此說，我有一句話囑咐他。不能對講，須得你告訴他。以後斷不可燒紙，逢時按節，只備一爐香，一心誠虔，就感應了。我那案上，亦只設一爐，我有心事，不論日期，時常焚香，隨便禱告。新水新茶，就供一盞。或有鮮花鮮果，甚至葷腥素菜都可，只在敬，不在虛名。以後快命他不可再燒紙。」芳官聽了，便答應著。

一時吃過粥，便有人回：「老太太、太太回來了。」要知端的，且看下回分解。

# 第五十九回
## 柳葉渚邊嗔鶯叱燕　絳芸軒裡召將飛符

說話寶玉聽說賈母等回來，隨多添了一件衣服，拄杖前邊來，都見過了。賈母等因每日辛苦，都要早些歇息，一宿無話。次日五鼓，又往朝中去。

離送靈日期不遠，鴛鴦、琥珀、翡翠、玻璃四人都忙著打點賈母之物，玉釧、彩雲、彩霞皆打點王夫人之物，當面查點與跟隨的管事媳婦們。跟隨的一共大小六個丫鬟，十個老婆子，媳婦、男人不算。連日收拾馱轎器械。鴛鴦與玉釧兒皆不隨去，只看屋子。一面先幾日預備帳幔鋪陳之物，先有四五個媳婦並幾個男子領了出來，坐了幾輛車，繞道先至下處，鋪陳安插等候。

臨日，賈母帶了蓉妻，坐一乘馱轎。王夫人在後，亦坐一乘馱轎。賈珍騎馬，率領眾家丁圍護。又有幾輛大車，與婆子、丫鬟等坐，並放些隨換的衣包等件。是日，薛姨媽、尤氏率領諸人直送至大門外方回。賈璉恐路上不便，一面打發他父母起身趕上了賈母、王夫人馱轎，自己也隨後帶領家丁押後跟來。

榮府內，賴大添派人丁上夜，將兩處廳院都閉了。一應出入人等，皆走西邊小角門。日落時，便關了儀門，不放人出入。園中前後東西角門亦皆關鎖。只留王夫人大房之後常係他姊妹出入之門，東邊通薛姨媽的角門。這兩門因在裡院，不必關鎖。裡面鴛鴦和玉釧兒也將上房門關了，自領丫鬟、婆子下房去歇。每日林之孝家的晚間帶領十來個老婆子上夜。穿堂內又添了許多小廝打更，已安插的十分妥當。

一日清曉，寶釵春困已醒，搴帷下榻，微覺輕寒，及啟戶視之，見苑中土潤苔青。原來五更時落了幾點微雨。於是喚起湘雲等人來，一面梳洗，湘雲因說兩腮作癢，恐又犯了杏斑癬，因問寶釵要些薔薇硝擦。寶釵道：「前日剩的，都給了妹子。」因說：「顰兒配了許多，我正要要些來，因今年竟無發癢，就忘了。」因命鶯兒去取些來。鶯兒應了，才去時，蕊官便說：「我同你去，順便瞧瞧藕官。」說道，一徑同鶯兒出了蘅蕪苑。

二人你言我語，一面行走，一面說笑，不覺到了杏葉渚，順著柳堤走來。因見柳葉才吐淺碧，絲若垂金，鶯兒便笑道：「你會拿這柳條子編東西不會？」蕊官笑道：「編什麼東西？」鶯兒道：「什麼編不的？玩的、使的都可。等我摘些下來，帶著這葉子編一個花籃，採了各色花，放在裡頭，才是好玩呢。」說著，且不去取硝，且伸手採了許多嫩條，命蕊官拿著。

他卻一行走，一行編花籃。隨路見花，便採一二枝，編出一個玲瓏過梁的籃子。枝上自有本來翠葉滿布，將花放上，卻也別致有趣。喜得蕊官笑說：「好姐姐，給了我罷。」鶯兒道：「這一個，咱們送林姑娘。回來，咱們再多採些，編幾個大家玩。」說著，來至瀟湘館中。

黛玉也正晨妝，見了這籃子，便笑說：「這個新鮮花籃是誰編的？」鶯兒說：「我編了送姑娘玩的。」黛玉接了，笑道：「怪道人人贊你的手巧，這玩意兒卻也別致。」一面瞧了，一面便叫紫鵑掛在那裡。鶯兒又問候了薛姨媽，方和黛玉要硝。黛玉忙命紫鵑去包了一包，遞與鶯兒。黛玉又說道：「我好了，今日要出去逛逛。你回去說與姐姐，不用過來問候媽了，也不敢勞他過來。我梳了頭，同媽都往你們那裡去吃飯，大家熱鬧些。」

鶯兒答應了出來，便到紫鵑房中找蕊官。只見蕊官卻與藕官二人正說得高興，不能相捨。鶯兒便笑說：「姑娘也去呢，藕官先同去等著，豈不是好？」紫鵑聽見如此說，便也說道：「這話倒是，他這裡淘氣的可厭。」一面說，一面便將黛玉的匙箸用一塊洋巾包了，交與藕官，道：「你先帶了這個去，也算一趟差了。」

藕官接了，笑嘻嘻同他二人出來，一徑順著柳堤走來。鶯兒便又採些柳條，索性坐在山石上編起來，又命蕊官先送了硝去再來。他二人只顧愛看他編，哪裡捨得去？鶯兒只顧催說：「你們再不去，我也不編了。」藕官便說：「同你去了，再快回來。」二人方去了。

這裡，鶯兒正編，只見何婆的女兒春燕走來，笑問：「姐姐編什麼呢？」正說著，蕊、藕二人也到了。春燕便向藕官道：「前日你到底燒什麼紙？被我姨媽看見了，要告你去，沒告成，倒被寶玉賴了他一大些不是，氣得他一五一十告訴我媽。你們在外頭二三年了，積了些什麼仇恨，如今還不解開？」藕官冷笑道：「有什麼仇恨？他們不知足，反怨我們了。在外頭這兩年，不知賺了我們多少東西。你說說，可有良心麼？」

春燕笑道：「他是我的姨媽，也不好向著外人反說他。怨不得寶玉說：『女孩兒未出嫁，是顆無價的寶珠；出了嫁，不知怎麼就變出許多不好的毛病來。再老了，更不是珠子，竟是魚眼睛了。分明一個人，怎麼變出三樣來？』這話雖是混話，倒也有些不差。別人不知道，只說我媽和姨媽，他老姊妹兩個，如今越老了，越把錢看真了。先是老姐兒兩個在家裡抱怨沒個差使、進益，幸虧有了這園子，把我挑進來，可巧把我分到怡紅院。家裡省了我一個人的費用不算外，每月還有四五百錢的餘剩，這也還說不夠。後來，老姊妹二人都派到梨香院去照看他們，藕官認了我姨媽，芳官認了我媽，這幾年著實寬裕了。如今挪進來，也算撒開手了，還只無厭。你說好笑不好笑？接著和芳官又吵了一場。又要給寶玉吹湯，討個沒趣兒。幸虧園裡的人多，沒人記得清楚誰是誰的親故。若有人記得我們一家人，叫怎麼意思呢？你這會子又跑了來弄這個。這一帶地方的東西，都是我姑媽管著他。一得了這地，每日起早睡晚，自己辛苦了還不算，每日逼著我們來照看，生恐有人糟踏，我又怕誤了我的差使。如今我們進來了，老姑嫂兩個照看得謹謹慎慎，一根草也不許人亂動。你還掐這些好花兒，又折他嫩柳，他們即刻就來了，仔細他們抱怨。」

鶯兒道：「別人折掐使不得，獨我使得。自從分了地基之後，各房裡每日皆有分例，吃的不用算，單算花草玩意兒。誰管什麼，每日誰就把各房裡姑娘、丫頭戴的，必要各色送些折枝去，另有插瓶的。惟有我們姑娘說了：『一概不用送，等要什麼再和你們要。』究竟總沒要過一次。我今兒便掐些，他們也不好意思說的。」

一語未了，他姑媽果然拄了拐杖走來。鶯兒、春燕等忙讓坐。那婆子見折了許多嫩柳，又見藕官等採了許多鮮花，心內便不受用；看著鶯兒編弄，又不好說什麼，便說春燕道：「我叫你來照看照看，你就貪著玩就不去了。倘或叫起來，你又說我使你了，拿我做隱身符兒你來樂。」春燕道：「你老又使我，又怕，這會子反說我。難道把我劈八瓣子不成？」鶯兒笑道：「姑娘，你別信小燕的話。這都是他摘下來，煩我給他編，我攆他，他不去。」春燕笑道：「你可少玩兒。你只顧玩，老人家就認真的。」

那婆子本是愚鹵之輩，兼之年邁昏眊，惟利是命，一概情面不管，正心疼肝斷，無計可施，聽鶯兒如此說，便以老賣老，拿起拄杖，向春燕身上擊了兩下，罵道：「小蹄子，我說著你，你還和我強嘴兒呢。你媽恨的牙癢，要撕你的肉吃呢。你還來和我梆子似的呢。」打得春燕又愧又急，因哭道：

## 第五十九回

### 柳葉渚邊嗔鶯叱燕　絳芸軒裡召將飛符

「鶯兒姐姐玩話，你老就認真打我。我媽為什麼恨我？又沒燒糊了洗臉水，有什麼不是！」

鶯兒本是玩話，忽見婆子認真動了氣，忙上前拉住，笑道：「我才是玩話，你老人家打他，我豈不愧？」那婆子道：「姑娘，你別管我們的事。難道為姑娘在這裡，不許我們管孩子不成？」鶯兒聽這般蠢話，便賭氣紅了臉，撒了手，冷笑道：「你老人家要管，哪一刻管不得，偏我說了一句玩話，就管他了。我看你老管去！」說著，便坐下，仍編柳籃子。

偏又春燕的娘出來找，喊道：「你不來舀水，在那裡做什麼呢？」這婆子便接聲兒道：「你來瞧瞧你的女兒，連我也不服了！在那裡排揎（訓斥）我呢。」那婆子一面走過來，說：「姑奶奶，又怎麼了？我們丫頭眼裡沒娘罷了，連姑媽也沒了不成？」

鶯兒見娘來了，只得又說原故。他姑媽哪裡容人說話，便將石上的花柳與他娘瞧道：「你瞧瞧，你女兒這麼大孩子玩的。他先領著人糟踏我，我怎麼說人？」他娘也正為芳官之氣未平，又恨春燕不遂他的心，便走上來打耳刮子，罵道：「小娼婦，你能上去了幾年？你也跟著那起輕薄浪小婦學，怎麼就管不得你們了？乾的（指認下的乾女兒）我管不得，你是我自己生出來的，難道也不敢管你不成！既是你們這起蹄子到得去的地方我到不去，你就死在那裡伺候，又跑出來浪漢！」一面又抓起柳條子來，直送到他臉上，問道：「這叫做什麼？這編的是你娘的什麼！」

鶯兒忙道：「那是我們編的，你老別指桑罵槐。」那婆子深妒襲人、晴雯一干人，已知凡有房中大些的丫鬟都比他們有些體統權勢，凡見了這一干人，心中又畏又讓，未免又氣又恨，亦且遷怒於眾，復又看見了藕官，又是他令姊的冤家，四處湊成一股怨氣。

那春燕啼哭著往怡紅院去了。他娘又恐問他為何哭，怕他又說出來，又要受晴雯等的氣，不免趕著來喊道：「你回來！我告訴你再去。」春燕哪裡肯回來？急的他娘跑了去，要拉他。春燕回頭看見，便也往前飛跑。他娘只顧趕他，不防腳下被青苔滑倒，引得鶯兒三個人反都笑了。鶯兒賭氣將花柳皆擲於河中，自回房去。這裡把個婆子心疼的只念佛，又罵：「促掐小蹄子！糟踏了花兒，雷也是要打的。」自己且掐花與各房送去。

卻說春燕一直跑入院中，頂頭遇見襲人往黛玉處問安去。春燕便一把抱住襲人，說：「姑娘救我！我娘又打我呢。」襲人見他娘來了，不免生氣，便說道：「三日兩頭兒，打了乾的打親的，還是賣弄你女兒多，還是認真不知王法？」這婆子來了幾日，見襲人不言不語，是好性兒的，便說道：「姑娘，你不知道，別管我們閒事！都是你們縱的，還管什麼？」說著，便又趕著打。

襲人氣得轉身進來，見麝月正在海棠下晾手巾，聽得如此喊鬧，便說：「姐姐別管，看他怎樣。」一面使眼色與春燕。春燕便會意，直奔了寶玉去。眾人都笑說：「這可是沒有的事，都鬧出來了。」麝月向婆子道：「你再略煞一煞氣兒，難道這些人的臉面，和你討一個情，還討不出來不成？」

那婆子見他女兒奔到寶玉身邊去，又見寶玉拉了春燕的手，說：「你別怕，有我呢。」春燕一行哭，一行將方才鶯兒等事都說出來。寶玉越發急起來，說：「你只在這裡鬧也罷了，怎麼連親戚也都得罪起來？」

麝月又向婆子及眾人道：「怨不得這嫂子說我們管不著他們的事，我們算無知錯管了。如今請出一個管得著的人，來管一管，嫂子就心服口服，也知道規矩了。」便回頭命小丫頭子：「去把平兒給我叫來！平兒不得閒，就把林大娘叫了來。」那小丫頭應了便走。

眾媳婦上來笑說：「嫂子，快求姑娘們叫回那孩子罷。平姑娘來了可就不好了。」那婆子說道：「憑是哪個平姑娘來了，也要評個理，沒有見個娘管女兒、大家管著娘的。」眾人笑道：「你當是哪個平姑娘？是二奶奶屋裡頭的平姑娘。他有情麼，你說兩句；他一翻臉，嫂子吃不了兜著走！」

說著，只見那小丫頭子回來說：「平姑娘正有事呢，問我做什麼，我告訴了他。他說：『既這樣，且攆他出去，告訴了林大娘，在角門打四十板子就是了。』」那婆子聽如此說了，嚇得淚流滿面，央告襲人等說：「好容易我進來了，況且我是寡婦家，沒有壞念，一心在裡頭伏侍姑娘們。我這一去，又要去自己生火，將來不知苦到什麼地步。」

襲人見他如此說，又心軟了，便說：「你既要在這裡，又不守規矩，又不聽話，又亂打人。哪裡弄你這個不曉事的來？天天鬥口，也叫人笑話。」晴雯等道：「理他呢，打發他去了正經。誰和他去對嘴對舌的。」

那婆子又央眾人道：「我雖錯了，姑娘們吩咐了，以後改過。姑娘們那裡不是行好積德！」一面又央告春燕：「原是為打你起的，究竟沒打成你，我如今反受了罪，你好歹替我求求。」寶玉見如此可憐，便命留下，不許再鬧。那婆子一一謝過了下去。

只見平兒走來，問係何事。襲人等忙說：「已完了，不必再提。」平兒笑道：「得饒人處且饒人，得將就的就省些罷。但只聽得各房大小人等都作起反來了，一處不了又一處，叫我不知管哪一處的是。」襲人說：「我只說我們這裡反了，原來還有幾處。」平兒笑道：「這算什麼事？這三四日的工夫，一共大小出了八九件呢。比這裡的還大，可氣可笑。」

不知平兒說出何事，下回分解。

# 第六十回

## 茉莉粉替去薔薇硝　玫瑰露引出茯苓霜

說話襲人因問平兒：「何事這等忙亂？」平兒笑道：「都是世人想不到的，說來也好笑，等幾日告訴你。如今沒頭緒呢，且不得閒兒。」一語未了，只見李紈的丫鬟來了，說：「平姐姐可在這裡？奶奶等你，你怎麼不去了？」平兒忙轉身出來，口內笑說：「來了，來了。」襲人等笑道：「他奶奶病了，他又成了香餑餑了，都搶不到手。」平兒去了，不提。

寶玉便叫春燕：「你跟了你媽去，到寶姑娘房裡給鶯兒幾句好話兒聽聽，也不可白得罪了他。」春燕答應了，和他媽出去。寶玉又隔窗說道：「不可當著寶姑娘說，仔細反叫鶯兒受教導。」

娘兒兩個應了出來，一邊走著，一面說閒話兒。春燕因向他娘道：「我素日勸你老人家再不信，何苦鬧出沒趣來才罷。」他娘笑道：「小蹄子，你走罷。俗語說，『不經一事，不長一智』。我如今知道了。你又該來支問著我。」春燕笑道：「媽，你若好生安分守己，在這屋裡長久了，自有許多好處。我且告訴你句話：寶玉常說，這屋裡的人，無論家裡外頭的，一應我們這些人，他都要回太太，全放出去，與本人父母自便呢。你只說這一件可好不好？」他娘聽說，喜的忙問：「這話果真？」春燕道：「誰可扯謊做什麼？」婆子聽了，便念佛不絕。

## 第六十回

## 茉莉粉替去薔薇硝　玫瑰露引出茯苓霜

當下來至蘅蕪苑中，正值寶釵、黛玉、薛姨媽等吃飯。鶯兒自去泡茶，春燕便和他媽一徑到鶯兒前，陪笑說：「方才言語冒撞，姑娘莫嗔莫怪，特來賠罪。」鶯兒忙笑讓座，又倒茶。他娘兒兩個說有事，便作辭回來。

忽見蕊官趕出叫：「媽媽、姐姐，略站一站。」一面走上，遞了一個紙包兒與他們，說是薔薇硝，帶與芳官去擦臉。春燕笑道：「你們也太小氣了，還怕那裡沒這個與他，巴巴的又弄一包給他去。」蕊官道：「他是他的，我送的是我的。姐姐，千萬帶回去罷。」春燕只得接了。娘兒兩個回來，正值賈環、賈琮二人來問候寶玉，也才進去。春燕便向他娘說：「只我進去罷，你老不用去。」他娘聽了，自此百依百隨的，不敢倔強了。

春燕進來，寶玉知道回覆了，便先點頭。春燕知意，便不再說一語，略站了一站，便轉身出來，使眼色與芳官。芳官出來，春燕方悄悄的說與他蕊官之事，並與了他硝。寶玉並無與琮、環可談之語，因笑問芳官手裡是什麼。芳官便忙遞與寶玉瞧，又說是擦春癬的薔薇硝。寶玉笑道：「難為他想得到。」

賈環聽了，便伸著頭瞧了一瞧，又聞得一股清香，便彎腰向靴桶內掏出一張紙來托著，笑說：「好哥哥，給我一半兒。」寶玉只得要與他。芳官心中因是蕊官之贈，不肯與別人，連忙攔住，笑說道：「別動這個，我另拿些來。」寶玉會意，忙笑道：「且包上，拿去。」

芳官接了這個，自去收好，便從奩中去尋自己常使的。啟奩看時，盒內已空，心中疑惑，早上還剩了些，如何就沒了？因問人時，都說不知。麝月便說：「這會子且忙著問這個，不過是這屋裡人一時短了使了。你不管拿些什麼給他，哪裡看得出來？快打發他們去了，咱們好吃飯。」芳官聽說，便將些茉莉粉包了一包拿來。賈環見了，喜的就伸手去接。芳官便忙向炕上一擲。賈環見了，也只得向炕上拾了，揣在懷內，方作辭而去。

原來賈政不在家，且王夫人等又不在家，賈環連日也便裝病逃學。如今得了硝，興興頭頭來找彩雲。正值彩雲和趙姨娘閒談，賈環嘻嘻向彩雲道：「我也得了一包好的，送你擦臉。你常說，薔薇硝擦癬，比外頭的銀硝強，且和潤。你看看，可是這個？」

彩雲打開一看，「嗤」的一聲笑了，說道：「你是和誰要來的？」賈環便將方才之事說了。彩雲笑道：「這是他們哄你這鄉老兒呢。這不是硝，這是茉莉粉。」賈環看了一看，果見比先的帶些紅色，聞聞也是噴香，因笑道：「這是好的，硝、粉一樣，留著擦罷，是比外頭買的高便好。」彩雲只得收了。

趙姨娘便說：「有好的給你？誰叫你要去了？怎怨他們耍你！依我，拿了去，照臉摔給他去。趁著這會子撞屍（胡亂闖蕩）的撞屍去了，挺床（躺在床上睡懶覺）的挺床，吵一出子，大家別心淨，也算是報仇。莫不成兩個月之後，還找出這個碴兒來問你不成？便問你，你也有話說。寶玉是哥哥，不敢衝撞他罷了。難道他屋裡的貓兒狗兒，也不敢去問問不成！」賈環聽了，便低了頭。

彩雲忙說：「這又何苦來，不管怎樣，忍耐些罷了。」趙姨娘道：「你快休管，橫豎與你無干。趁著抓住了理，罵給那些浪淫婦們一頓，也是好的。」又指賈環道：「呸！你這下流沒剛性的，也只好受這些毛崽子的氣！平白我說你一句兒，或無心中錯拿了一件東西給你，你倒會扭頭暴筋瞪著眼墩摔（沒禮貌地摔打）娘。這會子被那起毛崽子耍弄倒就罷了。你明日還想這些家裡人怕你呢！你沒有甚本事，我也替你恨。」

賈環聽了，不免又愧又急，又不敢去，只摔手說道：「你這麼會說，你又不敢去，支使了我去鬧。他們倘或往學裡告去，我挨了打，你敢自不疼的？遭遭調唆我去鬧，鬧出事來，我挨了打罵，你一般也低了頭。這會子又調唆我和毛丫頭們去鬧。你不怕三姐姐，你敢去，我就服你。」這一句話，便戳了他娘的肺，便喊說：「我腸子裡爬出來的，我再怕起來，這屋裡越發有得活了。」一面說，一面拿了那包子，便飛也似的往園中去了。彩雲死勸不住，只得躲入別房。賈環便也躲出儀門，自去玩耍。

趙姨娘直進園子，正是一頭火，頂頭遇見藕官的乾娘夏婆子走來。見趙姨娘氣得眼紅面青的走來，因問：「姨奶奶哪裡去？」趙姨娘又說：「你瞧瞧，這屋裡連三日兩日進來唱戲的小粉頭們，都三般兩樣掂人分量放小菜兒了。若是別一個，我還不惱。若叫這些小娼婦捉弄了，還成了什麼！」夏婆子聽了，正中己懷，忙問因何。趙姨娘悉將芳官以粉作硝、輕侮賈環之事說了一回。

夏婆子道：「我的奶奶，你今日才知道，這算什麼事？連昨日這個地方，他們私自燒紙錢，寶玉還攔在頭裡。人家還沒拿進個什麼兒來，就說使不得。不乾不淨的東西忌諱，這燒紙倒不忌諱？你老想一想，這屋裡，除了太太，誰還大似你老？你老自己掌不起；但凡掌起來的，誰還不怕你老人家？如今我想，乘這幾個小粉頭兒（女戲子）都不是正經貨，就得罪他們也有限的，快把這兩件事抓著理紮個筏子（乘機鬧一場），我可幫著作證據。你老把威風抖一抖，以後也好爭別的。便是奶奶、姑娘們，也不好為那起小粉頭子說你老的。」

趙姨娘聽了這話，越發有理，便說：「燒紙的事，我不知道，你卻細細告訴我。」夏婆子便將前事一一的說了，又說：「你老人家只管說去，倘或鬧起來，還有我們幫著呢。」趙姨娘聽了，越發得了意，仗著膽子，便一徑到了怡紅院中。

可巧寶玉往黛玉那裡去了。芳官正與襲人等吃飯，見趙姨娘來了，忙起身笑讓道：「姨奶奶吃飯，有什麼事這等忙？」趙姨娘也不答話，走上來，便將粉照芳官臉上摔來，手指芳官罵道：「小淫婦！你是我銀子錢買來學戲的，不過娼婦、粉頭之流！我家裡下三等奴才也比你高貴些。你都會看人下菜碟兒。寶玉要給東西，你攔在頭裡，莫不是要了你的了？拿這個哄他，你只當他不認得呢？好不好，他們是手足，都是一樣的主子，哪裡有你小看他的！」

芳官哪裡禁得住這話，一行哭，一行便說：「沒了硝，我才把這個給他的。若說沒了，又恐不信，難道這不是好的？我便學戲，也沒往外頭唱去。我一個女孩子家，知道什麼是粉頭、面頭的！姨奶奶犯不著來罵我，我又不是姨奶奶家買的。梅香拜把子，都是奴才呢！」襲人忙拉他說：「休胡說！」趙姨娘氣的發怔，便上來打了兩耳刮子。襲人等忙上來拉勸，說：「姨奶奶，不要和他小孩子一般見識，等我們說他。」

芳官挨了兩下打，哪裡肯依？便打滾撒潑的哭鬧起來，口內便說：「你打得我麼？你照照那模樣兒再動手！我叫你打了去，我還活著！」便撞在他懷內，叫他打。眾人一面勸，一面拉他。晴雯悄拉襲人說：「不要管他們，讓他們鬧去，看怎麼開交！如今亂為王了，什麼你也來打，我也來打，都這樣起來，還了得呢！」

外面跟趙姨娘來的一干人，聽見如此，心中各各稱願，都念佛說：「也有今日！」又有那一干懷怨的老婆子見打了芳官，也都稱願。

當下藕官、蕊官等正一處作耍，湘雲的大花面葵官，寶琴的豆官，兩個聞了此信，忙找著他兩個，說：「芳官被人欺負，咱們也沒趣，須得大家破著大鬧一場，方爭過氣來。」四人終是小孩子心性，只顧他們情分上義憤，便不顧別的，一齊跑入怡紅院中。豆官先便一頭撞去，幾乎不曾將趙姨娘撞了一跤。那三個也便擁上來，放聲大哭，手撕頭撞，把個趙姨娘裹住。

晴雯等一面笑，一面假意去拉。急得襲人拉起這個，又跑了那個，口內只說：「你們要死！有委屈只好說，這樣沒理如何使得！」趙姨娘反沒了主意，只好亂罵。蕊官、藕官兩人，一邊一個，抱住左右手；葵官、豆官前後頭頂住。四人只說：「你只打死我們四個就罷！」芳官直挺挺躺在地下，哭得死過去。

正沒開交，誰知晴雯早遣春燕回了探春。當下尤氏、李紈、探春三人帶著平兒與眾媳婦走來，忙把四個喝住。問起原故，趙姨娘便氣瞪著眼，粗了筋，一五一十說個不清。尤、李兩個不答言，只喝禁他四人。探春便嘆氣說道：「這是什麼大事，姨娘太肯動氣了！我正有一句話，要請姨娘商議。怪道丫頭們說不知在哪裡，原來在這裡生氣呢。姨娘快同我來。」尤氏、李紈都笑說：「請姨娘到廳上來，咱們商量。」

趙姨娘無法，只得同他三人出來，口內猶說長說短。探春便說：「那些小丫頭們，原是玩意兒。喜歡呢，和他說說笑笑；不喜歡，可以不理他。便他不好了，也如同貓兒狗兒抓咬了一下子，可恕就恕，不恕時也只該叫管家媳婦們，去說給他去責罰。何苦自不尊重，大吆小喝，也失了體統。你瞧周姨娘，怎不見人欺他？他也不尋人去。我勸姨娘且回房去煞煞性兒，別聽那說瞎話的混帳人調唆，惹人笑話。自己呆，白給人做活！心裡有二十分的氣，也忍耐這幾天，等太太回來，自然料理。」一席話說得趙姨娘閉口無言，只得回房去了。

這裡，探春氣得和尤氏、李紈說：「這麼大年紀，行出來的事總不叫人敬服。這是什麼意思，也值得吵一吵？並不留體統，耳朵又軟，心裡又沒有計算。這又是那起沒臉面的奴才們的調唆，作弄出來個呆人替他們出氣。」越想越氣，因命人查是誰調唆的。媳婦們只得答應著，出來相視而笑，都說是「大海裡哪裡撈針去」？只得將趙姨娘的人並園中人喚來盤詰，都說不知道。眾人也無法，只得回探春：「一時難查，慢慢的訪。凡有口舌不妥的，一總來回了責罰。」

探春氣漸漸平服方罷。可巧艾官便悄悄的回探春說：「都是夏媽素日和這芳官不對，每每的造言生事。前日賴藕官燒紙，幸虧是寶玉自己應了，他才沒話。今日我與姑娘送手帕去，看見他和姨奶奶在一處說了半天，嘁嘁喳喳的，見了我來，才走開了。」探春聽了，雖知情弊，亦料定他們皆一黨，本皆淘氣異常，便只答應，也不肯據此為證。

誰知夏婆的外孫女兒蟬姐兒便是探春處當役的，時常與房中丫鬟們買東西、呼喚人，眾女孩兒皆待他好。這日飯後，探春正上廳理事，翠墨在家看屋子，因命蟬姐出去叫小幺兒買糕去。蟬姐便笑說：「我才掃了個大院子，腰腿生疼的，你叫別的人去罷。」翠墨笑說：「我又叫誰去？你趁早兒去，我告訴你一句好話，你到後門順路告訴你老娘防著些兒。」說道，便將艾官告他老娘的話告訴了他。

蟬姐聽了，忙接了錢，道：「這個小蹄子也要捉弄人，等我告訴去。」說著，便起身出來。至後門邊，只見廚房內此刻手閒之時，都坐在階砌上說閒話呢，他老娘亦在內。蟬姐便命一個婆子出去買糕。他且一行罵，一行說，將方才之話告訴與夏婆子。夏婆子聽了，又氣又怕，便欲去找艾官問他，又要往探春前去訴冤。蟬姐忙攔住說：「你老人家去，怎麼說呢？這話怎得知道的？可又叨登（折騰）不好了。說給你老，防著就是了，哪裡忙在這一時兒？」

正說著，忽見芳官走來，扒著院門，笑向廚房中柳家媳婦說道：「柳嫂子，寶二爺說了：晚飯的素菜要一樣涼涼的、酸酸的東西，只不要擱上香油弄膩了。」柳家的笑道：「知道。今日怎遣你來告訴這一句要緊的話？你不嫌髒，進來逛逛？」

芳官才進來，忽有一個婆子手裡托了一碟糕來。芳官便戲道：「誰買的熱糕？我先嘗一塊兒。」蟬姐一手接了，道：「這是人家買的，你們還稀罕這個？」柳家的見了，忙笑道：「芳姑娘，你喜吃這個？我這裡有才買下給你姐姐吃的，他不曾吃，還收在那裡，乾乾淨淨沒動的。」說著，便拿了一碟出來，遞與芳官，又說：「你等我進去替你燉口好茶來。」一面進去，現通開火燉茶。

芳官便拿著那糕，支到蟬姐兒臉上說：「誰稀罕吃你那糕？這個不是糕不成？我不過說著玩罷了。你給我磕頭兒，我也不吃。」說著，便將手內的糕一塊一塊掰了，擲著雀兒玩，口內笑說道：「柳嫂子，你不要心疼，我回來買二斤給你。」小蟬氣得怔怔的，瞅著說道：「雷公老爺也有眼睛，怎不打這作孽的人！」

眾媳婦都說道：「姑娘們，罷喲，天天見了就咕唧。」有幾個伶透的，見了他們對了口，又怕生事，都拿起腳來，各自走開。當下蟬姐也不敢十分說話，一面咕嘟著去了。

這裡，柳家的見人散了，忙出來和芳官說：「前日那話說了不曾？」芳官道：「說了。等一二日再提這事。偏那趙不死的又和我鬧了一場。前日那玫瑰露，姐姐吃了不曾？他到底可好些？」柳家的道：「可不都吃了。他愛得什麼似的，又不好問你再要。」芳官道：「不值什麼，等我再要些來給他就是了。」

原來這柳家的有個女兒，今年才十六歲，雖是廚役之女，卻生得人物與平、襲、紫、鴛相類。因他排行第五，便叫他五兒。因素有弱疾，故沒得差。近因柳家的見寶玉房中丫鬟差輕人多，且又聞得寶玉將來都要放他們，故如今要送到那裡去應名。正無路頭，可巧這柳家的是梨香院的差役，他最小意殷勤，伏侍得芳官一干人比別的乾娘還好，芳官等待他們亦極好。如今便和芳官說了，央芳官去與寶玉說。寶玉雖是依允，只是近日病著，又有事，尚未得說。

前言少述。且說當下芳官回至怡紅院中，回覆了寶玉。寶玉正為聽見趙姨娘廝吵，心中自是不悅，說又不是，不說又不是，只等吵完了，打聽著探春勸了他去後方從他處回來，勸了芳官一陣，方大家安妥。今見他回來，又說還要些玫瑰露與柳五兒吃去。寶玉忙道：「有的，我又不大吃，你都給他去吃罷。」一說著，命襲人取了出來，見瓶中亦不多，遂連瓶與了芳官。

芳官便自攜了瓶與他去。正值柳家的帶進他女兒來散悶，在那邊犄角子上一帶地方逛了一回，便回到廚房內，正吃茶歇腳。見芳官拿了一個五寸來高的小玻璃瓶來，迎亮照看，裡面小半瓶胭脂一般的汁子，還當是寶玉吃的西洋葡萄酒。母女兩個忙說：「快拿旋子（溫酒的器具）燙滾了水。你且坐下。」芳官笑道：「就剩了這些，連瓶子給你罷。」五兒聽說，方知是玫瑰露，忙接了，謝了又謝。

芳官又問他：「好些？」五兒道：「今兒精神好些，進來逛逛。這後邊一帶，也沒什麼意思，不過是些大石頭、大樹和房子後牆，正經好景致也沒看見。」芳官道：「你為什麼不往前去？」柳家的道：「我沒叫他往前去。姑娘們也認不得他，倘有不對眼的人看見了，又是一番口舌。明日托你攜帶他有了房頭，怕沒有人帶著逛呢，只怕逛膩了的日子還有呢。」芳官聽了，笑道：「怕什麼，有我呢。」柳家的忙道：「噯喲喲，我的姑娘，我們的頭皮薄，比不得你們。」說著，又倒了茶來。芳官哪裡吃這茶？只漱了一口，便走了。柳家的說：「我這裡占著手，五丫頭送送。」

五兒便送出來，因見無人，又拉著芳官說道：「我的話到底說了沒有？」芳官笑道：「難道哄你不成？我聽見屋裡正經還少兩個人的窩兒（空位），並沒補上，一個是紅玉的，璉二奶奶要了去，還沒給人來；一個是墜兒的，也沒補，如今要你一個，也不算過分。皆因平兒每每的和襲人說，凡有動人動錢的事，得挨的且挨一日更好。如今三姑娘正要拿人紮筏子呢，連他屋裡的事都駁了兩三件，如今正要尋我們屋裡的事沒尋著，何苦來，往網裡碰去。倘或說些話駁了，那時老了，倒難再轉回。不如等冷冷場，老太太、太太心閒了，憑是天大的事，先和老的一說，沒有不成的。」五兒道：「雖如此說，我卻性急，等不得了。趁如今挑上來了，頭一則給我媽爭口氣，也不枉養我一場；二則我添了月錢，家裡又從容些；三則我開開心，只怕這病就好了。便是請大夫吃藥，也省了家裡的錢。」芳官說：「都知道了，你只放心。」二人別過，芳官自去，不提。

單表五兒回來，與他娘深謝芳官之情。他娘因說：「再不承望得了這些東西，雖然是個珍貴物兒，卻是多吃了也動熱。竟把這個倒些送個人去，也是個大情。」五兒問：「送誰？」他娘道：「送你舅舅的兒子，昨日熱病，也想這些東西吃。如今我倒半盞與他去。」五兒聽了，半日沒言語，隨他媽倒了半盞去，將剩的連瓶便放在家伙廚內。五兒冷笑道：「依我說，竟不給他也罷了。倘或有人盤問起來，倒又是一場事了。」他娘道：「哪裡怕起這些來？還了得。我們辛辛苦苦的，裡頭賺些東西，也是應當的。難道是賊偷的不成？」說著不聽，一徑去了。直至外邊他哥哥家中，他侄兒正躺著。一見這個，他哥嫂、侄男無不歡喜。現從井上取了涼水，吃了一碗，心中一暢，頭目清涼。剩的半盞，用紙覆著，放在桌上。

可巧又有家中幾個小廝，同他侄兒素日相好的，走來問候他的病。內中有一小伙，名喚錢槐者，乃係趙姨娘之內侄。他父母現在庫上管帳，他本身又派跟賈環上學。因他有些錢勢，尚未娶親，素日看上柳家的五兒標致，一心和父母說了，欲娶他為妻。也曾央中保媒人再四求告。柳家父母卻也情願，爭奈五兒執意不從，雖未明言，卻行止中已帶出，他父母未敢應允。近日又想往園內去，越發將此事丟開，只等三五年後放出時，自向外邊擇婿了。錢槐家見如此，也就罷了。怎奈錢槐不得五兒，心中又氣又愧，發恨定要弄取成配，方了此願。今日也同人來瞧望柳侄，不期柳家的在內。

柳家的忽見一群人來了，內中有錢槐，便推說不得閒，起身便走了。他哥嫂忙說：「姑媽怎麼不吃茶就走？倒難為姑媽記掛。」柳家的因笑道：「只怕裡面傳飯。再閒了，出來瞧侄子罷。」他嫂子因向抽屜內取了一個紙包出來，拿在手內，送了柳家的出來，至牆角邊，遞與柳家的，又笑道：「這是你哥哥昨日在門上該班兒，誰知道五日一班，竟偏冷淡，一個外財沒發。只有昨日有粵東的官兒來拜，送了上頭兩小簍子茯苓霜。餘外給了門上人一簍作門禮，你哥哥分了這些。那地方千年松柏最多，所以單取了茯苓的精液和了藥，不知怎麼弄出這怪俊白的霜兒來。說第一用人乳和著，每日早上吃一鍾，最補人的；第二用牛奶；萬不得已，滾白水也好。我們想著，正是外甥女兒吃得的。原是上半日打發小丫頭子送了家去的，他說鎖著門，連外甥女兒也進去了。本來我要瞧瞧他去，給他帶了去的，又想著主子們不在家，各處嚴緊，我又沒甚差使，跑些什麼？況且這兩日風聞得裡頭家反宅亂的，倘或沾帶了，倒值多的。姑媽來得正好，親自帶去罷。」

柳氏道了生受，作別回來。剛走到角門前，只見一個小幺兒笑道：「你老人家哪裡去了？裡頭三次兩趟叫人傳呢。我們三四個人都找你老去了。你老人家從哪裡來了？這條路又不是家去的路，我倒疑心起來。」那柳家的笑道：「好猴兒崽子，休胡說，回來問你。」

要知端的甚事，下回再見。

# 第六十一回

## 投鼠忌器寶玉瞞贓　判冤決獄平兒行權

那柳家的笑道：「好猴兒崽子，你親嬸子找野老兒去了，你豈不多得一個叔叔，有什麼疑的！不要討我把你頭上榪子蓋（小孩頭頂圓形短髮）似的幾根屄毛撏下來！還不開門讓我進去呢。」小廝且不推門，且拉著笑道：「好嬸子，你這一進去，好歹偷些杏子出來賞我吃。我這裡老等。你若忘了，日後半夜三更打酒買油的，我不給你老人家開門，也不答應你，隨你乾叫去。」

柳氏啐道：「發了昏的，今年還比往年？把這些東西都分給了眾媽媽了。一個個的不像抓破了臉的，人打樹底下一顧，兩眼就像那黧雞似的（喻兩眼瞪得大大的，有驚恐之神色），還動他的果子！昨日我從李子樹下一走，偏有一個蜜蜂兒往臉上一過，我一招手，你那舅母就見了。他離的遠，看不真，只當我摘李子呢，就鳥聲浪嗓子喊起來，說又是『還沒供佛呢』，又是『老太太、太太不在家，還沒進鮮呢，等進了上頭，嫂子們都有份的』，倒像誰害了饞癆病，等李子出汗呢。叫我也沒好話說，搶白他一頓。可是你舅母、姨娘兩三個親戚都管著，怎不和他們要去，倒和我來要？這可是『倉老鼠問老鴰（烏鴉）去借糧，守著的沒有，飛著的倒有』。」

小廝笑道：「哎喲喲，沒有罷了，說上這些閒話！我看你老以後就用不著我了？就便是姐姐有了好地方，將來更呼喚著的日子多，只要我們多答應他些就有了。」柳氏聽了，笑道：「你這個小猴精，又搗鬼吊白（空口說話）的！你姐姐有什麼好地方了？」那小廝笑道：「不要笑我，早已知道了。單是你們有內牽，難道我們就沒有內牽不成？我雖在這裡聽差，裡頭卻也有兩個姐姐成個體統的，什麼事瞞了我們！」

正說著，只聽門內又有老婆子向外叫：「小猴兒，快傳你柳嬸子去罷，再不來可就誤了。」柳家的聽了，不顧和小廝們說話，忙推門進去，笑說：「不必忙，我來了。」一面來至廚房。雖有幾個同伴的人，他們都不敢自專，單等他來調停分派。一面問眾人：「五丫頭哪裡去了？」眾人都說：「才往茶房裡找他們姊妹去了。」柳家的聽了，便將茯苓霜擱起，且按著房頭分派菜饌。

忽見迎春房裡小丫頭蓮花兒走來，說：「司棋姐姐說了，要碗雞蛋，燉得嫩嫩的。」柳家的道：「就是這樣尊貴。不知怎的，今年這雞蛋短得很，十個錢一個，還找不出來。昨日上頭給親戚家送米去，四五個買辦出去，好容易才湊了二千個來。我哪裡找去？你說給他，改日吃罷。」

蓮花兒道：「前日要吃豆腐，你弄了些餿的，叫他說了我一頓。今日要雞蛋，又沒有了。什麼好東西？我就不信，連雞蛋都沒有了，不要叫我翻出來。」一面說，一面真個走來，揭起菜箱一看，只見裡面果有十來個雞蛋，說道：「這不是？你就這麼利害！吃的是主子分我們的分例，你為什麼心疼？又不是你下的蛋，怕人吃了。」

柳家的忙丟了手裡的活計，便上來說道：「你少滿嘴裡混！你娘才下蛋呢！通共留下這幾個，預備菜上的澆頭（澆在菜肴上的調味品）。姑娘們不要，還不肯做上去呢，預備接急的。你們吃了，倘或一聲要起來，沒有好的，連雞蛋都沒了。你們深宅大院，水來伸手，飯來開口，只知雞蛋是平常物件，哪裡知道外頭買賣的行市呢？不要說這個，有一年連草根子沒了的日子還有呢。我勸他們，細米白飯，每日肥雞大鴨子，將就些兒也罷了。吃膩了腸，天天又鬧起故事來了。雞蛋、豆腐，又是什麼麵筋、醬蘿蔔炸兒，倒是好，換口味。只是我又不是答應你們的，一處要一樣，就是十來樣。我倒不要伺候頭層主子，只預備你們二層主子了。」

蓮花兒聽了，便紅了臉，喊道：「誰天天要你什麼來？你說上這兩車子話！叫你來，不是為便宜，卻為什麼。前日小燕來，說『晴雯姐姐要吃蘆蒿』，你怎麼忙得還問肉炒、雞炒？小燕說：『葷的因不好，才另叫你炒個麵筋的，少擱油才好。』你忙得倒說『自己發昏』，趕著洗手炒了，狗顛兒似的親捧了去。今日反倒拿我作筏子（借機出氣），說我給眾人聽。」

柳家的忙道：「阿彌陀佛！這些人眼見的。不要說前日一次，就從舊年以來，凡各房裡偶然間不論姑娘、姐兒們要添一樣半樣，誰不是先拿了錢來，另買另添。有的沒有的，名聲好聽，我單管姑娘帶姐兒們，四五十人，一日隻管兩只雞，兩隻鴨子，十來斤肉，一吊錢的菜蔬。你們算算，夠做什麼的？連本項兩頓飯還撐持不住，還擱得住這個點這樣，那個點那樣，買來的又不吃，又要別的去。既這樣，不如回了太太，多添些分例，也像大廚房裡預備老太太的飯，把天下所有的菜蔬用水牌寫了，天天轉著吃，到一個月現算倒好。連前日三姑娘和寶姑娘偶然商議了要吃個油鹽炒枸杞芽兒來，現打發個姐兒，拿著五百錢來給我，我倒笑起來了，說：『二位姑娘就是大肚子彌勒佛，也吃不了五百錢的去。這三二十個錢的事，還預備得起。』趕著我送回錢去，到底不收，說賞我打酒吃，又說：『如今廚房在裡頭，保不住屋裡的人不去叨登，一鹽一醬，哪不是錢買的？你不給，又不好。給了，你又沒得賠。你拿著這個錢，權當還了他們素日叨登的東西窩兒。』這就是明白體下的姑娘，我們心裡只替他念佛。沒的趙姨奶奶聽見了，又氣又忿，反說太便宜了我，隔不了十天，也打發個小丫頭子來，尋這樣、尋那樣，我倒好笑起來。你們竟成了例，不是這個，就是那個，我哪裡有這些賠的？」

正亂時，只見司棋又打發人來催蓮花兒，說他：「死在這裡，怎麼就不回去？」蓮花兒賭氣回來，便添了一篇話，告訴了司棋。司棋聽了，不免心頭起火。此刻伺候迎春飯罷，帶了小丫頭們走來，見了許多人正吃飯，見他來得勢頭不好，都忙起身陪笑讓座。司棋便喝命小丫頭子動手：「凡箱櫃所有的菜蔬，只管丟出去餵狗，大家賺不成。」小丫頭子們巴不得一聲，七手八腳搶上去，一頓亂翻亂擲。慌得眾人一面拉勸，一面央告司棋說：「姑娘不要誤聽了小孩子的話。柳嫂子有八個頭，也不敢得罪姑娘。說雞蛋難買是真。我們才也說他不知好歹，憑是什麼東西，也少不得變法兒去。他已經悟過來了，連忙蒸上了。姑娘不信，瞧那火上。」

司棋被眾人一頓好言語，方將氣勸得漸平。小丫頭們也沒得摔完東西，便拉開了。司棋連說帶罵，鬧了一回，方被眾人勸去。柳家的只好摔碗丟盤，自己咕唧了一回，蒸了一碗蛋，令人送去。司棋全潑了地下。那人回來，也不敢說，恐又生事。

柳家的打發他女兒喝了一回湯，吃了半碗粥，又將茯苓霜一節說了。五兒聽罷，便心下要分些贈芳官，遂用紙另包了一半，趁黃昏人稀之時，自己花遮柳隱的來找芳官。且喜無人盤問。一徑到了怡紅院門首，不好進去，只在一簇玫瑰花前站立，遠遠的望著。有一盞茶時，可巧小燕出來，忙上前叫住。

小燕不知是哪一個，至跟前方看真切，因問做什麼。五兒笑道：「你叫出芳官來，我和他說話。」小燕悄笑道：「姐姐太性急了，橫豎等十來日就來了，只管找他做什麼。方才使了他往前頭去了，你且等他一等。不然，有什麼話告訴我，等我告訴他。恐怕你等不得，只怕關了園門。」五兒便將茯苓霜遞與小燕，又說這是茯苓霜，如何吃，如何補益，「我得了些送他的，轉煩你遞與他就是了。」說畢，作辭回來。

## 第六十一回

### 投鼠忌器寶玉瞞贓　判冤決獄平兒行權

正走蓼溆一帶，忽迎見林之孝家的帶著幾個婆子走來，五兒藏躲不及，只得上來問好。林之孝家的問道：「我聽見你病了，怎麼跑到這裡來？」五兒陪笑說道：「因這兩日好些，跟我媽進來散散悶。才因我媽使我到怡紅院送家伙去。」林之孝家的說道：「這話岔了。方才我見你媽出去我才關門。既是你媽使了你去，他如何不告訴我，說你在這裡呢？竟出去讓我關門，是何主意？可知是你扯謊。」五兒聽了，沒話回答，只說：「原是我媽一早叫我取去的，我忘了，挨到這時，我才想起來了。只怕我媽錯認我先去了，所以沒和大娘說得。」

林之孝家的聽他辭鈍意虛，又因近日玉釧兒說那邊正房內失落了東西，幾個丫頭對賴，沒主兒，心下便起了疑。可巧小蟬、蓮花兒並幾個媳婦子走來，見了這事，便說道：「林奶奶倒要審審他。這兩日，他往這裡頭跑得不像，鬼鬼唧唧的，不知幹些什麼事。」小蟬又道：「正是。昨日玉釧姐說，太太耳房裡的櫃子開了，少了好些零碎東西。璉二奶奶打發平姑娘和玉釧姐姐要些玫瑰露，誰知也少了一罐子。若不是尋露，還不知道呢。」蓮花兒笑道：「這我沒聽見。今日我倒看見一個露瓶子。」林之孝家的正因這事沒主兒，每日鳳姐兒使平兒催逼他，一聽此言，忙問在哪裡。蓮花兒便說：「在他們廚房裡呢。」

林之孝家的聽了，忙命打了燈籠，帶著眾人來尋。五兒急得便說：「那原是寶二爺屋裡的芳官給我的。」林之孝家的便說：「不管你『方官』、『圓官』，現有贓證，我只呈報了，憑你主子前辯去。」一面說，一面進入廚房，蓮花兒帶著，取出露瓶。恐還偷有別物，又細細搜了一遍，又得了一包茯苓霜，一並拿了，帶了五兒，來回李紈與探春。

那時，李紈正因蘭哥兒病了，不理事務，只命去見探春。探春已歸房。人回進去，丫鬟們都在院內納涼，探春在內盥沐，只有侍書回進去。半日出來，說：「姑娘知道了，叫你們找平兒回二奶奶去。」

林之孝家的只得領出來。到鳳姐那邊，先找著平兒，平兒進去回了鳳姐。鳳姐方才睡下，聽見此事，便吩咐：「將他娘打四十板子，攆出去，永不許進二門。把五兒打四十板子，立刻交給莊子上，或賣或配人。」平兒聽了，出來依言吩咐了林之孝家的。

五兒唬得哭哭啼啼，給平兒跪著，細訴芳官之事。平兒道：「這也不難，等明日問了芳官便知真假。但這茯苓霜，前日人送了來，還等老太太、太太回來看了，才敢打動，這不該偷了去。」五兒見問，忙又將他舅舅送的一節說了出來。

平兒聽了，笑道：「這樣說，你竟是個平白無辜之人，拿你來頂缸的。此時天晚，奶奶才進了藥歇下，不便為這點小事就去絮叨。如今且將他交給上夜的人看守一夜，等明日我回了奶奶，再作道理。」林之孝家的不敢違拗，只得帶了出來，交與上夜的媳婦們看守，自己便去了。

這裡，五兒被人軟禁起來，一步不敢多走。又兼眾媳婦也有勸他說，不該做這沒行止的事；也有抱怨說：「正經更還坐不上來，又弄個賊來給我們看守，倘或眼不見，尋了一死，或逃走了，都是我們的不是。」又有素日一干與柳家不睦的人，見了這般，十分趁願，都來奚落嘲戲他。這五兒心內又氣忿又委屈，竟無處可訴；且本來怯弱有病，這一夜思茶無茶，思水無水，思睡無衾枕，嗚嗚咽咽，直哭了一夜。

誰知和他母女不和的那些人，巴不得一時就攆他出門去，生恐次日有變，大家先起了個清早，都悄悄的來買轉平兒，一面送些東西，一面又奉承他辦事簡斷，一面又講述他母親素日許多不好處。

平兒一一的都應著，打發他們去了，卻悄悄的來訪襲人，問他可果真芳官給他露了。襲人便說：

「露卻是給了芳官。芳官轉給何人，我卻不知。」襲人於是又問芳官。芳官聽了，唬天跳地，忙應是自己送他的。

芳官便又告訴了寶玉，寶玉也慌了，說：「露雖有了，若勾起茯苓霜來，他自然也實供。若聽見了是他舅舅門上得的，他舅舅又有了不是，豈不是人家的好意，反被咱們陷害了。」因忙和平兒計議：「露的事雖完，然這霜也是有不是的。好姐姐，你只叫他說，也是芳官給他的，就完了。」平兒笑道：「雖如此，只是他昨晚已經同人說是他舅舅給的了，如何又說你給的？況且那邊所丟之露正無主兒，如今有贓證的白放了，又去找誰？誰還肯認？眾人也未必心服。」

晴雯走來，笑道：「太太那邊的露，再無別人，分明是彩雲偷了，給環哥兒去了。你們可瞎亂說。」平兒笑道：「誰不知這個原故，但今玉釧兒急的哭，悄悄問著他，他若應了，玉釧兒也罷了，大家也就混著不問了。難道我們好意兜攬這事不成！可恨彩雲不但不應，他還擠玉釧兒，說他偷了去了。兩個人窩裡炮，先吵得合府皆知。我們如何裝沒事人？少不得要查的。殊不知，告失盜的就是賊，又沒贓證，怎麼說他？」寶玉道：「也罷，這件事我也應起來，就說我嚇他們玩的，悄悄的偷了太太的來了。兩件事都完了。」

襲人道：「也倒是一件陰騭（積下陰德）事，保全人的賊名兒。只是太太聽見，又說你小孩子氣象，不知好歹了。」平兒笑道：「也倒是小事。如今便從趙姨娘屋裡起了贓來也容易，我只怕又傷著一個好人的體面。別人都不要管，只這一個人豈不又生氣？我可憐的是他，不肯為打老鼠傷了玉瓶。」說著，把三個指頭一伸。襲人等聽說，便知他說的是探春。大家都忙說：「可是這話，竟是我們這裡應了起來的為是。」

平兒又笑道：「也須得把彩雲和玉釧兒兩個孽障叫了來，問準了他方好。不然，他們得了意，不說為這個，倒像我沒有本事，問不出來。就是這裡完事，他們以後越發偷的偷，不管的不管了。」襲人等笑道：「正是，也要你留個地步。」

平兒便命一個人叫了他兩個來，說道：「不用慌，賊已有了。」玉釧兒先問：「賊在哪裡？」平兒道：「現在二奶奶屋裡呢，問他什麼，應什麼。我心裡明白，知不是他偷的，可憐他害怕都承認。這裡寶二爺不過意，要替他認一半。我待要說出來，但只是這做賊的素日又是和我好的一個姊妹，窩主（藏匿贓物的人）卻是平常，裡面又傷了一個好人的體面，因此為難，少不得央求寶二爺應了，大家無事。如今反要問你們兩個，還是怎樣？若從此以後，大家小心存體面，這便求寶二爺應了；若不然，我就回了二奶奶，不要冤屈了人。」

彩雲聽了，不覺紅了臉，一時羞惡之心感發，便說道：「姐姐放心，也不要冤屈好人，也不要帶累無辜之人傷體面。偷東西原是趙姨奶奶央告我再三，我拿了些與環哥兒是情真。連太太在家我們還拿過，各人去送人，也是常時有的。我原說嚷過兩天就罷了。如今既冤屈了好人，我心也不忍。姐姐竟帶了我回奶奶去，一概應了完事。」

眾人聽了這話，一個個都詫異，他竟這樣有肝膽。只見寶玉忙笑道：「彩雲姐姐果然是個正經人，如今也不用你應，我只說我悄悄的偷的，嚇你們玩，如今鬧出事來，我原該承認。只求姐姐們以後省些事，大家就好了。」彩雲道：「我幹的事，為什麼叫你應？死活我該去受。」

平兒、襲人忙道：「不是這樣說。你一應了，未免又叨登出趙姨奶奶來。那時三姑娘聽見，豈不又生氣？竟不如寶二爺應了，大家無事，且除這幾個人，皆不得知道，這樣，何等的乾淨。但只以後，千萬大家小心些就是了。要拿什麼，好歹等太太到家，哪怕連這房子給了人，我們就沒干係了。」彩雲聽了，低頭想了一想，方依允。

於是大家商議妥貼，平兒帶了他兩個並芳官，來至上夜房中，叫了五兒，將茯苓霜一節，也悄悄的教他說係芳官所贈，五兒感謝不盡。平兒帶他們來至自己這邊，已見林之孝家的帶領了幾個媳婦，押解著柳家的，等夠多時。

林之孝家的又向平兒說：「今日一早押了他來，恐園裡沒有伺候姑娘們飯的，我暫且將秦顯的女人派了去伺候姑娘們去了。」平兒道：「秦顯的女人是誰？我不大相熟。」林之孝家的道：「他是園裡南角子上夜的，白日裡沒什麼事，所以姑娘不大相識。高高的孤拐（顴骨），大大的眼睛，最乾淨爽利的。」玉釧兒道：「是了，姐姐，你怎麼忘了？他是跟二姑娘的司棋的嬸子。司棋的父母雖是大老爺那邊的人，他這叔叔卻是咱們這邊的。」

平兒聽了，方想起來，笑道：「哦，你早說是他，我就明白了。」又笑道：「也太派急了些。如今這事，八下裡水落石出了，連前日太太屋裡丟的也有了主兒。是寶玉那日過來和這兩個孽障不知道要什麼的，偏這兩個孽障慪他玩，說：『太太不在家，不敢拿。』寶玉便瞅他兩個不提防時節，自己進去，拿了些什麼出來。這兩個孽障不知道，就嚇慌了。如今寶玉聽見帶累了別人，方細細的告訴了我，拿出東西來。我瞧，一件不差，那茯苓霜也是寶玉外頭得了的，也曾賞過許多人。不獨園內人有，連媽媽子們討了出去給親戚們吃，又轉送人，襲人也曾給過芳官之流的人。他們私情各自來往，也是常事。前日那兩簍，還擺在議事廳上，好好的原封沒動。怎麼就混賴起人來？等我回了奶奶再說。」一說畢，抽身進了臥房，將此事照前言回了鳳姐兒一遍。

鳳姐兒道：「雖如此說，但寶玉為人，不管青紅皂白，愛兜攬事情。別人再求求他去，他又擱不住人兩句好話，給他個炭簍子（喻廉價的奉承）戴上，什麼事他不應承？咱們若信了，將來若大事也如此，如何治人？還要細細的追求才是。依我的主意，把太太屋裡的丫頭都拿來，雖不便擅加拷打，只叫他們墊著瓷瓦子，跪在太陽地下，茶飯也不要給他們吃。一日不說，跪一日。便是鐵打的，一日也管招了。又道是『蒼蠅不抱無縫蛋』。雖然這柳家的沒偷，到底有些影兒，人才說他。雖不加賊刑，也革出不用。朝廷原有掛誤的，到底不算委屈了他。」

平兒道：「何苦來，操這心！得放手時須放手。什麼大不了的事，樂得施恩呢。依我說，總在這屋裡操上一百分心，終久是回那邊屋裡去的。沒的結些小人仇恨，使人含恨抱怨。況且自己又三災八難的，好容易懷了一個哥兒，到了六七個月還掉了，焉知不是素日操勞太過，氣惱傷著的？如今趁早見一半不見一半的，也倒罷了。」

一席話，說得鳳姐兒倒笑了，道：「由你去罷。我不管如何。」平兒笑道：「這不是正經話！」說畢，轉身出來，一一發放。

要知端的，且聽下回分解。

# 第六十二回

## 憨湘雲醉眠芍藥茵　呆香菱情解石榴裙

話說平兒出來，吩咐林之孝家的道：「大事化為小事，小事化為沒事，方是興旺之家。若是不一點子小事，便揚鈴打鼓，亂折騰起來，不成道理。如今將他母女帶回，照舊去當差。將秦顯家的仍舊退回。再不必提此事，只是每日小心巡察要緊。」說畢，起身走了。柳家的母女忙向上磕頭。林家的就帶回園中，回了李紈、探春，二人皆說：「知道了，寧可無事，很好。」

司棋等人空興頭了一陣。那秦顯家的好容易等了這個空子鑽了來，只興頭了半天，在廚房內正亂接收家伙、米糧、煤炭等物，又查出許多虧空來，說：「粳米短了兩石，常用米又多支了一個月的，炭也欠著額數。」一面又打點送林之孝家的禮，悄悄的備了一簍炭，五百斤木柴，一擔粳米，在外邊就遣了子侄送到林家去了；又打點送帳房的禮；又備幾樣菜蔬，請幾位同事的人，說：「我來了，全仗你們列位扶持。自今以後，都是一家人了。我有照顧不到的，好歹大家照顧些。」

正亂著，忽有人來說：「你看完了這一頓早飯，就出去罷。柳嫂兒原無事，如今還交與他管了。」秦顯家的聽了，轟去了魂魄，垂頭喪氣，登時掩旗息鼓，捲包而去。送人之物白白丟了許多，自己倒要折變了賠補虧空。連司棋都氣了個倒仰，無計挽回，只得罷了。

趙姨娘正因彩雲私贈了許多東西，被玉釧兒吵出，生恐查詰出來，每日捏一把汗打聽信兒。忽見彩雲來告訴說：「都是寶玉應了，從此無事。」趙姨娘方把心放下來。

誰知賈環聽如此說，便起了疑心，將彩雲凡私贈之物都拿了出來，照著彩雲臉上摔了去，說：「你這兩面三刀的東西！我不稀罕。若你不和寶玉好，他如何肯替你應？你既有擔當給了我，原該不與一個人知道。如今你既然告訴了他，我再要這個，也沒趣。」彩雲見如此，急得發咒賭誓，至於哭了，百般解說，賈環執意不信，說：「不看你素日之情，去告訴二嫂子，就說你偷來給我，我不敢要。你細想去。」說畢，摔手出去了。

急得趙姨娘罵：「沒造化的種子，蛆心孽障。」氣得彩雲哭個淚乾腸斷。趙姨娘百般的安慰他：「好孩子，他辜負了你的心，我看得真。讓我收起來，過兩日，他自然回轉過來了。」說著，便要收東西。彩雲賭氣一頓包起來，乘人不見時，來至園中，都撇在河內，順水沉的沉、漂的漂了。自己氣得夜間在被內暗哭。

當下又值寶玉生日已到。原來寶琴也是這日，二人相同。王夫人不在家，也不曾像往年熱鬧。只有張道士送了四樣禮，換的寄名符兒。還有幾個僧尼廟的和尚、姑子送了供尖兒，並壽星、紙馬、疏頭，並本宮星官、值年太歲、周年換的鎖兒。家中常走的女先兒這日來上壽。王子騰那邊，仍是一套衣服，一雙鞋襪，一百壽桃，一百束上用銀絲掛麵。薛姨媽處，減一半。其餘家中人，尤氏仍是一雙鞋襪；鳳姐兒是一個宮製四面和合荷包，裡面裝一個金壽星，一件波斯國所製玩器。各廟中遣人去放堂舍錢。姐妹中皆隨便，或有一扇的，或有一字的，或有一畫的，或有一詩的，聊為應景而已。

這日，寶玉清晨起來，梳洗已畢，冠帶出來。至前廳院中，已有李貴等四個人在那裡設下天地香燭。寶玉炷了香，行了禮，奠茶焚紙後，便至寧府中宗祠、祖先堂兩處行畢了禮，出至月台上，又朝上遙拜過賈母、賈政、王夫人等。一順到尤氏上房，行過禮，坐了一回，方回榮府。先至薛姨媽處，薛姨媽再三拉著。然後又過見薛蝌，讓一回，方進園來。晴雯、麝月二人跟隨，小丫頭夾著氈子，從李氏起，一一挨著所長的房中到過。復出二門，至李、趙、張、王四個奶媽家，讓了一回，方進來。雖眾人要行禮，也不曾受。回至房中，襲人等只都來說一聲就是了。王夫人有言，不令年輕人受禮，恐折了福壽，故此皆不磕頭。

一時，賈環、賈蘭來了，襲人連忙拉住，坐了一坐，便去了。寶玉笑道：「走乏了。」便歪在床上。方吃了半盞茶，只聽外面咭咭呱呱，一群丫頭笑了進來，原來是翠墨、小螺、翠縷、入畫，邢岫煙的丫頭篆兒，並奶子抱著巧姐兒，彩鸞、繡鸞八九個人，都抱著紅氈，笑著進來，是說：「拜壽的擠破了門了，快拿麵來我們吃。」剛進來時，探春、湘雲、寶琴、岫煙、惜春也都來了。寶玉忙迎出來，笑說：「不敢起動，快預備好茶。」進入房中，不免推讓一回，大家歸座。

襲人等捧過了茶來，才吃了一口，平兒打扮得花枝招展的來了。寶玉忙迎出來，笑說：「我方才到鳳姐姐門上，回了進去，不能見我，我又打發人進去讓姐姐的。」平兒笑道：「我正打發你姐姐梳頭，不得出來回你。後來聽見又說讓我，我哪裡承當得起？所以特地來磕頭。」寶玉笑道：「我也承當不起。」襲人早在外間安了座，讓他坐。平兒便福下去，寶玉作揖不迭。平兒便跪下去，寶玉也忙還跪下，襲人連忙攙起來。又下了一福，寶玉又還了一揖。

襲人笑推寶玉：「你再作揖。」寶玉道：「已經完了，怎麼又作揖？」襲人笑道：「這是他來給你拜壽。今日也是他的生日，你也該給他拜壽。」寶玉喜得忙作下揖，笑道：「原來今日也是姐姐的芳誕。」平兒還福不迭。

湘雲拉寶琴、岫煙說：「你們四個人對拜壽，直拜一天才是。」探春忙問：「原來邢妹妹也是今日，我怎麼就忘了？」忙命丫頭：「去告訴二奶奶，趕著補一份禮，與琴姑娘一樣，送到二姑娘屋裡去。」丫頭答應著去了。岫煙見湘雲直口說出，少不得要到各房去讓讓的。

探春笑道：「倒有些意思。一年十二個月，月月有幾個生日。人多了，便這等巧，也有三個一日的，兩個一日的。大年初一日也不白過，大姐姐占了去。怨不得他福大，生日比別人就占先。又是老祖太爺的生日。過了燈節，就是老太太和寶姐姐，他們娘兒兩個遇的巧。三月初一是太太的，初九是璉二哥哥。二月沒人。」

襲人道：「二月十二日是林姑娘，怎沒人？只不是咱家的人。」探春笑道：「我這個記性是怎麼了！」寶玉笑指襲人道：「他倒和林妹妹是一日，所以他記得。」探春笑道：「原來你兩個倒是一日。每年連頭也不給我們磕一個。平兒的生日，我們也不知道。這也是才知道。」

平兒笑道：「我們是那牌兒名上的人，生日也沒拜壽的福，又沒受禮職分，可吵鬧什麼？可不悄悄的過去。今日他又偏吵出來了，等姑娘回房，我再行禮去罷。」探春笑道：「也不敢驚動。只是今日倒要替你過個生日，我心裡才過得去。」寶玉、湘雲等一齊都說：「很是。」

探春便吩咐了丫頭：「去告訴他奶奶，就說我們大家說了，今日一天不放平兒出去，我們也大家湊份子過生日呢。」丫頭笑著去了，半日，回來說：「二奶奶說了，多謝姑娘們給他臉。不知過生日給他些什麼吃？只別忘了二奶奶，就不來絮聒他了。」眾人都笑了。

探春因說道：「可巧今日裡頭廚房不預備飯，一應下面弄菜，都是外頭收拾。咱們就湊了錢，叫柳家的來領了去，只在咱們裡頭辦，何如？」一面遣人去傳柳家的進來，吩咐他內廚房中快收拾兩桌酒席。

柳家的不知何意，因回說外廚房都預備了。探春笑道：「你原來不知道，今日是平姑娘的華誕。

外頭預備的是上頭的，這如今我們私下又湊了份子，單為平姑娘預備兩桌請他。你只管揀新巧的菜蔬預備了來，開了帳，我那裡領錢。」柳家的笑道：「今日又是平姑娘的千秋，我竟不知道。」說著，便向平兒磕頭，慌得平兒拉起他來。柳家的忙去預備酒席。

這裡，探春又邀了寶玉，同到廳上去吃麵，等到李紈、寶釵一齊來全，又遣人去請薛姨媽與黛玉。因天氣和暖，黛玉之疾漸癒，故也來了。花團錦簇，擠了一廳的人。

誰知薛蝌又送了巾、扇、香、帛四色壽禮與寶玉，寶玉於是過去陪他吃麵。兩家皆辦了壽酒，互相酬送，彼此同領。至午間，寶玉又陪薛蝌吃了兩杯酒。寶釵帶了寶琴過來，與薛蝌行禮。把盞畢，寶釵因囑薛蝌：「家裡的酒也不用送過那邊去，這虛套竟可收了。你只請伙計們吃罷。我們和寶兄弟進去，還要待人去呢，也不能陪你了。」薛蝌忙說：「姐姐、兄弟只管請，只怕伙計們也就好來了。」寶玉忙又告過罪，方同他姊妹回來。

一進角門，寶釵便命婆子將門鎖上，把鑰匙要了，自己拿著。寶玉忙說：「這一道門何必關，又沒多的人走。況且姨娘、姐姐、妹妹都在裡頭，倘或要家去取什麼，豈不費事？」寶釵笑道：「小心沒過逾的。你瞧你們那邊，這幾日七事八事，竟沒有我們那邊的人，可知是這門關得有功效了。若是開著，保不住那起人圖順腳，走近路，從這裡走，攔誰的是？不如鎖了，連媽和我也禁著些，大家別走。總有了事，就賴不著這邊的人了。」

寶玉笑道：「原來姐姐也知道我們那邊近日丟了東西？」寶釵笑道：「我只知道玫瑰露和茯苓霜兩件，乃因人而及物。若非因人，你卻連這兩件還不知道呢。殊不知，還有幾件，比這兩件大的呢。若以後叨登不出來，是大家的造化。若叨登出來，不知裡頭連累多少人呢。你也是不管事的人，我才告訴你。平兒是個明白人，我前日也告訴了他，皆因他奶奶不在外頭，所以使他明白了。若不犯出了，大家樂得丟開手。若犯出來，他心裡已有稿了，自有頭緒，就冤屈不著平人了。你只聽我說，以後留神小心就是了，這話也不可對第二個人講。」

說著，來到沁芳亭邊，只見襲人、香菱、侍書、晴雯、麝月、芳官、蕊官、藕官等十來個人，都在那裡看魚作耍。見他們來了，都說：「芍藥欄裡預備下了，快去上席罷。」寶釵等隨攜了他們，同到芍藥欄中紅香圃三間小敞廳內。連尤氏也請過來了，諸人都在那裡，只沒平兒。

原來平兒出去，有賴、林諸家送了禮來，連三接四，上、中、下三等家人來拜壽送禮的不少，平兒忙著打發賞錢道謝，一面又色色的（一樣一樣的）回明鳳姐兒，不過留下幾樣，也有不受的，也有受下即刻賞與人的。忙了一回，又直待鳳姐兒吃過麵，方換了衣裳，往園裡來。

剛進了園，就有幾個丫鬟來找他，一同到了紅香圃中。只見筵開玳瑁，褥設芙蓉。眾人都笑說：「壽星全了。」上面四座，定要讓他們四個人坐，四人皆不肯，薛姨媽說：「我老天拔地，不合你們的群兒，我倒拘的慌，不如我往廳上隨便躺躺去倒好。我又吃不下什麼去，又不大吃酒，這裡讓他們倒便宜。」尤氏等執意不從。寶釵道：「這也罷了，倒是讓媽在廳上歪著自如些。有愛吃的，送些過去，倒自在了。且前頭沒人在那裡，又可照看了。」探春笑道：「既這樣，恭敬不如從命。」因大家送到議事廳上，眼看著命小丫頭們鋪了一個錦褥並靠背、引枕之類，又囑咐：「好生給姨媽捶腿。要茶要水，別推三拉四的。回來送了東西來，姨媽吃了，就賞你們吃。只別離了這裡出去。」小丫頭們都答應了。

探春等方回來。終久讓寶琴、岫煙二人在上，平兒面西坐，寶玉面東坐。探春又接了鴛鴦來，二人並肩對面相陪。西邊一桌，寶釵、黛玉、湘雲、迎春、惜春依序，一面又拉了香菱、玉釧兒二人打橫。三桌上，尤氏、李紈，又拉了襲人、彩雲陪坐。四桌上，便是紫鵑、鶯兒、晴雯、小螺、司棋等人圍坐。當下探春等還要把盞，寶琴等四人都說：「這一鬧，一日都坐不成了。」方才罷了。兩個女先兒要彈詞上壽，眾人都說：「我們沒人要聽那些野話，你廳上去說給姨太太解悶兒去罷。」一面又將各色吃食揀了，命人送與薛姨媽去。

寶玉便說：「雅坐無趣，須要行令才好。」眾人中，有的說行這個令好，又有那個說行那個令才好。黛玉道：「依我說，拿了筆硯，將各色令都寫了，拈成鬮兒。咱們抓出哪個來，就是哪個。」眾人都道：「妙極。」即命拿了一副筆硯、花箋。

香菱近日學了詩，又天天學寫字，見了筆硯，便巴不得連忙起座，說：「我寫。」大家想了一回，共得十來個，念著，香菱一一寫了，搓成鬮兒，擲在一個瓶中間。

探春便命平兒揀，平兒向內攪了一攪，用箸拈了一個出來，打開一看，上寫著「射覆」（猜迷語）二字。寶釵笑道：「把個酒令祖宗拈出來了。射覆從古有的，如今失了傳，這是後人纂的，比一切的令都難。這裡頭倒有大半是不會的，不如毀了，另拈一個雅俗共賞的。」

探春笑道：「既拈了出來，如何再毀？如今再拈一個，若是雅俗共賞的，便叫他們行去。咱們行這一個。」說著，又著襲人拈了一個，卻是「拇戰」（即劃拳）。

史湘雲笑著說：「這個簡斷爽利，合了我的脾氣。我不行這個射覆，沒的垂頭喪氣悶人，我只猜拳去了。」探春道：「惟有他亂令，寶姐姐快罰他一鐘。」寶釵不容分說，便灌湘雲一杯。

探春道：「我吃一杯，我是令官，也不用宣，只聽我分派。」命取了令骰、令盆來，「從琴妹妹擲起，挨下擲去。對了點的，二人射覆。」寶琴一擲，是個三。寶釵、寶玉等皆擲的不對，直到香菱，方擲了個三。寶琴笑道：「只好室內生春，若說到外頭去，可太沒頭緒了。」探春道：「自然。三次不中者，罰一杯。你覆（出迷面），他射（猜迷底）。」

寶琴想了一想，說了個「老」字。香菱原生於這令，一時想不到，滿室滿席都不見有與「老」字相連的成語。湘雲先聽了，便也亂看，忽見門斗上貼著「紅香圃」三個字，便知寶琴覆的是「吾不如老圃」的「圃」字。見香菱射不著，眾人擊鼓又催，便悄悄的拉香菱，教他說「藥」字。黛玉偏看見了，說：「快罰他，又在那裡私相傳遞呢。」哄得眾人都知道了，忙又罰了一杯。恨的湘雲拿筷子敲黛玉的手。於是罰了香菱一杯。

下則寶釵和探春對了點子。探春便覆了一個「人」字。寶釵笑道：「這個『人』字泛得很。」探春笑道：「添一個字，兩覆一射也不泛了。」說著，便又說了一個「窗」字。寶釵一想，因見席上有雞，便射著他是用雞窗、雞人二典了，因射了一個「塒」（雞窩）字。探春知他射著，用了「雞棲於塒」（《詩經．君子於役》中的詩句）的典，二人一笑，各飲一口門杯。

湘雲等不得，早和寶玉「三」、「五」亂叫，猜起拳來。那邊尤氏和鴛鴦，隔著席也「七」、「八」亂叫劃起拳來。平兒、襲人也作了一對划拳，叮叮噹噹，只聽得腕上鐲子響。一時湘雲贏了寶玉，鴛鴦贏了尤氏，襲人贏了平兒，三個人限酒底、酒面，湘雲便說：「酒面要一句古文，一句舊詩，一句骨牌名，一句曲牌名，還要一句時憲書（曆書）上有的話，共總成一句話。酒底要關人事的果菜名。」

眾人都聽了說：「惟有他的令比別人嘮叨，倒也有意思。」便催寶玉快說。寶玉笑道：「誰說過這個，也等想一想。」黛玉便道：「你多喝一鍾，我替你說。」寶玉真個喝了酒，聽黛玉說道：

落霞與孤鶩齊飛，風急江天過雁哀，卻是一隻折足雁，叫的人九回腸，這是鴻雁來賓。

眾人說：「這一串子，倒有些意思。」黛玉又拈了一個榛穰，說酒底道：

　　榛子非關隔院砧，何來萬戶擣衣聲。

令完，鴛鴦、襲人等皆說的是一句俗語，都帶一「壽」字的，不須多贅。

大家輪流亂劃了一陣。這上面，湘雲又和寶琴對了手，李紈和岫煙對了點子。李紈便覆了一個「瓢」字，岫煙便射了一個「綠」字，二人會意，各飲一口。湘雲的拳卻輸了，請酒面、酒底。寶琴笑道：「請君入甕。」大家笑起來，說：「這個典用得當。」湘雲便說道：

　　奔騰而澎湃，江間波浪兼天湧，須要鐵鎖攬孤舟，既遇著一江風，不宜出行。

說的眾人都笑了，說：「好個謅斷了腸子的。怪道他出這個令，故意惹人笑。」又聽他說酒底。湘雲吃了酒，又吃塊鴨肉呷酒，忽見碗內有半個鴨頭，遂夾了出來吃腦子。眾人催他：「別只顧吃，你到底快說了。」湘雲便用箸子舉著說道：

　　這鴨頭不是那丫頭，頭上哪討桂花油？

眾人越發笑起來，引得晴雯、翠螺、鶯兒等一干人都走過來，說：「雲姑娘會開心兒，拿著我們取笑兒，快罰一杯才罷。怎見得我們就該擦桂花油的？倒得每人給一瓶子桂花油擦擦。」

黛玉笑道：「他倒有心給你們一瓶子油，又怕掛誤著打竊盜官司。」眾人不理論，寶玉卻明白，忙低了頭。彩雲心裡有病，不覺的紅了臉。寶釵忙暗暗的瞅了黛玉一眼。黛玉自悔失言，原是趣寶玉的，就忘了彩雲。自悔不及，忙一頓的行令划拳岔開了。

底下，寶玉可巧和寶釵對了點子。寶釵覆了一個「寶」字，寶玉想了一想，便知是寶釵作戲，指自己所佩通靈玉而言，便笑道：「姐姐拿我作雅謔，我卻射著了。說出來，姐姐別惱。就是姐姐的諱，『釵』字就是了。」眾人道：「怎麼解？」寶玉道：「他說『寶』，底下自然是『玉』字了。我射『釵』字，舊詩曾有『敲斷玉釵紅燭冷』，豈不射著了。」湘雲說道：「這用時事，卻使不得。兩個人都該罰。」

香菱道：「不止時事，這也有出處的。」湘雲道：「『寶玉』二字，並無出處。不過是春聯上或有之，詩書記載並無，算不得。」香菱道：「前日我讀岑嘉州（岑參）五言律，現有一句說，『此鄉多寶玉』。怎麼你倒忘了？後來又讀李義山（李商隱）七言絕句，又有一句『寶釵無日不生塵』。我還笑說，他兩個名字都原來在唐詩上呢。」

眾人笑說：「這可問住了，快罰一杯。」湘雲無話，只得飲了。

大家又該對點、划拳。這些人因賈母、王夫人不在家，沒了管束，便任意取樂，呼三喝四，喊七叫八。滿廳中紅飛翠舞，玉動珠搖，真是十分熱鬧。玩了一回，大家方起席散了。一散，倏然不見了湘雲，只當他外頭自便就來，誰知越等越沒了影兒，使人各處去找，哪裡找得著？

接著，林之孝家的同著幾個老婆子來，生恐有正事呼喚，二者恐丫鬟們年輕，乘王夫人不在家，不服探春等約束，恣意痛飲，失了體統，故來請問有事無事。

探春見他們來了，便知其意，忙笑道：「你們又不放心，來查我們來了。我們並沒有多吃酒，不過是大家玩笑，將酒作引子。媽媽們別擔心。」李紈、尤氏都也笑說：「你們歇著去罷，我們也不敢叫他們多吃了。」林之孝家的等人笑說：「我們知道，連老太太叫姑娘吃酒，姑娘們還不肯吃呢，何況太太們不在家，自然玩罷了。我們怕有事，來打聽打聽。二則天長了，姑娘們玩一回子，還該點補些小食兒。素日又不大吃雜東西，如今吃一兩杯酒，若不多吃些東西，怕受傷。」

探春笑道：「媽媽們說的是，我們也正要吃呢。」回頭命取點心來。兩旁丫鬟們答應了，忙去傳點心。探春又笑讓：「你們歇著去，或是姨媽那裡說話兒去。我們即刻打發人送酒你們吃去。」林之孝家的等人笑回：「不敢領了。」又站了一回，方退了出來。

平兒摸著臉笑道：「我的臉都熱了，也不好意思見他們。依我說，竟收了罷。別惹他們再來，倒沒意思了。」探春笑道：「不相干，橫豎咱們不認真喝酒就罷了。」

正說著，只見一個小丫頭笑嘻嘻的走來，說：「姑娘們快瞧雲姑娘去，吃醉了，圖涼快，在山子後頭一塊青板石凳上睡著了。」眾人聽說，都笑道：「快別吵嚷。」說著，都走來看時，果見湘雲臥於山石僻處石凳子上，業經香夢沉酣，四面芍藥花飛了一身，滿頭臉、衣襟上皆是紅香散亂，手中的扇子在地下，也半被落花埋了，一群蜜蜂、蝴蝶鬧嚷嚷的圍著他，又用鮫帕包了一包芍藥花瓣枕著。眾人看了，又是愛，又是笑，忙上來推喚攙扶。湘雲口內猶作睡語說酒令，嚕嚕嘟嘟說：

泉香而酒冽，玉碗盛來琥珀光，直飲到梅梢月上，醉扶歸，卻為宜會親友。

眾人笑推他，說道：「快醒醒兒，吃飯去。這潮凳上還睡出病來呢。」

湘雲慢啟秋波，見了眾人，又低頭看了一看自己，方知是醉了。原是納涼避靜的，不覺因多罰了兩杯酒，嬌嬝不勝，便睡著了，心中反覺自愧。連忙起身，同著眾人來至紅香圃中，洗過手，又吃了兩盞濃茶。探春忙命將醒酒石拿來，給他銜在口內，一時又命他吃了些酸湯，方才覺得好了些。

當下又選了幾樣果菜，與鳳姐兒送去。鳳姐兒也送了幾樣來。寶釵等吃過點心，大家也有坐的，也有立的，也有在外觀花的，也有倚欄觀魚的，各自取便，說笑不一。探春便和寶琴下棋，寶釵、岫煙觀局。林黛玉和寶玉在一簇花下唧唧噥噥，不知說些什麼。

只見林之孝家的和一群女人帶了一個媳婦進來。那媳婦愁眉苦臉，也不敢進廳，只到階下，便朝上跪下，磕頭有聲。探春因一塊棋受敵，算來算去，終得了兩個眼，便折了官著，兩眼只瞅著棋盤，一隻手卻伸在盒內，只管抓弄棋子作想，林之孝家的站了半天，因回頭要茶時才看見，問：「什麼事？」林之孝家的便指那媳婦說：「這是四姑娘屋裡的小丫頭彩兒的娘，現是園內伺候的人，嘴很不好，才是我聽見了，問著他，說的話也不敢回姑娘，竟要攆出去才是。」

探春道：「怎麼不回大奶奶？」林之孝家的道：「方才大奶奶往廳上姨太太處去，頂頭看見，我已回明白了，叫回姑娘來。」探春道：「怎麼不回二奶奶？」平兒道：「不回去也罷了，我回去說一聲就是了。既這麼著，就攆他出去，等太太回來再回，請姑娘定奪。」探春點頭，仍又下棋。這裡，林之孝家的帶了那人出去，不提。

黛玉和寶玉二人站在花下，遙遙盼望。黛玉便說道：「你家三丫頭倒是個乖人。雖然叫他管些事，倒也一步兒不肯多走。差不多的人，就早作起威福來了。」寶玉道：「你不知道呢。你病著時，他幹了幾件事。這園子也分了人管，如今多折一草也不能了。又蠲了幾件事，單拿我和鳳姐姐作筏子，禁別人。最是心裡有算計的人，豈只乖而已。」

黛玉道：「要這樣才好，咱們也太費了。我雖不管事，心裡每常閒了替他們一算計，出的多，進的少。如今若不省儉，必致後手不接。」寶玉笑道：「憑他怎麼後手不接，也短不了咱們兩個人的。」黛玉聽了，轉身就往廳上尋寶釵說笑去了。

寶玉正欲走時，只見襲人走來，手內捧著一個小連環洋漆茶盤，裡面可式放著兩鍾新茶，因問：「他哪裡去了？我見你兩個半日沒吃茶，巴巴的倒了兩鍾來，他又走了。」寶玉道：「那不是他，給他送去。」說著，自拿了一鍾。襲人便送了那鍾去，偏和寶釵在一處，只得一鍾茶，便說：「哪位渴了，哪位先接了。我再倒去。」寶釵笑道：「我卻不渴，只要一口漱漱就是了。」說著，先拿起來，喝了一口剩了半杯，遞在黛玉手內。襲人笑說道：「我再倒去。」黛玉笑道：「你知道我這病，大夫不許多吃茶，這半鍾盡夠了，難為你想得到。」說畢，飲乾，將杯放下。

襲人又來接寶玉的。寶玉因問：「這半日不見芳官，他在哪裡呢？」襲人四顧一瞧說：「才在這裡幾個人鬥草的，這會子不見了。」

寶玉聽說，便忙回至房中，果見芳官面向裡睡在床上。寶玉推他，說道：「快別睡覺，咱們外頭玩去，一會好吃飯的。」芳官道：「你們吃酒，不理我，叫我悶了半日，可不來睡覺罷了。」寶玉拉了他起來，笑道：「咱們晚上家裡再吃，回來我叫襲人姐姐帶了你桌上吃飯，何如？」

芳官道：「藕官、蕊官都不上去，單我在那裡，也不好。我也不慣吃那個麵條子，早起也沒好生吃。才剛餓了，我已告訴了柳嫂子，先給我做一碗湯、盛半碗粳米飯送來，我這裡吃了就完事。若是晚上吃酒，不許叫人管著我，我要盡力吃夠了才罷。我先在家裡，吃二三斤好惠泉酒呢。如今學了這勞什子，他們說怕壞嗓子，這幾年也沒聞見。乘今日我是開齋了。」寶玉道：「這個容易。」

說著，只見柳家的果遣人送了一個盒子來。小燕接著，揭開看時，裡面是一碗蝦丸雞皮湯，又是一碗酒釀清蒸鴨子，一碟醃的胭脂鵝脯，還有一碟四個奶油鬆瓤卷酥，並一大碗熱騰騰碧熒熒綠畦香稻粳米飯。小燕放在案上，走去拿了小菜並碗箸過來，撥了一碗飯。

芳官便說：「油膩膩，誰吃這些東西！」只將湯泡飯吃了一碗，揀了兩塊醃鵝就不吃了。寶玉聞著，倒覺比往常之味又勝些似的，就吃了一個卷酥，又命小燕也撥了半碗飯，泡湯一吃，十分香甜可口。小燕和芳官都笑了。

吃畢，小燕便將剩的要交回。寶玉道：「你吃了罷。若不夠，再要些來。」小燕道：「不用要，這就夠了。方才麝月姐姐拿了兩盤子點心給我們吃了，我再吃了這個，盡不用再吃了。」說道，便站在桌旁一頓吃了，又留下兩個卷酥，說：「這個留著給我媽吃。晚上要吃酒，給我兩碗酒吃就是了。」

寶玉笑道：「你也愛吃酒？等著咱們晚上痛喝一陣。我知道你襲人姐姐和晴雯姐姐的量也好，也要喝，只是每日不好意思。趁今日大家開齋。還有一件事，想著囑咐你，竟忘了，此刻才想起來。以後，芳官全要你照看他，他或有不到處，你提他。襲人照顧不過這些人來。」

小燕道：「我都知道，不用操心。但這五兒怎麼樣？」寶玉道：「你和柳家的說去，明日直叫他進來罷，等我告訴他們一聲就完了。」芳官聽了，笑道：「倒是正經事。」小燕又叫兩個小丫頭進來，伏侍洗手倒茶，自己收了家伙，交與婆子，也洗了手，便去找柳家的。不在話下。

寶玉便出來，仍往紅香圃尋眾姊妹，芳官在後拿著巾扇。剛出了院門，只見襲人、晴雯二人攜手回來。寶玉問：「你們做什麼？」襲人道：「擺下飯了，等你吃飯呢。」寶玉便說笑著將方才吃飯的一節告訴了他兩個。

襲人笑道：「我說你是貓兒食，聞見了香就好。隔鍋飯兒香。雖然如此，也該上去陪他們，多少應個景兒。」晴雯用手指戳在芳官額上，說道：「你就是狐媚子，什麼空兒跑了去吃飯？兩個怎約下了？也不告訴我們一聲兒。」襲人笑道：「不過是誤打誤撞的遇見，說下可是沒有的事。」

晴雯道：「既這麼著，要我們無用。明日我們都走了，讓芳官一個人就夠使了。」襲人笑道：「我們都去了使得，你卻去不得。」晴雯道：「惟有我是第一個要去，又懶又笨，性子又不好，又沒用。」襲人笑道：「倘或那孔雀褂子再燒了窟窿，你去了，誰可會補呢？你倒別和我拿三撇四的，我煩你做個什麼，把你懶得橫針不拈，豎線不動。也不是我的私活煩你，橫豎都是他的，你就都不肯做。怎麼我去了幾天，你病的七死八活，一夜連命也不顧給他做了出來？這又是什麼原故？你到底說話，不要只佯憨，和我笑，也當不了什麼。」

大家說著，來至廳上。薛姨媽也來了。大家依序坐下吃飯。寶玉只用茶泡了半碗飯，應景而已。一時吃畢，大家吃茶閒話，又隨便玩笑。

外面小螺和香菱、芳官、蕊官、藕官、豆官等四五個人，都滿園玩了一回，大家採了些花草來兜著，坐在花草堆中鬥草。這一個說：「我有觀音柳。」那一個說：「我有羅漢松。」那一個又說：「我有君子竹。」這一個又說：「我有美人蕉。」這一個又說：「我有星星翠。」那一個又說：「我有月月紅。」這個又說：「我有《牡丹亭》畔的牡丹葉。」那個又說：「我有《琵琶記》裡的枇杷果。」豆官便說：「我有姊妹花。」眾人沒了說的，香菱便說：「我有夫妻蕙。」

豆官說：「沒聽見一個夫妻蕙。」香菱道：「一箭一花為蘭，一箭數花為蕙。有兩枝上下結花者為兄弟蕙，有並頭結花者為夫妻蕙。我這枝並頭的，怎麼不是？」豆官說：「不害羞，若是兩枝一大一小，說是老子兒子蕙了。若是兩枝背面開的，就是仇人蕙了。你漢子（丈夫）去了大半年，你想他，便扯上蕙也是夫妻，好不害羞！」

香菱聽了，紅了臉，忙要起身擰他，笑罵道：「我把你這個爛了嘴的小蹄子！滿嘴裡放屁胡說。」豆官見他要勾起來，怎肯容他，便忙連身將他壓住，回頭笑著央告蕊官等：「來幫著我擰他這張嘴。」兩個人滾在草地上。

眾人拍手笑說：「了不得，那是一窪子水，可惜污了他的新裙子。」豆官回頭看了一看，果見旁邊有一汪積雨，香菱的半條裙子都污濕了，自己不好意思，忙奪手跑了。眾人笑個不住，怕香菱拿他們出氣，也都哄笑一散。

香菱起身，低頭一看，見那裙上猶滴滴點點流下綠水來。正恨罵不絕，可巧寶玉見他們鬥草，也尋了些草花來湊戲，忽見眾人跑了，只剩了香菱一個低頭弄裙，因問：「為什麼散了？」香菱便說：「我有一枝夫妻蕙，他們不知道，反說我謅，因此鬧起來，把我的新裙子也污了。」寶玉笑道：「你有夫妻蕙，我這裡倒有一枝並蒂菱。」口內說著，手裡真個拈著一枝並蒂菱花，又拈了那枝夫妻蕙在手內。

香菱道：「什麼夫妻不夫妻，並蒂不並蒂，你瞧瞧這裙子。」寶玉低頭一瞧，便「嗳呀」了一聲，說：「怎麼拖在泥裡了？可惜這石榴紅綾，最不經染。」香菱道：「這是前日琴姑娘帶了來的。姑娘做了一條，我做了一條，今日才上身。」

寶玉跌腳嘆道：「若你們家，一日糟踏這一件，也不值什麼。只是頭一件，既係琴姑娘帶來的，你和寶姐姐每人才一件，他的尚好好的，你的髒了，豈不辜負他的心。二則姨媽老人家嘴碎，饒這麼樣，我還聽見常說，你們不知過日子，只會糟踏東西，不知惜福呢。這叫姨媽看見了，又說個不清。」香菱聽了這話，卻磕心坎兒上，反倒喜歡起來了，因笑道：「就是這話。我雖有幾條裙子，都不和這一樣。若有一樣的，趕著換了，也就好了，過後再說。」

寶玉道：「你快休動，只站著方好。不然，連小衣兒、膝褲、鞋面都要拖髒了。我有主意。襲人上月做了一條和這個一模一樣的，他因有孝，如今也不穿。竟送了你，換下這個來，何如？」香菱笑著搖頭說：「不好。倘或他們聽見了，倒不好。」

寶玉道：「怕什麼？等他孝滿了，他愛什麼，難道不許你送他別的不成？你若這樣，不是你素日為人了。況且不是瞞人的事，只管告訴寶姐姐也可，只不過怕姨媽老人家生氣罷了。」香菱想了一想有理，點頭笑道：「就是這樣罷了，別辜負你的心。我等著你，好歹叫他親自送來才好。」

寶玉聽了，喜歡非常，答應了，忙忙的回來。一壁低頭，心下暗算：「可惜這麼一個人，沒父母，連自己本姓也忘了，被人拐出來，偏又賣與這個霸王。」因又想起，上日平兒也是意外想不到的，今日更是意外之意外的事了。一面胡思亂想，來至房中，拉了襲人，細細告訴了他原故。

香菱之為人，無人不憐愛的。襲人又本是個手中撒漫的，況與香菱相好，一聞此信，忙就開箱取了出來，折好，隨了寶玉來尋著香菱，他還站在那裡等呢。襲人笑道：「我說你太淘氣了，總要淘出個故事來才罷。」香菱紅了臉，笑說：「多謝姐姐了，誰知那起促掐鬼使黑心。」說著，接了裙子，展開一看，果然同著自己的一樣。又命寶玉背過臉去，自己向內解下來，將這條繫上。

襲人道：「把這髒了的交與我拿回去，收拾了給你送來。你若拿回去，看見了，又是要問的。」香菱道：「好姐姐，你拿去，不拘給哪個妹妹罷。我有了這個，不要他了。」襲人道：「你倒大方得好。」香菱忙又萬福道謝，襲人拿了髒裙便走。

香菱見寶玉蹲在地下，將方才的夫妻蕙與並蒂菱用樹枝兒挖了一個坑，先抓些落花來鋪墊了，將這菱、蕙安放，又將些落花來掩了，方撮土掩埋平復。香菱拉他的手，笑道：「這又叫做什麼？怪道人人說你慣會鬼鬼祟祟、使人肉麻的事。你瞧瞧，你這手弄得泥污苔滑的，還不快洗去。」寶玉笑著，方起身走了，去洗手。香菱也自走開。

二人已走了數步，香菱復轉身回來，叫住寶玉。寶玉不知有何話說，扎著兩隻泥手，笑嘻嘻的轉來，問：「什麼？」香菱只管笑。因那邊他的小丫頭臻兒走來說：「二姑娘等你說話呢。」香菱方向寶玉道：「裙子的事，可別和你哥哥說才好。」說畢，即轉身走了。寶玉笑道：「可不我瘋了，往虎口裡探頭兒去呢？」說著，也回去了。

不知端詳，下回分解。

# 第六十三回
## 壽怡紅群芳開夜宴　死金丹獨豔理親喪

話說寶玉回至房中洗手，因與襲人商議：「晚間吃酒，大家取樂，不可拘泥。如今吃什麼好，早說給他們備辦去。」襲人笑道：「你放心，我和晴雯、麝月、秋紋四個人，每人五錢銀子，共是二兩。芳官、碧痕、小燕、四兒四個人，每人三錢銀子，他們有假的不算，共是三兩二錢銀子，已交給了柳嫂子，預備四十碟果子。我和平兒說了，已經抬了一罈好紹興酒，藏在那邊了。我們八個人單替你做生日。」

寶玉聽了，喜的忙說：「他們是哪裡的錢？不該叫他們出才是。」晴雯道：「他們沒錢，難道我們是有錢的？這原是各人的心。哪怕他偷的呢，只管領他們的情就是了。」寶玉聽了，笑說：「你說的是。」襲人笑道：「你這人一天不挨他兩句硬話村（用粗話頂撞）你，你再過不去。」晴雯笑道：「你如今也學壞了，專會架橋撥火。」說著，大家都笑了。

寶玉說：「關院門罷。」襲人笑道：「怪不得人說你是『無事忙』，這會子關了門，人倒疑惑，越性再等一等。」寶玉點頭，因說：「我出去走走，四兒舀水去，小燕一個跟我來罷。」說著，走到外邊，因見無人，便問五兒之事。小燕道：「我才告訴了柳嫂子，他倒喜歡得很。只是五兒那夜受了委屈煩惱，回去又氣病了，哪裡來得？只等好了罷。」寶玉聽了，未免後悔長嘆，因又問：「這事襲人知道不知道？」小燕道：「我沒告訴，不知芳官可說了不曾？」寶玉道：「我卻沒告訴過他。也罷，等我告訴他就是了。」說畢，復走進來，故意洗手。

已是掌燈時分，聽得院門前有一群人進來。大家隔窗悄視，果見林之孝家的和幾個管事的女人走來，前頭一人提著大燈籠。晴雯悄笑道：「他們查上夜的人來了。這一出去，咱們好關門了。」只見怡紅院上夜的人都迎了出去。林之孝家的看了，不少，又吩咐：「別耍錢吃酒、放倒頭睡到大天亮。我聽見是不依的。」眾人都笑說：「哪裡有大膽子的人。」林之孝家的又問：「寶二爺睡下了沒有？」眾人都回：「不知道。」

襲人忙推寶玉。寶玉靸了鞋，便迎出來，笑道：「我還沒睡呢。媽媽進來歇歇。」又叫襲人倒茶來。林之孝家的忙進來，笑說：「還沒睡呢？如今天長夜短了，該早些睡，明日方起得早。不然，到了明日起遲了，人笑話說，不是個讀書上學的公子了，倒像那起挑腳漢了。」說畢，又笑。寶玉忙笑道：「媽媽說得是。我每日都睡得早。媽媽每日進來，可都是我不知道的，已經睡了。今日因吃了麵，怕停食，所以多玩一回。」

林之孝家的又向襲人等笑說：「該開些個普洱茶吃。」襲人、晴雯二人忙笑說：「泡了一杯女兒茶，已經吃過兩碗了。大娘也嘗一碗，都是現成的。」說著，晴雯便倒了一碗來。

林之孝家的又笑道：「這些時，我聽見二爺嘴裡都換了字眼，趕著這幾位大姑娘們竟叫起名字來。雖然在這屋裡，到底是老太太、太太的人，還該嘴裡尊重些才是。若一時半刻偶然叫一聲使得，若只管順口叫起來，怕以後兄弟、侄兒照樣，便惹人笑話，說這家子的人眼裡沒有長輩。」寶玉笑道：「媽媽說得是。我原不過是一時半刻的。」襲人、晴雯都笑說：「這可別委屈了他。直到如今，

## 第六十三回
### 壽怡紅群芳開夜宴　死金丹獨豔理親喪

他可『姐姐』沒離了口。不過玩的時候叫一聲半聲名字；若當著人，卻是和先一樣。」

林之孝家的笑道：「這才好呢，這才是讀書知禮的。越自己謙遜越尊重，別說是三五代的陳人（祖輩傳下來懂規矩的人），現從老太太、太太屋裡撥過來的，便是老太太、太太屋裡貓兒、狗兒，輕易也傷他不得。這才是受過調教的公子行事。」說畢，吃了茶，便說：「請安歇罷，我們走了。」寶玉還說：「再歇歇。」那林之孝家的已帶了眾人，又查別處去了。

這裡，晴雯等忙命關了門，進來笑說：「這位奶奶，哪裡吃了一杯來了，嘮三叨四的，又排場了我們一頓去了。」麝月笑道：「他也不是好意的？少不得也要常提著些兒。也提防著，怕走了大褶兒（錯了規矩）的意思。」說著，一面擺上酒果。

襲人道：「不用桌，咱們把那張花梨圓炕桌子放在炕上坐，又寬綽，又便宜。」說著，大家果然抬來。麝月和四兒那邊去搬果子，用兩個大茶盤，做四五次，方搬運了來。兩個老婆子蹲在外面火盆上篩酒。

寶玉說：「天熱，咱們都脫了大衣裳才好。」眾人笑道：「你要脫，你只管脫，我們還要輪流安席呢。」寶玉笑道：「這一安席，就要到五更天了。知道我最怕這些俗套，在外人跟前，不得已的。這會子還慪我，就不好了。」眾人聽了，都說：「依你。」於是先不上座，且忙著卸妝寬衣。

一時將正裝卸去，頭上只隨便挽著鬏兒，身上皆是長裙短襖。寶玉只穿著大紅棉紗小襖子，下面綠綾彈墨夾褲，散著褲腳，繫著一條汗巾，靠著一個各色玫瑰花、芍藥花瓣裝的玉色夾花新枕頭。芳官滿口嚷熱，只穿著一件玉色紅青駝絨三色緞子斗的水田小夾襖，束著一條柳綠汗巾，底下是水紅灑花夾褲，也散著褲腳。頭上齊額編著一圈小辮，總歸至頂心，結一根粗辮，拖在腦後。右耳根內只塞著米粒大小的一個小玉塞子，左耳上單帶著一個白果大小的硬紅鑲金大墜子，越顯得面如滿月猶白，眼比秋水還清。引得眾人笑說：「他兩個倒像一對雙生的弟兄。」

襲人等一一斟上酒來，說：「且等一等再划拳。雖不安席，每人在手裡吃我們一口罷了。」於是襲人為先，端在唇上吃了一口，餘依次下去，一一吃過，大家方團圓坐定。小燕、四兒因炕沿坐不下，便端了兩張椅子，近炕放下。那四十個碟子，皆是一色白彩定窯的，不過只有小茶碟大，裡面不過是山南海北，中原外國，或乾或鮮，或水或陸，天下所有的酒饌果菜。

寶玉因說：「咱們也該行個令才好。」襲人道：「斯文些才好，別大呼小叫，惹人聽見。二則我們不識字，可以不要那些文的。」麝月笑道：「拿骰子咱們搶紅罷。」寶玉道：「沒趣，咱們占花名兒好。」晴雯笑道：「正是，早已想弄這個玩意兒。」襲人道：「這個玩意雖好，人少了沒趣。」

小燕笑道：「依我說，咱們竟悄悄的把寶姑娘、雲姑娘、林姑娘請了來，玩一回子，到二更天再睡不遲。」襲人道：「又開門闔戶的鬧，倘或遇見巡夜的問呢？」寶玉道：「怕什麼。咱們三姑娘也吃酒，再請他一聲才好。還有琴姑娘。」眾人都道：「琴姑娘罷了，他在大奶奶屋裡，叨登的大發了。」寶玉道：「怕什麼，你們就快請去。」小燕、四兒都巴不得一聲，二人忙命開門，分頭去請。

晴雯、麝月、襲人三人又說：「他兩個去請，只怕寶、林兩個不肯來，須得我們請去，死活拉他來。」於是襲人、晴雯忙又命老婆子打個燈籠，二人又去。果然寶釵說夜深了，黛玉說身上不好。他二人再三央求：「好歹給我們一點臉面，略坐坐再來。」探春聽了，卻也歡喜，因想：「不請李紈，倘或被他知道了，倒不好。」便命翠墨同了小燕，也再三的請了李紈和寶琴二人。會齊，先後都到了怡紅院中。襲人又死活拉了香菱來。炕上又並了一張桌子，方坐開了。

寶玉忙說：「林妹妹怕冷，過這邊靠板壁坐。」又拿個靠背墊著些。襲人等都端了椅子，在炕沿下一陪。黛玉卻離桌遠遠的靠著靠背，因笑向寶釵、李紈、探春等道：「你們日日說人家夜聚飲賭，今日我們自己也如此，以後怎麼說人？」李紈笑道：「有何妨礙？一年之中，不過生日、節間如此，並無夜夜如此。這倒也不怕。」說著，晴雯拿了一個竹雕的簽筒來，裡面裝著象牙花名簽子，搖了一搖，放在當中。又取過骰子來，盛在盒內，搖了一搖，揭開一看，裡面是六點，數至寶釵。寶釵便笑道：「我先抓，不知抓出個什麼來。」說著，將筒搖了一搖，伸手掣出一根，大家一看，只見簽上畫著一枝牡丹，題著「豔冠群芳」四字，下面又有鐫的小字，一句唐詩，道是：

任是無情也動人。

又注著：「在席共賀一杯。此為群芳之冠，隨意命人，不拘詩詞雅謔，道一則以侑酒。」眾人看了，都笑說：「巧的很，你也原配牡丹花。」說著，大家共賀了一杯。寶釵吃過，便笑說：「芳官唱一支我們聽罷。」芳官道：「既這樣，大家吃了門杯好聽。」於是大家吃酒。芳官便唱：「壽筵開處風光好。」眾人都道：「快打回去。這會子很不用你來上壽，揀你極好的唱來。」芳官只得細細的唱了一支《賞花時》（此曲出自明代湯顯祖的《邯鄲記》）：

「翠鳳毛翎紮帚叉，閒踏天門掃落花。您看那風起玉塵沙。猛可的那一層雲下，抵多少門外即天涯。您再休要劍斬黃龍一線兒差，再休向東老貧窮賣酒家。您與俺眼向雲霞。洞賓呵，你得了人可便早些兒回話；若遲呵，錯叫人留恨碧桃花。」

才罷。寶玉卻只管拿著那簽，口內顛來倒去念「任是無情也動人」，聽了這曲子，眼看著芳官不語。湘雲忙一手奪了，擲與寶釵。寶釵又擲了一個十六點，數到探春。

探春笑道：「還不知得個什麼。」伸手掣了一根出來，自己一瞧，便丟在地下，紅了臉，笑道：「這東西不好，原不該行這令。這原是外頭男人們行的令，許多混話在上頭。」眾人不解，襲人等忙拾了起來，眾人看上面是一枝杏花，那紅字寫著「瑤池仙品」四字，詩云：

日邊紅杏倚雲栽。

注云：「得此籤者，必得貴婿。大家恭賀一杯，共同飲一杯。」眾人笑說道：「我說是什麼呢？這籤原是閨閣中取戲的，除了這兩三根有這話的，並無雜話，這有何妨？我們家已有了王妃，難道你也是王妃不成？大喜，大喜。」說著，大家來敬。探春哪裡肯飲？卻被史湘雲、香菱、李紈等三四個人強死強活灌下才罷。探春只命蠲了這個，再行別的，眾人斷不肯依。湘雲拿著他的手，強擲了個十九點出來，便該李氏掣。

李氏搖了一搖，掣出一根來一看，笑道：「好極。你們瞧瞧，這勞什子竟有些意思。」眾人瞧那籤上，畫著一枝老梅，是寫著「霜曉寒姿」四字，一面舊詩是：

竹籬茅舍自甘心。

注云：「自飲一杯，下家擲骰。」李紈笑道：「真有趣，你們擲去罷。我只自吃一杯，不問你們的廢興。」說著，便吃酒，將骰子與黛玉。黛玉一擲，是十八點，便該湘雲掣。

湘雲笑著，揎拳擄袖的伸手掣了一根出來。大家看時，一面畫著一枝海棠，題著「香夢沉酣」四字，那面詩道是：

只恐夜深花睡去。

黛玉笑道：「『夜深』二字，改『石涼』兩個字。」眾人便知他打趣白日間湘雲醉眠的事，都笑了。湘雲笑指那自行船與黛玉看，又說：「快坐上那船，家去罷，別多話了。」眾人都笑了。因看注云：「既云『香夢沉酣』，掣此籤者不便飲酒，只令上下兩家各飲一杯。」湘雲拍手笑道：「阿彌陀佛，真真好籤！」恰好黛玉是上家，寶玉是下家。二人斟了兩杯，只得要飲。寶玉先飲了半杯，瞅人不見，遞與芳官，芳官即便端起來一仰脖子。黛玉只管和人說話，將酒全折在漱盂內了。湘雲便綽起骰子來一擲個九點，數去該麝月。

麝月便掣了一根出來。大家看時，這面上是一枝荼蘼花，題著「韶華勝極」四字，那邊寫著一句舊詩，道是：

開到荼蘼花事了。

注云：「在席各飲三杯送春。」麝月問：「怎麼講？」寶玉皺眉，忙將籤藏了，說：「咱們且喝酒。」說著，大家都飲了三口，以充三杯之數。麝月一擲個十點，該香菱。

香菱便掣了一根並蒂花，題著「聯春繞翠」，那面寫著一句詩，道是：

連理枝頭花正開。

黛玉默默的想道：「不知還有什麼好的被我掣著方好。」一面伸手取了一根，上面畫著一枝芙蓉花，題著「風露清愁」四字，那面一句舊詩，道是：

莫怨東風當自嗟。

注云：「自飲一杯，牡丹陪飲一杯。」眾人笑說：「這個好極。除了他，別人不配做芙蓉。」黛玉也自笑了。於是飲了酒，便擲了個二十點，該著襲人。

襲人便伸手取了一支出來，卻是一枝桃花，題著「武陵別景」四字，那一面寫著舊詩，道是：

桃紅又是一年春。

注云：「杏花陪一盞，坐中同庚者陪一盞，同辰者陪一盞，同姓者陪一盞。」眾人笑道：「這一回熱鬧有趣。」

大家算來，香菱、晴雯、寶釵三人皆與他同庚，黛玉與他同辰，只無同姓者。芳官忙道：「我也姓花，我也陪他一鍾。」於是大家斟了酒。黛玉因向探春笑道：「命中該招貴婿的，你是杏花，快喝了，我們好喝。」探春笑道：「這是個什麼話？大嫂子順手給他一下。」李紈笑道：「人家不得貴婿，反挨打，我也不忍得。」眾人都笑了。

襲人才要擲，只聽有人叫門，老婆子忙出去問時，原來是薛姨媽打發人來接黛玉的。眾人因問幾更了，人回：「二更以後了，鐘打過十一下了。」寶玉猶不信，要過表來，瞧了一瞧，已是子初二刻十分了。黛玉便起身說：「我可掌不住了，回去還要吃藥呢。」眾人說：「也都該散了。」襲人、寶玉等還要留著眾人。李紈、探春等都說：「夜太深了不像，這已是破格了。」襲人道：「既如此，每位再吃一杯再走。」說著，晴雯等已都斟滿了酒。每人吃了，都命點燈。襲人等都送過沁芳亭河那邊方回來。

關了門，大家復又行起令來。襲人等又用大鍾斟了幾鍾，用盤子攢了各樣果菜與地下的老嬤嬤們。彼此有了三分酒了，便划拳贏唱小曲兒。那天已四更時分，老嬤嬤們一面明吃，一面暗偷，酒缸已罄，眾人聽了，方收拾盥漱睡覺。

芳官吃得兩腮胭脂一般，眉梢眼角添了許多豐韻，身子圖不得（支撐不住）便睡在襲人身上，說：「姐姐，我心跳得很。」襲人笑道：「誰叫你盡力灌著來。」小燕、四兒也圖不得早睡了。晴雯還只管叫。寶玉道：「不用叫了，咱們且胡亂歇一歇。」自己便就那紅香枕，身子一歪睡著了。襲人見芳官醉得很，恐鬧他唾酒，只得輕輕起來將芳官扶在寶玉之側，由他睡了。自己卻在對面榻上倒下。

大家黑甜一覺，不知所之。及至天明，襲人睜眼一看，只見天色晶明，忙說：「可遲了。」向對面床上瞧了一瞧，只見芳官頭枕著炕沿上，睡猶未醒，連忙起來叫他。寶玉已翻身醒了，笑道：「可遲了！」因又推芳官起身。那芳官坐起來，猶發怔揉眼睛。襲人笑道：「不害羞，你吃醉了，怎麼也不揀地方兒亂挺下了？」芳官聽了，瞧一瞧，方知是和寶玉同榻，忙笑的下地來，說：「我怎麼吃得不知道了？」寶玉笑道：「我竟也不知道了。若知道，給你臉上抹些黑墨。」

說著，丫頭進來伺候梳洗。寶玉笑道：「昨日有擾。今日晚上，我還席。」襲人笑道：「罷，罷，今日可別鬧了。再鬧，就有人說話了。」寶玉笑道：「怕什麼，不過才兩次罷了。咱們也算是會吃酒的了，那一壇子酒，怎麼就吃光了？正是有趣，偏又沒了。」

襲人笑道：「原要這樣才有趣，必至興盡了，反無後味。昨日都好上來了，晴雯連臊也忘了，我記得他還唱了一個曲兒。」四兒笑道：「姐姐忘了，連姐姐還唱了一個呢。在席的誰沒唱過！」眾人聽了，俱紅了臉，用兩手握著，笑個不住。

忽見平兒笑嘻嘻的走來，說：「我親自來請昨日在席的人，今日我還東，短一個也使不得。」眾人忙讓座吃茶。晴雯笑道：「可惜昨夜沒他。」平兒忙問：「夜裡你們做什麼來？」襲人便說：「告訴不得你。昨日夜裡熱鬧非常，連往日老太太、太太帶著眾人玩，也不及昨日這一玩。一壇酒我們都鼓搗光了，一個個喝得把臊都丟了，又都唱起來。四更多天，才橫三豎四的打了一個盹兒。」

平兒笑道：「好，白和我要了酒來，也不請我，還說著給我聽，氣我。」晴雯道：「今日他還席，必來請你的，等著罷。」平兒笑問道：「他是誰？誰是他？」晴雯聽了，趕著打笑，說道：「偏你這耳朵尖，聽得真。」平兒笑道：「這會子有事，不和你說，我幹事去了。一回再打發人來請。一個不到，我是打上門來的。」寶玉等忙留他，已經去了。

這裡，寶玉梳洗了，正吃茶，忽然眼看硯台底下壓著一張紙，因說道：「你們這隨便混壓東西也不好。」襲人、晴雯等忙問：「又怎麼了，誰又有了不是了？」寶玉指道：「硯台下是什麼？一定又是哪位的樣子，忘記了收的。」晴雯忙啟硯拿了出來，卻是一張字帖兒。遞與寶玉看時，原來是一張粉紅箋紙，上面寫著：「檻外人妙玉肅恭遙叩芳辰。」

寶玉看畢，直跳了起來，忙問：「是誰接了來的？也不告訴。」襲人、晴雯等見了這般，不知當是哪個要緊的人來的帖子，忙一齊問：「昨日誰接下了一個帖子？」四兒忙飛跑進來，笑說：「昨日妙玉並沒親來，只打發個媽媽送來。我就擱在那裡，誰知一頓喝酒就忘了。」眾人聽了，道：「我當是誰，大驚小怪。這也不值得。」

寶玉忙命：「快拿紙來。」當下拿了紙，研了墨，看他下著「檻外人」三字，自己竟不知回帖上回個什麼字樣才相敵。只管提筆出神，半天仍沒主意。因又想：「若問寶釵去，他必又批評怪誕，不如問黛玉去。」想罷，袖了帖兒，徑來尋黛玉。

剛過了沁芳亭，忽見岫煙笑著，巍巍的迎面走來。寶玉忙問：「姐姐哪裡去？」岫煙笑道：「我找妙玉說話。」寶玉聽了詫異，說道：「他為人孤癖，不合時宜，萬人不入他目。原來他推重姐姐，可知姐姐不是我們一流的俗人。」岫煙笑道：「他也未必真心重我，但我和他做過十年的鄰居，只一牆之隔。他在蟠香寺修煉，我家原寒素，賃房居住，就賃了他的廟裡房子，住了十年，無事時到他廟裡去做伴。我所認得的字都是承他所授。我和他又是貧賤之交，又有半師之分。因我們投親去了，聞得他因不合時宜，權勢不容，竟投到這裡來。如今又天緣湊合，我們得遇，舊情竟未改易。承他青目，更勝當日。」

寶玉聽了，恍如聽焦雷一般，喜得笑道：「怪道姐姐舉止言談，超然如野鶴閒雲，原本有來歷。我正因他的一件事為難，要請教別人去。如今遇見姐姐，真是天緣湊合，求姐姐指教。」說著，便將拜帖取與岫煙看。岫煙笑道：「他這脾氣竟不能改，竟是生成這等放誕詭僻了。從來沒見拜帖上下別號的，這可是俗語說的，『僧不僧，俗不俗，女不女，男不男』，成個什麼理數？」寶玉聽說，忙笑道：「姐姐不知道，他原不在這些人中算，他原是世人意外之人。因取了我是個些微有知識的，方給我這帖子。我因不知回什麼字樣才好，竟沒了主意，正要去問林妹妹，可巧遇見了姐姐。」

岫煙聽了寶玉這話，且只顧用眼上下細細打量了半日，方笑道：「怪道俗語說的，『聞名不如見面』。怪不得妙玉竟下這帖子給你，又怪不得上年竟給你那些梅花。他既這樣，少不得我告訴你原故。他常說：『古人中，自漢、晉、五代、唐、宋以來，皆無好詩，只有兩句好，說道：「縱有千年鐵門檻，終須一個土饅頭（指墳墓）。」』所以他自稱『檻外之人』。又常贊文是《莊子》的好，故又或稱為『畸人』。他若帖子上是自稱『畸人』的，你就還他個『世人』。畸人者，他自稱是畸零之人。你謙自己乃世上擾擾之人，他便喜了。如今他自稱『檻外之人』，是自謂蹈於鐵檻之外了；故你如今只下『檻內人』，便合了他的心了。」

寶玉聽了，如醍醐灌頂，噯喲了一聲，方笑道：「怪道我們家廟說是『鐵檻寺』呢，原來有這麼一說。姐姐就請，讓我去寫回帖。」岫煙聽了，便自往櫳翠庵去。寶玉回房，寫了帖子，上面只寫「檻內人寶玉熏沐謹拜」幾字，親自拿了，到櫳翠庵，只隔門縫兒投進去，便回來了。

因飯後平兒還席，說紅香圃太熱，便在榆蔭堂中擺了幾席美酒佳肴。可喜尤氏又帶了佩鳳、偕鸞二妾過來游玩。這二妾亦是青年姣憨女子，不常過來的，今既入了這園，再遇見湘雲、香菱、芳、蕊一干女子，所謂『方以類聚，物以群分』二語不錯，只見他們說笑不了，也不管尤氏在哪裡，只憑丫鬟們去服役，且同眾人一一的游玩。

閒言少述。且說當下眾人都在榆蔭堂中，以酒為名，大家玩笑，命女先兒擊鼓。平兒採了一枝芍藥，大家約二十來人，傳花為令，熱鬧了一回。因人回說：「甄家有兩個女人送東西來了。」探春和李紈、尤氏三人出去議事廳相見，這裡眾人且出來散一散。

佩鳳、偕鸞兩個去打秋千玩耍，寶玉便說：「你兩個上去，讓我送。」慌得佩鳳說：「罷了，別替我們鬧亂子。」忽見東府中幾個人慌慌張張跑來：「老爺賓天了。」眾人聽了，嚇了一大跳，說：「好好的並無疾病，怎麼就沒了？」眾人說：「老爺天天修煉，定是功成圓滿，升仙去了。」

尤氏一聞此言，又見賈珍父子並賈璉等皆不在家，一時竟沒個著己的男子來，未免忙了。只得忙卸了妝飾，命人先到玄真觀，將所有的道士都鎖了起來，等大爺來家審問。一面忙忙坐車，帶了賴升一干老人、媳婦出城。又請太醫看視到底係何病症。

大夫們見人已死，何處診脈來？素知賈敬導氣之術總屬虛誕，更至參星禮斗、守庚申、服靈砂（道士煉的丹藥）等妄作虛為，過於勞神費力，反因此傷了性命的。如今雖死，腹中堅硬似鐵，面皮燒的紫絳皺裂。便向媳婦說：「係玄教（道教）中吞金服砂，燒脹而沒。」眾道慌的回道：「原是秘製的丹砂吃壞事，小道們也曾勸說『功成未到，且服不得』，不承望老爺於今夜守庚申時悄悄的服了下去，便升仙去。這是虔心得道，已出苦海，脫去皮囊了。」

尤氏也不便聽，只命鎖著，等賈珍來發放，且命人飛馬報信。一面看視裡面窄狹，不能停放，橫豎也不能進城的，忙裝裹（給屍體穿上壽衣）好了，用軟轎抬至鐵檻寺來停放。掐指算來，至早也得半月的工夫，賈珍方能來到。目今天氣炎熱，實不能相待，遂自行主持，命天文生擇了日期入殮。壽木早年已經備下，寄在此廟的，甚是便宜。三日後，便開喪破孝。一面且做起道場來等賈珍。

榮府中鳳姐兒出不來，李紈又照顧姊妹，寶玉不識事體，只得將外頭事務暫托了幾個家中二等管事人。賈㻞、賈珖、賈珩、賈瓔、賈菖、賈菱等各有執事。尤氏不能回家，便將他繼母接來，在寧府看家。這繼母只得將兩個未出嫁的女兒帶來，一並起居，才放心。

且說賈珍聞了此信，即忙告假，並賈蓉是有職人員。禮部見當今隆敦孝弟（同「悌」），不敢自專，具本請旨。原來天子極是仁孝過天的，更隆重功臣之裔，一見此本，便詔問賈敬何職。禮部代奏：「係進士出身，祖職已蔭其子賈珍。賈敬因年邁多病，常養靜於都城之外玄真觀。今因疾歿於觀中，其子珍，其孫蓉，現因國喪隨駕在此，故乞假歸殮。」

天子聽了，忙下額外恩旨曰：「賈敬雖無功於國，念彼祖父之忠，追賜五品之職。令其子孫扶柩由北下之門進都，入彼私第殯殮。任子孫盡喪禮畢，扶柩回籍外，著光祿寺按上例賜祭。朝中由王公以下，准其祭吊。欽此。」此旨一下，不但賈府中人謝恩，連朝中所有大臣皆嵩呼稱頌不絕。

賈珍父子星夜馳回，半路中又見賈㻞、賈珖二人領家丁飛騎而來，見了賈珍，一齊滾鞍下馬請安。賈珍忙問：「做什麼？」賈㻞回說：「嫂子恐哥哥和侄兒來了，老太太路上無人，叫我們兩個來護送老太太的。」

賈珍聽了，贊聲不絕，又問家中如何料理。賈㻞等便將如何拿了道士，如何挪至家廟，怕家內無人，接了親家母和兩個姨子在上房住著。賈蓉當下也下了馬，聽見兩個姨媽來了，便和賈珍一笑。賈珍忙說了幾聲「妥當」，加鞭便走，店也不投，連夜換馬飛馳。

一日，到了都門，先奔入鐵檻寺。那天已是四更天氣，坐更的聞知，忙喝起眾人來。賈珍下了馬，和賈蓉放聲大哭，從大門外便跪爬進來，至棺前稽顙泣血，直哭到天亮，喉嚨都啞了方住。尤氏等都一齊見過。賈珍父子忙按禮換了凶服（孝服），在棺前俯伏，無奈自要理事，竟不能目不視物，耳不聞聲，少不得減了些悲戚，好指揮眾人。因將恩旨備述與眾親友聽了，一面先打發賈蓉家中來料理停靈之事。賈蓉巴不得一聲兒，便先騎馬飛來。至家中，忙命前廳收桌椅，下隔扇，掛孝幔子，門前起鼓手棚、牌樓等事。又忙著進來看外祖母、兩個姨娘。

原來尤老安人年高喜睡，已歪著了，他二姨娘、三姨娘都和丫頭們做活計，見他來了，都道煩惱。賈蓉且嘻嘻的望他二姨娘笑說：「二姨娘，你又來了，我們父親正想你呢。」尤二姐便紅了臉，罵道：「蓉小子，我過兩日不罵你幾句，你就過不得了。越發連個體統都沒了。還虧你是大家公子哥兒，每日念書學禮的，越發連那小家子瓢坎的也跟不上。」說著，順手拿起一個熨斗來，兜頭就打。

賈蓉便抱著頭，滾到懷裡告饒。

尤三姐便撕嘴，又說：「等姐姐來家，咱們告訴他。」賈蓉忙笑著跪在炕上求饒，他兩個又笑了。賈蓉又和二姨娘搶砂仁吃，尤二姐咬了一嘴渣子，吐了他一臉。賈蓉用舌頭都舔著吃了。

眾丫頭看不過，都笑說：「熱孝在身上，老娘才睡了覺，他兩個雖小，到底是姨娘家，你太眼裡沒有奶奶了。回來告訴爺，你吃不了兜著走。」賈蓉撇下他姨娘，便抱著了丫頭們親嘴，說：「我的心肝，你說得是，咱們饞他兩個。」丫頭們忙推他，恨得罵：「短命鬼兒，你一般有老婆、丫頭，只和我們鬧。知道的說是玩；不知道的人，再遇見那樣髒心爛肺的，愛多管閒事咬舌頭的人，吵嚷到那府裡，背地嚼舌，說咱們這邊混帳。」

賈蓉笑道：「各門另戶，誰管誰的事？都夠使的了。從古至今，連漢朝和唐朝，人還說髒唐臭漢，何況咱們這宗人家。誰家沒風流事？別討我說出來。連那邊大老爺這麼厲害，璉叔還和那小姨娘不乾淨哩。鳳姑娘那樣剛強，瑞叔還想他的帳。哪一件瞞了我！」

賈蓉只管信口開合、胡言亂道之間，只見他老娘醒了，忙去請安問好，又說：「老祖宗勞心，難為兩位姨娘，這幾年總沒揀得人家。可巧前日路上才相准了一個。」尤老只當是真話，忙問是誰家。尤家姊妹丟了活計，一頭笑，一頭趕著打，說：「媽媽別信這雷打的。」連丫頭們都說：「天老爺有眼，仔細雷要緊！」

說著，人來回話：「事已完了，請哥兒出去看了，回爺的話去。」那賈蓉方笑嘻嘻的出來。

不知如何，且看下回分解。

# 第六十四回

## 幽淑女悲題五美吟　浪蕩子情遺九龍佩

話說賈蓉見家中諸事已妥，連忙趕至寺中，回明賈珍。於是連夜分派各項執事人役，並預備一切應用幡槓等物。擇於初四日卯時請靈柩進城，一面使人知會諸位親友。是日，喪儀炫耀，賓客如雲，自鐵檻寺至寧府，夾路而觀者何止數萬人。也有嗟嘆的，也有羨慕的。又有一等半瓶醋的讀書人，說是喪禮與其奢易，莫若儉戚的。一路紛紛議論不一。至未、申時方到，靈柩停放正堂之內。供奠舉哀已畢，親友漸次散回，只剩族中人分理迎賓送客等事。近親只有邢母舅等相伴未去。賈珍、賈蓉此時為禮法所拘，不免在靈旁藉草枕塊，恨苦居喪。人散後，仍乘空尋他小姨娘混。寶玉亦每日在寧府穿孝，至晚人散，方回園裡。鳳姐身體未愈，雖不能時常在此，或遇開壇誦經、親友打祭之日，亦扎掙過來，相幫尤氏料理。

一日，供畢早飯，因此時天氣尚長，賈珍等連日勞倦，不免在靈旁假寐。寶玉見無客至，遂欲回家看視黛玉，因先回至怡紅院中。進入門來，只見院中寂靜無人，有幾個老婆子與小丫頭們在回廊下取便乘涼，也有睡臥的，也有坐著打盹的。寶玉不去驚動。只有四兒看見，連忙上前來打簾子。將掀起時，只見芳官自內帶笑跑出，幾乎與寶玉撞個滿懷。一見寶玉，方含笑站住，說道：「你怎麼來了！你快與我攔住晴雯，他要打我呢。」

一語未了，只聽得屋內咭溜咕嚕的亂響，不知是何物撒了一地。隨後，晴雯趕來罵道：「我看你這小蹄子往哪裡去，輸了不叫打。寶玉不在家，我看你，有誰來救你。」寶玉連忙帶笑攔住，道：「你妹子小，不知怎麼得罪了你，看我的分上，饒他罷。」晴雯也不想寶玉此時回來，乍一見，不覺好笑，遂笑說道：「芳官竟是個狐狸精變的，就是會拘神遣將的符咒，也沒有這樣快。」又笑道：「就是你真請了神來，我也不怕。」遂奪手仍要捉拿芳官。芳官早已藏在寶玉身後。

寶玉遂一手拖了晴雯，一手攜了芳官，進入屋內。看時，只見西邊炕上麝月、秋紋、碧痕、紫綃等正在那裡抓子兒（一種游戲，以抓起石子、杏核多少定輸贏）贏瓜子呢。卻是芳官輸與晴雯，芳官不肯叫打，跑了出去。晴雯因趕芳官，將懷內的子兒撒了一地。

寶玉歡喜道：「如此長天，我不在家，正恐你們寂寞，吃了飯睡覺，睡出病來，大家尋件事玩笑消遣甚好。」因不見襲人，又問道：「你襲人姐姐呢？」晴雯道：「襲人麼，越發道學了，獨自個在屋裡面壁呢。這好一會我們沒進去，不知他做什麼呢，一些聲氣也聽不見。快瞧瞧去罷，或者此時參悟了，也未可定。」

寶玉聽說，一面笑，一面走至裡間。只見襲人坐在近窗床上，手中拿著一根灰色條子，正在那裡打結子呢。見寶玉進來，連忙站起，笑道：「晴雯這東西編派我什麼呢？我因要趕著打完了這結子，沒工夫和他們瞎鬧，因哄他道：『你們玩去罷，趁著二爺不在家，我要在這裡靜坐一坐，養一養神。』他就編派了我這些混話，什麼『面壁』了，『參禪』了的。等一會好不撕他那嘴！」

寶玉笑著挨近襲人坐下，瞧他打結子，問道：「這麼長天，你也該歇息歇息。或和他們玩笑，要不，瞧瞧林妹妹去也好。怪熱的，打這個哪裡使？」襲人道：「我見你帶的扇套，還是那年東府裡蓉大奶奶的事情上做的。那個青東西，除族中或親友家，夏天有喪事方帶得著，一年遇著帶一兩遭，平常又不犯做（不值得做）。如今那府裡有事，這是要過去天天帶的，所以我趕著另做一個。等打完了結子，給你換下那舊的來。你雖然不講究這個，若叫老太太回來看見，又該說我們躲懶，連你的穿帶之物都不經心了。」寶玉笑道：「這真難為你想的到。只是也不可過於趕，熱著了倒是大事。」說著，芳官早托了一杯涼水內新湃的茶來。因寶玉素昔秉賦柔脆，雖暑月不敢用冰，只以新汲井水將茶連壺浸在盆內，不時更換，取其涼意而已。

寶玉就芳官手內吃了半盞，遂向襲人道：「我來時已吩咐了茗煙，若珍大哥那邊有要緊人客來時，令他即來通稟；若無事，我就不過去了。」說畢，遂出了房門，又回頭向碧痕等道：「如有事，往林姑娘處來找我。」於是一徑往瀟湘館來看黛玉。

將過了沁芳橋，只見雪雁領著兩個老婆子，手中都拿著菱藕、瓜果之類。寶玉忙問雪雁道：「你們姑娘從來不大吃這些涼東西的，拿這些瓜果何用？莫非是要請哪位姑娘、奶奶麼？」雪雁笑道：「我告訴你，可不許你對姑娘說去。」寶玉點頭應允。雪雁便命兩個婆子：「先將瓜果送去，交與紫鵑姐姐。他要問我，你就說我做什麼呢，就來。」那婆子答應著去了。

雪雁方說道：「我們姑娘這兩日方覺身上好些了。今日飯後，三姑娘來會著要瞧二奶奶去，姑娘也沒去。又不知想起了什麼來，自己傷感了一回，提筆寫了好些，不知是詩是詞。叫我傳瓜果去時，又聽叫紫鵑將屋內擺著的小琴桌上的陳設搬下來，將桌子挪在外間當地，又叫將那龍文鼒（一種口小的鼎）放在桌上，等瓜果來時聽用。若說是請人呢，不犯先忙著把個爐擺出來。若說點香呢，我們姑娘素日屋內除新鮮花果木瓜之類，又不大喜熏衣服；就是點香，亦當點在常坐臥之處。難道是老婆子們把屋子熏臭了，要拿香熏熏不成？竟連我也不知何故。」說畢，便連忙的去了。

## 第六十四回

### 幽淑女悲題五美吟　浪蕩子情遺九龍佩

寶玉這裡不由的低頭細想，心內道：「據雪雁說來，必有原故。若是同哪一位姊妹們閒坐，亦不必如此先設饌具。或者是姑爹、姑媽的忌辰？但我記得，每年到此日期，老太太都吩咐另外整理肴饌，送去與林妹妹私祭，此時已過。大約必是七月，因為瓜果之節，家家都上秋祭的墳，林妹妹有感於心，所以在私室自己奠祭，取《禮記》『春秋薦其時食』之意，也未可定。但我此刻走去，見林妹妹傷感，必極力勸解，又怕他煩惱郁結於心。若竟不去，又恐他過於傷感，無人勸止。兩件皆足致疾。莫若先到鳳姐姐處一看，在彼稍坐即回。如若見林妹妹傷感，再設法開解，既不至使其過悲，哀痛稍申，亦不至抑郁致病。」想畢，遂出了園門，一徑到鳳姐處來。

正有許多執事婆娘們回事畢，紛紛散出。鳳姐兒正倚著門和平兒說話呢。一見了寶玉，笑道：「你回來了麼。我才吩咐了林之孝家的，叫他使人告訴跟你的小廝，若沒甚事，趁便請你回來歇息歇息才好。再者，彼處人多，你哪裡禁得住那些氣味？不想恰好你倒來了。」寶玉笑道：「多謝姐姐記掛。我也因今日沒事，又見姐姐這兩日沒往那府裡去，不知身上可大愈否？所以回來看視看視。」

鳳姐道：「左右也不過是這樣，三日好、兩日不好的。老太太、太太不在家，這些大娘們，噯，哪一個是安分的？每日不是打架，就拌嘴，連賭博、偷盜之事，已出來了兩三件了。雖說有三姑娘相幫辦理，他又是個未出閣的姑娘。也有好叫他知道的，也有對他說不得的事，也只好強扎掙著罷了。總不得心靜一會。別說想病好，求其不添，也就罷了。」寶玉道：「姐姐，雖如此說，姐姐還要保重身體，少操些心才是。」說畢，又說了些閒話，別過鳳姐，一直往園中走來。

進了瀟湘館院門看時，只見爐裊殘煙，奠餘玉醴。紫鵑正看著人往裡收桌子，搬陳設呢。寶玉便知已經祭奠完了，走入屋內，只見黛玉面向裡歪著，病體懨懨，大有不勝之態。紫鵑連忙說：「寶二爺來了。」黛玉方慢慢的起來，含笑讓座。寶玉道：「妹妹這兩天可大好些了麼？氣色倒覺靜些，只是為何又傷心了？」黛玉道：「可是你沒的說了，好好的我多早晚又傷心了？」

寶玉笑道：「妹妹臉上現有淚痕，如何還說我呢？只是我想，妹妹素日本來多病，凡事當各自寬解，不可過作無益之悲。若作踐壞了身子，使我……」說到這裡，覺得以下的話有些難說，連忙咽住。只因他雖說和黛玉一處從小兒與，情投意合，又願同生死，卻只是心中領會，從來未曾當面說出。況兼黛玉心多，每每說話間造次，得罪了黛玉，致彼哭泣。今日原為的是來勸解黛玉，不想把話又說造次了，接不下去，心中一急，又怕黛玉惱他。又想一想，自己的心實在的是為好，因而轉念為悲，早已滾下淚來。黛玉起先原惱寶玉說話不論輕重，如今見此光景，心有所感，本來素昔愛哭，此時亦不免無言對泣。

卻說紫鵑端了茶來，打量二人又為何事角口，因說道：「姑娘才身上好些，寶二爺又來慪氣了，到底是怎麼樣？」寶玉一面拭淚笑道：「誰敢慪妹妹了？」一面搭訕著起來閒步。只見硯台底下微露一紙角，不禁伸手拿起。黛玉忙要起身來奪，已被寶玉揣在懷內，笑央道：「好妹妹，賞我看看罷。」黛玉道：「不管什麼，來了就混翻。」

一語未了，只見寶釵走來，笑道：「寶兄弟要看什麼？」寶玉因未見上面是何言詞，又不知黛玉心中如何，未敢造次回答，卻望著黛玉笑。黛玉一面讓寶釵坐，一面笑說道：「我曾見古史中有才色的女子，終身遭際，令人可欣可羨、可悲可嘆者甚多。今日飯後無事，因欲擇出數人，胡亂湊幾首詩以寄感慨，可巧探丫頭來會我瞧鳳姐姐去，我也身上懶懶的，沒同他去。適才將做了五首，一時困倦起來，撂在那裡，不想二爺來了就瞧見了，其實給他看也倒沒有什麼，但只我嫌他是不是的寫了給人看去。」

寶玉忙道：「我多早晚給人看來呢。昨日那把扇子，原是我愛那幾首白海棠的詩，所以我自己用小楷寫了，不過為的是拿在手中看著便易。我豈不知，閨閣中詩詞字樣是輕易往外傳誦不得的。自從你說了，我總沒拿出園子去。」

寶釵道：「林妹妹這慮的也是。你既寫在扇子上，偶然忘記了，拿在書房裡去，被相公們看見了，豈有不問是誰做的呢？倘或傳揚開去，反為不美。自古道，『女子無才便是德』。總以貞靜為主，女工次之。其餘詩詞之類，不過閨閣中游戲，原可以會、可以不會。咱們這樣人家的姑娘，倒不要這些才華的名譽。」因又笑向黛玉道：「拿出來給我看看無妨，只不叫寶兄弟拿出去就是了。」

黛玉笑道：「既如此說，連你也可以不必看了。」又指著寶玉笑道：「他早已搶了去了。」寶玉聽了，方自懷內取出，湊至寶釵身旁，一同細看。只見寫道：

**西施**

一代傾城逐浪花，吳宮空自憶兒家。
效顰莫笑東村女，頭白溪邊尚浣紗。

**虞姬**

腸斷烏騅夜嘯風，虞兮幽恨對重瞳。
黥彭甘受他年醢，飲劍何如楚帳中。

**明妃**

絕豔驚人出漢宮，紅顏薄命古今同。
君王縱使輕顏色，予奪權何畀畫工？

**綠珠**

瓦礫明珠一例抛，何曾石尉重嬌嬈。
都緣頑福前生造，更有同歸慰寂寥。

**紅拂**

長揖雄談態自殊，美人巨眼識窮途。
屍居餘氣楊公幕，豈得羈縻女丈夫。

寶玉看了，贊不絕口，又說道：「妹妹這詩恰好只做了五首，何不就命名曰《五美吟》？」於是不容分說，便提筆寫在後面。

寶釵亦說道：「做詩不論何題，只要善翻古人之意。若要隨人腳蹤走去，縱使字句精工，已落第二義（二流的才能），究竟算不得好詩。即如前人所詠昭君之詩甚多，有悲挽昭君的，有怨恨延壽（毛延壽，漢代畫師）的，又有說漢帝不能使畫工圖貌賢臣而畫美人的，紛紛不一。後來王荊公（王安石）有『意態由來畫不成，當時枉殺毛延壽』，永叔（歐陽修）有『耳目所見尚如此，萬里安能制夷狄（異族）』之句。二詩俱能各出己見，不與人同。今日林妹妹這五首詩，亦可謂命意新奇，別開生面了。」

仍欲往下說時，只見有人回道：「璉二爺回來了。適才外間傳說，往東府裡去了好一會了，想必就回來的。」寶玉聽了，連忙起身，迎至大門以內等待。恰好賈璉自外下馬進來，於是寶玉先迎著賈璉跪下，口中給賈母、王夫人等請了安，又給賈璉請了安。二人攜手走了進來。

只見李紈、鳳姐、寶釵、黛玉、迎、探、惜等早在中堂等候，一一相見已畢。因聽賈璉說道：「老太太明日一早到家，一路身體甚好。今日先打發了我來回家看視。明日五更，仍要出城迎接。」說畢，眾人又問了些路途的景況。因賈璉是遠歸，遂大家別過，讓賈璉回房歇息。

## 第六十四回

### 幽淑女悲題五美吟　浪蕩子情遺九龍佩

至次日飯時前後，果見賈母、王夫人等到來。眾人接見已畢，略坐了一坐，吃了一杯茶，便領了王夫人等人過寧府中來。只聽見裡面哭聲震大，卻是賈赦、賈政送賈母到家即過這邊來了。當下賈母進入裡面，早有賈赦、賈政率領族中人哭著迎了出來。赦、政一邊一個，挽了賈母，走至靈柩，又有賈珍、賈蓉跪著撲入賈母懷中痛哭。賈母暮年人，見此光景，亦摟了珍、蓉等痛哭不已。賈赦、賈政在旁苦勸，方略略止住。又轉至靈右，見了尤氏婆媳，不免又相持大哭一場。哭畢，眾人方上前一一請安問好。

賈珍因賈母才回家來，未得歇息，坐在此間看著，未免要傷心，遂再三的勸。賈母不得已，方回來了。果然年邁的人禁不住風霜傷感，至夜間便覺頭悶身酸，鼻塞聲重。連忙請了醫生來診脈下藥，足足的忙亂了半夜一日，幸而發散的快，未曾傳經（中醫認為受了風寒，沒能散發出來），至三更天，些須發了點汗，脈靜身涼，大家放心了。次日，仍服藥調理。

又過了數日，乃賈敬送殯之期。賈母猶未大愈，遂留寶玉在家侍奉。鳳姐因未曾甚好，亦未去。其餘賈赦、賈政、邢夫人、王夫人等率領家人僕婦，都送至鐵檻寺，至晚方回。賈珍、尤氏並賈蓉仍在寺中守靈，等過百日後，方扶柩回籍。家中仍托尤老娘並二姐、三姐照管。

卻說賈璉素日既聞尤氏姐妹之名，恨無緣得見。近因賈敬停靈在家，每日與二姐、三姐相認已熟，不禁動了垂涎之意。況知與賈珍、賈蓉等素有聚麀（父與子共一女，喻淫亂穢行）之誚，因而乘機百般撩撥，眉目傳情。尤三姐卻只是淡淡相對，只有二姐也十分有意。但只是眼目眾多，無從下手。賈璉又怕賈珍吃醋，不敢輕動，只好二人心領神會而已。

此時出殯以後，賈珍家下人少，除尤老娘帶領二姐、三姐並幾個粗使的丫鬟、老婆子在正室居住外，其餘婢妾，都隨在寺中。外面僕婦，不過晚間巡更，日間看守門戶。白日無事，亦不進裡面去。

所以賈璉便欲趁此時下手，遂托相伴賈珍為名，亦在寺中住宿，又時常借著替賈珍料理家務，不時至寧府中來勾搭二姐。

一日，有小管家俞祿來回賈珍道：「前者所用棚槓孝布並請槓人青衣，共使銀一千兩，除給銀五百兩外，仍欠五百兩。昨日兩處買賣人俱來催討，小的特來討爺示下。」賈珍道：「你且向庫上去領就是了，這又何必來回我？」

俞祿道：「昨日已曾向庫上去領，但只是老爺賓天以後，各處支領甚多，所有剩的還要預備百日道場及寺中用度，此時不能發給。所以奴才今日特來回爺，或者爺內庫裡暫且發給，或者挪借何項，吩咐了奴才好辦。」賈珍笑道：「你還當是先呢，有銀子放著不使。你無論哪裡借了給他罷。」俞祿笑回道：「若說一二百，奴才還可巴結。這四五百，奴才一時哪裡辦得？」

賈珍想了一回，向賈蓉道：「你問你娘去，昨日出殯以後，有江南甄家送來打祭銀五百兩，未曾交到庫上，你先要了來，給他去罷。」賈蓉答應了，連忙過這邊來，回了尤氏，復轉來，回他父親道：「昨日那項銀子，已使了二百兩，下剩的三百兩，令人送至家中，交與老娘收了。」賈珍道：「既然如此，你就帶了他去，向你老娘要了出來，交給他。再也瞧瞧家中有事無事，問你兩個姨娘好。下剩的，俞祿先借了添上罷。」

賈蓉與俞祿答應了，方欲退出，只見賈璉走了進來。俞祿忙上前請了安。賈璉便問何事，賈珍一一告訴了。賈璉心中想道：「趁此機會，正可至寧府尋二姐。」一面遂說道：「這有多大事，何必向人借去？昨日方得了一項銀子，還沒有使呢，莫若給他添上，豈不省事？」賈珍道：「如此甚好。你就吩咐了蓉兒，一並令他取去。」賈璉忙道：「這必得我親身取去。再，我這幾日沒回家了，還要給老太太、老爺、太太們請請安去，到阿哥那邊查查家人們有無生事，再也給親家太太請請安。」賈珍笑道：「只是又勞動老二，我心不安。」賈璉也笑道：「自家兄弟，這有何妨呢？」

賈珍又吩咐賈蓉道：「你跟了你叔叔去，也到那邊給老太太、老爺、太太們請安，說我和你娘都請安。打聽打聽，老太太身上可大安了？還服藥呢沒有？」賈蓉一一答應了，跟隨賈璉出來，帶了幾個小廝，騎上馬，一同進城。

在路，叔侄閒話。賈璉有心，便提到尤二姐，因誇說如何標致，如何做人好，舉止大方，言語溫柔，無一處不令人可敬可愛，「人人都說你嬸子好。據我看，哪裡及你二姨一零兒？」

賈蓉揣知其意，便笑道：「叔叔既這麼愛他，我給叔叔作媒，說了做二房，何如？」賈璉笑道：「敢自好呢。只是怕你嬸子不依，再也怕你老娘不願意。況且我聽見說，你二姨已有了人家了。」

賈蓉道：「這都無妨。我二姨、三姨都不是我老爺養的，原是我老娘帶了來的。聽見說，我老娘在那一家時，就把我二姨許與皇莊張家，指腹為婚。後來，張家遭了官司，敗落了。我老娘又自那家嫁了出來。如今這十數年，兩家音信不通。我老娘時常抱怨，要與他家退婚，我父親也要將二姨轉聘。只等有了好人家，不過令人找著張家，給他十數兩銀子，寫上一張退婚字兒。想張家窮極了的人，見了十數兩銀子，有什麼不依的？再，他也知道咱們這樣的人家，也不怕他不依。又是叔叔這樣人，說了做二房，我管保我老娘和父親都願意。倒只是嬸子那裡卻難。」賈璉聽到這裡，心花都開了，哪裡還有什麼話說？只是一味呆笑而已。

賈蓉又想了一想，笑道：「叔叔若有膽量，依我主意行去，管保無妨。不過多花上幾個錢。」賈璉忙道：「有何主意，快快說來，我沒有不依的。」賈蓉道：「叔叔回家，一點聲色也別露，等我回明了我父親，向我老娘說妥，然後在咱府後方近左右，買上一所房子及應用家伙什物，再撥兩窩子家人過去服侍。擇了日子，人不知，鬼不覺，娶了過去，囑咐家人不許走漏風聲。嬸子在裡面住著，深宅大院，哪裡就得知道了？叔叔兩下裡住著，過個一年半載，即或鬧出來，不過挨上老爺一頓罵。叔叔只說嬸子總不生育，原是為子嗣起見，所以私自在外面作成此事。就是嬸子，見生米做成熟飯，也只得罷了。再求一求老太太，沒有不完的事。」

自古道，「欲令智昏」。賈璉只顧貪圖二姐美色，聽了賈蓉一篇話，遂為計出萬全，將現今身上有服，並停妻再娶，嚴父妒妻，種種不妥之處，皆置之度外了。卻不知賈蓉亦非好意。素日因同他兩個姨娘有情，只因賈珍在內，不能暢意。如今若是賈璉娶了，少不得在外居住，趁賈璉不在時，好去鬼混之意。賈璉哪裡思想及此？遂向賈蓉致謝道：「好侄兒，你果然能夠說成了，我買兩個絕色的丫頭謝你。」

說著，已至寧府門首。賈蓉說道：「叔叔進去，向我老娘要出銀子來，就交給俞祿罷。我先給老太太請安去。」賈璉含笑點頭道：「老太太跟前，別說我和你一同來的。」賈蓉道：「知道。」又附耳向賈璉道：「今日要遇見二姨，可別性急了，鬧出事來，往後倒難辦了。」賈璉笑道：「少胡說，你快去罷。我在這裡等你。」於是賈蓉自去給賈母請安。

賈璉進入寧府，早有家人頭兒率領家人等請安，一路圍隨至廳上。賈璉一一的問了些話，不過塞責而已，便命家人散去，獨自往裡面走入來。原來賈璉、賈珍素日親密，又是弟兄，本無可避忌之人，自來是不等通報的。於是走至上房，早有廊下伺候的老婆子打起簾子，讓賈璉進去。

賈璉進入房中一看，只見南邊炕上只有尤二姐帶著兩個丫鬟一處做活，卻不見尤老娘與三姐。賈璉忙上前問好相見。尤二姐含笑讓座，便靠東邊板壁坐了。賈璉仍將上首讓與二姐。寒溫畢，賈璉笑問道：「親家太太同三妹妹哪裡去了，怎麼不見？」尤二姐笑道：「才有事往後面去了，也就來的。」

此時，伺候的丫鬟因倒茶去，無人在跟前。賈璉睨視二姐一笑，二姐亦低頭，只含一笑不理。賈璉又不敢造次動手動腳，因見二姐手中拿一條拴著荷包的手巾擺弄，便搭訕著往腰裡摸了摸，說道：「檳榔荷包也忘記帶來了，妹妹有檳榔賞我一口吃。」二姐道：「檳榔是有，只是我的檳榔從來不給人吃。」賈璉便笑著欲近身來拿。二姐怕人來看見不雅，便連忙一笑，撂了過來。

賈璉接在手中，都倒了出來，揀了半塊吃剩下的，撂在口中吃了，又將剩下的都揣了起來。將欲把荷包親身送過去，只見兩個丫鬟倒了茶來。賈璉一面接了茶吃茶，一面暗將自己帶的一個漢玉九龍佩解了下來，拴在手巾上，趁丫鬟回頭時，仍撂了過去。二姐亦不去拿，只裝看不見，坐了吃茶。

只聽後面一陣簾子響，卻是尤老娘、三姐帶著兩個小丫鬟自後面走來。賈璉送目與二姐，令其拾取，這尤二姐亦只是不理。賈璉不知二姐何意，甚實著急，只得迎上來，與尤老娘、三姐相見。一面又回頭看二姐時，只見二姐笑著沒事人似的。再又看一看手巾，已不知哪裡去了，賈璉方放了心。

於是大家歸座後，敘了些閒話。賈璉說道：「大嫂子說，前日有一包銀子交給親家太太收起來了，今日因要還人，珍大哥令我來取。再，也看看家裡有事無事。」尤老娘聽了，連忙使二姐拿鑰匙去取銀子。

這裡，賈璉又說道：「我也要給親家太太請請安，瞧瞧二位妹妹。親家太太臉面倒好，只是二位妹妹在我們家裡受委屈。」尤老娘笑道：「咱們都是至親骨肉，說哪裡的話？在家裡也是住著，在這裡也是住著。不瞞二爺說，我們家裡自從先夫去世，家計也著實艱難了，全虧了這裡姑爺幫助。如今姑爺家裡有了這樣大事，我們不能別的出力，白看一看家，還有什麼委屈了的呢？」

正說著，二姐已取了銀子，交與尤老娘。老娘便遞與賈璉。賈璉叫一個小丫頭叫了一個老婆子來，吩咐他道：「你把這個交給俞祿，叫他拿過那邊去等我。」老婆子答應了出去。

只聽得院內是賈蓉的聲音說話，須臾進來，給他老娘、姨娘請了安，又向賈璉笑道：「才老爺還問叔叔呢，說是有什麼事情要使喚。原要使人到廟裡去叫，我回老爺說，叔叔就來。老爺還吩咐我，路上遇著叔叔，叫快去呢。」

賈璉聽了，忙要起身，又聽賈蓉和他老娘說道：「那一次我和老太太說的，我父親要給二姨說的姨爹，就和我這叔叔的面貌、身量差不多兒。老太太說好不好？」一面說著，又悄悄的用手指著賈璉和他二姨努嘴。二姐倒不好意思說什麼，只見三姐笑罵道：「壞透了的小猴兒崽子！沒了你娘的說的了！等我撕他那嘴！」一面說著，便趕了過來。賈蓉早笑著跑了出去。

賈璉也笑著辭了出來，走至廳上，又吩咐了家人們不可耍錢吃酒等語，又悄悄的央賈蓉回去急速和他父親說。一面便帶了俞祿過來，將銀子添足，交彼拿去。自己見他父親，給賈母去請安，不提。

卻說賈蓉見俞祿跟了賈璉去取銀子，自己無事，便仍回至裡面，和他兩個姨娘嘲戲一回，方起身。至晚到寺，見了賈珍，回道：「銀子已經交給俞祿了。老太太已大癒了，如今已經不服藥了。」說畢，又趁便將路上賈璉要娶尤二姐做二房之意說了。又說，如何在外面置房子住，不使鳳姐知道，「此事總不過為的是子嗣艱難起見；為的是二姨是見過的，親上做親，比別處不知道的人家說了來的好。所以二叔再三央我對父親說。」只不說自己的主意。

賈珍想了想，笑道：「其實倒也罷了。只不知你二姨心中願意不願意。明日你先去和你老娘商量，叫你老娘問准了你二姨，再作定奪。」於是又教了賈蓉一篇話，便走過來將此事告訴了尤氏。尤氏卻知此事不妥，因而極力勸止，無奈賈珍主意已定，素日又是順從慣了的，況且他與二姐本非一母，不便深管，因而也只得由他們鬧去罷。

至次日一早，果然賈蓉復進城來見他老娘，將他父親之意說了。又添上許多話，說賈璉做人如何好；目今鳳姐身子有病，已是不能好的了；暫且買了房子，在外面住著，過個一年半載，只等鳳姐一死，便接了二姨進去做正室。又說，他父親此時如何聘，賈璉那邊如何娶；如何接了你老人家養老；往後，三姨也是那邊應了替聘。說得天花亂墜，不由得尤老娘不肯。況且素日全虧賈珍周濟，此時又是賈珍作主替聘，而且妝奩不用自己置買，賈璉又是青年公子，強勝張家，遂忙過來與二姐商議。

二姐又是水性的人，在先已和姐夫不妥，又常怨恨當時錯許張華，致使後來終身失所，今見賈璉有情，況是姐夫將他聘嫁，有何不肯？亦便點頭依允。當下回覆了賈蓉，賈蓉回了他父親。

次日，命人請了賈璉到寺中來，賈珍當面告訴了他尤老娘應允之事。賈璉自是喜出望外，又感謝賈珍、賈蓉父子不盡。於是二人商議著，使人看房子、打首飾，給二姐置買妝奩，及新房中應用床帳等物。不多幾日，早將諸事辦妥。已於寧榮街後二里遠近小花枝巷內買定一所房子，共二十餘間。又買了兩個小丫鬟。賈珍又給了一房家人，名叫鮑二，夫妻兩口，以備二姐過去時服役。又使人將張華父子叫來，逼勒著與尤老娘寫退婚書。

卻說張華之祖，原當皇莊，後來死去。至張華父親時，仍充此役，因與尤老娘前夫相好，所以將張華與尤二姐指腹為婚。後來，不料遭了官司，敗落了家產，弄得衣食不周，哪裡還娶得起媳婦呢？尤老娘又自那家嫁了出來，兩家有十數年音信不通。今被賈府家人喚至，逼他與二姐退婚，心中雖不願意，無奈懼怕賈珍等勢焰不敢不依，只得寫了張退婚文約。尤老娘與銀十兩，兩家退親，不提了。

這裡，賈璉等見諸事已妥，遂擇了初三黃道吉日，娶二姐過門。下回便見。正是：只為同枝貪色欲，致叫連理（指夫妻）起戈矛。

# 第六十五回

## 賈二舍偷娶尤二姨　尤三姐思嫁柳二郎

話說賈璉、賈珍、賈蓉等三人商議，事事妥貼。至初二日，先將尤老和三姐送入新房。尤老一看，雖不似賈蓉口內之言，也十分齊備，母女二人已稱了心。鮑二夫婦見了，如一盆火，趕著尤老一口一聲喚「老娘」，又或是「老太太」；趕著三姐喚「三姨」，或是「姨娘」。至次日五更天，一乘素轎，將二姐抬來。各色香燭紙馬，並鋪蓋以及酒飯，早已預備得十分妥當。一時，賈璉素服坐了小轎而來，拜過了天地，焚了紙馬。那尤老見了二姐身上、頭上煥然一新，不似在家模樣，十分得意，攙入洞房。是夜，賈璉同他顛鸞倒鳳，百般恩愛，不消細說。

那賈璉越看越愛，越瞧越喜，不知要怎生奉承這二姐，乃命鮑二等人不許提三說二，直以「奶奶」稱之，自己也稱「奶奶」，竟將鳳姐一筆勾倒。有時回家，只說在東府有事，鳳姐因知他和賈珍好，有事相商，也不疑心。再，家下人雖多，都不管這些事。便有那游手好閒、專打聽小事的人，也都去奉承賈璉，乘機討些便宜，誰肯去露風？於是賈璉深感賈珍不盡。

賈璉一月出五兩銀子，做天天的供給。若不來時，他母女三人一處吃飯。若賈璉來，他夫妻二人一處吃，他母女便回房自吃。賈璉又將自己積年所有的體己，一並搬來與二姐收著，又將鳳姐素日之為人行事，枕邊衾裡盡情告訴了他，只等一死，便接他進去。二姐聽了，自是願意。當下十來個人，倒也過起日子來，十分豐足。

眼見已是兩月光景。這日，賈珍在鐵檻寺做完佛事，晚間回家時，與他姊妹久別，竟要去探望。先命小廝去打聽賈璉在與不在，小廝回來說不在。賈珍歡喜，將左右一概先遣回去，只留兩個心腹小童牽馬。一時，到了新房，已是掌燈時分，悄悄入去。兩個小廝將馬拴在圈內，自往下房去聽候。

賈珍進來，屋裡才點燈，先看過尤氏母女，然後二姐出見，賈珍仍叫二姨。大家吃茶，說了一回閒話。賈珍因笑說：「我做的保山如何？若錯過了，打著燈籠還沒處尋。過日，你姐姐還備禮來瞧你們呢。」說話之間，二姐已命人預備下酒饌，關起門來，都是一家人，原無避諱。

那鮑二來請安，賈珍便說：「你還是個有良心的。既已叫你來伏侍，日後自有大用你之處，不可在外頭吃酒生事。我自然賞你。倘或這裡短了什麼，你璉二爺事多，那裡人雜，你自管去回我。我們弟兄不比別人。」鮑二答應道：「小的知道。若小的不盡心，除非不要這腦袋了。」賈珍點頭道：「要你知道。」當下四人一處吃酒。

二姐兒此時恐怕賈璉一時走來，彼此不雅，吃了兩盅酒便推故往那邊去了。賈珍此時也無可奈何，只得看著二姐兒自去。剩下尤老娘和三姐兒相陪。那三姐兒雖向來和賈珍偶有戲言，但不似她姐姐那樣隨和兒，所以賈珍雖有垂涎之意，卻也不肯造次了，致討沒趣。況且尤老娘在旁邊陪著，賈珍也不好意思太露輕薄。

尤二姐知局，便邀他母親說：「我怪怕的，媽同我到那邊走走來。」尤老也會意，便真個同他出來，只剩小丫頭們。賈珍便和三姐挨肩擦臉，百般輕薄起來。小丫頭子們看不過，也都躲了出去，憑他兩個自在取樂，不知做些什麼勾當。

卻說跟的兩個小廝都在廚下和鮑二飲酒，鮑二女人上灶。忽見兩個丫頭也走了來嘲笑，要吃酒。鮑二因說：「姐兒們不在上頭伏侍，也偷來了。一時叫起來沒人，又是事。」他女人罵道：「糊塗渾嗆了的忘八！你撞喪那黃湯罷了。撞喪醉了，夾著你那膫子挺你的屍去。叫不叫，與你甚相干！一應有我承當，風雨橫豎灑不著你頭上來。」

這鮑二原因妻子發跡的，近日越發虧他。自已除賺錢吃酒之外，一概不管，賈璉等也不肯責備他，故他視妻如母，百依百隨，且吃夠了便去睡覺。這裡，鮑二家的陪著這些丫鬟、小廝吃酒，討他們的好，準備在賈珍前討好兒（得到好處）。

四人正吃的高興，忽聽叩門之聲。鮑二家的忙出來開門看時，見是賈璉下馬，問有事無事。鮑二女人便悄悄告訴他說：「大爺在這裡西院裡呢。」賈璉聽了，便至臥房，見尤二姐和他母親都在房中，見他來了，二人面上便有些訕訕的。

賈璉反推不知，只命：「快拿酒來，咱們吃兩杯好睡覺。我今日乏了。」尤二姐忙忙來陪笑接衣捧茶，問長問短。賈璉喜得心癢難受。一時鮑二家的端上酒來，二人對飲。他丈母不吃，自回房中睡去了。兩個小丫頭分了一個過來伏侍。

賈璉的心腹小童隆兒拴馬去，見已有了一匹馬，細瞧一瞧，知是賈珍的，心下會意，也來廚下。只見喜兒、壽兒兩個正在那裡坐著吃酒，見他來了，也都會意，故笑道：「你這會子來得巧。我們因趕不上爺的馬，恐怕犯夜，往這裡來借宿一宵的。」隆兒便笑道：「有的是炕，只管睡。我是二爺使我送月銀的，交給了奶奶，我也不回去了。」喜兒便說：「我們吃多了，你來吃一鍾。」

隆兒才坐下，端起酒來，忽聽馬棚內鬧將起來。原來二馬同槽，不能相容，互相蹶蹄起來。隆兒等慌得忙放下酒杯，出來喝馬，好容易喝住，另拴好了，方進來。鮑二家的笑說：「你三人就在這裡罷，茶也現成了，我可去了。」說著，帶門出去。

　　這裡，喜兒喝了幾杯，已是楞子眼了。隆兒、壽兒關了門，回頭見喜兒直挺挺的仰臥炕上，二人便推他說：「好兄弟，起來好生睡，只顧你一個人，我們就苦了。」那喜兒便說道：「咱們今兒可要公公道道貼一爐子燒餅了。要有一個充正經的人，我痛把你媽一肏。」隆兒、壽兒見他醉了，也不便多說，只得吹了燈，將就臥下。

　　尤二姐聽見馬鬧，心下便不自安，只管用言語混亂賈璉。那賈璉吃了幾杯，春興發作，便命收了酒果，掩門寬衣。尤二姐只著了大紅小襖，散挽烏雲，滿臉春色，比白日更增了顏色。賈璉摟他笑道：「人人都說我們那夜叉婆整齊，如今我看來，給你拾鞋也不要。」

　　尤二姐道：「我雖標致，卻無品行。看來，到底是不標致的好。」賈璉忙問：「如何說這話？我卻不解。」尤二姐滴淚說道：「你們拿我作愚人待，什麼我不知？我如今和你做了兩個月夫妻，日子雖淺，我也知你不是愚人。我生是你的人，死是你的鬼。如今既做了夫妻，我終身靠你，豈敢瞞藏一字。我算是有靠，將來我妹子卻如何結果？據我看來，這個形景恐非長策，要作長久之計方可。」

　　賈璉聽了，笑道：「你且放心，我不是那拈酸吃醋之輩。前事我已盡知，你不必驚慌。你因姐夫是這麼的，自然不好意思，不如我去破了這例。」說著走了，便至西院中來，只見窗內燈燭輝煌，二人正吃酒取樂。

　　賈璉便推門進去，說：「大爺在這裡呢，兄弟來請安。」賈珍羞得無話，只得站起來讓座。賈璉笑道：「何必做如此景象，咱們弟兄從前是如何樣來！大哥為我操心，我今日粉身碎骨，感激不盡。大哥若多心，我意何安？從此以後，還求大哥如昔這麼著方好。不然，兄弟寧可絕後，也不敢到此處來了。」說著，便要跪下。

慌得賈珍連忙攙起，只說：「兄弟怎麼說，我無不領命。」賈璉忙命人：「看酒來，我和大哥吃兩杯。」又拉尤三姐說：「你過來，陪小叔子一杯。」賈珍笑的說：「老二，到底是你，哥哥必要吃乾這鍾。」一說著，一揚脖。

尤三姐站在炕上，指著賈璉笑道：「你不用和我花馬吊嘴（花言巧語）的，咱們清水下雜麵，你吃我也看。提著影戲人子上場，好歹別戳破這層紙兒。你別油蒙了心，打量我們不知道你府上的事。這會子花了幾個臭錢，你們哥兒倆拿著我們姊妹兩個權當粉頭來取樂兒，你們就打錯了算盤了。我也知道你那老婆太難纏，如今把我姐姐拐了來，做了二房，偷的鑼兒敲不得。我也要會會那鳳奶奶去，看他是幾個腦袋、幾隻手。若大家好取和，便罷；倘若有一點叫人過不去，我有本事先把你兩個的牛黃狗寶（兩種中藥，此指壞心腸）掏了出來，再和那潑婦拼了這命，也不算是尤三姑娘！喝酒怕什麼，咱們就喝！」說著，自己拿起壺來，斟了一杯，自己先喝了半盞，摟過賈璉的脖子來就灌，說：「我和你哥哥已經吃過了，咱們來相親相親。」唬得賈璉酒都醒了。

賈珍也不承望尤三姐這等無恥老辣。弟兄兩個本是風流場中耍慣的，不想今日反被這個閨女一席話說倒。尤三姐一迭聲又叫：「將姐姐請來。說要樂，咱們四個一處同樂。俗語說，『便宜不過當家』。他們是弟兄，咱們是姊妹，又不是外人，只管上來。」尤二姐反不好意思起來。賈珍得便就要一溜，尤三姐哪裡肯放？賈珍此時方後悔，不承望他是這種人，與賈璉反不好輕薄起來。

這尤三姐鬆鬆挽著頭髮，大紅襖子半掩半開，露著蔥綠抹胸，一痕雪脯。底下綠褲紅鞋，一對金蓮或翹或並，沒半刻斯文。兩個墜子卻似打秋千一般。燈光之下，越顯得柳眉籠翠霧，檀口點丹砂。本是一雙秋水眼，再吃了酒，又添了餳澀淫浪，不獨將他二姐壓倒，那珍、璉二人見過的上下貴賤若干女子，皆未有此樣綽約風流的。二人已酥麻如醉，不禁去招他一招，他那淫態風流，反將二人禁住。

那尤三姐放出手眼來，略試了一試，他弟兄兩個竟全然無一點兒別識別見，連口中一句響亮話都沒了。尤三姐自己高談闊論，任意揮霍，村俗流言，灑落一陣，拿他弟兄二人嘲笑取樂，竟真是他嫖了二人，並非男人淫了他。一時他的酒足興盡，也不容他弟兄多坐，竟攆了出去，自己關門睡去了。

自此後，或略有丫鬟、婆娘不到之處，便將賈珍、賈璉、賈蓉三個潑聲厲言痛罵，說他爺兒三個誆騙他寡婦孤女。賈珍回去之後，以後亦不敢輕易再來。有時尤三姐自己高了興，悄命小廝來請，方敢去一會，到了這裡，也只好隨他的便。

誰知這尤三姐天生脾氣不堪，仗著自己風流標致，偏要打扮的出色，另式做出許多萬人不及的淫情浪態來，哄得男子們垂涎落魄，欲近不敢，欲遠不捨，迷離顛倒，他以為樂。他母、姊二人也十分相勸，他反說：「姐姐糊塗。咱們金玉一般的人，白叫這兩個現世寶沾污了去，也算無能。而且他家有一個極厲害的女人，如今瞞著他不知，咱們方安。倘或一日他知道，豈有干休之理，勢必有一場大鬧，不知誰生誰死。趁如今我不拿他們取樂作踐，準折到那時，白落個臭名，後悔不及。」因此一說，他母女見不聽勸，也只得罷了。

那尤三姐天天挑揀穿吃。打了銀的，又要金的。有了珠子，又要寶石。吃著肥鵝，又宰肥鴨。或不趁心，連桌一推。衣裳不如意，不論綾緞新整，便用剪刀剪碎，撕一條，罵一句。究竟賈珍等何曾遂意了一日，反花了許多昧心錢。

賈璉來了，只在二姐房內，心中也悔上來。無奈二姐倒是個多情人，以為賈璉是終身之主了，凡事倒還知疼著癢。若論溫柔和順，事必商議，不敢恃才自專，實較鳳姐高十倍。若論標致，言談行事，也勝五分。雖然如今改過，但已經失了腳，有了一個「淫」字，憑他甚好處也不算了。

偏這賈璉又說：「誰人無錯？知過必改就好。」故不提以往之淫，只取現今之善，便如膠投漆，似水如魚，一心一計，誓同生死，哪裡還有鳳、平二人在意了？

二姐在枕邊衾內，也常勸賈璉說：「你和珍大爺商議商議，揀個相熟的，把三丫頭聘了罷。留著他不是常法子，終久要生事故，怎麼處？」賈璉道：「前日我也曾回過大哥的，他只是捨不得。我說：『好塊肥羊肉，只是燙的慌；玫瑰花兒可愛，刺多扎手。咱們未必降得住，正經揀個人聘了罷。』他只意意思思（猶豫不決）的，就丟開手了。你叫我有何法？」二姐道：「你放心。咱們明日先勸三丫頭，他肯了，讓他自己鬧去。鬧的無法，少不得聘他。」賈璉聽了，說：「這話極是。」

至次日，二姐另備了酒，賈璉也不出門。至午間，特請他小妹過來，與他母親上坐。尤三姐便知其意，酒過三巡，不用姐姐開口，先便滴淚泣道：「姐姐今日請我，自有一番大理要說。但妹子不是愚人，也不用絮絮叨叨提那從前醜事，我已盡知，說也無益。既如今姐姐也得了好處安身，媽也有了安身之處，我也要自尋歸結去，方是正理。但終身大事，一生至一死，非同兒戲。我如今改過守分，只要我揀一個素日可心如意的人，方跟他去。若憑你們揀擇，雖是富比石崇，才過子建，貌比潘安的，我心裡進不去，白過這一世。」

賈璉笑道：「這也容易。憑你說是誰就是誰。一應財禮，都有我們置辦。母親也不用操心。」尤三姐泣道：「姐姐知道，不用我說。」賈璉笑問二姐是誰，二姐一時也想不起來。大家想來，賈璉便料定是此人無疑了，便拍手笑道：「我知道，這人原不差，果然好眼力。」二姐笑道：「是誰？」賈璉笑道：「別人他如何進得去？一定是寶玉。」二姐與尤老聽了，亦以為然。

尤三姐便啐了一口，說：「我們有姊妹十個，也嫁你弟兄十個不成？難道除了你家，天下就沒有好男子了不成！」眾人聽了都詫異：「除了他，還有哪一個？」尤三姐笑道：「別只在眼前想，姐姐，只在五年前想就是了。」

正說著，忽見賈璉的心腹小廝興兒走來請賈璉，說：「老爺那邊緊等著叫爺呢。小的答應往舅老爺那邊去了。小的連忙來請。」賈璉又忙問：「昨日家裡問起麼？」興兒說：「小的回奶奶說，爺在家廟裡同珍大爺商議做百日的事，只怕不能來。」賈璉忙命拉馬，隆兒跟隨去了，留下興兒答應人來事務。

尤二姐拿了兩碟菜，命拿大杯斟了酒，就命興兒在炕沿下蹲著吃，一長一短，向他說話兒。問他家裡奶奶多大年紀，怎個厲害的樣子，老太太多大年紀，太太多大年紀，姑娘幾個，各樣家常等話。興兒笑嘻嘻的在炕沿下一頭吃，一頭將榮府之事備細告訴他母女。又說：「我是二門上該班的人。我們共是兩班，一班四個，共是八個人。有幾個是奶奶的心腹，有幾個是爺的心腹。奶奶的心腹，我們不敢惹。爺的心腹，奶奶就敢惹。提起我們奶奶的事，告訴不得奶奶。他心裡歹毒，口裡尖快。我們二爺也算是個好的，哪裡見得他。倒是跟前的平姑娘為人很好，雖然和奶奶一氣，他倒背著奶奶常作些好事。小的們有了不是，奶奶是容不過的，只求求他去就完了。如今合家大小，除了老太太、太太兩個，沒有不恨他的，只不過面子情兒怕他。皆因他一時看得人都不及他，只一味哄著老太太、太太兩個人喜歡。他說一是一，說二是二，沒人敢攔他。又恨不得把銀子錢省下來，堆成山，好叫老太太、太太說他會過日子。殊不知，苦了下人，他討好兒。或有好事，他就不等別人去說，他先抓尖兒（搶在前面）。或有不好的事，或他自己錯了，他便一縮頭，推到別人身上來，他還在旁邊撥火兒（添油加醋地挑撥）。如今連他正經婆婆太太都嫌了他，說他雀兒揀著旺處飛，黑母雞一窩兒，自家的事不管，倒替人家去瞎張羅。若不是老太太在頭裡，早叫過他去了。」

尤二姐笑道：「你背著他這等說他，將來你又不知怎麼樣說我呢？我又差他那一層兒，越發有得說了。」興兒忙跪下，說道：「奶奶要這樣說，小的不怕雷打！但凡小的們有造化，起先娶奶奶時，若得了奶奶這樣的人，小的們也少挨些打罵，也少提心吊膽的。如今跟爺的幾個人，誰不是背前背後稱揚奶奶盛德憐下。我們商量著叫二爺要出來，情願來答應奶奶呢。」

尤二姐笑道：「猴兒崽子，還不起來！說句玩話，就嚇得那樣起來。你們做什麼來？我還要找了你奶奶去呢。」興兒連忙搖手說：「奶奶千萬不要去。我告訴奶奶，一輩子別見他才好。嘴甜心苦，兩面三刀；上頭臉笑，腳下使絆；明是一盆火，暗是一把刀，都占全了。只怕三姨的這張嘴還說他不過。奶奶這樣斯文良善的人，哪裡是他的對手！」尤氏笑道：「我只以理待他，他敢怎樣！」

興兒道：「不是小的吃了酒放肆胡說，奶奶便有理，讓他看見奶奶比他標致，又比他得人意兒，他怎肯干休善罷？人家是醋罐子，他是醋缸、醋甕。凡丫頭們，二爺多看一眼，他有本事當著爺打個爛羊頭似的。雖然平姑娘在屋裡，大約一二年之間，兩個有一次在一處，他還要嘴裡掂十來過子呢。氣得平姑娘性子發了，哭鬧一陣，說：『又不是我自己尋來的，你逼著我，我原不願意，你又說我反了，這會子又這樣。』他一般的也罷了，倒央告平姑娘。」

尤二姐笑道：「可是扯謊？這樣一個夜叉，怎麼反怕屋裡的人呢？」興兒道：「就是俗語說的，『天下挑不過一個「理」字去』了。這平兒原是他自幼的丫頭，陪了過來，一共四個，死的，嫁的，只剩這個心腹。收了屋裡，一則顯他的賢良，二則又拴爺的心。那平姑娘又是個正經人，從不會挑妻窩夫的，倒一味忠心赤膽伏侍他，所以才容下了。」

尤二姐笑說：「原來如此。但我聽見，你們還有一位寡婦奶奶和幾位姑娘。他這樣厲害，這些人如何依得？」興兒拍手笑道：「原來奶奶不知道。我們家這位寡婦奶奶，第一個善德人，不管事的，只教姑娘們看書、寫字、針線、道理，這是他的責任。前日因他病了，這大奶奶暫管幾日，究竟按例而行，不像他多事逞才。我們大姑娘不用說，是好的了。二姑娘的諢名，『二木頭』。三姑娘的諢名，『玫瑰花』。」尤氏姊妹笑問他：「這是何意？」

興兒笑道：「玫瑰花又紅又香，無人不愛，只是有刺扎手。可惜不是太太養的，老鴰窩裡出鳳凰。四姑娘小，他正經是珍大爺的親妹子，太太抱來養這麼大，也是一位不管事的。奶奶不知道，我們家的姑娘不算，外還有兩位姑娘，真是天上少有。一個是我們姑太太女兒，姓林。一位姨太太女兒，姓薛。兩位姑娘俱是美人一樣，又是滿腹文章，或出門上車，或園子暫見，我們不敢出氣。」尤二姐笑道：「你們家規矩大，小孩子進得去，遇見小姐，原該遠遠的藏躲。」興兒搖手道：「不是。哪個不敢出氣，是生怕這氣大了，吹倒了姓林的；氣暖了，吹化了姓薛的。」說得滿屋裡都笑了。

要知尤三姐要嫁何人，下回分解。

# 第六十六回

## 情小妹恥情歸地府　冷二郎一冷入空門

話說鮑二家的打了興兒一下子，笑道：「原有些真的，叫你又編了這混話，越發沒了捆兒。你倒不像跟二爺的人。這些混話，倒像是寶玉那邊的了。」尤二姐才要又問，忽見尤三姐笑問道：「可是你們家那寶玉，除了上學，他做些什麼？」

興兒笑道：「姨娘別問他，說起來姨娘也未必信。他長了這麼大，獨他沒有上過正經學堂。我們家從祖宗直到二爺，誰不是寒窗十載？偏他不喜讀書，是老太太、太太的寶貝，老爺先還管，如今也不敢管了。成天家瘋瘋癲癲的，說話人也不懂，幹的事人也不知。外頭人人看著好清俊模樣兒，心裡自然是聰明的，誰知是外清內濁的。見了人，一句話也沒有。所有的好處，雖沒上過學，倒難為他認得幾個字。每日又不習文，又不學武，又怕見人，只愛在丫頭群裡鬧。再者，也沒剛柔。有時，見了我們，喜歡時，沒上沒下，大家亂玩一陣；不喜歡呢，各自走了，他也不理人。我們坐著臥著，見了他，也不理他，他也不責備。因此沒人怕他，只管隨便，都過的去。」

尤三姐笑道：「主子寬了，你們又這樣；嚴了，又抱怨。可知你們難纏。」尤二姐道：「我們看他倒好，原來這樣。可惜了一個好胎子（喻好出身）。」

尤三姐道：「姐姐信他胡說，咱們也不是見過一面兩面的，行事、言談、吃喝，原有些女兒氣的，是天天只在裡頭慣了的。若說糊塗，哪些兒糊塗？姐姐記得穿孝時，咱們同在一處，那日正是和尚們進來繞棺，咱們都在那裡站著，他只站在頭裡擋著人。人說他不知禮，又沒眼色。過後，他沒悄悄的告訴咱們說：『姐姐不知道，我並不是沒眼色。想和尚們髒，恐怕氣味熏了姐姐們。』接著，他吃茶，姐姐又要茶，那個老婆子就拿了他的碗去倒。他趕著忙說：『我吃髒了的，另洗了再斟來。』這兩件上，我冷眼看去，原來他在女孩子們前，不管什麼，都過的去。只不大合外人的式（規矩），所以他們不知道。」

尤二姐聽說，笑道：「依你說，你兩個已是情投意合了。竟把你許了他，豈不好？」三姐見有興兒，不便說話，只低了頭嗑瓜子。興兒笑道：「若論模樣兒、行事、為人，倒是一對好的。只是他已有了，只未露形。將來准是林姑娘定了的。因林姑娘多病，二則都還小，故尚未及此。再過三二年，老太太一開言，那是再無不准的了。」

大家正說話，只見隆兒又來了，說：「老爺有事，是件機密大事，要遣二爺往平安州去。不過三五日，就起身，來回也得半月工夫。今日不能來了。請老娘、奶奶早和三姨定了那事，明日爺來，好作定奪。」說著，帶了興兒也回去了。

這裡，尤二姐命掩了門早睡，盤問他妹子一夜。至次日午後，賈璉方來了。尤二姐因勸他說：「既有正事，何必忙忙又來，千萬別為我誤事。」賈璉道：「也沒甚事，只是偏偏的又出來了一件遠差。出了月就起身，得半月工夫才回來。」

尤二姐道：「既如此，你只管放心前去，這裡一應不用你記掛。三妹子他從不會朝更暮改的。他已說了改悔，必是改悔的。他已擇定了人，你只要依他就是了。」賈璉忙問是誰，尤二姐笑道：「這人此刻不在這裡，不知多早晚才來，也難為他眼力。他自己說了，這人一年不來，他等一年；十年不來，等十年；若這人死了，再不來了，他情願剃了頭當姑子去，吃常齋念佛，以了今生。」

賈璉問：「到底是誰，這樣動他的心？」二姐笑道：「說來話長。五年前，我們老娘家裡做他看上了。如今要是他才嫁。舊年，我們聞得柳湘蓮惹了一個禍，逃走了，不知可回來了不曾？」

賈璉聽了，說：「怪道呢？我說是個什麼樣人，原來是他！果然眼力不錯。你不知道，這柳二郎那樣一個標致人，最是冷面冷心的。差不多的人，他都無情無義。他最和寶玉合的來。去年因打了薛呆子，他不好意思見我們的，不知哪裡去了，一向沒來。聽見有人說來了，不知是真是假。一問寶玉的小廝們，就知道了。倘或不來時，他是萍蹤浪跡，知道幾年才來，豈不白耽擱了？」尤二姐道：「我們這三丫頭，說的出來，幹的出來。他怎樣說，只依他便了。」

二人正說之間，只見尤三姐走來，說道：「姐夫，你只放心。我們不是那心口兩樣人。說什麼，是什麼。若有了姓柳的來，我便嫁他。從今日起，我吃齋念佛，只伏侍母親。等來了，嫁了他去。若一百年不來，我自己修行去了。」說著，將一根玉簪，擊作兩段，說：「一句不真，就如這簪子！」說著，回房去了，真個竟非禮不動，非禮不言起來。

賈璉無了法，只得和二姐商議了一回家務，復回家與鳳姐商議起身之事。一面著人問茗煙，茗煙說：「竟不知道。大約未來。若來了，我必是知道的。」一面又問他的街坊，也說未來。賈璉只得回覆了二姐。至起身之日已近，前兩天便說起身，卻先往二姐這邊來住兩夜，從這裡再悄悄的長行。果見小妹竟又換了一個人，又見二姐持家謹慎，自是不消記掛。

是日一早出城，竟奔平安州大道，曉行夜住，渴飲飢餐。方走了三日，那日正走之間，頂頭來了一群馱子（馱著貨物的馬匹），內中一伙，主僕十來騎馬。走的近來一看，原來不是別人，就是薛蟠和柳

## 第六十六回

情小妹恥情歸地府　冷二郎一冷入空門

湘蓮來了。賈璉深為奇怪，忙伸馬迎了上來，大家一齊相見，說些別後寒溫。大家便入一酒店歇下，敘談敘談。

賈璉因笑道：「鬧過之後，我們忙著請你兩個和解，誰知柳兄蹤跡全無。怎麼你兩個今日倒在一起了？」薛蟠笑道：「天下竟有這樣奇事。我同伙計販了貨物，自春天起身，往回裡走，一路平安。誰知前日到了平安州界，遇見一伙強盜，已將東西劫去。不想柳二弟從那邊來了，方把賊人趕散，奪回貨物，還救了我們的性命。我謝他，又不受，所以我們結拜了生死兄弟。如今一路進京。從此後，我們是親弟兄一般。到前面岔口上分路，他就分路，往南二百里地有他一位姑媽，他去望候望候。我先進京去，安置了我的事，然後給他尋一所房子，尋一門好親事，大家過起來。」

賈璉聽了，道：「原來如此，倒好叫我們懸了幾日心。」因又聽道尋親，便忙說道：「我正有一門好親事，堪配二弟。」說著，便將自己娶尤氏，如今又要發嫁小姨一節說了出來，只不說尤三姐自擇定之語。又囑薛蟠且不可告訴家裡，等生了兒子，自然是知道的。薛蟠聽了大喜，說：「早該如此，這都是舍表妹之過。」湘蓮忙笑說：「你又忘情了，還不住口。」薛蟠忙止住不語，便說：「既是這等，這門親事定要做的。」

湘蓮道：「我本有願，定要一個絕色的女子。如今既是貴昆仲高誼，顧不得許多了，任憑定奪，我無不從命。」賈璉笑道：「如今口說無憑，等柳兄一見，便知我這內娣（稱妻子的妹妹）的品貌是古今有一無二的了。」湘蓮聽了大喜，說：「既如此說，等弟探過姑母，不過月中就進京的，那時再定，如何？」

賈璉笑道：「你我一言為定。只是我信不過柳兄，你乃是萍蹤浪跡，倘然留滯不歸，豈不誤了人家。須得留一定禮。」湘蓮道：「大丈夫豈有失信之理！小弟素係寒貧，況且客中，何能有定禮？」

薛蟠道：「我這裡現成，就備一份，二哥帶去。」

賈璉笑道：「也不用金帛之禮，須是柳兄親身自有之物，不論物之貴賤，不過我帶去取信耳。」湘蓮道：「即如此說，弟無別物，此劍防身，不能解下。囊中尚有一把鴛鴦劍，乃吾家傳代之寶，弟也不敢擅用，只隨身收藏而已。賈兄請拿去為定。弟縱係水流花落之性，然亦斷不捨此劍。」說畢，大家又飲了幾杯，方各自上馬，作別起程。正是：將軍不下馬，各自奔前程。

且說賈璉一日到了平安州，見了節度，完了公事。因又囑他十月前後務要還來一次，賈璉領命。次日，連忙取路回家，先到尤二姐那邊。

且說二姐操持家務十分謹肅，每日關門閉戶，一點外事不聞。他小妹果是個斬釘截鐵之人，每日侍奉母姊之餘，只安分守己，隨分過活。雖是夜晚間孤衾獨枕，不慣寂寞，奈一心丟了眾人，只念柳湘蓮早早回來，完了終身大事。

這日，賈璉進門，見了這般景況，且喜之不盡，深念二姐之德。大家敘些寒溫之後，賈璉便將路遇湘蓮一事說了出來，又將鴛鴦劍取出，遞與三姐。三姐看時，上面龍吞夔護，珠寶晶熒，將把一掣，裡面卻是兩把合體的。一把上面鏨一「鴛」字，一把上面鏨一「鴦」字，冷颼颼，明亮亮，如兩痕秋水一般。三姐喜出望外，連忙收了，掛在自己繡房床上，每日望著劍，自喜終身有靠。

賈璉住了兩天，回去覆了父母之命，回家合宅相見。那時鳳姐已大癒，出來理事行走了。賈璉又將此事告訴了賈珍。賈珍因近日又相遇了新知，將這事丟過，不在心上，任憑賈璉裁奪，只怕賈璉獨力不加，少不得又給他三十兩銀子。賈璉拿來，交與二姐，預備妝奩。

誰知八月內湘蓮方進了京，先來拜見薛姨媽，又見薛蟠。方知薛蟠不慣風霜，不服水土，一進京時便病倒在家，請醫調治。聽見湘蓮來了，請入臥室相見。薛姨媽他也不念舊事，只感救恩，母子們十分稱謝。又說起親事一節，凡一應東西皆辦妥，只等擇日。柳湘蓮也感謝不盡。

次日，又來見寶玉。二人相會，如魚得水。湘蓮因問賈璉偷娶二房之事，寶玉笑道：「我聽見茗煙說，我卻未見，我也不敢多管。我又聽見茗煙說，璉二哥哥著實問你，不知有何話說？」湘蓮就將路上所有之事一概告訴寶玉，寶玉笑道：「大喜，大喜！難得這個標致人，果然是個古今絕色，堪配你之為人。」

湘蓮道：「既是這樣，他哪少了人物，如何只想到我？況且我又素日不甚和他相厚，也關切不至於此。路上忙忙的，就那樣再三要求定，難道女家反趕著男家不成？我自己疑惑起來，後悔不該留下這劍作定。所以後來想起你來，可以細細問了底歷才好。」寶玉道：「你原是個精細人，如何既許了定禮，又疑惑起來？你原說只要一個絕色的，如今既得了個絕色，便罷了，何必再疑？」

湘蓮道：「你說不知他娶，如何又知是絕色？」寶玉道：「他是珍大嫂子的繼母帶來的兩位小姨。我在那裡和他們混了一個月，怎麼不知？真真是一對尤物，他又姓尤。」

湘蓮聽了，跌足道：「這事不好，斷乎做不得了。你們東府裡，除了那兩個石頭獅子乾淨，只怕連貓兒、狗兒都不乾淨。我不做這剩忘八。」寶玉聽說，紅了臉。

湘蓮自慚失言，連忙作揖說：「我該死胡說。你好歹告訴我，他品行如何？」寶玉笑道：「你既深知，又來問我做什麼？連我也未必乾淨了。」湘蓮笑道：「原是我自己一時忘情，好歹別多心。」寶玉笑道：「何必再提，這倒似有心了。」湘蓮作揖告辭出來，細思：「若去找薛蟠，一則他現臥病，二則他又浮躁，不如去索回定禮。」主意已定，便一徑來找賈璉。

賈璉正在新房中，聞得湘蓮來了，喜之不禁，忙迎了出來，讓到內室與尤老相見。湘蓮只作揖稱「老伯母」，自稱「晚生」，賈璉聽了詫異。

吃茶之間，湘蓮便說：「客中偶然忙促，誰知家姑母於四月訂了弟婦，使弟無言可回。若從了老兄，背了姑母，似非合理。若係金帛之訂，弟不敢索取，但此劍係祖父所遺，請仍賜回為幸。」賈璉聽了，便不自在，還說：「定者，定也。原怕返悔，所以為定。豈有婚姻之事，出入隨意的。還要斟酌。」湘蓮笑道：「雖如此說，弟願領責領罰，然此事斷不敢從命。」賈璉還要饒舌，湘蓮便起身說：「請兄外座一敘，此處不便。」

那尤三姐在房，明明聽見，好容易得了他來，今忽見返悔，便知他在賈府中得了消息，自然是嫌自己淫奔無恥之流，不屑為妻。今若容他出去和賈璉說退親，料那賈璉必無法可處，自己豈不無趣？一聽賈璉要同他出去，連忙摘下劍來，將一股雌鋒隱在肘後，出來便說：「你們也不必出去再議，還你的定禮。」一面淚如雨下，左手將劍並鞘（裝刀劍的套子）送與湘蓮，右手回肘，只往項上一橫。可憐揉碎桃花紅滿地，玉山傾倒再難扶，芳靈慧性，渺渺冥冥，不知哪邊去了。

當下唬的眾人急救不迭。尤老一面嚎哭，一面又罵湘蓮。賈璉忙揪住湘蓮，命人捆了送官。尤二姐忙止淚，反勸賈璉：「你太多事，人家並沒威逼他死，是他自尋短見。你便送他到官，又有何益？反覺生事出醜。不如放他去罷，豈不省事？」賈璉此時也沒了主意，便放了手，命湘蓮快去。

湘蓮反不動身，泣道：「我並不知是這等剛烈賢妻，可敬，可敬。」湘蓮反伏屍大哭一場。等買了棺木，眼見入殮，又俯棺大哭一場，方告辭而去。

出門正無所之，昏昏默默，自想方才之事。原來尤三姐這樣標致，又這等剛烈，自悔不及。正走之間，只見薛蟠的小廝請他家去，那湘蓮只管出神。那小廝帶他到新房之中，十分齊整。忽聽環佩叮噹，尤三姐從外而入，一手捧著鴛鴦劍，一手捧著一卷冊子，向湘蓮泣道：「妾痴情待君五年矣。不期君果冷心冷面，妾以死報此痴情。妾今奉警幻之命，前往太虛幻境修注案中所有一干情鬼。妾不忍別，故來一會，從此再不能相見矣。」說畢便走。湘蓮不捨，忙欲上來拉住問時，那尤三姐便說：「來自情天，去由情地。前生誤被情惑，今既恥情而覺，與君兩無干涉。」說畢，一陣香風，無蹤無影去了。

湘蓮驚覺，似夢非夢，睜眼看時，哪裡有薛家小童？也非新室，竟是一座破廟，旁邊坐著一個跏腿道士捕蝨。湘蓮便起身，稽首相問：「此係何方？仙師仙名法號？」道士笑道：「連我也不知道此係何方、我係何人，不過暫來歇足而已。」柳湘蓮聽了，不覺冷然如寒冰侵骨，掣出那股雄劍，將萬股煩惱絲一揮而盡，便隨那道士，不知往哪裡去了。

要知端的，且看下回分解。

# 第六十七回　饋土儀顰卿念故里　聞祕事鳳姐訊家童

話說尤三姐自戕之後，尤老娘以及尤二姐、賈珍、尤氏，並賈蓉、賈璉等聞之，不勝悲痛傷感，自不必說。卻說柳湘蓮見尤三姐身死，亦迷性不悟，尚有痴情眷戀，被道人數句偈言打破迷關，竟自削髮出家，跟瘋道飄然而去，不知何往。後事暫且不表。

且說薛姨媽聞知柳湘蓮已說定了尤三姐為妻，心中甚是喜歡，正自高興，要替他買房屋，置器用，辦妝奩，擇吉日迎娶過門等事，以報他救命之恩。忽有家中小廝見薛姨媽，告知尤三姐自戕與柳湘蓮出家的信息，心甚嘆息，正為猜疑是為什麼原故，只見寶釵從園子裡過來，薛姨媽便對寶釵說道：「我的兒，你聽見沒有？你珍大嫂的妹妹尤三姐，他不是已經許定了給你哥哥的義弟柳湘蓮的？這也很好。不知為什麼尤三姐自刎了，柳湘蓮也出了家了。真正奇怪的事，叫人竟想不到。」

寶釵聽了，並不在意，便說道：「俗語說的好，『天有不測風雲，人有旦夕禍福』。這也是他們前生命定活該不是夫妻。媽所為的是因有救哥哥的一段好處，故諄諄感嘆。如果他二人齊齊全全的，媽自然該替他料理。如今死的死了，出家的出家了，依我說，只好由他罷了。媽也不必為他們傷感，損了自己的身子。自從哥哥起江南回來了一二十天，販了貨物，想來也該發完了。那同伴去的伙計們，辛辛苦苦，回來幾個月，媽同哥哥商議，也該請一請，酬謝酬謝才是。不然，倒叫他們看著咱們無禮。」

母女正說之間，見薛蟠自外而入，眼中尚有淚痕未乾，一進門，便向他母親拍手說道：「媽可知道柳大哥、尤三姐的事麼？」薛姨媽說：「我正在這裡才向你妹子說這件公案呢。」薛蟠說：「這事可奇！」薛姨媽說：「可是柳相公那樣一個年輕聰明的人，怎麼說跟道士去了呢？我想法，他前世必有夙緣，有根基的人，所以才容易聽得進這些度化他的話。想你們好了一場，他又無父母兄弟，單身一人在此，你該各處找他一找才是。靠那跏足道士，瘋瘋癲癲的，能往哪裡遠去？總不過在這方前後的廟裡寺裡躲藏著罷咧。」薛蟠說：「何嘗不是？我一聽見這個信兒，就連忙帶了小廝們在各處尋找去，連個影兒也沒有。又去問人，人人都說不曾看見。我因如此急的沒法，惟有望著西北哭了一場，回來了。」說著，眼圈兒紅了。

薛姨媽說：「既然尋了沒有，把你做朋友的心也盡了。焉知他這一出家不是得好處去了呢？你也不必太過慮了。一則張羅買賣，二則你把你自己娶媳婦應辦的事情，倒是早些料理料理。咱們家裡沒人手兒，竟是笨鳥兒先飛，省得臨期丟三忘四的不齊全，令人笑話。再者，你妹子才說，你也回家半個多月了，想貨物也該發完了。同你做買賣的伙計們，也該設桌酒席請請他們，酬酬勞乏才是。他們固然是咱家約請來吃工食勞金的人，到底算是外客，又陪你走了一二千里的路程，受了四五個月的辛苦，而且在路上又替你擔了多少驚怕沉重。」

薛蟠聞聽說：「媽說的很是，妹妹想的周到。我也想著來，只因這些日子為各處發貨，鬧的頭暈。又為柳大哥的親事，又忙了這幾日，反倒落了一個空白。張羅了一會子，倒把正經事都誤了。要不然，就定明兒、後兒下帖兒，請請罷。」薛姨媽說：「由你辦去罷。」

話猶未了，外面小廝回說：「張總管的伙計著人送了兩個箱子來，說這是爺各自買的，不在貨帳裡的。本要早送來，因貨物箱子壓著，未得拿。昨日貨物發完了，所以今日才送來了。」一面說，一面又見兩個小廝搬進了兩個夾板的大棕箱子來。薛蟠一見，說：「噯喲，可是我怎麼就糊塗到這一步田地！特特的給媽和妹子帶來的東西都忘了，沒拿了家裡來，還是伙計送了來。」寶釵說：「虧你說還是特特帶來的，還是這樣放了一二十日才送來，若不是特特帶來的，必定放到年底下才拿進來呢。你也諸事太不留心了。」

薛蟠說：「想是我在路上叫人把魂唬掉了，還未歸呢。」說著，大家笑了一陣，便向回話的小子說：「東西收下了，叫他回去罷。」薛姨媽同寶釵忙問：「是什麼好東西，這樣捆著、夾著的？」便命人挑了繩子，去了夾板，開了鎖看時，卻是些綢緞、綾錦、洋貨等家常應用之物。

獨有寶釵他的那個箱子裡，除筆、墨、硯、各色箋紙、香袋、香珠、扇子、扇墜、粉、胭脂、頭油等物外，還有虎丘帶來的自行人、酒令兒、水銀灌的打筋斗的小小子、沙子燈、一出一出的泥人兒戲，用著青紗罩的匣子裝著，以及許多碎小玩意兒的東西。寶釵一見，滿心歡喜，便叫自己使的丫頭來，吩咐：「你將我的這個箱子，與我送了園子裡去，我好就近從那裡送送人。」說著，便站起身來，告辭母親，往園子裡來了。

這薛姨媽將自己的這個箱子裡頭的東西取出來，一份一份的打點清楚，著丫頭同喜兒送往賈母並王夫人等處去，不講。

且說寶釵隨著箱子到了自己房中，將東西逐件件過了目，除將自己留用之外，遂一份一份配合妥當，也有送紙、筆、墨、硯，也有送香袋、扇子、扇墜的，也有送脂粉、頭油的，也有單送玩意兒的，酌量其人分辦。只有黛玉的與別人不同，比眾人加厚一倍。打點完畢，使鶯兒同一個老婆子跟著，送往各處。

其李紈、寶玉等，以及諸房，不過收東西、賞賜來使，皆說些「見面再謝」等語而已。惟有林黛玉，他見了江南家鄉之物，反自觸物傷情，因想起他的父母來了，便對這些東西揮淚自嘆，暗想：「我乃江南之人，父母雙亡，又無兄弟，隻身一人，可憐寄居外祖母家中，而且又多疾病。除外祖母以及舅母、姐妹看問之外，哪裡還有一個姓林的親人來看望看望，給我帶些土物兒來，使我送送人也好。可見人若無至親骨肉手足，是最寂寞、極冷清、極寒苦、沒趣味的。」想到這裡，就不覺大傷起心來了。

紫鵑他乃伏侍黛玉多年，朝夕不離左右的，深知黛玉他的心腸，為見江南故土之物，因傷動心懷，追思親人的原故，但不敢說破，只在一旁勸說：「姑娘身子多病，早晚尚服丸藥。這兩日，看著不過比那些日子略飲食好些，精神壯一點兒，還算不得十分大好。今日寶姑娘送來這些東西，可見寶姑娘素日看姑娘甚重。姑娘看著該喜歡才是，為什麼反倒傷感？這寶姑娘送東西，為的是叫姑娘歡喜，這倒反是招姑娘添煩惱了不成？若今寶姑娘知道了，怎麼臉上下得來呢？再，姑娘也要想一想，老太太、太太們為姑娘的病症，千方百計請好大夫，診脈、配藥、調治，所為的是望姑娘的病急好。如今剛好了些，又這樣哭哭啼啼，豈不是自己糟踏身子，不能叫老太太看著喜歡？難道說姑娘不是素日憂慮過度上傷的氣血多了得的麼？姑娘千金貴體，別自己看輕了。」

紫鵑正在這裡勸解寶玉，只聽得小丫頭在院內說：「寶二爺來了。」紫鵑忙說：「快請。」只見寶玉已進房來了。黛玉讓座畢，寶玉見黛玉淚痕滿面，因問道：「妹妹，又是誰得罪了你了？兩眼都哭得紅了，是為什麼？」黛玉不回答。紫鵑將嘴向上一扭，寶玉會意，便望床裡一看，見堆許多東西，就知是寶釵送來的。便笑著取笑說道：「好東西，想是妹妹要開雜貨鋪麼？擺著這些東西做什麼？」黛玉只是不理。

紫鵑說：「二爺還提東西呢。因寶姑娘那邊送東西來，我們姑娘一看，就傷心哭起來了。我正在這裡好勸歹勸不住呢。而且是才吃了飯，若只是哭大發了，再吐，犯了舊病，可不叫老太太罵死我們了麼？倒是二爺來的很好，替我們勸一勸。」

寶玉他本是聰明人，而且一心總留意在黛玉身上最重，所以深知黛玉之為人，心細心窄，而又多心要強，不落人後，因見人家哥哥自江南帶了東西來送人，又係故鄉之物，勾想起別的痛腸來，是以傷感是實。這是寶玉他心裡揣摸黛玉心病，寶玉卻不肯明明說出來。若說出來，黛玉越發動情。

寶玉乃笑道：「我知道你們姑娘的原故，不為別的，為的是寶姑娘送來的東西少，所以生氣傷心。妹妹，你放心，等我明年江南去，與你多多帶兩船來，省的你淌眼抹淚的。」黛玉聽了這話，不由他「嗤」的一聲笑了，忙說道：「我憑怎麼沒見世面，也到不了這一步田地上，因送的東西少就生氣傷心。我也不是兩三歲的小孩子，你也忒把人看的平常小氣了。我有的原故，你哪裡知道？」說著說著，眼淚又流下來了。

寶玉忙移至床上，挨著黛玉，將那些東西一件一件拿起來，擺弄著細看，故意問：「這是什麼，叫什麼名字？那是怎麼做的，這樣齊整？這是什麼，要他做什麼使用？妹妹，你瞧，這件可以擺在書隔兒上作陳設，那件放在條案上當古董兒倒好呢。」一味的將這些沒要緊的話來支吾，搭訕了一會。黛玉見寶玉那些呆樣子，問東問西，招人可笑，稍將煩惱丟開，略有些喜笑之意。

寶玉見他有些喜色，便說道：「寶姐姐給送東西來，咱們也該到他那裡道個謝去才是。不知妹妹可去不去？」黛玉想道：「為送些東西，就特特的道謝去說一聲就完了。」今被寶玉說得有理，難以推托，無法，只得同寶玉去了。這且不提。

## 第六十七回

饋土儀顰卿念故里　聞祕事鳳姐訊家童

且說薛蟠聽了母親之言，急忙下請帖，置辦酒筵，張羅了一日。至次日，三四位伙計俱各到齊，未免說了些店內發貨帳目之事，列席讓座。薛蟠與各位奉酒酬勞。裡面薛姨媽又著人出來致謝道乏已畢，內有一位問道：「今日席中怎麼少柳大哥不來？想是東家忘了沒請麼？」薛蟠聞聽，把眉一皺，嘆了一口氣，道：「休提，休提。想來列位不知深情。若說起此人，真真可嘆，於一二日前，他忽被一個瘋道士度化的去了。」

眾人聽說，因道：「我們前日聽見說，有個外路人被個瘋道士度化了去了。又聞說，一陣風刮了去了。又說，駕著一片彩雲去了。紛紛議論不一。我們也因發貨算帳事忙，哪裡有工夫當正經事？也沒去細問細打聽，到如今還是似信不信的。今聽此言，那道士度化的，原來就是柳大哥麼？早知是他，我們也該勸解勸解。任他怎樣，也不容他去。噯，又少了一個有趣兒的好朋友了，實實在在的可惜可嘆。也怨不得東家你心裡不爽快，想他那樣一個伶俐人，未必是真跟了道士去罷？柳大哥他會些武藝，又有力量，或者看破了道士有些什麼妖術邪法的破綻出來，故意假跟了他去，在背地擺布他，也未可知。」

薛蟠說：「誰知道？果能如此，好罷咧。世上也少個妖言惑眾的人了。」眾人說：「難道你知道了的時候也沒尋找他去不成？」薛蟠說：「城裡城外，哪裡沒找到？因找了不見，不怕你們笑話，我還哭了一場呢。」言畢，只是長吁短嘆，無精打采的，不像往日高興玩笑，讓酒暢飲。席上雖設了些雞鵝魚鴨，山珍海味，美品佳肴，怎奈東家愁眉嘆氣，眾伙計看此光景，不便久坐，不過隨便喝了幾鐘酒，吃了些飯食，就都散了。這也不提。

且說寶玉拉了黛玉，至寶釵處來道謝，彼此見面，未免各說幾句客言套語。黛玉便對寶釵說道：「大哥辛辛苦苦能帶了多少東西來，擱的住送我們這些處，你還剩什麼呢？」寶玉說：「可是這話呢。」寶釵笑說道：「東西不是什麼好東西，不過是遠路帶來的土物兒，大家看著略覺新鮮些。我剩不剩，什麼要緊？我如果……噯，什麼，今年雖然不剩，明年我哥去時，再叫他給我帶些來，有什麼難呢？」

寶玉聽說，忙笑說道：「明年再帶些什麼來，我們還要姐姐送我們呢。可別忘了我們。」黛玉說：「你要，你只管說。你要，不必拉扯上我們不我們的字樣。姐姐瞧，寶哥哥不是給姐姐來道謝，竟是又要定下明年的東西了。」寶玉笑說：「我要出來，難道說沒有你一份兒不成？你不知道幫著說，反倒說起這散話來了。」大家聽了，笑了一陣。

寶釵問道：「你二人來的如何這樣巧？是誰會誰去的？」寶玉道：「休提。我因姐姐送我東西，林妹妹也有，我想要來道謝，想來林妹妹也必來道謝。故此我到他房裡會了他，一同往這裡來。誰知到了他家，他正在房裡傷心落淚。也不知為什麼這樣愛哭。」剛說到「落淚」二字，見黛玉瞪了一眼，恐怕他往下還說，寶玉會意，隨即換過口來，說道：「林妹妹這幾日因身上又有些不爽快，恐怕又病板嘴，故此著急落淚。我勸解一會子，才拉了他來了。一則道謝，二則省得叫他一個人在房裡坐著，只是發悶。」

寶釵說：「妹妹怕病，固然是正理，也不過是在那飲食起居、穿脫衣服冷熱上加些小心就是了。為什麼傷起心來了呢？妹妹難道不知道，一傷心難免不傷氣血精神？把要緊的傷了，反倒要受病的。妹妹，你細想想。」黛玉說：「姐姐說的很是。我何常自己不知道呢。只因我這幾年，姐姐是看見的，哪一年不病一兩場？病的我怕怕的了。藥無論見效不效，一聞見，先就頭疼發惡心。怎麼不叫我怕呢？」

寶釵說：「雖然如此說，卻也不該傷心。倒是覺著身子不爽快，反自己勉強扎掙著出來，各處走走逛逛，把心鬆鬆散散，比在屋裡悶坐著還強呢。傷心是自己添病的大毛病。我那二日不時覺著發懶，渾身乏倦，只是要歪著。心裡也是為時氣不好，怕病，因此偏扭著他，尋些事情做做，一般也混過去了。妹妹，別惱我說，越怕越有鬼。」寶玉聽說，忙問道：「寶姐姐，鬼在哪裡呢？我怎麼看不見一個兒？」惹得眾人聞聲大笑。

寶釵說道：「呆小爺，這是比如說的話，哪裡真有鬼呢？認真的若有鬼，你又該駭哭了呢。」黛玉因笑道：「姐姐說的很該，誰叫他嘴快！」寶玉道：「有人說我不是，你就樂了。你這一會子心裡也不懊惱了，咱們也該走罷。」於是彼此又說笑了一會，二人辭了寶釵出來，寶玉仍把黛玉送至瀟湘館門首，自己回家。這也不提。

且說趙姨娘因見寶釵送環哥之物，忙忙接下，心中甚喜，滿口誇獎：「人人都說寶姑娘會行事，很大方。今日看來，果然不錯。他哥哥能帶了多少東西來，他挨家送到。他並不遺漏一處，也不露出誰厚誰薄。連我們這搭拉嘴子，他都想到，實在可敬。若是那林姑娘也罷了麼，也沒人給他送東西，帶什麼來。即或有人帶了來，他也只是揀著那有勢利、有體面的人頭兒跟前才送去，哪裡還臨的到我們娘兒們身上呢？可見人會行事的真真露著另別另樣的好。」

趙姨娘因環哥得了東西，深為得意，不住的坐在床上擺弄，瞧看了一會，想寶釵乃係王夫人兩姨外甥女，特要在王夫人跟前賣好兒，便自己疊疊歇歇拿著那東西，走至王夫人房中，站在一旁，說道：「這是寶姑娘才給環哥兒弟送來的。他年輕的人，想的周到。我還給了送東西的小丫頭二百錢。聽見說，姨太太也給太太送來了不知是什麼東西。你們瞧瞧，這一個門裡頭，就是兩份子，能有多少呢？怪不得老太太都誇他、疼他，果招人愛。」一面說著，將手內的東西都遞過去與王夫人瞧。

誰知王夫人頭也沒抬，手也沒伸，只口內說了一聲：「好，給環哥兒玩罷。」並沒正眼看一看。

趙姨娘因招了一鼻子灰，滿腹氣惱，無精打采的回至自己房中，將東西丟在一邊，說了許多勞兒三、巴兒四、不著要的一套閒話。也無人問他，他卻自己咕嘟著嘴，一邊子坐著。可見趙姨娘這人小氣糊塗，饒得了東西，反說許多令人不入耳、生厭的閒話。也怨不得探春生氣，看不起他。閒話休提。

且說寶釵送東西的丫頭回來說：「也有道謝的，也有賞賜的。所給巧姐兒送的那一份兒，仍舊拿回來了。」寶釵一見，不知何意，便問：「為什麼這一份兒沒送去呢？還是送了沒收呢？」鶯兒說：「我方才給環哥兒送東西去的時候，見璉二奶奶往老太太房裡去了。我想，璉二奶奶不在家，知道交給誰呢？所以沒送。」寶釵說：「你也太糊塗了。二奶奶不在家，難道平兒、豐兒也不在家不成？只管交給他們收下，等二奶奶回來，自有他們告訴就是了。必定要你當面交給才算麼？」鶯兒聽了，復又拿著東西，出了園子，往鳳姐處去。在路上走著，便對拿東西的老婆子說：「早知道，一就事兒送去，不完了？省得又跑這麼一趟。」老婆子說：「閒著也是白閒著，借此出來逛逛也好。只是姑娘你今日來回各處走了好些路兒，想是不慣乏了。咱們送了這個，可就完了。一打總兒再歇著。」

二人說著話兒，到了鳳姐處送了東西，回來見寶釵。寶釵問道：「你見了二奶奶沒有？」鶯兒說：「我沒有見。」寶釵說：「想是二奶奶還沒有回來麼？」丫頭說：「回是回來了。因豐兒對我說：『二奶奶自太太屋裡回來，不似往日歡天喜地的，一臉的怒氣，叫了平兒去，唧唧咕咕的說話，也不叫人聽見，連我都攆出來了。你也不必去見，等我替你回一聲兒就是了。』因此就著豐兒拿進去回了，出來說：『二奶奶給你們姑娘道生受。』賞了我們一吊錢。我就回來了。」寶釵聽見了，自己納了一會子悶，想不出鳳姐是為什麼有氣。這也不表。

且說襲人見寶玉回來，便問：「你怎麼不逛就回來了？你原說是約著林姑娘，你們兩個同到寶姑娘處道謝，去了沒有？」寶玉說：「你別問我。原說的是要會著林姑娘同去的，誰知到了林姑娘家，他在屋裡頭守著東西，狠狠的不自在呢。我也知道林姑娘那些原原故故的，又不好直問他，又不好說他。我只裝不知道，搭訕著說別的，寬解他，一會子才好了。然後方拉了他，同到了寶姑娘那裡道謝。說了一會子閒話，方散了。我又送他到家，我才回來了。」

襲人說：「你看，送林姑娘的東西比送你的東西是多、是少，還一樣呢？」寶玉道：「比送我的多著一兩倍呢。」襲人說：「這才是明白人會行事。寶姑娘他想別的姐妹都有親的熱的，有人送東西，惟有林姑娘離家二三千里遠，又無有一個親人在這裡，哪有送東西呢？況且他們兩個不但是親戚，還是乾姐妹。難道你不知道，林姑娘去年曾認過薛姨太太作乾媽？論理，多給他些，也是該的。」寶玉笑說：「你就是會評事的一個公道老兒。」一面說話，一面便叫小丫頭去取了拐枕來，要在床上歪著。

襲人說：「你不出去了，我有一句話告訴你。」寶玉便問：「什麼話？」襲人道：「素日璉二奶奶待我很好，你是知道的。他自從病了一大場之後，我並沒得去。如今好了，我早就想著要到那裡看看去。只因為璉二爺在家，不方便，始終總沒有去。聞說璉二爺不在家，你今日又不往哪裡去，而且初秋天氣，不冷不熱，一則看看二奶奶，盡個禮，省得日後見了，受他的數落，二則借此也要逛一逛。你同他們看著家，我去就來。」

晴雯說：「這卻是該的，難得這個巧宗兒。」寶玉道：「我才為議論寶姑娘，誇他是個公道之人。這件事行的又是個周到人了。」襲人笑道：「好小爺，也不用誇人，你只在家同他們好生玩，好歹別要睡覺睡出病來，又是我擔沉重。」寶玉說：「我知道了。你只管去罷。」

言畢，襲人遂到自房裡，拿著靶兒鏡照著，抿了抿頭，勻了勻臉上的脂粉，換了兩件新鮮衣服，步出房來，復又囑咐了晴雯、麝月幾句話，便出了怡紅院。來至沁芳橋，立住，四下觀看那園中景致。時至秋令，蟬鳴於樹，草蟲鳴於野。見這石榴花也開放了，荷葉也將殘上來了，倒是芙蓉近著河邊都發了紅撲撲的咕都子，襯著碧紗綠的葉兒，倒令人可愛。一壁裡瞧著，一壁裡下了橋，走了不遠，迎見李紈房裡使喚的丫頭素雲，跟著一個老婆子，手裡捧著一個洋漆盒兒走來。

襲人便問：「往哪裡去？送的是什麼東西？」素雲說：「這是我們奶奶給三姑娘送去的菱角、雞頭。」襲人說：「這個東西還是咱們園子裡河內採的，不知是外買來的呢？」素雲說：「這是我們房裡使喚的劉媽媽他告假瞧親戚去帶來，孝敬奶奶的。因三姑娘在我們那裡坐著，看見了，我們奶奶叫人剝了他吃。他說：『才喝了熱茶了，不吃。一會再吃罷。』故此給三姑娘送了家去。」言畢，各自分路去了。

襲人遠遠的看見那邊葡萄架底下，有一個人，拿著撣子，在那裡動手動腳的。因迎著日光，看不真切。至離的不遠，那祝老婆子見了襲人，便笑嘻嘻的迎上來說：「我的姑娘，今日怎麼得工夫出來閒逛，往哪裡去？」襲人說：「我哪裡還得工夫逛？我往璉二奶奶家瞧瞧去。你在這裡做什麼呢？」

那祝老婆說：「我在這裡趕馬蜂呢。今年三伏裡的雨水少，不知怎麼這些果木樹上長了蟲子？把果子吃的巴拉眼睛的掉了好些，可惜了兒白扔了。就是這葡萄剛成了珠兒，怪好看的，那馬蜂、蜜蜂兒滿滿的圍著來，都咬破了。這還罷了，喜鵲、雀兒他也來吃。這個葡萄還有這樣一個毛病，無論雀兒、蟲兒，一嘟嚕上，只咬破了三五個；那破的水淌到好的上頭，連這一嘟嚕都是要爛的。這雀兒、馬蜂可惡，故此我在這裡趕呢。姑娘，你瞧，咱們說話的空兒沒趕，就落了許多上來了。」

襲人說：「你就是不住手的趕，也趕不了許多。你剛趕了這裡，那邊又來。倒是告訴買辦，叫他們多多的做些冷布口袋來，一嘟嚕、一嘟嚕套上，免得翎禽、草蟲糟踏。而且又透風，握不壞。」婆子笑道：「倒是姑娘說的是。我今年才管上，哪裡就知道這些巧法兒呢？」

襲人說：「如今園子裡這些果品有好些種，倒是哪樣先熟的快些？」老祝婆子說：「如今方入七月的門，果子都紅上來了。要是好吃，還得月盡頭兒才熟透了呢。姑娘不信，我給姑娘摘一個，姑娘嘗嘗。」襲人正色說道：「這哪裡使得？不但沒熟吃不得，就是熟了，一則沒有供鮮，二則主子們尚然未吃，咱們如何先吃得呢？你是這府裡的陳人，難道連這個規矩也不知道麼？」

老婆子笑道：「姑娘說的有理。我們因為姑娘問我，我才這樣說。」心內暗說道：「夠了，我方才幸虧是在這裡趕馬蜂，若是順手兒摘一個嘗嘗，叫他看見了還了得！」襲人說：「我方才告訴你要口袋的話，你就回一回二奶奶，叫管事的快做去罷。」言畢，遂出了園子的門，就到鳳姐這邊來了。

正是鳳姐與平兒議論賈璉之事，因見襲人他是輕易不來的人，又不知是有什麼事情，便連忙止住話語，勉強帶笑說道：「貴人從哪陣風兒刮了我們這個賤地來了？」襲人笑說：「我就知道，奶奶見了我，必定是要先取樂我一場的。我有什麼說的呢？但是奶奶欠安，本心裡惦著要過來請請安。頭一件，二爺在家不便；二則奶奶在病中，又怕厭煩，故未敢來。想奶奶素日疼愛我那個分兒上，自然是體諒我的，再不肯惱我的。」

鳳姐笑道：「寶兄弟屋裡雖然人多，也就靠著你一個兒照看，也是實在的離不開。我常聽見平兒告訴我說，你背地裡還惦著常問我。我聽見就喜歡的。今日見了你，我還要給你道謝呢。我捨得冒犯你麼，我的姑娘？」襲人說：「奶奶若是這樣說，這就是真疼我了。」鳳姐拉了襲人的手，讓他坐。襲人哪裡肯坐？讓之再三，方在炕沿腳踏上坐了。平兒忙自己端了茶來。襲人說：「你叫小人兒們端罷。勞動姑娘，我倒不安。」一面站立接過茶來吃著。

回頭看見床沿上放著一個活計笸籮兒內裝著一個大紅洋錦的小兜肚，襲人說：「奶奶一天七事八事的，忙的不了，還有工夫做活計麼？」鳳姐說：「我本來就不會做什麼，如今病了才好，又兼著家務事鬧一清早，哪裡還有工夫做這些呢？要緊要緊的，我都丟開了。這是我往老太太屋裡請安去，遇見薛姨媽送老太太這個錦，老太太說：『這個花紅柳綠的倒對，給小孩子們做小衣小裳兒內穿著，倒好玩呢。』因此我同老祖宗討了來了，還惹得老祖宗說了些玩話，說我是老太太的命中小兒，『見了什麼要什麼，見什麼拿什麼』，惹得眾人都笑了。你是知道我臉皮兒厚、不怕說的人。老祖宗只管說，我只管裝聽不見，拿著就走。所以才交給平兒，先給巧姐兒做件小兜肚穿著玩。剩下的，等消閒有工夫，再做別的。」

襲人聽畢，笑道：「也就是奶奶，才能夠慪的老祖宗喜歡罷。」伸手拿起來一看，便誇道：「果然好看，各樣顏色都有。好材料，也須得這樣巧手的人做才對。況又是巧姐兒他穿的，抱了出去，誰不多看一看？」

鳳姐因問道：「巧姐兒哪裡去了？我怎麼這半日沒見他？」平兒說：「方才寶姑娘那裡送了些玩意兒來，他一見很喜罕，就擺著玩了一會。他奶媽兒才抱了出去。想是乏了，睡覺去了。」襲人問道：「巧姐兒如今自然比先玩的好了？」平兒道：「小臉旦子吃的銀盆似的。見人就趕著笑，再不得罪人。真是我們奶奶的解悶寶貝疙瘩。」

鳳姐才問：「寶兄弟在家做什麼呢？」襲人道：「我是求他同晴雯他們看家，我才告了假來了。可是呢，只顧說話，我也來了好半天了，也要回去了，別叫他在家抱怨，說我屁股沉，到哪裡就坐住了。」說著，便立身告辭，回怡紅院來。這也不提。

且說鳳姐兒見平兒送了襲人回來，復又把平兒叫入房中追問前事，越說越氣，說：「二爺在外偷娶了老婆，你說，你是聽見二門上的小廝說的，到底是哪個說的呢？」平兒說：「是旺兒說的。」鳳姐便命人把旺兒叫來，問道：「你二爺在外邊買房子、娶小老婆，你知道麼？」旺兒說：「小的終日在二門上聽差，如何知道二爺的事？這是聽見興兒告訴的。」鳳姐道：「興兒是幾時告訴你的？」旺兒說：「還是二爺起身的頭裡告訴的。」

鳳姐又問：「興兒在哪裡呢？」旺兒說：「興兒在新奶奶那屋裡呢。」鳳姐聞聽，滿腔怒氣，啐了一口，罵道：「下作猴兒崽子！什麼是新奶奶、舊奶奶？你就私自封了二奶奶了。滿口裡胡說，這就該打嘴巴！」又問：「興兒他是跟二爺的人，他怎麼不跟二爺去呢？」旺兒說：「特留下他在家照看尤二姐，故此沒跟了去。」鳳姐聽說，忙的一迭聲命旺兒快把興兒叫了來。

旺兒忙忙的跑了出去，見了興兒，只說：「二奶奶叫你呢。」興兒正在外面同小人們玩笑，聽見叫他，也不問旺兒「二奶奶叫我做什麼」，便跟了旺兒，急急忙忙來至二門前，回明進退，見了鳳姐兒，請了安，旁邊侍立。

鳳姐一見，便瞪著眼問道：「你們主子、奴才外頭幹的好事！你們打量我是呆瓜，不知道。你是緊跟二爺的人，必是深知根由。你須細細對我實說。稍有一些隱瞞、撒謊，我將你腿打折了！」興兒忙跪下磕頭說：「奶奶問的是什麼事，是奴才同干的？」鳳姐兒罵道：「好雜種，你還敢來支吾我！我問你：二爺在外邊怎麼就說了尤二姐？怎麼買房子、置家伙？怎麼娶過來的？一五一十，從頭至尾說個明白，饒你的狗命。」

興兒聽說，仔細想了一想：「此事二府皆知，就是瞞著老爺、太太同二奶奶不知道，終久也是要知道的。我如今何苦來瞞著，不如告訴了他們，省得現前受打委屈。」再興兒一則年幼，不知事的輕重；二則素日又知道鳳姐是個烈口子，「連二爺還懼怕他五分，此事原是二爺同珍大爺、蓉哥他們叔侄、兄弟商量著辦的，與自己無干。」故把主意想定，壯著膽子，跪下說道：「奶奶別生氣，等奴才回稟。奶奶聽說：只因那府裡大老爺的喪事上穿孝，不知二爺怎麼看見過尤二姐幾次，大約就看中了，動了要說的心。故此先同蓉哥商議，求蓉哥先替二爺從中調停辦理，做個媒人，說合事成之後，還許下酬謝的禮物。蓉哥滿應，將此話告訴了珍大爺。珍大爺告訴了珍大奶奶，和姥姥商議。尤老娘很願意，但說：『二姐從小兒已許過張家為媳婦，如何又許璉二爺呢？恐張姓知道，生出事來不妥當。』珍大爺便說：『這算什麼大事！交給我。那張家小子本是個窮苦破落戶，哪裡見得多給他幾兩銀子，叫他寫張退親的休書就完了。』後來果然找了姓張的來說明，寫了休書，給了銀子，去了。二爺就放心大膽說定了。又恐怕奶奶知道，攔擋不依，所以在外邊咱們府的後身兒，買了幾間房子，置了東西，就娶過來了。珍大爺還給兩口人使喚。二爺時常推說給老爺辦事，又說替珍大爺張羅事，都是些支吾的謊話，竟是在外頭住著。從前原是娘兒三個住著，還要商量給尤三姐說人家，又許下厚聘嫁他。如今尤三姐也死了，只剩下尤老娘跟著尤二姐住著做伴兒呢。這一往從前的實話，並不敢隱瞞著一句。」說畢，復又磕頭。

鳳姐聽了這一篇言語，只氣得痴呆了半天，面如金紙，兩隻吊梢子眼越發直立起來了，渾身亂戰，半晌連話說不上來，只是發怔。猛低頭，見興兒在地下跪著，便說道：「這也沒你的大不是。但只是二爺在外邊行這樣的事，你也該早些告訴我才是，卻很該打。因你肯實說，不撒謊，且饒恕你這一次。」興兒說：「未能早回奶奶，奴才該死！」又叩頭有聲。

鳳姐說：「你去罷。」興兒才立起身要走，鳳姐又說：「叫時須快來，不可遠去。」興兒連連答應了幾個「是」，就出去了。到外面，伸了伸舌頭說：「夠了我的了，差一點沒有挨一頓好打。」暗自後悔，不該告訴旺兒，又愁二爺回來，怎麼見二爺？各自害怕，這也不提。

且說鳳姐見興兒出去，回頭向平兒說：「方才興兒說的話，你都聽見沒有？」平兒說：「我都聽見了。」鳳姐說：「天下哪有這般沒見世面的男人？吃著碗裡的，看著鍋裡。見一個，愛一個。真成了餵不飽的狗！實在是個棄舊迎新的壞貨。只是可惜這五六品的頂帶給他，他別想著。俗說的，家花哪有野花香。他要信了這話，可就錯了。多早晚在外面鬧個沒臉，親戚、朋友見不得的時，他才罷手呢。」

平兒一旁勸道：「奶奶生氣卻是該的。但奶奶身子才好了，也不可過於氣惱。看二爺自從鮑二女人那件事之後，倒很收了心了。如今為什麼又行起這樣事來？這都是珍大爺他的不是。」鳳姐說：「珍大爺固然不是，也總因咱們那位下作不堪的爺他眼饞，人家才引誘他罷咧。俗語說的，牛不吃水也強按頭麼？」

平兒道：「珍大爺做這樣事，珍大奶奶也不想一想，一個妹子要許幾家子弟才好？先許姓張的，今又嫁了姓賈家的。男人都死絕了，都嫁到賈家來。難道賈家的衣飯這樣好不成？這不是說，幸而那一個沒臉的尤三姐知道好歹，早早兒死了，若是不死，將來不是嫁寶玉，就是嫁環哥兒呢。總也不給他妹子留一些兒體面，叫妹子日後怎麼抬頭豎臉的見人呢？妹子本來也不是他親的。而且聽見說，原是個混帳爛桃。難道珍大奶奶現作著命婦，家中有這樣一個打嘴現世的妹子，也不知道羞臊，躲避著些，反倒大面兒上揚名大鼓的在這門裡丟醜，也不怕人笑話麼？」

鳳姐道：「珍大爺也是做官的人，別的律例不知道也罷了，連個服中娶妾、停妻再娶使不得的規矩也不知道不成？你替他想一想，他幹的這件事，是疼兄弟，還是害兄弟呢？」平兒說：「只眼前叫兄弟喜歡，也不管日後輕重關係。」

鳳姐冷笑道：「這什麼『叫兄弟喜歡』，這是給他毒藥吃呢。若論親叔伯弟兄中，他年紀又大，又居長，不知道教兄弟學好，反引誘兄弟學不長進，擔罪名兒，日後鬧出事來，他在一邊站缸沿看熱鬧，真真我要罵不出口來。再者，他那邊府裡的醜事壞名兒已經叫人聽不上了，必定也叫兄弟學他一樣，才好顯不出他的醜事，這什麼做哥哥的道理！倒不如撒泡尿浸死了，替大老爺死了倒罷咧，活著做什麼呢？瞧東府大老爺那樣厚德，每日吃齋、念佛、行善，怎麼得了這樣一個兒子、孫子？大概好風水都是他老人家一人拔盡了。」平兒說：「想來不錯。若不然，怎麼這樣差著隔兒呢？」

鳳姐說：「這件事幸而老太太、老爺、太太不知道。倘或吹到耳朵裡去，不但咱們那沒出息二爺受打受罵，就是珍大爺和珍大奶奶也保不住吃不了要兜著走呢。」連說帶詈（罵），直鬧了半天，連晚飯沒吃，推頭疼也沒過賈母、王夫人那邊去。

平兒看此光景，越說越氣，勸道：「奶奶且煞一煞氣。事從緩來，等二爺回來，慢慢的再商量就是了。」鳳姐兒聞聽此言，便從鼻孔內哼哼了兩聲，冷笑道：「好罷咧，等二爺回來再說，可就遲了！」平兒便跪在地下，再三的苦勸，安慰了一番，鳳姐才略消些氣惱，喝了口茶，喘息了良久，便要拐枕歪在床上，閉著眼睛打主意。平兒見鳳姐滲著，方退出去。

偏又不懂眼的一起子回事的人來，都被豐兒攆出去了。又有賈母處著瑪瑙來問：「二奶奶為什麼不吃飯？老太太不放心，著我瞧來。」鳳姐知是賈母處打發人來了，遂勉強起來，說：「我自有些頭疼，並沒別的。老太太放心。我竟躺了一躺兒，好了。」言畢，打發來人去後，卻自己一個人將前事從頭至尾細細盤算了多時，得了一個「一計害三賢」的主意出來。自己暗想：「須得如此如此方妥。」主意已定，也不告訴平兒，反作出嘻笑自若、無事的光景，並不露出惱恨、嫉妒之意。於是叫丫頭傳了旺兒來，吩咐令他明日傳喚匠役人等收拾東廂房、裱糊、鋪設等語。

平兒與眾人皆不知為何原故。下回分解。

# 第六十八回

## 苦尤娘賺入大觀園　酸鳳姐大鬧寧國府

話說賈璉起身去後，偏至平安遇見節度巡邊在外，約一個月方回。賈璉未得確信，只得住在下處等候。及至回來相見，將事辦妥，回程已是將近兩個月的限了。

誰知鳳姐早心下已算定，只待賈璉前腳走了，便傳各色匠役，收拾東廂房三間，照依自己正室一樣裝飾陳設。至十四日，便回明賈母、王夫人，說十五日一早要到姑子廟進香去。只帶了平兒、豐兒、周瑞媳婦、旺兒媳婦四人，未曾上車，便將原故告訴了眾人。又吩咐眾男人，素衣素蓋，一徑前來。

興兒引路，一直到了二姐門前叩門。鮑二家的開了門。興兒笑道：「快回二奶奶去，大奶奶來了。」鮑二家的聽了這句話，頂梁骨走了真魂，忙飛跑進，報與尤二姐。

尤二姐雖也一驚，但已來了，只得以禮相見，於是忙整衣迎了出來。至門前，鳳姐方下車進來。尤二姐一看，只見頭上皆是素白銀器，身上月白緞襖，青緞披風，白綾素裙；眉彎柳葉，高吊兩梢，目橫丹鳳，神凝三角；俏麗若三春之桃，清素若九秋之菊。周瑞、旺兒二女人攙入院來。尤二姐陪笑，忙迎上來萬福，張口便叫：「姐姐下降，不曾遠接，望恕倉促之罪。」說著，便福了下來。鳳姐忙陪笑還禮不迭。

二人攜手同入室中。鳳姐上座，尤二姐命丫頭拿褥子，便行禮說：「奴家年輕，一從到了這裡，諸事皆係家母和家姐商議主張。今日有幸相會，若姐姐不棄奴家寒微，凡事求姐姐的指示教訓。奴亦傾心吐膽，只伏侍姐姐。」說著，便行下禮去。

鳳姐忙下座，以禮相還，口內忙說：「皆因奴家婦人之見，一味勸夫慎重，不可在外眠花臥柳，恐累父母擔擾。此皆是你我之痴心，怎奈二爺錯會奴意。眠花宿柳之事，瞞奴或可；今娶姐姐二房之大事，亦人間大禮，亦不曾對奴說。奴亦曾勸二爺早行此禮，以備生育。不想二爺反以奴為那等妒忌之婦，私自行此大事，並未說知。使奴有冤難訴，惟天地可表。前於十日之先，奴已風聞，恐二爺不樂，遂不敢先說。今可巧遠行在外，故奴家親自拜見過，還求姐姐下體奴心，起動大駕，挪至家中。你我姐妹同居同處，彼此合心諫勸二爺，慎重事務，保養身體，方是大禮。若姐姐在外，奴在內，雖愚蠢不堪相伴，奴心又何安？再者，使外人聞知，亦甚不雅。二爺之名，也是要緊。倒是談論奴家，奴亦不怨。所以，今生今世奴之名節，全在姐姐身上。那起下人小人之言，未免見我素昔持家太嚴，背後加減些言語，自是常情。姐姐乃何等樣人物，豈可信真。若我實有不好之處，上頭三層公婆，中有無數姐妹、妯娌，況賈府世代名家，豈容我到今日？今日二爺私娶姐姐在外，若別人則怒，我則以為幸。正是天地神佛不忍我被小人們誹謗，故生此事。我今來求姐姐進去，和我一樣，同居同處，同分同例，同侍公婆，同諫丈夫。喜則同喜，悲則同悲；情同親妹，和比骨肉。不但那起小人見了，自悔從前錯認了我；就是二爺來家一見，他做丈夫之人，心中也未免暗悔。所以姐姐竟是我的大恩人，使我從前之名一洗無餘了。若姐姐不隨奴去，奴亦情願在此相陪。奴願做妹子，每日伏侍姐姐梳頭洗臉。只求姐姐在二爺跟前替我好言，方便方便，容我一席之地安身，奴死也願意。」說著，便嗚嗚咽咽哭將起來。尤二姐見了這般，也不免滴下淚來。

二人對見了禮，分序坐下。平兒忙也上來要見禮。尤二姐見他打扮不凡，舉止品貌不俗，料定是平兒，連忙親身攙住，只叫：「妹子快休如此，你我是一樣的人。」鳳姐忙也起身笑說：「折死他了！妹子只管受禮，他原是咱們的丫頭。以後快別如此。」說著，又命周瑞家的從包袱裡取出四匹上色尺頭，四對金珠簪環，為拜見禮。尤二姐忙拜受了。

二人吃茶，對訴以往之事。鳳姐口內全是自怨自悔，說：「怨不得別人，如今只求姐姐疼我。」尤二姐見這般，便認做他是個極好的人。小人不遂心，誹謗主子，亦是常理。故傾心吐膽，敘了一回，竟把鳳姐認為知己。又見周瑞家的及旺兒媳婦在旁邊稱揚鳳姐素日許多善政，只是吃虧心太痴了，惹人怨；又說：「已經預備了房屋，奶奶進去一看便知。」尤氏心中早已要進去同住方好，今又見如此，豈有不允之理？便說：「原該跟了姐姐去，只是這裡怎樣？」

鳳姐兒道：「這有何難？姐姐箱籠細軟，只管著小廝搬了進去。這些粗夯貨，要他無用，還叫人看著。姐姐說誰妥當，就叫誰在這裡。」尤二姐忙說：「今日既遇見姐姐，這一進去，凡事只憑姐姐料理。我也來的日子淺，也不曾當過家，事不明白，如何敢作主？這幾件箱櫃拿進去罷。我也沒有什麼東西，那也不過是二爺的。」

鳳姐聽了，便命周瑞家的記清，好生看管著，抬到東廂房去。於是催著尤二姐穿戴了，二人攜手上車，同坐一處，又悄悄的告訴他：「我們家的規矩大。這事老太太、太太一概不知，倘或知道二爺孝中娶你，管把他打死了。如今且別見老太太、太太。我們有一個花園子極大，姊妹們住著，容易沒人去的。你這一去，且在園裡住兩天，等我設個法子回明白了，那時再見方妥。」尤二姐道：「任憑姐姐裁處。」

那些跟車的小廝們，皆是預先說明的，如今不走大門，只奔後門而來。下了車，趕散眾人。鳳姐便帶了尤氏進了大觀園的後門，來到李紈處相見了。彼時，大觀園中，十停人已有九停人知道了。今忽見鳳姐帶了進來，引動眾人來看問。尤二姐一一見過。眾人見了他標致和悅，無不稱揚。鳳姐一一的吩咐了眾人：「都不許在外走了風聲，若老太太、太太知道，我先叫你們死。」園中婆子、丫頭都素懼鳳姐的，又係賈璉國孝、家孝中所行之事，知道關係非常，都不管這事。

鳳姐悄悄的求李紈收養幾日，「等回明了，我們自然過去的。」李紈見鳳姐那邊已收拾房屋，況在服中，不好倡揚，自是正理，只得收下權住。

鳳姐又便將他的丫頭一概退出，又將自己一個丫頭送他使喚。暗暗吩咐園中媳婦們：「好生照看著他。若有走失逃亡，一概和你們算帳。」自己又暗中行事。

合家之人都暗暗的納罕說：「看他如何這等賢惠起來了？」那尤二姐得了這個所在，又見園中姊妹各各相好，倒也安心樂業的，自為得其所矣。

誰知三日之後，丫頭善姐便有些不服使喚起來。尤二姐因說：「沒了頭油了，你去回聲大奶奶，拿些來。」善姐便道：「二奶奶，你怎麼不知好歹，沒眼色？我們奶奶天天承應了老太太，又要承應這邊太太、那邊太太。這些妯娌、姊妹，上下幾百男女，天天起來，都等他的話。一日少說，大事也有一二十件，小事還有三五十件。外頭的從娘娘算起，以及王公侯伯家多少人情客禮，家裡又有這些親友的調度（安排）。銀子上千錢上萬，一日都從他一個手、一個心、一個口裡調度，哪裡為這點子小事去煩瑣他？我勸你能著（忍耐著）些兒罷。咱們又不是明媒正娶來的，這是他亙古少有一個賢良人，才這樣待你；若差些兒的人，聽見了這話，吵嚷起來，把你丟在外，死不死，生不生，你又敢怎樣呢！」

一席話，說的尤氏垂了頭，自為有這一說，少不得將就些罷了。那善姐漸漸的連飯也怕端來與他吃，或早一頓，或晚一頓，所拿來之物，皆是剩的。尤二姐說過兩次，他反先亂叫起來。

尤二姐又怕人笑他不安分，少不得忍著。隔上五日八日，見鳳姐一面。那鳳姐卻是和容悅色，滿嘴裡「姐姐」不離口，又說：「倘有下人不到之處，你降不住他們，只管告訴我，我打他們。」又罵丫頭、媳婦說：「我深知你們，軟的欺，硬的怕，背開我的眼，還怕誰？倘或二奶奶告訴我一個『不』字，我要你們的命。」

尤氏見他這般好心，想道：「既有他，我又何必多事？下人不知好歹，也是常情。我若告了，他們受了委屈，反叫人說我不賢良。」因此反替他們遮掩。

鳳姐一面使旺兒在外打聽細底，這尤二姐之事皆已深知。原來已有了婆家的，他女婿現在才十九歲，成日在外賭博，不理世業，家私花盡，父母攆他出來，現在賭錢場存身。父親得了尤婆子十兩銀子退了親的，這女婿尚不知道。原來這小伙子叫張華。

鳳姐都一一盡知原委，便封了二十兩銀子與旺兒，悄悄命他將張華勾來養活，著他寫一張狀子，只要往有司衙門中告去，就告璉二爺「國孝、家孝之中，背旨瞞親，仗財依勢，強逼退親，停妻再娶」。這張華也深知利害，先不敢造次。旺兒回了鳳姐，鳳姐氣的罵：「癩狗，扶不上牆的種子。你細細說給他，便告我們家謀反，也沒事的。不過是借他一鬧，大家沒臉。若告大了，我這裡自然能夠平息的。」旺兒領命，只得細說與張華。

鳳姐又吩咐旺兒：「他若告了你，你就和他對詞去。如此如此，這般這般。我自有道理。」旺兒聽了，有他做主，便又命張華狀子上添上自己，說：「你只告我來旺過付（在買賣時通過中間人交付財物），一應調唆二爺做的。」張華便得了主意，和旺兒商議定了，寫了一紙狀子，次日便往都察院處喊了冤。

察院坐堂看狀，見是告賈璉的事，上面有家人旺兒一名，只得遣人去賈府傳旺兒來對詞。青衣（指衙門中的差人）不敢擅入，只命人帶信。那旺兒正等著此事，不用人帶信，早在這條街上等候，見了青衣，反迎上去，笑道：「起動眾位哥哥、兄弟，必是兄弟的事犯了。說不得，快來套上（加上鎖鏈）。」眾青衣不敢，只說：「你老去罷，別鬧了。」於是來至堂前跪了。

察院命將狀子與他看。旺兒故意看一遍，碰頭說道：「這事小的盡知，小的主人實有此事。但這張華素與小的有仇，故意扳拉小的在內。其中還有別人，求老爺再問。」張華碰頭道：「雖還有人，小的不敢告，所以只告他下人。」旺兒故意急的說：「糊塗東西，還不快說出來！這是朝廷公堂之上，憑是主子，也要說出來。」張華便說出賈蓉來。察院聽了無法，只得去傳賈蓉。

鳳姐又差了慶兒暗中打聽告了起來，便忙將王信喚來，告訴他此事，命他托察院只虛張聲勢，警唬而已，又拿了三百銀子與他去打點。是夜，王信到了察院私宅，安了根子（做了安排）。那察院深知原委，收了贓銀。次日回堂，只說張華無賴，因拖欠了賈府銀兩，枉捏虛詞（欺騙捏造），誣賴良人。都察院又素與王子騰相好，王信也都到家說了一聲，況是賈府之人，巴不得了事，便也不提此事，且都收下，只傳賈蓉對詞。

且說賈蓉等正忙著賈珍之事，忽有人來報信，說有人告你們，如此如此，這般這般，快作道理。賈蓉慌忙回賈珍。賈珍說：「我防了這一著，只虧他大膽子。」即刻封了二百銀子，著人去打點察院，又命家人去對詞。

正商議之間，又報：「西府二奶奶來了。」賈珍聽了這，倒吃了一驚，忙要同賈蓉藏躲。不想鳳姐進來了，說：「好大哥哥，帶著兄弟幹的好事！」賈蓉忙請安，鳳姐拉了他就進來。賈珍還笑說：

「好生伺候你嬸娘，吩咐他們殺牲口備飯。」說了，忙命備馬，躲往別處去了。

這裡，鳳姐帶著賈蓉，走至上房。尤氏也迎了出來，見鳳姐氣色不善，忙說：「什麼事情，這等忙？」鳳姐照臉一口唾沫，啐道：「你尤家的丫頭沒人要了，偷著只往賈家送！難道賈家的人都是好的，普天下死絕了男人了！你就願意給，也要三媒六證，大家說明，成個體統才是。你痰迷了心，脂油蒙了竅，國孝、家孝兩重在身，就把個人送來了。這會子被人家告我們，我又是個沒腳蟹，連官場中都知道我厲害吃醋，如今指名提我，要休我。我到了你家，幹錯了什麼不是，你這等害我？或是老太太、太太有了話在你心裡，使你們做這圈套，要擠我出去？如今咱們兩個一同去見官，分證明白。回來咱們共同請了合族中人，大家睹面（相見），說個明白。給我休書，我就走路。」一面說，一面大哭，拉著尤氏，只要去見官。

急的賈蓉跪在地下碰頭，只求「姑娘嬸嬸息怒」。鳳姐一面又罵賈蓉：「天雷劈腦子、五鬼分屍的沒良心的種子！不知天有多高，地有多厚，成日家調三窩四，幹出這些沒臉面、沒王法、敗家破業的營生。你死了的娘陰靈也不容你，祖宗也不容你，還敢來勸我！」一面罵著，揚手就打。

唬得賈蓉忙磕頭說道：「嬸嬸別動氣，仔細了手，讓我自己打。嬸嬸別生氣。」說著，就自己舉手，左右開弓，自己打了一頓嘴巴子，又自己問著自己：「以後可要再顧三不顧四的混管閒事了？以後還單聽叔叔的話，不聽嬸嬸的話了？」眾人又要勸，又要笑，又不敢笑。

鳳姐兒滾到尤氏懷裡，嚎天動地，大放哭聲，只說：「給你兄弟娶親，我不恨。為什麼使他違旨背親，將混帳名兒給我背著？咱們只去見官，省得捕快皂隸來拿。再者，咱們過去只見了老太太、太太和眾族人，等大家公議了，我既不賢良，又不容丈夫娶親買妾，只給我一紙休書，我即刻就走。你妹妹我也親身接了來家，生怕老太太、太太生氣，也不敢回，現在三茶六飯、金奴銀婢的住在園子裡。我這裡趕著收拾房子，和我的一樣，只等老太太知道了。原說下接過來，大家安分守己的，我也不提舊事了。誰知又是有了人家的。不知你們幹的什麼事，我一概又不知道。如今告我，我昨日急了，縱然我出去見官，也丟的是你賈家的臉，少不得偷著把太太的五百兩銀子去打點。如今把我的人還鎖在那裡。」

說了又哭，哭了又罵，後來放聲大哭起祖宗、爹媽來，又要尋死撞頭。把個尤氏揉搓成一個麵團，衣服上全是眼淚、鼻涕，並無別話，只罵賈蓉：「孽障種子！和你老子做的好事！我就說不好的。」

鳳姐兒聽說這話，哭著搬著尤氏的臉緊對，相問道：「你發昏了？你的嘴裡難道有茄子塞著？不然，他們給你嚼子（給牲口嘴裡安上的鐵棍兒）銜上了？為什麼你不告訴我去？你若告訴了我，這會子平安不了？怎得驚官動府，鬧到這步田地？你這會子還怨他們！自古說，妻賢夫禍少，表壯不如裡壯。你但凡是個好的，他們怎敢鬧出這些事來！你又沒才幹，又沒口齒，鋸了嘴的葫蘆，就只會一味瞎小心應賢良的名兒。總是他們也不怕你，也不聽你。」說著，啐了幾口。

尤氏哭道：「何曾不是這樣？你不信，問問跟的人，我何曾不勸的？也要他們聽。叫我怎麼樣呢？怨不得妹妹生氣，我只好聽著罷了。」

眾姬妾、丫頭、媳婦等已是烏壓壓跪了一地，陪笑求說：「二奶奶最聖明的。雖是我們奶奶的不是，奶奶也作賤夠了。當著奴才們，奶奶們素日何等的好來，如今還求奶奶給留臉。」說著，捧上茶來。鳳姐也摔了，一面止了哭，挽頭髮，又喝罵賈蓉：「出去請大哥哥來。我對面問他，親大爺的孝才五七，侄兒娶親，這個禮我竟不知道。我問問，也好學著日後教訓子侄的。」

賈蓉只跪著磕頭，說：「這事原不與父母相干，都是兒子一時吃了屎，調唆著叔叔做的。我父親也並不知道。如今我爺爺正要出殯，嬸嬸若鬧了起來，兒子也是個死。只求嬸嬸責罰兒子，兒子謹領。這官司還求嬸嬸料理，兒子竟不能幹這大事。嬸嬸是何等樣人，豈不知俗語說的，胳膊折了，在袖子裡。兒子糊塗死了，既做了不肖的事，就同那貓兒、狗兒一般。嬸嬸既教訓，就不和兒子一般見識的，少不得還要嬸嬸費心費力，將外頭的事壓住了才好。原是嬸嬸有這個不肖的兒子，既惹了禍，少不得委屈，還要疼兒子。」說著，又磕頭不絕。

鳳姐見他母子這般，也再難往前施展了，只得又轉過一副形容（面目）言語來，與尤氏反賠禮說：「我是年輕不知事的人，一聽見有人告訴了，把我嚇昏了，不知方才怎麼得罪了嫂子。可是蓉兒說的，胳膊折了，往袖子裡藏。少不得要嫂子要體諒我。還要嫂子轉替哥哥說了，先把這官司按下去才好。」

尤氏、賈蓉一齊都說：「嬸嬸放心，橫豎一點兒連累不著叔叔。嬸嬸方才說，用過了五百兩添上虧空之名，越發我們該死了。但還有一件，老太太、太太們跟前，嬸嬸還要周全方便，別提這些話方好。」

鳳姐又冷笑道：「你們饒壓著我的頭幹了事，這會子反哄著我替你們周全。我雖然是個呆子，也呆不到如此。嫂子的兄弟是我的丈夫，嫂子既怕他絕了後，我豈不更比嫂子怕絕後。嫂子的令妹就和我的妹子一樣。我一聽見這話，連夜喜歡的連覺也睡不成，趕著傳人收拾了屋子，就要接進來同住。倒是奴才小人的見識，他們倒說：『奶奶太性急。若是我們的主意，先回了老太太、太太，看是怎麼樣，再收拾房子去接也不遲。』我聽了這話，叫我要打要罵的，才不言語了。誰知偏不稱我的意，偏打我的嘴，半空裡又跑出一個張華來告了一狀。我聽見了，嚇的兩夜沒合眼兒，又不敢聲張，只得求人去打聽這張華是什麼人，這樣大膽。打聽了兩日，誰知是個無賴的花子。我年輕不知事，反笑了，說：『他告什麼？』倒是小子們說：『原是二奶奶許了他的。他如今正是急了，凍死餓死也是個死；現在有這個理他抓住，總然死了，死的倒比凍死餓死還值些。怎麼怨的他告呢？這事原是爺做的太急了。國孝一層罪，家孝一層罪，背著父母私娶一層罪，停妻再娶一層罪。俗語說，拚著一身剮，敢把皇帝拉下馬。他窮瘋了的人，什麼事做不出來？況且他又拿著這滿理，不告等誰不成？』嫂子說，我便是個韓信、張良，聽了這話，也把智謀嚇回去了。你兄弟又不在家，又沒個人商量，少不得拿錢去墊補，誰知越使錢越被人拿住了刀靶，越發來訛。我是耗子尾上長瘡，多少膿血兒。所以又急又氣，少不得來找嫂子。」

尤氏、賈蓉不等說完，都說：「不必操心，自然要料理的妥當。」賈蓉又道：「那張華不過是窮急，故捨了命才告咱們。如今想了一個法兒，竟許他些銀子，只叫他應個枉告不實之罪，咱們替他打點。完了官司，他出來時，再給他些銀子，就完了。」

鳳姐兒笑道：「好孩子，怨不得你顧一不顧二的做這些事出來，原來你竟糊塗。若依你說的這話，他暫且依了，且打出官司來，又得了銀子，眼前自然了事。這些人既是無賴之徒，銀子到手，一旦光了，他又來尋事故訛詐。倘又叨登起來這事，咱們雖不怕，也終久擔心。擱不住他說，既沒毛病，為什麼反給他銀子？終久是不了之局。」

賈蓉原是個明白人，聽如此一說，便笑道：「我還有個主意，『來是是非人，去是是非者』，這事還得我了才好。如今我竟問張華個主意，或是他定要人，或是他願意了事，得錢再娶。他若說一定要人，少不得我去勸我二姨，叫他出來，仍嫁他去。若說要錢，我們這裡少不得給他。」

鳳姐兒忙道：「雖如此說，我斷捨不得你姨娘出去，我也斷不肯使他出去。好侄兒，你若疼我，只寧可多給他錢為是。」賈蓉深知鳳姐兒口雖如此，心卻是巴不得只要本人出來，他卻做賢良人。如今怎說怎依。鳳姐兒歡喜了，又說：「外頭好處了，家裡終久怎麼樣？你也同我過去回明才是。」尤氏又慌了，拉鳳姐兒討主意：「如何撒謊才好？」

鳳姐冷笑道：「既沒這本事，誰叫你幹這事了。這會子這個腔兒，我又看不上。待要不出個主意，我又是個心慈面軟的人，憑人撮弄我，我還一片痴心。說不得讓我應起來。如今你們只別露面，我只領了你妹妹去與老太太、太太們磕頭，只說原係你妹妹，我看上了很好。正因我不大生長，原說買兩個人放在屋裡的，今既見了你妹妹很好，而又是親上做親的，我願意娶來做二房。皆因家中父母姊妹新近一概死了，日子又難，不能度日，若等百日之後，無奈無家業，實難等得。我的主意，接了進來，已經廂房收拾了出來，暫且住著，等滿了服再圓房。仗著我不怕臊的臉，死活賴去，有了不是，也尋不著你們了。你們母子二人想想，可使得？」

尤氏、賈蓉一齊笑說：「到底是嬸嬸寬洪大量，足智多謀。等事妥了，少不得我們娘兒們過去拜謝。」尤氏忙命丫鬟們伏侍鳳姐梳妝洗臉，又擺酒飯，親自遞酒夾菜。

鳳姐也不多坐，執意回去了。進園中，將此事告訴與尤二姐，又說我怎麼操心打聽，又怎麼設法子，須得如此如此，方救下眾人無罪，少不得我去摘開這魚頭，大家才好。

要知端的，且看下回分解。

# 第六十九回

## 弄小巧用借劍殺人　覺大限吞生金自逝

話說尤二姐聽了，又感激不盡，只得跟了他來。尤氏那邊怎好不過來的，少不得也過來跟著鳳姐去回，方是大禮。鳳姐笑說：「你只別說話，等我去說。」尤氏道：「這個自然。但有了不是，往你身上推的。」說著，大家先至賈母房中。

正值賈母和園中姐妹們說笑解悶，忽見鳳姐帶了一個標致小媳婦進來，忙覷著眼瞧，說：「這是誰家的孩子！好可憐見的。」鳳姐上來，笑道：「老祖宗倒細細的看看，好不好？」說著，忙拉二姐說：「這是太婆婆，快磕頭。」二姐忙行了大禮，展拜起來。又指著眾姊妹說：「這是某人某人，你先認了，太太瞧過了再見禮。」二姐聽了，一一又從新故意的問過，垂頭站在旁邊。

賈母上下瞧了一遍，因又笑問：「你姓什麼？今年十幾歲了？」鳳姐忙又笑說：「老祖宗且別問，只說比我俊不俊。」賈母又戴上了眼鏡，命鴛鴦、琥珀：「把那孩子拉過來，我瞧瞧肉皮兒。」眾人都抿嘴笑著，只得推他上去。賈母細瞧了一遍，又命琥珀：「拿出手來，我瞧瞧。」鴛鴦又揭起裙子來。賈母瞧畢，摘下眼鏡來，笑說道：「竟是個齊全孩子，我看比你俊些。」

鳳姐聽說，笑著忙跪下，將尤氏那邊所編之話，一五一十，細細的說了一遍，「少不得老祖宗發慈心，先許他進來，住一年後再圓房。」賈母聽了，道：「這有什麼不是？你既這樣賢良，很好。只是一年後方可圓得房。」

鳳姐聽了，叩頭起來，又求賈母著兩個女人一同帶去見太太們，說是老祖宗的主意。賈母依允，遂使二人帶去見了邢夫人等。王夫人正因他風聲不雅，深為憂慮，見他今行此事，豈有不樂之理？於是尤二姐自此見了天日，挪到廂房住居。

鳳姐一面使人暗暗調唆張華，只叫他要原妻，這裡還有許多賠送外，還給他銀子安家過活。張華原無膽無心告賈家的，後來又見賈蓉打發了人來對詞，那人原說的是：「張華先退了親。我們皆是親戚，接到家裡住著是真，並無娶嫁之說。皆因張華拖欠我們的債務，追索不與，方誣賴小的主人。」那個察院都和賈、王兩處有瓜葛，況又受了賄，只說張華無賴，以窮訛詐，狀子也不收，打了一頓趕出來。

慶兒在外替張華打點，也沒打重，又調唆張華說：「親原是你家定的，你只要親事，官必還斷給你。」於是又告。王信那邊又透了消息與察院，察院便批：「張華借欠賈宅之銀，令其限內按數交還；其所定之親，仍令其有力時娶回。」又傳了他父親來，當堂批准。他父親亦係慶兒說明，樂得人財兩進，便去賈家領人。

鳳姐兒一面嚇的來回賈母，說：「如此這般，都是珍大嫂子幹事不明，並無和那家退准，惹人告了，如此官斷。」賈母聽了，忙喚尤氏過來，說他做事不妥，「既是你妹子曾與人從小指腹為婚，又沒退斷，使人混告了。」尤氏聽了，只得說：「他連銀子都收了，怎麼沒准？」鳳姐在旁又說：「張華的口供上現說，不曾見銀子，也沒見人去。他老子又說：『原是親家說過一次，並沒應准。親家死了，你們又接進去做二房。』如此沒有對證的話，只好由他去混說。幸而璉二爺不在家，不曾圓房，這還無妨。只是人已來了，怎好送回去？豈不傷臉？」

賈母道：「又沒圓房，沒的強占人家有夫之人，名聲也不好，不如送給他去。哪裡尋不出好人來？」尤二姐聽了，又回賈母說：「我母親實於某年某月某日，給了他十兩銀子退准的。他因窮急了告，又翻了口。我姐姐原沒辦錯。」賈母聽了，便說：「可見刁民難惹。既這樣，鳳丫頭去料理料理。」鳳姐聽了無法，只得應著，回來只命人去找賈蓉。

賈蓉深知鳳姐之意，若要使張華領回，成何體統？便回了賈珍，暗暗遣人去說張華：「你如今既有了許多銀子，何必定要原人。若只管執定主意，豈不怕爺們一怒，尋出一個由頭，你死無葬身之地。你有了銀子回家去，什麼好人尋不出來？你若肯依，遠遠的去，還賞你些路費。」張華聽了，心中想了一想：「倒是好主意。」和父母商議已定，約共也得了有百金，父子次日起了五更，便回原籍去了。

賈蓉打聽得真了，來回了賈母、鳳姐，說：「張華父子枉告不實，懼罪逃走，官府已知此情，也不追究，大事完畢。」鳳姐聽了，心中一想：「若必定著張華帶回二姐去，未免賈璉回來再花幾個錢包占住，不怕張華不依。還是二姐不去，自己拉絆著，還妥當，且再作道理。只是張華此去，不知何往？他倘或再將此事告訴了別人，或日後再尋出這由頭來翻案，豈不是自己害了自己？原先不該如此將刀把付與外人去的。」悔之不迭，因此復又想了一條主意出來，悄命旺兒遣人尋著了他，或訛他做賊，和他打官司，將他治死，或暗使人算計，務將張華治死，方剪草除根，保住自己的名譽。

旺兒領命出來，回家細想：「人已走了完事，何必如此大做？人命關天，非同兒戲。我且哄過他去，再作道理。」因此在外躲了幾日，回來告訴鳳姐，只說：「張華因有幾兩銀子在身上，逃去第三日，在京口地界，五更天已被截路打悶棍的打死了。他老子唬死在店裡，在那裡驗屍掩埋。」鳳姐聽

## 第六十九回

### 弄小巧用借劍殺人　覺大限吞生金自逝

了不信，說：「你要扯謊，我再使人打聽出來，敲你的牙！」自此方丟過不究。鳳姐和尤二姐和美非常，更比親姊親妹還勝幾倍。

那賈璉一日事畢回來，先到了新房中，已靜悄悄的關鎖，只有一個看房子的老頭兒。賈璉問起原故，老頭子細說原委，賈璉只在鐙中跌足。少不得來見賈赦與邢夫人，將所完之事回明。賈赦十分歡喜，說他有用，賞了他一百兩銀子，又將房中一個十七歲的丫鬟，名喚秋桐者，賞他為妾。賈璉叩頭領去，喜之不盡。見了賈母、合家眾人，回來見了鳳姐，未免臉上有些愧色。

誰知鳳姐他反不似往日容顏，同尤二姐一同出來，敘了寒溫。賈璉將秋桐之事說了，未免臉上有些得意驕矜之色。鳳姐聽了，忙命兩個媳婦坐車在那邊接了來。心中一刺未除，又平空添一刺，說不得且吞聲忍氣，將好顏面換出來遮飾。一面又命擺酒接風，一面帶了秋桐來見賈母與王夫人等。賈璉心中也暗暗的納罕。

那日已是臘月十二日，賈珍起身，先拜了宗祠，然後過來拜辭賈母等人。合族中人直送到灑淚亭方回，獨賈璉、賈蓉二人送出三日三夜方回。一路上賈珍命他收心治家，二人只是答應。

且說鳳姐在家，外面待尤二姐自不必說的了，只是心中又懷別意。無人處只和尤二姐說：「妹妹的聲名很不好聽，連老太太、太太們都知道了，說妹妹在家做女孩兒就不乾淨，又和姐夫有些手腳，『沒人要的了，你揀了來，還不休了，再尋好的。』我聽了這話，氣了個倒仰。查是誰說的，又查不出來。日久天長，這些奴才們跟前，怎麼說嘴？我反弄了個魚頭來擇（比喻處理一件麻煩事）。」說了兩遍，自己已氣病了，茶飯也不吃。

除了平兒，眾丫頭、媳婦無不言三語四，指桑說槐，暗相譏刺。且說秋桐自為係賈赦之賜，無人僭他的，連鳳姐、平兒皆不放在眼裡，豈容那先姦後娶、沒漢子要的婦女：「也來要我的強！」鳳姐聽了暗樂。尤二姐聽了，暗愧暗怒。

鳳姐既裝病，便不和尤二姐吃飯了。每日只命人端了菜飯到他房中去吃，那茶飯都係不堪之物。平兒看不過，自拿了錢出來，弄菜與他吃，或是有時只說和他園中去玩，在園中廚內另做了湯水與他吃，也無人敢回鳳姐。只有秋桐撞見了，便去說舌，告訴鳳姐說：「奶奶名聲，生是平兒弄壞了的。這樣好菜好飯浪著不吃，卻往園裡去偷吃。」鳳姐聽了，罵平兒說：「人家養貓拿耗子，我的貓倒只咬雞。」平兒不敢多說，自此也要遠著了，又暗恨秋桐。

園中姊妹一干人暗為二姐擔心，雖都不便多言，卻也可憐。每常無人處，說起話來，尤二姐淌眼抹淚，又不敢抱怨。鳳姐兒又無一點壞形。

賈璉來家時，見了鳳姐賢良，也便不留心。況素昔見賈赦姬妾、丫鬟最多，賈璉每懷不軌之心，只未敢下手。如這秋桐輩等人，皆今日天緣湊巧，竟把秋桐賞了他，真是一對烈火乾柴，如膠投漆，燕爾新婚，連日哪裡拆得開。那賈璉在二姐身上之心也漸漸淡了，只有秋桐一人是命。

鳳姐雖恨秋桐，且喜借他先可發脫二姐，用借劍殺人之法，坐山觀虎鬥，等秋桐殺了尤二姐，自己再殺秋桐。主意一定，沒人處常又私勸秋桐說：「你年輕不知事。他現是二房奶奶，你爺心坎上的人，我還讓他三分，你去硬碰他，豈不是自尋其死？」

那秋桐聽了這話，越發惱了，天天大口亂罵說：「奶奶是軟弱人，那等賢惠，我卻做不來。奶奶把素日的威風怎都沒了？奶奶寬洪大量，我卻眼裡揉不下沙子去。讓我和淫婦做一回，他才知道。」鳳姐兒在屋裡，只裝不敢出聲兒。氣得尤二姐在房裡哭泣，連飯也不吃，又不敢告訴賈璉。

次日，賈母見他眼睛紅紅的腫了，問他，又不敢說。秋桐正是抓乖賣俏之時，他便悄悄的告訴賈母、王夫人等說：「他專會作死，好好的成天聲嚎氣喪，背地裡咒二奶奶和我早死了，他好和二爺一

## 第六十九回

弄小巧用借劍殺人　覺大限吞生金自逝

心一計的過。」賈母聽了，便說：「人太生嬌俏了，可知心就嫉妒了。鳳丫頭倒好意待他，他倒這樣爭鋒吃醋，可知是個賤骨頭！」因此漸次便不大喜歡。

眾人見賈母不喜，不免又往上踐踏起來，弄得這尤二姐要死不能，要生不得。還是虧了平兒，時常背著鳳姐，與他排解。

那尤二姐原是花為腸肚、雪作肌膚的人，如何經得這般折磨？不過受了一月的暗氣，便懨懨得了一病，四肢懶動，茶飯不進，漸次黃瘦下去。夜來合上眼，只見他小妹子手捧鴛鴦寶劍前來，說：「姐姐，你為人一生，心痴意軟，吃了這虧。休言那妒婦花言巧語，外作賢良，內藏奸滑，他發恨定要弄你一死方罷。若妹子在世，斷不肯令你進來。即進來，亦不容他這樣。此亦係理數應然。你我生前淫奔不才，使人家喪倫敗行，故有此報。你速依我，將此劍斬了那妒婦，一同歸至警幻案下，聽其發落。不然，你則白白的喪命，且無人憐惜。」

尤二姐泣道：「妹妹，我一生品行既虧，今日這報既係當然，何必又生殺戮之冤？隨我去忍耐。若天見憐，使我好了，豈不兩全？」小妹笑道：「姐姐，你終是個痴人。自古天網恢恢，疏而不漏，天道好還。你雖悔過自新，然已將人父子兄弟致於麀聚之亂，天怎容你安生？」尤二姐又泣道：「既不得安生，亦是理之當然，奴亦無怨。」小妹長嘆而去。

尤二姐驚醒，卻是一夢。等賈璉來看時，因無人在側，便泣說：「我這病便不能好了。我來了半年，腹中已有身孕，但不能預知男女。倘或天見憐，生了下來還可。若不然，我這命就不保，何況於他。」賈璉亦泣說：「你只放心，我請名人來醫治。」於是出去，即刻請醫生。

誰知王太醫亦謀幹了軍前效力，回來好討蔭封的。小廝們走去，便請了個姓胡的太醫、號叫君榮的，進來診脈了，說是經水不調，全要大補。賈璉便說：「已是三月庚信（月經）不行，又常嘔酸，恐是胎氣。」胡君榮聽了復又命老婆子們請出手來，再看了半日，說：「若論胎氣，肝脈自應洪大。然木盛則生火，經水不調亦皆因由肝木所致。醫生要大膽，須得請奶奶一露金面，醫生略看一看氣色，方敢下藥。」

賈璉無法，只得命人將帳子掀起一縫，尤二姐露出臉來。胡君榮一見，魂飛天外，一無所知。一時掩了帳子，賈璉陪他出來，問是如何。胡太醫道：「不是胎氣，只是淤血凝結。如今只以下淤、通經要緊。」於是寫了一方，作辭而去。

賈璉令人送了藥禮，抓了藥來，調服下去。只半夜，尤二姐腹痛不止，誰知竟將一個已成形的男胎打了下來。於是血行不止，二姐就昏迷過去。賈璉聞知，大罵胡君榮。一面再遣人去請醫調治，一面命人去打告胡君榮。胡君榮聽了，早已捲包逃走。

這裡，太醫便說：「本來血氣虧弱，受胎以來，想是著了些氣惱，鬱結於中。這位先生擅用虎狼之劑，如今大人元氣，十傷八九，一時難保就愈。煎丸二藥並行，還要一些閒言閒事不聞，庶可望好。」說畢而去。急得賈璉便查誰請的姓胡的來，一時查出，便打了半死。

鳳姐比賈璉更急十倍，只說：「咱們命中無子。好容易有一個，又遇見這樣沒本事的大夫。」於是天地前燒香禮拜，自己通誠禱告說：「我情願有病，只求尤氏妹子身體大愈，再得懷胎，生一男子，我願吃長齋念佛。」賈璉、眾人見了，無不稱贊。賈璉與秋桐在一處，鳳姐又做湯做水的，著人送與二姐。又叫人出去算命打卦。偏算命的回來又說：「係屬兔的陰人沖犯了。」大家算將起來，只有秋桐一人屬兔，說他沖的。

秋桐見賈璉請醫調治，打人罵狗，為尤二姐十分盡心，他心中早浸了一缸醋在內了。今又聽見如此說是他沖了，鳳姐又勸他說：「你暫且別處躲幾個月再來。」秋桐便氣得哭罵道：「理那起瞎肏的，混嚼舌根！我和他井水不犯河水，怎麼就沖了他了？好個愛八哥兒（比喻受寵愛的人）在外頭什麼人不見，偏來了就沖了。白眉赤眼，哪裡來的孩子？他不過哄我們那個棉花耳朵（容易聽信別人的話）的爺罷了。總有孩子，也不知張姓王姓的。奶奶希罕那樣雜種羔子，我不喜歡。誰不會養！一年半載養一個，倒還是一點攙雜沒有的呢！」眾人又要笑，又不敢笑。

可巧邢夫人過來請安，秋桐便告邢夫人知道，說：「二爺、奶奶要攆我回去，我沒了安身之處，太太好歹開恩。」邢夫人聽說，便數落了鳳姐一陣，又罵賈璉：「不知好歹的種子，憑他怎樣，是你父親給的。為個外來的攆他，連老子都沒了。」說著，賭氣去了。秋桐更又得意，越發走到窗戶根底下，大罵起來。

尤二姐聽了，不免更添煩惱。晚間，賈璉在秋桐房中歇了。鳳姐已睡，平兒過來瞧他，又悄悄勸他：「好生養病，不要理那畜生。」尤二姐拉他哭道：「姐姐，我從到了這裡，多虧姐姐照應。為我，姐姐也不知受了多少閒氣。我若逃的出命來，我必答報姐姐的恩德；只怕我逃不出命來，也只好等來生罷。」

平兒過尤二姐那邊來勸慰了一番。尤二姐哭訴了一回。平兒又囑咐了幾句，夜已深了，方去安息。

這裡，尤二姐心中自思：「病已成勢，日無所養，反有所傷，料必不能好了。況胎已打下，無甚懸心，何必受這些零氣，不如一死，倒還乾淨。常聽見人說，吞了生金子，可以墜死，豈不比那上吊自刎的又乾淨些？」想畢，扎掙起來，打開箱子，找出一塊生金，也不知多重，恨命含淚，便吞入口中。幾次狠命直脖，方咽了下去。於是趕忙將衣服、首飾穿戴齊整，上炕躺下。當下人不知，鬼不覺。

到第二天早晨，丫鬟、媳婦們見他不叫人，樂得自己梳洗。鳳姐、秋桐都上去了，平兒看不過，說丫頭們：「你們就只配沒人心的打著罵著使也罷了，一個病人，也不知可憐可憐。他雖好性兒，你們也該拿出個樣兒來，別太過餘了，牆倒眾人推。」

丫鬟們聽了，便急推房門進來看時，卻穿戴的齊齊整整，死在炕上。眾人才嚇慌了，喊叫起來。平兒進來看時，不禁大哭。眾人雖然素昔懼怕鳳姐，然想尤二姐實在溫和憐下，比鳳姐原強，如今死去，誰不傷心落淚？只不敢與鳳姐看見。

當下合宅皆知。賈璉進來，摟屍大哭不止。鳳姐也假意哭道：「狠心的妹妹！你怎麼丟下我去了，辜負了我的心！」尤氏、賈蓉等也來哭了一場，勸住賈璉。

賈璉便回了王夫人，討了梨香院，停放五日，挪到鐵檻寺去，王夫人依允。賈璉忙命人去往梨香院，收拾停靈，將尤二姐抬上榻去，用衾單蓋了。八個小廝和八個媳婦圍隨，抬往梨香院來。

那裡已請下天文生（看星象曆法選擇婚表吉日的人）擇定明日寅時入殮大吉，五日出不得，七日方可。賈璉道：「竟是七日。因家叔、家兄皆在外，小喪不敢久停。」天文生應了，寫了殃榜（舊時陰陽先生開具死者年壽及回煞等事的文字）而去。寶玉一早過來，陪哭一場。眾族人也都來了。

賈璉慌忙進去找鳳姐要銀子，治辦喪禮。鳳姐兒見抬了出去，推有病，說：「回老太太、太太，說我病著，忌三房，不許我去。」因此也不出來穿孝，且往大觀園中來。繞過群山，至北界牆根下，往外聽了一言半語，回來又回賈母說，如此這般。賈母道：「信他胡說，誰家癆病死的孩子不燒了，也認真開吊破土起來。既是二房一場，也是夫妻情分，停五七日抬了出去，或一燒，或亂葬地上埋了完事。」鳳姐笑道：「可是這話。我又不敢勸他。」

正說著，丫鬟來請鳳姐說：「二爺在家等著奶奶拿銀子呢。」鳳姐只得來了，便問他：「什麼銀子？家裡近日艱難，你還不知道麼？咱們的月例，一月趕不上一個月。昨兒我把金項圈當了三百兩銀，用剩了，還有二十幾兩，你要，就拿去。」說著，命平兒拿了出來，遞與賈璉，指著賈母有話，又去了。

恨得賈璉無話可說，只得開了尤氏箱籠，去拿自己體己。及開了箱櫃，一點無存，只有些折簪爛花，並幾件半新不舊的綢絹衣裳，都是尤二姐素日穿的，不禁又傷心哭了起來。想著死的不明，又不敢說，只得自己用個包袱一齊包了，也不用小廝、丫鬟來拿，自己提著來燒。

平兒又是傷心，又是好笑，忙將二百兩一包的碎銀偷了出來，悄遞與賈璉，說：「你別做聲才好。你要哭，外頭多少哭不得，又跑了這裡來點眼（惹人注意）。」賈璉便說道：「你說得是。」接了銀子，又將一條裙子遞與平兒，說：「這是他家常穿的，你好生替我收著，做個念心兒（紀念品）。」平兒只得掩了，自己收去。

賈璉有了銀子，命人買板（棺材板）進來，連夜趕造。一面分派了人口守靈，晚上自己也不進去，只在這裡伴宿。

要知端的，且聽下回分解。

# 第七十回
## 林黛玉重建桃花社　史湘雲偶填柳絮詞

說話賈璉自在梨香院伴宿七日夜，天天僧道不斷做佛事。賈母喚了他去，吩咐不許送往家廟中。賈璉無法，只得又和時覺說了，就在尤三姐之上點了一個穴，破土埋葬。那日送殯，只不過族中人與王信夫婦、尤氏婆媳而已。鳳姐一概不管，只憑他自去辦理。

又因年近歲逼，諸務蝟集不算外，又有林之孝開了一個人名單子來回，共有八個二十五歲的單身小廝應該娶妻成房的，等裡面有該放的丫頭，好求指配。鳳姐看了，先來問賈母和王夫人。大家商議，雖有幾個應該發配的，奈各人皆有原故。第一個鴛鴦，發誓不去。自那日之後，一向未與寶玉說話，也不盛妝濃飾。眾人見他志堅，也不好相強。第二個琥珀，現又有病，這次不能了。彩雲因近日和賈環分崩，也染了無醫之症。只有鳳姐兒和李紈房中粗使的大丫頭發去了，其餘年紀未足。令他們外頭自娶去了。

原來這一向因鳳姐病了，李紈、探春料理家務，不得閒暇，接著過年過節，出來許多雜事，竟將詩社擱起。如今仲春天氣，雖得了工夫，爭奈寶玉因冷遁了柳湘蓮，劍刎了尤小妹，逼死了尤二姐，氣病了柳五兒，連連接接，閒愁胡恨，一重不了一重添，弄的情色若痴，語言常亂，似染怔忡（中醫指心悸之症）之病。慌的襲人等又不敢回賈母，只百般逗他玩笑。

這一日清晨方醒，只聽得外間房內咭呱笑聲不斷。襲人因笑說：「你快出去解救，晴雯和麝月兩個按住溫都裡那膈肢呢。」寶玉聽了，忙披上灰鼠襖子出來一瞧，只見他三人被褥尚未疊起，大衣也未穿。那晴雯只穿著蔥綠院綢小襖，紅小衣，紅睡鞋，披著頭髮，騎在雄奴身上。麝月是紅綾抹胸，披著一身舊衣，在那裡抓雄奴的肋肢。雄奴卻仰在炕上，穿著撒花緊身兒，紅褲綠襪，兩腳亂蹬，笑的喘不過氣來。

寶玉忙便笑說道：「兩個大的欺負一個小的，等我助力。」說著，也上床來膈肢晴雯，晴雯觸癢，笑的忙丟下雄奴，和寶玉對抓。雄奴趁勢將晴雯按倒，向他肋下抓動。襲人笑說：「仔細凍著了。」看他四人裹在一處倒好笑。

忽有李紈打發了碧月來說：「昨兒晚上奶奶在這裡把塊手帕子忘了，不知可在這裡？」小燕說：「有，有，有。我在這地下拾了起來，不知是哪一位的，才洗了，剛晾著，還未乾呢。」碧月見他四人亂滾，因笑道：「倒是這裡熱鬧。大清早起，就咭咭呱呱的玩到一處。」

寶玉笑道：「你們那裡人也不少，怎麼不玩？」碧月道：「我們奶奶不玩，把兩個姨奶奶和琴姑娘也冰住了。如今琴姑娘又跟了老太太前頭去，更寂寞了。兩個姨娘今年過了，到明年冬天都去了，更寂寞呢。你瞧寶姑娘那裡，出去了一個香菱，就冷清了多少，把個雲姑娘落了單。」

正說著，只見湘雲又打發了翠縷來說：「請二爺快出去看好詩。」寶玉聽了，忙問：「哪裡的好詩？」翠縷笑道：「姑娘們都在沁芳亭上，你去了便知。」

寶玉聽了，忙梳洗了出來，果見黛玉、寶釵、湘雲、寶琴、探春都在那裡，手裡拿著一篇詩看。見他來時，都笑說：「這會子還不起來，咱們的詩社散了一年，也沒有人作興。如今正是初春時節，萬物更新，正該鼓舞另立起來才好。」

湘雲笑道：「一起詩社時是秋天，就不應發達。如今卻好，萬物逢春，皆主生盛況。這首桃花詩又好，就把海棠社改作桃花社。」寶玉聽著，點頭說：「很好。」且忙著要詩看。眾人都又說：「咱們此時就訪稻香老農去，大家議定好起社。」說著，一齊起來，都往稻香村來。

寶玉一壁走，一壁看，寫著：

**桃花行**

桃花簾外東風軟，桃花簾內晨妝懶。
簾外桃花簾內人，人與桃花隔不遠。
東風有意揭簾櫳，花欲窺人簾不捲。
桃花簾外開仍舊，簾中人比桃花瘦。
花解憐人花也愁，隔簾消息風吹透。
風透湘簾花滿庭，庭前春色倍傷情。
閒苔院落門空掩，斜日欄杆人自憑。
憑欄人向東風泣，茜裙偷傍桃花立。
桃花桃葉亂紛紛，花綻新紅葉凝碧。
樹樹煙封一萬株，烘樓照壁紅模糊。
天機燒破鴛鴦錦，春酣欲醒移珊枕。
侍女金盆進水來，香泉飲蘸胭脂冷。

胭脂鮮豔何相類，花之顏色人之淚。
若將人淚比桃花，淚自長流花自媚。
淚眼觀花淚易乾，淚乾春盡花憔悴。
憔悴花遮憔悴人，花飛人倦易黃昏。
一聲杜宇春歸盡，寂寞簾櫳空月痕！

寶玉看了，並不稱贊，卻滾下淚來。便知出自黛玉，因此落下淚來，又怕眾人看見，又忙自己擦了。因問：「你們怎麼得來？」寶琴笑道：「你猜是誰的？」寶玉笑道：「自然是瀟湘子稿了。」寶琴笑道：「現是我做的呢。」寶玉笑道：「我不信。這聲調口氣，迥（差別大）乎不像。」

寶釵笑道：「所以你不通。難道杜工部首首都作『叢菊兩開他日淚』之句不成！一般的也有『紅綻雨肥梅』、『水荇牽風翠帶長』之媚語。」寶玉笑道：「固然如此。但我知道，姐姐斷不許妹妹有此傷悼語句，妹妹雖有此才，是斷不肯做的。比不得林妹妹曾經離喪，作此哀音。」眾人聽說，都笑了。

說著，已至稻香村中，將詩與李紈看了，自不必說，稱賞不已。說起詩社，大家議定：明日乃三月初二日，就起社，便改「海棠社」為「桃花社」，黛玉就為社主。明日飯後，齊集瀟湘館。因又大家擬題。黛玉便說：「大家就要桃花詩一百韻。」寶釵道：「使不得。古來桃花詩最多，總作了，必落套，比不得你這一首古風。須得再擬。」

正說著，人回：「舅太太來了。請姑娘們出去請安。」因此大家都往前頭來見王子騰的夫人，陪著說話。飯畢，又陪著入園中來，各處游玩了一遍。至晚飯後掌燈方去。

## 第七十回

林黛玉重建桃花社　史湘雲偶填柳絮詞

次日乃是探春的壽日，元春早打發了兩個小太監送了幾件玩器。合家皆有壽禮，自不必細說。飯後，探春換了禮服，各處行禮。黛玉笑向眾人道：「我這一社開的又不巧了，偏忘了這兩日是他生日。雖不擺酒唱戲的，少不得都要陪他在老太太、太太跟前玩笑一日，如何能得閒空兒？」因此改至初五。

這日，眾姊妹皆在房中侍早膳畢，便有賈政書信到了。寶玉請安，將請賈母的安稟拆開，念與賈母聽，上面不過是請安的話，說六月准進京等語。其餘家信、事務之帖，自有賈璉和王夫人開讀。眾人聽說六七月回京，都喜之不盡。

偏生近日王子騰之女許與保寧侯之子為妻，擇了五月初十日過門，鳳姐兒又忙著張羅，常三五日不在家。這日，王子騰的夫人又來接鳳姐兒，一並請眾甥男、甥女閒樂一日，賈母和王夫人命寶玉、探春、林黛玉、寶釵四人同鳳姐去。眾人不敢違拗，只得回房去另妝飾了起來。五人作辭，去了一日，掌燈方回。

寶玉進入怡紅院，歇了半刻，襲人便乘機見景勸他收一收心，閒時把書理一理預備著。寶玉屈指算了一算，說：「還早呢。」襲人道：「書是第一件，字是第二件。到那時總然你有了書，你的字寫的在哪裡呢？」寶玉笑道：「我時常也有寫了的好些，難道都沒收著？」

襲人道：「何曾沒收著？你昨兒不在家，我拿出來，共算數了一數，才有五六十篇。這三四年的工夫，難道只有這幾張字不成？依我說，明日起，把別的心都收了起來，天天快臨幾張字補上。雖不能按日都有，也要大概看得過去。」寶玉聽了，忙得自己又親檢了一遍，實在搪塞不去，便說：「明日為始，一天寫一百字才好。」說話時，大家安下。

至次日起來，梳洗了，便在窗下恭楷臨帖。賈母因不見他，只當病了，忙使人來問，寶玉方去請安，便說寫字之故，因此出來遲了。賈母聽說，便十分歡喜，便吩咐他：「以後只管寫字念書，不用出來，也使得。你去回你太太知道。」

寶玉聽說，便往王夫人房中來說明。王夫人便道：「臨陣磨槍，也不中用。有這會子著急，天天寫寫念念，有多少完不了的。這一趕，又趕出病來才罷。」寶玉回說：「不妨事。」

探春、寶釵等都笑說：「太太不用急。書雖替他不得，字卻替得的。我們每日每人臨一篇給他，搪塞過一步就完了。一則老爺不生氣，二則他也急不出病來。」賈母、王夫人聽說，喜之不盡。

原來林黛玉聞得賈政回家，必問寶玉的功課，寶玉肯分心，臨期吃了虧，因此自己只裝不耐煩，把詩社便不提起。探春、寶釵二人，每日也臨一篇楷書字與寶玉。寶玉自己每日也加功或寫二百、三百不拘。至三月下旬，便將字又集了許多。

這日正算，再得五十篇，也就混得過了。誰知紫鵑走來，送了一卷東西，寶玉拆開看時，卻是一色老油竹紙上臨的鐘、王蠅頭小楷（書法家鍾繇、王羲之），字跡且與自己十分相類。喜的寶玉與紫鵑作了一個揖，又親自來道謝。接著，湘雲、寶琴二人皆亦臨了幾篇相送。湊成雖不足功課，亦搪塞了。寶玉放了心，於是將應讀之書，又溫理過幾次。

正是天天用功，可巧近海一帶海嘯，又糟踏了幾處生民。地方官題本奏聞，奉旨就著賈政順路查看賑濟回來。如此算去，冬底方回。寶玉聽了，便把書、字丟過一邊，仍是照舊游蕩。

時值暮春之際，湘雲無聊，因見柳花飄舞，便偶成一小令，調寄《如夢令》，其詞曰：

豈是繡絨才吐，捲起半簾香霧。纖手自拈來，空使鵑啼燕妒。
且住，且住！莫使春光別去。

自己做了，心中得意，便用一條紙兒寫好，與寶釵看了，又來找黛玉。黛玉看畢，笑道：「好，新鮮有趣。我卻不能。」

湘雲說道：「咱們這幾社總沒有填詞。你明日何不起社填詞，豈不新鮮些？」黛玉聽了，偶然興動，便說：「這話是極。我如今便請他們去。」說著，一面吩咐預備了幾色果點，一面就打發人分頭去請。這裡，他二人便擬了柳絮之題，又限出幾個調來，寫了粘在壁上。

眾人來看時，以柳絮為題，限各色小調。又都看了湘雲的，稱賞了一回。寶玉笑道：「這詞上，我倒平常，少不得也要胡謅起來。」於是大家拈鬮，寶釵炷了一支夢甜香，大家思索起來。一時黛玉有了，寫完。接著，寶琴、寶釵笑道：「我已有了，瞧了你們的，再看我的。」探春笑道：「今兒這香怎麼這樣快，我才有了半首。」因又問寶玉可有了。寶玉雖做了些，自己嫌不好，又都抹了，要另做，回頭看香，已盡了。

李紈等笑道：「這算輸了。蕉丫頭快做。」探春聽說，忙寫了出來。眾人看時，上面卻只半首《南柯子》，寫道是：

空掛纖纖縷，徒垂絡絡絲，也難綰繫也難羈，一任東西南北各分離。

李紈笑道：「這也卻好，何不再續上？」寶玉見香沒了，情願認負，不肯勉強塞責，將筆擱下，來瞧這半首。見沒完時，倒反動了興，開了機（靈感），乃提筆續道：

落去君休惜，飛來我自知。鶯愁蝶倦晚芳時，總是明春再見——隔年期！

眾人笑道：「正經你分內的又不能，這卻偏有了。縱然好，也算不得。」說著，看黛玉的《唐多令》：

粉墮百花洲，香殘燕子樓。一團團逐隊成球。飄泊亦如人命薄，空繾綣，說風流。
草木也知愁，韶華竟白頭！嘆今生誰捨誰收？嫁與東風春不管，憑爾去，忍淹留。

眾人看了，俱點頭感嘆，說：「太作悲了，好是果然好的。」因又看寶琴的《西江月》：

漢苑零星有限，隋堤點綴無窮。三春事業付東風，明月梅花一夢。
幾處落紅庭院，誰家香雪簾櫳？江南江北一般同，偏是離人恨重！

眾人都笑說：「到底是他的聲調雄壯。『幾處』、『誰家』兩句最妙。」寶釵笑道：「終不免過於喪敗。我想，柳絮原是一件輕薄、無根又無絆的東西，依我的主意，偏要把他說好了，才不落套。所以我謅了一首來，未必合你們的意思。」眾人笑道：「不要太謙。我們且賞鑑，自然是好的。」因看這一首《臨江仙》，道：

白玉堂前春解舞，東風捲得均勻。

湘雲先笑道：「好一個『東風捲得均勻』！這一句就出人之上了。」

蜂圍蝶陣亂紛紛。幾曾隨逝水，豈必委芳塵。
萬縷千絲終不改，任他隨聚隨分。
韶華休笑本無根，好風頻借力，送我上青雲！

眾人拍案叫絕，都說：「果然翻得好氣力，自然這首為尊。纏綿悲戚，讓瀟湘妃子。情致嫵媚，卻是枕霞。小薛與蕉客今日落第，要受罰的。」寶琴笑道：「我們自然受罰，但不知交白卷子的又怎麼罰？」李紈道：「不用忙，這定要重重的罰他。下次為例。」

一語未了，只聽窗外竹子上一聲響，恰似窗屜子倒了一般，眾人嚇了一跳。丫鬟們出去瞧時，簾外丫鬟嚷道：「一個大蝴蝶風箏掛在竹梢上了。」眾丫鬟笑道：「好一個齊整風箏！不知是誰家放的斷了繩？拿下他來。」寶玉等聽了，也都出來看。

寶玉笑道：「我認得這風箏。這是大老爺那院裡嫣紅姑娘放的，拿下來給他送過去罷。」紫鵑笑道：「難道天下沒有一樣的風箏，單他有這個不成？我不管，我且拿起來。」探春道：「紫鵑也太小氣了。你們一般有的，這會子拾人走了的，也不忌諱。」

黛玉笑道：「可是呢，把咱們的拿出來，咱們也放晦氣。」丫頭們聽見放風箏，巴不得一聲兒，七手八腳，都忙拿著出來，也有美人的，也有砂雁兒的。丫頭們搬高墩，捆剪子股的，也有撥籰子（放風箏的繞線工具）的。寶釵等立在院門前，命丫頭們在院外敞地下放去。寶琴笑道：「你這個不好看，不如三姐姐的那一個軟翅子大鳳凰好。」寶釵回頭向翠墨笑道：「你去把你們的也拿了來放。」

寶玉又興頭起來，也打發個小丫頭子家去，說：「把昨日賴大娘送的那個大魚取來。」小丫頭子去了半天，空手回來，笑道：「晴雯姑娘昨兒放走了。」寶玉道：「我還沒放一遭兒呢。」探春笑

## 第七十回

林黛玉重建桃花社　史湘雲偶填柳絮詞

道：「橫豎是給你放晦氣罷了。」

寶玉道：「再把大螃蟹拿來罷了。」丫頭去了，同了幾個人扛了一個美人並籰子來，回說：「襲姑娘說，昨兒把螃蟹給了三爺了。這一個是林大娘才送來的，放這一個罷。」寶玉細看了一回，只見這美人做的十分精致，心中歡喜，便叫放起來。

此時探春的也取了來，丫頭們在那山坡上已放起來。寶琴叫丫頭放起一個大蝙蝠來。寶釵也放起一連七個大雁來。

獨有寶玉的美人放不起來。寶玉說丫頭們不會放，自己放了半日，只起房高便落下來了。急得寶玉頭上汗出，眾人又笑起來。寶玉恨的擲在地下，指著風箏說道：「若不是個美人，我一頓腳跺個稀爛。」黛玉笑道：「那是頂線不好，拿去叫人換好了就好放，再取一個來放罷。」寶玉等大家都仰面看，天上這幾個風箏起在半空中。一時風緊，眾人都用手帕墊手。黛玉果見風緊力大，將籰子一鬆，只聽一陣豁喇喇響，登時線盡，風箏隨風去了。

黛玉因讓眾人來放。眾人都說：「林姑娘的病根兒都放了去了。咱們大家都放罷。」於是丫頭們拿過一把剪子來，鉸斷了線，那風箏飄飄颻颻的隨風而去，一時只有雞蛋大小，一展眼只剩了一點黑星兒，又一回頭就不見了。

眾人仰面說道：「有趣，有趣。」說著，有丫頭來請吃飯，大家方散。黛玉回房歪著養乏。

要知下回端的，再聽分解。

# 第七十一回

## 嫌隙人有心生嫌隙　鴛鴦女無意遇鴛鴦

話說賈政回京覆命，諸事完畢，賜假一月，在家歇息。因年景漸老，事重身衰，又近因在外幾年，骨肉離異，今得晏然復聚，自覺喜幸不盡。一應大小事務，一概亦付之度外，只是看書。悶了，便與清客們下棋吃酒。或日間在裡，母子、夫妻共敘天倫之樂。

因今歲八月初三日乃賈母八旬之慶，又因親友全來，恐筵宴排設不開，便早同賈赦及賈璉等商議，議定於七月二十八日起，至八月初五日止，榮、寧二府齊開筵宴。寧府中單請官客，榮府中單請堂客。大觀園中，收拾出綴錦閣並嘉蔭堂等幾處大地方，作退居。二十八日，請皇親、駙馬、王公、諸王郡主、王妃、公主、國君、太君、夫人等。二十九日，便是內閣、都府、督鎮及誥命等。三十日，便是諸官長及誥命，並遠近親友及堂客。初一日，是賈赦的家宴。初二日，是賈政。初三日，是賈珍、賈璉。初四日，是賈府中合族長幼大小共湊的家宴。初五日，是賴大、林之孝等家下管事人等共湊一日。

自七月上旬，送壽禮者便絡繹不絕。禮部奉旨：欽賜金玉如意一柄，彩緞四端，金玉環各四個，帑銀五百兩。元春又命太監送出金壽星一尊，沉香拐一隻，伽楠珠一串，福壽香一盒，金錠一對，銀錠四對，彩緞十二匹，玉杯四隻。餘者，自親王、駙馬以及大小文武官員之家，凡所來往者，莫不有禮，不能勝記。

堂屋內設下大桌案，鋪了紅氈，將凡有精細之物都擺上，請賈母過目。賈母先一二日還高興，過來瞧瞧，後來煩了，也不過目，只說：「叫鳳姐收了，改日閒了再瞧。」

至二十八日，兩府中懸燈結彩，屏開鸞鳳，褥設芙蓉，笙簫鼓樂之音，通衢越巷。寧國府中，本日只有北靜王、南安郡王、永昌駙馬、樂善郡王並幾位世交公侯應襲。榮府中，南安王太妃、北靜王妃並世交公侯誥命。賈母等皆是按品大妝迎接。大家廝見，先請至大觀園中嘉蔭堂，茶畢更衣，方出至榮慶堂上拜壽入席。

大家謙遜半日，方才入座。上面兩席是南、北王妃，下面依序便是眾公侯誥命。左邊下手一席，陪客是錦鄉侯誥命與臨昌伯誥命。右邊下手，方是賈母主位。邢夫人、王夫人帶領尤氏、鳳姐，並族中幾個媳婦，兩溜雁翅，站在賈母身後侍立。林之孝、賴大家的帶領眾媳婦，都在竹簾外面，伺候上菜上酒。周瑞家的帶領幾個丫鬟，在圍屏後伺候呼喚。凡跟來的人，早又有人款待別處去了。

一時台上參了場（演戲開場前演員出台拜賀），台下十二個一色留髮的小廝伺候。須臾，一小廝捧了戲單至階下，先遞與回事的媳婦。這媳婦接了，才遞與林之孝家的，林之孝家的用小茶盤托上，挨身入簾來遞與尤氏的侍妾配鳳。配鳳接了才奉與尤氏。尤氏托著走至上席，南安太妃謙讓了一回，點了一齣吉慶戲文，然後又讓北靜王妃也點了一齣。眾人又讓了一回，命隨便揀好的唱罷了。

少時，菜已四獻，湯始一道，跟來各家的放了賞。大家便更衣復入園來，另獻好茶。

南安太妃因問寶玉，賈母笑道：「今日幾處廟裡念保安延壽經，他跪經去了。」又問眾小姐們，賈母笑道：「他們病的病，弱的弱，見人靦腆，所以叫他們姐妹們給我看屋子去了。有的是小戲子，傳了一班，在那邊廳上陪著他姨娘家姊妹們也看戲呢。」南安太妃笑道：「既這樣，叫人請來。」

賈母回頭命鳳姐兒去把史、薛、林四位小姐帶來，「再只叫你三妹妹陪著來罷。」鳳姐答應了，來至賈母這邊，只見他姊妹們正吃果看戲，寶玉也才從廟裡跪經回來。鳳姐說了。寶釵姊妹與黛玉、探春、湘雲五人來至園中見了，大家俱請安、問好等事。

內中也有見過的，還有一兩家不曾見過的，都齊聲誇讚不絕。其中湘雲最熟的，南安太妃因笑道：「你在這裡，聽我來了，還不出來，還等請去？我明兒和你叔叔算帳。」因一手拉著寶釵，一手拉著探春，問幾歲了，又連聲誇讚。因又鬆了他兩個，又拉著黛玉、寶琴，也著實細看，極誇一回。又笑道：「都是好的，不知叫我誇哪一個的是。」

早有人將備用禮物打點出幾份來：金玉戒指各五個，腕香珠五串。南安太妃笑道：「你姊妹們別笑話，留著賞丫頭們罷。」五個忙拜謝過。北靜王妃也有五樣禮物，餘者不必細說。

吃了茶，園中略逛了一逛，賈母等因又讓入席。南安太妃便告辭，說身上不快，「今日若不來，實在使不得。因此，恕我竟先要告別了。」賈母等聽說，也不便強留，大家又讓了一回，送至園門，坐轎而去。接著，北靜王妃略坐了一坐，也就告辭了。餘者也有終席的，也有不終席的。

賈母勞乏了一日，次日便不見人，一應都是邢夫人等款待。有那些世家子弟拜壽的，只到廳上行禮，賈赦、賈政、賈珍等還禮看待，到寧府坐席。不在話下。

這幾日，尤氏晚間也不回那府去，白日間待客，晚間陪賈母玩笑，又幫著鳳姐料理出入大小器皿以及收放上等禮物，晚間在園內李氏房中歇宿。這日晚間，伏待過賈母晚飯後，賈母因說：「你們也乏了，我也乏了，早些尋一點子吃了歇歇去。明兒還要起早鬧呢。」尤氏答應著退了出去，到鳳姐兒房裡來吃飯。

## 第七十一回

### 嫌隙人有心生嫌隙　鴛鴦女無意遇鴛鴦

鳳姐兒在樓上看著人收送來的圍屏呢，只有平兒在房裡與鳳姐疊衣服。尤氏因問：「你們奶奶吃了飯了沒有？」平兒笑道：「吃飯豈不請奶奶去的？」尤氏笑道：「既這樣，我別處找吃去。餓的我受不得了。」說著，就走。平兒忙笑道：「奶奶請回來。這裡有點心，且點補些兒，回來再吃飯。」尤氏笑道：「你們忙的這樣，我園裡和他姊妹鬧去。」一面說，一面就走。平兒留不住，只得罷了。

且說尤氏一徑來至園中，只見園中正門與各處角門俱未關好，猶吊著各色彩燈，因回頭命小丫頭叫該班的女人。那丫鬟走入班房中，竟沒一個人影，回了尤氏。尤氏便命傳管家的女人。

這丫頭答應了，便出去，到二門外鹿頂內，乃是管事的女人議事取齊之所。到了這裡，只有兩個婆子分果菜吃。因問：「哪一位管事的奶奶在這裡？東府裡的奶奶立等一位奶奶有話吩咐。」這兩個婆婆子只顧分菜果，又聽見是東府裡的奶奶，不大在心上，因就回說：「管家奶奶們才散了。」小丫頭道：「既散了，你們家裡傳他去。」

婆子道：「我們只管看屋子，不管傳人。姑娘要傳人，再派傳人的去。」小丫頭聽了道：「噯喲，這可反了！怎麼你們不傳去？你哄新來的，怎麼哄起我來了？素日你們不傳，誰傳去！這會子，打聽了體己信兒，或是賞了哪位管家奶奶東西，你們爭著狗顛兒似的傳去的，不知誰是誰呢！璉二奶奶要傳，你們可也這麼回？」

這婆子一則吃了酒，二則被這丫頭揭著短處，便羞激怒了，因回口道：「扯你的臊！我們的事，傳不傳不與你相干！你不用揭挑我們，你想想，你那老子娘在那邊管家爺們跟前比我們還更會溜（逢迎巴結）呢。什麼『清水下雜麵，你吃我也見』的事，各家門，另家戶，你有本事，排場你們那邊的人去。我們這邊，你們還早些呢！」丫頭聽了，氣白了臉，因說：「好，好，這話說得好！」一面轉身進來回話。

尤氏已早入園來，因遇見了襲人、寶琴、湘雲三人同著地藏庵的兩個姑子正說故事玩笑，尤氏因說餓了，先到怡紅院，襲人裝了幾樣葷素點心出來與尤氏吃。

那小丫頭子一徑找了來，氣狠狠的把方才的話都說了出來。尤氏冷笑道：「這是兩個什麼人？」兩個姑子旁邊笑推這丫頭道：「你這孩子好氣性，那糊塗老嬷嬷們的話，你也不該來回才是。咱們奶奶萬金之軀，勞乏了幾日，黃湯辣水沒吃，咱哄他歡喜一回還不得一半兒呢，說這些話做什麼？」襲人也忙笑拉他出去，說：「好妹子，你且出去歇歇，我打發人叫他們去。」

尤氏道：「你不要叫人。你去，就叫這兩個婆子到那邊，把他們家的鳳姐兒叫來。」襲人笑道：「我請去。」尤氏道：「偏不要你。」兩個姑子忙立起身來，笑說：「奶奶素日寬洪大量，今日老祖宗千秋，奶奶生氣，豈不惹人議論？」寶琴、湘雲也都笑勸。尤氏道：「若不為老太太的千秋，我斷不依。且放著就是了。」

說話之間，襲人早又遣了一個丫頭去園門外找人，可巧遇見周瑞家的，這小丫頭子就把這話告訴周瑞家的。他雖不管事，因他素日仗著是王夫人的陪房，原有些體面，心性乖滑，專慣各處獻勤討好，所以各房主人都喜歡他。他今日聽了這話，慌忙跑入怡紅院來，一面飛走，一面說：「氣壞奶奶了，可了不得！偏生我不在跟前，且打他們幾個耳刮子，再等過了這幾日算帳。」

尤氏見了他，也便笑道：「周姐姐，你來，有個理你說說。這早晚園門還大開著，明燈蠟燭，出入的人又雜，倘有不防的事，如何使得？因此叫該班的人吹燈關門。誰知一個人芽也沒有。」周瑞家的道：「這還了得！前兒二奶奶還吩咐過的，今兒就沒了人。過了這幾日，必要打幾個才好。」

尤氏又說小丫頭的話。周瑞家的說：「奶奶不要生氣，等過了事，我告訴管事的，打他個臭死。只問他們，誰說這『各門、各戶』的話！我已經叫他們吹燈關門。」

正亂著，只見鳳姐兒打發人來請吃飯。尤氏道：「我也不餓了，才吃了幾個餑餑，請你奶奶自吃罷。」

一時周瑞家的出去，便把方才之事回了鳳姐。鳳姐便命將那兩個人的名字記上：「等過了這幾日，捆了送到那府裡，憑大嫂子開發，或是打，或是開恩，隨他就完了，什麼大事！」

周瑞家的聽了，巴不得的一聲，素日因與這幾個不睦，出來了便命一個小廝到林之孝家去傳鳳姐的話，立刻叫林之孝家的進來見大奶奶；一面又傳人立刻捆起這兩個婆子來，交到馬圈裡派人看守。

林之孝家的不知有什麼事，忙坐車進來，先見鳳姐。至二門上傳進話去，丫頭們出來說：「奶奶才歇下了。大奶奶在園內，叫大娘見見大奶奶就是了。」林之孝家的只得進園，來到稻香村。丫鬟們回進去，尤氏聽了，反過意不去，忙喚進他來，因笑向他道：「我不過為找人找不著，因問你，你既去了，也不是什麼大事，誰又把你叫進來，倒要你白跑一趟。不大的事，已經撒開手了。」林之孝家的也笑，因道：「二奶奶打發人傳我，說奶奶有話吩咐。」尤氏道：「大約周姐姐說的。你家去歇著罷，沒有什麼大事。」李紈又要說原故，尤氏反攔住了。

林之孝家的見如此，只得便回身出園去。可巧遇見趙姨娘，趙姨娘因笑說：「噯喲喲，我的嫂子！這會子還不家去歇歇，跑些什麼？」林之孝家的便笑說：「何曾不家去，如此這般進來了。」趙姨娘便說：「這事也值一個屁！開恩呢，就不理論；心窄些兒，也不過打幾下就完了，也值得叫你進來！你快歇歇去，我也不留你吃茶了。」

說畢，林之孝家的出來，到了側門前，就有方才兩個婆子的女兒上來哭著求情。林之孝家的笑道：「你這孩子好糊塗，誰叫他好喝酒混說話，惹出事來，連我也不知道。二奶奶打發人捆他，連我還有不是呢。我替誰討情去？」這兩個小丫頭子才七八歲，原不識事，只管哭啼求告。

纏的林之孝家的沒法，因說道：「糊塗東西！你放著門路不去求，卻只管纏我。你姐姐現給了那邊大太太的陪房費大娘的兒子，你過去告訴你姐姐，叫親家娘和太太一說，什麼完不了的！」一語提醒了這一個，那一個還求。林之孝家的啐道：「糊塗攮的！他過去一說，自然都完了。沒有個單放他媽，又打你媽的理。」說畢，上車去了。

這一個小丫頭子果然過來告訴了他姐姐，和費婆子說了。這費婆子原是個不大安靜的，便隔牆大罵一陣，便走來求邢夫人，說他親家「與大奶奶的小丫頭白鬥了兩句話，周瑞家的挑唆了二奶奶，現捆在馬圈裡，等過兩日還要打呢。求太太和二奶奶說聲，饒他一次罷。」

邢夫人自為要鴛鴦討了沒意思，賈母冷淡了他，且前日南安太妃來，賈母又單令探春出來，自己心內早已怨忿。又有這在側一干小人，心內嫉妒挾怨鳳姐，便調唆得邢夫人著實惡憎鳳姐。今又聽了如此一篇話，也不說長短。

至次日一早，見過賈母。眾族人到齊，開戲。賈母高興，又見今日都是自己族中子侄輩，只便妝出來，堂上受禮。當中獨設一榻，引枕、靠背、腳踏俱全，自己歪在榻上。榻之前後左右，皆是一色的矮凳，寶釵、寶琴、黛玉、湘雲、迎春、探春、惜春姊妹等圍繞。因賈㻞之母也帶了女兒喜鸞，賈瓊之母也帶了女兒四姐兒，還有幾房的孫女兒，大小共有二十來個。賈母獨見喜鸞、四姐兒生得又好，說話行事與眾不同，心中歡喜，便叫他兩個也坐在榻前。寶玉卻在榻上與賈母捶腿。首席便是薛姨媽，下邊兩溜順著房頭輩數下去。簾外兩廊都是族中男客，也依次而坐。

先是那女客一起一起行禮，後是男客行禮。賈母歪在榻上，只命人說「免了罷」。然後，賴大等帶領眾家人，從儀門直跪至大廳上磕頭。禮畢，又是眾家下媳婦，然後各房丫鬟，足鬧了兩三頓飯時。

## 第七十一回

嫌隙人有心生嫌隙　鴛鴦女無意遇鴛鴦

然後又抬了許多雀籠來，在當院中放了生。賈赦等焚過天地壽星紙，方開戲飲酒，直到歇了中台賈母方進來歇息，命他們取便，因命鳳姐兒留下喜鸞、四姐兒玩兩日再去。鳳姐兒出來，便和他母親說。他兩個母親素日承鳳姐兒照顧，他兩個願意在園內玩笑，至晚便不回去了。

邢夫人直至晚間散時，當著眾人，陪笑和鳳姐求情說：「我昨日晚上聽見二奶奶生氣，打發周管家的娘子捆了兩個老婆子，可也不知犯了什麼罪？論理，我不該討情。我想，老太太好日子，發狠的還要捨錢捨米，周貧濟老，咱們先倒折磨起老人家來了。便不看我的臉，權且看老太太，暫且寬放了他們罷。」說畢，上車去了。

鳳姐聽了這話，又當著眾人，又羞又氣，一時找尋不著頭腦，逼得臉紫脹，回頭向賴大家的等，笑道：「這是哪裡的話？昨兒因為這府裡的人得罪了那府的大嫂子，我怕大嫂子多心，所以盡讓他發放，並不為得罪了我。這又是誰的耳報神這麼快？」王夫人因問為什麼事，鳳姐兒笑將昨日的事說了。

尤氏也笑道：「連我並不知道，你原也太多事了。」鳳姐兒道：「我為你臉上過不去，所以等你開發，不過是個禮。就如我在你那裡，有人得罪了我，你自然送了來盡我。憑他是什麼好奴才，到底錯不過這個禮去。這又不知誰過去沒的獻勤兒，這也當做一件事情去說！」王夫人道：「你太太說得是。就是珍哥媳婦也不是外人，也不用這些虛禮。老太太的千秋要緊，放了他們為是。」說著，回頭便命人去放了那兩個婆子。

鳳姐由不得越想越氣越愧，不覺的心灰轉悲淚下。因賭氣回房哭泣，又不肯使人知覺。偏是賈母打發了琥珀來叫，立等說話。琥珀見了，詫異道：「好好兒的，這是什麼原故？那裡立等你呢。」鳳姐聽了，忙擦乾了淚，洗面，另施了脂粉，方同琥珀過來。

賈母因問道：「前兒這些人家送禮來的，共有幾家有圍屏？」鳳姐兒道：「共有十六家，有十二架大的，四架小的炕屏。內中只有甄家一架大屏十二扇，大紅緞子刻絲『滿床笏』，一面泥金『百壽圖』的，是頭等。還有粵海將軍鄔家的一架玻璃的還罷了。」賈母道：「既這樣，這兩架別動，好生擱著，我要送人的。」鳳姐兒答應了。

鴛鴦忽過來向鳳姐兒面上細瞧，引得賈母問說：「你不認得他？只管瞧什麼？」鴛鴦笑道：「我看你的眼腫腫的，所以我才詫異，只管看。」賈母便叫近前來，也細看著。鳳姐笑道：「才覺得發癢，揉腫了些。」鴛鴦笑道：「別又是受了誰的氣了不成？」鳳姐笑道：「誰敢給我氣受？便受了氣，老太太好日子，我也不敢哭的。」賈母道：「正是呢。我正要吃飯，你在這裡打發我吃。剩下的，你和珍兒媳婦吃了。你兩個在這裡幫著兩個師父替我揀佛豆兒（又稱捨緣豆，僧人把豆子煮熟，施捨給眾人），你們也積積壽。前兒他姊妹們和寶玉都揀了，如今也叫你們揀揀，別說我心偏。」

說話時，先擺上一桌素的來，兩個姑子吃。然後擺上葷的，賈母吃畢，抬出外間。尤氏、鳳姐二人正吃，賈母又叫把喜鸞、四姐兒二人也叫來，跟他二人吃。吃畢，洗了手，點上香，捧上一升豆子來，兩個姑子先念了佛偈，然後一個一個的揀在一個笸籮內。明日煮熟了，令人在十字街上結壽緣（分發佛豆）。賈母歪著，聽兩個姑子說些因果。

鴛鴦早已聽見琥珀說鳳姐哭之事，又和平兒前打聽得原故。晚間人散時，便回說：「二奶奶哭的，還是為那邊大太太當著人給二奶奶沒臉。」賈母因問為什麼原故，鴛鴦便將原故說了。賈母道：「這才是鳳丫頭知禮處，難道為我的生日由著奴才們把一族中的主子都得罪了也不管罷。這是大太太素日沒好氣，不敢發作，所以今日拿著這個作法，明是當著眾人給鳳姐兒沒臉罷了。」正說著，只見寶琴來，也就不說了。

賈母忽想起留下的喜姐兒、四姐兒，叫人吩咐園中婆子們：「要和家裡的姑娘一樣照應，倘有人小看了他們，我聽見可不饒。」婆子答應了，方要走時，鴛鴦道：「我說去罷。他們哪裡聽他的話？」說著，便一徑往園裡來。

先到稻香村中，李紈與尤氏都不在這裡。問丫鬟，都說：「在三姑娘那裡呢。」鴛鴦回身又來至晚翠堂，果見那園中人都在那裡說笑。見他來了，都笑說道：「你這會子又跑到這裡做什麼？」又讓他坐下。鴛鴦笑道：「不許我逛逛麼？」於是把方才的話告訴了一遍。李紈忙起身聽了，即刻就叫人把各處的頭兒喚了來，令他們傳與諸人知道。不在話下。

這裡，尤氏笑道：「老太太也太想得到，實在我們年輕力壯的人捆上十個也趕不上。」李紈道：「鳳丫頭仗著鬼聰明兒，還離腳蹤兒不遠。咱們是不能的了。」

鴛鴦道：「罷喲，還提鳳丫頭、虎丫頭呢，他的為人也可憐見兒的。雖然這幾年沒有在老太太、太太跟前有個錯縫兒，暗裡不知得罪了多少人呢。總而言之，為人是難做的。若太老實了，沒有個機變（隨機應變的手段），公婆又嫌太老實了，家裡人也不怕。若有些機變，未免又治一損一。如今咱們家更好，新出來的這些底下奴字號的奶奶們，一個個心滿意足，都不知道要怎樣才好，稍有不得意，不是背地裡嚼舌根，就是挑三窩四的。我怕老太太生氣，一點兒也不肯說。不然，我告訴出來，大家別過太平日子。這不是我當著三姑娘說，老太太偏疼寶玉，有人背地裡怨言，還罷了，算是偏心；如今老太太偏疼你，我聽著也是不好。這可笑不可笑？」

探春笑道：「糊塗人多，哪裡較量得許多？我說，倒不如小人家，雖然寒素些，倒是天天娘兒們歡天喜地，大家快樂。我們這樣人家，人多看著我們，不知千金、萬金小姐何等快樂。殊不知，這裡頭說不出來的煩難，更厲害。」寶玉道：「誰都像三妹妹好多心多事。我常勸你，總別聽那些俗語，想那些俗事，只管安富尊榮才是。比不得我們沒這清福，該應濁鬧的。」

尤氏道：「誰都像你，是一心無掛礙，只知道和姊妹們玩笑，餓了吃，困了睡，再過幾年，不過還是這樣，一點後事也不慮。」寶玉道：「我能夠和姊妹們過一日是一日，死了就完了。什麼是後事！」李紈等都笑道：「這可又是你胡說了。就算你是個沒出息的，終老在這裡，難道他姊妹們都不出門的？」尤氏笑道：「怨不得人都說是假長了一個胎子，究竟是個又傻又呆的。」寶玉笑道：「人事莫定，誰死誰活？倘或我在今日明日、今年明年死了，也算是遂心一輩子了。」眾人不等說完，便說：「可是又瘋了，別和他說話才好。若和他說話，不是呆話，就是瘋話。」

喜鸞因笑道：「二哥哥，你別這樣說，等這裡姐姐們果然都出了門（指嫁出去），橫豎老太太、太太也寂寞，我來和你作伴兒。」李紈、尤氏等都笑道：「姑娘也別說呆話，難道你是不出門的？這話哄誰？」說得喜鸞也低了頭。當下已是起更時分，大家各自歸房安歇，不提。

且說鴛鴦一徑回來，剛至園門前，只見角門虛掩，猶未上拴。此時園內無人來往，只有該班的房內燈光掩映，微月半天。鴛鴦又不曾有伴，也不曾提燈，獨自一個，腳步又輕，所以該班的人皆不理會。偏生要便，因下了甬路，尋微草處，行至一山石後大桂樹陰下來。

剛轉至石後，只聽一陣衣衫響，嚇了一驚不小。定睛一看，只見是兩個人在那裡，見他來了，便想往樹叢石後藏躲。鴛鴦眼尖，趁月色見準一個穿紅裙子、梳鬅頭、高大豐壯身材的，是迎春房裡司棋。鴛鴦只當他和別的女孩子也在此方便，見自己來了，故意的藏躲嚇著玩耍，因便笑叫道：「司棋，你不快出來，嚇著我，我就喊起來當賊拿了。這麼大丫頭，也沒個黑夜白日，只是玩不夠。」

這本是鴛鴦戲語，叫他出來。誰知他賊人膽虛，只當鴛鴦已看見他的首尾了，生恐叫喊出來，使眾人知覺更不好，且素日鴛鴦又和自己親厚，不比別人，便從樹後跑出來，一把拉住鴛鴦，便雙膝跪下，只說：「好姐姐，千萬別嚷！」鴛鴦反不知因甚，忙拉他起來，笑問道：「這是怎麼說？」司棋滿臉紅脹，又流下淚來。

又怕起來。因定了一會，忙悄問：「那一個是誰？」司棋復跪下道：「是我姑舅兄弟。」這鴛鴦啐了一口，道：「要死，要死。」

司棋又回頭悄叫道：「你不用藏著，姐姐已看見了，快出來磕頭。」那小廝聽了，只得也從樹後跑出來，磕頭如搗蒜。鴛鴦忙要回身，司棋拉住苦求，哭道：「我們的性命，都在姐姐身上，只求姐姐超生要緊！」鴛鴦道：「你放心，我橫豎不告訴一人就是了。」

一語未了，只聽角門上有人說道：「金姑娘已出去了，角門上鎖罷。」鴛鴦正被司棋拉住，不得脫身，聽見如此說，便接聲道：「我在這裡有事，且略住手，我出來了。」司棋聽了，只得鬆手，讓他去了。

要知端的，下回分解。

# 第七十二回

## 王熙鳳恃強羞說病　來旺婦倚勢霸成親

話說鴛鴦出了角門，臉上猶熱，心內突突的，真是意外之事。因想這事非常，若說出來，姦盜相連，關係人命，還保不住帶累了旁人。橫豎與自己無干，且藏在心內，不說與一人知道。回房覆了賈母之命，大家安息不提。

且說司棋因從小兒和他姑表兄一處玩耍，起初時，小兒戲言，便都訂下將來不娶不嫁。近年大了，彼此又出落得品貌風流，時常司棋回家時，二人眉來眼去，舊情不斷，只不能入手。又彼此生怕父母不從，二人便設法彼此裡外買囑園內老婆子們留門看道，今日趁亂方從外進來，初次入港。雖未成雙，卻也海誓山盟，私傳表記（指信物），有無限的風情。忽被鴛鴦驚散，那小廝早穿花度柳，從角門出去了。

司棋一夜不曾睡著，又後悔不來。至次日，見了鴛鴦，自是臉上一紅一白，百般過不去。心內懷著鬼胎，茶飯無心，起坐恍惚。挨了兩日，竟不聽見有動靜，方略放下了心。

這日晚間，忽有個婆子來悄告訴道：「你兄弟竟逃走了，三四天沒歸家。如今打發人四處找他呢。」司棋聽了，氣個倒仰，因思道：「總是鬧了出來，也該死在一處。自是男人沒情意，先就走了。」因此又添了一層氣。次日，便覺心內不快，支持不住，一頭睡倒，懨懨的成大病了。

鴛鴦聞知那邊無故走了一個小廝，園內司棋病重，要往外挪，料想是二人懼罪之故，「生怕我說出來」。因此自己反過意不去，指著來望司棋，把房中人支出去，反倒自己賭咒發誓與司棋說：「我若告訴一個人，立刻現死現報！你只管放心養病，別白糟踏了小命。」

司棋一把拉住，哭道：「我的姐姐，咱們從小兒耳鬢廝磨，你不曾拿我當外人待，我也不敢怠慢了你。如今我雖一著走錯，你若果然不告訴一人，你就是我的親娘一樣。從此後，我活一日是你給我的一日。我若病好之後，把你立個長生牌位，我天天焚香禮拜，保佑你一生福壽雙全。我若死了時，變驢變狗報答。倘或咱們散了，以後遇見，我又怎樣報你的德？」一面說，一面哭。

這一席話，反把鴛鴦說的心酸，也哭起來了，因點頭道：「正是。我又不是管事的人，何苦壞你的名聲，我白獻勤。況且這事，我自己也不便開口向人說。你只放心。從此養好了，可要安分守己，再不許胡行亂為了。」司棋在枕上點頭不絕。

鴛鴦又安慰了他一番，方出來。因知賈璉不在家中，又因這兩日鳳姐兒聲色怠惰了些，不似往日一樣，因順路來問候。因進入鳳姐院中，二門上的人見是他來，便站立待他進去。

鴛鴦剛至堂屋，只見平兒從裡間出來，見了他來，便忙上來悄聲笑道：「才吃了一口飯，歇了午，你且這屋裡略坐坐。」鴛鴦聽了，只得同平兒到東邊房裡來。小丫頭倒了茶來。鴛鴦悄問道：「你奶奶這兩日是怎麼了？我近看著他懶懶的。」平兒見問，因房內無人，便嘆道：「他這懶懶的也不止今日了，這有一月之先便是這樣。又這幾日忙亂了幾天，又受了些閒氣，從新勾起來。這兩日比先又添了些病，所以支不住，便露出馬腳來了。」

鴛鴦道：「既這樣，怎麼不早請大夫來治？」平兒嘆道：「我的姐姐，你還不知道他那脾氣的。

別說請大夫來吃藥；我看不過，白問一聲身上覺怎樣，他就動了氣，反說我咒他病了。饒這樣，天天還是察三訪四，自己再不看破些，且養身子。」鴛鴦道：「雖然如此，到底該請大夫來瞧瞧是什麼病，也都好放心。」平兒嘆道：「說起病來，據我看，也不是什麼小症候。」

鴛鴦忙道：「是什麼病呢？」平兒見問，又往前湊了一湊，向耳邊說道：「自從上月行了經之後，這一個月竟瀝瀝淅淅的沒有止住。這可是大病不是？」鴛鴦聽了，忙答應道：「哎喲！依這說，可不成了血山崩了。」

平兒忙啐了一口，又悄笑道：「你女孩兒家，這是怎麼說？你倒會咒人的。」鴛鴦見說，不禁紅了臉，又悄笑道：「究竟我也不知什麼是崩不崩的。你倒忘了不成，先我姐姐不是害這病死了？我也不知是什麼病，因無心中聽見我媽和親家媽說，我還納悶，後來聽見原故，才明白了一二分。」平兒笑道：「你知道，我竟也忘了。」

二人正說著，只見小丫頭進來，向平兒道：「方才朱大娘又來了。我們回了他，奶奶才歇午覺，他往太太上頭去了。」平兒聽了點頭。鴛鴦問：「哪一個朱大娘？」平兒道：「這是官媒婆朱嫂子。因有什麼孫大人家來和咱們求親，所以他這兩日弄個帖子來賴死賴活。」

一語未了，小丫頭跑來說：「二爺進來了。」說話間，賈璉已走至堂屋門口，叫喚平兒。平兒答應著忙迎出來，賈璉已到這間房內。來至門前，忽見鴛鴦坐在炕上，便煞住腳，笑道：「鴛鴦姐姐，今兒貴腳踏賤地。」鴛鴦只坐著，笑道：「來請爺、奶奶的安，偏又不在家的不在家，睡覺的睡覺。」賈璉笑道：「姐姐一年到頭辛苦伏侍老太太，我還沒看你去，哪裡還敢勞動來看我們？正說巧得很，我才要找姐姐去。因為穿著這袍子熱，先來換了夾袍子，再過去找姐姐去，不想天可憐的，省我走這一趟。」一面說，一面在椅子上坐下。

## 第七十二回

王熙鳳恃強羞說病　來旺婦倚勢霸成親

鴛鴦因問：「又有什麼說的？」賈璉未語先笑道：「因有一件事，竟忘了，只怕姐姐還記得。上年老太太生日，曾有一個外路和尚（行腳僧），來孝敬一個蠟油凍的佛手（黃色凍石雕佛手），因老太太愛，就即刻拿過來擺著了。因前日老太太生日，我看古董帳，還有一筆在這帳上，卻不知此時這件著落何方。古董房裡的人也回過了我兩次，等我問準了好注上一筆。所以我問姐姐，如今還是老太太擺著呢，還是交到誰手裡去了呢？」

鴛鴦聽說，便說道：「老太太擺了幾日，厭煩了，就給了你們奶奶了。你這會子又問我來！我連日子還記得，還是我打發老王家的送來。你忘了，或是問你奶奶和平兒。」平兒正拿衣服，聽見如此說，忙出來回說：「交過來了，現在樓上放著呢。奶奶已經打發過人去說過。他們發昏，沒記上，又來叨登這些沒要緊的事。」

賈璉聽說，笑道：「既然給了你奶奶，我怎麼不知道，你們就昧下了。」平兒道：「奶奶告訴二爺，二爺還要送人，奶奶不肯，好容易留下了。這會子自己忘了，倒說我們昧下了。那是什麼好東西！比那強十倍的，也沒昧下一遭，這會子愛上那不值錢的！」

賈璉垂頭含笑，想了一想，拍手道：「我如今竟糊塗了！丟三忘四，惹人抱怨，竟大不像先了。」鴛鴦笑道：「也怨不得。事情又多，口舌又雜，你再喝上兩杯酒，哪裡清楚得許多？」一面說，一面就起身要走。

賈璉忙也立起身來，說道：「好姐姐，再坐一坐。兄弟還有一事相求。」說著，便罵小丫頭：「怎麼不烹好茶來！快拿乾淨蓋碗，把昨日進上的新茶烹一碗來。」說著，向鴛鴦道：「這兩日，因前日老太太千秋，所有的幾千兩銀子都使了。幾處房租、地租統在九月才得，這會子接不上。明兒又要送南安府裡的禮，又要預備娘娘的重陽節禮，還有幾家紅白大禮，至少還得三二千兩銀子用，一時難去支借。俗語說，『求人不如求己』，說不得，姐姐擔個不是，暫且把老太太查不著的金銀家伙，偷著運出一箱子來，暫押千數兩銀子，支騰過去。不上半月的光景，銀子來了，我就贖了交還，斷不能叫姐姐落不是。」

鴛鴦聽了，笑道：「你倒會變法兒，虧你怎麼想了！」賈璉笑道：「不是我扯謊，若論除了姐姐，也還有人手裡管得起千數兩銀子，只是他們為人，都不如你明白、有膽量。我和他們一說，反嚇住了他們。所以我寧撞金鐘一下，不打破鼓三千。」

一語未了，賈母那裡的小丫頭子忙忙走來找鴛鴦，說：「老太太找姐姐，這半日我哪裡沒找到，卻在這裡。」鴛鴦聽說，忙的且去見賈母。

賈璉見他去了，只得回來瞧鳳姐。誰知鳳姐已醒了，聽他和鴛鴦借當，自己不便答話，只躺在榻上。聽見鴛鴦去了，賈璉進來，鳳姐因問道：「他可應准了？」賈璉道：「雖未應准，卻有幾分成手，須得你再去和他說一說，就十分成了。」鳳姐道：「我不管這些事。倘或說准了，這會子說著好聽，到了有錢的時節，你就丟在脖子後頭了，誰和你打飢荒（指還債）去？倘或老太太知道了，倒把我這幾年的臉面都丟了。」

賈璉笑道：「好人，你若是說定了，我謝你。」鳳姐笑道：「你說，謝我什麼？」賈璉笑道：「你說要什麼，就是什麼。」平兒一旁笑道：「奶奶倒不要別的。只說要做一件什麼事，恰少一二百銀子使。不如借了來，奶奶拿這麼一二百銀子，豈不兩全其美？」鳳姐笑道：「幸虧提起我來，就是這樣也罷了。」

賈璉笑道：「你們太也狠了。你們這會子別說一千兩的當頭，就是現銀子要三五千，只怕也難不倒。我不和你們借就罷了。這會子煩你說一句話，還要個利錢，真真了不得！」鳳姐聽了，翻身起來，說道：「我有三千五千，不是賺得你的。如今裡裡外外，上上下下，背著嚼說我的不少，就差你來說了，可知沒家親引不出外鬼來。我們看著你們什麼石崇、鄧通？把我王家的地縫子掃掃，就夠你們過一輩子了。說出來的話，也不怕臊！現有對證：把太太和我嫁妝細看看，比一比，我們哪一樣是配不上你們的？」

賈璉笑道：「說句玩話就急了。這有什麼這樣的，你要使一二百兩銀子值什麼，多的沒有，這還可。先拿進來，你使了再說去，如何？」鳳姐道：「我又不等著銜口墊背（舊時給屍體口中含珠或玉、米，身下放錢），忙什麼的？」賈璉道：「何苦來，不犯著這樣肝火盛。」

鳳姐聽了，又笑起來：「不是我著急，你說的話戳人的心。我因為想著，後日是尤二姐的周年，我們好了一場，雖不能別的，到底給他上個墳，燒張紙，也是姊妹一場。他雖沒個男女，也要前人灑土迷了後人眼才是。」賈璉半晌方道：「難為你想得周全。」鳳姐一語倒把賈璉說沒了話，低頭打算，說：「既是後日才用，若明日得了這個，你隨便使多少就是了。」

一語未了，只見旺兒媳婦走進來。鳳姐便問：「可成了沒有？」旺兒媳婦道：「竟不中用。我說，須得奶奶做主就成了。」賈璉便問：「又是什麼事？」鳳姐兒見問，便說道：「不是什麼大事。旺兒有個小子，今年十七歲了，還沒得女人，因要求太太房裡的彩霞，不知太太心裡怎麼樣，就沒有計較。前日，太太見彩霞大了，二則又多病多災的，因此開恩打發他出去了，給他老子隨便自己擇女婿去罷。因此旺兒媳婦來求我。我想，他兩家也就算門當戶對了，一說去自然成的。誰知他這會子來了，說不中用。」

賈璉道：「這是什麼大事，比彩霞好的多著呢。」旺兒家的便笑道：「爺雖如此說，連他家還看不起我們，別人越發看不起我們了。好容易相看準一個媳婦，只說求爺、奶奶的恩典，替做成了。奶奶又說，他必肯的。我就煩了人，過去試一試，誰知白討了個沒趣。若論那孩子倒好，據我素日合意兒試他，心裡沒有甚說的，只是他老子、娘兩個老東西太心高了些。」

一語戳動了鳳姐和賈璉。鳳姐因見賈璉在此，且不做一聲，只看賈璉的光景。賈璉心中有事，哪裡把這點事放在心裡，待要不管，只是看著他是鳳姐兒的陪房，且素日出過力的，臉上實在過不去，因說：「什麼大事，只管咕咕唧唧的。你放心且去，我明日做媒，打發兩個有體面的人，一面說，一面帶著定禮去，就說是我的主意。他十分不依，叫他來見我。」

旺兒家的看著鳳姐，鳳姐便努嘴兒。旺兒家的會意，忙爬下，就給賈璉磕頭謝恩。賈璉忙道：「你只管給你姑娘磕頭。我雖如此說了這樣行，到底也得你姑娘打發人去叫他女人上來，和他好說，更好些。不然，也霸道了。」

鳳姐忙道：「連你還這樣開恩操心呢，我倒反袖手旁觀不成？旺兒家的，你聽見了，這事說了，你也忙忙的給我完了事來。說給你男人，外頭所有的帳目，一概趕今年年底收了進來。少一個錢，也不依。我的名聲不好，再放一年，都要生吃了我呢。」旺兒媳婦笑道：「奶奶也太膽小了。誰敢議論奶奶？若收了時，我也是一場痴心白使了。」

鳳姐道：「我真個還等錢做什麼？不過為的是日用出的多，進的少。這屋裡有的沒的，我和你姑爺一月的月錢，再連上四個丫頭的月錢，通共一二十兩銀子，還不夠三五天的使用呢。若不是我千湊萬挪的，早不知過到什麼破窯裡去了。如今倒落了一個放帳的名兒。既這樣，我就收了回來。我比誰不會花錢！咱們以後就坐著花，到多早晚就是多早晚。這不是樣兒：前兒老太太生日，太太急了兩個月，想不出法兒來，還是我提了一句，後樓上現有些沒要緊的大銅錫家伙四五箱子，拿了出去，弄了三百銀子，才把太太遮羞禮兒搪過去了。我是你們知道的，那一個金自鳴鐘賣了五百六十兩銀子。沒有半個月，大事小事沒十件，白填在裡頭。今兒外頭也短住（指缺少銀子）了，不知是誰的主意，搜尋上老太太了。明兒再過一年，便搜尋到頭面、衣服，可就好了！」旺兒媳婦笑道：「哪一位老太太、奶奶的頭面、衣服折變了，不夠過一輩子的？只是不肯罷了。」

鳳姐道：「不是我說沒能耐的話，要像這樣，我竟不能了。昨兒晚上忽做了一個夢，說來也可笑。夢見一個人，雖然面善，卻又不知名姓，找我說，娘娘打發他來要一百匹錦。我問他，是哪一位娘娘？他說的又不是咱們的娘娘。我就不肯給他，他就來奪。正奪著，就醒了。」旺兒家的笑道：「這是奶奶日間操心，常應候宮裡的事。」

一語未了，人回：「夏太監打發了一個小內家來說話。」賈璉聽了，忙皺眉道：「又是什麼話，一年他們也搬夠了。」鳳姐道：「你藏起來，等我見他。若是小事，罷了，若是大事，我自有回話。」賈璉便躲入內套間去。

這裡，鳳姐命人帶進小太監來，讓他椅上坐了吃茶，因問何事。那小太監便說：「夏爺爺因今兒偶見一所房子，如今竟短二百兩銀子，打發我來問舅奶奶家裡，有現成的銀子暫借一二百，過一兩日就送來。」鳳姐兒聽了，笑道：「什麼是送來？有的是銀子，只管先兌了去。改日等我們短了，再借去，也是一樣。」

小太監道：「夏爺爺還說，上兩回還有一千二百兩銀子沒送來，等今年年底下，自然一齊都送了過來。」鳳姐笑道：「你夏爺爺好小氣，這也值得放在心裡。我說一句話，不怕他多心，若都這樣記清了還我們，不知要還多少了。只怕我們沒有；若有，只管拿去。」因叫旺兒媳婦來：「出去，不管哪裡，先支二百兩來。」旺兒媳婦會意，因笑道：「我才因別處支不動，才來和奶奶支的。」

鳳姐道：「你們只會裡頭來要錢，叫你們外頭弄去，就不能了。」說著，叫平兒：「把我那兩個金項圈拿出去，暫且押四百兩銀子。」平兒答應了去，果然拿了一個錦盒子來，裡面兩個錦包袱包著。打開時，一個金累絲攢珠的，那珍珠都有蓮子大小；一個點翠嵌寶石的。兩個都與宮中之物不離上下。一時拿去，果然拿了四百兩銀子來。鳳姐命與小太監打疊一半，那一半與了旺兒媳婦，命他拿去辦八月中秋的節禮。那小太監便告辭了，鳳姐命人替他拿著銀子，送出大門去了。

這裡，賈璉出來，笑道：「這一起外祟（災禍），何日是了！」鳳姐笑道：「剛說著，就來了一股子。」賈璉道：「昨兒周太監來，張口一千兩。我略應慢了些，他便不自在。將來得罪人之處不少。這會子再發個三二百萬的財就好了。」一面說，一面平兒伏侍鳳姐另洗了臉，更衣往賈母處去伺候晚飯。

這裡，賈璉出來，剛至外書房，忽見林之孝走來。賈璉因問何事。林之孝說道：「方才打聽得雨村降了，卻不知因何事，只怕未必真。」賈璉道：「真不真，他那官兒未必保的長。只怕將來有事，咱們寧可疏遠著他好。」林之孝道：「何嘗不是。只是一時難以疏遠。如今東府大爺和他更好，老爺又喜歡他，時常來往，哪個不知？」賈璉道：「橫豎不和他謀事，也不相干。你再去打聽真了，是為什麼。」

林之孝答應了，卻不動身，坐在椅子上，再說閒話。因又說起家道艱難，便趁勢說：「人口太重了。不如揀個空日回明老太太、老爺，把這些出過力的老人家用不著的，開恩放幾家出去。一則他們各有營運，二則家裡一年也省口糧、月錢。再者，裡頭的姑娘也太多。俗語說，一時比不得一時。如今說不得先時的例了，少不得大家委屈些。該使八個的使六個，該使四個的使兩個。若各房算起來，一年也可以省許多的月米、月錢。況且裡頭的女孩子們，一半都太大了，也該配人的配人。成了房，豈不又孳生出人來。」

賈璉道：「我也這樣想，只是老爺才回來，多少大事未回，哪裡議的到這個上頭？前兒官媒拿了個庚帖來求親。太太還說，老爺才來家，每日歡天喜地的，說骨肉完聚，忽然提起這事，恐老爺又傷心，所以且不叫提起。」林之孝道：「這也是正理，太太想得周到。」

賈璉道：「正是。提起這話，我想起了一件事來。我們旺兒的兒子要說太太房裡的彩霞。他昨兒求我。我想，什麼大事，不管誰去說一聲去，就說我的話。」林之孝答應了，半晌笑道：「依我說，二爺竟別管這件事。旺兒的那小子雖然年輕，在外吃酒賭錢，無所不至。雖說都是奴才，到底是一輩子的事。彩霞那孩子，這幾年我雖沒見，聽見說越發出脫得好了，何苦來白糟踏一個人。」

賈璉道：「他小子原來會吃酒，不成人麼？這樣，哪裡還給他老婆？且給他一頓棍，鎖起來，再問他老子、娘。」林之孝笑道：「何必在這一時。那是我錯了。等他再生事，我們自然回爺處治。如今且恕他。」賈璉不語，一時林之孝出去。

晚間，鳳姐回房，命人喚彩霞之母來說媒。那彩霞之母滿心縱不願意，見鳳姐親自和他說，何等體面，便心不由意的滿口應了出去。

鳳姐又問賈璉可說了沒有，賈璉因說：「我原要說的，打聽得他小子大不成人，故還不曾說。若果然不成人，且管教他兩日，再給他老婆不遲。」鳳姐笑道：「我們王家的人，連我還不中你的意呢，何況奴才呢？我已經和他娘說了，他娘已經歡天喜地應了，難道又叫他來不要了不成？」賈璉道：「你既然說了，又何必退？明日說給他老子，好生管教他就是了。」這裡說話不提。

且說彩霞因前日出去，等父母擇人，心中雖與賈環有舊，尚未作准。今日又見旺兒每每求親，早聞得旺兒之子酗酒賭博，而且容顏醜陋，不能如意，自此心中越發懊惱。惟恐旺兒仗勢作成，終身不遂，未免心中急躁。至晚間悄命他妹子小霞進二門來找趙姨娘，問個端的。

趙姨娘素日深與彩霞見好，巴不得與了賈環，方有個膀臂，不承望王夫人又放了出去。每唆賈環去討，一則羞口難開，二則賈環也不在意，不過是個丫頭，他去了，將來自然還有好的，遂遷延住不說，意思便丟開手。無奈趙姨娘又不捨，又見他妹子來問，是晚得空，便先求了賈政。賈政說道：「且忙什麼，等他們再念一二年書，再放人不遲。我已經看中了兩個丫頭，一個與寶玉，一個給環兒。只是年紀還小，又怕他們誤了念書，再等一二年再提。」

要知端的，下回分解。

# 第七十三回

## 痴丫頭誤拾繡春囊　懦小姐不問累金鳳

話說那趙姨娘正和賈政說話，忽聽外面一聲響，不知何物。忙問時，原來是外間窗屜不曾扣好，塌了屈戌（關鎖門窗等物所釘的鐵圈套），掉下來。趙姨娘罵了丫頭幾句，自己帶領丫鬟上好，方進來打發賈政安歇。不在話下。

卻說怡紅院中寶玉正才睡下，丫鬟們方欲各散安歇，忽聽有人擊著院門。老婆子開了，見是趙姨娘房內的丫頭，名喚小鵲的。問他什麼事，小鵲不答，直往房內來找寶玉。只見寶玉才睡下，晴雯等猶在床邊坐著，大家玩笑，見他來了，都問：「什麼事？這時候又跑來做什麼？」小鵲笑向寶玉道：「我來告訴你一個信兒。方才我們奶奶，這般如此，在老爺前說了。你仔細明兒老爺向你說話，著實留神。」一說著，回身就去了。襲人命人留他吃茶，因怕關門，遂一直去了。

這裡，寶玉聽了，便如孫大聖聽見了緊箍咒一般，登時四肢五內一齊皆不自在起來。想來想去，別無他法，且理熟了書，預備明兒盤考。只能書不舛錯（錯亂），便有他事，也可搪塞一半。想罷，忙披衣起來要讀書。

心中又自後悔，這些日子只說不提了，偏又丟生，早知該天天好歹溫習些的。如今打算打算，肚子裡現可背誦的，不過只有「學」（《大學》）、「庸」（《中庸》）、「二論」（《論語》的上下兩部）是背得出來。至上本《孟子》，就有一半是夾生的，若憑空提一句，斷不能接背的；至「下孟」，就有大半生的。算起五經來，因近來做詩，常把《詩經》讀些，雖不甚精闡，還可塞責。別的雖不記得，素日賈政幸未叫讀的，縱不知，也還不妨。至於古文，這是那幾年所讀過的幾篇，《左傳》、「國策」、「公羊」、「穀梁」（分指《戰國策》、《春秋公羊傳》、《春秋穀梁傳》），漢、唐等文，這幾年未曾讀得，不過一時之興，隨看隨忘，未曾下苦功夫，如何記得？這是更難塞責的。

更有時文八股一道，因平素深惡此道，原非聖賢之制撰（著作），焉能闡發聖賢之微奧（精深奧妙），不過是餌名釣祿之階。雖賈政當日起身時選了百十篇命他讀的，不過是後人的時文，偶見其中一二股內，或承起之中，有做得精致，或流蕩、或游戲、或悲感，稍能動性者，偶爾一讀，不過供一時之興趣，究竟何曾成篇潛心玩索（研習探索）？

如今，若溫習這個，又恐明日盤究那個；若溫習那個，又恐盤駁這個。況一夜之工，亦不能全然溫習。因此，越添了焦躁。

自己讀書不知緊要，卻累著一房丫鬟們都不能睡。襲人等在旁剪燭斟茶；那些小的，都困倦起來，前仰後合。晴雯罵道：「什麼蹄子，一個個黑日白夜挺屍挺不夠，偶然一次睡遲了些，就裝出這腔調來了。再這樣，我拿針戳，給你們兩下子！」

話猶未了，只聽外間「咕咚」一聲。急忙看時，原來是一個小丫頭坐著打盹，一頭撞到壁上了，從夢中驚醒，卻正是晴雯說這話之時，他怔怔的只當是晴雯打了他一下，遂哭著央說道：「好姐姐，我再不敢了。」眾人都發起笑來。寶玉忙勸道：「饒他罷，原該叫他們睡去。你們也該替換著睡。」

襲人道：「小祖宗，你只顧你的罷。統共這一夜的工夫，你把心暫且用在這幾本書上。等過了這關，由你再張羅別的，也不算誤了什麼。」寶玉聽他說得懇切，只得又讀。

讀了沒有幾句，麝月又斟了一杯茶來潤舌，寶玉接茶吃了。因見麝月只穿著短襖，解了裙子，寶玉道：「夜靜了，冷，到底穿一件大衣裳才是。」麝月笑指著書道：「你暫且把我們忘了，心且對著他些罷。」

話猶未了，只聽金星玻璃從後房門跑進來，口內喊說：「不好了，一個人從牆上跳下來了！」眾人聽說，忙問：「在哪裡？」即喝起人來，各處尋找。

晴雯因見寶玉讀書苦惱，勞費一夜神思，明日也未必妥當，心下正要替寶玉想出一個主意來脫此難，正好忽逢此一驚怪，便生計向寶玉道：「趁這個機會，快裝病，只說嚇著了。」此話正中寶玉心懷，因而叫起上夜人等來，打著燈籠，各處搜尋，並無蹤跡，都說：「小姑娘們想是睡花了眼出去，風搖的樹枝兒，錯認了人。」

晴雯便道：「別放謅屁！你們查得不嚴，怕擔不是，還拿這話來支吾。剛才並不是一個人見的。寶玉和我們出去有事，大家親見的。如今寶玉嚇的顏色都變了，滿身發熱，我如今還要上房裡取安魂丸藥去。太太問起來，是要回明白的。難道依你說就罷了不成？」眾人聽了，嚇得不敢則聲，只得又各處去找。晴雯和玻璃二人果出去要藥，故意鬧得眾人皆知寶玉著了驚嚇病了。

王夫人聽了，忙命人來看視給藥，又吩咐各處上夜人仔細搜查，又一面叫查二門外圍、花園牆外各班房上夜的小廝們。於是，園內燈籠火把，直鬧了一夜。至五更天，就傳管家細看查訪。

賈母聞知寶玉被嚇，細問原由，不敢再隱，只得回明。賈母道：「我不料到有此事。如今各處上夜人都不小心，還是小事，只怕他們就是賊也未可知。」當下邢夫人並尤氏等都過來請安，鳳姐、李紈及姊妹等皆陪侍，聽賈母如此說，都默無所答。

獨探春出位笑道：「近因鳳姐姐身子不好，這幾日園裡的人比先放肆許多。先前不過是大家偷著一時半刻，或夜裡坐更時，三四個人聚在一處，或擲骰，或鬥牌，小小的玩意，不過為熬困起見。邇來漸次放蕩，竟開了賭局，甚至有頭家局主，或三十吊、五十吊的大輸贏。半月前竟有爭鬥相打之事。」賈母聽了，忙說：「你既知道，為何不早回我們來？」探春道：「我因想著，太太事多，且連日不自在，所以沒回。只告訴大嫂子和管事的人們，戒飭過幾次，近日好些。」

賈母忙道：「你姑娘家，如何知道這裡頭的利害？你自為賭錢常事，不過怕起爭端。殊不知，夜間既耍錢，就保不住不吃酒；既吃酒，就未免門戶任意開鎖。或買東西，其中夜靜人稀，趁便藏賊引盜，何等事做不出來？況且園內你姊妹們起居，所伴者皆係丫頭、媳婦們，賢愚混雜，賊盜事小，倘有別事，略沾帶些，關系非小。這事豈可輕恕？」探春聽說，便默然歸座。

鳳姐雖未大癒，精神未嘗稍減，今見賈母如此說，便忙道：「偏生我又病了。」遂回頭命人速傳林之孝家的等總理家務四個媳婦到來，當著賈母申飭了一頓。賈母命即刻查了頭家賭家來，有人出首者賞，隱情不告者罰。

林之孝家的等見賈母動怒，誰敢徇私，忙至園內傳齊人，一一盤查。雖不免大家賴一回，終不免水落石出。查得大頭家三人，小頭家八人，聚賭者統共二十多人，都帶來見賈母，跪在院內，磕響頭求饒。

賈母先問大頭家名姓和錢之多少。原來這大頭家，一個是林之孝的兩姨親家，一個是園內廚房內柳家媳婦之妹，一個是迎春之乳母。這是三個為首的，餘者不能多記。

賈母便命將骰子、紙牌一並燒毀，所有的錢入官，分散與眾人，將為首者每人打四十大板，攆出去，總不許再入；從者每人打二十大板，革去（取消）三月月錢，撥入圊廁行（打掃廁所的行當）內。又將

## 第七十三回

### 痴丫頭誤拾繡春囊　懦小姐不問累金鳳

林之孝家的申飭了一番。林之孝家的見他的親戚與他打嘴，自己也覺沒趣。

迎春在坐，也覺沒意思。黛玉、寶釵、探春等見迎春的乳母如此，也是物傷其類的意思，遂都起身，笑向賈母討情說：「這個媽媽素日原不玩的，不知怎麼也偶然高興。求看二姐姐面上，饒過這次罷。」賈母道：「你們不知道。大約這些奶子們，一個個仗著奶過哥兒、姐兒，原比別人有些體面，他們就生事，比別人更可惡，專管調唆主子護短偏向。我都是經過的。況且要拿一個作法，恰好果然就遇見了一個。你們別管，我自有道理。」寶釵等聽說，只得罷了。

一時賈母歇晌，大家散出，都知賈母生氣，皆不敢回家，只得在此暫候。尤氏到鳳姐兒處來閒話了一回，因他也不自在，只得園內去閒談。

邢夫人在王夫人處坐了一回，也就往園內散散心來。剛至園門前，只見賈母房內的小丫頭子，名喚傻大姐的，笑嘻嘻走來，手內拿著個花紅柳綠的東西，低頭瞧著，只管走，不防迎頭撞見邢夫人，抬頭看見，方才站住。邢夫人因說：「這痴丫頭，又得了個什麼狗不識兒，這麼歡喜？拿來，我瞧瞧。」

原來這傻大姐年方十四五歲，是新挑上來的與賈母這邊專做粗活的。只因他生得體肥面闊，兩隻大腳，做粗活爽利簡捷，且心性愚頑，一無知識，出言可以發笑。賈母歡喜，便起名為「傻大姐」；若有錯失，也不苛責他。

這丫頭無事時，便入園內來玩耍。正往山石背後掏促織去，忽見一個五彩繡香囊，上面繡的並非花鳥等物，一面卻是兩個人赤條條的盤踞相抱，一面是幾個字。這痴丫頭原不認得是春意，便心下打量：「敢是兩個妖精打架？不然必是兩口子打架。」左右猜解不來，正要拿去與賈母看，是以笑嘻嘻走回，忽見了邢夫人如此說，便笑道：「太太真個說的巧，真個是狗不識呢。太太請瞧一瞧。」說著，便送過去。

邢夫人接來一看，嚇得連忙死緊攥住，忙問：「你是哪裡得的？」傻大姐道：「我掏促織兒，在山石後拾的。」邢夫人道：「快休告訴一人。這不是好東西，連你也要打死才是。皆因你素日是傻子，以後再別提了。」這傻大姐聽了，反嚇得黃了臉，說：「再不敢了。」磕了頭，呆呆而去。

邢夫人回頭看時，都是些女孩兒，不便遞與，自己便塞在袖裡，心內十分罕異（吃驚），揣摩此物從何而來，且不形於聲色，且到迎春室裡。

迎春正因他乳母獲罪，心中不自在，忽報母親來了，遂接入。奉茶畢，邢夫人因說道：「你這麼大了，你那奶媽子行此事，你也不說說他。如今別人都好好的，偏咱們的人做出這事來，什麼意思！」迎春低頭弄衣帶，半晌答道：「我說他兩次，他不聽，也無法。況且他是媽媽，只有他說我的，沒有我說他的。」

邢夫人道：「胡說！你不好了，他原該說。如今他犯了法，你就該拿出小姐的身分來。他敢不從，你就回我去才是。如今直等外人共知，是什麼意思？再者，放頭兒，還只怕他巧語花言的和你借貸些簪環衣服做本錢，你這心活面軟，未必不周接他些。若被他騙去，我是一個錢沒有的，看你明日怎麼過節？」迎春不語，只低頭弄衣帶。

邢夫人見他這般，因冷笑道：「你是大老爺跟前的人養的，這裡探丫頭是二老爺跟前的人養的，出身一樣，你娘比如今趙姨娘強十分，你也該比探丫頭強才是。怎麼你反不及他一半？倒是我無兒女的，一生乾淨，也不能惹人笑話議論為高。就是你哥哥、嫂子也不顧恤一點兒。」

一言未了，人回：「璉二奶奶來了。」邢夫人聽了，冷笑兩聲，命人出去說：「請他自去養病，我這裡不用他伺候。」接著，又有探事的小丫頭來報說：「老太太醒了。」邢夫人方起身往前邊來。

迎春送至院外方回。

繡橘因說道：「如何，前兒我回姑娘，那一個攢珠累金鳳竟不知哪裡去了。回了姑娘，竟不問一聲兒。我說，必是老奶奶拿去當了銀子放頭兒的。姑娘不信，只說司棋收著，叫問司棋。司棋雖病，心裡卻明白，說沒有收起來，還在書架上匣內放著，預備八月十五要戴呢。姑娘該叫人去問老奶奶一聲。」迎春道：「何用問，自然是他拿去，暫過一肩（挪借財物，減輕負擔）了。我只說他悄悄的拿了出去，不過一時半晌，仍舊悄悄放上，誰知他就忘了。今日偏又鬧出來，問他也無益。」

繡橘道：「何曾是忘記！他是試準了姑娘性格，所以才這樣。如今我有個主意，走到二奶奶房裡，將此事回了他，或著人要，他或省事，拿出幾吊錢來替他贖了，如何？」迎春忙道：「罷，罷，罷，省事些好。寧可沒有了，又何必生事？」繡橘道：「姑娘怎這樣軟弱！都要省起事來，將來連姑娘還騙了去！我竟去的是。」說著便走。迎春便不言語，只好由他。

誰知迎春的乳母之媳玉柱兒媳婦為他婆婆得罪，來求迎春去討情，一進院門就聽見他們正說金鳳一事，且不進去。也因素日迎春懦弱，他們都不放在心上。如今見繡橘立意去回鳳姐，又看這事脫不去，只得進來，陪笑先向繡橘說：「姑娘，你別去生事。姑娘的金絲鳳，原是我們老奶奶老糊塗了，輸了幾個錢，沒的撈梢（撈回賭輸的本錢），所以借去，弄出事來。雖然這樣，到底主子的東西，我們不敢遲誤下，終久是要贖的。如今還要求姑娘看著從小兒吃奶的情常，往老太太那邊去討一個情，救出他來才好。」

迎春先便說道：「好嫂子，你趁早兒打了這妄想，要等我去說情兒，等到明年也不中用的。方才連寶姐姐、林妹妹大伙兒說情，老太太還不依，何況是我一個人。我自己愧還愧不來，反去討臊去。」繡橘便說：「贖金鳳是一件事，說情是一件事，別絞在一處說。難道姑娘不去說情，你就不賠了不成？嫂子且取了金鳳來再說。」

玉柱兒家的聽見迎春如此拒絕他，繡橘的話又鋒利，無可回答，一時臉上過不去，也明欺迎春素日好性，乃向繡橘發話道：「姑娘，你別太張勢了。你滿家子算一算，誰的媽媽奶奶不仗著主子哥兒、姐兒多得些意，偏咱們就這樣丁是丁、卯是卯的，只許你們偷偷摸摸的哄騙了去。自從邢姑娘來了，太太吩咐一個月省出一兩銀子來與舅太太去，這裡饒添了邢姑娘的使費，反少了一兩銀子。常時短了這個，少了那個，哪不是我們供給？誰又要去？不過大家將就些罷了。算到今日，少說也有三十兩了。我們這一向的錢，豈不白填了限（虧空）呢。」

繡橘不待說完，便啐了一口，道：「做什麼你白填了三十兩，我且和你算算帳，姑娘要了些什麼東西？」迎春聽了這媳婦發邢夫人之私意，忙止道：「罷，罷，罷。你不能拿了金鳳來，不必牽三扯四亂嚷。我也不要那鳳了。便是太太們問時，我只說丟了，也妨礙不著你什麼，你出去歇息歇息倒好。」一面叫繡橘倒茶來。繡橘又氣又急，因說道：「姑娘雖不怕，我們是做什麼的？把姑娘的東西丟了，他倒賴說姑娘使了他們的錢，這如今竟要准折起來。倘或太太問姑娘為什麼使了這些錢，敢是我們就中取勢？這還了得！」一行說，一行就哭了。司棋聽不過，只得勉強過來，幫著繡橘問著那媳婦。迎春勸止不住，自拿了一本《太上感應篇》去看。

三人正沒開交，可巧寶釵、黛玉、探春等因恐迎春今日不自在，都約來安慰。他們走至院中，聽得幾個人較口（爭吵）。探春從紗窗內一看，只見迎春倚在床上看書，若有不聞之狀。探春也笑了。小丫頭們忙打起簾子，報道：「姑娘們來了。」迎春放下書起身。那媳婦見有人來，且又有探春在內，不勸而止了，遂趁便就走。

探春坐下，便問：「才剛誰在這裡說話？倒像拌嘴似的。」迎春笑道：「沒有什麼，左不過他們小題大做罷了。何必問他？」探春笑道：「我才聽見什麼『金鳳』，又是什麼『沒有錢，只和我們奴才要』。誰和奴才要錢了？難道姐姐和奴才要錢不成？」

司棋、繡橘道：「姑娘說得是了。姑娘何曾和他要什麼了？」探春笑道：「姐姐既沒有和他要，必定是我們和他們要了不成？你叫他進來，我倒要問問他。」

迎春笑道：「這話又可笑。你們又無沾礙，何必如此？」探春道：「這倒不然。我和姐姐一樣，姐姐的事和我一般。他說姐姐，即是說我。我那邊有人怨我，姐姐聽見，也是同怨姐姐一理。咱們是主子，自然不理論那些錢財小事，只知想起什麼要什麼，也是有的事。但不知金累絲鳳因何又夾在裡頭？」那玉柱媳婦生恐繡橘等告出他來，遂忙進來用話掩飾。

探春深知其意，因笑道：「你們所以糊塗。如今你奶奶已得了不是，趁此求二奶奶，把方才的錢未曾散人的拿出些來贖取就完了。比不得沒鬧出來，不好大家都藏著留臉面；如今既是沒了臉，趁此時總有十個罪，也只一人受罰，沒有砍兩顆頭的理。你依我說，竟是和二奶奶趁便說去。在這裡大聲小氣，如何使得？」這媳婦被探春說出真病，也無可賴了，只不敢往鳳姐處自首。探春笑道：「我不聽見便罷，既聽見，少不得替你們分解分解。」誰知探春早使了個眼色與侍書，侍書出去了。

這裡正說話，忽見平兒進來。寶琴拍手笑道：「三姐姐敢是有驅神召將的符術？」黛玉笑道：「這倒不是道家玄術，倒是用兵最精的，所謂『守如處女，脫如狡兔』，出其不備之妙策也。」二人取笑。寶釵便使眼色與二人，令其不可，遂以別話岔開。

探春見平兒來了，遂問：「你奶奶可好些了？真是病糊塗了，事事都不在心上，叫我們受這樣委屈。」平兒忙道：「誰敢給姑娘氣受？姑娘快吩咐我。」

那玉柱兒媳婦兒方慌了手腳，遂上前來，趕著平兒叫：「姑娘坐下，讓我說原故，姑娘請聽。」

平兒正色道：「姑娘這裡說話，也有你我混插口的禮！你但凡知禮，只該在外頭伺候。也有外頭的媳婦們無故到姑娘們房裡來的？」繡橘道：「你不知我們這屋裡是沒禮的，誰愛來就來。」平兒道：「都是你們不是。姑娘好性兒，你們就該打出去，然後再回太太去才是。」柱兒媳婦見平兒出了言，紅了臉，方退出去。

探春接著道：「我且告訴你，若是別人得罪了我，倒還罷了。如今這柱兒媳婦和他婆婆，仗著是媽媽，又瞅著二姐姐好性兒，私自拿了首飾去賭錢，而且還捏造假帳妙算，威逼著還去討情，和這兩個丫頭在臥房裡大嚷大叫，二姐姐竟不能轄治。所以我看不過，才請你來問一聲：還是他本是天外的人，不知道理？還是有誰主使他如此，先把二姐姐制伏，然後就要治我和四姑娘了？」

平兒忙陪笑道：「姑娘怎麼今日說這話出來？我們奶奶如何當得起！」探春冷笑道：「俗語說的，物傷其類，齒竭唇亡。我自然有些驚心。」平兒問迎春道：「若論此事，極好處的。但他是姑娘的奶嫂，姑娘怎麼樣為是？」

當下迎春只和寶釵看《感應篇》故事，究竟連探春之話亦不曾聞得，忽見平兒如此說，乃笑道：「問我，我也沒什麼法子。他們的不是了，乃自作自受，我也不能討情，我也不去加責就是了。至於私自拿去的東西，送來我收下，不送來我也不要了。太太們要來問，我可以隱瞞遮飾過去，是他造化；若瞞不住，我也沒法，沒有個為他們反欺枉太太們的理，少不得直說。你們若說我好性兒，沒個決斷，竟有好主意可以八面周全，不使太太們生氣，任憑你們處治，我總不知道。」

眾人聽了，都好笑起來。黛玉笑道：「真是『虎狼屯於階陛，尚談因果』。若使二姐姐是個男人，這一家上下若許人，又如何裁治他們？」迎春笑道：「正是。多少男人尚如此，何況我哉！」

一語未了，只見又有一個走來。不知是哪個，且聽下回分解。

# 第七十四回

## 惑奸讒抄檢大觀園　矢孤介杜絕寧國府

話說平兒聽迎春說了，正自好笑，忽見寶玉也來了。

原來管廚房柳家媳婦之妹，也因放頭開賭得了不是。因這園中有素與柳家不睦的，便又告出柳家來，說他和妹子是伙計，賺了錢兩人平分。因此，鳳姐要治柳家之罪。那柳家的因得此信，便慌了手腳，因思索與怡紅院的人最為深厚，故走來悄悄的央求晴雯、金星玻璃等人，告訴了寶玉。

寶玉因思內中迎春之乳母也現有此罪，不若來約同迎春去討情，比自己獨去單為柳家說情又更妥當，故此前來。忽見許多人在此，見他來時，都問：「你的病可好了？跑來做什麼？」寶玉不便說出討情一事，只說：「來看二姐姐。」當下眾人也不在意，且說些閒話。

平兒便出去辦累絲金鳳一事。那玉柱兒媳婦緊跟在後，口內百般央求，只說：「姑娘好歹口內超生，我橫豎去贖了來。」平兒笑道：「你遲也贖，早也贖，既有今日，何必當初。你的意思，得過就過。既是這樣，我也不好意思告人，趁早取了來交與我送去，一字不提。」玉柱兒媳婦聽說，方放下心來，就拜謝，又說：「姑娘自去貴幹，趕晚贖了來，先回了姑娘，再送去，如何？」平兒道：「趕晚不來，可別怨我。」說畢，二人方分路各自散了。

平兒到房，鳳姐問他：「三姑娘叫你做什麼？」平兒笑道：「三姑娘怕奶奶生氣，叫我勸著奶奶些，問奶奶這兩天可吃些什麼。」鳳姐笑道：「倒是他還記掛我。剛才又出來了一件事。有人來告柳二媳婦和他妹子通同開局，凡妹子所為，都是他作主。我想，你素日肯勸我『多一事不如省一事』，就可閒一時心，自己保養保養，也是好的。我因聽不進去，果然應了你的話，先把太太得罪了，而且反賺了一場病。如今我也看破了，隨他們鬧去罷，橫豎還有許多人呢。我白操了一會子心，倒惹的萬人咒罵。我且養病要緊；便是病好了，我也做好好先生，得樂且樂，得笑且笑。一概是非，都憑他們去罷。所以我只答應著知道了，白不在我心上。」平兒笑道：「奶奶果然如此，便是我們的造化。」

一語未了，只見賈璉進來，拍手嘆道：「好好的，又生事。前兒我和鴛鴦借當，那邊太太怎麼知道了？才剛太太叫過我去，叫我不管哪裡先挪對二百銀子，做八月十五節間使用。我回，沒處遷挪。太太就說：『你沒有錢，就有地方挪移。我白和你商量，你就搪塞我，你就沒地方。前兒一千銀子的當是哪裡的？連老太太的東西，你都有神通弄出來。這會子二百銀子，你就這樣。幸虧我沒和別人說去。』我想，太太分明不短，何苦來要尋事奈何人？」鳳姐兒道：「那日並沒個外人，誰走了這個消息？」

平兒聽了，也細想那日有誰在此，想了半日，笑道：「是了。那日說話沒人，但晚上送東西的時節，老太太那邊傻大姐的娘也可巧來送漿洗衣服。他在下房坐了一回子，見一大箱子東西，自然要問，必是小丫頭們不知道，說了出來，也未可知。」因此便喚了幾個小丫頭來問，那日誰告訴傻大姐的娘？眾小丫頭慌了，都跪下賭身發誓，說：「自來也不敢多說一句話。有人凡問什麼，都答應不知道。這事如何敢多說？」

鳳姐詳情說：「他們必不敢多說一句話，倒別委屈了他們。如今把這事靠後，且把太太打發了去

第七十四回

惑奸讒抄檢大觀園　矢孤介杜絕寧國府

要緊。寧可咱們短些，又別討沒意思。」因叫平兒：「把我的金首飾再去押二百銀子來，送去完事。」賈璉道：「越發多押二百，咱們也要使呢。」鳳姐道：「很不必，我沒處使。這不知還指哪一項贖呢。」平兒拿了去，吩咐旺兒媳婦領去，不一時拿了銀子來。賈璉親自送去，不在話下。

這裡，鳳姐和平兒猜疑走風的人，「反叫鴛鴦受累，豈不是咱們的過失？」正在猜疑胡想，人報：「太太來了。」鳳姐聽了詫異，不知何事，遂與平兒等忙出來。只見王夫人氣色更變，只帶一個貼己小丫頭走來，一語不發，走至裡間坐下。鳳姐忙奉茶，因陪笑問道：「太太今日高興，到這裡逛逛？」王夫人喝命：「平兒出去！」

平兒見這般，不知怎麼，忙應了一聲，帶著眾小丫頭一齊出去，在房門外站住，越發將房門掩了，自己坐在台磯上，所有的人，一個不許進去。

鳳姐也著了慌，不知有何事。只見王夫人含著淚，從袖內擲出一個香袋來，說：「你瞧。」鳳姐忙拾起一看，見是十錦春意香袋，也嚇了一跳，忙問：「太太從哪裡得來？」王夫人見問，越發淚如雨下，顫聲說道：「我從哪裡得來？我天天坐在井裡，念你是個細心人，所以我才偷空兒。誰知你也和我一樣。這樣東西，大天白日，明擺在園裡山石上，被老太太的丫頭拾著，不虧你婆婆看見，早已送到老太太跟前去了。我且問你，這個東西如何遺在那裡？」

鳳姐聽得，也更了顏色（臉色），忙問：「太太怎知是我的？」王夫人又哭又嘆道：「你反問我！你想，一家子除了你們小夫小妻，餘者老婆子們，要這個何用？女孩子們是從哪裡得來？是那璉兒不長進下流種子哪裡弄來，你們又和氣，當作一件玩意兒，年輕人、兒女閨房私意是有的，你還和我賴！幸而園內上下人還不解事，尚未拾得。倘或丫頭們拾著，你姊妹看見，這還了得！不然，有那小丫頭們拾著，出去說是園內拾的，外人知道，這性命、臉面要也不要？」

鳳姐聽說，又急又愧，登時紫脹了面皮，便依炕沿雙膝跪下，也含淚訴道：「太太說的固然有理，我也不敢辯我並無這樣東西。但其中還要求太太細詳其理。這香袋是外頭仿女工繡的，帶這穗子一概是市賣貨。我雖年輕、不尊重些，也不肯要這勞什子，自然是有好的。再者，這東西也不是常帶著的，我縱有，也只好在家裡，焉肯在身常帶，各處逛去？況且又在園裡去，個個姊妹，我們多肯拉拉扯扯，倘或露出來，不但在姊妹前看見，就是奴才看見，我有什麼意思？我雖年輕、不尊重，亦不能糊塗至此。三則論主子內，我是年輕媳婦；算起來奴才，比我更年輕的又不止一個人了。況且他們也常到園裡，焉知不是他們掉的？四則除我常在園裡，還有那邊太太常帶過幾個小姨娘來，如嫣紅、翠雲等人，皆係年輕侍妾，他們更該有這個了。還有那邊珍大嫂，他不算甚老，也常帶過佩鳳等人來，又焉知不是他們的？五則園內丫頭太多，保不住都是正經的不成？焉知年紀大些的知道了人事，或者一刻查問不到偷了出去，或借著因由同二門上小么兒們打牙犯嘴，外頭得了來的，也未可知。不但我沒此事，就連平兒我也可以下保的。太太請細想。」

王夫人聽了這一席話，大近情理，因嘆道：「你起來。我也知道你大家小姐出身，焉得輕薄至此？不過我氣激你的話。但如今卻怎麼處？你婆婆打發人封了這個給我瞧，把我氣了個死。」

鳳姐道：「太太快別生氣。若被眾人覺察了，保不定老太太不知道。且平心靜氣，暗暗訪察，才得確實。縱然訪不著，外人也不能知道。這叫做『胳膊折在袖內』。如今惟有趁著賭錢的因由革了許多人這空兒，把周瑞媳婦、旺兒媳婦等四五個貼近、不能走話的人安插在園裡，以查賭為由。再，如今他們的丫頭也太多了，保不住人大心大，生事作耗（為非作歹），等鬧出來，反悔之不及。如今若無故裁革，不但姑娘們委屈煩惱，就連太太和我也過不去。不如趁此機會，以後凡年紀大些的，或有些咬牙難纏的，拿個錯兒，攆出去配了人。一則保得住沒有別事，二則也可省些用度。太太想我這話如何？」

王夫人嘆道：「你說的何嘗不是？但從公細想，你這幾個姊妹每人只有兩三個丫頭像人，餘者竟是小鬼。如今再去了，不但我心不忍，只怕老太太未必就依。雖然艱難，窮不至此。我雖沒受過大榮華，比你們還強些。如今寧可我省些，別委屈了他們。你如今且叫人傳周瑞家的等人進來，就吩咐他們快快暗訪這事要緊。」鳳姐即喚平兒進來吩咐出去。

一時，周瑞家的與吳興家的、鄭華家的、來旺家的、來喜家的現在五家陪房進來。王夫人正嫌人少不能勘察，忽見邢夫人的陪房王善保家的走來，正是方才是他送香袋來的。王夫人向來看視邢夫人之得力心腹人等原無二意，今見他來打聽此事，便向他說：「你去回了太太，也進園來照管照管，比別人強些。」

這王善保家的因素日進園去，那些丫鬟們不大趨奉他，他心裡不自在，要尋他們的故事又尋不著，恰好生出這件事來，以為得了把柄；又聽王夫人委托他，正碰在心坎上，道：「這個容易。不是奴才多話，論理這事該早嚴緊些的。太太也不大往園裡去，這些女孩子們一個個倒像受了封誥似的，他們就成了千金小姐了。鬧下天來，誰敢哼一聲兒。不然，就調唆姑娘們，說欺負了姑娘們了，誰還擔得起？」

王夫人道：「這也是有的常情，跟姑娘們的丫頭比別的嬌貴些。你們該勸他們。」王善保家的道：「別的還罷了。太太不知，頭一個是寶玉屋裡的晴雯。那丫頭仗著他生的模樣兒比別人標致些，又生了一張巧嘴，天天打扮的像個西施樣子，在人跟前能說慣道，掐尖要強。一句話不投機，他就立起兩個騷眼睛來罵人，妖妖嬈嬈，大不成個體統。」

王夫人聽了這話，猛然觸動往事，便問鳳姐道：「上次我們跟了老太太進園逛去，有一個水蛇腰、削肩膀、眉眼又有些像林妹妹的，正在那裡罵丫頭。我的心裡很看不上那狂樣子，因同老太太走，我不曾說得。後來要問是誰，又偏忘了。今日對了檻兒（對上號，二者正相合），這丫頭想來就是他了。」鳳姐道：「若論這些丫頭們，共總比起來，都沒晴雯生得好。論舉止言語，他原輕薄些。方才太太說的倒很像他，我也忘了那日的事，不敢亂對。」

王善保家的便道：「不用這樣，此刻不難叫了他來，太太瞧瞧。」王夫人道：「寶玉房裡常見我的只有襲人、麝月，這兩個笨笨的倒好。若有這個，他自不敢來見我的。我一生最嫌這樣的人，況且又出來這個事。好好的寶玉，倘或叫這蹄子勾引壞了，那還了得！」因叫自己的丫頭來，吩咐他道：「你去，只說我有話問他，留下襲人、麝月伏侍寶玉不必來，有一個晴雯最伶俐，叫他即刻快來。你不許和他說什麼。」

小丫頭子答應了，走入怡紅院，正值晴雯身上不自在，睡中覺才起來，正發悶，聽如此說，只得隨了他來。素日晴雯不敢出頭，因連日不自在，並沒十分妝飾，自為無礙。及到了鳳姐房中，王夫人一見他釵嚲鬢鬆，衫垂帶褪，有春睡捧心之遺態，而且形容面貌恰是上月的那人，不覺勾起方才的火來。

王夫人便冷笑道：「好個美人！真像個病西施了。你天天作這輕狂樣兒給誰看？你幹的事，打量我不知道呢！我且放著你，自然明兒揭你的皮！寶玉今日可好些？」

晴雯一聽如此說，心內大異，便知有人暗算了他。雖然著惱，只不敢作聲。他本是個聰敏過頂的人，見問寶玉可好些，他便不肯以實話對，只說：「我不大到寶玉房裡去，又不常和寶玉在一處。好歹我不能知情，問襲人、麝月兩個。」王夫人道：「這就該打嘴！你難道是死人，要你們做什麼？」

晴雯道：「我原是跟老太太的人。因老太太說園裡空大人少，寶玉害怕，所以撥了我去外間屋裡上夜，不過看屋子。我原回過，我笨，不能伏侍。老太太罵了我，說：『又不叫你管他的事，要伶俐的做什麼？』我聽了這話才去的。不過十天半月之內，寶玉悶了，大家玩一回子就散了。至於寶玉飲食起居，上一層有老奶奶、老媽媽們，下一層有襲人、麝月、秋紋幾個人。我閒著還要做老太太屋裡的針線，所以寶玉的事竟不曾留心。太太既怪，從此後我留心就是了。」

王夫人信以為實了，忙說：「阿彌陀佛！你不近寶玉，是我的造化，竟不勞你費心。既是老太太給寶玉的，我明兒回了老太太，再攆你。」因向王善保家的道：「你們進去，好生防他幾日，不許他在寶玉房裡睡覺。等我回過老太太，再處治他。」喝聲：「去！站在這裡，我看不上這浪樣兒！誰許你這樣花紅柳綠妝扮！」

晴雯只得出來，這氣非同小可，一出門便拿手帕子握臉，一頭走，一頭哭，直哭到園內去。

這裡，王夫人向鳳姐等自怨道：「這幾年我越發精神短了，照顧不到。這樣妖精似的東西，竟沒看見。只怕這樣的還有，明日倒得查查。」鳳姐見王夫人盛怒之際，又因王善保家的是邢夫人的耳目，常時唆著邢夫人生事，縱有千百樣言語，此刻也不敢說，只低頭答應著。

王善保家的道：「太太且請息怒。這些小事，只交與奴才。如今要查這個是極容易的。等到晚上園門關了的時節，內外不通風，我們竟給他們個猛不防，帶著人到各處丫頭們房裡搜尋。想來誰有這個，斷不單有這個，自然還有別的。那時翻出別的來，自然這個也是他的了。」

王夫人道：「這話倒是。若不如此，斷乎不能明白。」因問鳳姐如何。鳳姐只得答應說：「太太說是，就行罷了。」王夫人道：「這主意很是。不然，一年也查不出來。」於是大家商議已定。

至晚飯後，待賈母安寢了，寶釵等入園時，王家的便請了鳳姐一並入園，喝命將角門皆上鎖，便從上夜的婆子處來抄檢起，不過抄檢些多餘攢下蠟燭、燈油等物。王善保家的道：「這也是贓，不許動的。等明日回過太太再動。」於是先就到怡紅院中，喝命關門。

當下寶玉正因晴雯不自在，忽見這一干人來，不知為何直撲了丫頭們的房門去，因迎出鳳姐來，問是何故。鳳姐道：「丟了一件要緊的東西，因大家混賴，恐怕有丫頭們偷了，所以大家都查一查去疑。」一面說，一面坐下吃茶。

王家的等搜了一回，又細問這幾個箱子是誰的，都叫本人來親自打開。襲人因見晴雯這樣，必有異事；又見這番抄檢，只得自己先出來，打開了箱子並匣子，任其搜檢一番，不過平常通用之物。隨放下，又搜別人的，挨次都一一搜過。

到晴雯的箱子，因問：「是誰的？怎不開了讓搜？」襲人等方欲代晴雯開時，只見晴雯挽著頭髮闖進來，豁啷一聲，將箱子掀開，兩手提著底子，往地下一翻，將所有之物盡都倒出。王善保家的也覺沒趣，看了一看，也無甚私弊之物。回了鳳姐，要往別處去。

鳳姐道：「你們可細細的查，若這一番查不出來，難回話的。」眾人都道：「盡都細翻了，沒有什麼差錯東西。雖有幾樣男人物件，都是小孩子的東西，想是寶玉的舊物，沒甚關係的。」鳳姐聽了，笑道：「既如此，咱們就走，再瞧別處去。」

說著，一徑出來，向王善保家的道：「我有一句話，不知是不是？要抄檢，只抄檢咱家的人。薛大姑娘屋裡，斷乎抄檢不得的。」王善保家的笑道：「這個自然。豈有抄起親戚家來的理？」鳳姐點頭道：「我也這樣說呢。」

一頭說，一頭到了瀟湘館內。黛玉已睡了，忽報這些人來，不知為甚事；才要起來，只見鳳姐已走進來，忙按住他不叫起來，只說：「睡著，我們就走。」這邊且說些閒話。

那個王善保家的帶了眾人，到丫鬟房中，也一一開箱倒籠，抄檢了一番。因從紫鵑房中抄出兩副寶玉常換下來的寄名符兒，一副束帶上的帔帶，兩個荷包並扇套，套內有扇子。打開看時，皆是寶玉往日手內曾拿過的。王善保家的自為得了意，遂忙請鳳姐來驗視，又說：「這些東西，從哪裡來的？」

鳳姐笑道：「寶玉和他們從小兒在一處混了幾年，這自然是寶玉的舊東西。這也不算什麼罕事，撂下，再往別處去是正經。」紫鵑笑道：「直到如今，我們兩下裡的帳也算不清。要問這一個，連我也忘了是哪年月日有的了。」王善保家的聽鳳姐如此說，也只得罷了。

又到探春院內，誰知早有人報與探春了。探春也就猜著必有原故，所以引出這等醜態來，遂命眾丫鬟秉燭開門而待。一時眾人來了。探春故問何事。鳳姐笑道：「因丟了一件東西，連日訪察不出人來，恐怕旁人賴這些女孩子們，所以大家搜一搜，使人去疑，倒是洗淨他們的好法子。」

探春冷笑道：「我們的丫頭自然都是些賊，我就是頭一個窩主。既如此，先來搜我的箱櫃。他們所偷了來的，都交給我藏著呢。」說著，便命丫鬟們一齊打開，將鏡奩、妝盒、衾袱、衣包若大若小之物一齊打開，請鳳姐去抄閱。鳳姐陪笑道：「我不過是奉太太的命來，妹妹別錯怪我。何必生氣。」因命丫鬟們快快關上了。平兒、豐兒等先忙著同侍書等關的關，收的收。

探春道：「我的東西，倒許你們搜閱。要想搜我的丫頭，這卻不能。我原比眾人歹毒。凡丫頭所有的東西，我都知道，都在我這裡間收著。一針一錢，他們也沒得收藏。要搜，所以只來搜我。你們不依，只管去回太太，只說我違背了太太，該怎麼處治，我去自領。你們別忙，自然你們抄的日子有呢！你們今日早起不曾議論甄家，自己家裡好好的抄家，果然今日真抄了。咱們也漸漸的來了。可知這樣大族人家，若從外頭殺來，一時是殺不死的，這是古人曾說的，『百足之蟲，死而不僵』；必須先從家裡自殺自滅起來，才能一敗塗地呢！」說著，不覺流下淚來。

鳳姐只看著眾媳婦們。周瑞家的便道：「既是女孩子們的東西全在這裡，奶奶且請到別處去罷，也讓姑娘好安寢。」鳳姐便起身告辭。

探春道：「可細細搜明白了。若明日再來，我就不依了。」鳳姐笑道：「既然丫頭們的東西都在這裡，就不必搜了。」探春冷笑道：「你果然倒乖。連我的包袱都打開了，還說沒翻。明日敢說我護著丫頭們，不許你們翻了。你趁早說明，若還要翻，不妨再翻一遍。」鳳姐知道探春素日與眾不同的，只得陪笑道：「已經連你的東西都搜察明白了。」探春又問眾人：「你們也都搜明白了不曾？」周瑞家的等都陪笑道：「都翻明白了。」

那王善保家的本是個心內沒承算的人，素日雖聞探春的名，他自為眾人沒眼色、沒膽量罷了，哪裡一個姑娘就這樣起來？況且又是庶出（妾生的兒女），他敢怎麼他？自恃是邢夫人的陪房，連王夫人尚另眼相看，何況別個？只當是探春認真單惱鳳姐，與他們無干。他便要趁勢作臉現好，因越眾向前，拉起探春的衣襟，故意一掀，嘻嘻笑道：「連姑娘身上我都翻了，果然沒有什麼。」鳳姐見他這樣，忙說：「媽媽走罷，別瘋瘋癲癲的。」

一語未了，只聽「拍」的一聲，王善保家的臉上早著了探春一掌。探春登時大怒，指著王家的問道：「你是什麼東西，敢來拉扯我的衣裳！我不過看著太太的面上，你又有年紀，叫你一聲媽媽，你就狗仗人勢，天天作耗，專管生事。如今越發了不得了。你打量我是同你們姑娘那樣好性兒，由著你們欺負他，就錯了主意！你來搜檢東西，我不惱。你不該拿我取笑。」說著，便親自解衣卸裙，拉著鳳姐兒細細的翻看：「省得奴才來翻我身上。」

鳳姐、平兒等忙與探春束裙整袂，口內喝著王善保家的說：「媽媽吃兩口酒就瘋瘋癲癲起來。前兒把太太也衝撞了。快出去，不要提起了。」勸探春休得生氣。探春冷笑道：「我但凡有氣，早一頭碰死了！不然，豈許奴才來我身上翻賊贓了。明兒一早，我先回過老太太、太太，然後過去給大娘賠禮，該怎麼，我就領。」

那王善保家的討了沒意思，在窗外只說：「罷了，罷了，這也是頭一遭挨打。我明兒回了太太，仍回老娘家罷。這個老命還要他做什麼！」探春喝命丫鬟道：「你們聽見他說話，還等我和他對嘴去不成？」侍書等聽說，便出去說道：「你果然回老娘家去，倒是我們的造化了。只怕你捨不得去。」鳳姐笑道：「好丫頭，真是有其主必有其僕。」探春冷笑道：「我們做賊的人，嘴裡都有三言兩語的。還算笨的，背地裡只不會調唆主子。」平兒忙也陪笑解勸，一面又拉了侍書進來。周瑞家的等人勸了一番。鳳姐直待伏侍探春睡下，方帶著人往對過暖香塢來。

彼時，李紈猶病在床上。他與惜春是緊鄰，又與探春相近，故順路先到這兩處。因李紈才吃了藥睡著，不好驚動，只到丫鬟們房中一一的搜了一遍，也沒有什麼東西。

遂到惜春房中來。因惜春年少，尚未識事，嚇的不知當有什麼事故，鳳姐少不得安慰他。誰知竟在入畫箱中尋出一大包銀錁子來，約共三四十個，又有一副玉帶板子，並一包男人的靴襪等物。入畫也黃了臉。因問是哪裡來的，入畫只得跪下，哭訴真情說：「這是珍大爺賞我哥哥的。因我們老子、娘都在南方，如今只跟著叔叔過日了。我叔叔、嬸子只要吃酒賭錢，我哥哥怕交給他們又花了，所以每常得了，悄悄的煩老媽媽帶進來，叫我收著的。」惜春膽小，見了這個也害怕，說：「我竟不知道。這還了得！二嫂子要打他，好歹帶他出去打罷，我聽不慣的。」

鳳姐笑道：「若果真呢，也倒可恕，只是不該私自傳送進來。這個可以傳遞，怕什麼不可傳遞！這倒是傳遞人的不是了。若這話不真，倘是偷來的，你可就別想活了。」入畫跪哭道：「我不敢扯謊。奶奶只管明日問我們奶奶和大爺去。若說不是賞的，就拿我和我哥哥一同打死鳳姐道：「這個自然要問的。只是真賞的，也有不是。誰許你私自傳送東西的！你且說是誰接應，我便饒你。下次萬萬不可。」惜春道：「二嫂子別饒他這次方可。這裡人多，若不拿一個人作筏子，那些大的聽見了，又不知怎樣呢？嫂子若依他，我也不依。」

鳳姐道：「素日我看他還可。誰沒一個錯，只這一次。二次再犯，二罪俱罰。但不知傳遞是誰？」惜春道：「若說傳遞，再無別個，必是後門上的張媽。他常肯和這丫頭們鬼鬼祟祟的，這些丫頭們也都肯照顧他。」鳳姐聽說，便命人記下，將東西且交給周瑞家的暫拿著，等明日對明再議。於是別了惜春，方往迎春房內去。

迎春已經睡著了，丫鬟們也才要睡。眾人叩門，半日才開。鳳姐吩咐：「不必驚動小姐。」遂往丫鬟們房裡來。因司棋是王善保的外孫女兒，鳳姐要看王家的可藏私不藏，遂留神看他搜檢。先從別人箱子搜起，皆無別物。及到了司棋，箱中隨手掏了一回。王善保家的說：「也沒有什麼東西。」才要關箱，周瑞家的道：「且住，這是什麼？」說著，便伸手掣出一雙男子的錦襪並一雙緞鞋。又有一個小包袱，打開看時，裡面是一個同心如意並一個字帖兒。一總遞與鳳姐看時，鳳姐因理家常久，每每看帖看帳，也頗識得幾個字了。那帖是大紅雙喜箋，便看上面寫道：「上月你來家後，父母已覺察你我之意。但姑娘未出閣，尚不能完你我之心願。若園內可以相見，你可托張媽給一信息。若得在園內一見，倒比來家好說話。千萬，千萬。再，所賜香珠二串，今已查收外，特寄香袋一個，略表我心。千萬收好。表弟潘又安拜具。」

鳳姐看罷，不怒而反樂。別人並不識字。王善保家的素日並不知道他姑表姊弟有這一節風流故事，見了這鞋襪，心內已是有些毛病，又見有一紅帖，鳳姐看著又笑，他便說道：「必是他們寫的帳目，不成字，所以奶奶見笑。」

鳳姐笑道：「正是，這個帳竟算不過來。你是司棋的老娘，他的表弟也該姓王，怎麼又姓潘呢？」王善保家的見問得奇怪，只得勉強告道：「司棋的姑媽給了潘家，所以他姑表兄弟姓潘。上次逃走了的潘又安就是他。」鳳姐笑道：「這就是了。」因說：「我念給你聽聽。」說著，從頭念了一遍，大家都唬一跳。

這王善保家的一心只要拿人的錯兒，不想反拿住了他外孫女兒，又氣又臊。周瑞家的四人又都問著他道：「你老可聽見了？明明白白，再沒得話說了。如今據你該怎麼樣？」這王善保家的只恨無地縫兒鑽進去。

鳳姐只瞅著他嘻嘻的笑，向周瑞家的道：「這倒也好。不用你老娘操一點心兒，他鴉雀不聞給你們弄個好女婿來了。」周瑞家的也笑著湊趣兒。王善保家的無處息氣，只好打著自己的臉，罵道：「老不死的娼婦，怎麼造下孽了！說嘴打嘴，現世現報。」眾人見他如此，俱笑個不住，又半勸半諷的。

鳳姐見司棋低頭不語，也並無畏懼慚愧之意，倒覺可異。料此時夜深，且不必盤問，只怕他夜間自尋短志，遂喚兩個婆子監守。且帶了人，拿了贓證回來，且自歇息，等明日料理。誰知夜裡下面淋血不止。

次日，便覺身體十分軟弱，起來遂掌不住。請醫診視畢，開方立案，說要保重而去。老嬷嬷們拿了方子，回過王夫人。王夫人不免又添一番愁悶，遂將司棋之事暫且擱起。

可巧這日尤氏來看鳳姐，坐了一回，又看李紈等。忽見惜春遣人來請，尤氏到他房中。

惜春便將昨夜之事細細告訴了，又命人將入畫的東西一概要來，與尤氏過目。尤氏道：「實是你哥哥賞他哥哥的，只不該私自傳送，如今官鹽反成了私鹽了。」因罵入畫道：「糊塗東西。」

惜春道：「你們管教不嚴，反罵丫頭。這些姊妹，獨我的丫頭沒臉，我如何去見人？昨兒要鳳姐帶了他去，又不肯。今日嫂子來的恰好，快帶了他去。或打，或殺，或賣，我一概不管。」入畫聽說，跪地哀求，百般苦告。尤氏和奶媽等人也都十分解說：「他不過一時糊塗，下次再不敢的。看他從小兒伏侍一場。」

誰知惜春年幼，天生孤僻，任人怎說，只是咬定牙斷乎不肯留著。更又說道：「不但不要入畫，如今我也大了，連我也不便往你們那邊去了。況且近日聞得多少議論，我若再去，連我也編派。」尤氏道：「誰敢議論什麼？又有什麼可議論的！姑娘是誰，我們是誰？姑娘既聽見人議論我們，就該問著他才是。」

惜春笑道：「你這話問著我倒好。我一個姑娘家，只好躲是非的，我反尋是非，成個什麼人了！還有一句話。況且古人說得好，『善惡生死，父子不能有所勖助』。何況你、我二人之間？我只知道保住就夠了。以後你們有事，別累我。」

尤氏聽了，又氣又好笑，因向地下眾人道：「怪道人人都說這四丫頭年輕糊塗，只我不信。你們聽這一席話，無原無故，又沒輕重。雖然是小孩子的話，卻叫人寒心。」眾人都勸說道：「姑娘年輕，奶奶自然吃些虧的。」

惜春冷笑道：「我雖年輕，這話卻不年輕。你們不看書，不識字，所以都是呆子，倒說我糊塗。」尤氏道：「你是狀元，第一個才子。我們糊塗人，不如你明白了。」惜春道：「狀元難道沒有糊塗的不成？可知你們更不能悟的了。」

尤氏笑道：「你倒好。才是才子，這會又做大和尚，又講起悟來了。」惜春道：「我不了悟，我也捨不得入畫了。」尤氏道：「可知你是心冷口冷的人。」惜春道：「古人曾說的，『不作狠心人，難得自了漢』。我清清白白的一個人，為什麼叫你們帶累壞了我！」

尤氏心內原有病，怕說這些話，聽說有人議論，已是心中羞惱激射，只是在惜春分中不好發作，忍耐了大半。今見惜春又說這話，因按捺不住，問惜春道：「怎麼就帶累了你？你的丫頭的不是，無故說我，我倒忍了這半日，你倒越發得了意，只管說這些話。你是千金的小姐，我們以後就不親近，仔細帶累了小姐的美名。即刻就叫人將入畫帶了過去！」說著，便賭氣起身去了。惜春道：「若果然不來，倒也省了口舌是非，大家倒還乾淨。」尤氏也不答話，一徑往前邊去了。

不知後事如何，下回再見。

# 第七十五回

## 開夜宴異兆發悲音　賞中秋新詞得佳讖

話說尤氏從惜春處賭氣出來，正欲往王夫人處去。跟從的老嬤嬤們因悄悄的回道：「奶奶且別往上房去。才有甄家的幾個人來，還有些東西，不知是做什麼機密事。奶奶這一去恐不便。」尤氏聽了，道：「昨日聽見你爺說，看邸報（官府用以傳知朝政的文書抄本），甄家犯了罪，現今抄沒家私，調取進京治罪。怎麼又有人來？」老嬤嬤道：「正是呢。才來了幾個女人，氣色不成氣色，慌慌張張的，想必有什麼瞞人的事。」

尤氏聽了，便不往前去，仍往李氏這邊來了。恰好太醫才診了脈去。李紈近日也覺精爽了些，擁衾倚枕，坐在床上，正欲人來說些閒話。因見尤氏進來不似方才和藹，只呆呆的坐著，李紈因問道：「你過來了，可吃些東西？只怕餓了。」命素雲瞧有什麼新鮮點心拿來。尤氏忙止道：「不必，不必。你這一向病著，哪裡有什麼新鮮東西？況且我也不餓。」李紈道：「昨日送來的好茶麵子，倒是對碗來你喝罷。」說畢，便吩咐去對茶。

尤氏出神無語。跟來的丫頭、媳婦們因問：「奶奶今日中晌尚未洗臉，這會子趁便可淨一淨好？」尤氏點頭。李紈忙命素雲來取自己妝奩。素雲又將自己脂粉拿來，笑道：「我們奶奶就少這個。奶奶不嫌髒，能著用些。」李紈道：「我雖沒有，你就該往姑娘們那裡取去，怎麼公然拿出你的來？幸而是他，若是別人，豈不惱呢？」尤氏笑道：「這又何妨。」說著，一面洗臉。丫頭只彎腰捧著臉盆。李紈道：「怎麼沒規矩？」那丫頭趕著跪下。

尤氏笑道：「我們家下大小的人，只會講外面假禮、假體面，究竟做出來的事都夠使了。」李紈聽如此說，便知他已知道昨夜的事，因笑道：「你這話有因，誰做事究竟夠使的了？」尤氏道：「你倒問我！你敢是病著死過去了！」

一語未了，只見人報：「寶姑娘來了。」李紈忙說快請時，寶釵已走進來。尤氏忙擦臉起身讓座，因問：「怎麼一個人忽然走來，別的姊妹都不見？」寶釵道：「正是，我也沒有見他們。只因今日我們奶奶身上不自在，家裡兩個女人也都因時症未起炕，別的靠不得，我今兒要出去陪著老人家夜裡做伴兒。要去回老太太、太太，我想又不是什麼大事，且不用提，等好了我橫豎進來的，所以來告訴大嫂子一聲。」李紈聽說，只看著尤氏笑。尤氏也看著李紈笑。

一時尤氏盥沐已畢，大家吃麵茶。李紈聽說這話，因笑道：「既這樣，且打發人去請姨娘的安，問是何病。我也病著，不能親自來的。好妹妹，你去只管去，我自打發人去到你那裡去看屋子。你好歹住一兩天進來，別叫我落不是。」寶釵笑道：「落什麼不是呢？也是通共常情，你又不曾賣放了賊。依我的主意，也不必添人過去，竟把雲丫頭請了來，你和他住一兩日，豈不省事？」尤氏道：「可是史大妹妹往哪裡去了？」寶釵道：「我才打發他們找你們探丫頭去了，叫他同到這裡來，我也明白告訴他。」

正說著，果然報：「雲姑娘和三姑娘來了。」大家讓座已畢，寶釵便說要出去一事。探春道：「很好。不但姨媽好了還來，就便好了不來也使得。」尤氏笑道：「這話奇怪，怎麼攆起親戚來了？」探春冷笑道：「正是呢，有叫人攆的，不如我先攆。親戚們好，也不在必要死住著才算好。咱們倒是一家子親骨肉呢，一個個不像烏眼雞似的，恨不得你吃了我，我吃了你！」

尤氏忙笑道：「我今兒是哪裡來的晦氣？偏是都碰著你姊妹們氣頭上了。」探春道：「誰叫你趕熱灶來了！」因問：「誰又得罪了你呢？」因又尋思道：「四丫頭也不犯羅唣你，卻是誰呢？」尤氏只含糊答應。

探春知他畏事，不肯多言，因笑道：「你別裝老實了。除了朝廷治罪，沒有砍頭的，你不必畏頭畏尾。實告訴你罷，我昨日把王善保家那老婆子打了，我還頂著罪呢。不過背地裡說我些閒話，難道也還打我一頓不成！」寶釵忙問因何又打他，探春遂把昨夜的事，一一都說了出來。

尤氏見探春已經說了出來，便把惜春方才的事也說了出來。探春道：「這是他的偏僻孤介（孤高耿直）太過，我們再傲不過他的。」又告訴他們說：「今日一早不見動靜，打聽了鳳辣子病著。我就打發媽媽四下打聽王善保家的是怎樣。回來告訴我說，王善保家的挨了一頓打，嗔（責怪）著他多事。」尤氏、李紈道：「這倒也是正理。」探春冷笑道：「這種掩飾誰不會做？且再瞧就是了。」尤氏、李紈皆默無所答。一時估著前頭用飯，湘雲、寶釵回房打點衣衫，不在話下。

尤氏辭了李紈，往賈母這邊來。賈母歪在榻上，王夫人說甄家因何獲罪，如今抄沒了家產，回京治罪等語。賈母聽了不自在，恰好見他姊妹來了，因問：「從哪裡來的？可知鳳姐兒妯娌兩個病著，今日怎樣？」尤氏等忙回道：「今日都好些。」賈母點頭嘆道：「咱們別管人家的事，且商量咱們八月十五賞月是正經。」王夫人笑道：「已預備下了。不知老太太揀哪裡好，只是園裡恐夜晚風涼。」賈母笑道：「多穿兩件衣服何妨。那裡正是賞月的地方，豈可倒不去的。」

說話之間，媳婦們抬過飯桌，王夫人、尤氏等忙上來放箸捧飯。賈母見自己幾色菜已擺完，另有兩大捧盒內盛了幾色菜，便知是各房孝敬的舊規矩。賈母說：「我吩咐過幾次蠲了罷，都不聽，也只罷了。」

王夫人笑道：「不過都是家常東西。今日我吃齋，沒有別的。那些麵筋、豆腐，老太太又不甚愛吃，只揀了一樣椒油蓴齏醬來。」賈母笑道：「我想這個吃。」鴛鴦聽說，便將碟子挪在跟前。

寶琴一一的讓了，方歸座。賈母便命探春來同吃。探春也都讓過了，便和寶琴對面坐下。侍書忙去取了碗箸。鴛鴦又指那幾樣菜道：「這兩樣看不出是什麼東西來，是大老爺孝敬的。這一碗是雞髓筍，是外頭老爺送上來的。」一面說，一面就將這碗筍送至桌上。賈母略嘗了兩點，便命將那幾樣著人都送回去，「就說我吃了，以後不必天天送。我想吃什麼，自然著人來要。」媳婦們答應著，仍送過去，不在話下。

賈母因問：「有稀飯吃些罷了。」尤氏早捧過一碗來，說是紅稻米粥。賈母接來，吃了半碗，便吩咐：「將這粥送給鳳姐兒吃去。」又指著：「這一盤果子狸，給平兒吃去。」又向尤氏道：「我吃了，你就來吃了罷。」尤氏答應著。

待賈母漱口洗手畢，賈母便下地和王夫人說閒話行食（消化食物）。尤氏告座。賈母見尤氏吃的仍是白粳米飯，因說：「怎麼不盛我的飯？」丫頭們回道：「老太太的飯完了。今日添了一位姑娘，所以短了些。」鴛鴦道：「如今可都是可著頭做帽子了，要一點兒富餘也不能的。」

王夫人忙回道：「這一二年旱澇不定，田上的米都不能按數交的。幾樣細米更艱難。所以都可著吃的。」賈母笑道：「正是『巧媳婦做不出沒米粥來』。」眾人都笑起來。

鴛鴦道：「既這樣，你就去把三姑娘的飯拿來添也是一樣。」尤氏笑道：「我這個就夠了，也不用去取。」鴛鴦道：「你夠了，我不會吃的？」地下的媳婦聽說，方忙著取去了。一時王夫人也去用飯，這裡尤氏直陪賈母說話取笑。

到起更的時候，賈母說：「你也過去罷。」尤氏方告辭出來。走至大門前，上了車。眾媳婦放下簾子來，帶著小丫頭，先走到那邊大門口等著去了。這裡送的丫鬟們也回來了。

尤氏在車內因見自己門首兩邊獅子下放著四五輛大車，便知係來赴賭之人，向銀蝶道：「你看，坐車的是這些，騎馬的又不知有幾個呢？」說著，進府，已到了廳上。賈蓉之妻帶了丫鬟媳婦，也都秉燭（拿著蠟燭）接了出來。

尤氏笑道：「成日家我要偷著瞧瞧他們賭錢，也沒得便。今兒倒巧，就順便打他們窗戶跟前走過去。」眾媳婦答應著，提燈引路。又有一個先去悄悄的知會伏侍的小廝們，不要失驚打怪。於是尤氏一行人悄悄的來至窗下，只聽裡面稱三贊四，耍笑之音雖多，又兼有恨五罵六，忿怨之聲亦不少。

原來賈珍近因居喪，每不得游玩曠朗，又不得觀優（看戲）聞樂作遣，無聊之極，便生了個破悶之法：日間以習射為由，請了各世家弟兄及諸富貴親友來較射。因說：「白白的只管亂射，終無裨益，不但不能長進，而且壞了式樣，必須立了罰約，賭個利物，大家才有勉力之心。」因此，天香樓下箭道內立了鵠子（指箭靶），皆約定每日早飯後來射鵠子。賈珍不好出名，便命賈蓉做局家。

這些且都在少年，正是鬥雞走狗、問柳評花的一干游俠紈綺。因此大家議定，每日輪流作晚飯之主，於是天天宰豬割羊，屠鵝殺鴨，好似臨潼鬥寶（比喻爭強賽勝）一般，都要賣弄自己家的好廚役、好烹庖。

不到半月工夫，賈政等聽見這般，不知就裡，反說這才是正理，文既誤矣，武事當習，況在武蔭之屬。遂也命賈環、賈琮、寶玉、賈蘭等四人於飯後過來，跟著賈珍習射一回，方許回去。

賈珍志不在此，再過一二日，便漸次以歇肩養力為由，晚間或抹抹骨牌，賭個酒東而已，至後漸

## 第七十五回

開夜宴異兆發悲音　賞中秋新詞得佳讖

次加錢。如今三四月的光景，竟一日一日賭勝於射了，公然鬥葉（玩紙牌）擲骰，放頭開局，大賭起來。家下人借此各有些進益，巴不得如此，所以竟成了勢。外人皆不知一字。

近日邢夫人之胞弟邢德全也酷好如此，故也在其中。又有薛蟠，頭一個慣喜送錢與人的，見此豈不快樂？這邢德全雖係邢夫人之胞弟，卻居心行事大不相同。他只知吃酒賭錢、眠花宿柳為樂，手中濫漫使錢，待人無心，因此都喚他「傻大舅」。薛蟠更是早已出名的「呆大爺」。

今日二人皆湊在一處，都愛搶新快（一種賭埔方式）爽利，便又會了兩家，在外間炕上搶新快。又有幾個，在當地下大桌上打幺番（一種賭埔方式）。裡間又有一起斯文些的，抹骨牌，打天九。

此間伏侍的小廝，都是十五歲以下的孩子。此是前話。且說尤氏潛至窗外偷看。其中有兩個變童，以備奉酒的，都打扮得粉妝錦飾。

今日薛蟠又輸了一張，正沒好氣，幸而擲第二張完了，算來除了翻的反贏了好些，心中只是興頭起來。賈珍道：「且打住，吃了東西再來。」因問那兩處怎樣。裡頭打天九、打幺番的未清，先擺下一桌，賈珍陪著吃。

薛蟠興頭了，便摟著一個變童吃酒，又命將酒去敬邢傻舅。傻舅輸家，沒心緒，吃了兩碗，便有些醉意，嗔著兩個變童只趕贏家、不理輸家了，因罵道：「你們這起兔子，這是怎麼的？天天在一處，誰的恩你們不沾？只不過這會子輸了幾兩銀子，你們就三六九等了。難道從此以後再沒有求著我們的事了！」眾人見他帶酒，忙說：「很是，很是。果然他們風俗不好。」因喝命：「快敬酒賠罪。」兩個變童都是演就的局套，忙都跪下奉酒，說：「我們這行人，師父教的：不論遠近厚薄，只看一時有錢勢就親敬，如活神仙；一時沒了錢勢，也不許去理他。況且我們年輕，又居這個行次，求舅太爺饒恕，我們就過去了。」說著，便舉著酒俯膝跪下。邢大舅心內雖軟了，只還故作怒意不理。

眾人又勸道：「這孩子是實情。若不喝這酒，叫他怎樣起來？」舅太爺已掌不住，便說道：「若不是眾位說，我再不理他。」說著，方接過來，一喝就乾。

這邢大舅酒後勾起往事，乃拍案對賈珍說道：「昨日我和你令伯母賭氣，你可知道麼？」賈珍道：「不曾聽見。」邢大舅嘆道：「就為錢這件東西。混帳，利害！老賢甥，你不知我邢家底裡。我母親去世時，我尚小，世事不知。他姊妹三個人，只有你令伯母居長。他出閣時，他把家私都擎住，帶了去了，如今二家姐雖也出閣，他家也甚艱窘。三家姐尚在。家裡一應用度，都是這裡陪房王善保家掌管。我便來要錢，也非是要賈府的家私，我邢家的家私也就夠我花了。無奪竟不得到手，你們就欺我沒錢。」賈珍見他酒醉，外人聽見不雅，忙用話解勸。

外面尤氏等聽得十分真切，乃悄向銀蝶笑說：「你聽見了？這是北院裡大太太的兄弟抱怨他呢。可見他親兄弟還是這樣，就怨不得這些人了。」

因還要聽時，正值打幺番的也歇住要酒。有一個人問道：「方才是誰得罪了老舅，我們竟不曾聽明白，且告訴我評評理。」邢德全把兩個孌童不理的話說了一遍。那少年就說：「可惱，怨不得舅太爺生氣。我且問你：這舅太爺是輸了幾個錢，並沒有輸掉了𡳞巴，怎就不理他了？」說著，大家都笑起來，邢德全也噴了一地飯。

尤氏在外面悄悄的啐了一口，罵道：「你聽聽，這一起沒廉恥小挨刀的，再肏攮了黃湯，還不知吣（本指貓狗嘔吐，此指胡說）出些什麼來呢！」一面說，一面便進去卸妝安歇。

至四更時，賈珍方散，往佩鳳房裡去了。次日起來，就有人回，西瓜、月餅都全了，只待分派送人。賈珍吩咐佩鳳道：「你請奶奶看著送罷，我還有別事呢。」佩鳳答應去了，回了尤氏，一一分派遣人送去。一時佩鳳來說：「爺問奶奶，今兒出門不出門？說咱們是孝家，十五過不得節，今兒晚上倒好，可以大家應個景兒。」尤氏道：「我倒不願出門呢。那邊珠大奶奶又病了，鳳丫頭又睡倒了，我再不去，越發沒個人了。」佩鳳說：「爺說，若奶奶出門，好歹早些回來，叫我跟了奶奶去呢。」尤氏道：「既這樣，快些吃了飯，跟我好走。」佩鳳道：「爺說，早飯在外頭吃，請奶奶自己吃罷。」尤氏問道：「今日外頭有誰？」佩鳳道：「聽見外頭有兩個南京新來的，倒不知是誰。」說畢，吃飯更衣，仍過榮府來，至晚方回去。

果然賈珍煮了一口豬，燒了一腔羊，備了桌菜果品，在匯芳園叢綠堂中，帶領妻子、姬妾，先飯後酒，開懷作樂賞月。將一更時分，真是風清月朗，銀河微隱。賈珍因命佩鳳等四個人也都入席，下面一溜坐下，猜枚劃拳，飲了一回。賈珍有了幾分酒，便高興起來，便命取了一支紫竹簫來，命佩鳳吹簫，文化唱曲，喉清韻雅，真令人魄散魂飛。唱罷，復又行令。

那天將有三更時分，賈珍酒已八分。大家正添衣喝茶、換盞更酌之際，忽聽那邊牆下有人長嘆之聲。大家明明聽見，都悚然疑畏起來。賈珍忙厲聲叱吒，問：「誰在那裡？」連問幾聲，無人答應。尤氏道：「必是牆外邊家裡人，也未可知。」賈珍道：「胡說。這牆四面皆無下人的房子，況且那邊又緊靠著祠堂，焉得有人？」

一語未了，只聽得一陣風聲，竟過牆去了。恍惚聞得祠堂內隔扇開闔之聲。只覺得風氣森森，比先更覺颯颯起來；月色慘淡，也不似先明朗。眾人都覺毛髮倒豎。賈珍酒已嚇醒了一半，只比別人撐持得住些，其心裡十分疑畏，便大沒興頭起來。勉強又坐了一會，也就歸房安歇去了。

次日一早起來，乃是十五日，帶領眾子侄，開祠，行朔望（農曆每月初一和十五）之禮，細察祠內，都仍是照舊好好的，並無怪異之跡。賈珍自為醉後自怪，也不提此事。禮畢，仍舊閉上門，看著鎖禁起來。

賈珍夫妻至晚飯後方過榮府。只見賈赦、賈政都在賈母房裡坐著說閒話，與賈母取笑。賈璉、寶玉、賈環、賈蘭皆在地下侍立。賈珍來了，都一一見過。說了兩句話後，賈珍方在近門小杌子上告了座，警身側坐。

賈母笑問道：「這兩日你寶兄弟的箭如何了？」賈珍忙起身笑道：「大長進了，不但樣式好，而且弓也長了一個勁。」賈母道：「這也夠了，且別貪力，仔細努傷。」賈珍忙答應幾個「是」。

賈母又道：「你昨日送來的月餅好；西瓜看著好，打開卻也罷了。」賈珍說道：「月餅是新來的一個專做點心的廚子，我試了試，果然好，才敢做了孝敬來的。西瓜往年都還可以，不知今年怎麼就不好了。」賈政道：「大約今年雨水太勤之過。」

賈母笑道：「此時月已上了，咱們且去上香。」說著，便起身，扶著寶玉的肩，帶領眾人齊往園中來。

當下，園之正門俱已大開，掛著羊角燈。嘉蔭堂月台上，焚著斗香，秉著燭，陳設著瓜果、月餅。邢夫人等一干女客皆在裡面久候。真是月明燈彩，人氣香煙，晶豔氤氳，不可形狀。地下鋪著拜毯錦褥。賈母盥手上香拜畢，於是大家皆拜過。賈母便說：「賞月在山上最好。」因命：「在那山上的大花廳上去。」眾人聽說，就忙著在那裡鋪設。賈母且在嘉蔭堂中吃茶少歇，說些閒話。一時，人回：「都齊備了。」賈母方扶著人上山來。王夫人等因回說：「恐石上苔滑，還是坐竹椅上去。」賈母道：「天天打掃，況且極平穩的寬路，何必不疏散疏散筋骨。」於是賈赦、賈政等在前引導，又是兩個老婆子秉著兩把羊角手罩，鴛鴦、琥珀、尤氏等貼身攙扶，邢夫人等在後圍隨，從下逶迤而上，不過百餘步，至主山之峰脊上，便是這座敞廳。

因在山之高脊，故名曰凸碧山莊。於廳前平台上列下桌椅，又用一架大圍屏隔做兩間。凡桌椅形

## 第七十五回

### 開夜宴異兆發悲音　賞中秋新詞得佳讖

式皆是圓的，特取團圓之意。上面居中賈母坐下，左邊賈赦、賈珍、賈璉、賈蓉，右邊賈政、寶玉、賈環、賈蘭，團團圍坐。只坐了半桌，下面還有半桌餘空。

賈母笑道：「常日倒還不覺人少。今日看來，究竟咱們的人也甚少，算不得什麼。想當年過的日子，到今夜男女三四十個，何等熱鬧。今日又這樣，太少。如今叫女孩兒們來坐那邊罷。」於是令人向圍屏後邢夫人等席上將迎春、探春、惜春三個請出來。賈璉、寶玉等一齊出座，先盡他姊妹坐了，然後在下依次坐定。

賈母便命折一枝桂花來，命一媳婦在屏後擊鼓傳花。若花在手中，飲酒一杯，罰說笑話一個。

於是先從賈母起，次賈赦，一一接過。鼓聲兩轉，恰恰在賈政手中住了，只得飲了酒。眾姊妹弟兄都你悄悄的扯我一下，我暗暗的又捏你一把，都含笑倒要聽是何笑話。賈政見賈母喜悅，只得承歡。方欲說時，賈母又笑道：「若說得不笑了，還要罰。」賈政笑道：「只得一個，若不說笑了，也只好願罰。」賈母道：「你且說來。」

賈政因說道：「一家子一個人最怕老婆。」只說了這一句，大家都笑了。因從不曾見賈政說過，所以才笑。賈母笑道：「這必是好的。」賈政笑道：「若好，老太太多吃一杯。」賈母笑道：「自然。」賈政又說道：「這個怕老婆的人，從不敢多走一步。偏是那日是八月十五，到街上買東西，便見了幾個朋友，死活拉到家裡去吃酒。不想吃醉了，便在朋友家睡著了。第二日醒了，後悔不及，只得來家賠罪。他老婆正洗腳，說：『既是這樣，你替我舔舔，就饒你。』這男人只得給他舔，未免惡心要吐。他老婆便惱了要打，說：『你這樣輕狂！』唬得他男人忙跪下求說：『並不是奶奶的腳髒。只因昨兒喝多了黃酒，又吃了月餅餡子，所以今日有些作酸呢。』」說得賈母與眾人都笑了。

賈政忙斟了一杯，送與賈母。賈母笑道：「既這樣，快叫人取燒酒來，別叫你們受累。」眾人又都笑起來。

於是又擊鼓，便從賈政傳起，可巧傳到寶玉手中鼓止。寶玉因賈政在坐，早自踧踖（恭敬不安的樣子）不安，今花偏又在他手中，因想：「說笑話，倘或說不好了，又說沒口才；若說好了，又說正經的不會，只慣油嘴貧舌，更有不是。不如不說的好。」乃起身辭道：「我不能說笑話，求限別的罷。」

賈政道：「既這樣，限一個『秋』字，就即景做一首詩。若好，便賞你；若不好，明日仔細。」賈母忙道：「好好的行令，如何又做詩？」賈政道：「他能的。」賈母聽說，道：「既這樣，就快命人取紙筆來。」賈政道：「只不許用這些冰玉、晶銀、彩光、明素等堆砌字樣，要另出意見，試試你這幾年情思。」寶玉聽了，碰在心坎兒上，遂立想了四句，紙上寫了，呈與賈政看。

賈政看了，點頭不語。賈母見這般，知無甚不好，便問：「怎麼樣？」賈政因欲賈母喜歡，便說：「難為他。只是不肯念書，到底詞句不雅。」賈母道：「這就罷了。就該獎勵，以後越發上心了。」賈政道：「正是。」因回頭命個老嬤嬤出去吩咐小廝們：「把我海南帶來的扇子取來，給兩把與寶玉。」寶玉忙拜謝，仍復歸座行令。

當下賈蘭見獎勵寶玉，他便出席，也做一首呈與賈政看時，賈政看了，喜不自勝，遂並講與賈母聽時，賈母也十分歡喜，也忙令賈政賞。於是大家歸座，復行起令來。

這次，賈赦手內住了，只得吃了酒，說笑話。因說道：「一家子一個兒子最孝順。偏生母親病了，各處求醫不得，便請了一個針炙的婆子來。這婆子原不知道脈理，只說是心火，一針就好了。這兒子慌了，便問：『心見鐵即死，如何針得？』婆子道：『不用針心，只針肋條就是了。』兒子道：『肋條離心甚遠，怎麼就好？』婆子道：『不妨事。你不知天下父母心偏的多呢。』」眾人聽說，都笑起來。

賈母也只得吃半杯酒。賈母笑道：「我也得這婆子針一針就好了。」賈赦聽說，自知出言冒撞，賈母疑心，忙起身，笑與賈母把盞，以別言解釋。賈母亦不好再提，且行令。

不料這次花卻在賈環手裡住了。賈環近日讀書稍進，亦好外務，今見寶玉做詩受獎，他便技癢，只當著賈政不敢造次。如今可巧花在手中，便也索紙筆來，立就一絕，呈與賈政。

賈政看了，亦覺罕異，只見詞句中終帶著不樂讀書之意，遂不悅道：「可見弟兄相像。發言吐意，總屬邪派。古人中有『二難』，你兩個也可以稱『二難』了。又是一個『難』字，卻是做難以教訓的『難』字講才好。哥哥是公然溫飛卿（唐代詩人溫庭筠）自居，如今兄弟又自為曹唐再世了。」說得賈赦等都笑了。

賈赦道：「拿詩來，我瞧。」便連聲贊道：「這詩，據我看，甚是有氣骨。想來咱們這樣人家，原不必那寒窗熒火，只要讀些書，比人略明白些，可以做得官時就跑不了一個官的。何必多費了工夫，反弄出書呆子來。所以我愛他這詩，竟不失咱們侯門氣概。」因回頭吩咐人去取自己的許多玩物來賞賜與他。因又拍著賈環的頭，笑道：「以後就這樣做去，這世襲的前程就跑不了你襲呢。」

賈政，忙勸說：「不過他胡謅如此，哪裡就論到後事了。」說著，便斟了酒，又行了一回令。

賈母便說：「你們去罷。自然外頭還有相公們候著，你們也不可輕忽了他們。況且二更多了，你們散了，再讓姑娘們多樂一回，好歇著了。」賈赦等聽了，方起身，大家公（一起）進了一杯酒，方帶著子侄們出去。

要知端的，再聽下回分解。

# 第七十六回 凸碧堂品笛感淒清 凹晶館聯詩悲寂寞

話說賈赦、賈政帶領賈珍等散去，不提。

且說賈母這裡命將圍屏撤去，兩席並而為一。眾媳婦另行擦桌整案，更杯洗箸，陳設一番。賈母等都添了衣，盥漱吃茶，方又坐下，團團圍繞。賈母看時，寶釵姊妹二人不在座內，知他家去圓月，且李紈、鳳姐二人又病，少了這四個人，便覺冷清了好些。賈母因笑道：「往年你老爺們不在家，咱們越發請過姨太太來，大家賞月，卻十分鬧熱。忽一時想起你老爺來，又不免想到母子、夫妻、兒女不能一處，也都沒興。及至今年，你老爺來了，正該大家團圓取樂，又不便請他們娘兒們來說笑說笑。況且他們今年又添了二口人，也難丟了他們跑到這裡來。偏又把鳳丫頭病了，有他一人來說說笑笑，還抵得十個人的空兒。可見天下事總難十全。」說畢，不覺長嘆一聲，遂命拿大杯來斟熱酒。

王夫人笑道：「今日得母子團圓，自比往年有趣。往年娘兒們雖多，終不似今年骨肉齊全的好。」賈母笑道：「正是為此，所以我才高興，拿大杯來吃酒。你們也換大杯才是。」邢夫人等只得換上大杯來。因夜深體乏，且不能勝酒，未免都有些倦意，無奈賈母興猶未闌，只得陪飲。

賈母又命將氈毯鋪在階上，命將月餅、西瓜、果品等類都叫搬下去，令丫頭、媳婦們也都團團圍坐賞月。賈母因見月至天中，比先越發精彩可愛，因說：「如此好月，不可不聞笛。」因命人將十番上女子傳來。賈母道：「音樂多了，反失雅致，只用吹笛的遠遠的吹起來就夠了。」

說畢，剛才去吹時，只見跟邢夫人的媳婦走來，向邢夫人說了兩句話。賈母便問：「什麼事？」邢夫人便回說：「方才大老爺出去，被石頭絆了一下，歪（扭傷）了腿。」賈母聽說，忙命兩個婆子快看去，又命邢夫人快去。邢夫人遂告辭起身。

賈母便又說：「珍哥媳婦也趁著便就家去罷，我也就睡了。」尤氏笑道：「我今日不回去了，定要和老祖宗吃一夜。」賈母笑道：「使不得。你們小夫妻家，今夜必要團團圓圓，如何為我耽擱了？」尤氏紅了臉，笑道：「老祖宗說的我們太不堪了。我們雖是年輕，已經是十來年的夫妻，也奔四十歲的人了。況且孝服未滿，陪著老太太玩一夜是正理。」

賈母聽說，笑道：「這話很是，我倒也忘了孝未滿。可憐你公公已死二年多了，可是我倒忘了，該罰我一大杯。既這樣，你就別送，竟陪著我罷。你叫蓉兒媳婦送去，就順便回去罷。」尤氏說了。蓉妻答應著，送出邢夫人，一同至大門，各自上車回去，不在話下。

這裡，眾人賞了一回桂花，又入席換暖酒來。正說著閒話，猛不防那壁廂桂花樹下，嗚咽悠揚，吹出笛聲來。趁著這明月清風，天空地靜，真令人煩心頓釋，萬慮齊除，肅然危坐，默默相賞聽。約兩盞茶時，方才止住，大家稱贊不已。於是遂又斟上暖酒來。賈母笑道：「果然好聽麼？」眾人笑道：「實在可聽。我們也想不到這樣，須得老太太帶領著，我們也得開些心胸。」賈母道：「這還不大好，須得揀那曲譜越慢的吹來越好聽。」便命斟一大杯酒，送給吹笛之人，慢慢的吃了再細細的吹一套來。

媳婦們答應了，方送去，只見方才看賈赦的兩個婆子回來，說：「瞧了，右腳面上白腫了些，如今調服了藥，疼的好些了，也無甚大關係。」賈母點頭嘆道：「我也太操心打緊。說我偏心，我反這樣。」

說著，鴛鴦拿兜巾與大斗篷來，說：「夜深了，恐露水下來，風吹了頭，坐坐也該歇了。」賈母道：「偏今兒高興，你又來催。難道我醉了不成？偏到天亮！」因命再斟酒來。一面戴上兜巾，披了頭篷，大家陪著又飲，說些笑話。

只聽桂花陰裡，又發出一縷笛音來，果然比先越發淒涼。大家都寂然而坐。夜靜月明，眾人不禁傷感，忙轉身陪笑，發語解釋。又命換酒止笛。

尤氏笑道：「我也就學了一個笑話，說與老太太解解悶。」賈母勉強笑道：「這樣更好，快說來我聽。」尤氏乃說道：「一家子養了四個兒子。大兒子只一個眼睛，二兒子只一個耳朵，三兒子只一個鼻子眼，四兒子倒都齊全，偏又是個啞巴。」正說到這裡，只見席上賈母已朦朧雙眼，似有睡去之態。尤氏方住了口，和王夫人輕輕叫請。賈母睜眼笑道：「我不困，白閉閉眼養神。你們只管說，我聽著呢。」

王夫人等道：「夜已深了，風露也大，請老太太安歇罷了。明日再賞十六，月色也好。」賈母道：「什麼時候？」王夫人笑道：「實已四更，他們姊妹們熬不過，都去睡了。」賈母聽說，細看了一看，果然都散了，只有探春一人在此。賈母笑道：「也罷。你們也熬不慣，況且弱的弱，病的病，去了倒省心。只是三丫頭可憐，尚還等著。你也去罷，我也散了。」說著，便起身，吃了一口清茶，便坐竹椅小轎，兩個婆子搭起，眾人圍隨，出園去了。不在話下。

這裡，眾媳婦收拾杯盤，卻少了個細茶杯，各處尋覓不見，又問眾人：「必是失手打了。撂在哪裡？告訴我，拿了瓷瓦去交收，是證見。不然，又說偷起來了。」眾人都說：「沒有打碎，只怕跟姑娘的人打了，也未可知。你細想想，或問他們去。」一語提醒了那媳婦，笑道：「是了，那一會記得是翠縷拿著的。我去問他。」說著，便去找時，剛到了甬道，就遇見了紫鵑和翠縷來了。

翠縷便問道：「老太太散了，可知我們姑娘哪裡去了？」這媳婦道：「我來問你一個茶鍾往哪裡去了，你們倒問我要姑娘。」翠縷笑道：「我因倒茶給姑娘吃的，展眼回頭，就連姑娘也沒了。」那媳婦道：「太太才說，都睡覺去了。你不知哪裡玩去了，還不知道呢。」翠縷和紫鵑道：「斷乎沒有悄悄睡去之理，只怕在哪裡走了一走。如今太太走了，趕過前邊送去，也未可知。我們且往前邊找去。有了姑娘，自然你的茶鍾也有了。你明日一早再找罷，有什麼忙的？」

媳婦笑道：「有了下落，就不必忙了，明兒和你要罷。」說畢回去，查收家伙。這裡，紫鵑和翠縷便往賈母處來，不在話下。

原來黛玉和湘雲二人並未睡去。只因黛玉見賈府中許多人賞月，賈母猶嘆人少，又提寶釵姊妹家去，母女、弟兄自去賞月，不覺對景感懷，自去倚欄垂淚。寶玉近因晴雯病勢甚重，諸務無心，王夫人再四遣他去睡，他從此去了。探春又因近日家事惱著，無心游玩。雖有迎春、惜春二人，偏又素日不大甚合。

所以只剩了湘雲一人寬慰他，因說：「你是個明白人，還不自己保養？可恨寶姐姐，姊妹天天說親道熱，早已說今年中秋要大家一處賞月，必要起詩社，大家聯句，到今日便棄了咱們，自己賞月去了。社也散了，詩也不做了。倒是他們父子叔侄縱橫起來。你可知宋太祖說得好：『臥榻之側，豈容他人酣睡。』他們不來，咱們兩個竟聯起句來，明日羞他們一羞。」

黛玉見他這般勸慰，不負他的豪興，因笑道：「你看這裡這等人聲嘈雜，有何詩興？」湘雲笑道：「這山上賞月雖好，總不及近水賞月更妙。你知道，這山坡底下就是池沼，山凹裡近水一個所在就是凹晶館。可知當日蓋這園子就有學問。這山之高處，就叫凸碧；山之低窪近水處，就叫凹晶。這『凸』、『凹』二字，歷來用的人最少。如今直用作軒館之名，更覺新鮮，不落窠臼。可知這兩處一上一下，一明一暗，一高一矮，一山一水，竟是因玩月而設此處。有愛那山高月小的，便往這裡來；有愛那皓月清波的，便往那裡去。只是這兩個字俗念作『窪』、『拱』二音，便說俗了，不大見用，只陸放翁（宋代詩人陸游）用了一個『凹』字，『古硯微凹聚墨多』，還有人批他俗，豈不可笑？」

黛玉道：「也不只放翁才用，古人中用者太多。如《青苔賦》（南朝梁代詩人江淹所作），東方朔（西漢文學家）《神異經》，以至《畫記》上云張僧繇（南朝梁代畫家）畫一乘寺的故事，不可勝舉。只是今人不知，誤作俗字用了。實和你說罷，這兩個字還是我擬的呢。因那年試寶玉，寶玉擬了幾處未妥。我們擬寫出來，送與大姐姐瞧了。他又帶出來，命給舅舅瞧過，所以都用了。如今咱們就往凹晶館去。」

說著，他二人同下山坡。只一轉彎，就是池沿上，一帶竹欄相接，直通著那邊藕香榭的路徑。只有兩個老婆子上夜，因知在凸碧山莊賞月，與他們無干，早已熄燈睡了。

黛玉、湘雲見熄了燈，都笑道：「倒是他們睡了好。咱們就在卷棚底下賞這水月，何如？」二人遂在兩個竹墩上坐下。只見天上一輪皓月，池中一個月影，上下爭輝，如置身於晶宮鮫室之內。微風一過，粼粼然池面皺碧鋪紋，真令人神氣清爽。

湘雲笑道：「怎得這會子上船吃酒倒好。這要是我家裡這樣，我就立刻坐船了。」黛玉道：「正是古人常說的好，『事若求全何所樂』。據我說，這也罷了，偏要坐船起來。」湘雲笑道：「得隴望蜀，人之常情。」

正說間，只聽笛韻悠揚起來。黛玉笑道：「今日老太太、太太高興了，這笛子吹得有趣，倒是助咱們的興趣了。咱兩個都愛五言，就還是五言排律罷。」湘雲道：「限何韻？」黛玉笑道：「咱們數這個欄桿上的直棍，這頭到那頭為止。他是第幾根，就是第幾韻。」湘雲笑道：「這倒別致。」於是二人起身，便從頭數至盡頭止，得十三根。湘雲道：「偏又是『十三元』（韻書中上平聲的第十三個韻目）了。這個做排律的少，只怕牽強不能押韻呢。少不得你先起一句罷了。」黛玉笑道：「倒要試試咱們誰強誰弱，只是沒有紙筆記。」湘雲道：「明兒再寫。只怕這一點聰明還有。」

黛玉道：「我先起一句現成的俗語罷。」因念道：

　　三五中秋夕，

湘雲想了一想，道：

　　清游擬上元。撒天箕斗燦，

林黛玉笑道：

　　匝地管弦繁。幾處狂飛盞，

湘雲笑道：「這一句『幾處狂飛盞』有些意思。這倒要對得好呢。」想了一想，笑道：

誰家不啟軒。輕寒風剪剪，

黛玉道：「好對，比我的卻好。只是這句又說俗話了，就該加勁說了去才是。」湘雲笑道：「詩多韻險，也要鋪陳些才是。總有好的，且留在後頭。」黛玉笑道：「到後頭沒有好的，我看你羞不羞。」因聯道：

良夜景暄暄。爭餅嘲黃髮，

湘雲笑道：「這句不好，杜撰，用俗事難我了。」黛玉笑道：「我說你不曾見過書呢。吃餅是舊典，唐書、唐志你看了來再說。」湘雲笑道：這也難不倒我，我也有了。」因聯道：

分瓜笑綠媛。香新榮玉桂，

黛玉道：「這可是實實你的杜撰了。」湘雲笑道：「明日咱們對查了出來大家看看，這會子別耽擱工夫。」黛玉笑道：「雖如此，下句不好，不犯著又用『玉桂』、『金蘭』等字樣來塞責。」因聯道：

色健茂金萱。蠟燭輝瓊宴，

湘雲笑道：「『金萱』二字便宜了你，省了多少力。這樣現成的韻被你得了，只是不犯著替他們頌聖去。況且下句你也是塞責了。」黛玉笑道：「你不說『玉桂』，我難道強對個『金萱』罷？再，也要鋪陳些富麗，方是即景之實事。」湘雲只得又聯道：

觥籌亂綺園。分曹尊一令，

黛玉笑道：「下句好，只難對些。」因想了一想，聯道：

射覆聽三宣。骰彩紅成點，

湘雲笑道：「『三宣』有趣，竟化俗成雅了。只是下句又說上骰子。」少不得聯道：

傳花鼓濫喧。晴光搖院宇，

黛玉笑道：「對得卻好。下句又溜了，只管拿些風月來塞責。」湘雲道：「究竟沒說到月上，也要點綴點綴，方不落題。」黛玉道：「且姑存之，明日再斟酌。」因聯道：

素彩接乾坤。賞罰無賓主，

湘雲道：「又說道他們做什麼，不如說咱們。」因聯道：

吟詩序仲昆。構思時倚檻，

黛玉道：「這可以入上你我了。」因聯道：

擬思或依門。酒盡情猶在，

湘雲說道：「這時候了。」乃聯道：

更殘樂已諼。漸聞語笑寂，

黛玉道：「說這時候可知一步難似一步了。」因聯道：

空剩雪霜痕。階露團朝菌，

湘雲笑道：「這一句怎麼葉韻？讓我想想。」因起身負手，想了一想，笑道：「夠了，幸而想出一個字來，不然幾乎敗了。」因聯道：

庭煙斂夕棔，秋湍瀉石髓，

黛玉聽了，不禁也起身叫妙，說：「這促狹鬼，果然留下好的，這會子方說『棔』字。虧你想得出！」湘雲道：「幸而昨日看歷朝文選，見了這個字，我不知是何樹，因要查一查。寶姐姐說，不用查，這就是如今俗叫做明開夜合的。我信不及，到底查了一查，果然不錯。看來，寶姐姐知道竟多。」黛玉笑道：「『棔』字用在此時更恰，也還罷了。只是『秋湍』一句虧你好想。只這一句，別的都要抹倒。我少不得打起精神來對這一句，只是再不能似這一句了。」因想了一想，道：

風葉聚雲根。寶婺情孤潔，

湘雲道：「這對得也還好。只是下一句你也溜了，幸而是景中情，不單用『寶婺』來塞責。」因聯道：

銀蟾氣吐吞。藥經靈兔搗，

黛玉不語，點頭半日，隨念道：

人向廣寒奔。犯斗邀牛女，

湘雲也望月點首，聯道：

乘槎待帝孫。虛盈輪莫定，

黛玉笑道：「又用比興了。」因聯道：

晦朔魄空存。壺漏聲猶涸，

湘雲方欲聯時，黛玉指池中黑影與湘雲看，道：「你看那河裡，怎麼像個人到黑影裡去了，敢是個鬼？」湘雲笑道：「可是又見鬼了。我是不怕鬼的，等我打他一下。」因彎腰拾了一塊小石片，向那池中打去，只聽打得水響，一個大圓圈將月影蕩散復聚者幾次。只聽那黑影裡戛的一聲，卻飛起一個白鶴來，直往藕香榭去了。黛玉笑道：「原是他，猛然想不到，反嚇了一跳。」湘雲笑道：「正是，這個鶴有趣，倒助了我了。」因聯道：

窗燈焰已昏。寒塘渡鶴影，

林黛玉聽了，又叫好，又跺足，說：「了不得，這鶴真是助他的了！這一句更比『秋湍』不同，叫我對什麼才好？『影』字只有一個『魂』字可對，況且『河塘渡鶴』何等自然，何等現成，何等有景，且又新鮮，我竟要擱筆了。」湘雲笑道：「大家細想就有了。不然，就放著明日再聯也可。」黛玉只看天，不理他，半日，猛然笑道：「你不必撈嘴，我也有了，你聽聽。」因對道：

冷月葬詩魂。

湘雲拍手贊道：「果然好極！非此不能對。好個『葬詩魂』！」因又嘆道：「詩固新奇，只是太頹喪了些。你現病著，不該作此過於淒清奇譎之語。」黛玉笑道：「不如此，如何壓倒你？只為用功在這一句了。」一語未了，只見欄外山石後轉出一個人來，笑道：「好詩，好詩，果然太悲涼了。不必再往下做，若底下只這樣去，反不顯這兩句了，倒覺得堆砌牽強。」二人不防，倒嚇了一跳。細看時，不是別人，卻是妙玉。

二人皆詫異，因問：「你如何到了這裡？」妙玉笑道：「我聽見你們大家賞月，又吹得好笛，我也出來玩賞這清池皓月。順腳走到這裡，忽聽見你們兩個吟詩，更覺清雅異常，故此就聽住了。只是我方才聽見這一首中，有幾句雖好，只是過於頹敗淒楚。此亦關人之氣數而有，所以我出來止住。如今老太太都已散了，滿園的人想俱已睡熟了，你兩個的丫頭還不知在哪裡找你們呢。你們也不怕冷了？快同我來，到我那裡去吃杯茶，只怕就天亮了。」黛玉笑道：「誰知道就這個時候了。」

三人遂一同來至櫳翠庵中。只見龕焰猶青，爐香未燼。幾個老嬤嬤也都睡了，只有小丫鬟在蒲團上垂頭打盹。妙玉喚他起來，現去烹茶。

忽聽叩門之聲，小鬟忙去開門看時，卻是紫鵑、翠縷與幾個老嬤嬤來找他姊妹兩個。進來見他們正吃茶，因都笑道：「要我們好找，一個園裡走遍了，連姨太太那裡都找到了。後頭到那小亭裡找時，可巧那裡上夜的正睡醒了。我們問他們，他們說方才亭外頭棚下兩個人說話，後來又添了一個人，聽見說，大家往庵裡去。我們就知道是這裡了。」

妙玉忙命丫鬟引他們到那邊去坐著歇息吃茶，自卻取了筆硯紙墨出來，將方才的詩命他二人念著，遂從頭寫出來。黛玉見他今日十分高興，便笑道：「從來沒見你這樣高興。我也不敢唐突請教，這還可以見教否？若不堪時，便就燒了；若或可改，即請改正改正。」妙玉笑道：「也不敢妄評。只是這才有二十二韻。我意思想著，你二位警句已出，再若續時，恐後力不加。我竟要續貂，又恐有玷。」黛玉從沒見妙玉做過詩，今見他高興如此，忙說：「果然如此，我們雖不好，亦可以帶好了。」妙玉道：「如今收結，到底還歸到本來面目上去。若只管丟了真情真事，且去搜奇檢怪，一則失了咱們的閨閣面目，二則也與題目無涉了。」林、史二人皆道：「極是。」妙玉提筆一揮而就，遞與他二人，道：「休要見笑。依我，必須如此，方翻轉過來。雖前頭有淒楚之句，亦無甚礙了。」二人接了看時，只見他續道：

香篆銷金鼎，脂冰膩玉盆。
簫增嫠婦泣，衾倩侍兒溫。
空帳悲文鳳，閒屏投彩鴛。
露濃苔更滑，霜重竹難捫。
猶步縈紆沼，還登寂寞原。
石奇神鬼縛，木怪虎狼蹲。
贔屓朝光透，罘罳曉露屯。
振林千樹鳥，啼谷一聲猿。

歧熟焉忘徑，泉知不問源。
鐘鳴櫳翠寺，雞唱稻香村。
有興悲何極，無愁意豈煩。
芳情只自遣，雅趣向誰言。
徹旦休雲倦，烹茶更細論。

後書：《右中秋夜大觀園即景聯句三十五韻》。

　　黛玉、湘雲二人稱贊不已，說：「可見我們天天是捨近而求遠。現有這樣詩仙在此，卻天天去紙上談兵。」妙玉笑道：「明日再潤色。此時已天明了，到底也歇息歇息才是。」林、史二人聽說，便起身告辭，帶領了丫鬟出來。妙玉送至門外，看他們去遠，方掩門進來。不在話下。

　　這裡，翠縷向湘雲道：「大奶奶那裡還有人等著咱們睡去呢。如今還是哪裡去好？」湘雲微笑道：「你順路告訴他們，叫他們睡罷。我這一去，未免驚動病人，不如鬧林姑娘去罷。」說著，大家走至瀟湘館中，有一半人已睡去。二人進去，方卸妝寬衣，盥洗已畢，方上床安歇。紫鵑放下綃帳，移燈掩門出去。

　　誰知湘雲有擇席之病，雖在枕上，只是睡不著。黛玉又是個心血不足、常常失眠的，今日又錯過困頭，自然也是睡不著。二人在枕上翻來覆去。黛玉因問道：「怎麼還不睡著？」湘雲微笑道：「我有擇席之病，況且去了困，只好躺躺罷。你怎也睡不著？」黛玉嘆道：「我這睡不著，也並非一日了。大約一年之中，通共也只好睡十夜滿足的。」湘雲道：「卻是你病的原故。」

下文什麼？再詳分明。

# 第七十七回

## 俏丫鬟抱屈夭風流　美優伶斬情歸水月

話說王夫人見中秋已過，鳳姐病也比先減了，雖未大癒，然亦可以出入行走得了，仍命大夫每日診脈服藥，又開了丸藥方來配調經養榮丸。因用上等人參二兩，王夫人取時，翻尋了半日，只向小匣內尋了幾枝簪挺粗細的。

王夫人看了，嫌不好，命再找去，又找了一大包鬚末出來。王夫人焦躁道：「用不著偏有，但用著了，再找不著。成日家我叫你們查一查，都歸攏一處，你們白不聽，就隨手混撂。你們不知他的好處，用起來得多少換來還不中使呢。」彩雲道：「想是沒了，就只有這個。上次那邊的太太來尋了去了。」

王夫人道：「沒有的話，你再細找找。」彩雲只得又去找尋，拿了幾包藥材來說：「我們不認得這個，請太太自看。除這個，再沒有了。」王夫人打開看時，也都忘了，不知都是什麼，並沒有一枝人參。因一面遣人去問鳳姐有無，鳳姐來說：「也只有些參膏蘆鬚。雖有幾根，也不是上好的，每日還要煎藥用呢。」

王夫人聽了，只得向邢夫人那裡問去。邢夫人說：「因上次沒了，才往這裡來尋，早已用完

## 第七十七回

俏丫鬟抱屈夭風流　美優伶斬情歸水月

了。」王夫人沒法，只得親身過來請問賈母。賈母忙命鴛鴦取出當日所餘的來，竟還有一大包，皆有手指頭粗細不等，遂稱了二兩與王夫人。王夫人出來，交與周瑞家的拿去，送與醫生家去，又命將那幾包不能辨的藥也帶了去，命醫生認了，各記上記號來。

一時周瑞家的又拿了進來，說：「這一包包都各包好，記上名字。但一包人參固然是上好的，如今就連三十換也不能得這樣的了，但年代太陳了。這東西比別的不同，憑是怎樣好的，只過一百年後，便自已成了灰了。如今這個雖未成灰，然已成了糟朽爛木，也無性力的了。請太太收了這個，倒不拘粗細，好歹再換些新的倒好。」王夫人聽了，低頭不語，半日才說：「這可沒法了，只好去買二兩來。」也無心看那些，只命：「都收了罷。」因向周瑞家的道：「你就去說給外頭人們，揀好的換二兩來。倘或一時老太太問，你們只說用的是老太太的，不必多說。」

周瑞家的方才要去時，寶釵因在坐，乃笑道：「姨娘且住。如今外頭人參都沒有好的賣。雖有全枝，他們也必截做兩三段，鑲嵌上蘆泡鬚枝，摻勻了好賣，看不得粗細。我們鋪子裡常與參行交易，如今我去和媽說了，叫哥哥去托個伙計過去和參行裡要他二兩原枝來。不妨咱們多使幾兩銀子，也得了好的。」王夫人笑道：「倒是你明白。難為你親自走一趟明白。」

於是寶釵去了，半日回來說：「已遣人去，趕晚就有回信的。明日一早去配，也不遲。」王夫人自是喜悅，因說道：「『賣油的娘子梳頭』，自來家裡有的，給人多少。這會子輪到自己用，反倒各處尋去。」說畢長嘆。寶釵笑道：「這東西雖然值錢，總不過是藥，原該濟眾散人才是。咱們比不得那沒見世面的人家，得了這個，就珍藏密斂的。」

王夫人點頭道：「這話極是。」一時寶釵去後，因見無別人在旁，遂喚周瑞家的，問前日園中搜檢的事情可得下落。周瑞家的已是和鳳姐商議停妥，一字不隱，遂回明王夫人。王夫人雖驚且怒，卻又思司棋係迎春丫頭，乃係那邊的人，只得令人去回邢夫人。

周瑞家的回道：「前日那邊太太嗔著王善保家的多事，打了幾個嘴巴子，如今他也裝病在家，不肯出頭了。況且又是他外孫女兒，自己打了嘴，他只好裝個忘了，日久平服了再說。如今我們過去回時，恐怕又多心，倒像似咱們多事的。不如直把司棋帶過去，一並連贓證與那邊太太瞧了，不過打一頓，配了人，再指個丫頭來，豈不省事？如今白告訴去，那邊太太再推三阻四的，又該說『既這樣，你太太就該料理，又來說什麼呢』，豈不反耽擱了。倘或那丫頭瞅空兒尋了死，反不好了。如今看了兩三天，都有個偷懶的，倘一時不到，豈不倒弄出事來。」王夫人想了一想，說：「這也倒是。快辦了來這一件，再辦咱們家的那些妖精。」

周瑞家的聽說，會齊了那邊幾個媳婦，先到迎春房裡回明。迎春聽了含淚，似有不捨之意，因前夜之事丫頭們悄悄說了原故，雖數年之情難捨，但事關風化，亦無可如何了。

那司棋也曾求了迎春，實指望能救，只是迎春語言遲慢，耳軟心活，是不能作主的。司棋見了這般，知不能免，因哭道：「姑娘好狠心！哄了我這兩日，如今怎連一句話也沒有？」周瑞家的等說道：「你還要姑娘留你不成？便留下，你也難見園裡的人了。依我們的好話，快快收了這樣子，倒是人不知鬼不覺的去罷，大家體面些。」

迎春含淚道：「我知道你幹了大不是，我還十分說情留下，豈不連我完了？你瞧入畫，也是幾年的人，怎麼說去就去了？自然不止你兩個，想這園裡凡大的都要去呢。依我說，將來總有一散，不如各人去罷。」周瑞家的道：「所以到底是姑娘明白。明兒還有打發的人呢，你放心罷。」

司棋無法，只得含淚與姑娘磕頭，和眾人告別，又向迎春耳邊說：「好歹打聽我受罪，替我說個情兒，就是主僕一場！」迎春亦含淚答應說：「放心。」

於是周瑞家的等人帶了司棋出去，又有兩個婆子將司棋所有的東西都與他拿著。走了沒幾步，只見後頭繡橘趕來，一面也擦著淚，一面遞與司棋一個絹包，說：「這是姑娘給你的。主僕一場，如今一旦分離，這個與你做個想念罷。」司棋接了，不覺得更哭起來了，又和繡橘哭了一回。周瑞家的不耐煩，只管催促，二人只得散了。

司棋因又哭告道：「嬸嬸、大娘們，好歹略徇個情兒，如今且歇一歇，讓我到相好姊妹跟前辭一辭，也是這幾年我們相好一場。」周瑞家的等人皆各有事做，這些事便是不得已了，況且又深恨他們大樣，如今哪裡有工夫去聽他的話，因冷笑道：「我勸你去罷，別拉拉扯扯的了。我們還有正經事呢。誰是你一個衣胞（胎盤）裡爬出來的，辭他們做什麼？你不過挨一會是一會，難道就算了不成！依我快走罷。」一面說，一面總不住腳，直帶著往後角門出去了。司棋無奈，又不敢再說，只得跟了出來。

可巧正值寶玉從外而入，一見帶了司棋出去，又見後面又抱著些東西，料著此去再不能來了。因聞得上夜之事，又晴雯的病亦因那日加重，細問晴雯，又不說是為何。今見司棋亦走，不覺如喪魂魄，因忙攔住，問道：「哪裡去？」周瑞家的等皆知寶玉素昔行為，又恐嘮叨誤事，因笑道：「不干你事，快念書去罷。」寶玉笑道：「姐姐們，且站一站，我有道理。」周瑞家的便道：「太太吩咐，不許少挨時刻，又有什麼道理？我們只知遵太太的話，管不得許多。」

司棋見了寶玉，因拉住哭道：「他們做不得主，好歹求求太太去。」寶玉不禁也傷心含淚，說道：「我不知你做了什麼大事，晴雯也氣病著，如今你又要去了，這卻怎麼的好？」周瑞家的發躁向司棋道：「你如今不是副小姐了，若不聽話，我就打得你了。別想往日有姑娘護著，任你們作耗。越說著，還不好走。如今有了小爺見面，又拉拉扯扯的，成何體統！」那幾個媳婦不由分說，拉著司棋便出去了。

寶玉又恐他們去告舌，恨得只瞪著他們，看已去遠了，方指著恨道：「奇怪，奇怪，怎麼這些人只一嫁了漢子，染了男人的氣味，就這樣混帳起來，比男人更可殺了！」守園門的婆子聽了，也不禁好笑起來，因問道：「這樣說，凡女兒各各是好的了，女人個個是壞的了？」寶玉點頭道：「不錯，不錯！」

正說著，只見幾個老婆子走來，忙說著：「你們小心，傳齊了伺候著。此刻太太親自到園裡查人呢。又吩咐快叫怡紅院晴雯姑娘的哥、嫂來，在這裡等著領出他妹子去。」因又笑道：「阿彌陀佛！今日天睜了眼，把這個禍害妖精退送了，大家清淨些。」

寶玉一聞得王夫人進來親查，便料道晴雯也保不住了，早飛也似的趕了去，所以後來趁願的話竟未聽見。

及到了怡紅院，只見一群人在那裡。王夫人在屋裡坐著，一臉怒色，見寶玉也不理。晴雯四五日水米不曾沾牙，如今現在炕上拉了下來，蓬頭垢面，兩個女人攙架起來去了。王夫人吩咐，把他貼身的衣服撂出去，餘者留下，給好的丫頭們穿。又命把這裡所有的丫頭們都叫來，一一過目。

原來王夫人惟怕丫頭們教壞了寶玉，乃從襲人起，以至於極小的做粗活丫頭們，個個親自看了一遍。因問：「誰是和寶玉一日的生日？」本人不敢答應，老嬤嬤指道：「這一個叫蕙香、又叫四兒的，是同寶玉一日生日。」王夫人細看了一看，雖比不上晴雯一半，卻有幾分水秀。視其行止，聰明皆露在外面，且也打扮得不同。王夫人冷笑道：「這也是個不怕臊的。他背地裡說的，同日生日就是夫妻。這可是你說的？打量我隔得遠，都不知道呢。可知道我身子雖不大來，我的心耳神意時時都在這裡。難道我統共一個寶玉，就白放心憑你們勾引壞了不成！」這個四兒見王夫人說著他素日和寶玉的私語，不禁紅了臉，低頭垂淚。王夫人即命也快把他家人叫來，領出去配人。

又問那「耶律雄奴」。老嬤嬤便將芳官指出。王夫人道：「唱戲的女孩子，自然是狐狸精了！上次放你們，你們又不願去，可就該安分守己才是。你就成精鼓搗起來，調唆寶玉無所不為。」芳官笑辯道：「並不敢調唆什麼來。」王夫人冷笑道：「你還強嘴。我且問你，前年我們往皇陵上去，是誰調唆寶玉要柳家的丫頭五兒了？幸而那丫頭短命死了，不然進來了，你們又連伙聚黨，遭害這園子裡的人！你連你乾娘都壓倒了，豈止別人！」因喝命：「喚他乾娘來領去，就賞他外頭找個女婿吧。他的東西，一概給他。」吩咐上年凡有姑娘分的唱戲的女孩子們，一概不許留在園裡，都令各人乾娘帶出，自行聘嫁。一語傳出，這些乾娘皆感恩趁願不盡，都約齊與王夫人磕頭領去。

王夫人又滿屋裡搜檢寶玉之物，凡略有眼生之物，一並命收捲起來，拿到自己房裡去了。因說：「這才乾淨，省得旁人口舌。」因吩咐襲人、麝月等人：「你們小心！往後再有一點分外之事，我一概不饒。因叫人查看了，今年不宜遷挪，暫且挨過今年，明年一並給我仍舊搬出去才心淨。」說畢，茶也不吃，遂帶領眾人又往別處去閱人。暫且說不到後文。

如今且說寶玉，只道王夫人不過來搜檢搜檢，無甚大事，誰知竟這樣雷嗔電怒的來了。所責之事，又皆係平日私語，一字不爽，料必不能挽回的。雖心下恨不能一死，但王夫人盛怒之下，自不敢多言，一直送王夫人到沁芳亭。王夫人命：「回去好生念念那書，仔細明兒問你。才已發下狠了。」

寶玉聽如此說，方回來，一路打算：「誰這樣犯舌？況這裡事也無人知道，如何就都說著了。」一面想，一面進來，只見襲人在那裡垂淚。且去了第一等的人，豈不傷心？便倒在床上，大哭起來。襲人知他心裡別的猶可，獨有晴雯是第一件大事，乃推勸道：「哭也不中用。你起來，我告訴你。晴雯已經好了，他這一家去，倒心淨，養幾天。你果然捨不得他，等太太氣消了，你再求老太太，慢慢的叫進來，也不難。太太不過偶然聽了人的誹言，在氣頭上罷了。」

寶玉哭道：「我究竟不知晴雯犯了何等滔天大罪！」襲人道：「太太只嫌他生的太好了，未免輕佻些。在太太是深知這樣美人似的人心不安靜，所以很嫌他，像我們這粗粗笨笨的倒好。」寶玉道：「這也罷了。咱們私自玩話，怎麼也知道了？又沒外人走風，這可奇怪。」襲人道：「你有什麼忌諱的？一時高興，你就不管有沒有人了，我也曾使過眼色，也曾遞過暗號，被那別人知道了，你還不覺。」寶玉道：「怎麼人人的不是太太都知道了，單不挑出你和麝月、秋紋來？」襲人聽了這話，心內一動，低頭半日，無可回答，因便笑道：「正是呢。若論我們，也有玩笑不留心的孟浪去處，怎麼太太竟忘了？想是還有別的事，等完了再發放我們，不可不防。」

寶玉笑道：「你是頭一個出了名止善止賢之人，他兩個又是你陶冶教育的，焉得有孟浪該罰之處！只是芳官尚小，過於伶俐些，未免倚強壓倒了人，惹人厭。四兒是我誤了他，還是那年我和你拌嘴的那日起，叫上來做細活的人，未免奪占地位，故有今日。只是晴雯也是和你一樣，從小兒在老太太屋裡過來的，雖然他生得比人強，也沒甚妨礙去處。就只是他的性情爽利，口角鋒芒，究竟也不曾得罪你們。想是他過於生得好了，反被這好所誤。」說畢，復又哭起來。

襲人細揣此話，好似寶玉有疑他之意，竟不好再勸，因嘆道：「天知道罷了。此時也查不出人來了，白哭一會子也無益了。」寶玉冷笑道：「原是想他自幼嬌生慣養的，何嘗受過一日委屈。如今是一盆才透出嫩箭的蘭花送到豬圈裡去一般。況又是一身重病，裡頭一肚子悶氣。他又沒有親爺熱娘，只有一個醉泥鰍姑舅哥哥。他這一去，哪裡還等得一月半月？再不能見一面兩面了！」說著，越發心痛起來。

襲人笑道：「可是你只許州官放火，不許百姓點燈。我們偶說一句妨礙的話，你說不利。你如今好好的咒他，就該的了？」寶玉道：「不是妄口咒人，今年春天已有兆頭的。」襲人忙問何兆。寶玉道：「這階下好好的一棵海棠花，竟無故死了半邊，我就知有壞事，果然應在他身上。」

襲人聽說，又笑起來，說：「我待不言，又掌不住，你也太婆婆媽媽的了。這樣的話，豈是你讀書的男人說的。」寶玉嘆道：「你們哪裡知道，不但草木，凡天下之物，有情有理的，也和人一樣，得了知己，便極有靈驗的。若用大題目比，就有孔子廟前之檜、墳前之蓍，諸葛祠前之柏，岳武穆墳前之松。這都是堂堂正大之氣，千古不磨之物。世亂則萎，世治則榮。幾千百年了，枯而復生者幾次。這豈不是兆應？小題比，就有楊太真沉香亭之木芍藥，端正樓之相思樹，王昭君冢上之草，豈不也有靈驗？所以這海棠亦應其人。」

襲人聽了這篇痴話，又可笑，又可嘆，因笑道：「真真的這話越發說上我的氣來了。那晴雯是個什麼東西，就用費這樣心思，比出這些正經人來！還有一說，他總好，也越不過我次序去。便是這海棠，也該先來比我，也還輪不到他。想是我要死的了。」寶玉聽說，忙掩他的嘴，勸道：「這是何苦！一個未清，你又這樣起來。罷了，再別提起這事，別弄得去了三個，又饒上一個。」襲人聽說，心下暗喜道：「若不如此，你也不能了局。」

寶玉道：「從此休提，只當他們三個死了。如今且說現在的東西，是瞞上不瞞下的，悄悄送還他去。再，或有咱們常日積攢下的錢，拿幾吊出去，給他養病，也是你姊妹好了一場。」襲人聽了，笑道：「你太把我看的忒小氣、又沒人心了。這話還等你說？我才把他的衣裳各物打點下了，放在那裡。如今白日裡人多眼雜，又恐生事，且等到晚上，悄悄的叫宋媽給他拿去。我還有攢下的幾吊錢，也給他去。」寶玉聽了，感謝不盡。

襲人笑道：「我原是久已出名的賢人，連這一點子好名還不會買來不成！」寶玉聽了他方才的話，忙陪笑撫慰。晚間，果遣宋媽送去。

寶玉將一切人穩住，便獨自得便出了角門，央一個老婆子帶他到晴雯家去。先這婆子百般不肯，只說怕人知道，「回了太太，我還吃飯不吃？」無奈寶玉死活央求，又許他些錢，那婆子方帶了他去。

這晴雯當日係賴大買的。那時晴雯才得十歲，時常賴家帶進來，賈母見了喜歡。故此賴嬤嬤就孝敬了賈母，過了幾年，賴大又給她姑舅哥哥取一房媳婦。誰知貴兒一味膽小老實，那媳婦卻倒伶俐，又兼有幾分姿色，看著貴兒無能為，便每日在家打扮得妖妖調調，兩隻眼兒水汪汪的，招惹得賴大家人如蠅逐臭，漸漸做出些風流勾當來。那時晴雯以在寶玉房中，她便央即晴雯，轉求鳳姐，和賴大家的要過來。目今兩口兒就在園子後角門外居住，伺候園中買辦雜差。這晴雯一時被攆出來，住在他家。那媳婦哪裡有心腸照管？吃了飯，便自去串門子，只剩晴雯一人在外間屋內趴著。

寶玉命那婆子在外瞭望，他獨掀草簾進來，一眼就看見了晴雯睡在蘆席上，幸而被褥還是舊日鋪蓋的，心內不知自己怎麼才好，因上來含淚伸手輕輕拉他，悄喚兩聲。

當下晴雯又因著了風，又受了哥嫂的歹話，病上加病，嗽了一日，才朦朧睡了。忽聞有人喚他，強展星眸，一見是寶玉，又驚又喜，又悲又痛，一把死攥住他的手。哽咽了半日，方說道：「我只道不得見你了。」接著，便嗽個不住。寶玉也只有哽咽之分。

晴雯道：「阿彌陀佛，你來得好，且把那茶倒半杯我喝。渴了半日，叫半個人也叫不著。」寶玉聽說，忙拭淚問：「茶在哪裡？」晴雯道：「在爐台上。」寶玉看時，雖有個黑沙吊子（煮水器具），卻不像個茶壺。只得桌上去拿一個碗，也甚大甚粗，不像茶碗，未到手內，先聞得油羶之味氣。寶玉只得拿了來，先用些水洗了兩次，復又用水汕過，方提沙壺斟了半碗。看時，絳紅的，也大不成茶。

晴雯伏枕道：「快給我喝一口罷！這就是茶了。哪裡比得咱們的茶！」

寶玉聽說，先自嘗了一口，並無茶味，鹹澀不堪，只得遞與晴雯。只見晴雯如得了甘露一般，一氣都灌了下去。寶玉心下暗道：「往常那樣好茶，他尚不如意；今日這等。看來，古人說得好，『惜福得養，飯飽弄粥』，可見都不錯了。」一面想，一面流淚，問道：「你有什麼說的，趁著沒人，告訴我。」

晴雯嗚咽道：「有什麼可說的！不過是挨一刻是一刻，挨一日是一日。我已知橫豎不過三五日的光景，我就好回去了。只是一件，我死也不甘心的：我雖生的比別人好些，並沒有私情密意勾引你，如何一口死咬定我是個狐狸精！我大不服。今日既已擔了虛名，而且臨死，不是我說一句後悔的話，早知如此，我當日另有個道理。不料痴心傻意，只說大家總在一處的罷了。不想憑空生出這一節事來，有冤無處訴。」說畢，又哭。

寶玉拉著他的手，只覺瘦如枯柴，手上猶戴著四個銀鐲，因泣道：「且除下來，等好了再戴上去罷。」又說：「可惜這幾個指甲，好容易養二寸多長，這一病好了，又損好些。」

晴雯拭淚，就伸手摸了一把剪子，將左手上兩根蔥管一般的指甲齊根鉸下；又伸手往被窩裡將貼身穿著的一件舊紅綾襖脫下，並指甲都與寶玉道：「這個你收了，以後就如見我一般。快把你襖兒脫下來我穿。我將來在棺材內獨自躺著，也就像在怡紅院一樣了。論理不該如此，只是擔了虛名，我也無可如何了。」

寶玉聽說，忙寬衣換上，藏了指甲。晴雯又哭道：「回去他們看見了要問，不必撒謊，就說是我的，既擔了虛名，越發如此，也不過這樣了。」

一語未了，只見他嫂子笑嘻嘻掀簾進來，道：「好呀，你兩個的話，我已都聽見了。」又向寶玉道：「你一個做主子的，跑到下人房裡來做什麼？看我年輕又俊，敢是來調戲我麼？」寶玉聽見，嚇得忙陪笑央道：「好姐姐，快別大聲。他伏侍我一場，我私自來瞧瞧他。」

那媳婦兒點著頭兒，笑道：「怨不得人家都說你有情有義兒的。」便一手拉了寶玉進裡間來，笑道：「你不叫我嚷也容易，只是依我一件事。」說著，便坐在炕沿上，卻緊緊的將寶玉摟住。寶玉哪裡見過這個，心內早突突地跳起來了，急得滿面紅脹，又羞又愧，又怕又惱，只說：「好姐姐，別鬧。」燈姑娘乜斜了眼，笑道：「呸！成日家聽見你風月場中慣做工夫的，怎麼今日就反訕起來。」

寶玉紅了臉，笑道：「姐姐放手，有話咱們好說。外頭有老媽媽，聽見什麼意思？」那媳婦那裡肯放，笑道：「我早進來了，已叫那婆子去到園門等著呢。我等什麼似的，今兒等著了你。雖然聞名不如見面，空長了一個好模樣兒，竟是沒藥性的炮仗，只好裝幌子去罷了，倒比我還發訕怕羞。可知人的嘴一概聽不得的。就譬如方才我們姑娘下來，我也料定你們素日偷雞盜狗的。我進來一會子，在窗下細聽，屋內只你二人，若有偷雞盜狗的事，豈有不談及的？誰知你兩個竟還是各不相擾。可知天下委屈事也不少。如今我反後悔錯怪了你們。既然如此，你且放心。以後你只管來，我也不羅唣你。」

寶玉聽說，才放下心，方起身整衣，央道：「好姐姐，你千萬照看他兩天。我如今去了。」說畢出來，又告訴晴雯。二人只是依依不捨，也少不得一別。晴雯知寶玉難行，遂用被蒙頭，總不理他。寶玉方出來。意欲到芳官、四兒處去，無奈天黑，出來了半天，恐裡面人找他不見，又恐生事，遂即進園來了，明日再作計較。因仍入後角門，小廝正抱鋪蓋，裡邊嬤嬤們正查人，若再遲了一步，也就關了。

寶玉進入園中，且喜無人知道。到了自己房中，告訴襲人，只說在薛姨媽家去的，也就罷了。一時鋪床，襲人不得不問今日怎麼睡。寶玉道：「不管怎麼睡罷了。」

原來這一二年間，襲人因王夫人看重了他了，越發自要尊重。凡背人之處，或夜晚之間，總不與寶玉狎暱，較先小時反倒疏遠了。雖無大事辦理，然一應針線，並寶玉及諸小丫頭出入銀錢、衣履什物等事，也甚煩瑣；且有吐血之症，故邇來夜間總不與寶玉同房。寶玉夜間常醒，又極膽小，每醒必喚人。因為晴雯睡臥驚醒，故夜間一應茶水、起坐、呼喚之任，悉皆委他一人，所以寶玉外床只是晴雯睡著。他今去了，襲人只得將自己鋪蓋搬來，鋪設於床外。

寶玉發了一晚上的呆。襲人推他睡下，然後自睡。只聽寶玉在枕上長吁短嘆，覆去翻來，直至三更以後，方漸漸的安頓了。襲人方放心，也就朦朧睡著。沒半盞茶時，只聽寶玉叫「晴雯」。襲人連聲答應，問做什麼。寶玉因要茶吃，襲人倒了茶來。寶玉乃笑道：「我近來叫慣了他，卻忘了是你。」襲人笑道：「他乍來時，你也曾睡夢中叫我的，以後才改了。如今晴雯雖去了，這兩個字只怕不能去的。」說著，大家又臥下。

寶玉又翻轉了一個更次，至五更方睡去時，只見晴雯從外頭走來，仍是往日形景，進來向寶玉道：「你們好生過罷，我從此就別過了。」說畢，翻身就走。寶玉忙叫時，又將襲人叫醒。襲人還只當他慣了口亂叫，卻見寶玉哭了，說道：「晴雯死了。」襲人笑道：「這是哪裡話！你就知道胡鬧，被人聽著，什麼意思？」寶玉哪裡肯聽，恨不得一時天亮了就遣人去問信。

及至亮時，就有王夫人房裡小丫頭叫開前角門，傳王夫人的話：「『即時叫起寶玉，快洗臉，換了衣裳快來。因今兒有人請老爺賞秋菊，老爺因喜歡他前兒做的詩好，要帶了他們去。』這都是太太的話，一句別傳錯了。『你們快飛告訴去，立逼他快來，老爺在上房裡等他們吃麵茶呢。環哥兒已來了。快飛。再叫一個人去叫蘭哥兒去，也要這樣說。』」

裡面的婆子聽一句，答應一句，一面扣鈕子，一面開門，分頭去叫。襲人聽得叩門，便知有事，一面命人問時，自己已起來了。聽得這話，忙促人舀了臉水，催寶玉起來梳洗。他自去取衣服。因思跟賈政出門，便不肯拿出十分出色的新鮮衣服來了，只揀那三等成色的來。

寶玉此時已無法，只得忙忙前來。果然賈政在那裡吃茶，十分喜悅。寶玉忙行定省之禮。賈環、賈蘭都見過了。賈政命坐吃茶，向環、蘭二人說道：「寶玉讀書不及你兩個，若論題和詩句這種聰明，你們皆不及他。今日此去，未免強你們做詩，寶玉須聽便助他們兩個。」王夫人自來不曾聽見這等考語，真是意外之喜。

一時候他父子去了，王夫人方欲過賈母那邊來時，就有芳官等三個的乾娘走來，回說：「芳官自前日蒙太太的恩典賞了出去，他就瘋了似的，茶飯都不吃，勾引上藕官、蕊官，三個人尋死覓活，只要剪了頭髮做尼姑去。我只當是小孩子家出去不慣，也是有的，不過隔兩日就好了。誰知他們越鬧越凶，打罵著也不怕。實在沒法，所以來求太太，或是依他們去做尼姑去，或教導他們一頓，賞給別人做女兒去罷，我們沒這福。」王夫人聽了，道：「胡說！哪裡由得他們起來，佛門也是輕易入進去的麼！每人打一頓，給他們看，還鬧不鬧！」

當下因八月十五日各廟上供去，皆有各廟內的尼姑送供尖來，因曾留下水月庵的智通、地藏庵的圓信住下未回，聽得此信，就想要拐兩個女孩子去做活使喚，都向王夫人說：「府上到底是善人家。因太太好善，所以感應得這些小姑娘們皆如此。雖然說佛門輕易難入，也要知，佛法平等。我佛立願，原度一切眾生。如今這兩三個姑娘既然無父母，家鄉又遠，他們既經了這富貴，又想從小命苦，入了風流行次，將來知道終身怎樣，所以苦海回頭，立意出家，修修來世，也是他們的高意。太太倒不要阻了善念。」

王夫人原是個善人，起先聽見這話，諒係小孩子不遂之談，恐將來熬不住清淨，反致獲罪。今聽了這兩個拐子的話，大近情理；且近日家中多故，又有邢夫人遣人過來知會，明日接迎春家去住兩日，以備人家相看；且又有官媒婆來求說探春等，心緒正煩，哪裡著意在這些小事。既聽此言，便笑答道：「你兩個既這等說，你們就帶了做徒弟去，如何？」二姑子聽了，念一聲佛，道：「善哉！善哉！若如此，可是老人家的陰德不小。」說畢，便稽首拜謝。

王夫人道：「既這樣，你們問他去。若果真心，即上來，當著我拜了師父去罷。」這三個女人聽了出去，果然將他三人帶來。王夫人問之再三，他三人已立定主意，遂與兩個姑子叩了頭，又拜辭了王夫人。王夫人見他們意皆決斷，知不可強了，反倒傷心可憐，忙命人來取了些東西來，賞了他們，又送了兩個姑子些禮物。

從此，芳官跟了水月庵的智通，蕊官、藕官二人跟了地藏庵的圓信，各自出家去了。

要知後事，下回分解。

國家圖書館出版品預行編目資料

紅樓夢／曹雪芹著；呂慶業註釋，初版
-- 新北市：新潮社，2018.03
冊；　公分 --（古典文學經典名著）
ISBN 978-986-316-699-3（上冊：平裝）
ISBN 978-986-316-700-6（中冊：平裝）
ISBN 978-986-316-701-3（下冊：平裝）

857.49　　106025242

**紅樓夢 ㊥**

曹雪芹／著

【策　劃】張明
【出版人】翁天培
【出　版】新潮社文化事業有限公司
電話：(02) 8666-5711
傳真：(02) 8666-5833
E-mail：service@xcsbook.com.tw

【總經銷】創智文化有限公司
新北市土城區忠承路 89 號 6F（永寧科技園區）
電話：2268-3489
傳真：2269-6560

印前作業　菩薩蠻數位文化有限公司

初版一刷　2018 年 04 月